THREADS OF POWER

L'autrice

V. E. Schwab est l'autrice prodige de plus d'une vingtaine d'ouvrages, aussi bien adultes que jeunes adultes et jeunesse, traduits dans près de vingt-cinq langues, au premier rang desquels la série *Shades of Magic* et *La Vie invisible d'Addie Larue*, véritable succès international. Unanimement saluée par la critique, elle prend d'assaut à chaque nouvelle création les listes de best-sellers du *New York Times* et on ne compte plus les projets d'adaptations de ses œuvres à l'écran. Elle revient à son premier grand succès, *Shades of Magic*, avec une deuxième trilogie très attendue qui prend place dans le même monde. Née en 1987, elle se passionne pour les contes et légendes, le folklore et les récits qui vous font douter de la réalité du monde. Fille d'une mère britannique et d'un père californien, elle a grandi dans le sud des États-Unis, mais partage désormais son temps entre Nashville et Édimbourg en Écosse, où on peut en général la trouver attablée dans un café, occupée à imaginer des histoires de monstres.

V. E. Schwab

THREADS OF POWER

Traduit de l'anglais (États-Unis)
par Sarah Dali et Raphaëlle Pache

LUMEN

Titre original : *The Fragile Threads of Power*

Publié en accord avec l'autrice, c/o BAROR INTERNATIONAL, INC.,
Armonk, New York, U.S.A.

Pour celles et ceux qui croient encore en la magie

« La magie est la rivière qui abreuve toute chose.
À la vie, elle prête sa force, qu'elle rappelle ensuite à elle dans la mort,
Si bien que le flux de sa puissance semble enfler et refluer,
Quand, en réalité, jamais ne s'en perd la moindre goutte. »

Tieren Serense,
neuvième *Aven Essen* du sanctuaire de Londres

Londres blanc
Sept ans plus tôt

Être de petite taille s'avérait parfois utile.

Même si l'adage voulait que plus on était grand, mieux c'était, quand on était de petite taille, on pouvait se glisser dans d'étroits interstices, se cacher dans des recoins étriqués, entrer et sortir d'endroits où d'autres ne tiendraient pas.

Comme une cheminée, par exemple.

Kosika se tortilla dans le conduit avant d'atterrir dans l'âtre au milieu d'un nuage de suie. Elle retint son souffle pour ne pas inhaler de cendres, mais aussi pour s'assurer que les lieux étaient vides. Selon Lark, ils étaient déserts : il n'avait remarqué aucune allée et venue depuis plus d'une semaine. Deux précautions valant mieux qu'une, elle resta quelques instants accroupie en silence dans le foyer, l'oreille tendue, jusqu'à être bien certaine qu'elle était seule.

Une fois installée sur le bord de l'âtre, Kosika ôta ses bottes, dont elle noua les lacets pour les suspendre à son cou. Puis elle sauta par terre, ses pieds nus foulant le parquet, et passa à l'action.

C'était une belle maison, au plancher plat et aux murs droits. Bien que tous les volets fussent fermés, de fins rais de lumière s'infiltraient par les bords des nombreuses fenêtres, ce qui lui permettait d'y voir. Elle n'avait aucun scrupule à dépouiller ces jolies propriétés, surtout quand leurs occupants partaient en les laissant sans surveillance.

Elle commença par le cellier, comme toujours. Dans ce genre de demeures luxueuses, les habitants ne considéraient pas la confiture, le fromage ou la viande séchée comme des biens précieux. Ils ne les dissimulaient même pas : ils n'avaient jamais assez faim pour s'inquiéter d'en manquer.

Kosika, en revanche, était toujours affamée.

Malheureusement, elle trouva le placard presque vide. Un sac de farine. Un paquet de sel. Un seul bocal de marmelade, mais de quoi ? D'oranges amères ! (La fillette détestait les oranges amères.) Mais là, au fond, derrière une boîte de thé en vrac, elle dénicha un sachet en papier ciré rempli de morceaux de sucre. Plus d'une dizaine, petits, bruns et brillants comme des cristaux. Elle qui avait toujours eu le bec sucré en glissa un entre ses dents, prête à s'en délecter. Elle aurait dû n'en prendre qu'un ou deux et laisser le reste, elle le savait, mais elle enfreignit ses propres règles et fourra le sachet entier dans sa poche. Puis, une fois la friandise dans sa bouche, elle partit en quête d'un trésor.

L'astuce consistait à ne pas trop en prendre. Les riches avaient suffisamment de biens pour ne pas remarquer la disparition d'un ou deux bibelots. Ils croyaient les avoir égarés, oubliés quelque part.

Le propriétaire des lieux était-il mort ? Parti en voyage, tout simplement ? Ou peut-être était-il riche, assez pour posséder une deuxième maison à la campagne, ou un très gros bateau.

Kosika tentait d'imaginer ce qu'il était en train de faire tandis qu'elle parcourait à pas feutrés les différentes pièces, ouvrant les armoires et les tiroirs à la recherche de pièces de monnaie étincelantes, d'un joli métal ou de l'éclat de la magie.

Soudain, la jeune voleuse aperçut un éclat du coin de l'œil. Elle sursauta puis s'accroupit avant de se rendre compte que ce n'était qu'un miroir. Une grande glace au cadre argenté, appuyée contre une table. Trop grande pour être dérobée. Malgré tout, Kosika s'en approcha et dut se hisser sur la pointe des pieds pour y voir le reflet de son visage. Elle ne connaissait pas son âge exact. Entre six et sept ans. *Plus près de sept*, pensa-t-elle, car les jours commençaient à raccourcir, or elle savait qu'elle était née au moment où l'été cédait la place à l'automne. Ce qui, d'après sa mère, expliquait pourquoi elle semblait toujours naviguer dans un entre-deux : ni présente ni absente. Ses cheveux, ni blonds ni bruns. Ses iris, ni verts, ni gris, ni bleus.

(Au fond, qu'importe. Contrairement à des pièces de monnaie, l'apparence n'avait aucune valeur.)

Kosika baissa les yeux. Au pied du miroir, sur la table, se trouvait un tiroir. Il n'avait pas de poignée, mais elle en distinguait le contour, la rainure d'un objet encastré dans un autre. Lorsqu'elle appuya sur le bois, celui-ci céda, relâchant un fermoir caché. Le tiroir s'ouvrit brusquement pour révéler un plateau peu profond contenant deux amulettes, en verre ou pierre pâle, l'une enveloppée de cuir, l'autre de minces filaments de cuivre.

Des amplificateurs !

Sans savoir lire les symboles gravés sur la tranche, la fillette reconnaissait ces talismans conçus pour s'emparer du pouvoir d'autrui et se l'approprier.

Rares étaient ceux qui avaient les moyens de s'offrir ces capteurs de magie : la plupart des gens gravaient les sorts à même leur peau. Mais les marques s'effaçaient, la peau se ridait et les sortilèges se détérioraient avec le temps, comme des fruits pourris, alors qu'un bijou pouvait s'enlever, s'échanger puis être réutilisé.

Kosika souleva l'une des amulettes. Elle se demandait si les amplificateurs avaient moins ou plus de valeur à présent que le monde se réveillait, une expression pour qualifier le changement qui s'opérait, comme si la magie était auparavant endormie et que le dernier roi, Holland, l'avait arrachée à son sommeil.

Elle n'avait encore jamais vu le souverain de ses propres yeux, mais elle avait un jour croisé ses prédécesseurs, les jumeaux à la peau blafarde qui parcouraient les rues à cheval, la bouche tachée du sang de leurs victimes. Elle n'avait éprouvé qu'un infime soulagement en apprenant qu'ils étaient morts et, pour être honnête, l'arrivée au pouvoir d'un nouveau roi l'avait laissée de marbre. Mais

Holland, lui, était différent. Juste après son accession au trône, le fleuve avait commencé à dégeler, le brouillard à se dissiper, et tout dans la ville était devenu un peu plus brillant, un peu plus chaud. D'un seul coup, la magie était revenue. Pas en grande quantité, certes, mais pas non plus de celle que les habitants devaient lier à leurs corps, à l'aide de sorts et de scarifications.

Un matin, son meilleur ami, Lark, s'était réveillé avec des fourmis dans les paumes, comme quand, tout engourdies, elles picotent et qu'il faut les frotter pour calmer la sensation. Quelques jours plus tard, il avait de la fièvre et son visage luisait de sueur. Kosika avait été si terrifiée de le voir à ce point malade au point d'en avoir mal au ventre. Elle avait eu beau tenter d'étouffer sa peur, elle n'avait pas fermé l'œil de la nuit, par crainte que son ami ne meure et qu'elle se retrouve plus seule encore. Mais le lendemain, de nouveau en pleine forme, Lark s'était précipité vers elle pour l'attirer dans une ruelle où il avait tendu ses mains jointes, comme si elles contenaient un secret. Lorsqu'il les avait écartées, elle avait poussé un cri de surprise.

Dans ses paumes flottait une petite flamme bleue.

Il n'était pas le seul. Au cours des mois précédents, la magie avait poussé aussi vite que les mauvaises herbes. Seulement elle n'apparaissait jamais vraiment chez les adultes – du moins, pas chez ceux qui la désiraient le plus. Peut-être avaient-ils passé trop de temps à la forcer à faire ce qu'ils voulaient et que c'était là sa vengeance.

Peu importe que la magie les évite, eux, du moment qu'elle trouvait Kosika, même si ce n'était pas encore le cas.

La fillette s'armait de patience : après tout, ça ne faisait que quelques mois que le nouveau roi était au pouvoir et que la magie s'était réveillée grâce à lui. Mais chaque jour, elle inspectait son corps dans l'espoir d'y repérer un semblant de changement. Elle examinait ses mains et attendait qu'une étincelle en jaillisse.

Après avoir glissé les amplificateurs dans sa poche avec les morceaux de sucre, la petite voleuse referma le tiroir secret, puis se dirigea vers la porte d'entrée. Elle tendait le bras vers la poignée quand elle aperçut un rai de lumière sur le seuil en bois. Elle s'arrêta net : il était enchanté. Elle ne savait peut-être pas lire les marques, mais Lark lui avait dit à quoi s'attendre. Elle se retourna donc vers la cheminée, qu'elle regarda d'un œil torve – il était bien plus difficile de monter que de descendre. Pourtant, c'est exactement ce qu'elle fit : elle pénétra dans l'âtre, et après avoir remis ses bottes, grimpa en se tortillant de nouveau. Une fois parvenue sur le toit, à bout de souffle et tachée de suie, elle fourra un nouveau morceau de sucre dans sa bouche en récompense de son dur labeur.

Elle rampa ensuite jusqu'au bord du toit et regarda en bas pour repérer Lark et ses cheveux blond argenté. La main tendue, il faisait mine de vendre aux passants des charmes – de simples pierres couvertes de faux sortilèges. En réalité, il avait pour mission de s'assurer que personne n'entre dans la maison tant qu'elle s'y trouvait.

Kosika siffla. Il leva les yeux, puis pencha la tête sur le côté d'un air interrogateur. Elle fit alors un X avec ses bras croisés, signe qu'elle ne pouvait pas franchir un sort. D'un geste de la tête, son complice lui indiqua le coin de la rue. Elle aimait bien partager avec lui un langage qui se passait de mots.

Elle se rendit de l'autre côté du toit et descendit le long de la gouttière pour atterrir sur les pavés. Une fois redressée, elle jeta un œil à la ronde. Lark n'était pas là. Les sourcils froncés, Kosika s'engagea dans la ruelle.

Tout à coup, une paire de mains fusa et l'empoigna pour la tirer entre deux maisons. Elle se débattit, prête à mordre, quand on la repoussa.

— Par tous les rois, Kosika ! s'exclama Lark en secouant ses doigts. Tu es une fille ou une bête sauvage ?

— Disons que ça dépend, rétorqua-t-elle.

Mais il souriait. Lark avait un sourire rayonnant qui lui mangeait tout le visage et qui était contagieux en plus. À onze ans, il était dégingandé comme le sont les garçons en pleine croissance, et si ses cheveux étaient aussi pâles que la Sijlt avant son dégel, il avait des yeux chaleureux et foncés, de la couleur de la terre humide.

Il se mit à épousseter les vêtements couverts de suie de la fillette.

— Tu as trouvé quelque chose ?

Kosika sortit de sa poche les amplificateurs, qu'il retourna entre ses doigts. Lark savait lire les sorts. À la façon dont il hochait la tête, elle devina qu'il s'agissait d'une bonne trouvaille.

Elle s'abstint de mentionner les morceaux de sucre. Elle se sentit un peu coupable, mais après tout il n'aimait pas vraiment les friandises, pas autant qu'elle en tout cas. Et puis, c'était sa récompense pour avoir accompli le travail le plus difficile, celui pour lequel on risquait de se faire attraper. Et si elle avait appris quelque chose de sa mère, c'était qu'on ne pouvait compter que sur soi-même.

Cette dernière l'avait toujours traitée comme un fardeau, une petite voleuse qui occupait indûment sa maison, mangeait sa nourriture, dormait dans son lit et dérobait sa chaleur. Longtemps, Kosika aurait tout donné pour être vue, pour qu'on veuille bien d'elle. Puis les enfants de la ville entière avaient commencé à se réveiller avec du feu dans les mains, du vent sous les pieds ou de l'eau coulant vers eux comme s'ils se trouvaient en bas d'une pente. Sa mère s'était alors mise à la remarquer, à l'observer, les yeux emplis d'avidité. Depuis quelque temps, Kosika faisait de son mieux pour l'éviter.

Lark empocha les amulettes. Il lui reverserait la moitié de la somme qu'il en tirerait, comme toujours. À eux deux, ils formaient une équipe. Il lui ébouriffa les cheveux, et elle fit mine de ne pas prendre plaisir à sentir le poids de sa main sur sa tête. Même si elle n'avait pas de grand frère, elle le considérait comme tel. Puis il la poussa doucement en avant et leurs chemins se séparèrent. Lark partit vers une destination inconnue, et Kosika chez elle.

Elle ralentit le pas lorsque sa maison lui apparut. Basse et étroite, comme un livre sur une étagère, elle était serrée entre deux autres sur une route à peine assez large pour laisser passer une charrette, sans parler d'une calèche. Pourtant, il y en avait bien une garée là, et un homme de petite taille patientait devant la porte d'entrée, sans frapper. Enveloppé de volutes de fumée blanche, il se contentait de fumer son cigare. Sa peau était couverte de ces tatouages censés enchaîner la magie à soi. Il en avait plus que la mère de Kosika – les marques couraient sur ses mains et le long de ses bras, disparaissant sous sa chemise pour réapparaître sur sa gorge. *Le rendent-elles fort ou faible ?* se demanda la fillette.

Comme s'il avait entendu ses pensées, l'homme tourna le cou vers Kosika, qui recula aussitôt dans l'ombre de la ruelle la plus proche avant de faire le tour jusqu'à l'arrière de la maison. Puis elle grimpa sur les caisses empilées sous la fenêtre et fit glisser le cadre vers le haut. Comme il coulissait mal, elle craignait toujours qu'il ne redescende brusquement et lui coupe la tête au passage. Mais il ne bougea pas. Elle se tortilla par-dessus le rebord et se réceptionna sur le sol en retenant son souffle.

Des voix lui parvenaient depuis la cuisine. L'une était celle de sa mère. L'autre, celle d'un inconnu. Elle entendit aussi un autre bruit : un cliquetis métallique. La fillette se faufila dans le couloir pour jeter un coup d'œil par la porte et aperçut sa mère assise à table avec un homme. Maigre et fatiguée, comme d'habitude, la mère de Kosika ressemblait à un fruit séché dont on aurait aspiré toute la douceur.

L'homme, en revanche, elle ne l'avait jamais vu. Filiforme, il avait les cheveux attachés. Un tatouage noir représentant des nœuds de corde, suivait le contour des os de sa main gauche, laquelle planait au-dessus d'une pile de pièces.

Il en souleva une poignée avant de les laisser retomber une à une sur le tas. Voilà le son qu'elle avait entendu.

Cling cling cling.

Cling cling cling.

Cling cling cling.

— Kosika.

La fillette sursauta, surprise par la voix maternelle et son ton aimable.

— Viens ici, susurra sa mère, la main tendue vers elle.

Des marques noires en forme d'anneaux lui entouraient les doigts et le poignet. Kosika résista à l'envie de prendre ses jambes à son cou : elle ne voulait pas mettre sa mère en colère. Prudente, elle esquissa un pas en avant, ce qui fit sourire sa mère. Elle aurait dû s'arrêter là, mais elle commit l'erreur de faire un pas de plus vers la table.

— Tiens-toi bien, aboya sa mère.

Voilà enfin un ton qu'elle reconnaissait !

— Sa magie n'est pas encore apparue, confia-t-elle à l'homme. Mais elle finira par arriver. Elle est forte, cette petite.

À ces mots, Kosika sourit. Sa mère ne faisait pas souvent de compliments à son sujet.

L'inconnu sourit à son tour puis bougea. Pas son corps entier, juste sa main tatouée. Posée une seconde plus tôt sur les pièces, elle serrait désormais le poignet de la fillette pour la tirer vers lui. Kosika trébucha, mais il ne la lâcha pas. Il lui tourna la paume vers le haut, dévoilant le dessous de son avant-bras et ses veines bleues.

— Hmm… commenta-t-il. Affreusement pâle.

Sa voix était anormale, comme éraillée. Quant à sa main, elle pesait comme une menotte lourde et froide sur son poignet. Kosika tenta de se libérer, mais l'homme n'en resserra que plus sa prise.

— C'est vrai qu'elle a de la force, constata-t-il.

Kosika sentit la panique monter en elle, car sa mère restait assise là, à regarder. Seulement ce n'était pas sa fille qu'elle observait. Non, ses yeux étaient rivés sur les pièces. La fillette, elle, aurait donné cher pour disparaître. Elle savait qui était cet homme, ou plutôt, ce qu'il était.

Lark l'avait mise en garde contre ceux de son espèce. Les collectionneurs qui faisaient commerce non pas d'objets, mais d'êtres humains, de quiconque possédait un peu de magie dans les veines.

Kosika aurait bien aimé en avoir afin d'allumer un feu capable de faire fuir l'inconnu, de le contraindre à lâcher prise. Mais elle n'avait aucun pouvoir. En revanche, elle se rappelait ce que Lark lui avait dit un jour, cet endroit où il fallait frapper un homme pour lui faire mal. Alors elle se pencha en arrière de tout son poids, forçant son agresseur à se lever, puis elle le frappa, le plus fort possible, à l'entrejambe. Il poussa un cri semblable à un beuglement, ses poumons se vidant brusquement de tout air, et la main autour du poignet de la fillette se desserra. L'homme s'écroula sur la table, la pile de pièces s'effondra, et Kosika en profita pour filer vers la porte.

Sa mère tenta de la saisir au passage, mais après toutes ces années passées à dérober de la magie à autrui, son corps était usé et ses membres, trop lents à réagir. Kosika avait déjà franchi le seuil quand elle se rappela la calèche et l'homme qui patientait devant la porte. Voyant qu'il se jetait sur elle dans un nuage de fumée, elle plongea sous le cercle formé par ses bras avant de se mettre à courir sur l'étroite route.

Que feraient-ils s'ils la rattrapaient ? Dans tous les cas, elle ne les laisserait pas faire.

Ils étaient grands, mais elle était rapide. Ils connaissaient peut-être les rues de la ville, mais elle en connaissait les ruelles, les escaliers, les neuf murs et les espaces réduits où même Lark ne pouvait plus se glisser. Ses jambes commençaient à la faire souffrir et ses poumons lui brûlaient. Malgré tout, elle poursuivit sa course, se faufilant entre les boutiques et les étals de marché jusqu'à ce que les bâtiments s'espacent et que le chemin se transforme en escalier donnant sur le Bois d'argent. Elle y pénétra sans même s'arrêter.

Pas un seul enfant n'aurait pourtant voulu en franchir l'orée. On racontait qu'il était mort, hanté, qu'il y avait des visages dans les arbres, des yeux qui vous observaient depuis leur écorce grise écaillée. Kosika n'avait pas peur, non… Enfin, pas aussi peur de la forêt morte que des hommes au regard avide et à la poigne de fer. Après avoir franchi la première ligne d'arbres, aussi droits que les barreaux d'une cage, elle continua d'avancer, traversant une deuxième rangée, puis une troisième, avant de s'adosser à un tronc étroit.

Les paupières closes, elle retint son souffle et tenta d'entendre autre chose que le martèlement de son cœur. Elle guettait des voix, des pas, mais le monde était tout à coup devenu silencieux. Trop silencieux. Tout ce qu'elle percevait, c'était le murmure du vent entre les branches quasi nues, son bruissement dans les feuilles cassantes.

Kosika rouvrit un œil, puis l'autre. Une dizaine d'yeux cachés dans les arbres la fixaient. Elle attendit que l'un d'eux cille. En vain.

Elle aurait pu rebrousser chemin. Elle n'en fit rien. Avoir franchi la lisière du bois lui donnait du courage, si bien qu'elle s'y enfonça plus profondément, au point de ne plus voir les toits des bâtiments, les rues ou le château, au point d'avoir l'impression de ne plus être dans la ville, mais autre part. Dans un endroit calme, paisible.

Soudain, elle le vit.

L'homme était assis par terre, adossé à un arbre, les jambes tendues devant lui et la tête pendante, aussi mou qu'une poupée de chiffon. Sa vue lui arracha malgré elle un cri de surprise aussi sonore qu'une branche cassée net dans la forêt silencieuse. Kosika se couvrit aussitôt la bouche de la main avant de se cacher derrière le tronc le plus proche. L'inconnu allait relever la tête, dégainer une arme. Mais non, il ne bougea pas. Il devait être endormi.

La fillette se mordilla la lèvre. Elle ne pouvait pas partir : rentrer chez elle restait dangereux, et elle ne voulait pas tourner le dos au dormeur, au cas où il tenterait de la surprendre. Alors elle se laissa tomber en tailleur contre un autre arbre tout en s'assurant d'avoir l'homme en ligne de mire. Puis elle fouilla dans ses poches pour en sortir le sachet en papier ciré rempli de morceaux de sucre.

Elle les suça les uns après les autres, sans oublier de jeter de temps à autre un coup d'œil à l'inconnu assis contre le tronc. Elle décida même de lui en garder un carré pour le remercier de lui avoir tenu compagnie. Mais une heure plus tard, alors que le soleil plongeait derrière les arbres et que l'air frais se refroidissait encore davantage, l'homme endormi ne bougeait toujours pas.

La fillette eut un mauvais pressentiment.

— *Os ?* cria-t-elle.

Kosika grimaça en entendant sa voix briser le silence du Bois d'argent et rebondir contre les arbres morts.

« Ohé ? Ohé ? Ohé ? »

Après s'être relevée, elle s'avança vers lui. Même s'il ne semblait pas très vieux, ses cheveux étaient gris argenté et ses habits élégants, anthracite, trop beaux pour traîner par terre, tout comme sa demi-cape d'argent. Elle comprit, une fois qu'elle fut assez près de lui, qu'il ne dormait pas.

Non, il était mort.

Kosika avait déjà vu un cadavre, mais différent de celui-là : les membres tordus et les entrailles répandues sur les pavés. Cette fois, il n'y avait pas de sang sur l'homme sous l'arbre. Comme si épuisé, il avait décidé de s'asseoir pour se reposer sans jamais parvenir à se relever. Il avait un bras posé sur les genoux. L'autre pendait le long de son corps. Kosika suivit ce dernier jusqu'à sa main qui touchait le sol. Il y avait quelque chose entre ses doigts.

Elle se pencha plus près et constata que c'était de l'herbe. Pas les brins durs et cassants qui recouvraient le sol du Bois d'argent, mais du gazon doux, dont les petits brins verts se déployaient sous lui tel un coussin.

La fillette y passa les doigts et sursauta au moment où sa main effleura par mégarde la peau du défunt – elle était froide. Les yeux de Kosika se posèrent ensuite sur la demi-cape de l'homme, belle et chaude. Elle songea à la lui prendre, mais ne put se résoudre à toucher de nouveau l'inconnu. Elle n'avait pas non plus envie de l'abandonner. Elle finit donc par sortir le dernier morceau de sucre du sachet en papier ciré pour le déposer dans la paume du macchabée à l'instant même où un fracas troubla le calme : le tintement du métal et le martèlement de bottes.

Kosika se leva d'un bond pour filer se cacher entre les arbres. Seulement on ne la prit pas en chasse. Au contraire, elle entendit les pas ralentir, puis s'arrêter. Elle s'immobilisa à son tour derrière un tronc étroit et jeta un coup d'œil à la scène. De sa cachette, elle ne voyait pas le cadavre. En revanche, elle voyait les soldats près de lui. Ils étaient trois, leur armure d'argent scintillant dans la faible lumière. Des gardes royaux.

Elle ne distinguait pas ce qu'ils disaient, mais elle en vit un s'agenouiller et entendit un autre laisser échapper un sanglot haché. Ce gémissement, qui fendit les bois, la fit grimacer. Tournant les talons, Kosika s'enfuit.

NW
NE
W
E
SW
SE
S

PREMIÈRE PARTIE

HORLOGES, SERRURES ET AUTRES OBJETS DE TOUTE ÉVIDENCE VOLÉS

I

Londres rouge
De nos jours

Maître Haskin avait un don pour réparer les objets défectueux. C'était en tout cas ce que proclamait le panneau affiché à la porte de son échoppe.

« ES HAL VIR, HIS HAL NASVIR », pouvait-on lire en lettres dorées.

« Autrefois cassé, bientôt retapé. »

Officiellement, l'atelier se consacrait à l'entretien des horloges, serrures et autres menus objets domestiques, bref, des bibelots animés par des sorts plutôt rudimentaires – tout l'éventail, en somme, des petits rouages qui tournaient chaque jour dans de nombreux foyers londoniens. Et, en effet, le maître des lieux était parfaitement capable de réparer pendules comme verrous mais, pour ce faire, un simple don d'observation et une compréhension élémentaire du langage des sorts lui eurent, à vrai dire, amplement suffi.

Non, la plupart des clients qui poussaient la porte de bois noir de la boutique de Haskin lui apportaient des objets… plus surprenants, dirons-nous. Des bricoles « récupérées » sur un navire en mer, ou bien dérobées dans les rues de Londres, ou encore ramenées de l'étranger. Des babioles parfois déjà endommagées à leur arrivée, parfois détériorées au cours de leur acquisition, et dont les sortilèges s'étaient retrouvés esquintés, ébréchés ou, au moins en apparence, complètement détraqués.

Ses clients apportaient vraiment toutes sortes de choses chez Haskin… Et ils tombaient alors invariablement sur son apprentie.

En entrant, ils la trouvaient en général perchée en tailleur sur un tabouret branlant derrière le comptoir. Elle avait toujours un enchevêtrement de boucles châtain remonté sur la tête tel un chapeau – une masse indisciplinée retenue par un filet, un simple bout de ficelle ou le premier objet qui lui était tombé sous la main ce matin-là. Suivant la façon dont la lumière jouait sur ses traits, on aurait aussi bien pu lui donner treize que vingt-trois ans. Il faut dire qu'elle se tenait assise comme une enfant, jurait comme un vieux loup de mer et s'habillait n'importe comment – à croire que personne ne s'était jamais vraiment soucié de lui apprendre à le faire. Elle avait de longs doigts agiles, toujours en mouvement. Son regard noir et acéré balayait sans trêve l'objet cabossé qui gisait devant elle sur l'établi, les entrailles à l'air. Elle parlait sans cesse en travaillant, mais uniquement au squelette de hibou perché à ses côtés.

Il n'avait ni plumes ni chair : il était seulement composé d'os tenus ensemble par un fil d'argent. Elle avait nommé l'animal Vares, « Prince », en l'honneur de Kell Maresh, dont la ressemblance s'arrêtait aux deux pierres qui lui servaient d'yeux – l'une bleue, l'autre noire – et à l'effet qu'il avait sur ceux qu'ils rencontraient. Le sort qui l'animait lui permettait de claquer du bec ou de pencher la tête de temps à autre, histoire de donner des coups au cœur aux clients sans méfiance.

Ce jour-là non plus, ça n'avait pas manqué : la femme qui patientait de l'autre côté du comptoir avait tout à coup sursauté.

— Oh ! s'écria-t-elle, se reculant comme si elle-même était un oiseau aux plumes soudain hérissées. Je n'avais pas vu qu'il était vivant…

— Mais ce n'est pas le cas, répondit l'apprentie. Enfin… pas tout à fait…

À vrai dire, elle-même se demandait souvent où se situait exactement la frontière entre les deux. Car si le hibou avait bien été enchanté afin d'imiter grossièrement les mouvements d'un volatile, elle le surprenait parfois à se picoter l'aile là où auraient dû se trouver des plumes ou à fixer sur la fenêtre les deux cailloux plats qui lui tenaient lieu d'yeux… et elle aurait alors juré qu'il semblait vraiment doué de réflexion.

La jeune fille tourna le regard vers la cliente puis se pencha sous le comptoir pour attraper un bocal de verre en forme de lanterne à six faces, à peu près de la taille d'une main. Elle le reposa brusquement sur la table en annonçant :

— Et voilà, c'est terminé !

La femme souleva avec précaution l'objet, qu'elle approcha de ses lèvres pour y murmurer quelques mots. Le lampion s'illumina sur-le-champ, sa surface soudain couverte d'une espèce de givre blanc laiteux. L'apprentie regarda les filaments de lumière qu'elle seule pouvait voir et qui entouraient le récipient onduler en douceur lorsque la cliente le porta à son oreille – preuve que le sortilège fonctionnait sans heurts. Le message se répéta aussitôt dans un chuchotement, puis les parois du bocal redevinrent transparentes : il était de nouveau vide.

Un sourire s'étira sur le visage de sa propriétaire.

— Splendide ! dit-elle en glissant le piège à secrets dans son manteau.

Elle déposa sur le comptoir quelques piécettes soigneusement empilées, un lish d'argent et quatre lins aux reflets rouges, puis elle ajouta :

— Vous transmettrez mes remerciements à maître Haskin.

Mais elle tournait déjà les talons…

— Entendu ! lança l'apprentie à la porte qui se refermait avant de balayer le comptoir du plat de la main pour récupérer le fruit de son travail.

Puis elle sauta de son tabouret et s'étira en faisant pivoter son cou dans toutes les directions.

Le fameux maître Haskin n'était que pure fiction, bien sûr. Tout au plus, au début, avait-elle pris la peine de traîner une fois ou deux jusqu'à son échoppe un vieil homme recruté dans la taverne la plus proche, qu'elle payait quelques lins pour aller s'asseoir dans l'arrière-boutique, penché sur un livre. Tout ça histoire de pouvoir pointer du doigt sa silhouette en expliquant : « Le maître est occupé, désolée… » Apparemment, un homme à moitié soûl inspirait toujours plus confiance aux clients qu'une gamine aux yeux perçants qui paraissait plus jeune encore que son âge véritable, qui était de quinze ans.

Elle s'était vite lassée de gaspiller son argent, préférant ensuite disposer derrière une porte en verre dépoli une pile de caisses surmontée d'un oreiller qu'elle ne se privait pas de désigner à la place.

Les derniers temps, l'apprentie ne s'embarrassait plus de ces simagrées et se contentait d'agiter la main vers le fond du magasin en marmonnant : « Il est occupé. » La plupart des habitués s'en souciaient d'ailleurs comme d'une guigne, tant que les réparations tenaient.

Le nom de la jeune fille, même si personne n'en savait rien, était Tessali. Désormais seule dans l'atelier, elle se frotta les yeux et massa ses pommettes meurtries par la paire d'orbières qu'elle portait à longueur de journée pour mieux se concentrer, avant de boire une grande gorgée de thé noir. Amer et trop infusé, il était exactement comme elle l'aimait, et encore bien chaud de surcroît, tout ça grâce à sa tasse – l'un des premiers objets qu'elle ait jamais enchantés.

Les lanternes disposées un peu partout dans la boutique s'illuminaient l'une après l'autre à mesure que le jour déclinait derrière les vitres des fenêtres. Peu à peu, la pièce en vint à baigner dans une lumière crémeuse, qui se réverbérait sur les étagères, les vitrines et les établis. Bien remplis sans être trop encombrés, ceux-ci témoignaient d'un équilibre soigneusement entretenu entre stimulante profusion et véritable capharnaüm. Cet équilibre-là, elle l'avait appris de son père.

Une échoppe comme la sienne se devait de trouver le juste milieu : trop bien rangée, elle donnait l'impression de manquer de chalands. Trop de désordre, au contraire, et les clients préféraient aller s'adresser ailleurs. Trop d'objets cassés ? On vous soupçonnait aussitôt d'incompétence. Trop d'artefacts déjà réparés ? Méfiance… pourquoi personne n'était-il venu les réclamer ?

À en croire Tess, la boutique de Haskin – enfin, sa boutique à elle – avait trouvé le parfait équilibre.

Les étagères y regorgeaient de matériel : bobines de fil – principalement cuivre et argent, les meilleurs conducteurs de magie –, bocaux pleins à ras bord d'engrenages, d'axes et de clous, piles de parchemins couverts de bribes de sortilèges… Toutes les fournitures dont, elle le devinait, un atelier de réparation pourrait, en temps normal, avoir l'utilité. Mais en réalité, engrenages, parchemins et bobines, tout ça, c'était juste pour la galerie. Un simple décor pour rassurer les clients. Un tour de passe-passe destiné à les détourner de la vérité.

Tess n'avait besoin d'aucun de ces objets pour réparer un sort détraqué. Non, pour ça, ses yeux lui suffisaient amplement. Car, sans qu'elle sache trop pourquoi, ils ne voyaient pas simplement le monde en formes et en couleurs, mais aussi en filaments de magie.

Partout, ces fils luisants assaillaient son regard. Une ligne scintillante se lovait dans l'eau de son thé… Une bonne dizaine de bandes surgissaient du bois de l'établi… Plus d'une centaine de brins délicats allaient s'enchevêtrer dans le squelette de son hibou. Ils tourbillonnaient et s'entortillaient çà et là, passaient au-dessus, en dessous et autour de tout homme et de toute chose. Les uns sans éclat, les autres brillants ; certains singuliers, d'autres encore composés de plusieurs mèches tressées entre elles… la plupart oscillaient doucement, légers comme des plumes, quelques-uns filaient tels des torrents. Ensemble, ils formaient un maelström à donner le vertige.

Mais Tess ne se contentait pas de voir, de ses yeux voir, les rubans de magie… Elle pouvait aussi les toucher. Elle était capable de les faire vibrer comme s'il s'agissait des cordes d'un instrument et pas de l'étoffe même du monde. Elle savait distinguer les extrémités effilochées d'un sortilège cabossé et remonter le long des filaments de pouvoir endommagés pour les réparer.

Tess ne connaissait pas le langage des sorts – n'en avait tout simplement pas besoin, à vrai dire, car elle parlait le langage de la magie elle-même. Un don assez unique, elle le savait. Elle n'ignorait pas non plus que certains auraient été prêts à faire n'importe quoi pour mettre la main sur un pouvoir aussi rare. C'était d'ailleurs exactement pour cette raison qu'elle entretenait l'illusion de l'atelier.

Vares fit cliqueter son bec en agitant ses ailes déplumées. Tess jeta un regard au petit hibou, qui le lui rendit posément avant de tourner la tête d'un air entendu vers les rues enténébrées, de l'autre côté des fenêtres.

— Non, il est encore trop tôt, lui répondit-elle en continuant de boire son thé.

Mieux valait attendre un peu : de nouveaux clients pourraient finir par pousser la porte. En effet, une fois le soleil couché, un autre genre d'habitués avait tendance à fréquenter une boutique comme celle de Haskin.

L'apprentie tira de sous le comptoir un paquet emmailloté de toile de jute dont elle dégagea une épée. Puis elle reprit ses orbières – une espèce de paire de lunettes dont l'intérêt résidait non pas dans ses verres, mais dans sa lourde monture brune dont les côtés se prolongeaient comme des œillères pour chevaux. Elles avaient d'ailleurs exactement la même fonction : masquer le reste de la pièce aux yeux de Tess, limiter son monde à la simple surface du comptoir et à l'objet qui y était posé.

D'un geste précis, elle plaça les bésicles sur son nez.

— Tu vois ça ? dit-elle à Vares en désignant du doigt le métal.

Sur la lame était à l'origine gravé un charme, dont une petite partie avait été effacée par abrasion, probablement au cours d'un combat. D'arme impossible à briser, la rapière s'était vue reléguée au rang de piètre bout de ferraille sans valeur. Sous les yeux de Tess, les filaments de magie qui ondulaient autour de l'arme paraissaient, eux aussi, tout effilochés.

— Un sort, c'est un peu comme le corps de quelqu'un, expliqua-t-elle. À l'usage ou par excès de négligence, il peut s'ankyloser, se raidir et finir par casser. Si on réduit mal une fracture, le patient risque de boiter. Si on répare mal un enchantement, il peut se fissurer, voler en éclats, ou pire…

Cette leçon-là, c'est à ses dépens que Tess l'avait apprise.

Elle plia et déplia tour à tour, pour les assouplir, les doigts de ses deux mains, qu'elle passa ensuite à plusieurs reprises juste au-dessus de l'arme.

— Un sortilège existe en deux endroits à la fois, poursuivit-elle. Sur le métal d'une part et dans le monde magique d'autre part.

Dans n'importe quel autre atelier de réparation, on aurait simplement gravé de nouveau l'incantation sur l'acier. Mais, de toute façon, la lame subirait immanquablement d'autres dommages à l'avenir… Non, mieux valait réparer la trame du sort elle-même, telle qu'elle se déployait dans le monde magique. De cette manière, quoi qu'il advienne des symboles dessinés sur l'acier de l'épée, le charme, lui, perdurerait.

Avec mille précautions, Tess se pencha sur l'écheveau de magie dont elle se mit en devoir de réparer fil après fil : du bout des doigts, elle en rassemblait les extrémités effilochées pour y nouer de minuscules nœuds qui se dissipaient ensuite, ne laissant plus derrière eux qu'un ruban lisse, redevenu intact. Totalement absorbée par sa tâche, elle n'entendit même pas la porte de la boutique s'ouvrir – ne se rendit compte de rien jusqu'à ce que Vares se redresse en faisant claquer son bec d'un air inquiet.

Alors seulement, l'apprentie releva les yeux, les deux mains encore plongées dans la trame du sortilège.

Les orbières sur son nez réduisaient son champ de vision, si bien qu'elle ne vit pas tout de suite l'homme qui venait de franchir la porte. Il était grand et massif, les traits burinés par les épreuves – dont un nez qui avait été brisé à plusieurs reprises. Mais, comme toujours, l'attention de Tess se porta d'emblée sur les rubans de magie qui entouraient le nouveau venu. Ou plutôt, dans le cas présent, sur leur absence. Il était rare de croiser un être complètement dénué de pouvoir : le manque total de filaments faisait de lui une tache sombre dans la pièce.

— Je cherche Haskin, grogna-t-il en balayant la petite échoppe du regard.

La jeune fille ôta délicatement ses doigts de l'entrelacs de fils, retira ses lunettes et rabattit la toile sur la lame.

— Il est occupé, répondit-elle en désignant l'arrière-boutique d'un signe de tête, comme s'il s'y trouvait vraiment. Comment puis-je vous aider ?

Le coup d'œil que lui jeta l'homme hérissa aussitôt l'échine de Tess. Elle n'avait jamais droit qu'à deux types de regards – sceptiques pour les uns, appréciateurs pour les autres. D'un côté ceux qui voyaient en elle une très jeune fille, de l'autre ceux qui voyaient une femme. Dans les deux cas, elle avait l'impression d'être soupesée comme un sac de grains, mais les premiers étaient les pires, parce qu'ils la faisaient se sentir toute petite.

Les yeux implacables du visiteur se posèrent sur l'épée dont la garde dépassait du tissu.

— Tu as vraiment l'âge de pratiquer la magie ?

L'apprentie se contraignit à sourire, sans pouvoir s'empêcher au passage de montrer les dents.

— Et si vous commenciez par me montrer ce que vous avez apporté ? dit-elle.

Pour toute réponse, il poussa un grognement, glissa la main dans la poche de son manteau et posa un bracelet de cuir sur le comptoir. Tess identifia sans peine l'objet – enfin, ce dont il était censé s'agir. D'autant que le mouvement avait dévoilé, tatoué autour du poignet gauche de son client, un ruban noir qui laissait de toute façon peu de place au doute. Voilà qui expliquait l'absence totale de filaments, les ténèbres épaisses qui entouraient l'inconnu. L'homme n'était pas privé de magie depuis la naissance, non : la Couronne ayant jugé utile de le dépouiller de ses pouvoirs, sa peau avait été marquée de ce qu'on appelait une entrave.

Elle s'empara du bracelet, qu'elle tourna et retourna entre ses doigts.

À part la peine capitale, il n'était pas pire punition pour un criminel que de se retrouver dépourvu de toute puissance – et encore, beaucoup estimaient ce châtiment plus terrible que la mort. Il était bien sûr formellement interdit de saboter, trafiquer ou neutraliser une entrave. Mais ce n'était pas pour autant exclu, non – simplement coûteux. Et l'artefact devait d'ailleurs sans doute lui avoir été vendu comme un neutraliseur. Le nouveau venu avait-il conscience de s'être fait escroquer ? Le talisman était tout bonnement défectueux, le sortilège inachevé, imbroglio mal ficelé et bancal qui flottait maladroitement dans les airs. Jamais il n'avait été conçu pour vraiment fonctionner.

Mais ce n'était pas non plus du domaine de l'impossible…

— Alors ? s'impatienta l'homme.

Tess lui tendit le bracelet.

— S'agit-il d'une horloge, d'une serrure ou d'un menu objet domestique ?

L'inconnu fronça les sourcils, perplexe.

— *Kers ?* Non, c'est un…

— Cette boutique, reprit-elle, est spécialisée dans la réparation d'horloges, serrures et autres menus objets domestiques.

Il jeta un regard appuyé à l'épée qui dépassait de la toile.

— On m'avait pourtant bien dit…

— Ça m'a tout l'air d'une pendule, non ? l'interrompit-elle.

Il la fixa sans comprendre.

— Je…

Il laissa sa phrase en suspens, comme s'il n'était plus si certain de la nature exacte de l'accessoire. Tess lui lança à son tour un coup d'œil lourd de sous-entendus, qu'il mit un temps infini à interpréter correctement. Elle poussa un profond soupir.

— Oh… Oui ! C'est ça, une pendule… confirma l'homme dont le regard était allé du bracelet au squelette de hibou (qui, il le remarquait enfin, le suivait ni plus ni moins des yeux) avant de retourner se poser sur l'étrange jeune fille assise de l'autre côté du comptoir.

— Excellent ! répondit-elle en tirant une boîte de sous l'établi pour y déposer l'artefact prohibé.

— Alors Haskin pourra… m'arranger ça ?

— Bien sûr, répondit Tess, tout sourire, en détachant de sa liasse un petit ticket noir orné de l'enseigne de la boutique et d'un numéro imprimé à l'encre dorée. Rien ne résiste à maître Haskin. Ce sera prêt dans une semaine.

Elle regarda froidement l'homme s'éloigner. Lorsque la porte se referma derrière lui, il marmonnait une phrase indistincte où elle ne distingua que le mot « pendule ». Elle se demanda un instant quel crime il avait bien pu commettre pour mériter cette entrave, mais se reprit aussitôt. Rien n'était plus dangereux que la curiosité mal placée. Ce n'était pas en se posant ce genre de questions qu'elle parviendrait à boucler ses fins de mois.

La soirée était assez avancée, désormais : à l'extérieur, le flot des passants se tarissait, preuve que les habitants du *shal* se tournaient vers des activités… moins recommandables. Le quartier avait mauvaise réputation – et il fallait bien le reconnaître, il était mal fréquenté, en effet. Les clients de ses tavernes étaient de ceux qui évitaient les sbires de la Couronne… Une bonne moitié des sommes dépensées dans ses boutiques sortaient de la poche de quelqu'un d'autre… Sans compter qu'en cas de cris ou de rixe, la plupart de ses résidents préféraient faire la sourde oreille plutôt qu'intervenir. Mais le *shal* avait bien besoin de l'atelier de Haskin pour retaper et réparer sans poser de questions gênantes, et tout le monde savait que Tess était son apprentie. Elle s'y sentait donc en sécurité – pour autant qu'elle puisse être à l'abri où que ce soit.

La réparation de l'épée était inachevée, mais elle la rangea tout de même sous le comptoir, termina son thé et entreprit de fermer boutique.

C'est à mi-chemin de la porte que la migraine la saisit.

Tess le savait : le mal allait s'installer comme chez lui sous son crâne, ce n'était plus qu'une question de temps. Il empêcherait son esprit de fonctionner correctement. Elle ne pourrait que dormir. Si elle ne prenait plus l'apprentie par surprise, la douleur ne s'en faisait pas moins voleuse, se glissant subrepticement derrière ses globes oculaires pour saccager tout ce qu'elle y trouvait.

— *Avenoche*, Haskin, murmura-t-elle à la cantonade dans le magasin désormais désert.

Récupérant d'une main la recette du jour dans le tiroir du comptoir tandis qu'elle s'emparait de Vares de l'autre, elle longea les étagères pour aller écarter le lourd rideau qui fermait l'arrière-boutique. Tess y avait aménagé son nid : un coin de la pièce lui servait de cuisine, une mezzanine de lit.

Après avoir ôté du talon l'une de ses chaussures puis l'autre, elle déposa son écot dans une boîte de métal placée derrière le poêle, où elle mit à réchauffer un bol de soupe. Puis elle libéra la masse de cheveux qu'elle portait relevée au sommet du crâne. Les mèches, cependant, plutôt que de lui retomber sur le cou, se répartirent tout autour de son crâne en un épais nuage de boucles noisette. Elle secoua la tête : un crayon, qu'elle ne se rappelait pas avoir glissé dans sa chevelure, tomba sur sa petite table. Puis, tandis que Vares se penchait pour picorer son perchoir, elle s'assit et entreprit d'engloutir de gros morceaux de pain après les avoir trempés un à un dans son bouillon.

Si quelqu'un l'avait vue alors, il eût été facile à cet observateur de comprendre qu'elle était jeune. Son âge se devinait à ses coudes anguleux et à ses genoux osseux repliés sur la chaise, à la rondeur de son visage, à sa façon d'enfourner la soupe dans sa bouche tout en expliquant au squelette de hibou – conversation à sens unique s'il en fut – comment elle comptait achever le neutraliseur... Lorsque son mal de tête se fit plus aigu, elle soupira, pressa les paumes contre ses yeux et regarda palpiter les taches de lumière derrière ses paupières.

C'étaient les seuls moments où elle avait le mal du pays. Où lui manquaient la main fraîche de sa mère posée sur son front, le murmure de la marée montante ou l'air salé du large, tel un baume sur ses plaies…

Elle mit fin à ce moment de faiblesse en repoussant le bol vide loin d'elle avant de monter à l'échelle et de placer Vares sur une étagère. Parvenue dans sa petite mezzanine, elle en tira le rideau pour plonger le cagibi dans les ténèbres – une obscurité émaillée de rubans de lumière qui flottaient au-dessus d'elle, traversant de part en part le petit hibou et la boîte à musique posée à son chevet. Le bibelot était en forme de falaise, où de petites vagues de métal allaient s'écraser contre des rochers luisants. Du bout des doigts, l'apprentie isola un filament bleu qu'elle fit délicatement vibrer pour déclencher le mécanisme. Un doux souffle envahit la soupente, semblable au refrain des vagues.

— *Vas ir*, Vares, chuchota Tess.

Elle noua un épais bandeau de tissu sur ses yeux afin de bloquer toute source de lumière, se pelotonna dans son petit lit niché au fond de la boutique de Haskin et laissa le murmure du ressac l'emporter dans le sommeil.

II

Assis dans la salle du Poisson d'or, le fils du marchand faisait semblant de lire un livre sur les pirates.

Semblant seulement, car la lumière était trop faible. Et même s'il y avait vu clair, il n'aurait guère pu se concentrer sur l'ouvrage ouvert devant lui, qu'il connaissait par cœur, ou sur la bière à moitié vide, trop amère et épaisse à son goût. Non, il ne pouvait rien faire d'autre qu'attendre.

À vrai dire, il ne savait pas vraiment qui – ou quoi – attendre, simplement qu'il était censé patienter là et qu'on viendrait le trouver. C'était un acte de foi – ni le premier ni certainement le dernier qu'on exigerait de lui. Mais il était prêt.

Une petite sacoche gisait par terre entre ses pieds, cachée dans l'ombre de la table, et une casquette noire était abaissée sur son front. Il avait choisi une table dans un coin, dos au mur. Chaque fois que la porte de la taverne s'ouvrait, le jeune homme levait les yeux tout en prenant soin de ne pas se faire remarquer. Il haussait juste le regard, sans bouger la tête, technique qu'il avait apprise dans un livre.

Le fils du marchand n'avait pas beaucoup d'expérience, mais il avait grandi en se nourrissant de lectures. Pas de manuels d'histoire ou de grimoires remplis de sortilèges, bien que ses tuteurs lui en eussent fait lire aussi. Non, tout ce qu'il savait, il l'avait appris des romans. Des récits épiques sur des ribauds et des rebelles, des nobles et des voleurs, mais surtout des héros.

Son livre favori, *Les Légendes d'Olik*, était une saga sur un orphelin sans le sou qui devient le plus grand magicien/marin/espion du monde. Dans le troisième tome, Olik découvre qu'il est de sang *ostra* – il appartient donc à l'élite –, puis il est accueilli à la cour, où il constate que les nobles sont encore plus corrompus que ces vauriens qu'il affronte en mer.

Dans le volume suivant – le meilleur, à son humble opinion –, Olik rencontre Vera, une magnifique femme retenue en otage sur un bateau de pirates. Du moins le croit-il avant de comprendre qu'elle est en réalité le capitaine : toute cette affaire n'était qu'une ruse pour le capturer et le vendre au plus offrant… Il réussit à s'échapper et Vera devient par la suite sa plus grande ennemie, mais jamais tout à fait son égale, car Olik reste le héros.

Le fils du marchand se régalait de ces histoires. Il se délectait des moindres détails, se gorgeait du mystère, de la magie et du danger qu'elles renfermaient. Il les lisait jusqu'à ce que l'encre des pages s'efface, que le dos des volumes se fende et que le papier moisisse sur les bords à force de les feuilleter ou de les fourrer dans ses poches quand son père venait sur les quais vérifier son travail.

Son père, qui ne comprenait pas – qui ne pouvait pas comprendre. Son père, aux yeux de qui il commettait une terrible erreur.

La porte de la taverne s'ouvrit brusquement, et le fils du marchand se raidit en voyant deux hommes entrer d'un pas tranquille. Mais ils ne jetèrent pas le moindre coup d'œil à la ronde. Aussi ne les remarquèrent-ils pas, ni lui ni la casquette noire qu'on lui avait dit de porter. Malgré tout, il les regarda traverser la salle pour s'installer à une table au fond, puis faire signe au tenancier. Comme le jeune homme n'était à Londres que depuis quelques semaines, tout lui semblait encore nouveau, depuis les accents – plus prononcés que ceux qui avaient bercé son enfance – jusqu'au langage gestuel en passant par les habits : la mode du moment consistait à accumuler les couches de vêtements afin de pouvoir ôter une tenue pour en révéler une autre, en fonction du temps qu'il faisait ou de la compagnie dont on s'entourait.

Il scruta les visages des deux nouveaux venus. Le fils du marchand était un mage du vent de naissance – un parmi tant d'autres –, mais il possédait un autre talent, plus rare. Depuis toujours, il avait un sens aigu du détail ainsi que le don de déceler les mensonges – qualité jugée fort utile par son père lorsqu'il interrogeait les marins sur leur cargaison, en leur demandant, par exemple, comment une caisse s'était perdue ou pourquoi une acquisition était tombée à l'eau (au sens propre comme au sens figuré).

Le jeune homme ne savait pas pourquoi ni comment il s'y prenait. Ce voile léger dans leur regard, la mâchoire qui se serrait rapidement, les tics et les tensions sur leur visage… Le mensonge possédait son propre langage qu'il avait toujours su déchiffrer.

Il reporta son attention sur le livre ouvert sur la table et tenta de se concentrer sur les mots qu'il avait déjà lus une centaine de fois. Mais son esprit ne cessait de glisser sur la page.

Son genou tressautait nerveusement sous la table. Il changea de position sur sa chaise et tressaillit de douleur : la peau à la base de sa colonne vertébrale était encore à vif après le marquage au fer qui le liait au destin qu'il s'était choisi. Avec un peu de concentration, il pouvait même en sentir les lignes et les doigts écartés qui le composaient, tels les rayons d'une roue. Cette main était un symbole de progrès, de changement, de…

Trahison.

Voilà le mot qu'avait crié le marchand en suivant son fils à travers la maison.

— *Tu dis ça parce que tu ne comprends pas*, avait riposté le jeune homme.

— *Oh, mais je comprends très bien*, avait répliqué le négociant d'un ton sec, le visage empourpré. *Je comprends que mon fils n'est qu'un gamin. Et que Rhy Maresh, qui était un bon prince, est maintenant un roi juste. En sept ans de règne, il a évité une guerre avec Vesk, ouvert de nouvelles routes commerciales qui nous sont bénéfiques, et…*

— *Il n'empêche que la magie décline dans tout l'empire.*

Le marchand avait levé les bras au ciel.

— *Ce n'est qu'une rumeur.*

— *Non, c'est la vérité,* avait insisté le fils en ajustant la sacoche sur son épaule.

Il avait déjà fait ses bagages. Le navire pour Londres partait ce jour-là même et il avait la ferme intention de monter à son bord.

— *Aucun nouvel* Antari *n'a vu jour depuis Kell Maresh, il y a vingt-cinq ans. Nous sommes de moins en moins nombreux à maîtriser plus d'un élément et de plus en plus à naître sans magie. La nièce de mon amie…*

— *La nièce de ton amie, allons donc !* avait raillé le négociant, mais son fils avait continué.

— *Elle est née un mois après le couronnement de ton roi. Elle a sept ans aujourd'hui, et toujours aucun pouvoir. Pour un autre ami, c'est un cousin né cette année. Un autre encore, un fils.*

Le marchand avait secoué la tête.

— *Il y a toujours eu des individus dénués de…*

— *Pas autant qu'aujourd'hui ni en aussi grand nombre. C'est un signe. Un avertissement. Le monde ne tourne pas rond, et ce depuis un moment. Un virus est en train de se propager dans Arnes, une espèce de pourriture au cœur même de l'empire. Si on ne l'élimine pas tout de suite, on ne pourra plus en guérir. C'est un petit sacrifice à consentir pour le bien commun.*

— *Un petit sacrifice ? Tu as l'intention d'assassiner le roi !*

Le fils du marchand avait tressailli.

— *Non, nous allons motiver le peuple pour que sa voix soit entendue par le roi. Si notre monarque est aussi noble qu'il le prétend, il comprendra. Il veut ce qu'il y a de mieux pour son royaume, non ? Donc il abdiquera et…*

— *Si tu crois vraiment que toute cette histoire se terminera sans effusion de sang, tu n'es pas seulement un traître, tu es aussi un idiot !*

Le jeune homme avait tourné les talons mais, pour la première fois, son père l'avait retenu par le bras.

— *Je devrais te dénoncer.*

La colère brûlait dans les yeux de l'homme. L'espace d'un instant, le fils du marchand avait bien cru que ce dernier allait recourir à la violence. Loin de céder à la panique, il avait soutenu le regard de son paternel avant de déclarer :

— *Fais ce que te dicte ton cœur. Tout comme moi, je fais ce que me dicte le mien.*

Le négociant l'avait dévisagé comme s'il n'était qu'un inconnu.

— *Qui t'a mis cette idée en tête ?*

— *Personne*, avait-il répondu.

C'était un mensonge, bien sûr. Après tout, les idées venaient le plus souvent de quelque part. Ou plutôt, de quelqu'un. Celle-là venait d'elle.

La première chose qu'il avait remarquée chez elle, c'étaient ses cheveux, si foncés qu'ils absorbaient toute la lumière. Une chevelure noire comme la nuit… et sa peau d'un brun chaud qui prenait vie une fois en mer. Ses yeux, de la même teinte, étaient mouchetés d'or – il s'en était aperçu plus tard, quand il s'était tenu assez près pour les observer. Il faisait l'inventaire des stocks sur les quais lorsqu'elle avait surgi de nulle part, brisant la monotonie de sa journée pleine d'ennui.

Il tenait entre ses mains un rouleau de dentelle argentée à la lumière quand elle était apparue sous ses yeux. Elle avait commencé par le regarder à travers le motif et bientôt, ils s'étaient retrouvés à tourner ensemble autour de la marchandise, oubliant tout de l'étoffe. Puis elle l'avait conduit sur la passerelle de son bateau en gloussant. Son rire n'était pas le délicat carillon des filles de l'âge du jeune homme, mais un son brut et féroce. Ils avaient alors rejoint une cale chaude et obscure. C'est en déboutonnant le chemisier qu'elle portait qu'il avait dû la voir, cette empreinte telle une ombre sur ses côtes, comme si un amant avait marqué sa chair de sa main brûlante. Plus tard, alors qu'ils étaient étendus là, sereins et heureux, il avait posé sa paume et ses doigts sur la marque avant de lui demander à quoi elle correspondait.

Dans l'obscurité de la soute, elle lui avait chuchoté la réponse. Elle lui avait parlé du mouvement qui était né, de la rapidité et de la force avec lesquelles il s'était propagé. Selon elle, la Main sauverait le monde en le débarrassant de ses faiblesses.

« *La Main tient le poids qui équilibre la balance*, lui dit-elle en lui caressant le torse. *La Main tient la lame qui ouvre la voie au changement.* »

Il avait dévoré ses paroles comme si elles sortaient tout droit d'un roman, alors que non. C'était encore mieux : la jeune femme décrivait la réalité. Une aventure dont il pourrait faire partie, l'occasion pour lui d'être un héros.

De fait, elle aurait pu le marquer sur-le-champ. Une fois de retour sur les quais, il n'était déjà plus le même. Il serait volontiers parti en mer avec elle dès ce soir-là, mais le bateau avait disparu. Quelle importance après tout ? Elle n'était pas la Vera de son Olik – plutôt un catalyseur, un moyen de pousser le héros vers son destin.

— *Je sais que tu ne comprends pas*, avait dit le jeune homme à son père. *Mais l'équilibre a été rompu et il faut le restaurer.*

Le marchand n'avait pas lâché le bras de son fils. Il avait continué à sonder ses traits en quête de réponses qu'il n'était pourtant pas prêt à entendre.

— *Pourquoi faut-il que ce soit toi ?*

Parce que, avait-il songé.

Parce qu'il n'avait rien accompli d'important en vingt-deux ans d'existence et qu'il devait faire ses preuves. Parce qu'il restait éveillé la nuit à rêver d'aventure. Il cherchait l'occasion de se démarquer, de changer le monde à sa façon. Or voilà qu'il l'avait trouvée, cette occasion.

Comme il ne pouvait cependant pas donner cette réponse à son père, il avait planté ses yeux dans les siens avant de déclarer :

— *Parce que j'en suis capable.*

Le négociant l'avait attiré à lui puis il avait pris son visage entre ses mains tremblantes. De près, le jeune homme avait pu constater que son père avait les yeux humides. À ce moment-là, quelque chose en lui avait flanché, vacillé. Le doute avait germé dans son esprit.

Puis le marchand avait lancé :

— *Tu es un imbécile et tu vas mourir.*

Son fils s'était raidi, comme s'il avait reçu un coup. À l'expression du vieil homme, il avait compris que ce dernier croyait avoir raison. Et qu'il ne parviendrait jamais à le convaincre.

À ce moment-là, les paroles prononcées par la belle inconnue dans la soute lui étaient revenues : « *Certains ne comprennent la nécessité d'un changement qu'une fois l'acte accompli.* »

Ses nerfs s'étaient durcis, tout comme sa détermination.

— *Tu te trompes*, avait-il soufflé. *Et je vais te le prouver.*

Sur ces mots, il s'était libéré de la poigne qui le retenait pour s'esquiver. Cette fois, son père ne l'avait pas retenu.

Cette altercation avait eu lieu un mois plus tôt. Un mois seulement ! Tant de choses avaient changé depuis, comme en témoignaient la marque et, désormais, cette « mission ».

La porte du Poisson d'or s'ouvrit de nouveau et un homme entra d'un pas nonchalant. Son regard balaya les tables avant de se poser sur le fils du marchand.

Son visage se fendit alors d'un sourire, comme s'ils étaient de vieux amis. Même adressé à quelqu'un d'autre, ce sourire empestait l'hypocrisie. L'inconnu s'approcha de lui. Il avait à la fois la démarche d'un marin et l'allure d'un garde.

— Ah, te voilà ! s'écria-t-il. Désolé pour le retard.

— Ce n'est rien.

Une décharge d'adrénaline traversa le fils du marchand, mélange d'excitation et de peur. Le nouveau venu ne portait pas de sacoche. N'était-il pas censé être accompagné ? Sans lui laisser le temps d'ajouter quoi que ce soit, l'inconnu lui lança d'un ton enjoué :

— Allez, viens. Le bateau est déjà à quai.

Après avoir rangé le livre dans sa poche arrière, le fils du marchand se leva et déposa une pièce sur la table. Puis il siffla la fin de sa bière sans se rappeler qu'il l'avait boudée pour une bonne raison : trop épaisse et trop amère, elle restait collée à son gosier au lieu de descendre. Il tenta de ne pas tousser, échoua et finit par esquisser un sourire forcé que l'autre homme, déjà tourné vers la porte, ne remarqua pas.

Une fois à l'extérieur, la bonne humeur de l'inconnu disparut. Son sourire s'effaça pour ne laisser dans son sillage qu'une expression aussi austère que vide.

Le fils du marchand prit tout à coup conscience qu'il ignorait la nature de leur mission. Il interrogea son compagnon, présumant que celui-ci ferait la sourde oreille ou s'évertuerait à employer un langage codé. Il se trompait.

— On va libérer quelque chose sur un bateau.

« Libérer », il le savait, signifiait « voler ».

Le fils du marchand n'avait jamais rien volé de sa vie et la réponse de l'inconnu soulevait d'autres questions. Quelle chose ? Quel bateau ? Il l'aurait volontiers interrogé, mais les mots restèrent, tout comme la bière, coincés dans sa gorge lorsqu'ils croisèrent deux gardes royaux. À leur vue, le jeune homme se tendit bien qu'il n'eût – pour l'heure – commis aucun crime, hormis cette marque dissimulée sous ses vêtements et que les soldats ne manqueraient pas de considérer comme un délit.

« Trahison », retentit la voix de son père à ses oreilles au rythme des battements de son propre cœur.

Mais son comparse leva une main comme s'il les connaissait, et les gardes hochèrent la tête avant de poursuivre leur chemin. *Savent-ils la vérité ?* se demanda le fils du marchand. *Ou la rébellion est-elle vraiment très douée pour se cacher au grand jour ?*

Le Poisson d'or ne se trouvait qu'à quelques encablures des quais londoniens. Ils parvinrent donc bientôt à destination : un étroit bateau anonyme. Assez léger pour être piloté par un seul magicien du vent comme lui. Un esquif à fond plat, de ceux qu'on utilise pour de brèves excursions rapides quand on préfère la vitesse au confort.

Il suivit l'inconnu sur une courte passerelle qui menait au pont. Son cœur tambourinait aussi fort que leurs bottes sur le bois. L'instant lui semblait décisif, chargé d'énergie et de présages.

Le fils du marchand sourit, les poings sur les hanches. S'il était le héros d'un roman, son histoire commencerait à ce moment précis. Qui sait, peut-être l'écrirait-il un jour…

Un raclement de gorge interrompit le fil de ses pensées. Il se retourna pour découvrir un deuxième homme, à la silhouette sèche, qui ne prit pas la peine de faire mine de le reconnaître.

— Bien, dit le nouvel inconnu en toisant le fils du marchand, qui attendit la suite.

Comme le silence se prolongeait, il lui tendit la main, prêt à se présenter, mais son nom n'avait pas franchi ses lèvres que le premier homme faisait déjà non de la tête. Quant au deuxième, il lui tapota le torse.

— Pas de noms.

Perplexe, le fils du marchand fronça les sourcils. Olik, lui, ne taisait jamais son identité.

— Et comment va-t-on s'appeler, alors ?

Ses interlocuteurs haussèrent les épaules, comme s'il s'agissait là d'un détail insignifiant.

— On est trois, répondit celui qui était venu le chercher au Poisson d'or.

— Tu sais compter jusque-là, non ? ajouta l'autre d'un ton sec. Lui, c'est le premier. Moi, je suis le deuxième. Et toi, le troisième.

Le fils du marchand en resta interdit. En même temps, les chiffres avaient une valeur symbolique, non ? Dans les histoires qu'il avait lues, les éléments se comptaient souvent par trois et, le plus souvent, le troisième était le plus important. Il en allait sûrement de même pour les gens.

Après qu'ils eurent largué les amarres, le bateau se mit à dériver sur l'eau pourpre avant de virer de bord, le palais royal se profilant dans son sillage. Un sourire s'épanouit alors sur le visage du fils du marchand – désormais le troisième homme –, car le jeune homme savait, de la racine de ses cheveux jusqu'à la pointe de ses bottes, qu'il allait devenir le héros de cette histoire… et il lui tardait de commencer l'aventure.

III

Alucard Emery avait l'habitude de faire tourner les têtes. Il aimait à penser que c'était dû à son incroyable beauté – peau d'un brun chaud, cheveux gorgés de soleil, yeux d'un bleu orage – ou encore à son impeccable goût – il avait toujours apprécié porter des vêtements bien taillés et, à l'occasion, une pierre précieuse, même si plus aucun saphir n'ornait son sourcil. Mais ça pouvait tout aussi bien tenir à sa réputation. Noble de naissance, corsaire de profession, capitaine de la *Flèche noire*, champion en titre de l'ultime *Essen Tasch* (on n'avait pas organisé de nouveau tournoi depuis que Vesk avait profité du dernier pour assassiner la reine), survivant du Brouillard noir et consort du roi.

Séparément, chacun de ces titres l'aurait rendu intéressant. Mis tous ensemble, ils le rendaient tristement célèbre.

Cette nuit-là pourtant, il déambulait dans *Le Fil de soie* sans que personne ne se retourne sur lui, sans qu'aucun regard ne le suive. La maison de plaisirs sentait à la fois le caramel et le lys. Ce parfum, qui flottait dans les couloirs, s'enroulait autour des habitués qui montaient l'escalier tel un panache de fumée. Édifice majestueux, assez proche de l'Île pour que l'éclat pourpre du fleuve teinte les vitres du côté sud, la maison close devait son nom aux rubans blancs qu'arboraient les hôtes à leurs poignets pour les distinguer des clients. Et comme dans toutes les maisons closes de luxe, ses hôtes étaient rompus à l'art de la discrétion. On pouvait compter sur eux pour tenir leur langue, et si certains des clients reconnaissaient Alucard, comme c'était sûrement le cas, ils avaient le bon goût de ne pas le dévisager, ou pire, de faire une scèn…

— Mais ne serait-ce pas Alucard Emery ?

L'éclat de voix le fit tressaillir. Qui osait donc l'appeler par son nom ? Il se retourna pour découvrir un jeune homme qui se dirigeait vers lui, déjà bien éméché. Un fil bleu s'enroulait dans l'air autour de l'effronté, mais seul Alucard pouvait le voir. Le nouveau venu était drapé de soie, le col de sa chemise ouvert révélant une peau satinée et bronzée. Ses cheveux dorés étaient décoiffés et ses yeux, noirs. Pas entièrement, comme celui de Kell, mais plutôt comme de parfaites gouttes d'encre au centre du blanc qui engloutissaient les pupilles, si bien que l'ancien capitaine de la *Flèche* ne savait pas si ces dernières étaient réduites à des têtes d'épingle ou dilatées par le plaisir.

Alucard fouilla dans sa mémoire jusqu'à ce qu'un nom lui revienne. *Oren.*

— Bonsoir, maître Rosec, le salua-t-il avec autant de courtoisie que possible, car Oren était le rejeton d'une noble lignée.

— Vous ne m'avez pas oublié !

Oren lui posa la main sur l'épaule comme s'ils étaient de vieux amis. En réalité, les Rosec résidaient depuis longtemps dans le Nord et les deux hommes ne s'étaient rencontrés qu'une seule fois, cinq ans auparavant, lors du mariage royal. À l'époque, Alucard avait pris le garçon pour un enfant gâté. À présent, il en avait la confirmation. Oren Rosec était d'une beauté indéniable. Mais son charme était terni par le fait que le jeune homme, arrogant, en avait conscience, si bien qu'Alucard n'avait qu'une envie : effacer le sourire de ce joli minois.

— Je suis surpris de voir un Rosec si loin au sud, fit-il remarquer. Comment se passe votre séjour à Londres ?

— Merveilleusement bien, répondit Oren en lui adressant un clin d'œil tout aussi espiègle qu'insupportable. Je me sens comme chez moi, ici.

— Et votre sœur ? s'enquit Alucard, non sans balayer les lieux du regard dans l'espoir de trouver son hôtesse, et avec elle, une échappatoire.

— Hanara ? Elle est restée dans le Nord, répondit-il en balayant l'air de sa main. C'était elle la plus âgée, après tout.

Était. L'emploi du passé décontenança Alucard. Mais avant qu'il ne puisse l'interroger, Oren se pencha bien trop près et déclara bien trop fort :

— Mais je dois dire que c'est moi qui suis surpris de vous voir ici, maître Emery, et non auprès du roi.

Alucard eut un mince sourire.

— Aux dernières nouvelles, je ne suis pas marié à la Couronne. Ce que je fais de mon temps libre ne regarde que moi.

Oren éclata de rire.

— Je ne vous reproche rien, rétorqua-t-il en resserrant sa prise sur l'épaule d'Alucard. Après tout, en ce moment, il n'y a pas beaucoup de place dans le lit du roi.

L'ancien corsaire serra les dents et se demanda ce qu'il aurait pu répliquer si Oren n'avait pas soudain aperçu un hôte à son goût à l'autre bout de la pièce.

— Si vous voulez bien m'excuser, dit le jeune noble qui s'éloignait déjà.

— Avec plaisir, marmonna Alucard, heureux de le voir partir.

À cet instant, une main enrubannée se posa sur son épaule. Il se retourna pour découvrir une femme en robe blanche. En vérité, le mot « femme » ne faisait guère honneur à sa beauté et celui de « robe » ne rendait pas justice à sa tenue. Longiligne et ravissante, la peau diaphane, elle avait rassemblé ses cheveux blond cendré en chignon haut à l'aide d'une dizaine de longues épingles argentées en forme d'épines. Sa robe, un simple pan de soie blanche enroulé autour de son corps comme un ruban autour d'un paquet, la cintrait en divers endroits jusqu'à souligner chacune de ses courbes dans les moindres détails.

Si la plupart la connaissaient sous le nom de la Rose blanche, très peu savaient qu'elle était non seulement la plus convoitée des hôtesses du Fil de soie, mais qu'elle en était aussi la propriétaire.

Pour Alucard, elle était Ciara.

— Bonsoir, maître Emery, susurra-t-elle d'une voix suave. Cela fait si longtemps…

L'air autour d'elle se réchauffa très légèrement. L'effet de sa magie – il voyait les pâles filaments danser sur sa peau –, ce qui n'empêcha pas Alucard de rougir et de se surprendre à se pencher vers elle, telle une fleur vers le soleil.

— Je te l'accorde, confirma-t-il en ôtant de son épaule la main de Ciara pour la porter à ses lèvres. Et pourtant, je doute que ton lit ait jamais refroidi.

— Tous les corps produisent de la chaleur, répliqua-t-elle avec désinvolture, mais rares sont ceux à avoir littéralement brûlé mes draps.

Il se retint de rire. La propriétaire du Fil de soie se mit à tapoter le comptoir d'un ongle parfaitement manucuré et deux petits verres apparurent, remplis d'un liquide ambré. Chacun s'empara du sien – c'est ainsi que se concluait l'accord entre un client et l'hôte de son choix.

— *Vas ir*, déclara-t-elle en arnésien.

— *Glad'ach*, répondit-il en veskien.

Une ombre traversa le visage de Ciara – le plus fugace des nuages. Elle fit tinter son verre contre le sien avant d'en avaler le contenu, aussitôt imitée par Alucard. Cette liqueur au goût de soleil et de sucre était assez forte pour donner l'impression à un client non averti de s'être couché sur la terre ferme avant de se réveiller en mer. Après des années passées à manœuvrer la *Flèche noire*, l'ancien marin avait toutefois les jambes solides et tenait très bien l'alcool.

Leurs deux verres vides dans une main et l'autre dans celle de la propriétaire des lieux, Alucard se laissa entraîner dans l'escalier. Puis ils parcoururent un couloir jusqu'à une chambre dont l'odeur, étrangère au parfum délicat de la maison close, évoquait les bois la nuit. Une senteur sauvage.

Sitôt la porte fermée à clef, l'hôtesse le plaqua contre le mur en semant des baisers taquins dans son cou.

— Ciara, dit-il d'un ton doux, puis plus ferme comme elle ne s'écartait pas. Ciara !

Les lèvres de la jeune femme formèrent une moue boudeuse parfaite.

— Tu n'es vraiment pas drôle, se plaignit-elle en lui tapotant le torse de ses ongles. Est-ce donc le roi qui retient encore ton cœur dans un tel étau ?

— Oui, répondit Alucard avec un sourire.

— Quel gâchis ! s'exclama-t-elle en reculant néanmoins.

Ce faisant, elle tira sur l'extrémité du pan de soie blanche qui l'enveloppait. Le tissu se dénoua et tomba à terre. Elle resta plantée là, nue, son corps longiligne scintillant comme un rayon de lune, mais les yeux du capitaine n'étaient pas tant attirés par les courbes de la jeune femme que par ses cicatrices. L'argent sinuait le long de sa gorge, suivait le contour de sa poitrine, marquait l'intérieur de ses coudes et de ses poignets. Un vestige du Brouillard noir qui avait frappé Londres sept ans plus tôt. De la magie empoisonnée qui avait submergé les rives de l'Île.

Peu savaient que cette magie avait un nom : Osaron. Osaron, le destructeur du Londres noir. Osaron, l'ombre qui se prenait pour un dieu. Osaron, qui corrompait tout être et toute chose.

Dans la majorité des cas, les survivants s'en étaient sortis en se soumettant à sa volonté. Ceux qui lui avaient résisté avaient pour la plupart péri, brûlés vifs par la fièvre qui faisait rage dans leur corps. Les rares à ne pas avoir succombé, à avoir lutté contre la magie noire et la maladie, à avoir survécu à cette terrible nuit, ceux-là seuls étaient marqués par la bataille, leurs veines rongées par l'argent dans le sillage du sortilège.

Alucard tendit une luxueuse robe de chambre blanche à Ciara. Ses yeux glissèrent sur son propre poignet et les cicatrices d'argent fondu qui remontaient sur ses avant-bras.

À son tour, il ôta son manteau couleur bleu nuit qu'il lança sur une chaise et défit le fermoir à son cou. Il ne se dévêtirait pas davantage. Comme à leur habitude, ils n'utilisèrent pas le lit mais se tournèrent vers la petite table sur laquelle reposait un plateau de rasch.

Les pions étaient déjà répartis sur la planche hexagonale, les noirs d'un côté, les blancs de l'autre. Trois grandes pièces sculptées – le prêtre, le roi et la reine – entourées de douze soldats. Le jeu de Ciara lui avait été offert par un généreux client qui préférait apparemment sa vivacité d'esprit à son physique. Au lieu d'être taillés dans le bois, les pions étaient en marbre fileté d'or.

Alucard désigna de la tête une bouteille sur le rebord de la fenêtre.

— Tu permets ?

— Cette nuit te coûte une fortune. Tu as tout intérêt à en profiter.

— Je ne m'en prive jamais !

Il leur servit à chacun un deuxième verre de cette liqueur dorée. Levant sa coupe, il déterra de sa mémoire un vieux proverbe.

— *Och ans, is farr…*

— Arrête, le coupa-t-elle d'un ton sec, comme si ces mots la blessaient.

Au contraire du roi, Alucard ne maîtrisait pas bien ce dialecte. Il parlait l'arnésien et la langue royale, que Lila Bard appelait l'anglais. Il connaissait quelques dictons dans d'autres langues, ce qui lui permettait de survivre aux mondanités de la cour. Son veskien, en revanche, manquait de naturel et de douceur. Il l'avait appris grâce à un membre de son équipage, mais il devinait que ce n'était pas son accent qui contrariait Ciara.

— Tu sais, dit-il, il n'y a rien de mal à être originaire de plusieurs endroits à la fois.

— Si, riposta-t-elle, quand ces différents endroits sont en guerre.

— Je n'étais pas au courant, s'étonna Alucard en s'asseyant. Sais-tu quelque chose que j'ignore ?

— Très certainement, répliqua-t-elle avant de s'installer en face de lui. Mais nous savons, toi et moi, qu'Arnes et Vesk sont comme des loups prêts à se sauter à la gorge. Tôt ou tard, l'un des deux finira par frapper.

En réalité, l'attaque avait déjà eu lieu. Sept ans plus tôt, deux des héritiers de l'empire veskien étaient venus au palais durant l'*Essen Tasch* afin de renforcer les liens entre les deux nations. Mais le frère et la sœur avaient un tout autre objectif en tête : affaiblir la Couronne arnésienne et semer les graines de la discorde. Leur plan avait abouti en partie, lorsqu'ils avaient transpercé d'une lame le cœur d'Emira, la mère de Rhy. Ils auraient aussi tué Rhy si ce dernier avait pu encore perdre la vie. La seule chose qui retenait Arnes de déclarer une guerre ouverte était non seulement l'attaque d'Osaron, menace bien plus grande à ce moment-là, mais aussi le désaveu des deux envoyés veskiens par les leurs.

En guise de pénitence, la Couronne veskienne avait envoyé à la cour arnésienne son plus jeune héritier, Hok – ce qui n'aurait pas dû suffire, mais Rhy avait vu couler trop de sang en trop peu de temps. Il avait perdu sa mère, sacrifiée sur l'autel des ambitions d'un autre prince, et son père, emporté par l'ombre aux portes du palais. Il avait aussi vu le Brouillard noir s'abattre sur sa capitale et été forcé de combattre les ténèbres qui avaient détruit un monde entier. En l'espace de quelques jours, il s'était retrouvé orphelin et avait été couronné roi, avec désormais sur ses épaules la difficile mission de reconstruire Londres. Si c'était une vengeance qu'il cherchait, il ne l'assouvirait pas en tuant un enfant.

Au lieu de sonner le début de la guerre, il mit fin à l'incident, permettant ainsi aux murmures stratégiques de reprendre leur cours.

Malgré tout, sept ans plus tard, les tensions demeuraient vives et les efforts diplomatiques allaient en s'épuisant. Alucard ne reprochait donc pas à Ciara de vouloir dissimuler ses origines, sachant qu'elle gagnait sa vie dans l'ombre du palais royal. Sans doute avait-elle raison : tôt ou tard, la guerre finirait par éclater à Londres, d'une manière ou d'une autre…

Ils vidèrent leur verre et la partie commença.

Alucard déplaça trois soldats. Une ouverture audacieuse.

Au sanct, il était possible de tricher, mais le rasch était un jeu de stratégie. Lorsqu'un joueur s'emparait d'un pion adverse, il pouvait soit l'enlever du plateau, soit se l'approprier, au choix. Certains cherchaient à éviscérer leurs ennemis, d'autres à s'en faire des alliés. Tant que l'une des trois pièces principales était de la partie, on pouvait encore gagner.

— *Anesh,* déclara-t-il en attendant que Ciara joue. As-tu eu des invités intéressants ?

— Ils le sont tous, répondit la propriétaire du Fil de soie après un instant de réflexion. (Elle mit son prêtre en sécurité à l'arrière du plateau.) Il leur arrive de parler dans leur sommeil.

— Vraiment ? demanda Alucard, qui choisit de passer son tour.

Comme elle était bien meilleure que lui au rasch – et de loin –, il ne se fatiguait plus à tenter de remporter la partie. Il se contentait de trouver de nouveaux moyens de l'agacer.

— Selon les rumeurs, il y aurait une flotte de pirates aussi grande que l'armée rebelle au large de la côte de Hal, poursuivit Ciara.

Alucard avança un soldat sur le plateau.

— Amusant… Selon mes propres espions, cette flotte, qui ne compte que quatre bateaux, serait incapable de se choisir un cap, encore moins un capitaine. Et Vesk ?

— Le prince héritier n'a pas été vu à la cour depuis des semaines. Certains le croient en mer. Selon d'autres sources, il aurait débarqué quelque part à Arnes et voyagerait incognito vers le sud pour sauver son jeune frère, Hok.

Le capitaine recula son soldat.

— Le sauver ? Mais de quoi ? De lits inconfortables et de métaphores absconses ?

Rhy avait en effet confié Hok aux mains des prêtres du sanctuaire de Londres, et tous les rapports indiquaient que c'était un élève brillant et aux manières irréprochables.

Pendant que Ciara réfléchissait à son prochain coup, Alucard s'appuya contre le dossier de son fauteuil et se frotta distraitement le poignet. Une habitude qu'il avait prise des années avant le Brouillard noir, lorsque la pire cicatrice qu'il avait venait de la barre métallique chauffée à blanc qu'on avait posée sur la menotte en fer à son poignet jusqu'à ce qu'elle lui brûle la peau. Un rappel douloureux d'une vie qu'il avait laissée derrière lui. À présent, cette marque-là n'était guère plus qu'une toile de fond pour l'argent fondu qui remontait le long de ses bras jusqu'à son col, sa gorge, ses tempes.

Nombreux étaient ceux qui, comme Ciara, considéraient ces lignes argentées comme une preuve de bravoure, un signe de force mais, pendant longtemps, Alucard les avait détestées. À ses yeux, elles n'évoquaient pas la force, mais sa propre faiblesse.

Durant les mois qui avaient suivi, chaque fois qu'il les apercevait, le capitaine revoyait sa petite sœur, Anisa, réduite dans la mort à une coquille vide. Il sentait son propre corps s'écrouler sur le sol de sa cabine. Il se rappelait comment la fièvre gravait dans sa mémoire ses pires souvenirs tandis qu'Osaron faisait de son esprit non plus un feu de joie, mais une vulgaire flamme de bougie. Et Alucard savait qu'il se serait éteint si Rhy Maresh ne l'avait pas trouvé là, mourant, dans la cale de son bateau ; si le prince, refusant de l'abandonner, ne s'était pas allongé à ses côtés sur le plancher humide de sueur pour entrelacer ses doigts aux siens.

Durant les mois qui avaient suivi, chaque fois qu'il passait devant un miroir, Alucard s'était arrêté pour contempler ses cicatrices, incapable d'en détourner les yeux et de croiser son propre regard.

Cela n'avait été qu'une question de temps avant que Rhy ne surprenne son manège.

— *Il paraît que l'humilité est une grande qualité*, avait raillé le roi.

L'ancien corsaire était parvenu à trouver la parade en esquissant un sourire, non sans saupoudrer sa réponse d'une once de son charme habituel.

— *Je sais, mais c'est difficile quand, comme moi, on est d'une beauté aussi frappante.*

Rhy avait dû percevoir la tristesse dans sa voix, car il avait enlacé Alucard avant de déposer un baiser dans le creux argenté de sa gorge.

— *Tes cicatrices sont ce que je préfère chez toi*, lui avait confié le roi en suivant du doigt les lignes argentées jusqu'aux marques de brûlures aux poignets de son consort. *J'aime chacune d'entre elles. Tu sais pourquoi ?*

— *Parce que tu es jaloux de mon physique ?*

Pour une fois, Rhy n'avait pas ri. Il avait porté une main à la joue d'Alucard pour détourner son regard du miroir.

— *Non, parce qu'elles t'ont ramené à moi.*

— À ton tour, dit Ciara.

Alucard revint à l'instant présent et au plateau de jeu.

— Qu'en est-il de Faro ? demanda-t-il en déplaçant le même soldat qu'un peu plus tôt. Ils se prétendent nos alliés…

— Les ambassadeurs sont de beaux parleurs. On sait tous les deux que Faro veut entrer en guerre avec Vesk.

— Ils n'ont aucune chance de gagner.

— Si, à condition qu'Arnes engage le combat en premier.

Pendant que Ciara parlait, Alucard sacrifiait ses pions un à un.

— Tu ne fais aucun effort ! siffla-t-elle.

C'était pourtant le cas. Seulement, il ne visait pas la victoire.

De son côté, l'hôtesse, incapable de faire semblant de jouer, décimait les rangs de son adversaire. Trois coups plus tard, la partie était terminée. Elle agita les doigts et un minuscule souffle de vent renversa les dernières pièces de son opposant.

— Revanche ? proposa-t-elle.

Il acquiesça. Tandis qu'elle redisposait les pions sur le plateau, Alucard remplit leurs verres.

— Bon, et la Main, alors ?

À l'évocation des rebelles, Ciara s'adossa à son fauteuil.

— Tu me paies pour repérer les vraies menaces. La Main n'est rien d'autre qu'un vulgaire parasite.

— Tout comme les mites. Jusqu'à ce qu'elles mangent ton plus beau manteau.

La jeune femme sortit une pipe, qu'elle alluma d'un claquement de doigts. Une fine volute de fumée bleu-gris l'enveloppa aussitôt.

— La Couronne est-elle vraiment inquiète ?

— Non, juste vigilante. Surtout quand une bande de traîtres rôde dans la ville en réclamant sa tête.

Ciara passa un doigt sur le bord de son verre en fredonnant.

— Eh bien, ses membres doivent être très chastes ou très doués pour tenir leur langue : à ma connaissance, je n'en ai jamais eu dans mon lit.

— Tu en es sûre ?

— Est-il vrai qu'ils portent tous la marque quelque part sur leur peau ?

— C'est ce qu'on dit.

— Alors, j'en suis sûre et certaine, répondit-elle avec un petit sourire malicieux.

Soudain nerveux, Alucard se leva. La Main était apparue pour la première fois plusieurs années auparavant. À l'époque, l'on avait considéré la secte comme un simple désagrément, un caillou dans la chaussure du royaume. Mais au cours de l'année passée, elle s'était transformée en quelque chose d'autre. Le mouvement n'avait pas de chef déclaré, ni de porte-parole, ni même de visage. Rien qu'un symbole accompagné d'un message : la magie déclinait et c'était la faute de Rhy Maresh.

Une allégation absurde. Sans le moindre fondement. Un cri de ralliement pour les mécontents, un prétexte pour semer le chaos et appeler ça « changement ». Mais certains Arnésiens – amers, furieux, impuissants – commençaient à prêter l'oreille.

Alucard s'étira avant de s'approcher de la fenêtre. *Le Fil de soie* se trouvait sur la rive nord de la ville. De l'autre côté de la vitre, il distinguait l'éclat pourpre de l'Île et le palais dont le fleuve, la nuit, renvoyait le reflet doré.

Il n'entendit pas Ciara se lever mais, un instant plus tard, elle était là, qui l'enlaçait.

— Je dois y aller, annonça-t-il d'une voix teintée de lassitude.

— Déjà ? La partie n'est même pas terminée.

— Tu as déjà gagné.

— Peut-être, mais je ne voudrais pas qu'on doute de tes… capacités.

Il se retourna dans ses bras pour lui faire face.

— Est-ce pour ma réputation que tu t'inquiètes, ou pour la tienne ?

Elle éclata de rire. Il lui arracha la pipe des doigts et aspira une bouffée enivrante, qui se répandit dans sa poitrine. Puis il se pencha pour embrasser l'hôtesse avec douceur en lui soufflant la fumée dans les poumons.

— Bonne nuit, Ciara, dit-il en souriant tout contre ses lèvres.

Elle battit des paupières avant d'ouvrir les yeux.

— Coquin, répliqua-t-elle dans un nuage vaporeux.

Pour toute réponse, Alucard s'esclaffa, puis il s'esquiva en enfilant son manteau.

À peine sorti du Fil de soie, il descendit la rue.

Seules les rues les plus proches du fleuve étaient bordées de tavernes, de tripots et d'auberges. Plus loin, le quartier nord laissait place aux galeries et parcs de plaisance, puis aux propriétés parfaitement entretenues, résidences des nobles de la ville.

Après une belle journée aussi douce qu'ensoleillée, la nuit oscillait entre fraîcheur et froidure. L'hiver arrivait. Alucard avait toujours eu un faible pour la saison des feux de cheminée, des vins épicés et des interminables fêtes, le tout censé parer le froid et le manque de lumière.

Ce soir-là, pourtant, l'air glacé lui piquait le visage.

En chemin, il ressassa les paroles de Ciara jusqu'à en atténuer la portée. Les rumeurs qui couraient sur Faro et Vesk étaient inquiétantes, mais pas inattendues. Ce qui le frustrait, c'était le manque d'informations sur les rebelles. Il comptait sur la Rose blanche pour le renseigner, sur son talent naturel pour collecter toutes sortes de ragots et en tisser une toile cohérente. Hôtesse très demandée, elle arborait cette beauté et cette grâce fluide qui déliaient les langues non seulement des clients, mais aussi des autres employés de la maison close. Ces derniers lui confiaient des secrets et lui faisaient des confidences comme les merles apportent des offrandes sans distinguer le cristal du verre.

Une pluie froide se mit à tomber. Alucard leva une main, paume vers le haut, et l'air au-dessus de sa tête se courba en auvent pour le protéger de l'averse. Errer dans Londres comme un chat mouillé nuirait à l'image du champion en titre de l'ultime *Essen Tasch*. La plupart des passants couraient sous le déluge, tête baissée, pour gagner l'abri le plus proche. Aussi ne tarda-t-il pas à comprendre qu'il était suivi.

Ils étaient doués, il fallait bien le reconnaître. Discrets comme des ombres, ses poursuivants se fondaient dans la nuit environnante, impossibles à repérer pour le promeneur ordinaire. Alucard scruta l'air teinté par la lumière des réverbères et les rues détrempées par la pluie, et vit, dans ce monde réduit à un mélange d'or et de gris, leur magie se mettre à briller comme une torche, dessinant les contours de leur silhouette en pourpre, émeraude et bleu.

Alucard sentit un frisson le parcourir, plus proche de l'allégresse que de la panique – cette part de lui qui avait été attirée par Lila Bard dans un premier temps, qui l'avait poussé à participer aux Jeux des éléments, le plus grand tournoi de magie au monde, jusqu'à la victoire. Cette part de lui qui se laissait toujours tenter par un combat.

Quand l'un de ses poursuivants esquissa un mouvement, l'ancien corsaire aperçut un faible éclat doré sous sa cape. Avec lui s'évanouirent ses espoirs. Ce n'étaient ni des voleurs, ni des assassins, ni des rebelles.

Ces ombres-là appartenaient au palais. On les appelait *res in cal* : les « corbeaux de la Couronne ».

Alucard leva les yeux au ciel puis les salua d'un petit geste des doigts. Les ombres se retirèrent à contrecœur pour se fondre dans les ténèbres, sans doute pour rapporter ses exploits au palais.

Il poursuivit son chemin et ne ralentit qu'une fois parvenu à un croisement qu'il ne connaissait que trop bien. À sa gauche, le pont du palais, siège du *Soner Rast*, le « Cœur battant » qui surplombait l'Île. À sa droite, la route qui menait au domaine Emery.

Cela n'aurait pas dû être si difficile, de se détourner. Et pourtant... Il sentait une tension dans sa poitrine, comme une ancre au bout d'une corde. Le proverbe qu'il avait tenté de citer dans la chambre de Ciara lui revint alors en mémoire.

Och ans, is farr, ins ol'ach, regh narr.

Traduire du veskien n'était jamais tâche facile : dans cette langue, chaque mot possédait une dizaine de sens différents selon le contexte et sa place dans la phrase. Aussi n'avait-il réussi à saisir plus ou moins précisément qu'une poignée d'expressions. Celle-ci, en revanche, il l'avait bien retenue. Oui, celle-ci, il la comprenait.

« La raison s'égare, mais le cœur connaît le chemin. »

Si Alucard empruntait cette route, il savait ce qu'il y trouverait. Il ferma les yeux et s'imagina franchir le portail, gravir le perron et ouvrir la porte. Il imagina Anisa se jeter à son cou, il imagina son père, non plus une ombre dans l'entrée mais une main fièrement posée sur son bras, et son frère posté près de la cheminée, qui lui tendrait un verre en déclarant qu'il était grand temps qu'il retrouve son chemin et revienne à la maison. Alucard restait planté là, à se représenter une vie qui n'était pas la sienne, une vie qui n'avait jamais existé et n'existerait jamais.

Au sortir de sa lutte contre Berras, son frère empoisonné par la magie d'Osaron, la propriété n'était plus qu'une ruine. Il aurait fallu la démolir. Voilà ce qu'il pensait chaque fois que ses pieds le conduisaient au portail ouvert, chaque fois qu'il voyait la façade fissurée et les murs affaissés. Il aurait fallu la démolir. Elle était une autre de ses cicatrices, sauf qu'il n'avait pas à vivre avec.

Il savait qu'il n'avait qu'un mot à dire et Rhy la ferait détruire sur-le-champ.

Mais il ne pouvait se résoudre à donner un tel ordre. Ce n'était pas seulement la maison de son père et de son frère. C'était aussi celle de sa mère, de sa sœur, la sienne. Et il avait voulu croire qu'elle pourrait lui appartenir à nouveau. C'était ce qu'il avait dû confier à Rhy, un soir qu'il avait trop bu car, lorsqu'il s'était rendu la fois suivante au domaine Emery, il avait trouvé la demeure qui se dressait fièrement, restaurée jusque dans les moindres détails, chaque pierre, colonne et vitre à sa place.

Alucard sut, dès qu'il la vit, qu'il avait fait une terrible erreur. Il détestait cette maison, majestueuse mais endormie, les portes verrouillées, les fenêtres plongées dans l'obscurité. C'était une sépulture, une crypte. Rien ne l'y attendait, hormis les morts.

Il soupira et prit à gauche, vers le pont.

Vers le palais et le roi.

Vers son foyer.

IV

Appuyée à la fenêtre, la Rose blanche regarda Alucard partir. Puis elle ramassa le pan de soie blanche qui lui avait servi de robe et s'attela à la tâche minutieuse qui consistait à l'enrouler autour de ses membres, sa poitrine et sa taille, avant de réaliser de ses doigts experts le seul et unique nœud à son poignet, même si elle n'avait aucune intention d'être de nouveau « déballée » ce soir-là.

Dans le cas contraire, Ciara aurait descendu l'escalier pour regagner le salon, le bar et les clients qui attendaient. Au lieu de quoi, elle passa devant les diverses chambres, dont la plupart étaient occupées jusqu'à gagner le dernier étage. Là se trouvaient ses appartements privés qui lui servaient de bureau, où la célèbre Rose blanche abandonnait son rôle d'hôtesse pour endosser celui de femme d'affaires. Après tout, elle était la propriétaire du Fil de soie.

La porte était verrouillée – elle la verrouillait toujours –, du moins aurait-elle dû l'être mais, étrangement, Ciara la trouva entrouverte. Si elle avait touché la poignée, celle-ci aurait été froide – voire glacée – sous sa paume. Elle n'en fit rien et porta plutôt la main à ses cheveux pour en tirer une fine épingle d'argent qu'elle garda entre ses doigts en franchissant le seuil.

La pièce était exactement comme elle l'avait laissée, à une exception près : un homme était assis derrière le bureau de bois pâle – celui de Ciara – comme si c'était le sien. Elle agita les doigts et plusieurs bougies s'allumèrent, éclairant le bureau et l'intrus d'une douce lueur jaune. Le visage de l'homme brillait – ou plutôt, le masque qui lui couvrait le visage brillait. Un masque richement décoré, comme moulé dans l'or et bordé de pics ondulés semblables aux rayons du soleil.

Ciara se détendit en le reconnaissant. Elle se fendit d'un sourire sans lâcher son épingle.

— Bonsoir, cher maître du Voile. Quel bon vent vous amène ?

Le Voile était l'une des nombreuses maisons closes que comptait la ville. À la différence des autres établissements du même genre, il changeait sans cesse d'adresse et n'ouvrait que selon le bon vouloir de son propriétaire. C'était là son originalité : ce club, que l'on n'intégrait que sur invitation, tombait du ciel comme l'ombre d'un nuage pour occuper un bâtiment le temps d'une seule nuit.

L'homme derrière le bureau écarta les mains avant de répondre en veskien :

— Je vous attendais.

— Il y a des pièces plus confortables pour ça, répliqua-t-elle en arnésien, se raidissant légèrement.

— Je n'en doute pas.

Il souleva du plateau un globe de verre qui renfermait une rose blanche en suspension, conservée dans un état de floraison perpétuelle. Le cadeau d'un client.

— Mais on n'en trouve pas d'aussi privée, ajouta-t-il.

Ciara releva le menton.

— Mes employés savent se montrer discrets, vous le savez bien.

Il se mit à faire rouler l'orbe sur la table, la faisant glisser d'une main à l'autre.

— En effet. Ils se sont montrés… des plus arrangeants.

Avec en fond sonore le va-et-vient de la boule de verre sur le bureau, Ciara observa le maître du Voile. Elle n'avait jamais vu son visage, mais peu importait. À force de recevoir des clients, elle avait appris à déchiffrer la vérité que seul un corps pouvait révéler. Elle remarqua la manière dont il se tenait sur le fauteuil – son fauteuil à elle. La façon dont il occupait l'espace, même dans des appartements privés qui n'étaient pas les siens, comme s'il était chez lui. *Ostra*, pensa-t-elle. Peut-être même *vestra*. Elle le devinait à sa posture, à la langueur de son arnésien et la raideur de son veskien, un accent né d'une bonne éducation plutôt que d'une pratique courante. À la forme de ses mains et à celle de ses ongles. À la pointe de sarcasme dans sa voix, comme s'ils jouaient une partie de rasch – sauf qu'il n'était pas du genre à jouer, à moins d'être certain de gagner.

Il poussa de nouveau la boule de verre mais, cette fois, sa main droite ne fit rien pour rattraper l'orbe que sa main gauche avait lancé. Le globe roula à toute vitesse sur le plateau, puis bascula dans le vide.

Ciara se précipita pour le récupérer juste avant qu'il ne se brise. Elle laissa échapper un soupir de soulagement, et constata, une fois qu'elle se fut redressée, que l'homme ne se tenait plus derrière le bureau, mais devant elle, si près qu'elle distinguait presque les yeux sous le masque.

Une unique boucle de cheveux noirs tombait sur un coin du masque doré. Ciara leva une main comme pour lui glisser la mèche derrière l'oreille. Elle était prête à écarter le masque quand l'homme l'arrêta en lui agrippant le poignet de ses doigts glacés. Elle tressaillit et il resserra sa prise, comme s'il se délectait de l'inconfort de la jeune femme. Avec l'expérience, elle savait désormais reconnaître les clients qui prenaient plaisir à faire souffrir les autres. Elle se retint de lui planter son épingle d'argent dans le flanc et sourit malgré le froid mordant.

— Il y a d'autres chambres pour ça, dit-elle d'un ton égal. Et d'autres hôtes.

Il la lâcha et se rassit dans son fauteuil – qui était toujours celui de Ciara.

— À ce propos… Je suis venu en engager trois pour ma prochaine inauguration. Nous attendons du monde.

— Peut-être devriez-vous engager vos propres employés au lieu de m'emprunter les miens…

— La beauté du Voile réside dans sa constante évolution. Jamais le même jardin…

— Ni les mêmes fleurs.

— Exactement.

Ciara regarda son poignet, dont la peau rougissait à cause du froid persistant.

— Ça vous coûtera le double. En raison du risque.

— Du risque ?

Si elle ne pouvait bien sûr pas voir l'étonnement sur son visage, elle le perçut dans sa voix.

— Dans notre métier, nous attirons une large clientèle, mais mes collègues ont remarqué que nombre de vos clients portaient la même marque. (Elle baissa les yeux sur le globe de verre dans sa main.) Ils savent bien entendu tenir leur langue, mais vous conviendrez que cette discrétion justifie un coût supplémentaire.

Tout en parlant, elle vit le givre s'étendre sur la vitre et sentit l'air se refroidir autour d'elle, au point de voir son souffle s'embuer lorsqu'elle expirait. La sensation était aussi étrange que terrible, comme le contact des doigts de l'homme glissant sur sa peau. Ciara contracta les muscles et la chaleur revint. On ne la ferait pas frissonner dans sa propre maison.

Le maître du Voile s'adossa au fauteuil.

— Ce que vous affirmez est peut-être vrai… ou peut-être pas, répliqua-t-il. Les établissements comme les nôtres ont pour devoir de fermer les yeux sur les particularités de nos clients.

— Discrétion et ignorance sont deux choses bien différentes. Rien ne se passe ici à mon insu. Et je suis prête à parier qu'il en va de même pour vous au Voile, dit-elle en observant le masque doré et l'homme qui se cachait derrière. J'étais d'ailleurs à l'instant avec le consort du roi.

Le maître du Voile pencha la tête sur le côté.

— Il est venu ici ? Le lit royal se serait-il refroidi ?

— Il venait chercher des informations. Le palais est inquiet. Le consort me soupçonne d'être au courant de rumeurs. Il m'aurait grassement payée pour un tel renseignement. Pourtant, je ne lui ai rien révélé.

— À la place, c'est à moi que vous dévoilez votre jeu.

Ciara haussa les épaules.

— Je le fais par choix. Je tiens à ce que vous connaissiez ma position.

— Alors, vous soutenez la cause ?

La surprise se faisait entendre dans la voix de l'homme. Pour la première fois, elle se demanda si le maître du Voile ne faisait pas davantage qu'accueillir la Main dans son établissement.

Elle prit le temps de réfléchir à la question, puis répondit :

— Je n'ai rien contre la Couronne. Pas plus que je n'ai de sympathie pour votre cause. Mais les affaires sont les affaires. Or, elles marchent mieux en période… d'agitation. (Elle replaça l'orbe de verre avec sa rose dans le support – sur son bureau.) Si le silence de mes collègues est gratuit, le mien va vous coûter cher.

L'homme se leva et glissa une main dans sa poche.

— Trois hôtes devraient suffire, déclara-t-il en posant un tas de lish d'argent sur le plateau, auxquels il ajouta un lin rouge de piètre valeur. Voici pour votre temps.

Malgré le masque, elle perçut son sourire amusé, le coin de ses lèvres qui se retroussait avant qu'il ne passe devant elle pour sortir de la pièce, laissant une brise fraîche dans son sillage.

Ciara le regarda descendre les escaliers, mais resta plantée là jusqu'à être certaine que le maître du Voile était bien parti.

V

Quelque part en mer

Quelques heures après avoir mis les voiles, les deux premiers hommes lui avaient confié leur plan : ils allaient voler le *Ferase Stras.*

Le troisième s'était contenté d'écouter, son enthousiasme se muant peu à peu en horreur. Il avait déjà entendu parler du marché flottant, bien sûr, à l'époque où il n'était encore que le fils du marchand, et non un héros en devenir.

On n'en savait pas beaucoup sur le navire légendaire qui faisait trafic des biens les plus dangereux de l'empire. Malgré son nom, le vaisseau n'était pas tant un marché qu'une chambre forte, un endroit où entreposer la magie interdite. Peu d'objets à son bord étaient en réalité à vendre et ceux-là n'allaient qu'aux acheteurs appropriés, choisis par le capitaine, Maris Patrol.

Pour certains, elle n'était qu'un fantôme lié pour toujours au plancher de son bateau. Pour d'autres, rien qu'une vieille femme – bien qu'elle fût vieille depuis aussi longtemps qu'existait le *Ferase Stras.*

Il était impossible de localiser ce marché sans carte, et les seules qui l'indiquaient semblaient ne mener nulle part, à moins de savoir les déchiffrer. Si, enfin, l'on parvenait à trouver son chemin par voie d'eau, l'on se confrontait à l'imprenabilité du navire, car nul hôte ne pouvait poser le pied sur le pont sans y être invité. Même alors, il était inviolable, car les sorts de protection formaient autour de lui un épais vernis qui non seulement étouffait la moindre magie, mais réduirait en cendres tout voleur avant même qu'il ne franchisse le bastingage.

Une entreprise qui semblait vouée à l'échec, une mission impossible. Pourtant, deux jours plus tard, ils étaient bien là, perchés sur la plate-forme accolée au *Ferase Stras*, attendant une invitation à monter à bord.

C'était une petite planche suspendue loin au-dessus des flots, à peine plus qu'un plongeoir accroché au flanc du bateau, trop courte pour trois hommes et un coffre. Au moment où le premier frappait à la porte, le troisième se tenait à l'autre extrémité, assez près du bord pour sentir l'endroit où la planche de bois se dérobait sous ses pieds. Son cœur, partagé entre impatience et terreur, battait la chamade. Il pensa à Olik, ce héros qui débarquait sur des navires ennemis pour s'y installer comme s'il était chez lui. Olik, qui rangeait sa peur dans une boîte métallique qu'il coulait ensuite en mer. Lui-même s'imagina mettre en bouteille toutes ses émotions et les jeter par-dessus bord, pour se sentir enfin léger et prêt à accomplir sa mission.

Si seulement il portait un masque, à l'instar de Jesar, l'ami d'Olik, la terreur spectrale ! Olik avait beau ne jamais cacher son identité, le troisième homme savait que les visages trahissaient les états d'âme, mais que jamais on ne leur permettrait de monter à bord avec ce genre de déguisements. Il s'efforçait donc de garder les traits impassibles, le front détendu et la bouche neutre. En somme, de faire comme si sa peau était un masque.

Le premier homme frappa de nouveau sur la simple porte de bois.

— Ils sont peut-être morts, hasarda le deuxième quand personne ne vint leur ouvrir.

— Y a pas intérêt, grommela le premier, le pied posé sur le coffre. On ne sait pas si les protections sont liées au bateau ou à son équipage.

Le troisième garda le silence. Les yeux rivés sur le marché flottant, il se demandait combien de ces histoires étaient authentiques.

Si ce navire renfermait vraiment des talismans capables de fendre des montagnes ou de plonger des milliers d'individus dans le sommeil. Des lames qui faisaient couler les secrets au lieu du sang, des miroirs qui révélaient l'avenir et des cages métalliques qui piégeaient la magie d'un être humain, son esprit, son âme.

— Et si on entrait ? suggéra le deuxième homme.

— Après toi, répliqua le premier. De toute façon, je leur ai bien dit qu'on n'avait pas besoin d'être trois pour cette mission.

D'un frottement de doigts, le deuxième fit apparaître une flamme vacillante, mais lorsqu'il l'approcha de la porte, elle s'éteignit aussitôt sous la puissance des sorts de protection.

Le troisième homme tira nerveusement sur sa tunique. À l'instar des deux autres, il portait l'habit noir assez grossier des pirates. Le tissu était plus rêche qu'il ne l'aurait cru. Olik avait omis de mentionner ce détail. Tout comme le fait que le constant roulis du bateau pouvait donner la nausée.

Enfin, la porte s'ouvrit à grand renfort de grincements de ferraille.

Le dernier homme du trio leva les yeux, s'attendant à découvrir la fameuse Maris Patrol. Au lieu de quoi se tenait devant eux un homme d'âge mûr vêtu d'une cape à capuchon d'un blanc immaculé : Katros, le plus âgé des neveux du capitaine, l'intendant du navire.

Les épaules larges et le teint mat, il avait le front luisant de sueur, comme s'il était malade. Ce qui n'était pas vraiment le cas – non, en fait, il était drogué, ce qui faisait partie du plan. Le cadet de Katros, Valick, se rendait sur la côte à bord d'un esquif deux fois par mois, pour revenir chargé de vivres et de boisson. Sa dernière cargaison avait été couverte de savirin, une poudre inodore qui affaiblissait le corps et troublait l'esprit. L'essentiel de la toxine avait été versé dans le vin préféré de Maris par un marchand qui servait désormais la Main. La vieille femme avait dû se montrer d'humeur généreuse.

Ce n'était pas du poison à proprement parler, se rappela-t-il en voyant Katros chanceler et son teint virer au gris. Olik ne donnait pas dans le meurtre – mieux, il faisait tout son possible pour éviter des morts inutiles et le fils du marchand comptait bien suivre son exemple. D'autant que le risque qu'un sort détecte ce type de substance était grand. Mais certains consommaient le savirin pour le plaisir. Le véritable danger venait du dosage. Tout dépendait donc de si le buveur avait la main lourde ou non.

Katros Patrol se racla la gorge avant de se rétablir.

— Vos reliques, ordonna-t-il, une main tendue.

— Nous ne sommes pas là pour acheter mais pour vendre, répliqua le premier homme en touchant le coffre du bout de sa botte.

L'intendant se contenta de hausser les épaules.

— Peu importe.

Alors, le troisième homme comprit. L'entrée du *Ferase Stras* était un point de passage et, comme tout point de passage digne de ce nom, elle se monnayait. Le simple fait de poser le pied au milieu des étals de ce marché flottant se payait. Pas d'une vulgaire pièce de monnaie, à en croire les légendes, mais d'un artefact qui rejoindrait la collection de Maris.

Voilà pourquoi ils avaient fait escale à Sasenroche un peu plus tôt.

Le premier homme tendit un parchemin noué par un ruban. Cette page de livre avait autrefois appartenu au Londres noir.

Le deuxième présenta un crayon, dont la mine de sang – et non de charbon – était censée n'écrire que des vérités.

Une fois son tour venu, le troisième plongea la main dans sa poche et passa les doigts sur les froides parois de verre avant de le sortir. C'était un disque de la taille de sa paume. Son temps, durant tout le trajet depuis le marché noir de Sasenroche jusqu'au *Ferase Stras*, il l'avait passé à en observer la surface. Elle avait été enchantée pour ne répondre qu'à une seule question : « Vais-je mourir aujourd'hui ? » Si le verre devenait noir, la réponse était oui.

Il n'avait pas envie de se séparer de cet orbe. À ses yeux, l'artefact était fait pour lui appartenir mais, dans ce cas, il finirait forcément par lui revenir. Ne disait-on pas que les objets magiques retournaient toujours à leurs propriétaires ?

Lorsqu'il le souleva une dernière fois, la question en tête, le globe resta transparent. Il en soupira de soulagement. Bien sûr que non, il n'allait pas mourir. Après tout, c'était son histoire qui était en train de s'écrire.

Il regarda les trois reliques disparaître dans la manche de lin blanc de Katros Patrol. Puis la porte du marché flottant s'ouvrit en grand, signe qu'ils pouvaient entrer affronter leur destin.

Plongée dans la pénombre, la pièce était encombrée de vitrines. Sur toutes les étagères brillaient des bibelots en tout genre. Le seul espace libre était un large bureau en bois à côté duquel se trouvait une grande sphère noire. De verre ou de pierre, il n'aurait su le dire. Elle reposait sur son support à la manière d'un globe, mais sa surface était aussi lisse et vierge que les cartes qui menaient au *Ferase Stras*.

Le troisième homme remarqua un superbe masque d'argent fondu posé sur un manteau de cheminée. Ses doigts le démangèrent, avides de s'en emparer.

— Où est le capitaine ? demanda le premier homme devant le bureau vide.

— Elle viendra en temps utile, répondit Katros qui les guida vers le pont.

Valick, l'autre neveu de Maris, se tenait là, appuyé contre le mât, vêtu du même blanc immaculé – si incongru au milieu du sel et de la saleté de la mer. Soit il ne buvait pas, soit il était de constitution plus solide car il semblait en pleine forme, comme si le savirin n'avait aucun effet sur lui.

Tandis que les deux autres hommes portaient le coffre, dont le contenu cliquetait, le troisième contemplait, ébahi, le dédale de couloirs et de pièces, d'escaliers et de chapiteaux qui se dressaient telle une ville miniature un peu partout sur le pont. Il avisa, dans la vitrine d'une alcôve, une canne dont le pommeau de bronze poli représentait un corbeau. Elle avait beau n'être gravée d'aucun sortilège, sa beauté n'en était pas moins hypnotisante.

— À quoi sert-elle ?

Ce ne fut que lorsqu'il vit les visages se tourner vers lui qu'il s'en rendit compte : il avait parlé tout haut.

— Si tu l'ignores, c'est qu'elle n'est pas faite pour toi, dit Valick avant de s'adresser aux deux autres. Vous êtes venus échanger ou juste vendre ?

— Ça dépend, répondit le premier homme, si vous avez ce qu'on cherche.

Katros s'approcha d'eux.

— Et de quoi s'agit-il ?

Le deuxième homme sortit une feuille de papier pliée sur laquelle était dessiné l'objet en question. Aussi petit qu'une figurine pour enfant, l'artefact ne ressemblait pas à grand-chose mais, après tout, malgré sa lame courte, un couteau à fruits pouvait causer une entaille assez profonde pour tuer.

Katros examina un instant le dessin avant de faire non de la tête.

— Nous n'avons rien de tel ici.

Il mentait.

Le troisième homme, qui autrefois avait été le fils du marchand, fit craquer ses articulations. C'était le signal convenu et les deux autres l'entendirent.

— Dans ce cas, nous ne sommes là que pour vendre, déclara le premier, qui s'était désigné comme chef de groupe.

— À supposer qu'on veuille acheter, rétorqua Katros en désignant le coffre de la tête. Montrez-nous ce que vous avez.

— Bien sûr.

Il s'agenouilla devant la malle pour la déverrouiller.

Le deuxième homme fit glisser les fermoirs sur le côté, puis souleva le couvercle.

Quant au troisième, il regarda le coffre s'ouvrir pour dévoiler un tas de tissu. Ni soie ni velours, mais une lourde étoffe, de la couleur d'une canopée au crépuscule. Une cape. Elle n'avait l'air de rien, mais il arrivait très souvent que de puissants artefacts passent pour des objets sans intérêt.

— Elle est conçue pour protéger de n'importe quel sortilège celui ou celle qui la porte, expliqua le premier homme en sortant l'habit de la malle pour le poser sur ses épaules. Laissez-moi vous montrer comment ça marche.

Valick fronça les sourcils.

— Ce navire est immunisé contre la magie.

— Pourtant, contesta l'homme avec un sourire glacial, il y a un sort qui fonctionne toujours ici. Les protections.

Ces paroles firent l'effet d'une détonation. Dès que les deux neveux de Maris Patrol comprirent ce qu'elles signifiaient, le visage de Valick s'embrasa et les yeux encore drogués de Katros scintillèrent.

Le deuxième homme plongeait déjà la main dans le coffre pour refermer les doigts sur la lame qu'il y avait dissimulée sous la cape. L'arme fendit l'air pour aller se planter dans le torse de Valick Patrol. Katros se jeta en hurlant sur l'assaillant. Les deux adversaires tombèrent sur le pont tandis que le premier voleur disparaissait dans le dédale de pièces.

Le troisième se précipitait vers la malle ouverte quand une main lui saisit le pied. Il s'effondra sur le pont.

Valick gisait par terre, haletant, du sang entre les doigts et les dents, sa tunique blanche tachée de rouge autour de la lame enfoncée dans ses côtes. Malgré tout, sa main libre serrait comme un étau la cheville du jeune homme.

— Tu vas mourir, gronda le marin.

— Pas aujourd'hui, répliqua-t-il de sa plus belle voix de pirate en se libérant d'un coup de pied.

Au même moment, Katros était en train de remporter son duel. Il envoya le deuxième voleur valser contre le mât. La force du choc ébranla le navire tout entier. Alors que l'escroc s'écroulait sur le pont, l'intendant se retourna vers le troisième comparse.

Ce dernier tendit une main pour soulever une rafale de vent, oubliant que le bateau l'arrêterait, de sorte qu'aucune barrière d'air n'empêcha Katros Patrol de foncer vers lui tel un ouragan. Si le marin avait été en pleine forme, sans entaille à la tempe ni savirin dans les veines, le disque de verre aurait sans doute viré au noir quand le jeune homme lui avait demandé s'il allait mourir ce jour-là. Mais Katros ne tenait plus très bien sur ses jambes, à la différence de son adversaire, sobre, vif et prêt à tout pour devenir un héros.

Après avoir reculé de quelques pas, le troisième homme tira une épée des profondeurs du coffre. Il assena un premier coup, qui manqua sa cible. Il refit une tentative. Cette fois, Katros leva le bras pour bloquer l'attaque. La lame s'abattit. Alors qu'il s'attendait à sentir la chair céder, il vit le lin blanc se fendre pour dévoiler un brassard métallique. L'acier tinta contre l'acier.

Celui qui avait été le fils du marchand fit alors pivoter la lame pour porter un nouveau coup, visant le visage de Katros. À sa grande horreur, l'intendant du *Ferase Stras* agrippa l'épée. Sa large paume tapa contre le plat de la lame et, une seconde plus tard, celle-ci était arrachée des mains du troisième homme et retournée contre lui.

Le malheureux tenta de l'esquiver, mais il sentit le fil de la lame déchirer sa chemise et tracer une entaille superficielle sur son torse. À peine eut-il le temps de penser à la chaleur cuisante, à cette brûlure qu'Olik, de son côté, semblait ne jamais éprouver au cœur de la bataille… que Katros le frappait avec violence.

Sa vision se teinta de blanc, puis de rouge. Lorsqu'il retomba sur le pont, son nez saignait abondamment. La douleur qui palpitait dans sa tête lui brouillait la vue. Malgré le chaos qui régnait à bord du marché flottant, il se sentit insulté.

Il y a des règles, aurait-il voulu dire. C'était un affront de se servir de ses mains, de frapper avec ses muscles plutôt qu'avec le feu, l'eau ou la terre.

Il cracha du sang sur le pont et roula sur le dos à temps pour voir Katros Patrol dressé au-dessus de lui, une botte levée, prêt à lui écraser le crâne.

Le monde sembla soudain ralentir. Non pas à cause d'un sort – la magie n'avait rien à y voir. Plutôt comme ce moment où l'on retourne la dernière carte au sanct après avoir annoncé tapis. Cette terrible sensation de chute quand on se rend compte qu'on a parié… et tout perdu.

Mais la botte ne s'abattit jamais sur sa tête.

Le deuxième homme, sortant de sa stupeur, s'était jeté une fois de plus sur Katros en le tirant en arrière par le col. Toujours sonné, le troisième voleur aperçut un éclat d'acier puis entendit le fracas de corps contre un bastingage de bois : les deux adversaires disparurent par-dessus bord pour s'écraser dans les vagues en contrebas.

Le jeune homme ne se rappelait pas s'être relevé, pourtant il était de nouveau sur ses pieds, chancelant vers les flots quand il vit l'éclair d'une cape verte. Le premier homme apparut, courant sur le pont, un paquet sous le bras.

Il avait réussi. Non, ils avaient réussi. Tous les trois.

Le premier homme se dirigeait droit vers le bastingage, résolu à franchir d'un bond l'étroit espace qui séparait le *Ferase Stras* de leur esquif. Peut-être y serait-il parvenu sans l'intervention de Valick Patrol. Malgré le sang qui rougissait sa tunique, le jeune marin s'était mis à genoux, puis complètement relevé. Il trouva la force d'attraper le fugitif au passage, le manqua, mais saisit le pan de sa cape de ses doigts ensanglantés. Le fermoir se détacha au moment où le voleur se ruait vers le bord du bateau. Le vêtement glissa de son dos alors qu'il arrivait au bastingage, heurtant de plein fouet le sort de protection.

Un éclair bleu illumina le monde, comme une foudre inversée qui émanerait de l'homme plutôt que de le frapper. Un coup de tonnerre parcourut le navire à la manière d'une porte qui claque. Celui qui s'était autoproclamé chef de groupe fut projeté en arrière. Lorsqu'il retomba sur le pont, son corps n'était plus qu'une coquille calcinée.

Quant à l'objet – cet artefact pour lequel ils avaient fait tout ce chemin et qui les aiderait à changer le monde –, il atterrit lui aussi sur le pont avant de rebondir brutalement sur les planches, réduit à un mélange de métal tordu et de bois fendu, à un amas de pièces qui volèrent en éclats.

Le premier homme avait été transformé en ruines fumantes. Le second avait basculé à la mer avec Katros Patrol. Valick, lui, avait fini par succomber à ses blessures. Et dans le silence assourdissant qui suivit, le troisième homme prit conscience qu'il ne restait plus que lui.

Mais pas pour longtemps.

Il entendait déjà le bruit de pas dans la cale, de corps qui heurtaient la coque, d'une porte qui s'ouvrait au-dessus de lui. Il se jeta en avant, ses bottes dérapant dans le sang, pour ramasser l'objet brisé, encore plus modeste à présent qu'il se résumait à des morceaux roussis et fumants.

Tout ça pour ça, pensa-t-il.

De son autre main, il s'empara de la cape verte, qu'il serra contre sa poitrine, avant de se mettre à courir vers le bastingage et de sauter par-dessus bord. Cette fois, il n'y eut ni éclair bleu aveuglant ni coup de tonnerre fracassant. Il ne se heurta qu'à une brève et vague résistance, comme si un crochet s'était planté dans ses entrailles, qu'une corde tendue tentait de le retenir. Mais la corde finit par céder et le voleur chuta.

Il se réceptionna sans douceur sur le pont de l'esquif et roula sur lui-même avant de se relever, le tout sans lâcher les précieux morceaux de l'artefact serrés contre sa poitrine. L'objet était cassé, certes, mais il pouvait toujours être réparé. Après l'avoir emballé dans sa cape verte, il se releva et appela le vent en priant pour que sa magie ne lui fasse pas défaut – ni ses nerfs. Libéré des sorts de protection du *Ferase Stras*, un souffle d'air se précipita à sa rencontre, gonflant la voile. Peu après, l'embarcation avait fait demi-tour et fendait les flots pour l'emporter loin du marché flottant.

Le troisième homme – l'unique rescapé – poussa un petit cri de victoire. Cet exploit qu'on disait impossible, il l'avait accompli. Il avait volé le *Ferase Stras*.

Il se frotta le torse, qui lui faisait un peu mal. Son corps était endolori en des dizaines d'autres endroits. Pas de quoi s'inquiéter.

L'orbe de verre avait raison : il ne mourrait pas ce jour-là.

VI

Maris Patrol avait très peu de vices.

Elle aimait les médaillons et les draps de soie, l'argent pur et les secrets. Mais aussi les alcools raffinés, qu'elle s'autorisait à goûter la plupart des soirs, toujours avec modération. Un petit verre de liqueur avant d'aller au lit, pour soulager les douleurs dans ses vieux os et apaiser son esprit. Jamais assez pour affecter son équilibre ou troubler ses pensées.

Elle savait donc, lorsqu'elle se réveilla avec un goût de cendre dans la bouche et la tête aussi vaseuse que les hauts-fonds après une tempête, qu'on l'avait droguée.

La lumière filtrait à peine par les rideaux de sa cabine. Maris se redressa, les membres tremblants sous l'effort. Elle était vieille – une doyenne –, avec des rides creusées tels des sillons dans sa peau mate, mais ses mains baguées étaient encore fermes, son dos décharné toujours droit. La sueur perla à son front quand elle tenta de se lever, en vain, avant de retomber sur le bord du lit.

— *Sanct !* jura-t-elle à voix basse.

En entendant tout à coup son nom, le tas d'os et de fourrure qui passait pour un chien et se prélassait sur le tapis voisin leva les yeux.

Une conversation étouffée à l'autre extrémité du bateau parvint aux oreilles de Maris. On était sur le *Ferase Stras* : le navire n'avait aucun secret pour elle. Elle reconnut le timbre de ses neveux. Quant à leurs interlocuteurs, ils lui étaient inconnus. Dans sa tête, une petite voix lui conseillait de se rallonger pour se reposer. Valick et Katros sauraient s'occuper des clients. Un jour, ils y seraient bien obligés. Un jour… mais Maris restait le capitaine de ce bateau, et ses neveux avaient beau être adultes, ils étaient encore jeunes, de vrais gamins, encore…

Tout à coup, un cri s'éleva. Un hurlement de douleur perçant. Maris se leva sur-le-champ. Ses genoux manquèrent de se dérober sous elle, mais elle parvint au placard près de la porte dont elle ouvrit un lourd tiroir. Elle farfouilla jusqu'à trouver le flacon, rempli d'un liquide qui ressemblait à des perles fondues. Elle le renversa pour en avaler le contenu. Son goût de métal lui glaça la gorge. C'était certes déplaisant mais, quelques secondes plus tard, ses membres avaient cessé de trembler et sa respiration s'était apaisée. Même si de nouvelles gouttes de sueur étaient apparues sur son visage, sa peau avait désormais l'éclat nacré de la concoction. Lorsqu'elle s'essuya le front, Maris sentit tous ses sens lui revenir.

Attrapant sa robe de chambre suspendue à un crochet, elle était en train de l'enfiler sur ses épaules osseuses quand le sort de protection du *Ferase Stras* s'activa. La force du choc secoua le navire tout entier et Maris poussa un nouveau juron. Seul un fou tenterait de voler le marché flottant… mais elle vivait depuis assez longtemps pour savoir que le monde était rempli de fous.

Elle traversa la cabine en hâte. Sanct se déplia sur le tapis, puis se leva pour la suivre, pâle fantôme dans son sillage. Après avoir saisi son poignard sur le bureau, elle ouvrit en grand la porte et sortit sur le pont supérieur, ses cheveux gris détachés flottant au vent.

— *Venskal*, ordonna-t-elle au chien.

« Attends. »

Maris parcourut silencieusement le dédale de couloirs, guettant sur son passage des placards brisés, des traces de vol. Des bruits de lutte montèrent du pont principal, suivis d'un grand plouf, puis du raclement de bottes sur le plancher de bois. Elle dégaina une lame et descendit l'escalier.

Quand elle finit par rejoindre le pont principal, il y régnait un calme étrange.

Le bateau tanguait doucement à la suite de l'explosion du sort de protection. Maris sentait l'odeur du sang mêlée à celle de la magie. Sur le pont se trouvait un coffre ouvert et vide. Quant au voleur, il gisait à mi-chemin du bastingage, réduit à l'état de coquille noircie. Nulle trace de Katros mais, quelques mètres plus loin, elle tomba sur le plus jeune de ses neveux, Valick, sa tunique blanche tachée de sang, baignant dans une flaque qui s'étendait comme une ombre sur le pont. Il avait le visage tourné vers le haut, les yeux rivés sur le ciel sans pourtant le voir.

Maris s'agenouilla auprès de lui. Elle caressa ses cheveux noirs de sa main baguée. Pas une seule mèche grise.

— *Venskal*, répéta-t-elle dans un murmure, cette fois à l'adresse du cadavre du jeune homme.

Elle savait que le monde obéissait à des lois, qu'il y avait un temps pour chaque chose. Elle savait aussi qu'il était défendu d'intervenir dans le flot de la magie pour tenter d'en modifier le cours. Mais Maris Patrol était le capitaine d'un navire qui faisait commerce d'objets interdits. Et elle était prête à se servir de chacun d'entre eux pour ramener son neveu à la vie.

La vieille femme ôta une bague de sa main droite. C'était un anneau d'argent massif qui, dès qu'elle referma le poing dessus, s'effrita pour révéler le plus fin des fils d'or.

Elle en enroulait une extrémité autour de son fragile poignet quand Katros se hissa par-dessus le bastingage avant d'atterrir sur le pont, l'éclaboussant de ses bottes détrempées. Il avait un œil veiné de rouge et sa tunique en lambeaux lui collait au torse. Du sang frais perçait çà et là sous le tissu autrefois blanc, mais ses blessures semblaient superficielles. Haletant, il tirait un autre corps derrière lui.

Il lâcha le deuxième voleur sur le plancher de bois. L'homme frissonna et vomit, la respiration sifflante à cause de l'eau de mer accumulée dans ses poumons. Puis sa tête retomba en arrière, ses forces l'abandonnant.

L'esprit de Maris tournait à plein régime : elle ferait mieux de le maintenir en vie, afin de l'interroger et d'obtenir des réponses à ses questions. D'un autre côté, Valick…

Le plus âgé de ses neveux dut remarquer son hésitation, car il essora sa tunique avant d'annoncer :

— Je lui ai cassé la mâchoire. Ça m'étonnerait qu'il réussisse à parler.

Elle jeta un regard reconnaissant à Katros, puis entreprit plutôt que d'enrouler le fil doré autour de son propre poignet, d'utiliser celui du voleur, inerte. Le filament avait beau paraître aussi fragile qu'un cheveu, il s'accrochait à la peau – il la mordait. Elle noua l'autre extrémité autour de la paume de Valick et replia les doigts morts du jeune marin dessus afin de pouvoir lui tenir la main.

Katros l'observait d'un air lugubre. S'il condamnait l'usage de ce type de magie illicite, il n'en dit rien. Il savait qu'elle aurait fait la même chose pour lui.

Maris serra la main du plus jeune de ses neveux et prononça un seul mot – le mot gravé à l'intérieur du lourd anneau d'argent. Le sort s'activa telle une mèche avant de se frayer un chemin le long du fil doré, depuis le corps de l'intrus jusqu'à celui de Valick. Du vivant vers le mort.

— Que s'est-il passé ? demanda la propriétaire du marché flottant en regardant la lumière virer au noir dans son sillage.

— Des voleurs sont montés à bord en prétendant avoir quelque chose à vendre, répondit Katros en désignant de la tête le coffre vide. Une cape conçue pour protéger des sorts.

Maris contempla le corps calciné sur le pont, les vêtements brûlés du macchabée collés à sa peau.

— Bien mal lui en a pris.

— C'était une ruse, ajouta Katros.

Mais sa tante ne l'écoutait plus : la lumière venait d'atteindre la main de Valick. Dès qu'elle s'éteignit, le voleur cessa de respirer et Valick revint à la vie. Le fil tendu entre les deux hommes tomba en cendres. Le premier plongea dans la mort au moment où la poitrine du second frémissait. Quant à Maris, elle put enfin souffler. Elle se sentait épuisée, comme si elle avait donné sa propre vie.

— Quels idiots ! marmonna-t-elle en se relevant. Ces deux hommes croyaient-ils vraiment pouvoir me voler ?

Valick, ouvrant les yeux, prononça un mot qui fit trembler le vieux squelette de Maris.

— Trois.

Elle reporta son attention sur lui.

— Quoi ?

Le jeune marin s'assit en grimaçant. La plaie entre ses côtes commençait à se refermer.

— Ils étaient trois, toussa-t-il, les dents toujours tachées de sang. L'un d'eux s'est enfui.

Maris se redressa pour scruter l'horizon. La nuit était presque tombée. La frontière entre ciel et mer se noyait dans la brume. Malgré tout, elle distingua au loin la silhouette d'une frêle embarcation qui s'éloignait. Elle estima la distance qui les séparait, mais le *Ferase Stras* n'était pas un vaisseau fait pour la vitesse. Celui qui l'avait volée était en train de s'échapper, mais aucune cape ne le protégerait des nombreux sortilèges attachés au marché flottant.

— Quelle que soit notre allure, dit-elle à moitié pour elle-même, les autres sorts de protection feront leur travail.

— Ils cherchaient quelque chose, indiqua Katros.

— Et ils l'ont trouvé, compléta Valick.

Maris se rembrunit lorsqu'elle vit Katros tirer une feuille de papier de ses habits trempés. Le parchemin, couvert d'une encre délavée, était en bien mauvais état, mais elle connaissait le moindre objet de sa collection. Y compris celui-ci.

Certes, tous les artefacts présents à bord du *Ferase Stras* étaient interdits. Mais « interdit » signifiait bien des choses. Certains, comme la bague qu'elle venait d'utiliser, étaient interdits car ils allaient à l'encontre des lois de la nature. Les talismans qui liaient esprit et volonté, interdits car ils violaient les lois de l'équilibre. D'autres pièces étaient interdites en raison de la force de leur pouvoir, de l'étendue de leur magie ou du caractère volatile de leur enchantement. D'autres encore étaient interdites car, tombées entre de mauvaises mains, elles pourraient raser des royaumes entiers ou détruire des mondes.

L'objet en question n'appartenait à aucune de ces catégories.

Perplexe, Maris fronça les sourcils. Ce n'était pas le plus puissant des trésors à bord du navire, loin de là. Pourtant, les intrus s'étaient donné tout ce mal pour le dérober. Pire encore : en plus de savoir ce qu'ils cherchaient, ils savaient où le trouver. L'impression de désordre qui régnait dans le marché flottant n'était qu'un subterfuge. En réalité, l'emplacement de chaque élément de sa collection obéissait à un ordre, à une logique. Le voleur devait le savoir. Il avait forcément vu une carte, pas de celles qui menaient au *Ferase Stras* mais un plan du bateau – de ses coins et recoins, de son butin. Or, voilà qui était tout aussi dangereux que la moitié de sa cargaison.

Maris secoua la tête. Elle réglerait ce problème un autre jour. Chaque chose en son temps.

Elle laissa tomber le parchemin et quitta le pont. Le contenu du navire se déploya dans son esprit tandis qu'elle se faufilait dans les couloirs encombrés, longeant des vitrines, des caisses et des alcôves qui passeraient pour du bric-à-brac aux yeux de n'importe qui. Mais la vieille femme, qui savait où elle allait, trouva ce qu'elle cherchait : une boîte noire au couvercle gravé d'un œil doré.

À l'intérieur, un plateau doublé de velours fendu d'une demi-douzaine de sillons, dont quatre étaient vides. Les deux autres contenaient des carreaux de verre coloré, chacun de la taille d'une carte de sanct.

Ses neveux avaient l'esprit vif. Il était donc peu probable qu'ils aient omis un détail important. Restait que Maris n'était pas du genre à prendre des risques.

Elle sortit un carreau de la boîte avant de retourner sur le pont, où elle leva le fragile artefact et prononça la formule pour l'activer.

— *Enis.*

« Commence. »

Le verre se brouilla un instant entre ses doigts. Quand il redevint transparent, la scène qui avait eu lieu sur le pont se mit à se rembobiner, encore et encore, remontant le temps jusqu'à ce que les voleurs réapparaissent, à peine débarqués sur son bateau.

— *Skar.*

« Stop. »

L'image frémit, puis elle s'arrêta sur les silhouettes figées au moment où elles déposaient leur coffre sur le pont, devant ses neveux.

Maris s'avança à grands pas pour se placer au centre de l'action, dos à Valick et Katros afin de mieux voir les voleurs.

— *Enis.*

La scène se rejoua à l'identique. Les événements se déroulaient à présent sous les yeux de la vieille femme, qui tournait autour des protagonistes. Elle assista à la mort de Valick, à l'attaque des voleurs dont le premier succomba au sort de protection, le deuxième disparaissant par-dessus bord avec Katros. Elle vit l'objet se briser sur le plancher avant d'être récupéré par le troisième homme.

Tandis qu'il chancelait vers le bord du bateau, étourdi, en sang, elle aperçut, à travers sa chemise déchirée, un tatouage, ou peut-être une marque sur ses côtes. Même sans voir le motif en entier, elle savait ce qu'elle avait sous les yeux : une main.

Puis le voleur sauta dans son esquif et Maris se vit agenouillée au-dessus de Valick. À la seconde où le passé rattrapa le présent, le verre vola en éclats dans sa main pour se transformer en grains de sable emportés par le vent.

La vieille femme soupira sous le poids des nombreuses, très nombreuses années de vie, avant de se tourner vers Katros.

— Fouille les corps et balance-les par-dessus bord.

— Et ensuite ?

Maris jeta un coup d'œil vers l'horizon. L'autre embarcation avait disparu. Ses doigts endoloris craquèrent lorsqu'elle serra le poing. Personne ne volait le *Ferase Stras.*

— Va te changer, lui ordonna-t-elle. Le moment est venu de réclamer cette fameuse faveur.

NW
NE
W
E
SW
SE
S

DEUXIÈME PARTIE

LE CAPITAINE ET LE FANTÔME

I

Appuyée contre le bastingage du *Barron gris*, Delilah Bard regardait la proue fendre les flots.

Le vent soufflait, poussant le navire avec assez de force pour projeter des embruns qui scintillaient à la lumière. Les voiles claquaient dans la brise et la jeune femme, la tête penchée en arrière, contemplait le ciel de ses yeux bruns plissés. Impossible pour quiconque de deviner que l'un des deux était faux. Que celui qu'elle avait perdu n'était pas marron, mais noir comme le charbon, arraché par un médecin de pacotille à Londres, en Angleterre – le seul Londres qu'elle connaissait alors –, quand elle n'était encore qu'une enfant. Comme s'il était empoisonné, qu'il s'agissait d'une pourriture menaçant de se propager et non d'un signe de puissance, d'un pouvoir extraordinaire, d'une marque de magie comme il n'en naissait qu'une fois par génération.

Si seulement elle était née dans ce monde-là, celui qui vénérait la magie, au lieu de celui qui en avait oublié l'existence. Mais c'était son monde, à présent.

Une main tendue, elle appela l'eau à elle.

— « Tigre, tigre… » murmura-t-elle, même si elle n'avait plus besoin des mots pour concentrer son pouvoir.

Elle se contenta de plier les doigts, d'attirer l'eau par la pensée, et l'élément répondit : il s'enroula autour de son poignet pour se solidifier en un jonc de glace. C'était facile, simple. Aussi naturel que de respirer. Lila se prit à sourire

Au fil des ans, elle avait endossé bien des identités : escroc, capitaine, voyageuse, magicienne.

À une autre époque – et dans un autre monde –, elle n'était rien qu'une orpheline, une pickpocket, une voleuse qui rêvait de s'emparer d'un bateau pour prendre la mer. De devenir une pirate pour conquérir des eaux étrangères. D'avoir de jolis couteaux, de belles pièces de monnaie et, surtout, sa liberté.

Cette dernière, elle l'avait durement gagnée, au prix d'années de bataille et de sang versé – pas toujours le sien, d'ailleurs. Mais elle avait fini par obtenir tout ce dont elle rêvait.

Lorsque Lila agita les doigts, le bracelet gelé vola en éclats avec tant de force que des morceaux de glace allèrent se planter dans le bastingage. Elle les retira pour les lancer par-dessus bord. Dans sa tête, elle entendait Alucard marmonner quelque chose à propos de son bateau. Son bateau… qui n'était plus le sien.

Elle l'avait rebaptisé, au grand dam de son ancien capitaine, car la *Flèche noire* avait fait son temps. Place au *Barron gris*, désormais.

Le *Barron* avait vécu ses premières années d'existence en tant que navire indépendant, sans battre aucun autre pavillon que le sien. Cette époque-là avait été assez agréable : naviguer pour le simple plaisir de le faire, de découvrir de nouveaux ports, de nouveaux marchés, de nouvelles mers… Mais après avoir passé les dix-neuf premières années de sa vie avec un seul objectif en tête, Lila avait fini par en convoiter un autre. Aussi avait-elle été presque soulagée d'apprendre que des rumeurs faisaient état de troubles entre deux « alliés » de l'empire, Faro et Vesk, puis, pire encore, d'agitation à Arnes. Alucard lui avait alors demandé de confier au bateau une nouvelle mission. Il s'agissait de se rendre là où aucun vaisseau royal ne pouvait se rendre, pour faire ce qu'aucun vaisseau royal ne pouvait faire.

Espionner, piller, saboter, mettre à sac, couler, combattre, voler… et plonger dans la bataille avant de disparaître à l'image d'un couteau que l'on plante et que l'on retire sans que son ennemi ait eu le temps de s'apercevoir qu'on lui avait tailladé la chair et qu'il allait se vider de son sang.

Parfois, au moment opportun, le *Barron gris* hissait de nouveau les voiles noires de la *Flèche* pour redevenir cette ombre flottant sur l'océan. Mais ce jour-là, ses voiles étaient blanches, sa coque d'un gris quelconque. Avec un peu de chance, ils se fondraient parfaitement dans la masse des autres contrebandiers et voleurs qui longeaient la Côte de Sang.

Certains lieux tiraient leur nom de la nature – du sable noir, du limon rouge ou des marées vertes, par exemple –, mais la Côte de Sang ne faisait pas partie de ceux-là, non. Quand les pouvoirs avaient découpé les territoires d'Arnes, Faro et Vesk plusieurs siècles auparavant, il existait une démarcation, un tracé unique à la jonction des trois empires. Comme personne ne s'accordait sur l'emplacement exact de ladite frontière, après des années de mécontentement, de sabotage et de navires coulés, cette étendue de terre avait gagné son surnom.

Le Barron se dirigeait à présent vers la capitale : le tristement célèbre port de Verose.

Lila scrutait l'horizon, à l'affût de la ligne irrégulière dessinée par les pâles falaises de la ville. Quelques décennies plus tôt, la garde arnésienne avait fait de son mieux pour nettoyer Verose, éliminer la majeure partie des violences et imposer un semblant d'ordre – l'ancien roi, le père de Rhy, Maxim Maresh, avait même servi en tant que capitaine de son unique base –, mais la capitale restait une ville sans foi ni loi, par nature ou bien par choix.

Et Lila s'en réjouissait.

C'était le genre d'endroit où le sang coulait à flots, où le moindre rassemblement était toujours à un coup de lame de tourner à la rixe, et où…

Une bouteille se brisa derrière elle sur le pont, et de bruyantes acclamations s'élevèrent. Lila, dans un soupir, se retourna vers son équipage. Les trois marins étaient hilares. Tav et Vasry se donnaient des coups de coude. Quant au sévère Stross, il riait pour une fois aux éclats. Il manquait à ce tableau Raya, l'épouse de Vasry. Lila se dévissa le cou pour inspecter le gréement jusqu'à trouver la jeune femme aux cheveux noirs, la peau pâle comme le marbre, perchée au sommet du mât. Le soleil, haut dans le ciel, brûlait, mais elle semblait s'en moquer. Son regard, du même bleu froid que le glacier dont elle était originaire, se posa sur le capitaine.

— Vous ne pensiez pas que j'en étais capable, hein ? s'écria Vasry en arnésien. Mais je me suis entraîné !

Au volume de sa voix et à sa démarche titubante, on devinait qu'il avait vidé la bouteille avant de la casser. D'ailleurs, des éclats de verre jonchaient le pont du bateau.

— Entraîné à quoi, exactement ? s'enquit Lila.

Tav mima des deux mains une petite explosion en articulant en silence le mot « boum ». Lila haussa un sourcil. Quoique pas très doué, Vasry était par nature un mage du vent mais, selon elle, il tirait bien davantage profit de son physique que de sa magie. Avec ses cheveux blond fauve et ses yeux bordés de cils épais, il avait le culot d'embellir avec l'âge plutôt que l'inverse – une qualité bien utile lorsqu'il fallait séduire quelqu'un, un peu moins quand le navire avait besoin d'un fort coup de vent.

— Tiens, dit-il à Stross en lui donnant une autre bouteille. Fais voler celle-là.

— J'espère qu'elle est vide, intervint Lila juste avant que son second ne la lance par-dessus bord.

Vasry tendit aussitôt la main, les yeux plissés par la concentration, tout en remuant les lèvres. À l'évidence, il avait l'intention de frapper le verre avec force, mais il manqua son coup et sa cible se contenta de décrire un arc de cercle avant d'atterrir, intacte, avec un petit plouf dans les flots.

— Oups ! s'exclama-t-il.

Après un instant de silence, les trois compères se remirent à rire. Vasry fut pris de hoquet.

— Je crois que vous avez tous assez bu, déclara Lila en secouant la tête d'un air réprobateur.

Les bras écartés, Tav répliqua avec une sincérité feinte :

— On est bien sur un bateau de plaisance, non ?

— Donc on se fait plaisir, renchérit Vasry.

— Exactement, grommela Stross, soudain sur la défensive. On fait juste notre boulot !

En cet instant précis, Lila regretta de les avoir laissés choisir la couverture du *Barron* pour cette nouvelle mission. Quand elle sortit la dernière bouteille de la caisse pour en boire une gorgée, elle s'aperçut que le flacon était vide.

— Dites-moi qu'il y a encore de l'alcool quelque part sur ce navire, lança-t-elle, l'œil mauvais.

Les trois marins eurent la décence d'avoir l'air embarrassés.

— Il doit en rester dans la cale.

Lasse, Lila se retourna et jeta la bouteille vide en l'air. Au lieu d'écarter les doigts, elle referma la main non pas en un poing, mais en forme de pistolet : pouce levé, index pointé. Suivant du doigt la courbe tracée par le projectile, elle fit mine de presser une détente imaginaire.

La bouteille se brisa avec fracas. Sous les applaudissements et les cris de joie de son équipage, le capitaine s'éloigna à grands pas en retenant un petit sourire. Les acclamations des marins la suivirent jusque dans la cale.

II

Lila avançait entre les caisses en fredonnant. Sa voix résonnait faiblement contre la coque.

La cale du *Barron gris* regorgeait de trésors. Il y avait des réserves, bien sûr, assez de provisions pour rester des semaines en mer sans avoir besoin de faire escale. Mais aussi de nombreux objets à vendre ou conserver : rouleaux de beaux tissus et pierres divinatoires, masques veskiens et capes faroises, recueils de poésie, d'histoires et de sortilèges… Sans oublier un bon nombre d'armes cachées parmi les caisses, car sa collection grandissante débordait déjà de ses quartiers privés. À chacun son passe-temps favori. Lila avait beau servir la Couronne, elle s'estimait également libre de se servir elle-même.

La cale abritait aussi une jolie collection de spiritueux, dérobés dans des réserves privées ou récupérés dans la cabine du capitaine, lorsqu'ils croisaient des navires qu'ils laissaient couler dans leur sillage.

Lila se mit à fredonner en ouvrant le cellier :

— *Comment sait-on que le Sarod vient de monter à bord…*

Ses doigts dansaient sur les bouteilles entreposées sur l'étagère comme une mâchoire à laquelle il manquerait des dents.

« *On fait juste notre boulot !* » avait dit Stross.

— Salauds ! marmonna Lila avant qu'un bras ne se referme sur sa gorge.

Elle fut tirée en arrière avec force puis soulevée de terre. Elle porta la main au poignard à sa hanche, mais son assaillant aussi – il lui coinça les doigts contre la garde sans lui laisser le temps de dégainer sa lame. Son agresseur avait beau la tenir d'une poigne de fer, elle avait toujours une main libre dont elle se servit pour sortir un second couteau, qu'elle planta à l'aveugle dans le torse de son adversaire.

La lame aurait dû rencontrer la chair, mais ce ne fut pas le cas : son adversaire lâcha Lila pour la projeter contre l'étagère avec violence. Une bouteille de vin d'été se fracassa sur le sol.

— Ça, tu vas me le payer ! siffla la jeune femme en se retournant juste à temps pour bloquer la lame qui visait sa gorge.

Derrière l'acier tranchant, elle l'aperçut – l'éclat d'un masque noir, l'ondulation d'un manteau et deux lèvres qui dessinaient un sourire. Mais l'homme ne fit aucun bruit. Ni lorsqu'elle prononça ces mots, ni lorsqu'il frappa, ni lorsqu'il esquiva d'un bond en arrière le coup de botte qu'elle tenta de lui assener dans la poitrine. Le temps qu'il se rétablisse, le poignard de Lila volait déjà. Il fendit l'air pour aller se ficher dans une poutre tandis que son adversaire s'écartait, disparaissant derrière une pile de caisses.

La jeune femme fit revenir le couteau entre ses doigts et retint sa respiration, à l'affût de pas dans la cale. Car les corps occupaient l'espace et produisaient des sons.

Au-dessus de sa tête, insouciants, les membres de son équipage chantaient une chanson de marins. Les seuls autres bruits qu'elle entendait autour d'elle étaient le clapotis des vagues contre la coque et le martèlement de son propre cœur.

Au lieu d'appeler à l'aide, Lila se força à fermer les yeux. Elle allait oublier la cale encombrée et le roulis du bateau pour mobiliser ses sens en quête de l'autre corps, comme s'il n'était qu'un objet parmi d'autres, mais fait de sang et d'os plutôt que de bois et d'eau.

Là !

Elle rouvrit les paupières et assena un coup de poing latéral dans l'une des caisses de bois, qui valsa en arrière en raclant le sol. La jeune femme leva son poignard, prête à frapper, car elle pensait que son agresseur allait plonger hors de portée. Au lieu de quoi il surgit d'en haut pour la percuter de tout son poids. Les deux adversaires s'écroulèrent avant de rouler par terre. Une fois qu'ils se furent immobilisés, il la chevauchait, mais Lila tenait le tenait en respect d'une lame contre sa gorge.

Le torse de l'homme se soulevait et s'abaissait en rythme. L'acier lui effleurait la peau sans l'entailler.

— Tu as de la chance que j'aie la main aussi ferme, déclara-t-elle.

La capuche du manteau de son assaillant était tombée. Même dans la lumière diffuse de la cale, ses cheveux cuivrés brillaient, traversés par une seule mèche argentée. Tirant sur le masque qui lui cachait la moitié supérieure du visage, Lila découvrit ses yeux vairons, l'un bleu, l'autre noir.

— Admets-le, lança Kell Maresh. Je t'ai prise de court.

— J'aurais quand même fini par te tuer, rétorqua Lila.

Il haussa un sourcil.

— Tu en es sûre ?

Elle se repassa le combat dans sa tête. Et s'il avait utilisé une lame au lieu de son bras ? S'il avait voulu la tuer sur-le-champ au lieu de faire durer l'affrontement, serait-elle parvenue à deviner son intention ? Le poignard aurait-il chanté cette mélodie qu'elle connaissait si bien ?

— Bon, d'accord, concéda-t-elle, toujours allongée sous lui. Dans ma propre cale, sur mon propre bateau, tu m'as prise au dépourvu. Allez, pousse-toi… sauf si tu préfères rester là à faire des galipettes.

Elle savoura cette pique, capable de faire monter le rouge aux joues de Kell.

— Et si tu remettais ton masque ? le taquina-t-elle.

Rougissant de plus belle, l'*Antari* tenta de dissimuler sa gêne par une moue sévère. Puis il se leva, une main tendue vers Lila pour l'aider à se remettre debout. Se relevant seule, elle passa devant lui pour retourner dans le cellier, où elle ramassa le culot de la bouteille brisée qui laissait s'échapper au sol une petite flaque de vin d'été.

— Moi qui le gardais précieusement… marmonna-t-elle en jetant un œil derrière son épaule.

Kell n'écoutait pas, trop occupé qu'il était à retourner son manteau, passant du noir qu'il portait quand il l'avait attaquée au rouge, puis du rouge au bleu et du bleu au gris. Chaque côté était unique et avait ses propres particularités, de sa couleur à sa coupe en passant par les boutons et les attaches, et même aux contenus de ses poches. Chacun avait sa propre histoire. Lila en connaissait la plupart, à présent. Il y avait celui qu'il portait le soir de leur rencontre, le manteau royal couleur pourpre, avec ses boutons dorés sur le devant, qu'il revêtait en tant que prince, et puis le gris qu'il avait enfilé lors de l'*Essen Tasch* quand il était devenu Kamerov Loste pour la première fois… Il arrivait cependant qu'elle en découvre un nouveau, glissé comme un secret dans une vie qu'elle connaissait désormais si bien.

Il trouva celui qu'il cherchait – le manteau anthracite qui avait fini par devenir son préféré au cours de leurs années en mer – et l'enfila juste au moment où un cri se faisait entendre sur le pont supérieur.

Ce n'étaient ni Vasry ni Tav qui réclamaient d'autres bouteilles, mais Stross, dont la voix grave jaillit dans tout le navire.

— *Hals !*

« Terre ! »

III

Pointe sud
Sept ans plus tôt

— *Hals !*

La voix de Stross retentit sur le navire non pas avant, mais juste après qu'un obstacle eut frotté contre la coque. Une seconde, Lila était en train de dormir sous un tas de couvertures. À la suivante, elle se levait en titubant, déséquilibrée par la stabilité du sol sous ses jambes.

Tout en jurant, elle fourra ses pieds déjà en chaussettes dans les bottes qu'elle gardait à côté du lit, puis enfila son manteau et ouvrit à toute volée la porte de sa cabine. Kell était déjà là, son pardessus à la main, les traits tendus. Peu après, Vasry et Tav débarquaient dans le couloir, le premier ébouriffé mais habillé, le deuxième bien moins vêtu mais l'épée au poing.

Lila s'apprêtait à parler lorsqu'elle fut interrompue par le dernier bruit au monde qu'un capitaine souhaite entendre : celui du bois qui se fend.

Elle monta en hâte l'escalier qui menait au pont. Une brume pâle enveloppait le navire et le soleil flottait quelque part derrière l'horizon. Dans la douce lumière de l'aube naissante, elle aperçut Stross agrippé au bastingage pour scruter les dégâts.

— Tu es censé crier « terre » avant qu'on ne s'échoue ! lança-t-elle d'une voix rageuse, son souffle formant un panache de vapeur dans l'air glacé.

— Ce n'est pas la terre, intervint Kell posté sur le pont supérieur.

La jeune femme s'approcha du bastingage le plus proche pour regarder en bas. Elle jura de plus belle en constatant qu'il avait raison : le *Barron gris* n'avait pas heurté la terre, mais la glace !

Trois semaines plus tôt, Lila avait décidé de mettre le cap vers le sud et de naviguer jusqu'à rencontrer un obstacle. C'était chose faite !

Elle aurait dû s'en douter. Elle aurait dû rebrousser chemin quelques jours auparavant quand, à son réveil, elle avait découvert des éclats de glace qui flottaient à la surface de l'eau. Quand le froid était devenu assez vif pour lui mordre la peau. Quand le manteau de Kell avait commencé à lui offrir des côtés de plus en plus chauds, des capuches et cols molletonnés, et des gants qui l'attendaient dans les poches.

Ils auraient dû faire demi-tour à ce moment-là, mais le monde était vaste et Lila, avide d'aventures.

À présent, ils étaient coincés.

Ce n'était pas un banc de glace qu'ils avaient heurté, ou une calotte flottant sur la mer. D'ailleurs, la mer avait disparu. L'eau s'était solidifiée. Ce qui signifiait que la magicienne allait devoir la dégeler. Avec un soupir, elle balança sa jambe par-dessus bord.

— Capitaine ! cria Stross, mais elle balaya sa protestation d'un geste de la main.

— Lila, supplia Kell, mais elle fit de nouveau la sourde oreille.

Elle était une *Antari*. Et les *Antari* étaient les magiciens les plus puissants au monde. Elle pourrait bien déplacer un navire…

D'instinct, elle retint son souffle avant de sauter à terre. Elle s'attendait à voir la glace se briser, à sentir le froid pénétrant de l'eau se refermer au-dessus de sa tête. Mais ses bottes claquèrent sur la surface gelée et, sous ses pieds, rien ne trembla.

Lila scruta l'horizon, non sans avoir l'impression de fixer une boule de cristal. Son bon œil lui jouait des tours : il tentait de faire surgir quelque chose du néant – un port, un quai, un autre navire –, mais le mirage disparaissait aussi vite dans la brume.

Elle entreprit de faire le tour du *Barron* dans l'espoir de trouver une voie d'eau dans son sillage, mais depuis qu'ils s'étaient échoués – quelques minutes à peine plus tôt –, la glace était déjà venue encercler la coque du bateau. La magicienne s'étira la nuque et fit craquer ses articulations avant de frotter ses mains nues saisies par le froid.

— Gonflez les voiles ! cria-t-elle.

Sa voix résonna sur la banquise qui s'étendait à perte de vue. Peu après, Tav faisait se tendre la toile et Vasry invoquait une rafale de vent. Le navire tout entier gémit en signe de protestation. Ses deux mains tendues devant elle, Lila concentra toute sa volonté sur la glace environnante, comme si ses doigts se refermaient sur elle. Puis elle lui ordonna de fondre.

Le paysage sous ses yeux se mit à briller, à scintiller. La couche gelée sembla s'amincir par endroits sans toutefois céder. Son agacement se mua alors en colère, et la colère était un sentiment puissant. L'*Antari* resserra sa prise. Elle contraignit sa volonté à pénétrer la banquise pour la liquéfier.

Elle perçut soudain le clapotis de l'eau, accompagné du bruit caractéristique de la glace qui craque et se fendille. Puis le monde bascula, mais ce n'était pas la banquise qui cédait. C'était sa propre vision. Son bon œil se brouillait, sa tête se faisait lourde. Dans ses oreilles retentit la voix d'Alucard, sa mise en garde datant des premiers jours où il lui avait enseigné la magie. Selon lui, plus l'élément était grand, plus il devenait difficile à manier. Un magicien ne pouvait manipuler que ce qui tenait dans sa main : un courant d'air, quelques centimètres carrés de terre, une seule vague de la mer.

« Personne ne peut étirer son esprit autour d'un océan tout entier. »

— Ouais, c'est ça… marmonna-t-elle.

Un liquide chaud lui coulait sur la bouche. Lila l'essuya de ses doigts, qui se teintèrent de rouge.

Peut-être ne pouvait-elle pas envelopper toute la surface gelée de sa volonté. Qu'à cela ne tienne, il existait d'autres moyens de la briser. Après tout, elle était une *Antari*.

— Eh, capitaine ! s'écria Vasry. On devrait peut-être…

Elle n'entendit pas la fin de sa phrase. Les deux mains appuyées sur la glace, elle siffla sous l'effet du froid avant de prononcer la formule en claquant des dents.

— *As Steno.*

« Brise-toi. »

Au moment où le son franchissait ses lèvres, une profonde vibration parcourut la glace. Dans un claquement assourdissant, des fissures se mirent à courir de tous côtés… jusque sous ses pieds. En équilibre sur la banquise oscillante, Lila s'arc-bouta tandis que son navire tanguait, libéré par le vent qui frappait ses voiles. Un pas, puis deux.

C'est alors qu'à sa grande horreur, elle vit la glace se reformer. Pas à un rythme naturel, non – comme si sa magie était une bobine de fil qu'elle avait déroulée et qu'une autre main s'employait à rembobiner aussi vite. En l'espace de quelques secondes, son travail fut réduit à néant.

— Saloperie ! siffla-t-elle, la tête baissée.

Des bottes martelèrent la glace et Kell surgit à ses côtés, enveloppé dans le manteau gris à capuche qui aurait dû lui servir d'avertissement la veille au soir. Il lui offrit sa main gantée pour stabiliser la jeune femme.

— Arrête, Lila. Ça ne fonctionne pas.

Elle repoussa le bras qu'il lui tendait.

— Ça va marcher. Il faut juste que j'y mette plus de force.

Kell scruta le *Barron.* Lila vit une ombre traverser son visage, comme parfois lorsqu'il fixait ses propres mains, l'air de penser qu'elles ne lui servaient plus à rien à présent, qu'elles étaient incapables de tenir une corde ou manier une épée. Comme si la magie était la seule chose qui importait.

Il se racla la gorge et déclara :

— Il s'est peut-être écoulé assez de temps.

Pour toute réponse, Lila grimaça. Voilà trois mois qu'ils avaient quitté Londres. Trois mois que leur combat contre Osaron avait brisé la magie de Kell. Durant ces trois mois, jamais il n'avait cherché à puiser dans son pouvoir : il préférait lui laisser le temps de « guérir », comme s'il s'agissait d'un os cassé.

Et s'il avait raison ?

Peut-être que c'était le cas, mais elle en doutait. Elle savait d'expérience combien il était douloureux de se voir arracher une partie de soi. Elle n'avait pas oublié les premières semaines qui avaient suivi la perte de son œil. L'impuissance, le déni, la rage. Kell n'en était pas encore à ce stade, mais il y parviendrait un jour. En attendant, elle se résolvait à le laisser tranquille.

— Laisse tomber. Le bateau est coincé.

Elle enfonça ses doigts gelés dans ses poches et jeta un coup d'œil à la ronde. À cette heure-là, le soleil aurait dû se lever. Pourtant, il flottait toujours au même endroit, juste derrière l'horizon. Comme s'ils étaient piégés à l'intérieur d'une boule à neige, figés dans le temps et dans la glace.

— Tu as remarqué… commença-t-elle avant de s'interrompre. (Les yeux plissés, Kell regardait derrière elle.) Quoi ?

— Quelqu'un arrive, souffla-t-il, la mine rembrunie.

Lila s'apprêtait à souligner combien c'était ridicule, cette idée qu'on puisse les rejoindre au beau milieu d'une mer gelée. Mais une fois retournée, elle découvrit qu'il disait vrai. Une silhouette marchait en effet vers eux d'un pas traînant. Elle pensa d'abord à un ours énorme, hirsute, dont les lourdes pattes griffues faisaient craquer la glace. Pas du tout : à mesure qu'elle se rapprochait, la silhouette se transforma en homme corpulent, vêtu d'un manteau à capuche. À défaut de griffes, ses bottes à crampons agrippaient la surface gelée.

Lila porta ses doigts engourdis à son couteau le plus proche. L'homme qui avançait vers eux avait beau leur sourire, méfiance ! Nombreux étaient les pirates et meurtriers qui souriaient, eux aussi, avant d'attaquer leur proie.

Stross, Vasry et Tav observaient la scène depuis la proue du *Barron*. Leur capitaine n'avait pas besoin de voir l'éclat de l'acier pour savoir qu'ils étaient armés. Elle pencha la tête sur le côté, ordre muet de patienter.

— *Skalsa !* cria l'inconnu d'une voix musicale, dans une langue qu'elle ne connaissait pas.

De près, il était encore plus imposant. Sa capuche doublée de fourrure dissimulait des cheveux et une barbe noirs comme du charbon. Sa peau, si pâle qu'on aurait dit de la glace dans cette étrange lumière, servait d'écrin à des yeux d'un bleu surprenant. Lorsqu'il posa son regard sur eux, Lila s'estima heureuse d'avoir gardé son œil de verre marron pour dormir et que la capuche de Kell soit relevée, de sorte que son œil noir demeurait caché dans la faible lueur précédant l'aube.

L'étranger continuait à parler dans un flot ininterrompu, mais Lila ne percevait guère plus qu'une alternance de graves et d'aigus. Elle avait l'impression d'entendre un discours officiel appris par cœur. Une fois qu'il eut terminé, l'homme les fixa en silence, comme s'il attendait leur réponse.

Elle contempla tour à tour Kell et le nouveau venu. Elle allait expliquer qu'elle ne comprenait pas sa langue quand Vasry se pencha par-dessus le bastingage du navire pour intervenir.

— Il parle frésien, non ? J'ai eu une histoire avec une Frésienne, une fois. Très sympa, la fille. Elle avait les mains froides, mais…

— Et donc ? le coupa Kell.

— Et donc, répondit Vasry en descendant l'échelle, j'ai appris quelques mots. Je peux peut-être vous aider. (Il atterrit sur la glace à leurs côtés, glissa, puis se rattrapa.) *Skalsa !*

Il avait employé le même ton musical pour s'adresser à l'inconnu, qui hocha la tête avant de répéter son discours.

Quelques secondes plus tard, le marin agitait les mains pour l'exhorter à ralentir son débit. Lui-même balbutia quelques phrases. L'étranger, les sourcils froncés, sortit un grand couteau.

— Bon sang, qu'est-ce que tu lui as dit ? s'écria Lila.

Vasry bredouilla une réponse, mais elle ne l'écoutait plus : elle regardait l'homme s'agenouiller et retourner la lame entre ses doigts pour graver quelque chose dans la glace à l'aide du manche. Une fois sa tâche accomplie, il se redressa en marmonnant dans sa barbe. Les marques sur la banquise commencèrent alors à se tordre et à s'enrouler avant de s'élever dans les airs, ondoyant comme un rideau dans la brise. Cette fois, lorsqu'il reprit la parole, la voix de l'étranger franchit la limite du sortilège pour devenir – à son propre étonnement – de l'arnésien. Les marins arnésiens s'aventuraient-ils donc si peu aussi loin au sud ?

— J'ai entendu la glace se briser, déclara-t-il, traduit au fur et à mesure par le sort. Vous avez un problème ?

Étonnée d'avoir à se justifier, Lila désigna la coque du *Barron gris* prise dans la glace.

— Notre navire est coincé.

L'étranger secoua la tête.

— Coincé ? Non. Il est enchanté.

Eh bien, pensa la magicienne, *voilà qui explique la curieuse nature de cette glace, qui ne cesse de se refermer comme une main sur mon bateau.*

— Dans ce cas, si vous pouviez le désenchanter…

— Malheureusement, l'interrompit-il, seul le contremaître peut libérer un navire une fois qu'il est entré dans le port.

Lila contempla la banquise environnante comme pour souligner qu'elle n'avait rien d'un port. En réponse à sa confusion, l'homme balaya le paysage de sa main gantée.

— C'est un port de glace, précisa-t-il. Vous en avez franchi l'entrée il y a bien longtemps. Si vous souhaitez repartir, vous allez devoir attendre le contremaître.

— Et ce n'est pas vous, bien sûr ? demanda Kell, l'air vaguement amusé.

Leur interlocuteur secoua de nouveau la tête avec un petit rire.

— Non, non. Moi, je me contente de surveiller les bateaux pendant qu'elle est à la foire. Mais ne vous inquiétez pas, elle devrait être de retour d'ici la fin du jour.

En entendant le mot « jour », Lila reporta son regard sur le rai de lumière qui flottait toujours à l'horizon.

— À quelle heure le soleil se lève-t-il ?

— Ah, ça dépend ! s'esclaffa le Frésien. Certains mois, il ne se couche jamais. D'autres fois, il ne se lève jamais. Nous arrivons à la fin de la saison crépusculaire. Il ne devrait pas tarder à percer dans les prochains jours. Je n'ai jamais su garder le fil du temps, mais je m'en accommode. Au moins, l'arrivée de la lumière est une bonne surprise. Venez ! Vous pouvez patienter à la capitainerie, si vous voulez.

Sur ces mots, il tourna les talons et commença à s'éloigner, ses bottes mordant la glace. Après un échange de regards, Kell et Lila lui emboîtèrent le pas, suivis par Vasry. Lila fit signe à Stross et Tav d'attendre à bord du *Barron*. Elle aurait pu se sentir coupable de les abandonner, mais le premier quittait rarement le bateau. Quant au second, il avait la fâcheuse habitude de s'enivrer dans des ports étrangers avant de se lancer dans des bagarres qu'il ne parvenait pas toujours à gagner.

Tandis qu'ils suivaient le docker, la brume qui flottait de tous côtés se mit à onduler, puis à se dissiper pour révéler des dizaines d'autres navires disséminés dans le port gelé, apparaissant et disparaissant par intermittence tels des fantômes dans la lumière diffuse. Plus ils avançaient, plus les embarcations se dévoilaient à leurs yeux. Lila aperçut quelques silhouettes çà et là mais, dans l'ensemble, les vaisseaux semblaient déserts.

Le sort de traduction suivait aussi leur guide, ce qui était bien utile car il se montrait bavard.

— Vous êtes très loin de chez vous. Quelle est la raison de votre voyage ?

Lila croisa le regard de Kell, puis répondit après un temps :

— Nous sommes cartographes.

C'était la version qu'ils avaient convenu de donner lorsqu'ils avaient pris la mer, plusieurs mois auparavant. Et aussi un pari risqué : le plus souvent, les cartographes étaient considérés comme des artistes qui menaient une étude de manière indépendante. Dans certains endroits, on les prenait pour des espions chargés de dresser la carte des côtes étrangères en vue d'une future conquête. L'officier du port, lui, sembla ravi de cette réponse.

— Excellent ! Il est grand temps que les empires du nord prennent conscience que le monde s'étend bien au-delà de leurs frontières. Il y a beaucoup à voir par ici. La Foire du crépuscule, par exemple. À l'origine, c'était un moyen de faire passer les jours les plus sombres, mais les bonnes idées ont le don de se développer. Aujourd'hui, les visiteurs viennent du monde entier. Nous attendons maintenant l'obscurité avec impatience ! Ah, nous y sommes…

Ils étaient parvenus au bout du port. Lila pensait que la glace allait enfin céder la place à la terre, mais non : celle-ci s'élevait en une volée de marches qui menaient à un abri. Là où elle s'attendait à trouver une grossière construction se dressait au contraire un grand édifice aux parois glacées aussi épaisses et lisses que de la pierre polie. Le guide frappa ses moufles l'une contre l'autre pour faire tomber le givre puis les fit entrer dans une magnifique salle couverte de tapisseries. Un feu ronflait dans un âtre de glace sans pour autant le faire fondre et, au centre, des bancs bordaient une longue table drapée de laine et de fourrure.

Vasry s'approcha de la cheminée avec un soupir de satisfaction. L'étranger disparut dans une pièce attenante pour revenir quelques instants plus tard muni de trois grandes tasses remplies d'un liquide fumant au parfum sucré.

— Donc c'est vous qui tenez la capitainerie, déclara Vasry en prenant une des tasses.

— Non, non, répliqua l'intéressé. Je la surveille pendant que ma responsable est à la foire.

Il leur fit signe de s'asseoir à la longue table. Comme tous les meubles de la salle, elle avait été sculptée dans la glace, puis recouverte d'épaisses étoffes. Lorsqu'ils prirent place, Lila examina les lieux. L'endroit lui évoquait un conte de fées : à la fois pittoresque, accueillant et trop beau pour être vrai.

Leur hôte s'éloigna pour entretenir le feu. Tout en le suivant des yeux, elle sentit que Kell la fixait.

— Quoi ? demanda-t-elle sans croiser son regard.

— Tout n'est pas forcément un piège.

Ces mots la perturbèrent. Non seulement on l'observait mais, en plus, on lisait en elle comme dans un livre ouvert.

— Ça se voit tant que ça sur mon visage ?

— Non, répliqua-t-il, laconique. Mais j'aime à penser que je m'améliore.

Lila se força à se détendre et accepta la boisson offerte. La tasse était chaude entre ses mains nues, le vin – si c'était bien du vin – brûlant et liquoreux. Elle vida le récipient en quelques petites gorgées. Puis elle se mit à pianoter nerveusement sur la table, avant de se lever.

La lumière extérieure n'avait toujours pas changé. Quelle heure était-il ? Dans combien de temps reviendrait le contremaître ? Elle l'ignorait.

Lila, en revanche, avait une certitude : elle n'avait pas navigué jusqu'aux confins du monde pour s'arrêter là. Elle se dirigea donc vers le feu et l'homme occupé à l'attiser.

— Alors, comment se rend-on à cette fameuse Foire du crépuscule ?

IV

De nos jours

— Terre ! hurla de nouveau Stross.

Kell, sourcils froncés, emboîta le pas à Lila, qui sortit de la cale, la bouteille de vin brisée à la main.

Le crépuscule tombait. Dans la capitale, le soleil couchant aurait teinté de rouge et d'or le paysage, imprégné la ville d'un éclat chaud persistant. Là où ils se trouvaient, en revanche, la lumière d'aspect métallique se reflétait sur l'étendue dentelée des bâtiments qui couvraient les falaises jusque dans la baie.

Voilà à quoi ressemblait donc Verose…

Il s'efforçait de ne pas songer trop souvent à Londres, ou à ce que son frère et sa famille étaient en train de faire au même moment (il avait suivi Lila au bout du monde et même plus loin encore et l'aventure avait été tout bonnement incomparable). Cela faisait à présent sept ans qu'il naviguait à bord du *Barron gris*, et la plupart du temps, il se sentait à sa place sur le navire, si ce n'est même au sein de l'équipage.

Mais des endroits comme Verose lui rappelaient à quel point il était loin de chez lui. Même à cette distance, la cité semblait assez acérée pour couper les voiles de leur bateau.

Tout l'équipage était sur le pont.

Stross, le second du *Barron*, trapu et sérieux, grattait sa barbe noire grisonnante. Sa bonne humeur de la soirée cédait la place à son austérité habituelle à mesure qu'ils approchaient de leur destination.

Vasry se tenait sous les voiles et donnait, comme toujours, l'impression de poser pour un portrait, le menton levé, ses cheveux blonds attachés. Il mettait à profit ses piètres aptitudes de mage du vent pour les mener à bon port.

Tav, petit et pugnace, vomissait ses tripes par-dessus le bastingage après s'être un peu trop amusé cette après-midi-là, même sur un navire censé être un bateau de plaisance mais mené par des pirates chahuteurs.

Et enfin, Raya, qui descendit de son perchoir pour les rejoindre, ses nattes noires fouettant l'air dans son dos. La jeune femme avait embarqué sur le *Barron* après la Foire du crépuscule pour ne plus jamais débarquer, malgré l'aversion de Lila à l'idée d'engager toute nouvelle recrue.

« Je crois que je suis amoureux », avait confié Vasry le lendemain matin, et sur le moment, aucun d'entre eux n'y avait guère prêté attention. Vasry était du genre à tomber amoureux comme d'autres s'écroulaient au sol après s'être enivrés. Aussi Lila s'était-elle sans doute dit que la situation reviendrait vite à la normale, et que dès qu'ils arriveraient au prochain port, ils abandonneraient la Frésienne. Sauf qu'il s'avéra que Raya savait se débrouiller en mer, et encore mieux en cuisine. Sans compter que l'intérêt de Vasry pour la jeune femme ne faiblissait pas, si bien que Lila avait fini par céder au caprice du marin et laisser Raya rester à bord.

Près de sept ans plus tard, la Frésienne ne parlait toujours pas un mot d'arnésien – et semblait même s'en enorgueillir. Elle affichait cependant autant d'expressions que Kell avait de moues, et excellait à dire tout ce qu'elle avait à dire d'un simple regard.

Ah oui, et elle savait se battre ! Ils lui avaient découvert ce talent un jour où le *Barron* avait rencontré quelques petits ennuis avec un navire ennemi. Plutôt que de se cacher, Raya avait rapidement créé deux épées à partir d'un morceau de glace pour en planter une dans le pirate le plus proche – celui qui tentait de passer à l'abordage.

Depuis cet épisode, Lila l'appréciait un peu plus. Quant à Kell, lui aussi y trouvait aussi son compte : ne plus être le petit nouveau de l'équipage n'était pas pour lui déplaire.

Au moment où le *Barron gris* entrait dans le port de Verose, il scruta la rangée de bateaux à quai et trouva celui qu'ils cherchaient arrimé sur la gauche, trois vaisseaux plus loin. Une embarcation veskienne, avec des étendards rouge sang et des ailes gravées dans sa coque pâle. Elle avait pour nom *Eh Craen*, « Le Corbeau ».

Si les informations récoltées par Alucard Emery étaient bonnes, ce navire se dirigeait vers le sud pour livrer une cargaison à un contrebandier arnésien qui se rendait à Londres. Alucard voulait savoir ce qu'il transportait.

Kell, lui, ne désirait qu'une seule chose – toujours la même : prouver que même s'il était dorénavant dépourvu de ce pouvoir qui avait autrefois donné un sens à sa vie, fait de lui un *Antari*, le magicien le plus fort du monde, il valait encore quelque chose. Il tenait à le prouver à l'équipage du *Barron gris*, à Lila Bard, au palais et à l'empire, mais surtout, il voulait se le prouver à lui-même.

V

Pointe sud de Fresa
Sept ans plus tôt

Jamais Kell Maresh n'avait eu aussi froid.

Pendant des années, dès qu'il était pris du moindre frisson, il faisait apparaître une flamme entre ses mains ou réchauffait l'air contre sa peau, d'un geste aussi naturel que le fait de respirer. Facile. Simple.

Sauf que plus rien ne l'était, désormais.

La chaleur procurée par le vin s'était atténuée. L'équipage, suivant les instructions qu'on lui avait données, descendait l'allée de la propriété, qui ne menait pas à une ville mais à l'entrée d'un énorme tunnel creusé à même le glacier. Le vent violent qui sifflait à l'intérieur, chantant contre la glace, plantait ses dents dans le moindre carré de peau nue.

Pourtant, malgré l'inconfort, cet endroit avait quelque chose d'extraordinaire. Ce n'était pas la première fois que Kell voyait de la glace, mais ce mot peinait à qualifier à lui seul l'étendue du paysage gelé.

Plus jeune, l'*Antari* s'était rendu dans la salle des cartes du roi pour étudier la maquette de l'empire posée sur la table et les dessins accrochés aux murs. Comment une carte pouvait-elle se limiter à une feuille de papier alors que le monde s'étendait bien au-delà ?

— *Où est le reste ?* avait-il demandé.

— *C'est la seule partie qui compte*, lui avait répondu le roi.

Mais Maxim Maresh se trompait.

Kell se secoua pour revenir au présent, refusant de penser à l'homme qui l'avait élevé sans jamais pourtant le considérer comme un fils. Lui, le roi qui était tombé, comme tant d'autres, aux mains d'Osaron, et qui avait forcé Rhy, trop tôt, à monter sur le trône.

Devant lui, Lila commença à fredonner une chanson de marins tout en suivant de ses doigts nus la paroi gelée. La mélodie, en ricochant autour d'eux, créait son propre chœur. Leurs pas résonnaient dans la galerie.

Sans cette curieuse brume matinale, le tunnel aurait dû être plongé dans le noir complet. Mais il n'en était rien. La glace qui les entourait semblait produire sa propre lueur, un bleu pâle qui – Kell l'aurait juré – devenait de plus en plus vif à mesure qu'ils avançaient. Il ralentit pour s'approcher de la paroi. Un reflet déformé se dessina dans la glace. Un visage long et pâle. Des cheveux roux traversés par une seule mèche argentée. La seule marque extérieure de la bataille qui avait changé sa vie.

Il posa une main gantée sur la surface réfléchissante… et la sentit : l'énergie de la glace, tel le courant d'un ruisseau. L'eau, même gelée, contenait quelque chose d'indéniablement vivant.

Soudain, l'*Antari* comprit : ils avaient sous les yeux une source !

Il savait, bien entendu, que l'Île du Londres rouge n'était pas la seule, que d'autres foyers de magie existaient un peu partout dans le monde. Mais quelle étrange et merveilleuse surprise d'en trouver un autre, de se tenir à l'intérieur même de la source, de baigner dans son éclat comme si elle avait des pouvoirs curatifs. *Peut-être est-ce le cas ?* pensa-t-il. Il l'espérait…

Les yeux fermés, il imagina que la lumière l'enveloppait tout entier, recousait les parties de lui qui avaient été déchirées… quand un tremblement parcourut tout à coup le tunnel. Kell recula aussitôt. Il s'attendait à voir des fissures courir sur la paroi autour de ses doigts. Vasry tournait sur lui-même, Lila avait déjà dégainé un couteau. L'espace d'un terrible instant, Kell crut qu'il avait abîmé la source. Puis le fracas retentit de nouveau et, cette fois, il en était certain, le bruit ne venait pas de derrière, ni des parois, mais de plus loin devant eux. Puis ils entendirent un concert de voix. Des acclamations.

Ils pressèrent le pas. Après un virage, ils finirent par arriver au bout du tunnel. L'extrémité béante s'ouvrit sur une ville entière taillée dans la glace.

En son centre, la Foire du crépuscule qui, malgré son nom, n'était pas totalement plongée dans le noir. La lueur bleutée de la source mêlée à la brume de l'aube conférait à l'ensemble un éclat givré. Une lumière onirique, comme poudrée.

Une centaine de stands sortaient tout droit du sol gelé. Chaque échoppe de glace était drapée de longs pans de soie vive, parée de lanternes et de drapeaux. Une centaine de clients déambulaient, emmitouflés dans leurs manteaux, tandis que les marchands criaient en frésien, leurs voix réduites à de la musique aux oreilles du prince *Antari*, pour proposer viande, thé, jeux et magie. L'endroit était rempli de rires, de musique et de gens – plus que Kell n'en avait croisé depuis des mois.

Ils franchirent une arche richement décorée dont le sommet était orné de stalagmites semblables aux pointes d'une couronne, chacune surmontée d'une sphère en équilibre de la couleur de la lune. Un peu plus loin, une foule formait un large cercle autour d'une femme à la peau pâle vêtue d'un manteau argenté.

Au centre d'une petite estrade, elle tenait ses mains nues levées devant elle comme si elle tirait les ficelles d'un pantin. Elle demeura un long moment immobile puis, sous le regard du public, ses bras commencèrent à bouger, ses doigts à danser dans l'air.

La glace autour d'elle se mit à se rassembler, à s'élever délicatement pour former l'ossature courbe d'un bateau. Elle s'étendait comme le givre dans l'air, autour du corps et au-dessus de la tête de la sculptrice, qui finit par disparaître à l'intérieur de son œuvre.

Le navire grandit pour atteindre la taille d'une maison, façonné dans ses moindres détails jusqu'aux boulons et aux voiles. Le résultat était déjà merveilleux, mais la sculpture se mit ensuite à se mouvoir.

À tanguer légèrement, comme prise dans les vagues. Puis elle se figea dans une immobilité qui, cette fois, semblait menaçante. Il régnait un calme inquiétant. Un enfant poussa un petit cri de surprise et Kell ne tarda pas à comprendre pourquoi. Une vrille gelée était apparue pour s'enrouler autour du bateau, suivie d'une autre, et d'une autre encore. La foule retenait son souffle tandis que les membres d'un monstre marin enveloppaient la coque, le mât, les voiles, et commençaient à serrer. Le navire gémit comme s'il était fait de bois, avant de se fissurer sous la force du sort.

Kell observait le spectacle, abasourdi. C'était une chose de sculpter un objet à partir d'un élément. C'en était une tout autre de l'animer, d'insuffler du vent dans des voiles de glace et de la tension dans des membres gelés. En termes de magie, c'était un exploit issu d'un savoir-faire comme il n'en avait encore jamais vu. Recréer le monde de manière aussi détaillée et…

Soudain, le bateau se brisa dans un fracas qui fit trembler la foire entière. Toute la scène vola en éclats. La glace se désagrégea en flocons scintillants qui se mirent à pleuvoir sur les spectateurs, saupoudrant de neige leurs épaules et leurs capuches. La femme se tenait toujours au centre de l'estrade, de nouveau seule.

De la foule s'éleva un tonnerre d'applaudissements. Vasry poussa des acclamations, Kell frappa dans ses mains. À ses côtés, le visage de Lila s'illumina, comme au premier jour dans le Londres rouge, quand tout était encore nouveau pour elle. Elle dévorait des yeux la scène non pas avec une joie malicieuse, mais avec une espèce d'émerveillement avide. Puis elle se tourna vers Kell, un sourire aux lèvres. Elle commença à s'éloigner, mais il l'attrapa par la main pour la ramener à lui et l'embrasser.

Une vague de chaleur le submergea aussitôt. Était-ce la magie de Lila qui étincelait dans l'air ou bien son propre corps qui s'échauffait ? Il l'ignorait, mais la sensation était délicieuse.

La jeune femme se dégagea et recula juste assez pour croiser son regard. Son souffle formait un nuage blanc entre leurs lèvres.

— C'est en quel honneur ? demanda-t-elle.

— Pour me réchauffer, répondit-il.

Tous deux sourirent à ces mots. Le souvenir s'étirait comme un fil entre eux, entre le moment présent et ce premier soir où elle l'avait embrassé en affirmant que c'était pour se porter chance. Elle lui rendit son baiser, avec encore plus de passion, les mains glissées sous son manteau. Kell se sentait fondre. Oui, il l'aimait. Il avait peur de ses sentiments, tout comme il avait peur de Lila. À vrai dire, elle l'avait toujours un peu effrayé…

Delilah Bard n'avait rien d'un lit douillet par un matin d'été. C'était une lame dans l'obscurité, éclatante, dangereuse et tranchante. En cet instant même, il s'attendait presque à sentir ses dents lui mordre la lèvre – le pic de douleur et le goût du sang. Mais Kell ne sentait rien d'autre que Lila.

Non loin d'eux, Vasry se racla la gorge.

— Je vais aller me réchauffer, moi aussi, déclara-t-il en s'éclipsant parmi la foule.

Lila s'éloigna à son tour, attirée par les nombreux stands et tout ce qu'ils avaient à offrir. Elle ne se retourna vers lui qu'une seule fois pour lui lancer son plus beau sourire, puis elle disparut.

Kell s'apprêtait à la suivre quand un corps léger heurta son flanc avant de rebondir. Il pivota juste à temps pour voir l'enfant basculer en arrière et atterrir avec violence sur la glace. Une fillette si emmitouflée à cause du froid qu'il ne distinguait que le haut de ses joues rougies et ses yeux d'un bleu flamboyant.

Elle hoquetait, au bord des larmes, lorsqu'une femme vint la soulever dans ses bras puis se tourna vers Kell pour lui présenter ses excuses. Au moment où son regard se posait sur lui, il sentit le froid lui caresser le crâne – sa capuche était tombée, révélant ses cheveux cuivrés… et son œil noir.

Elle allait le reconnaître. Kell frémit à l'idée de la scène qui suivrait, provoquée par la peur ou l'admiration de cette femme. Mais elle n'eut aucune réaction. Le physique du jeune homme ne signifiait rien pour elle. Évidemment ! Il était à mille lieues de chez lui. Sur cette terre gelée, il n'était pas un prince. Quant à sa nature d'*Antari*… peut-être ne savait-elle même pas ce qu'était un *Antari*. Ou bien elle s'en moquait. Il n'était à ses yeux qu'un inconnu croisé à la Foire du crépuscule.

La mère emporta son enfant et il les regarda s'éloigner. Le petit rire qui lui échappa forma un nuage de condensation devant ses lèvres.

— *Hassa !* cria une voix.

Kell mit un moment à comprendre qu'on s'adressait à lui. Il se retourna vers le stand où se trouvait le vendeur, dont la moitié du visage disparaissait sous une écharpe.

— *Hassa !* répéta-t-il en faisant signe à l'*Antari* d'approcher.

Kell ne savait pas très bien ce que le marchand proposait : la table devant lui était couverte de figurines. Ce fut le mur du fond qui attira son regard.

L'espace entier était occupé par une seule sculpture, une grande construction incroyablement délicate qui pouvait représenter un palais, ou simplement une maison richement décorée, à la façade parsemée d'une succession de fenêtres.

Contrairement au stand lui-même dont les parois de glace mesuraient plusieurs centimètres d'épaisseur, le manoir, composé de fins panneaux givrés, semblait prêt à s'effondrer au moindre geste brusque. *C'est voulu*, comprit Kell.

Quand il s'approcha, le forain se mit à parler vite, trop vite. À la différence de Rhy, le prince *Antari* n'avait pas le don des langues. S'il en avait appris des bribes au cours de ses voyages, le frésien était nouveau pour lui. Une mélodie saccadée qui se désagrégeait à ses oreilles, surtout lorsque la bouche de son interlocuteur était dissimulée par une écharpe.

— Désolé, le coupa Kell qui reculait déjà, mais je ne vous comprends pas.

Il s'apprêtait à repartir quand le forain sourit, les yeux plissés de joie.

— Oh, arnésien ! s'exclama-t-il avant de s'exprimer dans sa version personnelle de la langue. Viens. Jeu !

Il se tourna vers la maison ouvragée pour pointer du doigt ses nombreuses fenêtres. Chacune d'elles contenait une sphère de glace colorée juste assez grande pour toucher le cadre de chaque côté.

— Tu casses une, poursuivit-il en indiquant la cible ronde d'une main gantée. Mais pas maison. Tu touches maison, tu perds.

C'était, bien entendu, un jeu de magie. Pas trop difficile, du reste – à la portée d'un enfant très appliqué. Il suffisait d'invoquer un élément que l'on contrôlait assez pour faire fondre la glace, ou bien de déplacer l'une des sphères sans perturber la fragile construction. Pour un magicien habile, la tâche s'avérait simple. Alors pour un *Antari*...

— Toi, perdras pas, insista le forain. Casse boule, juste boule, tu gagnes...

Il désigna les délicates récompenses disposées sur la table : de petites figurines sculptées non pas dans la glace, mais dans une pierre translucide. Il y avait des animaux – oiseaux et ours, chiens et baleines –, mais aussi de minuscules échoppes, des stands de foire, et même une réplique de l'arche qu'ils avaient franchie à leur arrivée. Enfin, tout au bout, un unique bateau, qui lui fit penser au *Barron gris*. Et à Lila.

— Toi, jouer, conclut le forain.

Kell, la bouche sèche, plia ses doigts à demi gelés malgré les gants fournis par son manteau.

Il s'était écoulé trois mois. Trois mois depuis le combat livré dans le palais de fortune d'Osaron. Trois mois depuis que Holland, Lila et lui avaient combiné leurs pouvoirs pour repousser le dieu des ténèbres. Trois mois depuis que l'*Antari* blanc s'était servi de l'Héritier pour contenir le pouvoir du démon et que Kell s'était retrouvé pris entre les deux.

Trois mois et plus j'attendrai, plus mon pouvoir se rétablira, se disait-il. Mais il sentait la magie juste sous sa peau, impatiente à l'idée d'être invoquée, d'être utilisée.

C'était ça, le plus difficile. Il portait en lui une source inexploitée et chaque jour, il se surprenait à tendre la main vers elle comme il l'avait fait toute sa vie, pour s'arrêter au dernier moment à cause du souvenir. Le souvenir de la douleur, du déchirement, de l'atroce souffrance qui l'avait assailli la première fois qu'il avait tenté de recourir à son pouvoir après leur victoire.

Mais trois mois s'étaient écoulés. Un délai largement suffisant à ses yeux.

— Combien coûte une partie ? demanda-t-il.

Le forain répondit d'un haussement d'épaules. Kell plongea une main dans sa poche en espérant que le manteau subvienne à ses besoins. Il en retira une poignée de pièces dont aucune n'était frésienne. Après avoir examiné la monnaie, le marchand choisit un lin arnésien dont la surface pourpre était frappée en son centre d'une étoile dorée, puis la glissa dans sa poche.

— Bien, dit-il. Maintenant, toi, jouer.

La gorge serrée, Kell ôta ses gants en réfléchissant à l'élément qu'il allait utiliser. Le feu était le plus facile à invoquer, mais aussi le plus susceptible d'endommager le reste de la maison. La terre serait inutile, d'autant qu'il n'y en avait pas à disposition. Il pourrait faire appel à l'eau contenue dans la sphère elle-même, sauf que la structure entière était composée de liquide. Ce serait donc le vent. Un seul souffle, pour faire tomber la cible de son perchoir.

À cette idée, les battements de son cœur s'emballèrent. Il avait attendu si longtemps ! Kell se sentait comme un homme affamé sur le point d'avaler son premier repas depuis une éternité.

Il prit une profonde inspiration, puis leva la main pour rappeler sa magie. Celle-ci revint, se précipitant à sa rencontre comme une vieille amie perdue de vue depuis longtemps. Elle revint, avant tant d'impatience, avec une telle rapidité. Elle revint… en même temps que la douleur.

Rien à voir avec la raideur d'un muscle resté de trop longs mois au repos, ou d'un os qu'on a laissé se ressouder après une fracture. Kell ressentait le supplice d'une plaie fraîchement ouverte. À mesure que le vent filait de ses doigts vers la maison de glace, la douleur se déploya, lui déchira le torse et vida ses poumons de tout leur air, ses membres de toute leur force.

La construction de glace vola en éclats. La suite, l'*Antari* ne la vit pas, car l'instant d'après, il était plié en deux sur le sol gelé, pantelant, ruisselant de sueur sous son manteau, un sentiment d'horreur montant dans sa gorge en même temps que de la bile.

Il se releva avec peine sous les yeux des visiteurs qui se retournaient pour le fixer. Quant au forain, il lança un regard triste à sa maison détruite.

— Toi, perdu, déclara-t-il.

Comme si ce n'était pas évident…

Kell recula d'un pas chancelant, désireux de s'échapper, de fuir les stands et la foule de cette Foire du crépuscule. Il parvint à franchir l'arche avant de s'effondrer à genoux, pris de haut-le-cœur. Ça n'allait pas. Plus rien n'allait. Kell Maresh était autrefois le meilleur magicien au monde. Or voilà qu'il n'arrivait même pas à remporter un jeu d'enfants.

Il n'entendit pas Lila s'approcher dans son dos mais, une seconde plus tard, elle était là, une main posée sur son épaule.

— Kell…

Il y avait quelque chose dans sa voix, une tonalité qu'il n'avait encore jamais perçue et qui ressemblait à de la pitié. Il se dégagea brusquement.

— Trois mois… haleta-t-il. (Il luttait toujours pour respirer, d'autant qu'à la douleur s'était ajoutée la panique.) Trois mois pour rien ! Mon pouvoir aurait dû guérir. Le temps aurait dû aider. Mais ma magie est toujours brisée. Et moi aussi.

Il se passa les mains dans les cheveux et secoua la tête avant d'ajouter :

— Ce n'est pas juste.

Lila croisa son regard. Son œil de verre scintillait dans l'étrange lumière.

— Ça ne l'est jamais.

La gorge de Kell se serra.

— Je suis un *Antari*, Lila. (Ces mots lui écorchaient la bouche.) Je ne suis rien sans mon pouvoir.

— Donc moi, je n'étais rien sans le mien ? se renfrogna-t-elle.

Il s'apprêtait à rétorquer que la situation était différente et qu'elle le savait, quand Vasry s'approcha d'eux d'un pas nonchalant, une jeune femme à son bras. Ses cils dorés étaient couverts de givre.

— Regardez, lança-t-il d'un ton joyeux. Je vais pouvoir me réchauffer !

Kell les bouscula pour se diriger vers le tunnel, le port, le bateau. La voix de Vasry s'éleva derrière lui.

— Où est-ce qu'il va ?

— S'apitoyer sur son sort, répondit Lila.

Elle se trompait. Kell en avait assez de ruminer. Assez d'attendre que son pouvoir se répare. Il avait eu tort de temporiser. Tort de croire que sa magie devait guérir. Si ses facultés refusaient de revenir d'elles-mêmes, il allait devoir employer la manière forte.

Un mois plus tard

Kell était en train de se décomposer.

Du moins, telle était son impression alors qu'il se tenait au milieu de sa cabine, la chemise ouverte, les manches retroussées, la peau ruisselante de sueur. Il avait abandonné son manteau sur une chaise. Une bouteille de vin vide gisait au sol. Posée sur la table, une bougie le fixait de sa petite flamme stable, comme dans l'expectative.

L'*Antari* jouissait de quartiers privés à bord du *Barron*. Contrairement à la cabine du capitaine, la sienne était petite et spartiate. Son mobilier se réduisait à un lit, un coffre et une bassine. Mais au moins la pièce lui était-elle réservée, comme l'était autrefois sa chambre au Soleil couchant. Il pouvait y rester seul avec ses pensées et son pouvoir.

Il prit une grande inspiration avant de lever la main pour attirer le feu à lui. Dès que ce dernier répondit, la douleur suivit. Aussi vive et brutale qu'une lame chauffée à blanc, elle lui transperça la peau pour se tailler un chemin entre ses côtes, comme pour l'avertir de s'arrêter là.

En temps normal, il ne serait pas allé plus loin, pas tant pour lui-même que pour son frère, Rhy, dont la vie était liée à la sienne au point qu'il ressentait la moindre étincelle de souffrance de l'*Antari* dans sa chair. Comme si une corde les reliait. Blessez l'un et l'autre souffrait aussi. Or, Kell ne pourrait jamais se résoudre à faire du mal à son frère.

Cependant, il avait vite compris que cette douleur-ci n'appartenait qu'à lui. Elle n'était pas physique. Elle n'habitait pas son corps, mais le tissu de son âme. Voilà pourquoi il prit sur lui et insista, comme chaque nuit depuis qu'ils avaient accosté à Fresa, depuis la Foire du crépuscule.

Le feu dans une paume, il tendit son autre main vers un verre pour appeler l'eau qui s'y trouvait. Le liquide s'éleva, puis dériva en ruban vers lui, mais les membres de l'*Antari* avaient commencé à trembler, ses cheveux cuivrés collés à son front par la sueur.

Il pouvait y arriver. Il le fallait.

Il était Kell Maresh, magicien *Antari* et prince adoptif de l'empire arnésien. Il avait voyagé d'un monde à l'autre, été connu et craint par les souverains des Londres gris, rouge et blanc. Il avait affronté *Vitari* et les ténèbres qui avaient tenté de germer en lui, vaincu tous ses concurrents à l'*Essen Tasch*, exception faite de Lila, combattu Holland puis s'était battu à ses côtés, vu l'*Antari* blanc sacrifier tout ce qu'il avait, tout ce qu'il était, afin de sauver leurs mondes. Holland n'avait pas survécu à ce combat, mais Kell, lui, si.

S'il avait enduré ces horreurs et en était sorti indemne, il survivrait à cette nouvelle épreuve ! Il…

Kell chancela avant de lâcher prise. La flamme s'éteignit et l'eau tomba en gouttes telle une averse. Ses jambes se dérobèrent sous lui, l'un de ses genoux percutant le parquet.

— Debout ! siffla-t-il entre ses dents serrées.

Tout son corps tremblait. Au bout d'un moment, pourtant, il finit par se relever en s'appuyant sur la table et tendit la main vers le verre vide mais, au lieu de s'en saisir, il l'envoya valser par terre, où il alla se briser en mille morceaux.

— Ramasse-le, s'ordonna-t-il en enveloppant les éclats de sa volonté. (Les fragments frémirent.) Ramasse-le !

Les débris s'élevèrent dans les airs, dans un mouvement lent et hésitant. Kell avait la respiration saccadée, les mains qui tremblaient.

Répare-le, pensa-t-il. *Répare-toi.*

Les tessons flottèrent les uns vers les autres, tintant à la manière d'un carillon lorsqu'ils entrèrent en collision avant de s'éloigner de nouveau. Kell eut l'impression qu'une lame chauffée à blanc se plantait entre ses côtes et sa concentration faiblit. Il tenta de corriger le tir en projetant toute sa volonté dans les fragments de verre, qui se percutèrent pour finir par se désagréger en grains de sable. Kell s'écroula sur le sol, haletant et laissa échapper un sanglot étouffé, la tête posée contre le plancher.

Il s'était persuadé qu'il s'habituerait à la douleur. Qu'elle deviendrait moins vive avec le temps. Qu'à un moment donné, elle s'estomperait – forcément. Elle était liée à une blessure, et toutes les blessures guérissaient. La peau se recousait et cicatrisait. Pourtant, il avait l'impression que sa plaie se rouvrait. Ce n'était pas une simple déchirure dans sa chair. Au plus profond de lui, quelque chose s'était fendu, effiloché, et il commençait à croire – à craindre – que cette blessure-là ne guérirait jamais. Jamais il ne s'y habituerait. Jamais la douleur ne s'atténuerait.

Si un membre avait été touché, il l'aurait amputé, mais il ne s'agissait pas d'un membre. Son corps tout entier n'était plus que ruines.

Dans ses heures les plus sombres, lorsqu'il n'imaginait pas de vie sans magie ni d'avenir sans douleur, il se disait : *Je ne peux pas continuer comme ça.* Sauf qu'il n'avait pas le choix. Cette souffrance lui appartenait peut-être, mais pas sa vie. Plus jamais.

Il poussait donc son esprit brisé à avancer. Il le sentait se déchirer à chaque pas. Il guettait le moment où son pouvoir lâcherait complètement, sachant qu'il le vivrait comme une délivrance.

Pour l'instant, sa magie était encore là. Effilochée, déchiquetée, elle attendait qu'il l'appelle.

Kell fit l'effort de se redresser à quatre pattes. Une goutte rouge s'écrasa à ses pieds. Il saignait du nez, son corps le suppliait d'arrêter. Au lieu de quoi il se passa la main sur le visage avant de presser sa paume tachée sur le sol humide et d'invoquer son pouvoir *Antari*.

— *As Isera*, ordonna-t-il, prêt pour ce qui allait suivre.

La magie s'éveilla, appelée par le sang et l'ordre donné par Kell. Une couche de glace s'étendit sous sa main, recouvrant le plancher de bois. L'espace d'un instant, l'*Antari* éprouva un vif soulagement : son pouvoir fonctionnait toujours. Puis sa vue faiblit et le monde qui l'entourait devint noir. L'horrible lame chauffée à blanc venait de lui transpercer la peau.

Il voulut se retenir de hurler, mais le cri lui échappa au moment où il s'écroulait, sa joue brûlante contre la plaque de glace, le corps secoué par des sanglots de douleur, de rage et de chagrin.

Qui était-il sans magie ? Que valait-il ?

Sa vue revenait peu à peu mais, à présent, la pièce tournoyait. Les yeux fermés, Kell tenta de forcer l'air à remplir ses poumons douloureux. Il gisait toujours au sol quand il entendit la porte s'ouvrir et des bottes marteler le sol. Le monde derrière ses paupières closes s'obscurcit lorsqu'une ombre glissa sur son visage.

— Ça suffit, décréta Lila d'une voix où perçait la colère.

Non, ça ne suffisait pas. Il ne pouvait pas s'arrêter, pas avant que la magie ne lui ait de nouveau parlé. Pas avant qu'elle ne se rappelle qui il était et ce dont il était capable. Pas avant qu'il ne soit assez fort pour la récupérer.

— Tu fais peur à l'équipage.

— Toutes mes excuses, murmura-t-il.

N'importe qui à sa place lui aurait caressé les cheveux, se serait même allongé à ses côtés sur le sol de la cabine, ses doigts entrelacés aux siens, et lui aurait assuré que tout irait bien, qu'ils allaient s'en sortir, trouver un moyen pour qu'il se reconstruise.

Lila, elle, dégaina un couteau.

Il entendit le raclement du métal qui glissait hors de son fourreau et, une seconde plus tard, l'acier tomba par terre près de lui, la lame à portée de main. Le message était clair.

— Si je pouvais mettre fin à mes souffrances, je n'hésiterais pas, marmonna-t-il.

En cet instant précis, c'était la vérité. Mais Lila se contenta de siffler entre ses dents.

— Idiot, grommela-t-elle en s'asseyant sur la chaise toute proche. Sais-tu ce que tu es d'autre, Kell ?

— Fatigué ?

— Pourri gâté. Et paresseux.

— Je suis déjà à terre, répliqua-t-il, une grimace aux lèvres. Tu n'as pas besoin de me frapper.

Lila poussa un soupir et s'adossa au siège.

— Il y avait un mercenaire, à Londres.

Elle ne l'appelait jamais le Londres gris, mais il savait à quoi elle faisait référence. À chaque fois qu'elle évoquait son autre vie, celle d'avant, sa voix revêtait un timbre différent.

Kell, abattu, prit une profonde inspiration. La douleur avait disparu, laissant dans son sillage une sensation d'épuisement. Il voulut se redresser, mais n'en était pas encore capable. Il rassembla donc ses forces pour rouler sur le dos et fixa le plafond plutôt que Lila.

— Comment s'appelait-il ?

— Jack ? Jones ? (Elle haussa les épaules.) Peu importe. Ce qui compte, c'est que c'était le meilleur dans son domaine. Un prodige avec une lame. Il pouvait affronter trois adversaires en même temps, ou trancher la gorge de sa victime avant même qu'elle ne sente le froid de l'acier. Et puis, un jour, ils l'ont attrapé.

— Qui ça ? s'enquit Kell.

L'agacement de Lila était perceptible.

— Quoi ? On s'en moque. Quand on est aussi doué, on court toujours le risque de se faire attraper. Et c'est ce qui est arrivé. Ils ne l'ont pas tué, mais ils lui ont pris la vie. Tu sais comment ? (Elle n'attendit pas sa réponse.) Ils lui ont coupé la main droite. Tranchée juste au niveau du poignet. Ils ont même cautérisé la plaie pour qu'il ne se vide pas de son sang. Pour eux, vivre dans ces conditions était un châtiment pire que la mort. Et tu sais ce qu'il a fait ? (Lila se pencha en avant sur sa chaise et Kell ne put s'empêcher de la regarder.) Il a retrouvé ses bourreaux et s'est servi de son épée pour les égorger. Tous, sans exception.

— Comment ?

Lila lui adressa un sourire carnassier, puis elle se releva.

— Tu n'as pas compris ? répliqua-t-elle en passant devant le prince *Antari* et la lame qu'elle avait laissée à côté de lui. Il a appris à se servir de son autre main.

VI

De nos jours

Il faisait nuit lorsque le *Barron* s'amarra à Verose.

Stross et Vasry, qui avaient un peu dessoûlé entre-temps, débarquèrent d'un pas titubant comme s'ils étaient encore ivres, puis descendirent le quai en riant. Ils revinrent une heure plus tard avec quelques nouvelles bouteilles de vin ainsi qu'un chiffre : neuf, soit le nombre de marins à bord du *Craen*.

— Vous en êtes certains ? demanda Lila.

Vasry, tout en acquiesçant, manqua perdre l'équilibre. Il n'avait pas si dessoûlé que ça, en fin de compte. Le capitaine se tourna vers Stross, qui confirma le compte.

— Neuf, affirma-t-il.

Elle assimila l'information, cherchant déjà comment éliminer ces neuf marins quand Kell lui jeta un regard d'avertissement. Elle soupira. À tous les coups, il allait insister pour qu'elle ne les tue pas.

— Ils étaient neuf à bord tout à l'heure, clarifia Vasry. Mais deux d'entre eux sont partis vers les falaises.

— Et quatre vers *Les Robes rouges*, ajouta Stross. J'ai payé les hôtesses pour qu'elles prennent leur temps.

— Il en reste trois, conclut Vasry.

— Merci, répliqua Lila d'un ton sec. Je sais compter.

Elle pianota des doigts sur sa manche en réfléchissant. Tuer trois hommes était assez facile. Les laisser en vie serait plus compliqué. Alucard n'avait pas donné l'ordre d'arrêter le bateau – seulement de découvrir ce qu'il transportait. Elle aurait donc besoin de temps pour fouiller la cale. Stross servirait de guetteur, et de diversion si nécessaire. Tav, lui, était doué pour employer la force et toujours partant pour une bonne bagarre. Quant à Kell, eh bien, à quoi bon aiguiser un couteau si l'on ne s'en sert jamais ?

— Vasry, Raya, restez à bord, ordonna-t-elle.

— Si tu insistes, répliqua le mage du vent en prenant sa femme par la taille. Nous sommes sur un bateau de plaisance. Autant sauvegarder les apparences.

— Tu vas surtout garder du vent dans les voiles, au cas où on doive filer en vitesse. Et toi, ajouta-t-elle à l'adresse de Raya, ne laisse personne toucher à mon navire.

Puis elle se tourna vers Kell, qui resserrait les fourreaux sous son manteau noir. En croisant son regard, il se redressa de toute sa hauteur avant de remonter sa capuche sur ses cheveux cuivrés. Tav et Stross les attendaient, déjà prêts.

— Bon, déclara Lila en écartant les bras. Allons dire bonjour !

Quatre individus marchaient d'un pas tranquille sur le quai de Verose.

Ils donnaient l'impression d'avoir passé un bon moment et de chercher à poursuivre les festivités. Lila sourit, la tête penchée en arrière, comme pour savourer la nuit. Quelques mètres devant, Tav rit doucement, à croire que Stross venait de lui raconter une blague, même si, de mémoire, ça ne lui était encore jamais arrivé. En connaissait-il seulement ?

À côté d'elle, Kell sentait le vin d'été. Juste avant de débarquer, Lila avait versé ce qui restait de la bouteille cassée dans sa paume pour le lui passer dans les cheveux.

« *Au moins, il ne sera pas totalement gâché* », avait elle déclaré en lui aspergeant la tête du liquide.

À présent, son corps menu collé au sien, elle le tenait par la taille, et Kell lui avait passé un bras autour des épaules. Il lui fredonnait une chanson de marins dans les cheveux en chancelant à moitié.

— Je ne t'aurais jamais cru aussi bon comédien ! railla-t-elle alors qu'il s'appuyait sur elle. Où est-ce que tu as appris ça ?

Il inclina la tête vers elle, ses lèvres lui effleurant la tempe.

— Tu oublies la réputation de mon frère. J'ai eu le temps de l'étudier toutes les fois où je l'ai ramené à la maison à l'aube…

— Toujours responsable des autres, soupira-t-elle. Jamais l'inverse.

— Crois-le ou non, je suis parfaitement capable de m'amuser !

Elle éclata d'un rire joyeux qui porta loin sur le quai.

— Peut-être bien, mais ça ne veut pas dire que tu en as envie.

Ils ralentirent le pas à l'approche du *Craen*. Stross tendit le bras pour s'appuyer contre la coque pâle gravée d'ailes, comme s'il doutait que ses jambes puissent continuer de le porter et s'offrait un instant de repos. Tav, lui, commença par se glisser dans l'ombre du navire. Puis il se hissa par-dessus le bastingage pour se laisser retomber en silence sur le pont.

— On entre et on ressort, rappela Kell. Sans faire d'histoires.

La jeune femme leva les yeux au ciel.

— Et tu veux qu'on les épargne. Vas-y, dis-le !

— Oui, j'aimerais mieux.

Elle poussa un profond soupir.

— Moi qui pensais m'amuser un peu…

Sur ces mots, elle l'attira dans l'ombre du bateau. Kell tendit les bras en arrière pour se rattraper contre la coque pendant que Lila passait les mains sur son torse. Même dans l'obscurité, elle le voyait rougir… Elle plongea les doigts dans la poche de son manteau pour en tirer un petit objet noir. Puis elle se pencha vers lui, assez près pour l'embrasser, et en profita pour lui placer sur le visage un masque qui se déposa sur sa peau comme une main fraîche. Un sourire naquit sur les lèvres du prince *Antari*. Un sourire qui n'était pas celui de Kell Maresh, lequel venait de disparaître comme l'une des versions de son manteau, mais celui d'un autre.

VII

Quelque part en mer
Six ans plus tôt

— C'est quand tu veux, lança Lila en se curant les ongles.

Ils se tenaient sur le pont du bateau, toutes voiles baissées, sur une mer paisible. Le soleil se levait à peine – la fraîcheur de la nuit ne s'était pas encore dissipée. Seule marque d'indulgence de sa part, pour autant que Kell puisse en juger : elle avait demandé aux membres de l'équipage de s'éclipser. *Ils observent sûrement la scène du haut d'un perchoir*, songea-t-il.

— Le bout pointu vers moi, le taquina-t-elle.

Il la fusilla du regard en resserrant sa prise sur le manche de la dague. Kell savait manier une lame.

Il avait grandi au palais, avec tous les privilèges d'un prince, mais on lui avait aussi appris à protéger la famille royale. Plus précisément, c'est lui qui avait été chargé de la sécurité de Rhy. Rhy, qui ne pouvait pas avoir recours à la magie pour se défendre, qui n'avait aucun pouvoir pour se protéger. Rhy, qui avait insisté pour apprendre à manier l'épée. Kell lui avait alors servi de partenaire d'entraînement, jusqu'à ce que le prince soit assez doué pour s'exercer contre les gardes royaux.

L'*Antari* rouge savait donc comment tenir une lame et comment l'utiliser. Pourtant, il n'était pas à l'aise avec le poids de l'acier dans sa main. Encombrante, l'arme lui paraissait moins élégante que celles qu'il créait à partir du vent, de la pierre ou de la glace.

Lila sauta de la caisse, les bras écartés.

— Allons-y !

— Tu n'es même pas armée.

— Kell… dit-elle, un sourire affligé aux lèvres. Tu me connais mieux que ça, non ?

Elle agita les doigts en signe d'invitation. Ils s'étaient déjà battus une fois, dans le Londres gris, à l'époque où elle n'était pour lui qu'une voleuse et qu'elle ne savait même pas que la magie existait et encore moins qu'elle avait des pouvoirs. C'étaient alors ses lames à elle contre ses sorts à lui. Ils avaient lutté encore plus férocement au cours de l'*Essen Tasch*, lorsqu'il était Kamerov Loste et elle Stasion Elsor, mais il s'agissait d'un tournoi de magie – du feu, de l'eau, de la terre. Une compétition qui obéissait à des règles bien précises.

Kell n'avait encore jamais affronté Delilah Bard dans ces conditions.

Il scruta le pont, repérant les cordes et les cageots, les filets et les clous, tout ce qui lui aurait autrefois servi d'armes. À présent, il n'avait pour lui que l'épée dans sa main.

Il se dirigea vers Lila en pensant qu'elle allait esquiver, reculer, mais elle garda les pieds plantés dans le sol et les bras écartés. Une seule partie de son corps bougea : le coin de sa bouche, qui se retroussa de plaisir au moment où il tentait de la frapper à la tête.

On entendit résonner sur le pont le tintement de l'acier contre l'acier. Une seconde plus tôt, elle avait les mains vides. L'instant d'après, la magicienne tenait un poignard. Une fois son arme libérée, il frappa de nouveau, plus bas, d'un geste vif. Un coup qui aurait dû graver une ligne sur les côtes de Lila. Sauf qu'un deuxième poignard était apparu dans son autre main et qu'elle bloqua l'épée de son adversaire entre ses deux dagues.

Kell songea qu'elle aurait dû choisir une lame plus longue. Il se dégagea avant de refaire une tentative, mais au lieu de battre en retraite, Lila s'élança en contournant l'épée du prince pour se coller contre lui de manière aguicheuse, un poignard plaqué sous le menton du jeune homme.

— Tu es mort, chuchota-t-elle tout en reculant d'un bond. Encore !

D'un geste de la main, Kell écarta les cheveux de son visage avant de se préparer. Il étudia sa posture, la façon dont elle tournait la tête pour compenser sa mauvaise vue. Si seulement il pouvait…

Mais cette fois, Lila n'attendit pas. Elle frappa la première. Son attaque, aussi pernicieuse que rapide, le contraignit à reculer.

Il esquiva et donna à son tour un coup. Puis un autre. Même s'il avait la plus longue lame et donc la meilleure portée, elle était toujours là pour bloquer, pour parer. À défaut d'être gracieuse, elle se déplaçait à la vitesse d'un fouet qui claque et Kell avait beau chercher, il ne trouvait aucune faille dans sa garde, aucune ouverture.

Il finit par reculer – ou du moins essayer –, mais comme il avait perdu la notion de ce qui l'entourait, il heurta le mât au lieu de se replier en plein milieu du pont. La force de l'impact chassa l'air de ses poumons et l'épée glissa de ses doigts. Lila continuait d'avancer inexorablement, ses poignards scintillants tendus vers lui. Il n'avait pas le temps de réfléchir. Sans hésiter, il ouvrit grand la main pour appeler un rouleau de corde à proximité, qui s'éleva dans les airs avant de voler vers le poignet de Lila. À ce moment précis, la douleur transperça Kell, vive et profonde. Tout ça pour rien, car la dague de la magicienne trancha la corde puis vint se poser sur la gorge de son partenaire d'entraînement.

— Tu es mort, répéta-t-elle en baissant son poignard. Que s'est-il passé ?

Les mots glissèrent tel un souffle entre les dents de Kell.

— J'ai oublié.

Lila examina le tranchant de sa lame.

— Moi aussi, j'oubliais, au début, répliqua-t-elle. Je rentrais dans les portes, je tombais dans les escaliers. J'ai mis plusieurs mois à trouver mon équilibre, à estimer les distances. Ça n'a pas été facile, mais j'ai appris. Toi aussi, tu apprendras.

Il sentit la colère monter en lui. Il aurait voulu lui dire qu'elle ne pouvait pas comparer, que son œil à elle avait disparu alors que sa magie à lui était toujours présente. Comme un membre qu'il sentait sans pouvoir s'en servir. Une arme qu'il était contraint de tenir sans pouvoir la manier. Il avait envie de s'en prendre à Lila, de hurler.

Au lieu de quoi il s'agenouilla pour ramasser son épée et déclara :

— Encore.

Cinq ans plus tôt

Le soleil déteignait dans la mer, teintant de rouge le monde autour d'eux.

Le *Barron* avait jeté l'ancre dans un port farois. L'air conservait la chaleur du jour comme un four d'argile une fois le feu éteint. Kell avait les poumons brûlants, les membres endoloris.

— Tu es trop rapide, se plaignit-il, à bout de souffle.

— Alors, accélère ! répliqua Lila sans cesser de se dégager, d'esquiver, de bondir hors de portée.

Ils continuèrent de s'entraîner jusqu'à ce que le soleil disparaisse et que le crépuscule enflammé laisse place à la nuit, obligeant Stross à parcourir le pont pour allumer les lanternes. À leur lumière, Kell découvrit les autres membres de l'équipage qui observaient le combat, perchés tels des oiseaux sur le navire. Même la nouvelle, Raya, la femme venue du Sud que Vasry avait ramenée à bord, était là. Assise dans le filet, elle scrutait l'obscurité de ses yeux pâles.

Kell les ignora. Il n'avait pas le choix. Il se concentrait sur un seul objectif : survivre.

— Tu es trop douée, protesta-t-il en esquivant de peu la dernière attaque de Lila.

— Alors, améliore-toi !

Il y avait dans ses mouvements une impitoyable maîtrise, une précision qu'il semblait incapable de déjouer. *Pas étonnant qu'elle soit parvenue jusqu'ici*, pensa-t-il. Delilah Bard était une force de la nature. Le monde ne s'était pas simplement ouvert pour elle. Il s'était fendu, écarté comme la peau sous une lame. Elle était tout simplement incroyable.

— On t'a déjà dit que tu étais magnifique quand tu te bats ?

Ces mots la déstabilisèrent, comme une botte qui se pose sur un terrain accidenté. À la seconde où elle chancela, il en profita pour frapper. Le poignard de la magicienne surgit au dernier moment, mais de justesse, les deux lames tremblant contre sa gorge.

Pour une fois, Lila fit la moue.

Pour une fois, Kell sourit.

Puis elle lui assena un coup de pied dans le torse. Un coup qu'il ne vit pas venir et qui le fit tomber avec violence sur le pont, le souffle coupé.

Rhy a dû le sentir, celui-là, se dit-il en imaginant son frère, à mille lieues de distance, au milieu d'un gala ou d'un banquet, grimacer sous la force du choc encaissé par les côtes de Kell. Le prince lui adressa des excuses silencieuses, étendu à terre et épuisé, les yeux rivés sur le ciel. C'était une nuit sans lune, noire et étoilée, dans laquelle Lila vint se découper, une main tendue pour l'aider à se relever.

Ce soir-là, il s'écroula dans son lit, les membres lourds, endoloris. Il avait mal partout mais, pour la première fois depuis des mois, il se réjouit de cette douleur.

Quatre ans plus tôt

La chemise de Kell était trempée de sueur et de pluie, son manteau abandonné dans un coin.

Pendant que Lila lui tournait autour, il coiffa en arrière ses cheveux humides – même coupés court, ils continuaient de lui tomber sur le visage. Un orage avait éclaté au cours de la manche précédente, remplacé ensuite par un brûlant soleil estival, mais le pont restait mouillé sous ses pieds à cause de l'eau qui gouttait des voiles.

Kell esquiva la lame de Lila et parait un autre coup quand soudain retentirent des acclamations.

Ils n'étaient plus seuls sur le pont : l'équipage du *Barron* les observait avec un intérêt enthousiaste. Les marins poussaient des cris de joie, braillaient, lançaient des paris. *Certainement pas sur ma victoire*, songea Kell, même s'il lui arrivait de gagner.

Parfois.

Rarement.

Le plus souvent, la question était de savoir combien de temps il parviendrait à repousser Lila. Ses victoires se mesuraient en minutes, mais il s'était amélioré au cours des mois précédents. Il n'avait pas eu le choix. De fait, Lila trouvait toujours un moyen de le maintenir sur le qui-vive : elle le traînait sur le pont pour s'entraîner à l'aube, à midi ou en pleine nuit, pour qu'il apprenne à déceler le mouvement d'une arme au soleil comme à l'ombre, à la lumière crue de la mi-journée, au clair de lune et dans l'obscurité totale.

De temps à autre, il commettait l'erreur de faire appel à sa magie. À chaque fois, il le payait cher. Mais sa main droite devenait plus habile et l'acier commençait à lui paraître, sinon une part de lui, en tout cas un élément qu'il savait manier, pas parfaitement, certes, mais il se défendait.

Dès qu'il avait été à l'aise avec une dague, Lila lui en avait donné une deuxième. Le temps qu'il sache se défendre avec les deux, l'équipage avait cessé de feindre l'indifférence pour s'impliquer dans les combats. C'était le second, Stross, qui avait suggéré la loterie.

« Une façon de pimenter les choses », avait-il expliqué un soir en leur présentant la boîte dans la cambuse où Raya leur servait des louches de ragoût. De l'avis de Kell, ils s'étaient tout simplement

lassés de le voir perdre… La boîte contenait des bouts de papier sur lesquels étaient griffonnés les noms de toutes les armes présentes à bord du navire.

Lila avait toujours eu un faible pour les objets tranchants. Depuis qu'elle était capitaine du *Barron*, sa collection n'avait fait que croître jusqu'à devenir impressionnante.

Voilà pourquoi, alors qu'ils se tournaient autour, Kell se retrouvait à brandir une paire de petites faux à la pointe recourbée face à Lila, une large et grande épée à la main. Au regard échangé par Vasry et Tav, le prince *Antari* se dit que c'étaient eux qui avaient dû l'ajouter au stock les jours précédents. Peut-être pariaient-ils sur sa victoire, en fin de compte…

Lassée de tenir sa lourde lame en l'air, Lila attaqua. Malgré la taille de l'arme, elle parvint à se déplacer à une vitesse surnaturelle et frappa. Kell recula sur-le-champ, dans l'espoir que le poids de l'épée allait emporter la jeune femme en avant. Pas du tout ! Fait incroyable, elle pivota en inversant la trajectoire du sabre.

Il leva l'une des faux pour parer. La violence de la collision fit trembler son bras, mais sa seconde lame fendait déjà l'air vers la poitrine de Lila, qui ouvrit des yeux stupéfaits. *Je t'ai eue !* pensa-t-il. Lâchant le sabre, elle se baissa alors pour esquiver la faux de Kell. Puis elle recula d'un bond et atterrit en position accroupie au moment où l'énorme épée s'écrasait sur le pont entre eux deux.

C'était la première fois que Lila Bard perdait son arme, si bien que sur le bateau, les voix s'étaient tues. Tout l'équipage retenait son souffle.

Lila leva les yeux vers Kell, le visage fendu d'un large sourire.

Elle en avait toute une collection. Certains joyeux, d'autres cruels, voire carrément méchants. Certains pleins d'humour, d'autres de haine. Il n'avait pas fini d'apprendre à les interpréter. Mais celui-ci, il le connaissait bien – non pas qu'il fût fréquent, mais au contraire rare.

C'était un sourire d'orgueil.

La partie n'était pas terminée. Lila ne s'était pas encore rendue. Elle se redressa, le regard tourné vers le sabre tombé sur le pont entre eux. Puis elle plongea dessus, et Kell aussi – du moins essaya-t-il, mais quelque chose le retenait d'avancer. Il baissa les yeux pour découvrir une plaque de glace qui lui recouvrait les pieds. Ses bottes étaient collées aux planches de bois.

Lila ramassa l'épée et la brandit, laissant le poids de l'arme reposer contre le torse de Kell.

— J'ai gagné, déclara-t-elle.

Pétrifié, il fixait le sang qui coulait de sa main libre. Elle avait utilisé la magie. Pas la magie élémentaire, mais la magie *Antari*.

— Tu as triché ! s'écria-t-il, indigné.

Lila se contenta de hausser les épaules.

— Moi, au moins, je peux encore me servir de mon pouvoir.

Sur ces mots, elle lâcha le sabre avant de s'éloigner à grands pas. Il devrait se débrouiller seul pour briser la glace qui le bloquait.

À partir de ce jour-là, ils oublièrent les règles. Kell ne se battait plus que pour gagner.

Trois ans plus tôt

Il lui fallut s'y reprendre à trois fois pour parvenir à nouer correctement les attaches. Kell jura tout bas, ajustant les boucles de sa tenue sur son torse.

— Qu'est-ce qui te prend aussi longtemps, à la fin ? l'interrogea Lila.

De l'autre côté du paravent, elle n'était pas assise dans le fauteuil, mais plutôt affalée, une jambe en travers de l'accoudoir, le masque à cornes du Sarod tournoyant paresseusement autour de son index.

— À croire que tu as un corset et des jupons… Tu as besoin d'un coup de main ?

— Ne bouge pas, grommela Kell, qui laçait ses bottes. C'était ton idée.

En réalité, c'était celle d'Alucard. Après tout, c'était lui qui lui avait demandé par écrit de mettre le *Barron* à profit. Lila était plus que prête. Le problème venait de Kell, bien sûr.

Grâce à l'entraînement impitoyable que lui avait imposé la jeune femme, il ne se battait plus comme un prince, même s'il en avait conservé l'apparence. La preuve ? Partout où ils faisaient escale, il attirait l'attention. Il avait beau s'efforcer de cacher son œil, ses cheveux, son port altier, s'il voulait passer pour un autre que Kell Maresh, prince *Antari*, il lui fallait un déguisement.

Lila avait désigné le manteau de Kell, capable de se transformer à l'envi. En avait-il trouvé une version qui lui donne moins l'air d'un noble que d'un pirate ? Moins l'air d'une flamme que d'une ombre ?

Kell prit le masque dans ses mains et le posa sur son visage.

Un mois s'était écoulé depuis qu'ils avaient eu cette conversation, et ils n'en avaient jamais reparlé jusqu'à ce soir-là, lorsqu'il lui avait demandé de l'accompagner dans la cabine du capitaine, puis de patienter, assise dans le fauteuil face au mur.

— Bon, tu as bientôt fini ? insista Lila.

Cette fois, pas de réponse. Elle jeta un coup d'œil par-dessus son épaule.

— Kell ?

Elle laissa glisser sa jambe de l'accoudoir et posa le pied par terre. Elle s'apprêtait à se lever quand une main s'abattit sur son épaule, manquant de la faire sursauter.

Il sourit, fier de lui. Il était difficile de surprendre la jeune femme. Visiblement, elle n'avait pas entendu le frottement de ses bottes sur le sol de la cabine, ni le bruissement du tissu, ni les mouvements de son corps. Une fois debout, Lila se retourna. Kell se prépara à essuyer une des remarques sarcastiques dont elle avait le secret, mais pour une fois dans sa vie, Lila semblait à court de mots. Elle restait plantée là à fixer l'inconnu devant elle.

Autrefois, Kell aurait dansé d'un pied sur l'autre sous ce regard insistant, tiré sur ses habits comme s'ils ne lui allaient pas. Mais ce soir-là, il n'en fit rien. Il demeura parfaitement immobile pendant qu'elle le jaugeait.

Il portait un manteau noir qu'elle n'avait encore jamais vu, avec des boutons mats assortis qui se fondaient dans l'ombre au lieu de capter la lumière, et une capuche qu'il avait relevée sur sa tête. Dissimulant la moitié supérieure de son visage, un masque noir lui couvrait les yeux d'un bout de tulle.

D'une main, il repoussa lentement la capuche qui tomba sur ses épaules, découvrant ses cheveux cuivrés, non plus lâches et en bataille, mais plaqués en arrière sur son crâne. Il baissa ensuite les doigts pour déboutonner son manteau, qui s'ouvrit sur ce tissu qui semblait absorber la lumière. Il ôta le vêtement d'un mouvement d'épaules, lequel tomba par terre en une flaque d'encre, révélant au passage un pantalon et une tunique qui lui moulait le torse, le col serré telle une main sur sa gorge. De fines lanières de cuir noir s'entrecroisaient sur ses côtes. Des fourreaux.

Lila passa les mains sur les sangles. Le prince *Antari* s'était étoffé depuis qu'ils avaient commencé à s'entraîner ensemble. Ses muscles noueux se tendirent comme de l'acier sous les doigts de la jeune femme.

— Je dois t'avouer, Kell, que je suis impressionnée, dit-elle en éclatant d'un petit rire incrédule.

— C'est vrai ? demanda-t-il. (Sa voix était différente. Plus grave, plus suave, elle n'évoquait pas la pierre, mais la soie. Il se pencha à son oreille, comme s'il voulait lui confier un secret.) Et mon nom n'est pas Kell.

— Ah oui ? fit Lila, intriguée. C'est quoi, dans ce cas ?

Sous le masque, même sa bouche avait changé. Ses lèvres dessinaient à présent un sourire en coin.

— Tu peux m'appeler Kay.

— Kay, répéta-t-elle en faisant rouler les syllabes sur sa langue pour en savourer les sonorités.

Lentement, elle décrivit un cercle autour de lui. Il entendit le murmure appréciatif qu'elle poussa lorsqu'elle découvrit la paire de dagues attachées dans son dos. Au fil des mois, elles étaient devenues son arme de prédilection, mais celles-là n'étaient pas comme les autres… Il les avait achetées sur le marché noir de Sasenroche en sachant qu'elles taperaient dans l'œil de sa compagne. À présent, il sentait la main de Lila effleurer l'un des fourreaux de cuir avant de glisser vers le manche.

— Toutes les lames ne t'appartiennent pas, précisa-t-il.

— Si j'arrive à m'en emparer, si.

Sa main s'était presque refermée sur le manche quand il fit volte-face pour lui saisir le poignet.

— N'essaie même pas.

Il savait pourtant que Lila le prendrait comme un défi. Sans surprise, elle se dégagea de sa poigne, ce qui le déstabilisa. Il était rapide, mais elle plus encore. En un instant, elle était repassée derrière lui pour dégainer l'un des poignards, qu'elle brandit tel un trophée une demi-seconde seulement avant qu'une chaleur cuisante ne lui brûle la main en lui tirant un cri.

La lame chauffée à blanc tomba au sol. Kell fit claquer sa langue et ramassa l'arme. Lorsqu'il l'orienta face à la lumière, le sort gravé dans l'acier se dévoila.

— Tu vois ? dit-il. Je peux toujours utiliser ma magie, moi aussi.

Il rengaina la dague puis se redressa, le menton levé. Au fond, il n'avait pas besoin de se défaire de tout ce qui faisait de lui un prince : au contraire, il n'avait qu'à forcer le trait en adoptant une attitude où perçait une pointe de menace, une certaine arrogance qui confinait au danger.

— Tu m'as laissée la toucher, protesta-t-elle en secouant sa paume pour atténuer la brûlure.

— On apprend vite à l'école de la douleur. D'ailleurs, je t'avais prévenue…

Il porta les doigts endoloris de Lila à ses lèvres. Le cœur de la jeune femme s'emballa, et il le sentit.

— J'aime bien cette nouvelle version de toi, dit-elle.

Quelque chose dans la voix de Lila, un désir brut, le fit se tendre.

— Oh, vraiment ? susurra-t-il.

Elle allait l'attirer à elle quand Kell la devança en venant presser son corps contre le sien. Il la fit reculer d'un pas, puis d'un autre, jusqu'à ce qu'elle sente le bord du lit contre l'arrière de ses jambes.

D'un mouvement rapide et taquin, il la poussa ensuite sur le matelas, sur lequel elle se laissa tomber en l'emportant dans sa chute, ses doigts entremêlés dans les lanières de cuir. En appui sur un coude, il voulut retirer son masque mais, cette fois, ce fut Lila qui lui saisit le poignet pour l'en empêcher.

— Pas tout de suite, dit-elle, un sourire malicieux aux lèvres. D'abord, montre-moi ce dont Kay est capable.

VIII

Port de Verose
De nos jours

Il se laissa tomber en silence sur le pont du *Craen*.

Le masque lui collait au visage, le métal noir comme moulé sur sa peau. Il avait mis un certain temps à s'habituer à son poids, à la légère ombre que celui-ci projetait à la périphérie de son champ de vision et à la fine couche de tulle sur ses yeux, mais il s'accrochait désormais à sa présence, à ce qu'il éprouvait quand il le portait. Comme s'il devenait quelqu'un d'autre. Il n'était plus Kell, mais Kay.

Lila se réceptionna en position accroupie auprès de lui, le masque du Sarod ajusté sur son propre visage.

Adossé au mât du *Craen*, un doigt sur les lèvres, Tav patientait. De l'autre côté du pont, un marin veskien, assis sur une caisse, taillait un bâton à l'aide d'une courte lame aiguisée. Au bout d'un moment, il porta à sa bouche l'instrument, qui émit une douce mélodie. Les trois intrus en profitèrent pour s'avancer discrètement. Lorsque la musique prit fin, l'ombre de Tav surgit devant le marin.

— *Och vel ?* demanda ce dernier en se levant.

Il avait dû les prendre pour ses compagnons de bord. Son visage se décomposa quand Lila fit un pas vers lui, les cornes de son masque pointant au-dessus de sa tête.

— Joli bateau, commenta-t-elle en passant une main sur le bastingage.

Le marin fut si surpris qu'il ne remarqua pas Kay derrière lui… pas avant qu'un bras ne se referme sur sa gorge.

Kay aurait pu le tuer – il savait où glisser la lame, comment ôter une vie. Mais il se contenta de presser le tissu sur le nez et la bouche de l'homme tout en retenant son propre souffle pendant que les vapeurs du vif rêve troublaient l'air. Le malheureux se débattit avec force jusqu'à ce que toute résistance l'abandonne.

Son corps s'effondra dans les bras de Kay, qui l'étendit sur le pont. À cet instant précis, un deuxième Veskien surgit par une porte pour s'arrêter net en découvrant la scène : deux silhouettes masquées et les jambes de l'homme drogué qui dépassaient de derrière une caisse. Malheureusement pour lui, il ne vit pas Tav, tapi dans l'ombre près de la porte. Ce dernier lui sauta dessus, plaquant un tissu contre la bouche du Veskien. L'homme aurait dû s'évanouir en quelques secondes, mais non – il ne se laissa pas faire et lutta, toutes griffes dehors, contre son assaillant qui, deux fois plus petit que lui, avait du mal à le contenir. Plus d'une fois, il faillit envoyer valser Tav, mais l'un de ses genoux finit par se dérober, suivi de l'autre. Il ne cessa de résister que lorsque sa tête bascula en avant sur le pont.

L'espace d'un moment, personne ne bougea. Puis Tav tituba en arrière, hors d'haleine. Lila tendit l'oreille. Quant à Kay, il retenait son souffle dans l'attente du troisième Veskien. Mais aucun signe de lui. Avec un peu de chance, il avait laissé les deux autres monter la garde pour aller se coucher et ne s'apercevrait pas de leur présence.

Tav se redressa.

— Tu aurais pu m'aider, marmonna-t-il en s'époussetant.

— J'aurais pu, chuchota Lila avant de se tourner vers la cale. Mais c'était bien plus drôle de te regarder.

Pendant qu'ils descendaient dans la soute, une flamme s'alluma dans la paume de la magicienne. De son côté, Kay sentait des picotements dans ses doigts, comme issus d'un désir fantôme. Il s'efforçait de le chasser de son esprit quand Tav lui lança une barre de fer, dont il se servit comme d'un levier pour ouvrir la caisse la plus proche. Les clous gémirent. Le bois céda dans un craquement. Kay se figea, à l'affût de bruits au-dessus de leurs têtes. Comme tout était silencieux, il souleva le couvercle de la boîte et y découvrit de fines bouteilles d'alcool – des flacons de tark, une liqueur ambrée qui s'avalait comme du miel pour atterrir dans l'estomac telle une pierre. Kay en avait goûté une fois, à la demande de Rhy. Le lendemain matin, il s'était réveillé sans aucun souvenir mais avec les cheveux mouillés. Apparemment, il était allé nager dans l'Île. En plein hiver. Tout nu. D'où sa grimace en voyant l'alcool. Tav, lui, chipa un flacon avant qu'il ne referme la caisse.

Non loin d'eux, Lila poussa un petit sifflement. Kay se retourna. Elle était plongée jusqu'aux coudes dans un carton, dont elle ressortit quelques instants plus tard un trophée : une lame. Il leva les yeux au ciel. Inutile de lui dire de la remettre à sa place – l'arme avait déjà disparu sous son manteau.

Tav claqua des doigts pour les attirer vers une troisième caisse, remplie cette fois de lampions, pliés quasiment à plat. Dès qu'il en souleva un, cependant, celui-ci s'ouvrit pour prendre la forme d'une lune d'un blanc pâle. Kay fronça les sourcils : un souvenir lui revenait, qu'il ne parvenait pas à situer précisément. Exposant la lanterne à la faible lumière de la cale, il aperçut l'ombre d'un sort inscrit sur l'intérieur de la coque de papier, dans une écriture petite et serrée. Il essayait encore de la déchiffrer lorsqu'une voix s'éleva au-dessus d'eux.

— Oster ? *Han'ag val rach ?* Oster ?

Oster, devina-t-il, était l'un des hommes assoupis sur le pont, les poumons imprégnés de vif rêve.

Kay perçut du coin de l'œil un éclat métallique. Lila avait dégainé un de ses poignards. Il passa devant elle en faisant non de la tête, puis entreprit de gravir l'escalier qui menait au pont.

— *Ag'ral vek !* cria-t-il en veskien.

« Je suis là ! »

Une piètre imitation, mais elle n'était pas destinée à abuser longtemps le marin – seulement à le faire hésiter. Ce fut le cas, jusqu'à ce qu'il distingue la silhouette masquée plantée là, toute de noir vêtue. L'homme fixa Kay, les yeux plissés, comme s'il cherchait à comprendre ce que faisait cet inconnu à bord du navire.

— Tu n'es pas Oster, grommela-t-il d'une voix voilée par l'alcool.

— Non, en effet, répliqua l'Arnésien.

L'espace d'un instant, tout se figea… puis tout se précipita.

Le marin tendit la main et Kay sentit le pont entier du *Craen* basculer, l'onde s'agiter sous la coque. Mais une lame, comme il l'avait appris, possédait un net avantage sur les éléments : elle était bien plus rapide à faire apparaître. Aussi la dague surgit-elle de son fourreau avant même que la vague n'ait franchi le bastingage. Puis Kay se précipita vers le Veskien qui continuait d'appeler l'eau à lui.

La vague s'élevait de plus en plus haut au-dessus de leurs têtes lorsque Kay retourna son arme pour frapper du manche son adversaire. La lumière s'éteignit dans les yeux de l'homme, qui s'écroula sur le pont dans un bruit sourd. Comme son emprise sur l'eau s'effondra en même temps que lui, la vague s'écrasa sur le bâtiment veskien. Kay, un genou au sol, s'arc-bouta pour lutter contre le torrent glacial qui s'abattit soudain sur lui.

Après quoi il se releva, trempé et frissonnant, mais victorieux. Sous ses pieds, le bateau tangua une fois, avec violence, puis l'eau s'apaisa. Sous l'effet de cette déferlante, une ondulation se propagea le long du quai, secouant tous les autres navires amarrés.

Des lanternes s'allumèrent sur les embarcations voisines. Quelques marins sortirent sur le pont de leur propre vaisseau pour voir qui avait eu l'inconscience de troubler les eaux de la baie.

Sanct ! pesta Kay.

— Sérieusement ? souffla Lila, à moitié sortie de la cale. Tu n'aurais pas pu te contenter de…

Elle s'interrompit et tourna la tête vers la droite. Il l'avait entendu, lui aussi : Stross, sur le quai, qui demandait beaucoup trop fort à quelqu'un le chemin pour se rendre à *L'Hôtesse joyeuse*.

Trop fort et surtout trop tard : le martèlement de bottes retentissait déjà sur la passerelle. De nombreuses bottes, pour être précis : l'équipage du *Craen* était revenu.

Stross agita les doigts en silence. C'était le signal. Lila et Tav reculèrent d'un pas dans l'ombre de la cale. Quant à Kay, il se retourna pour se coller au mât juste au moment où trois nouveaux Veskiens posaient le pied sur le pont.

— Oster ? crièrent-ils. Aroc ? Esken ?

Ils se mirent à chuchoter entre eux. Peut-être penseraient-ils que les matelots restés à bord étaient partis s'amuser à leur tour, par ennui ou bien par amertume.

Peut-être... sauf qu'un corps gisait en plein milieu du pont détrempé. Kay jura dans sa barbe en les entendant se précipiter vers le marin à terre. Il dégaina alors sa seconde dague et sortit de derrière le mât pour affronter les nouveaux arrivants.

Deux hommes et une femme, gigantesques, leurs chevelures allant du blond au blanc, leurs regards fixes et sobres. Soit ils n'avaient pas bu de la soirée, soit ils savaient tenir l'alcool. Les deux premiers brandirent des armes – l'un une hachette, l'autre un glaive – tandis que la troisième écartait les bras. Aussitôt, l'air s'imprégna du parfum de la magie. L'eau sur le pont s'éleva avant de geler autour de ses mains. La Veskienne esquissa un petit geste du poignet et un éclat fila telle une flèche. Droit vers Kay, qui leva sa lame juste à temps. La glace se brisa contre l'acier. Le son retentit comme un coup de gong. En réponse, les corps sur le pont se mirent en mouvement.

Kay, reculant d'un bond, contra les trois éclats suivants. Il se baissa de justesse pour éviter la hachette qui se planta dans le mât, là où se trouvait sa tête un instant plus tôt. L'arme se libéra du bois pour retourner dans les mains du Veskien. Deux magiciens, donc.

Le pont gela sous les pieds de l'Arnésien, qui sauta sur la caisse la plus proche. Une fois réceptionné sur le bois sec, il se retrouva face au plus imposant des trois adversaires, qui faisait facilement une tête de plus que lui et trois fois sa carrure. L'homme brandissait un glaive au-dessus de lui.

Kay esquiva juste avant que l'épée courte ne creuse une tranchée dans le pont du bateau, où elle resta logée, enfoncée d'une dizaine de pouces dans le bois. Il en profita pour passer sa lame sur la gorge nue du géant… du moins était-ce son intention, car le Veskien leva le bras pour parer le coup. L'acier ne rencontra pas la chair, mais une armure. La violence du coup se répercuta dans la dague que Kay tenait à la main.

Tav et Lila se trouvaient désormais sur le pont. Du coin de l'œil, il les aperçut en train d'affronter les deux autres marins. Tav, vif comme l'éclair, trancha les cordes qui retenaient les voiles. Celles-ci tombèrent à la manière de draps lourds pour recouvrir le pont gelé. De ses dagues embrasées, Lila se tailla un chemin dans le bouclier de glace. Puis elle projeta d'un coup de pied son adversaire contre le bastingage, assez fort pour le briser. Le tout sans jamais se départir de son sourire, bien entendu.

La Veskienne s'écroula sur le pont et…

— Attention ! cria Kay.

Une hachette siffla dans les airs, droit vers le dos de Lila, qui se baissait déjà et atterrit à quatre pattes avec la grâce d'un chat tandis que l'arme filait au-dessus d'elle. Une fois relevée, tenant ses poignards d'une seule main, elle s'empara de la hachette qui revenait vers le Veskien. Elle la saisit en plein vol comme si c'était la sienne et la retourna pour l'enfoncer dans le torse de son propriétaire.

Et moi qui voulais les épargner… pensa Kay au moment où son assaillant libérait son glaive dans un crissement. L'Arnésien recula d'un bond en voyant l'énorme lame voler vers lui. Il voulut se dégager hors de portée du Veskien, mais le géant remua les lèvres. Kay eut à peine le temps de jurer en découvrant qu'il n'y avait pas un ni deux mais trois magiciens à bord, capables de manier aussi bien la magie que des armes, qu'un mur de vent le frappa par-derrière. Le souffle coupé, il tomba sur le pont. L'une de ses lames lui échappa pour disparaître sous la voile froissée.

Le glaive s'abattit. Kay roula sur le dos, puis il leva la seule dague qui lui restait juste à temps pour bloquer le coup, ou plutôt détourner sa force vers le haut, loin de sa poitrine. Toute autre épée n'aurait rencontré que l'air au-dessus de son épaule, mais celle du Veskien faisait la largeur de deux mains côte à côte, si bien que le bord inférieur lui entailla la clavicule, acier contre os.

Kay encaissa le choc, même si la douleur lui obscurcit momentanément la vision, puis il se dégagea d'une roulade avant de bondir sur ses pieds, une main serrant sa dague, l'autre pressée sur son épaule en sang. Alors qu'il s'apprêtait à esquiver de nouveau, avide de mettre de la distance entre ce géant et lui, il se retrouva plaqué contre le mât, non par le vent mais par la main du Veskien qui s'était refermée avec une poigne d'acier, de pierre, sur sa gorge. Kay tenta de taillader le poignet de son adversaire, mais la lame ricocha sur un brassard métallique avant de lui être arrachée par une rafale. Il avait dissimulé une autre lame dans sa botte, mais avant qu'il n'ait eu le temps de la récupérer, le colosse l'avait soulevé jusqu'à ce que ses pieds ne reposent plus sur le pont, la pointe de ses bottes effleurant le sol. Le Veskien lui écrasait la trachée d'une main et serrait toujours l'énorme épée de l'autre.

L'homme recula, prêt à planter son glaive dans le torse de l'Arnésien. Alors, Kay fit la seule chose qui lui vint à l'esprit pour échapper à une mort certaine : il enveloppa de ses doigts ensanglantés l'avant-bras de son assaillant et ordonna dans un souffle étranglé :

— *As Staro.*

Le Veskien écarquilla les yeux. La magie parcourut sa peau, puis son squelette, transformant la moindre parcelle de chair et d'os en pierre. Ses doigts se relâchèrent au tout dernier instant et Kay s'effondra sur le pont, haletant, mais libre.

L'espace d'une seconde, le pouvoir le submergea, aussi doux qu'un âtre brûlant en plein hiver… puis la douleur le frappa.

IX

Lila Bard avait inventé un jeu. Chaque fois qu'elle se battait, elle se donnait un défi.

Ce soir, se disait-elle, *je n'utiliserai que le feu. Ce soir, je me limiterai à la glace. Ce soir, je les laisserai frapper en premier. Ce soir, je lutterai comme si je n'avais pas de magie, comme si j'étais de retour à Londres, mon Londres. Comme si je n'avais rien d'autre à perdre que la vie.*

L'homme à la hachette était mort, mais elle s'amusait bien avec la Veskienne qui maniait la glace. Elle la regardait façonner des éclats, recouvrir sa peau d'une couche de givre, geler le pont et croire qu'elle avait une chance de s'en sortir. Que c'était bon de se battre ! Aussi bon que de s'étirer après une sieste.

Enfin, ça l'était jusqu'à ce que Kay se mette soudain à hurler.

Kay, qui serait toujours Kell à ses yeux, qu'importe le manteau qu'il revêtait, ou la façon dont il se coiffait, ou comment il avait appris à se battre. C'était bien Kell qui hurlait à présent, et ce cri lui écorchait les oreilles à la manière d'une lame émoussée, de celles qui prennent leur temps pour vous tuer et laissent une entaille aux bords dentelés dans leur sillage, car elle savait de quel genre de cri il s'agissait. Lila réagit aussitôt. Sans perdre une seule seconde, elle se glissa derrière la Veskienne pour lui trancher la gorge. La femme tomba. Le givre commença à fondre sur le manteau de Lila, qui traversait à présent le pont à grands pas. Elle passa devant Tav – occupé à éliminer un marin qui avait eu le malheur de reprendre connaissance au cœur de la bataille – pour rejoindre Kell.

Le plus imposant des Veskiens se dressait non loin, illuminé par le clair de lune, son énorme épée brandie mais pétrifiée, à l'image de l'homme qui la tenait.

Derrière la statue, Kell s'était agenouillé, tête baissée. Sa capuche était retombée sur ses épaules. Il prenait des inspirations saccadées, son torse se soulevant par à-coups. Son visage ruisselait de sueur sous son masque.

Lila s'appuya contre le géant statufié et tapota la pierre de son poignard ensanglanté.

— Et moi qui croyais que tu voulais les épargner…

Le souffle de Kell se stabilisa. La mâchoire serrée, il se releva avec peine. Sous le masque, elle le savait, la douleur avait rendu ses yeux vitreux. Mais elle ne voyait que le voile de tulle noir. Il balaya le pont du regard, comme s'il se demandait quoi faire de toute cette pagaille. Lila, elle, avait bien une idée. Les mains posées sur la silhouette de pierre, elle la poussa. C'était une énorme masse, mais le vent l'aida et la statue bascula. Elle alla s'écraser sur le pont de bois qu'elle traversa, ainsi que la cale en dessous, avant de fendre la coque comme un boulet de canon.

Les marins des autres embarcations avaient cessé de leur porter le moindre intérêt dès l'instant où ils avaient compris que le combat ne viendrait pas jusqu'à leur navire. Sur les quais, seul Stross était donc susceptible de voir les trois ombres débarquer ou dénouer les cordes qui retenaient le *Craen* à son point d'amarrage. Les quatre compagnons restèrent là à regarder le bateau dériver à reculons : une brise, aussi soudaine que bien orientée, gonflait l'unique voile que Tav n'avait pas coupée. Le navire avait déjà commencé à prendre l'eau. Il ne tarderait pas à couler.

— Vous savez quoi ? lança Tav d'un ton joyeux. Je me sens beaucoup trop sobre…

Après s'être raclé la gorge, Stross répliqua :

— Je boirais bien un coup, moi aussi. Capitaine ?

Lila haussa les épaules. Ils seraient partis à l'aube, et Verose l'attendait, proie encore indemne. Elle rêvait de lui fouiller les poches, de palper son manteau pour voir si la ville recelait quelque trésor. Et puis… un verre ne lui ferait pas de mal.

— Pourquoi pas ?

La voix de Kell, lorsqu'il prit la parole, n'était guère plus qu'un murmure.

— Je crains de ne pas être de bonne compagnie ce soir.

Lila lui jeta un regard en coin.

— Qui a dit que tu étais invité ?

Son gémissement n'eut pas le temps de se transformer en rire. À l'évidence, il souffrait encore et tentait de le cacher, mais c'était peine perdue. Pas avec elle. Aux yeux de la magicienne, Kell avait toujours été aussi transparent qu'un panneau de verre. Peut-être lui apparaissait-il de telle façon que, là où les autres ne voyaient que des traînées colorées, Lila voyait la vérité. Sa vérité à lui.

Et la vérité, ce soir-là, c'était qu'il désirait rester seul.

— Je ne serai pas longue, dit-elle en ôtant le masque du Sarod pour le lui lancer.

Il l'attrapa et elle le vit grimacer, le corps raidi par la douleur. Ses doigts lui démangeaient – elle mourait d'envie de le soigner, même s'il ne l'aurait pas laissée faire.

Tête de mule ! pensa-t-elle en rejoignant Stross et Tav tandis que Kell rebroussait chemin vers le *Barron*. Cette douleur qui lui appartenait, il fallait qu'il l'apprivoise. Elle se retourna malgré tout, plus d'une fois, pour regarder son manteau noir ondoyer dans la brise fraîche jusqu'à ce qu'il ne soit plus qu'une ombre parmi tant d'autres dans l'obscurité.

X

Je n'ai jamais rien bu d'aussi infect, songea Lila un peu plus tard. Elle avait beau ne pas être très difficile en matière de bière, elle avait l'impression que le propriétaire de *La Marée noire* avait mélangé de la pisse à de l'alcool bon marché. Une pinte, ça ? La boisson était corsée, il fallait le reconnaître, mais à chaque gorgée, elle tentait de lui remonter dans le gosier.

Tav et Stross ne semblaient pas s'en offusquer. En tout cas, ils s'en accommodaient volontiers.

— Il suffit de retenir sa respiration, conseilla Tav.

— Ce n'est pas si mauvais, grommela Stross.

En même temps, tout l'équipage du *Barron* savait, depuis son bref passage en tant que cuisinier, que le second n'avait aucun palais.

Lila abandonna son verre pour plonger la main dans son manteau, d'où elle sortit la lame volée dans la cale du *Craen*. Elle ne s'en était pas servie à bord parce qu'elle n'en avait pas eu besoin. L'arme, restée dans son fourreau, était étonnamment petite – les Veskiens avaient tendance à préférer les larges et grandes épées, mais celle-ci, pas plus longue que sa main, tenait davantage du poignard. Lorsqu'elle la dégaina, la lame brilla d'un éclat nacré aussi fin qu'un ruban. Une brise fraîche émanait du métal et, quand elle l'inclina vers la lumière, elle distingua le sort gravé sans toutefois parvenir à le déchiffrer.

— En voilà une belle création ! s'exclama Tav.

Dénué de magie propre, il partageait le faible de Lila pour les objets tranchants.

— En effet, confirma-t-elle.

Le bord était incroyablement affûté. Elle se retint de le tester sur son pouce et rengaina la dague avant de la poser sur la table.

Tout autour d'eux, *La Marée noire* grouillait de clients. Dans un coin de la salle, un trio de femmes aux cheveux filetés d'argent était penché tête contre tête au-dessus d'une carte. À l'autre bout, l'équipage d'un bateau s'enivrait plus que de raison en jouant au sanct. Il y avait même deux soldats arnésiens, sans leur uniforme, bien sûr, mais tellement identifiables qu'ils auraient pu être parés de rouge et d'or, aux couleurs du calice et du soleil levant.

Entre la foule, les murs de madrier et les rideaux noirs, l'endroit ressemblait moins à une taverne qu'à la cale d'un navire. Ou plutôt, vu l'odeur de renfermé, au ventre d'une baleine.

Lila balaya du regard la pièce sans pour autant s'attarder sur quoi que ce soit en particulier. Non, elle se contentait d'écouter.

Verose était un havre pour les voleurs, un lieu où la loi de l'empire cédait la place à la volonté du peuple, pour la plupart des criminels, pirates et magiciens exilés. C'était le genre d'endroit qui nourrissait les rancœurs et les transformait en mauvaises idées. Le genre d'endroit qui aurait facilement pu engendrer les rebelles qui se faisaient appeler la Main.

Ainsi, Lila écoutait. Du moins, elle essayait. La plupart des clients de *La Marée noire* parlaient un arnésien particulier, mais certains maniaient la langue comme un crayon, d'autres comme un marteau. Ajoutez-y les éclats de rire saccadés, le raclement des chaises, le tumulte des voix qui montaient et descendaient, et c'était comme lutter contre une déferlante. Il était plus facile de prendre du recul et de laisser les mots venir à elle.

Tav avait sorti un paquet de cartes. Il était à présent plongé avec Stross dans un jeu de boisson consistant à abattre des cartes à un rythme effréné, en criant très fort quand on voyait un roi ou une reine. Le perdant buvait. Ou peut-être le gagnant ? Lila n'en avait aucune idée. Elle les regardait se chamailler comme des vieilles filles, émerveillée par la simplicité de leur relation et par leur attitude envers elle – la distance s'était désormais effacée. Elle se surprit à souhaiter que Kell soit là. Ainsi que Vasry et Raya.

Quelle ironie !

Si on lui avait demandé à l'âge de dix-neuf ans sa définition de la liberté, elle aurait répondu un mot : « seul ». Une seule personne, un seul bateau, un seul monde à explorer. Malgré tout, sept ans plus tard, elle se sentait libre sans être seule.

Non qu'elle n'appréciait pas la solitude. Elle était douée pour ça. Jamais elle ne faisait confiance, jamais elle ne s'attachait à qui que ce soit. Mais les membres de l'équipage du *Barron gris* n'étaient pas n'importe qui. Elle voyait plutôt en eux des alliés, des amis, une famille.

Il fut un temps où cette idée même aurait suffi à lui donner le mal de mer, à faire battre son cœur à ce rythme si particulier qui lui intimait de fuir loin, toujours plus loin. Comme s'il s'agissait d'un piège à collet, d'une chaîne enroulée autour de ses jambes. Comme si les gens n'étaient que des ancres, des poids morts destinés à vous retenir, à vous tirer vers le bas.

S'impliquer, c'était se noyer, si vous vous laissiez faire. Mais c'était aussi flotter. Et ça, jamais elle ne l'avouerait à cette bande de crapules.

— Une autre tournée ? demanda Tav en rempilant les cartes.

Stross se mit debout, puis vida son verre.

— Non, je suis fatigué, répondit-il.

— Fatigué de perdre, ouais ! répliqua Tav.

Il se leva à son tour en laissant tomber une poignée de pièces sur la table. Les deux marins se tournèrent vers Lila.

— Vous venez, capitaine ?

Elle jeta un coup d'œil autour d'elle et secoua la tête.

— Pas tout de suite.

Tav eut un moment d'hésitation. Quant à Stross, il la jaugea du regard et semblait prêt à se rasseoir quand elle leur fit signe de partir.

— Oh, fichez le camp et laissez-moi boire un coup en paix !

Si Kell était venu avec eux, il en aurait fait toute une histoire. Il aurait insisté pour rester dans les parages jusqu'à ce qu'elle ait fini, avant de la raccompagner au bateau telle une ombre maussade. Mais il n'était pas là, et Stross se garda bien de lui conseiller d'être raisonnable ou prudente. Elle était largement capable de se débrouiller toute seule…

— À vos ordres, dit Tav en faisant mine de soulever un chapeau.

Lila regarda partir ses deux compères, puis commanda un autre verre d'un signe de la main.

Le manteau tomba sur le sol de la cabine. Le masque, il le jeta contre le mur. Les dagues suivirent, les fourreaux de cuir rigides dans ses mains tachées de sang. Petit à petit, Kay disparut pour ne laisser que Kell.

Vasry et Raya s'étaient écartés sur son passage, sans prendre la peine d'échanger des banalités ou de lui demander comment s'était déroulée la mission. La preuve, ils l'avaient sous les yeux – elle était en train de couler dans la baie… et de tacher de sang le pont du *Barron*.

Malgré ses sept années d'entraînement, le prince *Antari* commettait les mêmes erreurs. Il avait beau s'être exercé encore et encore, par moments, son corps oubliait.

Kell fit passer la chemise trempée par-dessus sa tête et grimaça de douleur à cause de son épaule blessée par le glaive. Il se dirigea vers la bassine, son regard absorbé par le grand miroir. Dans la glace, ses cheveux roux, traversés par une seule mèche argentée, lui tombaient sur le front. Dans la glace, sa peau nue formait une tapisserie de cicatrices. Du sang coulait de l'entaille à sa clavicule pour glisser en un fin ruban le long de son torse. Le filet pourpre suivait la ligne de la chaîne à son cou jusqu'à atteindre les trois pièces qui pendaient toujours au bout. Des reliques qui le transportaient autrefois dans d'autres Londres. D'autres mondes.

As Travars, pensa-t-il, l'air lugubre, tandis que le sang gouttait dans la cuvette, teintant l'eau en rose, puis en rouge.

D'un geste automatique, Kell porta la main aux reliques, puis à sa vilaine blessure que son frère avait forcément ressentie lui aussi. C'était un miracle qu'il n'ait pas eu de nouvelles de Rhy – ou, pire encore, d'Alucard.

Il baissa les yeux sur la bague rouge à sa main droite, comme s'il pouvait faire apparaître par la pensée le roi d'Arnes ou son consort. L'anneau demeura terne et froid, tout comme le noir qu'il portait au doigt d'à côté. La bague rouge arborait le sceau royal – le calice et le soleil levant. La noire, un bateau.

Ces bijoux à la fois rares et précieux n'étaient pas uniques en leur genre : ils fonctionnaient par paires. Chacun d'eux possédait un jumeau, une réplique parfaite portée au doigt d'un autre.

Ces objets magiques, fort ingénieux, lui avaient été offerts par la reine quatre ans plus tôt. Ils permettaient de relier deux êtres où qu'ils se trouvent : il suffisait d'effleurer la surface de l'anneau en prononçant une formule – « *As vera tan* » (« J'ai besoin de toi ») – pour que son jumeau se mette à briller et chauffer. Placez les deux bagues sur une table de divination et la distance entre elles disparaissait ; la surface noire et plate se transformait en verre et formait non pas une porte, mais plutôt une fenêtre permettant de se voir et de communiquer.

Son frère avait fait un bon mariage, se fit la réflexion Kell, pas pour la première fois.

L'anneau rouge qu'il portait appartenait bien sûr à Rhy Maresh qui, selon ses dires, n'accepterait de le porter que s'il était assorti à ses autres parures. Le noir, Kell l'avait donné à Lila. Enfin, c'était son idée, mais la jeune femme ne l'avait pas bien accueillie : devant le bijou, Lila avait blêmi avant de reculer comme s'il s'agissait d'un serpent, ou d'un poison qu'il lui demandait d'avaler. Plus tard – trop tard –, il s'était rappelé les coutumes du monde de la magicienne, et de ce qu'offrir une bague voulait dire dans le Londres gris.

Il lui avait montré l'anneau à son propre doigt en tentant de lui expliquer qu'ils étaient liés et qu'en cas de problème, elle pourrait l'appeler. Le regard de Lila s'était fait froid et moqueur.

« *Si j'ai des ennuis,* avait-elle ricané, *je m'en sortirai toute seule.* »

Il s'était énervé, et elle aussi. Il l'avait traitée de tête de mule, et elle d'égoïste. Il l'avait qualifiée de poule mouillée, et elle d'imbécile. Résultat, elle l'avait planté là et il avait claqué la porte derrière elle. Quand les vagues en furie avaient frappé le bateau, il avait compris qu'elle avait jeté l'anneau à l'eau. Ils n'en avaient plus reparlé depuis.

Pour autant, il n'avait pas ôté le sien. Ni ce jour-là, ni le suivant, ni celui d'après. C'était idiot, il le savait : la bague ne servait à rien sans sa jumelle. Mais cet accessoire sentimental, il le portait malgré tout, ne serait-ce que pour contrarier Lila. Pour lui signifier que, dans son esprit, ils étaient encore liés et le seraient toujours, qu'elle était l'une des deux seules personnes chères à son cœur, l'une des deux seules personnes à qui il souhaitait rester lié.

Kell caressa du pouce l'anneau noir. Puis il plongea les mains dans la bassine pour les nettoyer avant de s'attaquer à son entaille.

La magie *Antari* était incroyable. C'était le seul pouvoir à mêler éléments et sortilèges. Chaos et ordre. Il suffisait d'une goutte de sang et de deux mots pour pétrifier un être humain, ouvrir une porte sur un autre monde ou cicatriser n'importe quelle blessure ou presque.

As Hasari.

Une formule qu'il avait prononcée cent fois pour guérir des malades, faire disparaître une plaie mortelle. Remettre une épaule ? Rien de plus simple. Lila s'en serait occupée s'il le lui avait demandé.

Comme ce n'était pas le cas, Kell sortit deux bouteilles du placard sous la cuvette. La première, il la porta à ses lèvres pour boire une bonne lampée. La seconde, il s'en servit pour mouiller un linge. L'odeur âcre envahit son crâne, puis l'étroite cabine.

Lorsqu'il pressa le tissu sur son épaule, la douleur surgit, si vive qu'elle lui coupa le souffle. Il serra les dents. Quelques instants plus tard, la coupure ne saignait déjà plus. Il présenta des excuses muettes à son frère avant d'enfiler le fil dans une aiguille. Puis il ajusta la lumière et se pencha vers le miroir.

À la seconde où la pointe s'enfonça dans sa peau, il se força à visualiser l'affrontement à bord du *Craen*. Chaque fois qu'il perçait, tirait, resserrait un point, il comptait ses faux pas, ses erreurs, revivant le plus petit geste jusqu'à ce que le combat reste gravé dans sa mémoire. Au moins, la prochaine fois, il n'oublierait pas.

XI

Curieusement, le deuxième verre que commanda Lila était encore moins tentant que le premier. Il avait la couleur de l'huile et la texture de la vase. Sous le faible éclairage de la taverne, Lila avait d'ailleurs l'impression de contempler de la peinture. Elle portait distraitement le gobelet à ses lèvres, prête à risquer une gorgée, quand une voix toute proche interrompit son geste.

— Je ne ferais pas ça, si j'étais vous.

L'*Antari* leva la tête pour découvrir, plantée de l'autre côté de sa table, une femme aux cheveux noirs coiffés en couronne. Ses pupilles brillaient à la lumière de la taverne, et lorsqu'elle souriait, seules ses lèvres bougeaient, dévoilant ses dents.

— Laissez-moi deviner, répliqua sèchement Lila. Cette boisson est empoisonnée.

— C'est tout comme, répondit l'inconnue.

Elle s'installa sur une chaise comme si on l'y avait invitée, avant de poser les yeux sur l'arme que Lila avait laissée au centre de la table.

— Sacré poignard que vous avez là !

— En effet, confirma Lila. Il vaut mille fois le bateau que j'ai coulé pour l'obtenir.

— Madame est pirate…

— Capitaine.

Son interlocutrice balaya les lieux du regard.

— Où est passé votre équipage ?

Lila ne parvenait pas à déterminer si la femme cherchait à la menacer ou à lui plaire.

— Il s'occupe de ses affaires.

L'inconnue ne comprit pas le sous-entendu.

— Tanis, reprit-elle en guise de présentations.

Elle attendit que Lila lui donne son nom. Ce qu'elle ne fit pas.

— Que voulez-vous, Tanis ?

La femme s'appuya contre le dossier de sa chaise pour mieux observer le capitaine face à elle.

— Vous n'êtes pas d'ici, ça se voit. Comme la plupart des clients qui viennent là, d'ailleurs, poursuivit-elle face au mutisme de Lila. Ils ne font que passer, ils n'ont pas la moindre idée du fonctionnement de cette ville. Parfois, ils auraient bien besoin d'un guide…

— Laissez-moi deviner, répliqua l'*Antari*. Vous êtes guide.

Nouveau sourire de Tanis. Juste les lèvres, sans les dents.

— Absolument ! Alors, qu'est-ce qui vous amène à Verose ?

Lila prit un air songeur.

— Je suis en vacances.

Tanis éclata d'un rire qui ressemblait à un aboiement.

— Et vous êtes venue passer vos vacances ici ?

— J'avais envie de voir l'endroit où l'armée rebelle avait défendu sa position.

Quarante ans auparavant, l'armée improvisée, dirigée par des magiciens issus des trois empires, avait remonté la Côte de Sang pour gagner Londres, déterminée à renverser Arnes.

Lila tentait un coup de poker. Elle lançait un appât.

Tanis, curieuse, pencha la tête sur le côté.

— Vous ne soutenez pas la Couronne ?

Son interlocutrice venait de mordre à l'hameçon. La ligne se tendait. Le visage de Lila passa de l'amusement à la colère. Elle baissa la tête, fixant la lame posée sur la table, le temps de chercher la bonne formulation.

— Les prêtres parlent d'équilibre. Ils prétendent que la magie suit les lois de la nature. Mais la nature change. Pourquoi le pouvoir ne changerait-il pas, lui aussi ?

Pendant qu'elle prononçait ces mots, Lila avait croisé le regard de Tanis. Elle laissa sa paume s'enflammer puis la pressa sur la table. Une empreinte carbonisée marqua aussitôt le bois.

— J'ai l'impression que Verose est le genre de ville où les étincelles se transforment en flammes.

Lila n'avait pas prononcé le mot « *menas* », « main ». Pas la peine. Vu son expression, Tanis avait déjà compris. Ses yeux s'assombrirent sans que son sourire ne disparaisse. Elle se pencha en avant et posa la main sur l'empreinte laissée dans le bois, pour effacer la trace de brûlé.

— Je crains que vous ne fassiez erreur. Si vous voulez qu'on vous donne un coup de main, Verose n'est vraiment pas l'endroit idéal. En revanche, si vous vous promenez à Londres, il paraît que certaines maisons valent le détour. (Elle se leva, non sans jeter un nouveau regard à la lame sur la table.) Si j'étais vous, je la rangerais. Ce serait dommage de la perdre, ajouta-t-elle tout en adressant un signe de tête au tavernier. Oli ! Sers donc un verre digne de ce nom au capitaine.

Et elle s'éclipsa.

Une pinte de bière arriva, dont le contenu, quoique moins vaseux, n'avait toujours rien d'ambré. Lila vida tout de même sa chope avant de s'enfoncer dans son siège en réfléchissant aux paroles de Tanis.

Perdue comme elle l'était dans ses pensées – embrumées par l'alcool –, elle tarda à remarquer que l'atmosphère dans la taverne avait changé, comme si Tanis avait braqué sur elle une lampe qu'elle aurait laissé allumée.

Lila fut soudain bien contente d'avoir choisi son œil marron au lieu du noir. Personne n'avait besoin de savoir qu'une *Antari* se trouvait dans cette taverne. Verose étant ce qu'elle était, on tenterait de lui arracher l'œil de la tête – ils pouvaient toujours essayer –, de la kidnapper en vue d'une rançon, de la vendre au plus offrant, ce qui l'obligerait à « faire une scène » et lui vaudrait un interminable sermon de la part de Kell.

Cependant, Tanis avait raison sur un point : elle aurait mieux fait de ranger son tout nouveau poignard au lieu de le laisser sur la table, exposé là dans son fourreau de perles aux éclats étranges. Au bout d'un moment, les clients de *La Marée noire* avaient fini par le remarquer… et Lila était passée du statut de voleuse à celui de cible.

Elle sentit le poids des regards quand elle vida son verre. Quand elle fouilla dans sa poche pour trouver de la monnaie. Quand elle remonta le col de son manteau, que ses doigts se refermèrent sur la dague veskienne et qu'elle quitta sa chaise. Elle ne fut donc guère surprise lorsque, levant la tête, elle découvrit un homme planté devant sa table. Grand et maigre comme un clou, il braquait sur la lame ses yeux semblables à deux points noirs creusés dans son visage.

— Attention à ne pas te couper, lâcha-t-il.

— Dégage, cracha-t-elle.

Apparemment, cette réponse lui déplut. Lila avait presque contourné la table quand il poussa le meuble dans son ventre, pour la clouer au mur.

— Laisse ça, dit-il en se penchant en avant, les mains posées sur le plateau.

— Très bien, grogna la jeune femme.

Elle sortit la lame de son fourreau… pour la lui planter dans la main.

L'homme en fut abasourdi. Son visage n'était plus qu'un masque de rage et de douleur mais avant qu'il puisse reculer, hurler ou tirer sa propre arme, un changement s'opéra. Il se figea, la bouche ouverte, tandis que ses veines noircissaient, que sa peau s'écaillait et qu'il se consumait, carbonisé de l'intérieur en quelques secondes.

Après quoi il se désagrégea, ne laissant qu'une traînée de cendres sur la table et le sol. La dague veskienne, elle, était toujours plantée dans le bois, intacte.

Les clients, qui avaient continué de boire et de discuter malgré la bagarre, le verre brisé et la lame dégainée, se tournèrent vers

Lila. L'*Antari* jugea qu'il était temps de tirer sa révérence. Une fois son arme récupérée et rangée dans son fourreau, elle jeta une pièce sur la table, qui atterrit dans un petit panache de cendres. Puis elle sortit dans la nuit désormais froide. Personne ne la suivit.

Le bouton du haut de sa chemise s'était défait à un moment ou un autre et son collier, visible, se balançait. L'anneau noir gravé d'un bateau pendait au bout du cordon de cuir. Elle rangea le pendentif sous son vêtement et se dirigea vers les quais.

Il lui fallut exactement trois mètres avant de se rendre compte qu'elle n'était pas seule.

— Je vous préviens, lança-t-elle, je ne suis pas d'humeur, ce soir !

— Je vois ça, lui répondit une voix douce et profonde.

Elle se retourna et vit un homme à la peau foncée, tenant le fourreau qu'elle avait jeté, et vêtu de blanc de la tête aux pieds… Lila songea d'abord que ce choix vestimentaire était étrange et totalement inattendu pour un marin. Elle s'était fait la même réflexion la première fois qu'elle avait vu cette tenue blanche, sur le navire de Maris.

Katros. C'était comme ça qu'il s'appelait.

— Vous êtes bien loin de votre marché flottant. Et ça, c'est à moi, dit-elle en voyant que l'attention du nouvel arrivant était attirée par la lame qu'elle tenait dans sa main.

Elle resserra ses doigts sur le manche de la dague. Il ne pouvait pas savoir qu'elle était ensorcelée et pourtant…

— Vraiment ? Vous conviendrez comme moi qu'une telle arme a plus sa place sur le *Ferase Stras* que dans la rue.

Lila haussa un sourcil.

— Vous avez fait tout ce chemin pour un couteau ?

— Non, répondit Katros. J'ai fait tout ce chemin pour vous.

— Si vous avez l'intention de m'ajouter à votre petite collection… commença Lila, méfiante.

— Vous devez une faveur à Maris, la coupa Katros. Elle a décidé de vous la réclamer.

Une faveur. Lila aurait dû s'en douter. Lorsque Maris lui avait offert l'œil de verre noir, elle aurait mieux fait de payer sur-le-champ en renonçant à un an ou deux de sa vie. Elles auraient été quittes alors qu'à présent, elle devait au capitaine du *Ferase Stras* une « faveur » – mot fleuri pour désigner une dette. Or Lila détestait être redevable. Comme elle attendait depuis un bon moment que la vieille chouette lui réclame son dû, elle avait fini par se demander, les années passant, si Maris n'avait pas oublié.

Il semblerait que non.

— Bon. Et que veut-elle ?

Katros tendit son autre main.

— Elle vous le dira elle-même.

Dans sa paume se trouvait un anneau. Pas noir, comme celui que Lila portait autour du cou, mais argenté et frappé d'un petit sablier. Elle reconnaissait toutefois l'œuvre de la reine dans ce bijou et était prête à parier qu'un anneau similaire ornait le doigt du capitaine du *Ferase Stras*.

— Il nous faut trouver une table de divination, dit Katros.

Mais Lila s'avançait déjà vers lui en faisant glisser le tranchant d'un de ses poignards sur sa peau.

— Inutile ! Ce serait gâcher de la bonne magie.

Elle referma ses doigts ensanglantés sur l'anneau et la main de Katros, afin de coincer le morceau de métal entre leurs paumes. Sans lui laisser le temps de se dégager, elle prononça la formule consacrée. Puis le monde frémit et se désintégra.

XII

Lila Bard, Katros Patrol à sa suite, laissa derrière elle la ruelle plongée dans la pénombre pour entrer dans une cabine de bateau. Le sol tanguait un peu sous ses bottes, l'air vibrait de grondements semblables au tonnerre. Dans la pièce exiguë, la lumière de la lanterne éclairait des armoires et des coffres ainsi qu'un bureau, derrière lequel trônait Maris Patrol, le capitaine du marché flottant.

La chevelure argentée de la vieille femme flottait librement dans son dos. Vêtue d'une robe de chambre de soie blanche, elle tenait un verre de vin dans une main, un livre dans l'autre, plaisirs qu'elle savourait visiblement un instant plus tôt. À présent, cependant, elle levait les yeux et Lila se réjouit de voir – chose rare – la surprise se peindre sur le visage de la maîtresse des lieux, juste avant qu'il ne se referme en même temps que le livre.

— Espèce d'imbécile, cracha Maris en arnésien alors que le tonnerre se calmait. Tu sais bien que ce vaisseau est protégé contre ce genre d'intrusion magique.

Voilà donc pourquoi l'air crépitait…

— J'avais l'intuition que ça marcherait.

— L'« intuition », répéta sèchement le capitaine. Tu as risqué la vie de mon neveu sur une « intuition ».

— Disons une déduction logique, si vous préférez, précisa Lila en faisant tourner l'anneau de Katros à son doigt. Les protections du palais sont liées au sang, ce qui permet aux membres de la famille royale d'aller et venir sans recourir à toute une série de sorts pénibles. Je me suis dit qu'il en irait de même pour le *Ferase*

Stras. Et comme vous pouvez le constater, votre neveu va bien. Enfin, plus ou moins…

Elle venait de jeter un coup d'œil à Katros, dont la peau mate avait blêmi, suggérant qu'il était sur le point de vomir.

— Pas dans ma chambre, grogna Maris.

Il acquiesça puis s'éloigna d'un pas chancelant dans l'obscurité. Une fraîche brise d'air marin s'engouffra dans la cabine au moment où la porte se refermait. Lila se retourna pour examiner le contenu des armoires. Sept années s'étaient écoulées depuis qu'elle était entrée dans cette pièce pour la dernière fois. Ce jour-là, elle était montée à bord avec l'espoir de dénicher un moyen de battre Osaron. Depuis, elle attendait l'occasion de revenir.

— Qu'est-ce que tu fais ici ? demanda Maris.

— On m'a invitée, répondit Lila en lui tendant l'anneau d'argent.

Son jumeau scintillait, au milieu d'autres bagues, sur l'un des doigts osseux de la vieille femme.

— C'était une invitation à t'entretenir avec moi, rétorqua le capitaine du *Ferase Stras* sans récupérer l'anneau, pas à me rendre visite. Katros a dû te le préciser.

— Il a sans doute oublié, répliqua Lila en déposant le bijou sur la table. Bien sûr, je pourrais vous demander comment vous avez mis la main sur un artefact forgé par la reine, mais…

Elle s'interrompit, désignant d'un geste le vaisseau destiné à entreposer et vendre des objets magiques.

— Elle est ingénieuse, n'est-ce pas ? s'exclama Maris. D'accord, ce n'est pas Sa Majesté qui a inventé la magie jumelée, mais quelle élégance dans la réalisation ! C'est une femme à l'esprit aussi brillant que dangereux.

— Mais je vous en prie, capturez-la. Entreposez-la dans l'une des caisses de votre vaisseau.

Maris pencha la tête sur le côté.

— Tu ne l'aimes pas.

— Je ne lui fais pas confiance, répliqua Lila en s'enfonçant dans le fauteuil placé face au bureau.

Un sac de couleur claire traînait à ses pieds et il lui fallut quelques secondes pour se rendre compte qu'il s'agissait en fait d'un chien très âgé, étrangement immobile. Elle le tapota doucement de la pointe de sa botte, juste pour s'assurer qu'il respirait. Dès qu'il eut poussé un soupir, elle reporta son attention sur le capitaine du *Ferase Stras*.

— Vous avez l'air vieille.

— Je me sens plus vieille, concéda son interlocutrice. Qu'as-tu fait de ton œil ?

Elles savaient toutes les deux que Maris parlait de celui ni bleu ni marron mais noir comme de la poix qui se trouvait dans sa cabine, entre les parois protectrices d'un écrin de velours. Noir comme l'œil qu'elle avait perdu enfant, sous le scalpel d'un médecin de son Londres – le gris –, avant qu'elle ne découvre l'existence d'autres mondes et de ses pouvoirs, avant même qu'elle ne découvre ce qu'être *Antari* signifiait.

L'œil qu'elle avait échangé contre une faveur.

— Je le porte, de temps en temps. Mais les gens sont des idiots, dit Lila. Afficher le signe de ma magie, c'est comme dévoiler mes cartes d'entrée de jeu. Alors que si je ne leur donne aucun indice et que je les laisse deviner de quoi je suis capable, ils se tromperont presque à tous les coups.

La porte s'ouvrit sur Katros qui revenait, le pied visiblement plus sûr. Il traversa la pièce et posa la dague ensorcelée sur le bureau.

— Elle est à moi, précisa l'*Antari*.

Maris s'en saisit et la tira de son fourreau, dont elle étudia la surface brodée de perles. Son front plissé fit apparaître un réseau de rides comme autant de fissures sur un lac gelé.

— Tu sais ce que fait cette lame ?

— Elle tue.

Le capitaine du *Ferase Stras* leva les yeux au ciel.

— Toutes les lames tuent. Mais celle-ci utilise la magie propre à sa victime pour la détruire. Elle puise dans l'énergie de son sang pour la retourner contre son propre corps…

Lila se redressa, sa curiosité piquée au vif. Elle se remémora ce qui était arrivé à l'homme de la taverne : il avait paru s'enflammer de l'intérieur avant de finir en un tas de cendres. Elle se demanda l'effet qu'aurait une telle arme sur un mage des os. S'éparpillerait-il comme un collier de perles ou s'effondrerait-il comme un morceau de viande désossée ? Et sur un *Antari* ?

— Une seule incision, conclut la vieille femme.

— Soit, résuma Lila. Donc… c'est une lame et elle tue.

— Tout ce pouvoir et pas une once de bon sens… déplora Maris.

Elle ouvrit un tiroir de son bureau pour y ranger la dague.

— Elle est toujours à moi, marmonna Lila.

— Disons que c'était le prix à payer pour monter à bord. Maintenant, sors !

— Mais je viens à peine d'arriver. Et je ne sais toujours pas pourquoi vous m'avez fait venir. Pour prendre de mes nouvelles, peut-être ? On doit se sentir bien seule…

— Sors de mes appartements, précisa la vieille femme. Katros, conduis le capitaine Bard sur le pont inférieur. Et qu'elle ne touche à rien !

Lila se redressa, les mains levées en signe d'apaisement.

— Allons. Même moi, je ne serais pas assez idiote pour voler quoi que ce soit ici.

— Quelqu'un l'a pourtant fait, répliqua Maris.

Sans laisser à l'*Antari* le temps de réagir, elle avait vidé son verre et indiquait la porte d'un signe de tête. Lila obtempéra mais, au moment de sortir, elle se retourna. Une question lui brûlait les lèvres. Il lui fallait une réponse.

— Les artefacts les plus puissants du monde se trouvent sur ce bateau. Si l'un de ces objets pouvait aider Kell… commença-t-elle avant que sa gorge ne se serre et que sa voix ne la trahisse.

Ce n'était pas faute d'avoir cherché pendant les sept dernières années, pourtant. Ils en avaient testé, des teintures, des sorts, bref, tout ce qui avait bien pu leur passer entre les mains… Mais rien de ce qu'ils avaient trouvé n'avait été capable de réparer ce qui était cassé en lui. Ni dans les trois empires, ni sur les marchés noirs, ni ailleurs.

Kell avait fini par cesser de chercher.

Pas elle.

— Je suis prête à y mettre le prix, ajouta Lila.

Maris fit la moue.

— Rembourse une dette avant d'en contracter une autre.

Une réplique pleine de venin remonta telle de la bile dans la gorge de Lila, mais la vieille femme lui fit signe de se taire. Elle semblait soudain fatiguée.

— Si j'avais quelque chose qui puisse restaurer le pouvoir de Kell Maresh ou soulager ses souffrances, je le donnerais…

Elle faillit prononcer le mot « gratuitement » – Lila la vit articuler le mot –, mais Maris avait plus de jugeote que ça.

— Malheureusement, ce n'est pas le cas.

Les mots claquèrent comme une porte refermée par une rafale de vent. Cette fois, quand le capitaine du *Ferase Stras* désigna la sortie du doigt, Lila tourna les talons pour suivre Katros.

Même si le marché nocturne du Londres rouge était arraché de l'avenue qui longe l'Île et posé sur un navire, ses tentes et ses étals envahissant tout l'espace disponible, il n'égalerait toujours pas la taille du *Ferase Stras*.

Le vaisseau, deux fois plus grand que le *Barron*, était un dédale de couloirs, de ponts et de cabines, autant d'espaces entassés comme une pile de livres sur une table trop petite.

Lila avait toujours été douée pour dessiner des cartes. Pas sur papier, mais dans sa tête – un enchevêtrement de rues et de ruelles, une infinité de mondes entièrement consignés dans sa mémoire. Elle pouvait suivre une route, la mémoriser rien qu'après l'avoir parcourue une fois, et pourtant cette faculté ne lui était d'aucune utilité à bord du *Ferase Stras*. Était-ce à cause de la magie ? D'un sort visant à altérer les souvenirs ? Ou tout simplement un effet du chaos et du désordre ambiants, l'éblouissant spectacle de ces centaines d'objets puissants ?

À l'évidence, Katros connaissait le chemin.

Elle descendit l'escalier à sa suite avant de longer un couloir où des pièces s'alignaient en rangs serrés. Plus d'une fois, elle ralentit l'allure devant un rideau pour jeter un coup d'œil de l'autre côté, mais la voix de Katros la poussait à continuer, à tourner à un angle pour monter une autre volée de marches étroites jusqu'au seul espace ouvert à bord : le pont inférieur. Valick, l'autre neveu du capitaine, était appuyé contre le grand mât, occupé à tailler une pièce de rasch dans un morceau de bois. À la vue de Lila Bard, il se redressa. Ses yeux passèrent de la plate-forme où les visiteurs étaient censés monter à bord au chemin par lequel ils étaient venus. Mais le regard de la jeune femme se porta directement sur le pont.

Même à la faible lueur de la lanterne, les dégâts étaient visibles. La tache de sang sur les planches, brûlure fractale de la magie.

— Qu'est-ce qui s'est passé ici ? demanda-t-elle en suivant les vrilles du sort de protection brisé jusqu'à une section fracassée du bastingage.

Katros et Valick ouvrirent la bouche, mais ce fut Maris qui répondit. Elle devait avoir emprunté un autre chemin pour les rejoindre.

— J'ai été cambriolée.

Elle s'était habillée avant de gagner le pont inférieur, troquant sa robe de chambre contre une tunique et un pantalon de lin blanc. Ses cheveux argentés étaient désormais nattés. Le vieux chien blanc se traînait silencieusement derrière sa maîtresse.

Lila lâcha le parapet.

— Cambriolée ? Je ne pensais pas que c'était possible.

— Moi non plus, répondit la vieille femme en croisant les bras.

Lila aurait bien voulu lui demander comment ils s'y étaient pris. Mais avec une interlocutrice comme Maris, les questions devenaient des pièces de monnaie : mieux valait surveiller la façon dont on les dépensait. Aussi opta-t-elle pour une question plus pertinente.

— Quel rapport avec moi ?

— Trois voleurs sont montés à bord de mon navire. L'un d'eux s'est enfui.

Lila gratta une des taches de sang sur le pont de la pointe de sa botte.

— Et vous voulez que je le retrouve ?

— Le voleur m'importe bien moins que ce qu'il m'a dérobé ou que le commanditaire du vol. (Katros tendit une feuille de papier où figurait une esquisse.) L'objet a été endommagé lors de l'attaque, expliqua Maris. Mais peut-être qu'il fonctionne encore.

Lila étudia le dessin : c'était le croquis détaillé d'une boîte avec pour seul ornement un anneau de fer fixé sur le devant. Le coffret semblait de facture assez quelconque mais, quand elle était jeune, elle avait volé un bibelot qui y ressemblait : un de ces casse-tête conçus pour renfermer leur propre clef. Petit, fait de bois et de laiton, celui qu'elle avait subtilisé présentait des éléments qui coulissaient et pivotaient, des charnières qui se déplaçaient et des fermoirs qui ne se libéraient que si l'on bougeait toutes les pièces dans le bon sens et le bon ordre.

À l'époque, il lui avait fallu trois heures pour l'ouvrir : les deux premières pour s'échiner à résoudre l'énigme, la troisième pour l'écraser avec une pierre.

La boîte de Maris avait certes l'air plutôt simple, mais Lila ne s'y trompait pas. L'artefact avait fait partie de la collection du *Ferase Stras*. De plus, il revêtait assez d'importance aux yeux de la reine du marché flottant pour que celle-ci veuille le récupérer, alors même qu'il pouvait très bien ne plus être en état de marche. Autrement dit, la probabilité qu'il fonctionne suffisait pour que la vieille femme fasse appel à Lila.

— Qu'est-ce qu'elle a de spécial, cette boîte ? demanda cette dernière.

Maris soupira, le regard tourné vers les ténèbres. C'était une nuit sans lune, où l'océan était si noir que le bateau avait l'air de flotter dans le ciel. Les yeux du capitaine semblèrent briller d'un certain éclat, signe que Lila allait entendre une histoire, qu'elle le veuille ou non.

— Les *Antari* ont toujours été rares. Il fut pourtant un temps où l'on ne pouvait pas les compter sur les doigts d'une seule main. Un temps où la plupart des gens n'avaient pas seulement entendu parler de leur pouvoir, mais en avaient aussi eu un aperçu. Fatalement, ils le voulaient pour eux-mêmes. Et pour cause ! Une goutte de sang, une simple phrase suffisent pour changer la chair en pierre, briser un mur ou le sceller, guérir une blessure mortelle ou bien ouvrir des portes au sein d'un monde comme entre les mondes…

— Je suis au courant : ce sont mes pouvoirs, marmonna Lila.

Maris lui jeta un regard d'avertissement.

— Tout ce que tu fais peut aussi être obtenu à l'aide d'un sort. C'était leur théorie. Les inventeurs se sont donc mis à concevoir des sortilèges susceptibles d'imiter tes dons.

Lila se sentait gagnée par un mauvais pressentiment mais, cette fois, elle s'abstint d'interrompre la vieille femme.

— La magie *Antari*, poursuivit Maris, c'est le point de rencontre entre le sort et l'élément. Elle est simple, élégante, alors que l'art nécessaire pour produire ces sortilèges n'était ni l'un ni l'autre. Instable, compliqué, il requérait toutes sortes de dispositifs destinés à contenir la magie et éviter que les enchantements ne se dissipent ou ne se disloquent de manière atroce.

— Mais ça a fonctionné, devina Lila.

— Oui, confirma Maris. L'objet qu'on m'a volé s'appelle un *persalis*. Un créateur de portes.

Le mauvais pressentiment dans les entrailles de la jeune femme se mua en horreur.

— Ne me dites pas que ce truc crée des portes entre les mondes.

— Heureusement, non. Seuls les *Antari* en sont capables. Mais un *persalis* crée des portes à l'intérieur d'un même monde. L'anneau de fer à l'avant, une fois détaché, peut être utilisé pour indiquer la destination. La boîte, elle, façonne un portail.

Exactement comme As Tascen, songea Lila. Le sort qui lui avait permis de passer de la ruelle au vaisseau, de prendre un raccourci pour traverser l'espace.

— Contrairement à ta magie, ajouta Maris, ce portail reste ouvert quel que soit le nombre d'individus qui le franchissent. Tant que le sort est actif, une armée entière pourrait passer d'un endroit à un autre.

Cette fois, l'horreur qu'éprouvait Lila se transforma en colère.

— Vous ne vous êtes jamais dit qu'au lieu de stocker les objets magiques les plus dangereux du monde, vous pourriez tout simplement les détruire et nous épargner bien des soucis ?

— Sans eux, toi et tes petits camarades *Antari* n'auriez jamais eu ces anneaux capables de transférer la magie et vous auriez perdu contre Osaron, sans compter que Londres aurait succombé au Brouillard noir, bientôt suivi par le reste du monde, j'imagine. En te concentrant sur le fait que la magie peut tomber entre de mauvaises mains, tu oublies qu'elle atterrit parfois entre les bonnes.

De frustration, Lila se passa les doigts dans les cheveux.

— Donc un voleur a réussi à quitter le navire. Et les deux autres ?

— Les deux autres, non, lâcha Maris.

Elle claqua des doigts et Katros sortit un petit sac.

— Voilà ce qu'on a trouvé dans leurs poches, expliqua-t-il en le tendant à Lila.

La jeune femme tira sur la cordelette pour verser le contenu de la petite bourse dans sa paume. Quelques lins rouges, rien de plus. À peine de quoi se payer un repas.

— Dites-moi que vous disposez de plus d'indices que ça, dit-elle en remettant les pièces dans la pochette.

Maris s'éclaircit la voix.

— Il avait aussi la peau marquée au fer rouge. Une empreinte de main.

Lila articula un « Merde ! » silencieux.

— Toujours aussi polie à ce que je vois, commenta le capitaine du *Ferase Stras*.

Pour la énième fois, Lila se prit à regretter de n'avoir pas payé son satané œil de verre d'une autre manière.

— Je te conseille de retrouver cette boîte rapidement, conclut Maris. Avant que quelqu'un ne s'en serve.

Lila fourra la petite bourse et ses quelques piécettes dans sa poche.

— Moi qui pensais prendre mon temps… Autre chose ?

Maris tira de sa robe de chambre un morceau de verre de la taille d'une carte.

— Voilà qui pourrait t'aider.

Lila s'empara de l'objet et le retourna entre ses mains. Il avait l'air assez ordinaire, mais sa présence sur le *Ferase Stras* suggérait le contraire. Elle le leva à hauteur d'yeux pour mieux l'examiner.

— Vous comptez me faire deviner ce que c'est ?

La vieille femme laissa échapper ce qui ressemblait à un rire – un son rauque et surprenant.

— Vois ça comme une sorte de regard en arrière, précisa-t-elle. Au cas où, comme moi, tu aurais un train de retard.

Elle lui expliqua comment activer le sort, mais lorsque Lila porta le morceau de verre devant son œil pour le tester, le mot sur le bout de la langue, Maris s'empressa de refermer ses vieux doigts sur le poignet de sa visiteuse.

— Attends la bonne occasion, la prévint-elle. Il ne fonctionne qu'une seule fois.

— Le contraire m'aurait étonnée, soupira l'*Antari* en glissant le fragile artefact dans son manteau. Bon, si on en a terminé…

Elle dégaina la petite lame accrochée à sa hanche mais, avant même d'avoir pu approcher l'acier de sa peau, elle entendit le capitaine se racler la gorge.

— Je te déconseille de faire ça. Les sorts de protection se sont montrés conciliants car tu as voyagé avec mon neveu, mais je doute qu'ils le soient cette fois-ci.

D'un signe de tête, elle indiqua la plate-forme d'embarquement qui s'avançait comme une fine langue au-dessus de la mer. Aux yeux de Lila, elle ressemblait à ces planches que les marins mutinés étaient forcés d'emprunter dans les romans à sensation bon marché.

— Mieux vaut prévenir que guérir, conclut Maris.

Lila s'engagea sur la plate-forme. Comme le navire était ballotté par le courant, la planche de bois tremblait sous ses pieds, mais elle parvint à ne pas glisser. Elle fit un pas, puis un autre, laissa derrière elle le corps du navire et les sorts qui le protégeaient pour se retrouver en sécurité au-dessus de la mer.

Elle aurait pu s'arrêter là, pourtant quelque chose la poussait à aller de l'avant, jusqu'à l'extrémité de la planche. Lila scruta l'eau noire et tira un morceau de bois de sa poche. Un bout de l'oiseau qui ornait la proue de son navire. Alucard avait piqué une crise quand il avait remarqué la plume manquante, dérobée à l'aile de la sculpture. Mais Lila avait ses raisons.

Même si le *persalis* ne faisait qu'imiter le pouvoir des *Antari*, il n'en respectait pas moins la règle d'or : ne jamais ouvrir une porte sans savoir où elle mène.

Elle pressa le pouce sur le tranchant de son couteau, sentit la morsure du métal, le sang couler.

— Delilah ! cria Maris.

Lila se retourna.

— Vous allez me dire d'être prudente, c'est ça ?

Encore ce rire sec.

— La prudence, c'est pour les vieilles personnes qui marchent sur un sol mouillé et glissant, répliqua la reine du *Ferase Stras*, dont la tresse argentée volait dans la brise. Rapporte-moi cette satanée boîte.

Lila, souriante, appuya son pouce ensanglanté sur la plume de bois.

— À vos ordres, capitaine, lâcha-t-elle.

Elle fit un pas en avant, quittant la planche du navire à l'instant où le sort franchissait ses lèvres.

Son corps ne heurta jamais les vagues.

Un instant plus tard, elle atterrissait sur le pont du *Barron*.

Une courte chute, quelques battements de cœur accélérés, puis ses bottes touchèrent le bois à deux pas de Vasry et Raya, absorbés par une partie de sanct. Vasry glapit et tomba à la renverse. Sa compagne afficha un petit air amusé.

— Je ne m'y ferai jamais, grommela le marin en se relevant.

Lila traversa le pont, non sans s'efforcer de relâcher les muscles crispés de ses épaules. Elle remit la plume de bois dans sa poche. L'excitation liée à la nuit s'était dissipée et elle se sentait soudain fatiguée, les os douloureux après le combat sur le *Craen*, l'esprit occupé par la mission que Maris venait de lui confier, la peau couverte de sang et luisante de pouvoir. Elle se débarrassa de son manteau pour se rincer les mains et le visage à l'eau d'une cruche.

— Stross et Tav ?

— *Hesassa*, répondit Raya.

— Ivres morts, traduisit Vasry, dont le frésien s'était naturellement amélioré avec le temps.

Lila désigna d'un signe de tête le poste d'amarrage laissé vide par le *Craen*.

— Et nos voisins ? s'enquit-elle. Des problèmes ?

— Pas qu'un peu, répondit Vasry. Les quatre autres sont revenus chercher leur vaisseau.

— Et ?

— On est à Verose, lâcha-t-il, désabusé. S'ils ne voulaient pas le perdre, il ne fallait pas l'abandonner. Ils sont venus demander si on avait remarqué quelque chose. Mais comme on était plutôt bien occupés…

Raya claqua des doigts, et une petite gerbe d'eau vint éclabousser le visage de son mari.

Lila scruta le pont.

— On ne l'a pas vu, précisa Vasry comme s'il avait lu dans les pensées de son capitaine. Pas depuis qu'il est revenu. Il est descendu directement dans sa cabine et on s'est dit qu'il valait mieux le laisser tranquille.

Elle hocha la tête. Même après toutes ces années, l'équipage tenait toujours Kell à distance. Difficile de leur en vouloir. Stross n'était pas vraiment ravi d'avoir un membre de la famille royale à bord : à ses yeux, le prince attirait trop l'attention. Tav et Vasry le traitaient comme une cargaison précieuse, et Raya voyait en lui un canon susceptible d'exploser à tout moment.

En un mot, ils avaient tous peur de lui.

Bien sûr, ils avaient aussi peur de Lila. Mais c'était différent. S'ils redoutaient ce dont elle était capable, c'était la nature de Kell qui les terrorisait. Ils étaient tous deux des *Antari*, certes, mais l'équipage parvenait à oublier l'œil de Bard… jusqu'à ce qu'il lui prenne la fantaisie de surgir de nulle part sur le vaisseau.

Après leur avoir souhaité bonne nuit, Lila descendit le petit escalier qui conduisait aux entrailles du *Barron*. Elle avait envie d'un bain., d'un repas chaud et d'un lit… mais pas du sien, songea-t-elle en traversant le couloir. Arrivée dans sa cabine, elle se contenta donc d'y poser son manteau et de glisser la carte de verre que Maris lui avait donnée dans le tiroir supérieur du bureau.

Après quoi elle continua son chemin dans la coursive jusqu'à la porte close, tout au bout. Elle ne prit pas la peine de frapper.

Kell était étendu sur le côté, dans le noir, ses cheveux étalés en petites vagues sur l'oreiller. Même s'il avait les yeux fermés, elle savait qu'il ne dormait pas : il ne dormait jamais en son absence. Lila s'assit près de lui avant de s'allonger sur l'étroite couche. Il fit semblant de remuer dans son sommeil et se tourna d'abord sur le dos, puis vers elle.

— Salut, dit-il en anglais.

Sa voix était douce et grave, mais le mot la séduisait tout autant que le son. Même si c'était sa langue maternelle, dans ce monde, l'anglais était la langue royale, réservée aux nobles arnésiens et aux héritiers de la Couronne, mais aussi aux *Antari* qui, depuis des siècles, jouaient le rôle d'émissaires entre les rois et les reines des différents Londres. En mer, c'était une langue intime que Kell et Lila utilisaient dès qu'ils étaient seuls.

Il lui repoussa une mèche de cheveux derrière l'oreille. Ses mains étaient devenues plus rugueuses, mais ses gestes restaient toujours aussi délicats, comme si c'était elle qui risquait de se briser.

— Où étais-tu passée ? demanda-t-il.

Elle lui raconta tout : l'avertissement de Tanis, le moment où Katros était venu la chercher, son entrevue avec Maris, le vol à bord du marché flottant et la mission qui lui incombait désormais.

Kell ne tarda pas à se redresser, le menton appuyé sur ses mains croisées tandis qu'il écoutait l'histoire du *persalis*, des trois voleurs et de celui qui avait réussi à s'échapper. Une fois le récit achevé, il s'abstint de lui dire que c'était un risque inutile, une perte de temps, une aiguille dans une botte de foin elle-même dissimulée au milieu d'autres bottes de foin. Il ne lui demanda pas non plus par où ils allaient commencer. Il le savait aussi bien qu'elle. Si ce vol était l'œuvre de la Main, la secte n'avait qu'un objectif. Le palais. Le trône. Le roi.

Lila s'étira un long moment à côté de lui. Ses membres se détendaient enfin.

— Et donc… cap sur Londres, lâcha-t-il dans l'obscurité.

Elle murmura en réponse :

— Oui, cap sur Londres.

NW
NE
W
E
SW
SE
S

TROISIÈME PARTIE

LE CŒUR DU ROI

I

Londres rouge

La ville était pleine d'objets défectueux, mais peu d'entre eux étaient vraiment irréparables, de l'avis de Tess.

Comme d'habitude, elle occupait ses journées à passer au peigne fin les étals et autres magasins de babioles, achetant tout ce qui lui faisait envie. Certains bibelots, elle se contenterait de les retaper, mais elle en démonterait d'autres afin d'utiliser ailleurs leurs filaments de magie. Elle aimait améliorer ce qui existait déjà. Certains privilégiaient les inventions, elle préférait les transformations.

Elle se fraya un chemin à travers le marché bondé, bercée par le cliquetis de son butin du jour dans le sac qui pendait à son épaule. Tout en déambulant, elle parlait à voix basse – non pas à elle-même, mais au hibou dans la poche de son manteau.

— Toujours à la recherche d'une clef en fer. Et il me faudrait plus de cuivre, non ?

Vares confirma en secouant son squelette, ce qui donnerait l'impression qu'elle avait un deuxième cœur par-dessus sa chemise.

Heureusement qu'elle avait quelqu'un à qui parler, même si c'était moins quelqu'un que quelque chose et que ce quelque chose était techniquement mort… Tess était agitée, les nerfs à vif comme toujours lorsqu'elle s'aventurait en dehors de la sécurité de la boutique. La faute au thé amer qu'elle avait bu avant de se mettre en route, peut-être ? Ou à la brioche au sucre qu'elle avait engloutie en deux bouchées en visitant le marché précédent ?

Arrivée au bout des étals, elle se glissa par le pli d'un rideau entre deux chapiteaux jusqu'à une seconde rangée de tentes, secrète celle-là.

Elle avait appris très tôt que la plupart des marchés intéressants avaient deux visages : le premier, terne et sans prétention, proposait des produits ordinaires, mais le second se profilait juste derrière, comme une pièce de monnaie dressée sur la tranche ou comme le Grand prêtre dans un jeu de sanct – seule carte dotée de deux faces.

Là, la magie brillait avec un peu plus d'éclat. Là, on pouvait soit acheter, soit troquer les articles convoités. On ne savait jamais ce qu'on risquait d'y trouver.

Ce n'était pas un marché noir – Tess se faisait un devoir de les éviter, par précaution –, mais un marché qui préférait mener ses petites affaires sans être dérangé par la garde royale. Comme l'arrière-boutique d'un antiquaire, réservée à ceux qui savaient où regarder sans poser de questions.

Tess ralentit en passant devant une table couverte de différentes boîtes de jeu à cinq cases aux couvercles béants. Certaines étaient de grands coffres ornés, où chacun des cinq éléments (eau, feu, terre, vent, os – le dernier étant strictement interdit) occupait un globe de verre de la taille d'un melon d'été. D'autres étaient assez petites pour tenir dans une main d'enfant, les éléments emprisonnés dans de petites perles de verre.

Des pochettes étaient disposées sur le devant de la table, remplies de perles de rechange. Les éléments à l'intérieur en tapissaient le fond, au repos. Ils formaient comme une tache noire devant ses yeux : leur magie, en sommeil, n'avait jamais été utilisée.

Malgré l'absence de vendeur, Tess promena les doigts sur l'une des boîtes, un coffret à bords dorés où les éléments s'alignaient en une rangée unique. Alors qu'elle s'autorisait cette légère caresse, le sac qu'elle avait à l'épaule glissa et entraîna avec lui la pochette la plus proche, dont le contenu se répandit sur la table.

— Non, non, non ! pesta-t-elle.

Elle se hâta de redresser le sachet, mais une poignée de perles martelaient déjà les pavés telle une averse de grêle. Toutes les têtes se tournèrent vers elle. Embarrassée, la jeune fille se laissa tomber à genoux pour ramasser les billes de verre, à l'intérieur desquelles clapotaient des gouttes d'eau teintée.

Elle rattrapa deux des fuyardes, mais manqua la troisième qui disparut sous la table. Quand elle se baissa davantage pour la récupérer, ses doigts, en effleurant le verre, la firent rouler hors de portée. Au même moment, elle remarqua un mouvement de bottes derrière le stand et surprit deux hommes en pleine discussion.

— Ses jours sont comptés.

— Tu sais quelque chose que j'ignore ?

Un petit gloussement.

— Disons que je ne miserais pas sur le rouge et l'or.

Tess se figea en comprenant qu'ils parlaient de la Couronne.

— Mais on s'en fiche, non, de savoir quel royal postérieur s'assoit sur le trône ?

— Pas s'il ne dispose d'aucun pouvoir.

Tess fronça les sourcils. Tout le monde disait que Rhy Maresh n'avait aucune goutte de magie dans le sang, mais elle ne voyait pas le rapport avec sa capacité à gouverner Arnes, du moins jusqu'à ce que l'une des voix reprenne :

— Pas si la magie partout s'assèche.

Ce n'était pas la première fois que Tess entendait parler de la disparition de la magie, de la marée du pouvoir qui refluait. De son côté, elle n'avait pas l'impression que les filaments s'affaiblissaient. Si tel était le cas, qui pouvait blâmer le roi ? Les *Antari* étaient censés être les magiciens les plus puissants de tous, or leur nombre ne cessait de diminuer depuis des siècles. Sans compter que l'accession au trône de Rhy Maresh découlait du Brouillard noir, cette magie empoisonnée qui s'était répandue comme la peste dans les rues de Londres, infectant ceux qui ne luttaient pas et tuant les autres. S'il était avéré que le pouvoir dans tout l'empire allait en s'amenuisant, endommagé d'une manière ou d'une autre, ne semblait-il pas plus probable que c'était à mettre au compte de ces événements chaotiques, plutôt que d'en tenir responsable un roi dépourvu de magie qui occupait un trône créé par l'homme ?

Peu importait, après tout.

Tous les prétextes étaient bons pour semer la pagaille. Tess sentait depuis des mois une certaine agitation dans l'air. Comme la fumée ou le thé amer, cette impression gagnait chaque jour en intensité.

— Tu sais ce que Faro et Vesk font à ceux qui n'ont pas de pouvoir ? dit l'un des hommes.

Tess retint son souffle tout en tentant de récupérer la perle contenant l'élément d'eau.

— Je parie qu'ils ne les coiffent pas d'une couronne.

— Exactement. Ça nous fait passer pour des faibles. Selon moi, on a commis une erreur. La Main va arranger ça.

— Et si elle échoue ?

— Le monde comptera un roi pourri gâté de moins.

Tess finit par refermer les doigts sur la perle. Elle recula tant bien que mal, puis se releva. Une fois la dernière bille remise dans la pochette de tissu, elle s'éloigna de l'étal, avant que l'un des deux hommes ne franchisse le rideau de l'entrée et ne s'aperçoive qu'une oreille indiscrète avait épié leur conversation.

Elle ne se retourna pas, ne ralentit même pas l'allure, même si les coups de bec de Vares à travers sa chemise semblaient l'inviter à réagir. De fait, elle aurait pu. Tous les citoyens avaient vu les messages en lettres d'or sur les tables de divination de la ville, ces ordres déguisés en requêtes qui intimaient aux Londoniens de signaler toute velléité de rébellion.

Il y avait une table de divination à la lisière du marché. Il lui suffirait d'appuyer sa paume sur la marque dorée pour que des soldats accourent.

Elle ne le fit pas.

Pourtant, Tess n'avait rien contre le roi. Âgée de seulement huit ans à l'époque, elle se trouvait à mille lieues au nord de la capitale lorsque le Brouillard noir avait frappé Londres et que Rhy Maresh avait été contraint de monter sur le trône. Elle n'avait assisté ni à la chute de la ville ni à son renouveau, le jour où le jeune prince un peu canaille, subitement devenu orphelin, avait tout aussi subitement été couronné roi. En revanche, elle se souvenait de son premier hiver en ville, trois ans plus tôt. Le cortège éblouissant qui avait répandu une lumière glacée sur la grande avenue lors de la *Sel Fera Noche*, la famille royale glissant sur une plate-forme dorée, comme si l'artère était un lac gelé. L'espace d'un instant – un court instant –, Tess avait pu entrevoir le visage du monarque, son menton fier, son sourire éclatant, la couronne posée sur ses boucles noires luisantes. Mais c'étaient ses yeux qui l'avaient marquée, des yeux tristes malgré leur éclat d'or fondu.

Non, elle n'avait rien contre Rhy Maresh. Il lui semblait être un bon souverain. Cela dit, vu tous les problèmes qu'elle rencontrait, Tess évitait de mettre le nez dans les affaires des autres.

Du reste, on avait beau dire du roi qu'il était faible, ce jour-là, pendant la parade, Tess avait vu l'argent jaillir de sa poitrine, moins sous forme de filaments que de flammes, et consumer l'air autour de sa couronne. Par conséquent, Rhy Maresh n'était pas aussi démuni qu'il en avait l'air.

— Tiens, mais c'est mon apprentie préférée !

Elle avait atteint le dernier stand où l'attendait, lunettes perchées sur le nez, un vieil homme au physique nerveux répondant au prénom de Lorn. Semblable à une souche usée par les années, son visage se creusait de rides aux coins des yeux et de la bouche lorsqu'il parlait.

— Comment se porte maître Haskin ?

Tess, chassant le roi de son esprit, parvint à esquisser un sourire.

— Il est débordé, répondit-elle. Croyez-le ou non, les objets n'arrêtent pas de se casser.

Lorn lui jeta un regard malicieux.

— J'ai du mal à croire qu'il reste des horloges, serrures et autres menus objets domestiques à réparer à Londres.

— Les gens sont tellement maladroits, lâcha Tess en haussant les épaules.

Lorn avait le sommet du crâne complètement dégarni. La jeune fille en faisait le constat chaque fois qu'elle lui rendait visite, grâce aux miroirs alignés à l'arrière du stand, qui remplissaient l'espace. De formes et de tailles différentes, ils étaient parfois accrochés selon des angles étranges qui leur faisaient refléter le monde sous forme de fragments dépareillés. Des sortilèges s'enroulaient en rubans lumineux autour des cadres, promettant l'avenir, le passé, un souvenir, un souhait.

Pendant que Lorn, courbé en deux, cherchait quelque chose sous la table, Tess jeta un coup d'œil à son propre reflet – le fouillis de ses boucles indisciplinées attachées sur sa nuque au lieu d'être relevées sur sa tête, le renflement créé par Vares dans la poche de son manteau, l'éclat de sa propre magie, qui ne se manifestait pas sous la forme de fils, comme celle des autres, mais sous la forme d'un halo semblable à de la lumière émanant de derrière une vitre embuée. Elle avait souvent essayé de s'en saisir à pleines mains, mais la lumière se courbait autour de ses doigts. C'était là le seul pouvoir qu'elle semblait être incapable d'attraper.

— Voyons voir… ah !

Le marchand se redressa et lui tendit un petit sac. Lorn et Haskin (le premier ne se doutait pas de la véritable identité du second) avaient conclu un accord : le vendeur collectait tous les rebuts qu'un réparateur pourrait trouver utiles, et en échange, il pouvait apporter gratuitement à la boutique tout ce qu'il avait besoin de faire réparer.

Tess tira sur le cordon du sac et examina le méli-mélo de pièces séparées. Tout autre qu'elle n'y aurait vu que des débris, mais face à l'éclat du métal et au rayonnement de la magie, son esprit se mit à tourbillonner, comme toujours, filant tout droit vers la boutique où l'attendait sa table de travail. Au moment où elle levait les yeux vers Lorn pour le remercier, elle aperçut dans les miroirs le reflet d'une femme qui se faufilait entre les étals.

Tess se figea. Elle eut l'impression d'être transpercée par un pic de glace qui la clouait sur place. Son cœur s'affola à la vue de cette silhouette qui surgissait, puis disparaissait pour réapparaître aussitôt, reflétée tour à tour par les éclats de miroir en biseau.

Pommettes saillantes. Tresse brune. Cape d'émeraude identique à celle que leur père avait donnée à Serival, l'aînée de ses sœurs.

« Pour la chasse », avait-il précisé.

À défaut de sourire – chose qu'il ne savait pas faire –, il avait eu un rictus crispé. Tess était trop jeune, à l'époque, pour comprendre la nature du don de sa sœur, ou le fait qu'il n'avait rien à voir avec les animaux.

— *Kers la ?* demanda Lorn.

Mais une autre voix, basse et douce, se superposait déjà à celle du vieil homme pour emplir ses oreilles, sa tête, son cœur.

« Quelque chose ne va pas, petit lapin ? »

Tess, apeurée, se retourna. Elle s'attendait presque à voir son aînée, la mine triomphante, lui refermer ses doigts glacés autour de la gorge.

« Je t'ai eue ! »

Mais Serival n'était pas là. Pas le moindre signe de la jeune femme ni de la cape émeraude qui lui avait glacé le sang. Rien d'autre que les étals habituels et Lorn qui la dévisageait, le visage rongé par l'inquiétude. La voix de Serival lui parvenait toujours.

« Où es-tu, petit lapin ? »

Tess recula, le sac sous son bras.

« Je vais te trouver ! »

Elle bredouilla quelques mots à l'attention du vieil homme – une excuse, ou peut-être un remerciement, son cœur battait si fort qu'elle ne s'entendit pas parler – et se précipita vers la première brèche qui se présenta entre les tentes pour réintégrer la foule rassurante du marché.

Elle aperçut du coin de l'œil un éclat vert. La femme à la cape émeraude se tenait à quelques pieds de là, dos à elle, occupée à effleurer les rouleaux de tissu d'un stand. Tess s'écarta trop vite, trop brusquement. Elle sentit qu'elle entrait en collision avec quelqu'un… et quelque chose : l'objet percuté glissa, tomba, l'homme poussa un cri épouvanté et du bois se fracassa sur les pavés.

La femme en vert, alertée par le bruit, se retourna. Pour la première fois, Tess vit son visage. Ses poumons se vidèrent de tout leur air. Ce n'était pas Serival. Bien sûr que non ce n'était pas elle.

Sa sœur ne l'avait pas retrouvée.

Tess était toujours en sécurité.

Dans la poche de son manteau, le hibou battait des ailes comme s'il avait senti son cœur s'emballer. Il essayait de l'aider à se calmer.

— Ne t'en fais pas, chuchota-t-elle, aussi bien pour Vares que pour elle-même. Tout va bien…

Pendant ce temps-là, l'homme ramassait la boîte tombée par terre tout en fustigeant la jeune fille.

— J'espère pour toi qu'elle n'est pas cassée ! aboya-t-il.

La cassette était en parfait état, mais Tess sortit tout de même une carte noir et or de sa poche, qu'elle lui tendit.

— Si c'est le cas, dit-elle, apportez-la à Haskin. Il vous la réparera gratuitement.

Avant que l'homme ne puisse continuer sur sa lancée ou que quiconque ne se retourne à son tour sur cette étrange jeune fille avec son sac de bric-à-brac, ses grands yeux effrayés et les boucles qui s'échappaient du chignon sur sa nuque, Tess tourna les talons et déguerpit, bien décidée à regagner au plus vite les étagères encombrées et la sécurité des quatre murs de sa boutique.

II

Rhy Maresh se débarrassa de sa couronne.

Le lourd cercle d'or atterrit sur ses vêtements empilés par terre au bord des bains, à côté de ses chaussures, de sa cape et de parures en désordre.

Voilà à quoi ressemble un roi qui mue, songea-t-il.

Un domestique se serait sûrement précipité pour l'aider avec ses habits avant de les suspendre soigneusement à une patère, comme si le contact des atours d'un roi avec le carrelage était sacrilège – et plus encore de les laisser se froisser. Mais Rhy avait banni les serviteurs des bains royaux et les gardes de l'antichambre, prétextant un besoin de solitude.

— *Votre Majesté…* avaient protesté les serviteurs.

— Mas res… avaient supplié les gardes.

— *Maître Emery nous a demandé…* avaient souligné les uns et les autres.

Furieux, il leur avait rétorqué qu'aux dernières nouvelles, maître Emery n'était pas roi. Ces mots, il les avait prononcés sur le ton qu'employait son père – sept ans plus tard, il avait toujours l'impression d'emprunter cette voix, de l'imiter alors que c'était la sienne. Il s'était redressé de toute sa hauteur, comme sa mère le faisait lorsqu'elle voulait se faire écouter d'une pièce entière. Malgré cette attitude autoritaire, il avait été presque surpris qu'ils s'excusent et qu'ils obéissent.

Il poussa un soupir avant de plonger dans l'eau fumante.

La salle était aussi vaste qu'une grotte – si tant est qu'une grotte puisse être tapissée de carrelage et d'or. La moindre surface renvoyait la lumière, on se serait cru à l'intérieur d'une pierre précieuse. Rhy se passa une main dans ses cheveux noirs, puis il s'adossa contre le pan de mur immergé afin de savourer la chaleur de l'eau. Logée dans son épaule, une douleur sourde pulsait le long de sa clavicule, écho de ce que Kell avait fait la nuit précédente. Ou plutôt, de ce qu'on lui avait infligé. L'entaille devait être superficielle, comme le prouvait non pas la quantité de sang perdue – ses blessures fantômes ne saignaient jamais –, mais la localisation de la douleur, qui longeait la clavicule au lieu de traverser l'os. Pourtant, comme à chaque fois, il se demandait à quel moment la souffrance de son frère était devenue la sienne.

Rhy laissa sa main reposer sur son torse. Il n'avait pas besoin de voir la cicatrice sur sa peau mate, le tracé complexe du sort qui entourait son cœur. Il en avait depuis longtemps mémorisé les volutes, gravées à l'identique sur le torse pâle de Kell.

D'une certaine manière, même si Alucard détestait le voir blessé, Rhy accueillait toujours à bras ouverts la souffrance de son frère. S'il avait pu, il en aurait totalement dépouillé Kell, mais ce n'était pas ainsi que le sort fonctionnait. L'*Antari* l'avait arraché à la mort en sacrifiant sa propre vie pour sauver la sienne, de sorte qu'il leur fallait désormais se contenter de partager le fardeau : si Kell venait à mourir, alors Rhy aussi. D'ici là, ils étaient liés – ce qui arrivait à l'un était ressenti par l'autre.

Toutefois, il s'était avéré que ce lien qui les unissait avait ses limites. Rhy savait que le mal de Kell était de plus en plus profond, qu'il prenait racine dans une source inaccessible pour lui. Aussi le roi accueillait-il bien volontiers la douleur sourde dans son épaule alors qu'il glissait plus profondément dans le bain. L'eau soulagerait-elle aussi les membres de son frère ? C'était peu probable. Quel étrange phénomène que leur connexion… Malheureusement, le plaisir ne se partageait jamais aussi efficacement que la souffrance.

De l'eau s'élevaient des volutes de vapeur. Tendant devant lui sa main ornée de bagues, Rhy contempla les pâles arabesques qui s'enroulaient autour de ses doigts. Plus jeune, il aurait cru à de la magie. Il aurait fixé avec insistance cette fine brume pour lui faire dessiner des motifs. Mais l'air n'avait jamais bougé d'un iota.

Il inclina la main sur le côté. Les trois anneaux captèrent la lumière.

La surface du premier était estampée du calice et du soleil. Cet anneau rouge le rattachait à Kell. Le deuxième, une bague en or marquée d'une couronne et d'un cœur, appartenait à Alucard. Le troisième, de marbre blanc, était gravé d'un arbre et le liait à l'*Aven Essen*, le Grand prêtre chargé de rassurer et de conseiller la Couronne.

Autrefois, il en avait eu un quatrième : une jolie bague en argent dont la jumelle était celle de Nadiya, la reine. Mais elle la lui avait confisquée au prétexte qu'il l'utilisait trop souvent, sans aucun respect envers son travail.

Sa femme, l'inventrice. Il ne se sentait pas menacé par le génie de Nadiya. Au contraire, il avait depuis longtemps accepté son sort : n'être un roi connu que pour sa beauté plutôt que pour son esprit. Bien entendu, la reine ne manquait pas de charme mais, avec un peu de chance, il vieillirait bien mieux qu'elle, ce qui le conforterait dans son statut. Le jour où il lui avait confié ses pensées, juste avant leur mariage, il s'était réjoui de la voir hausser un sourcil.

« *Ne t'en fais pas*, avait-elle répliqué. *Je compte bien me transformer en vieille sorcière.* »

Rhy sourit à ce souvenir. La main immergée dans l'eau, il appuya sa tête contre le bord carrelé du bassin. Puis il laissa son esprit dériver vers la guilde des marchands qu'il avait rencontrés cette après-midi-là, la cheffe de la garde municipale avec sa liste de délits et de coupables, les missives de Faro qui expliquaient l'annulation de leur visite et les projets pour la *Sel Fera Noche*, la Longue Nuit noire.

C'était la fête la plus importante de l'année, celle qui annonçait la fin de la saison froide et marquait les années écoulées depuis que les portes entre les mondes avaient été scellées, ce qui en faisait aussi une célébration de la lignée des Maresh. Après tout, c'était le premier roi Maresh qui avait vu l'étrange magie se déverser du Londres noir et qui s'était servi du pouvoir collectif des *Antari* pour la repousser et, ce faisant, fermer leurs portes aux ténèbres ainsi qu'aux autres mondes, laissant le Londres noir se consumer derrière ses murs comme un feu dans une pièce sans fenêtres, condamné à brûler pour finir réduit en cendres, à néant.

Ce Londres-là n'était pas mort, bien entendu. Il suffit d'une braise pour rendre au feu sa chaleur, or plusieurs braises avaient survécu. *Vitari* d'abord, un fragment de magie transformé en pierre. Puis Osaron, qui n'était pas une braise, mais l'étincelle à l'origine de tout, qui attendait dans le Londres noir l'arrivée d'un souffle pour lui redonner vie. Osaron, qui avait fini par flamber de nouveau, assez fort pour raser le monde, et avait bien failli y parvenir avant que Kell, Lila et Holland ne l'emprisonnent une fois de plus.

Tous ces détails, les habitants du Londres rouge les ignoraient. Pour eux, le Londres noir était sagement contenu derrière ses murs scellés et *Sel Fera Noche* n'était rien d'autre qu'une occasion de faire la fête. Or avec le tricentenaire, les célébrations seraient encore plus grandioses que les années précédentes. La ville entière se draperait de rouge et d'or, couleurs du calice et du soleil levant – l'emblème royal –, et dans les rues et les salles du palais, tout le monde lèverait son verre aux Maresh.

Et dire qu'Alucard désirait tout annuler – ce que Rhy ne voulait ni ne pouvait pas faire –, tout ça à cause de la Main.

La Main, qui prétendait la magie défaillante. La Main, qui l'en rendait responsable, lui, Rhy Maresh, le roi sans magie, celui qui empoisonnait la source.

Il sentit la colère monter en lui. La colère… et la peur que les rumeurs ne soient fondées.

Selon Alucard, il n'y avait pas une once de vérité dans leurs propos. Nadiya soulignait l'absence de preuve. Mais son inquiétude allait grandissant.

Il fallait les arrêter. Et pour ça, il fallait les attraper.

Rhy étendit les bras, ferma les yeux et attendit que ses pensées s'apaisent enfin. Son esprit dériva.

Sept ans plus tôt

À défaut de parvenir à s'endormir, Rhy décida de s'enivrer.

Il lui fallut déployer des efforts assez conséquents – sa tolérance s'était construite au fil d'années passées à faire des concours de boisson avec son frère –, mais il s'attela à la tâche avec abnégation. Il imaginait la moue réprobatrice de Kell et s'en réjouit un court instant avant de songer, penaud, que l'*Antari* allait commencer à se sentir mal, lui aussi, et qu'ils auraient tous deux la migraine au réveil.

— Pardonne-moi, murmura-t-il en passant devant la porte de son frère.

Il leva la main, prêt à toquer, mais se rappela que Kell n'était pas là. Voilà des semaines qu'il avait quitté Londres pour voguer avec Lila Bard vers des destinations connues seulement des saints, se débarrassant de son ancienne vie comme d'un manteau. Savourant sa liberté retrouvée, alors que le jeune roi ployait sous le poids de la couronne de son père.

Rhy but une longue rasade pour le punir d'être parti.

Il passa devant un miroir et s'arrêta. Quel spectacle il offrait ! Le nouveau souverain d'Arnes, sans chaussures, torse nu sous sa robe de chambre, avec ses yeux d'or vitreux, ses boucles en bataille sous la couronne de deuil. Une cicatrice en forme d'étoile sur le cœur, une bouteille de vin d'hiver à la main.

Un sourire las aux lèvres, il leva son verre en hommage à son reflet dans le miroir. Au moins n'avait-il rien perdu de sa beauté.

Son regard se posa sur la bouteille. Doux et légers, les vins d'été étaient destinés aux journées ensoleillées. Épicés et assez forts pour conjurer le froid, les vins d'hiver avaient au contraire un côté sombre et austère. Ils étaient généralement conservés en cave jusqu'à la première nuit de la Fête de l'automne, qui n'aurait lieu qu'un mois plus tard. Il déboucha la bouteille avec ses dents. Privilège de roi.

Roi.

Le mot flottait telle une chemise mal ajustée. Rhy savait se comporter comme un prince, un voyou, un frère, un fils, mais comment se conduisaient les rois ?

Les yeux baissés, les gardes restèrent aussi immobiles que des statues sur son passage. S'ils cherchaient surtout à lui accorder un peu d'intimité, à respecter son deuil, leur attitude lui donnait la sensation d'être un spectre qui hantait le palais. Les Arnésiens ne croyaient pas aux fantômes, mais les Veskiens, si. Les Farois aussi. Ils parlaient de ces esprits qui ne trouvaient pas le répit, ces morts qui traînaient parfois dans l'ombre des vivants.

Rhy s'interrogeait aussi parfois sur les autres mondes. Là d'où venait Lila, les gens semblaient être obsédés par le fait d'être hantés, y consacraient des romans entiers, tentaient même de parler aux morts, comme si ces derniers attendaient à jamais, là, de l'autre côté de la porte. Le roi se demanda si le fantôme de Holland n'était pas lui aussi en train d'arpenter son Londres, ou bien s'il avait enfin trouvé la paix. Qu'en était-il de ses parents ? Était-ce le poids de leurs regards qu'il sentait sur ses épaules ? Marchaient-ils dans son sillage ?

Il poursuivit son chemin et longea les appartements royaux qu'il ne pouvait se résoudre à regarder et encore moins à ouvrir. Puis il descendit l'escalier recouvert d'un tapis. Étouffés, ses pas sonnaient si creux que Rhy éprouva soudain l'envie de crier.

Par-delà les fenêtres du palais, l'Île rougeoyait, imperturbable, mais ses rives étaient constellées de flammes d'un blanc jaunâtre.

Dans les semaines qui suivirent l'assaut d'Osaron sur la ville, les bûchers brûlaient nuit et jour, rendant les corps à l'air et à la terre, leur force vitale aux courants. Un millier de morts. Un millier d'âmes qui avaient perdu le combat face aux ténèbres, dont la vie avait été réduite en cendres. Une centaine d'autres avaient gardé des cicatrices, ces veines argentées, témoins de la lutte menée contre la magie corrompue. Et ils étaient des milliers à avoir survécu et à s'en être sortis indemnes, non parce qu'ils étaient plus méritants, mais parce qu'ils n'avaient pas combattu du tout : ces masses innombrables avaient tout simplement laissé entrer les ténèbres qui frappaient à leur porte.

— *Ne les déteste pas d'être restés en vie*, avait dit Alucard.

Mais Rhy les haïssait, car ce n'étaient que des lâches et qu'ils avaient été récompensés malgré tout. Ils s'étaient montrés faibles face au mal absolu, et pourtant ils avaient survécu.

Contrairement à Maxim Maresh. Ou à Emira Maresh.

Sa famille était morte. Le palais était une tombe où Rhy était enfermé alors qu'en surface, Alucard – qui venait juste de perdre sa sœur – et la moitié de ses gardes faisaient bon usage de leur magie en aidant aux réparations. Rhy savait qu'il aurait dû être à leurs côtés pour les aider. Même s'il était dépourvu de magie, il aurait dû y être.

— *Tu es le soleil d'Arnes*, lui avait assuré Alucard en lui déposant un baiser sur le front. *L'astre du jour se lève et se couche tour à tour à l'horizon, et tu dois faire de même.*

Alucard se trompait. Rhy ne pouvait pas se reposer. Il ne pouvait pas…

— Mon roi, lança une voix dans son dos, avez-vous besoin de quelque chose ?

« *Mon roi.* » Ces mots lui arrachèrent une grimace. Il se tourna vers le jeune serviteur qui patientait, tête baissée.

Rhy rejeta la sienne en arrière pour contempler les plafonds voûtés de sa tombe.

— Mon cheval, finit-il par lâcher.

Il n'avait aucun pouvoir, et alors ? Rhy Maresh était leur souverain. Il patrouillerait dans les rues, comme lors de cette horrible nuit, pour montrer à son peuple qu'il le soutenait.

Le visage du serviteur s'assombrit.

— Votre Ma… commença-t-il.

Rhy, la mine sévère, s'efforça de ressusciter l'autorité paternelle.

— Prépare mon cheval, ordonna-t-il.

— Sire, s'entêta le serviteur, on m'a dit que c'était dangereux.

Rhy éclata d'un rire amer.

— Personne n'est plus en sécurité que moi, je t'assure.

Après un temps d'hésitation, le domestique finit par se retirer sur une révérence. Rhy ferma les yeux. Il avait l'impression de chanceler. Il reprit ses déambulations. Ses jambes le portèrent à travers le palais jusqu'à la Rose, la salle du trône.

C'était dans cette pièce qu'il avait passé la majeure partie de la journée à écouter les doléances d'un flot continu de citoyens et de quémandeurs venus ajouter leur souffrance à la sienne. À présent, seul le silence régnait. Les draperies rouge et or pendaient, immobiles, entre les piliers. Il traversa la pièce, le marbre froid mordant ses pieds nus.

Parvenu au pied de l'estrade, il contempla les trônes jumeaux. Sur l'un d'eux, drapé de noir, le soleil et le calice avaient été brodés au fil d'or. Deux couronnes reposaient côte à côte sur le siège recouvert d'un linceul. Le moment venu, elles seraient fondues et forgées en une nouvelle couronne qui pèserait deux fois plus lourd sur sa tête.

Rhy gravit les marches de pierre et se laissa tomber sur le trône de son père. À ses yeux, ce serait toujours celui de son père. La main posée sur le bras du fauteuil, il sentit les légers sillons creusés par la paume du roi. Si Rhy était de taille honorable, Maxim Maresh avait tout eu du géant. C'était en tout cas l'impression qu'il avait donnée de son vivant.

La bouteille glissa des doigts de Rhy pour aller heurter le sol sans toutefois se briser. Elle se contenta de rouler avec paresse, semant derrière elle une traînée de vin comme autant de gouttes de sang sur le marbre clair. Rhy la suivit du regard jusqu'à ce que sa vision soit brouillée par les larmes.

Les portes de la salle grincèrent. Il leva les yeux, s'attendant à tomber sur le serviteur, et découvrit l'*Aven Essen*. Tieren Serense, Grand prêtre du sanctuaire de Londres, conseiller de Nokil Maresh, puis de son fils Maxim. Et désormais, celui de Rhy, dernier Maresh toujours en vie.

— Vous n'êtes pas mon cheval, lâcha sèchement le jeune roi.

— En effet, convint le prêtre.

Tieren s'avança, sa bure blanche glissant sur le marbre.

Inutile de demander qui l'avait envoyé chercher.

— Comment avez-vous fait pour arriver si vite ?

— J'occupe une chambre dans l'aile est.

— C'est autorisé ?

Le vieil homme haussa un sourcil blanc.

— Dormir en dehors de l'enceinte du sanctuaire ne m'empêche pas d'être prêtre.

— Eh bien, dit Rhy, j'espère que votre chambre est suffisamment dépouillée. Je ne voudrais pas que votre ascétisme s'en trouve heurté.

— Oh, la pièce me convient très bien, répondit Tieren. Presque aucune dorure.

L'*Aven Essen* s'arrêta au pied de l'estrade. Il semblait âgé, mais avait-il jamais eu l'air jeune ? Et si les rides creusaient d'innombrables sillons sur son visage, son dos, lui, restait droit, le bleu de ses yeux toujours vif.

— Rhy, dit-il avec douceur, depuis combien de temps n'as-tu pas dormi ?

— Dormir ? Pour quoi faire ? Quand je dors… (La gorge serrée, le roi s'interrompit avant de reprendre.) Quand je dors, je rêve.

Il s'abstint de préciser que la plupart des nuits, il se réveillait en hurlant. Que les premières fois, les gardes s'étaient précipités, lames dégainées, persuadés qu'il se faisait attaquer. Qu'avec l'habitude, ils se montraient désormais plus avisés : ils détournaient le regard sans broncher, ce qui, d'une certaine manière, était pire.

Rhy ne confia rien de ses pensées. Plié en deux, il se contenta de se passer les mains sur le visage puis dans les cheveux, où ils rencontrèrent la couronne de deuil. D'un mouvement brusque, il envoya valser ce satané ornement, qui percuta le marbre dans un bruit métallique, rebondit, roula, avant de s'immobiliser contre un pilier. Le monarque se redressa, le regard rivé au haut plafond.

— Mon règne est maudit, marmonna-t-il. Si mes parents avaient été autorisés à avoir un second héritier, nous aurions pu nous battre pour la couronne. J'aurais perdu et passé le restant de mes jours à jouer au prince vaniteux qui ne se refuse rien. (Il ferma les yeux.) Au lieu de quoi, je me retrouve tout seul.

— Tu ne seras jamais seul, lui répondit Tieren, de plus près cette fois.

Rhy se contraignit à baiser la tête et rouvrir les paupières, qu'il se frotta. Le prêtre se trouvait juste à côté de lui.

— Je ne sais pas comment gouverner, murmura le jeune roi.

Le vieil homme haussa les épaules avant d'embrasser la salle du regard.

— Personne ne le sait jamais vraiment. Ta mère, Emira, est arrivée au palais à l'âge de vingt-trois ans. Elle était la deuxième fille d'une famille noble et n'avait aucune envie de devenir reine. Maxim a été banni sur la Côte de Sang à cause de son caractère impétueux. Il est revenu avec un statut de prince soldat et héros, et pourtant, quand le moment est venu pour lui de gouverner, il s'est assis sur ce trône et m'a dit : « Je sais conduire les hommes à la guerre. Mais comment les conduire à la paix ? » On ne naît pas souverain, on le devient.

Rhy se sentait tout petit. Il avait peur.

— Comment fait-on, alors ?

— On apprend. On se trompe. On recommence. On échoue. Dans le pire des cas, les dirigeants considèrent leur pays comme un jeu de rasch et leurs administrés, hommes et femmes, comme des pièces sur un plateau. Mais toi, précisa-t-il en lui posant une main sur l'épaule, tu les aimeras. Tu saigneras avec eux. Tu souffriras avec eux. Une partie de toi mourra avec eux, mais l'autre partie vivra. Je ne sais pas si tu seras un grand roi, Rhy Maresh. Seul l'avenir nous le dira. Mais je crois de tout mon cœur que tu seras un bon roi. (Le prêtre laissa retomber son bras.) On porte tous des vêtements qui ne sont pas taillés pour nous dans l'espoir qu'ils finiront par nous aller, ou au moins qu'on finira par s'y habituer.

Rhy dévisagea l'*Aven Essen*.

— Même vous ?

Il fut surpris de voir sourire son interlocuteur.

— Crois-le ou non, je ne suis pas né prêtre.

Tieren marqua une pause. Il allait poursuivre lorsque les portes de la salle du trône s'ouvrirent avec fracas. Les deux hommes se tournèrent d'un même mouvement vers Alucard Emery qui traversait la Rose, bottes boueuses, épaules trempées. À la vue des reflets dorés dans ses cheveux bruns, des traces argentées sur sa peau, Rhy se détendit aussitôt.

— Mon roi ! lança gaiement le nouveau venu.

Dans sa bouche, le mot ressemblait moins à une arme qu'à un baiser. Alucard comprit-il la raison de la présence de Tieren à cette heure de la nuit ? Décela-t-il la tension sur le visage de Rhy ? Si oui, il n'en laissa rien paraître et se borna à ramasser la couronne de deuil en s'approchant de l'estrade.

— Mon cœur, répondit Rhy.

Il se leva, mais son corps lui semblait de plomb tant il aspirait au sommeil. Son pouls, redoutant au contraire ce moment où il dormirait, s'emballait. Mais Alucard était là, qui lui posait une main sur le bras pour l'aider à garder son équilibre. Rhy s'y appuya de tout son poids.

— Dis-moi, lui chuchota son compagnon, est-il trop tard pour solliciter une audience ? J'ai des faveurs à demander à la Couronne.

Ses yeux bleus pétillaient de malice. Rhy parvint à esquisser un semblant de sourire. Son chagrin se leva comme un rideau. Il se tourna pour signifier à Tieren qu'il pouvait se retirer… mais le Grand prêtre était déjà parti.

III

De nos jours

Le choc de l'acier contre l'acier retentissait dans l'enceinte du palais. Alucard, accoudé au muret de la cour, contemplait la vingtaine de nouvelles recrues qui s'affrontaient sous ses yeux. Leurs épées s'entrechoquaient au rythme des figures de combat qu'elles exécutaient. Comme si une bataille pouvait se réduire à des règles, obéir à un ordre. L'un des jeunes soldats laissa tomber son épée. Un autre bâcla son coup, ce qui fit jurer son adversaire.

L'ancien capitaine de la *Flèche noire* gémit intérieurement.

— Où est-ce que tu les as trouvés, ceux-là ?

Isra se tenait à côté de lui, bras croisés. Ses courts cheveux argentés scintillaient sous le soleil de cette fin de journée. Elle avait servi sous les ordres de Maxim Maresh à Verose, était devenue capitaine de sa garde et, désormais, de celle de Rhy.

— Je n'ai pas raclé les fonds de tiroirs, mais c'est tout comme.

Elle n'avait pas besoin de préciser ce qu'Alucard savait déjà. Pendant des années, les Arnésiens avaient tous cherché à intégrer la garde royale. Mais depuis que Rhy Maresh était monté sur le trône, les effectifs avaient commencé à décroître et les rumeurs qui couraient sur la Main n'aidaient pas…

— Si quelqu'un peut y arriver, c'est bien toi, répliqua Alucard.

Malgré son honnêteté, Isra leva les yeux au ciel.

— La flatterie ne te mènera nulle part. Quant à ce groupe…

Comme pour illustrer ses propos, une bagarre éclata sur le terrain d'entraînement. Une altercation qui était en train de dégénérer, menaçant de transformer un léger trouble en véritable mutinerie, jusqu'à ce qu'Isra s'approche du muret pour prendre la parole. Sa voix, amplifiée par la magie du vent qui soufflait autour de sa peau, tonna plus fort que le brouhaha.

— *Tarso !*

« À vos rangs, fixe ! »

Un mot assez sonore pour ébranler leur armure et capter leur attention. Tel était l'effet qu'Isra produisait sur les gens. Alucard lui emboîta le pas quand elle descendit les marches conduisant au terrain d'entraînement. Les soldats se mirent en rang – avec plus ou moins de succès – pendant qu'Isra et Alucard les passaient en revue.

Le consort sentait sur lui leurs regards qui détaillaient ses beaux vêtements, remarquaient qu'il portait les couleurs de Rhy et non les siennes. Il connaissait le surnom qu'ils lui avaient donné.

Res in Rast.

« Le Cœur du roi ».

Distraitement, Alucard passa le pouce sur son anneau d'or. Sentir le cœur et la couronne gravés à sa surface était devenu une habitude.

Bien entendu, le peuple le désignait par d'autres sobriquets. Par exemple, *Res in Fera*, « l'Ombre du roi », et *Res in Stol*, « la Lame du roi ».

Il y avait aussi *Sitaro*, « consort ».

Personne ne leur aurait prêté attention si Rhy et lui avaient formé un couple ordinaire. Ou si Alucard n'était pas né dans une maison royale rivale. Si son arrivée à la cour n'avait pas coïncidé avec le départ de l'*Antari* (comme s'il était responsable du choix de Kell). Si Alucard s'était contenté de partager le lit du roi plutôt que d'insister pour obtenir une place à ses côtés.

Sitaro n'était pas un mot péjoratif en soi – le problème résidait dans la façon dont il pouvait être employé. Les mots avaient deux formes de pouvoir : ce qu'ils signifiaient et la manière dont ils étaient prononcés. En tant que titre, *Sitaro* pouvait être énoncé avec révérence, ou du moins avec respect. Mais il pouvait aussi être craché ou écourté, l'élision de la syllabe finale transformant « *sitaro* » en « *sita* » – « consort » en « putain ».

Une idée n'avait pas forcément besoin d'être dite à voix haute pour être entendue très clairement à travers la posture d'un individu, son expression ou son regard.

Ce que les gens oubliaient, c'est qu'il n'était pas seulement le consort du roi et prince de plein droit. Il était aussi une triade. Si d'autres que lui pouvaient voir les fils de magie tournoyer autour de lui, ils ne verraient pas un brin, ni deux, mais trois : terre, air et eau. Alucard Emery n'était peut-être pas un *Antari*, mais il comptait parmi les plus grands magiciens du monde. Et il ne demandait pas mieux que de le rappeler à tous.

Il prit la parole.

— Ces exercices de combat sont assez efficaces pour l'endurance, mais ils ne remplacent pas l'expérience pratique. C'est pourquoi il est important de combattre vraiment. Vous ne saurez jamais à quel adversaire vous aurez affaire. Vous ne saurez jamais à quoi vous attendre.

Il balaya les recrues du regard, à l'affût de la magie qui les entourait. Rares étaient ceux qui connaissaient son étrange don de vision, et il s'en félicitait. Mais son talent s'avérait utile pour jauger ses adversaires. Les soldats rassemblés devant lui étaient pour la plupart des maîtres de la terre et de l'eau, un ou deux du vent et quelques-uns du feu. Il n'apercevait le violet d'aucun mage des os dans les rangs, mais ce n'était pas une surprise. Ce pouvoir n'était pas seulement rare, il était surtout interdit. Contrôler un autre corps allait à l'encontre des règles de la magie et des lois de la nature. Si bien que lorsqu'un enfant montrait une affinité précoce pour cet élément, on le dissuadait très vite de la développer. Si l'enfant était malin, il suivait les recommandations. S'il ne l'était pas… eh bien, il existait des sorts permettant de séparer un corps de sa magie.

— *Tac*, lâcha Alucard, les mains écartées. Qui veut m'affronter ?

Des murmures s'élevèrent dans les rangs. Un sourire naquit sur ses lèvres. L'ancien capitaine de la *Flèche* lançait ce genre de défi une fois par semaine et, pour être honnête, il le faisait aussi bien pour les recrues que pour lui-même. Les tournois lui manquaient, ainsi que la vie en mer, les mille et une manières de maintenir son pouvoir en éveil. Il se retenait, bien sûr. Il se retenait toujours. Mais de temps en temps, l'espace d'un instant, il trouvait ce qu'il cherchait, le frisson qui faisait battre son cœur.

Certains soldats s'avancèrent, prêts à tenter leur chance, tandis que d'autres reculèrent d'un pas, préférant se contenter d'être de simples spectateurs. Alucard ôta son manteau avant de le jeter sur un poteau d'entraînement à proximité. Une fois ses boutons de manchette défaits et ses manches retroussées, il chercha son prochain adversaire. Il ne prêtait plus attention à la couleur de leur magie, mais scrutait les visages, en quête d'incertitude, de réprobation, de dédain.

Il repéra vite ces sentiments sur les traits d'un jeune homme aux cheveux noirs plaqués en arrière.

— Toi, dit-il. Comment t'appelles-tu ?

L'intéressé se redressa.

— Yarosev.

— Yarosev, aboya Isra. C'est comme ça que tu t'adresses à un membre de la famille royale ?

Et voilà ! La recrue pinça les lèvres, sarcastique. Sa magie de feu rougeoyait dans l'air autour de ses épaules.

— Je m'appelle Yarosev, Votre Altesse.

Le sourire d'Alucard s'élargit.

— Eh bien, Yarosev, lança-t-il en tirant une lame de son fourreau, c'est quand tu…

Le soldat réagit au quart de tour. Il dégaina son épée et, au même instant, leva le bras, prêt à articuler les mots dont il aurait besoin pour invoquer son pouvoir. Mais les mots ont besoin d'air pour être formulés. Or Alucard, de sa main libre, serra le poing afin d'emprisonner l'air dans la poitrine du mage de feu.

Yarosev s'efforçait d'inspirer, mais sa bouche s'ouvrait et se fermait comme celle d'un poisson hors de l'eau. Alucard s'élança, la dague pointée sur le torse de son adversaire.

Le jeune homme, yeux écarquillés, recula d'un bond et repoussa l'attaque. Alucard frappa encore et encore, sans chercher à toucher, et encore moins blesser. Non, il prenait son temps, regardant le visage du soldat virer au rouge, puis au violet, puis au bleu. Yarosev chancela, tomba mais continua de lutter, même à terre. Sous l'effort, la pointe de son épée tremblait. La colère qui étincelait dans ses yeux s'était transformée en un feu d'une nature différente. Il avait la rage de se battre, il fallait le reconnaître.

De sa main libre, Alucard libéra son emprise sur les poumons de Yarosev, qui haleta, secoué de haut-le-cœur. Le bras qui tenait l'épée s'abaissa enfin.

Alors que le maître d'armes du jour, sa dague rengainée, tendait la main pour aider le jeune soldat à se relever, celui-ci prit une poignée de terre qu'il jeta au visage du consort. Cette tentative de derniers recours aurait fonctionné si Alucard ne l'avait pas vu venir. S'il n'avait pas été un si grand magicien. D'un geste du poignet, il fit s'immobiliser le nuage de poussière qui resta en suspension à quelques pouces du poing de Yarosev.

La recrue s'effondra sur le dos, à bout de souffle, et martela le sol en signe de reddition.

Alucard laissa retomber la terre. Puis il se pencha et tendit une nouvelle fois la main pour aider le jeune homme à se relever.

Cette fois, Yarosev s'en saisit.

— Bien joué, soldat !

— J'ai perdu, marmonna celui-ci.

Comme si remporter la victoire était tout ce qui importait. Comme si, depuis tout ce temps où Alucard s'entraînait avec les soldats, l'un d'entre eux avait jamais réussi à le battre.

Il lui donna une tape dans le dos, ce qui souleva un panache de poussière.

— Tu as continué à te battre. Même quand tu étais à terre.

Isra, postée en dehors du cercle, les observait. Leurs regards se croisèrent au moment où Yarosev rejoignait ses camarades. Elle opina. Alucard, lui, s'épousseta les mains. Cette séance d'échauffement lui avait plu.

Il se tourna vers la troupe de soldats, les bras ouverts en signe d'invitation.

— Bien, lança-t-il. À qui le tour ?

Lorsque Alucard quitta le terrain d'entraînement une heure plus tard, sa chemise était roussie, son pantalon maculé de terre, ses cheveux échappés de leur tresse. Et pourtant, alors qu'il gravissait les marches de la cour, il se rendit compte qu'il ne s'était pas senti aussi bien depuis des semaines. Il lui fallait à présent un bon remontant et un bain chaud, deux plaisirs qu'offrait le palais.

Il y avait de nombreuses façons d'entrer dans le *Soner Rast*. Alucard en avait appris une moitié quand, jeune noble, il courtisait Rhy en secret, et l'autre moitié depuis qu'il faisait partie de la famille royale. Il y avait l'entrée principale, sur la rive sud, avec ses marches de pierre blanche et ses grandes portes d'or, et le portail nord, auquel on accédait depuis la cour où les soldats s'entraînaient. Il y avait aussi l'entrée secrète, percée dans les piliers du pont, un balcon situé deux niveaux au-dessus auquel on n'accédait que par le verger royal, et toute une panoplie d'ascensions plus audacieuses que l'on pouvait entreprendre du temps où les lieux n'étaient pas protégés telle une forteresse. Alucard gardait en mémoire une nuit périlleuse où il avait escaladé la façade nord au clair de lune… Il avait failli faire un plongeon dans l'Île.

Mais l'heure n'était plus au secret.

Quand il se présenta à la porte nord, les gardes s'inclinèrent pour le saluer, leur armure étincelante, les yeux baissés, entourés par la flaque de sang formée par leurs capes rouges étendues sur le sol. Il pressa une main contre la porte pour activer le sort gravé dans la surface dorée. Quelque part dans les entrailles du bois, une serrure entra en action et les battants s'ouvrirent pour l'accueillir chez lui.

Le soleil était déjà bas. Avec la lumière déclinante, le palais avait glissé dans son rythme vespéral, plus doux, plus calme que pendant la journée, quand les serviteurs s'affairaient et que des voix retentissaient, chaque pièce ayant un usage bien précis.

Alucard gravit l'escalier de l'aile royale en faisant craquer sa nuque. Une fois en haut des marches, il ralentit lorsqu'il tomba… sur un lapin. Museau frétillant, l'animal grignotait le bord d'un tapis.

Alucard contempla le petit mammifère, qui le fixa en retour. Ils se dévisagèrent jusqu'à ce qu'une cavalcade de pieds nus les interrompe. Le lapin s'enfuit à l'instant précis où une fillette tournait dans le couloir pour se jeter dans les bras d'Alucard en criant : « Luca ! »

Tieren Maresh, connue sous le nom de Ren, ne portait pas de chaussures et était à moitié habillée, la tunique déboutonnée et les boucles noires en bataille.

Il tenta de remettre de l'ordre dans la tenue de nuit de la fillette.

— Dis-moi, lança-t-il, tu te rappelles ce qu'on avait dit sur les animaux domestiques au palais ?

— Mais je ne peux pas le garder enfermé dans ma chambre, protesta Ren, horrifiée. On met en cage ce qu'on possède, et l'*Aven Essen* dit qu'on n'a pas le droit de posséder un être vivant…

Très juste, pensa Alucard, alors que le lapin, désormais à l'autre bout du tapis, s'était arrêté pour grignoter les pampilles d'un cordon en toute tranquillité. Voilà pourquoi à Arnes il n'était pas d'usage d'avoir des animaux de compagnie. Les faucons, les corbeaux et autre volatile étaient destinés à voler. Les ours et les grands félins, à vagabonder dans la nature et à chasser. Bien sûr, il existait quelques exceptions comme les chatons abandonnés par leur mère, les bêtes blessées qui requéraient des soins, ou encore les chevaux qu'ils montaient et utilisaient comme animal de trait. En dehors de ces quelques cas particuliers, passer un collier à une bête et la mettre en cage allaient à l'encontre de la règle d'or de la magie arnésienne : ne jamais assujettir un esprit ou un corps, ne jamais contrôler un être vivant. C'était une pratique qui distinguait les Arnésiens des habitants des autres Londres et qui permettait à leur magie de s'épanouir, là où celle des autres mondes s'étiolait ou disparaissait.

Mais l'amour de Ren pour les animaux semblait faire fi des lois de la nature, l'amenant à recueillir toutes sortes de créatures tout à fait inattendues. Rhy ne cessait de rappeler à Alucard que c'était sa faute à lui.

Il faut dire que tout avait commencé avec Esa, la chatte qui avait parcouru le pont de *La Flèche noire* à ses côtés. L'ancien capitaine avait pensé laisser le félin passer le restant de ses jours sur le bateau, mais Lila Bard, après avoir pris le commandement du navire, avait refusé tout net. Apparemment, les deux ne s'entendaient pas. Alucard soupçonnait au contraire qu'elles se ressemblaient trop. Ainsi, Esa s'était installée au palais, où on l'avait laissée libre de musarder à sa guise. Quand Ren était née, la chatte avait feint de ne pas s'y intéresser, pourtant elle ne cessait de surveiller la fillette de ses yeux lavande. Où qu'aille la princesse, elle la suivait.

Vint ensuite la chouette, quand Ren avait eu deux ans. Ce grand volatile d'un blanc immaculé avait atterri sur le balcon de la chambre de la princesse. La petite l'avait cajolé jusqu'à ce qu'il entre dans le palais. Lorsqu'un serviteur avait fini par remarquer l'énorme oiseau perché sur une chaise et tenté de le remettre en liberté, celui-ci avait refusé de partir. Il était resté une année entière dans les appartements de Ren – qui l'avait nourri avec tout ce qu'elle réussissait à chaparder au dîner –, puis elle l'avait laissé reprendre son envol au printemps.

« Il va revenir », avait-elle affirmé, confiante comme le sont les enfants.

À la surprise générale, il était bel et bien revenu.

Les créatures appréciaient la compagnie de Ren, tout simplement. À quatre ans déjà, elle ne manquait pas de constance, ce qui mettait à l'aise toute créature vivante. Et si certains au palais s'inquiétaient de voir la ménagerie de la princesse croître sans cesse, Rhy, lui, trouvait ça charmant. De son côté, Alucard était persuadé que les animaux du palais vivaient mieux que la plupart des nobles de la ville et travaillaient encore moins pour assurer leur subsistance.

Ren lui planta un index dans la joue.

— Luca.

— Oui ?

— Tu m'as rapporté un cadeau ?

Il soupira et la reposa par terre. L'année précédente, il avait commis la terrible erreur de revenir d'un voyage avec un petit navire sculpté dont s'échappait une mélodie dès qu'on le mettait sur l'eau. Dorénavant, chaque fois qu'il revenait de la moindre promenade, la princesse attendait un présent.

Il était en train de fouiller ses poches, en quête de quelque chose à lui offrir, lorsque Sasha, la nourrice de Ren, arriva, une robe de chambre sur un bras, une paire de pantoufles dans une main et un bandeau d'or dans l'autre. Sans même ralentir le pas, elle ramassa le lapin comme s'il s'agissait d'un jouet qui traînait au sol.

Sasha avait l'âge d'être grand-mère, mais elle se déplaçait avec la vigueur d'un soldat. Bien qu'elle ait relevé ses cheveux argentés, de nombreuses mèches échappées de sa couronne de tresses formaient autour de sa tête un nuage zébré de minuscules éclairs.

— Ah, vous voilà, déclara-t-elle. L'eau de votre bain est en train de refroidir.

— Je voulais prendre un bain avec Père, protesta Ren en lançant à Alucard un regard désespéré. Mais il a dit qu'il préférait être seul.

Alucard s'agenouilla alors devant la jeune héritière pour être à sa hauteur. À quel moment Ren était-elle devenue si grande qu'il avait cessé de devoir baisser les yeux ?

— Ce n'est pas une bonne idée de prendre un bain avec ton père, lui confia-t-il. Il prend trop de place et garde toute la mousse pour lui.

— La mousse, c'est ce que je préfère ! s'écria Ren, effarée.

— Je sais ! dit Alucard. Mais quand on prend un bain avec quelqu'un d'autre, il faut partager.

Ren interrogea Sasha du regard. Sa nourrice confirma d'un signe de la tête, l'air grave. La princesse se mordilla la lèvre, le temps de réfléchir à la question. Puis elle s'éclaircit la voix afin de formuler sa décision, avec toute la diplomatie d'une enfant de quatre ans.

— Ce soir, je prendrai mon bain toute seule.

Elle tendit une main que Sasha s'empressa de saisir.

— Très bien, *mas vares*, approuva-t-elle en entraînant la fillette.

Alucard les regarda partir, puis il se mit en quête de Rhy, certain qu'il n'aurait aucun mal à convaincre le roi de partager sa mousse avec lui.

IV

Rhy poussa un soupir, puis s'enfonça plus profondément dans le bain.

Il resta parfaitement immobile jusqu'à ce que son esprit se vide, que la surface du bassin devienne lisse comme du verre, qu'il n'entende plus rien d'autre que le goutte-à-goutte de l'eau, le souffle tranquille de sa respiration, le léger bruissement des tissus.

Et le murmure de l'acier.

Le roi ouvrit les yeux au moment où la lame s'abattait et l'esquiva à la dernière seconde : l'épée lui effleura la joue au lieu de s'enfoncer dans sa gorge. Le choc de métal résonnait encore contre le carrelage quand Rhy se contorsionna pour saisir le bras de son agresseur et le faire tomber dans le bassin.

Son autre main dénicha la lame qu'il avait cachée sous le rebord carrelé. Le métal lui réchauffa la paume. Il se tourna vers son agresseur qui s'était relevé, le corps ruisselant.

Il était jeune – plus jeune que Rhy – et ne ressemblait pas à un meurtrier, un rebelle ou un voyou. On aurait dit un employé du palais, ce qu'il était. Rhy le reconnut malgré les traînées rouges, semblables à du sang, qui coulaient sur son visage. Il s'agissait en fait de peinture : elle barbouillait déjà le front et les joues de son agresseur avant que l'épée ne s'abatte.

Quand Rhy se toucha le visage, ses doigts se teintèrent de rouge. Cette fois, c'était bien du sang. Il fit claquer sa langue.

— Blesser le roi constitue un crime, déclara-t-il.

L'entaille était superficielle – sa peau se ressoudait déjà. Son corps restait intact grâce à la magie de Kell.

La régénération de son corps l'avait longtemps tourmenté, au point qu'il en était venu à se demander s'il était toujours un être humain ou rien d'autre qu'un ersatz. Mais de temps en temps, il était heureux de sa nature.

— La Main donne et la Main reprend, psalmodiait l'homme en s'approchant de lui dans l'eau.

— Ah, c'est maintenant que tu te décides à discuter… marmonna Rhy.

— La Main construit et la Main détruit.

L'homme donna un coup d'épée que le roi réussit à parer.

— Je me suis toujours demandé… dit Rhy. Quelle partie de la Main es-tu ? Un doigt ? Une articulation ? Un ongle ?

— La Main tient la lame qui ouvre la voie au changement, grogna le rebelle.

Sur quoi il s'élança. À nouveau, Rhy voulut parer le coup mais quelque chose retenait son arme, cette fois. La pointe, frémissante, était emprisonnée à la surface de l'eau où la bloquait un sort lancé par son attaquant.

Merde ! songea le roi, juste avant que son épée ne lui soit arrachée des mains. Elle disparut au fond du bassin au moment où son agresseur se jetait sur lui pour lui transpercer le torse de sa lame.

Rhy poussa un râle en sentant le métal lui érafler les côtes. L'arme le traversa de part en part pour ressortir entre l'épaule et la colonne vertébrale. Une douleur atroce le foudroya.

Après tout ce temps, il n'arrivait toujours pas à s'habituer à mourir.

Le souffle coupé, il vit son sang goutter peu à peu dans l'eau, semant comme des pétales de rose autour d'eux. Puis son corps le trahit : il s'affaissa dans les bras de son agresseur.

— C'est la fin des Maresh, commenta le partisan de la Main.

La bouche en sang, Rhy se redressa en éclatant de rire.

— Tu n'es pas au courant ? murmura-t-il. On ne peut pas me tuer.

Les yeux agrandis de stupeur, puis d'horreur, le rebelle regarda Rhy retirer la lame de son corps. Ça faisait mal – par tous les saints, ça faisait même un mal de chien ! –, mais il survivrait. Certes, du sang s'accumulait dans l'un de ses poumons, mais après une ou deux inspirations, la blessure entre ses côtes commença à se refermer.

Son agresseur recula. Il donnait des coups d'épée à l'aveuglette en s'efforçant d'atteindre l'autre bout du bassin. Rhy s'avança en pataugeant. Dans sa poitrine, la douleur avait diminué jusqu'à devenir une brûlure supportable.

Son assaillant laissa tomber son épée, dont la lame disparut dans l'eau ensanglantée tandis qu'il levait les mains en signe de reddition. Ce fut du moins ce que crut Rhy. Jusqu'à ce que les lèvres du jeune homme se mettent à bouger.

Son murmure ressemblait aux psalmodies de la magie, si bien que quelque chose se mit à s'enrouler autour des jambes du roi pour le tirer vers le bas, le forcer à plonger sous la surface. Il eut beau se débattre, l'eau rougeâtre s'entortillait autour de lui telle une corde, le retenant tout au fond du bassin. Il voyait son assassin dont les doigts s'écartaient pendant qu'il consolidait son incantation, celle-là même qui l'immobilisait comme son épée avant lui.

Alors, Rhy, qui était en train d'étouffer, sa vision déjà voilée, songea qu'il allait se noyer.

Kell était en train de dîner quand il commença à mourir.

Il venait de prendre une bouchée du ragoût préparé par Raya lorsque la douleur explosa dans sa poitrine. La cuillère lui échappa des doigts. Plié en deux, il s'agrippa à la table pendant qu'une lame chauffée à blanc s'enfonçait entre ses côtes.

Appuyée contre le comptoir de la cuisine, Lila pelait une pomme.

— Allez ! le rabroua-t-elle. Ce ragoût n'est pas une réussite, mais… Kell ?

Alors qu'il cherchait son souffle, un arrière-goût de sang lui envahit la bouche. Lila planta le couteau de cuisine dans le fruit et reposa le tout pour s'approcher de lui. Kell sentit le raclement fantôme de la lame qu'on retirait de la chair. Il porta les mains à son torse même s'il savait que la blessure n'était pas là. Qu'un autre corps avait été meurtri.

Rhy.

La douleur, d'abord vive et violente, commença à s'atténuer pour se transformer en élancement. Sonné, Kell reprit son souffle avant de se relever, pensant que le pire était passé. Il retira l'anneau rouge de son doigt et voulut prononcer la formule qui activerait son jumeau, celui en la possession de son frère.

Sauf qu'aucun son ne sortit de sa bouche.

Il fit une nouvelle tentative, mais ses poumons se contractaient, comme s'ils refusaient de fonctionner. Il ne pouvait plus respirer. Une peur panique s'empara de lui, s'enroula autour de ses membres. Sa tête fut prise en étau dans une espèce de brouillard et un poids s'installa dans sa poitrine. Bientôt, il eut l'horrible sensation que ses poumons se remplissaient d'eau. Il sortit de la cambuse pour gagner l'étroit couloir où, chancelant, il fut pris de haut-le-cœur. Il s'attendait presque à vomir de l'eau sur les lattes du plancher.

Rien ne vint, bien sûr. Malgré tout, ses poumons ne se contractèrent pas moins sous l'effet de la pression. Kell tenta de se relever, mais son corps s'arc-bouta, la bague de son frère lui échappant des doigts. Il gisait là, sa vision de plus en plus brouillée, quand Lila s'agenouilla au-dessus de lui. Le visage rongé par l'inquiétude, elle devait lui parler, car ses lèvres remuaient, même si sa voix était assourdie par le bourdonnement dans ses oreilles.

Puis ce fut le noir.

Rhy s'était déjà demandé s'ils ne devraient pas protéger les bains contre la magie, mais comme un sort permettait de garder l'eau à bonne température, poser une protection lui était apparu comme une tannée, une perte de temps et d'énergie. Il avait donc choisi de laisser la pièce telle quelle.

Un éclat non loin attira son attention. L'arme qu'il avait laissé tomber. Quand Rhy chercha à l'atteindre, l'eau se resserra autour de lui, expulsant l'ultime souffle d'air niché dans sa poitrine.

Ses poumons lui brûlaient. Sa vision commençait à se brouiller. Au-dessus de lui, la surface du bassin se mua en une vitre teintée. Au-delà, le visage du jeune homme se tordit en un rictus féroce.

Puis, soudain, tout changea. L'amusement céda la place à une grimace d'horreur. Malgré le voile qui obscurcissait sa vision, Rhy vit quelques gouttes de sang frais tomber et fleurir au-dessus de lui. Puis son assassin bascula en avant, tête la première dans le bain. La force qui emprisonnait les membres de Rhy s'évanouit. À bout de souffle, il se redressa aussitôt pour émerger de l'eau, pantelant.

Sur le cadavre qui flottait désormais à côté de lui, il avisa le poignard enfoncé entre les omoplates. Rhy aperçut aussi Alucard Emery qui se tenait là, au bord du bassin, vêtu en tout et pour tout d'une robe de chambre ouverte.

— Non mais je rêve, c'était quoi, ça ? grogna l'ombre du roi, le cœur du roi, furieux.

Rhy, exténué, pataugea vers le bord du bassin. Alucard, qui s'était approché de sa pile de vêtements, lui jeta son peignoir.

— Où sont passés tes serviteurs ? demanda-t-il alors que Rhy s'en drapait.

Même si des gouttes de sang s'écoulaient encore de la blessure à son torse, la plaie était déjà en train de guérir.

— J'avais envie d'être seul, répondit le roi en allant s'affaisser sur un banc tout au bout de la pièce.

— Et les gardes ? aboya Alucard. Par tous les saints, pourquoi les avoir chassés ?

Rhy garda le silence. Il se contenta de croiser le regard de son compagnon. Non seulement celui-ci ne baissait jamais les yeux sous prétexte que Rhy était son roi, mais il avait toujours su lire en lui comme dans un livre ouvert.

— Nom d'un chien, Rhy…

— Je ne voulais pas qu'ils soient blessés.

— C'est à ça qu'ils servent, rugit Alucard.

Le monarque lui jeta un regard noir avant de désigner l'entaille suintante entre ses côtes qui aurait coûté la vie à n'importe qui.

— Pas question de les laisser affronter la mort alors que moi, on ne peut pas me tuer.

L'ancien corsaire poussa un soupir las. C'était leur énième dispute à ce sujet au cours des dernières années. Les sourcils froncés, il étudia le cadavre.

— Sa tête me dit quelque chose.

— Je l'ai embauché la semaine dernière.

Alucard leva les mains.

— Évidemment ! Au diable les protocoles, n'est-ce pas ? Tu sais, ceux qu'on a mis en place pour assurer la sécurité de cette famille ?

Comme si ce n'était pas exactement ce que Rhy essayait de faire. Il observa le cadavre puis poussa un soupir. Il avait mis au point tout ce plan dans l'idée de capturer un des partisans de la Main en vie afin de l'interroger. Il prit une grande inspiration. Il grimaça avant de cracher une glaire sanglante sur le carrelage. Il était en train de se demander ce qui pourrait lui arriver de pire quand une bague à sa main droite se mit à briller. La rouge. Bien sûr.

— Mince… marmonna-t-il.

— Tu pensais t'en tirer comme ça ? railla Alucard.

Le roi fixa l'anneau pendant de longues secondes. Son rougeoiement magique s'intensifia jusqu'à emplir la pièce, soulignant d'un éclat macabre le macchabée qui flottait dans le bassin rempli de sang.

— Vas-y, insista son compagnon, un sourire mi-réjoui mi-inquiétant aux lèvres. J'ai hâte de voir la tête que fera Kell.

Rhy n'y tenait pas. Il savait à quoi s'attendre. Il fixait toujours la bague, hésitant à répondre, quand Alucard vint arracher l'anneau rouge à son doigt puis repartit d'un pas furieux dans le couloir.

Une minute Kell était en train de se noyer, la suivante la pression sur ses poumons se relâchait, l'oxygène affluant de nouveau dans sa poitrine. Le temps qu'il se mette debout, Lila avait déjà trouvé la bague rouge et la lui tendait. Kell la prit entre ses doigts tremblants et s'en alla en trombe.

Il n'y avait qu'une seule table de divination à bord du *Barron* : une vasque de bois noir poli dans les quartiers du capitaine.

— *As vera tan*, dit-il, ce qui activa le sort, au moment où il pénétrait dans la chambre de Lila.

La table de divination se trouvait dans un coin de la cabine. Lila l'avait manifestement utilisée comme panier à linge, car des vêtements s'y entassaient. Il les balaya tous d'un revers de la main, pressa l'anneau contre la vasque noire et attendit fiévreusement. Pendant d'interminables secondes, aucune réponse ne vint. Kell ne voyait sur la surface polie que son propre reflet moucheté, visage blême, yeux écarquillés par la douleur, l'inquiétude et la colère. Puis le plateau noir vacilla, bientôt remplacé par des traits que Kell connaissait autant qu'il les exécrait.

Alucard Emery se tenait dans la salle du conseil du palais, vêtu en tout et pour tout d'un peignoir de velours ouvert sur son torse. Kell se félicita que l'image soit coupée au niveau de la table.

— Où est-il ? rugit-il.

Pour une fois, le consort du roi ne faisait preuve d'aucune arrogance. Il avait l'air exaspéré. Agacé.

— Qui, ton frère ? Je l'ai laissé avec le cadavre de l'assassin qu'il avait invité dans son bain.

Kell le dévisagea, horrifié.

— Comment ça, « invité » ?

— Apparemment, Son Altesse Royale mourait d'envie de capturer un membre de la Main, donc il a décidé de jouer le rôle d'appât. Bonjour, Bard, ajouta-t-il en posant ses iris bleus sur Lila. Comment va mon vaisseau ?

La jeune femme était apparue derrière Kell.

— Toujours en un seul morceau. Et l'équipage tient à te faire savoir qu'ils préfèrent m'avoir comme capitaine.

Alucard esquissa un sourire, mais les oreilles de Kell sifflaient toujours. Il se cramponna au rebord de la table.

— Comment as-tu pu laisser une chose pareille se produire ?

L'amusement disparut bien vite du visage du consort.

— Moi ?

— C'est là ton seul devoir !

Alucard se pencha en avant.

— Crois-le ou non, j'ai des tas de devoirs, au contraire. On ne peut pas tous passer son temps à jouer au pirate. Dis-moi, tu te déguises toujours ? Il paraît que tu t'es trouvé un nouveau petit nom…

— Arrête de flirter, protesta Rhy, apparu dans le cadre.

Son peignoir fermé jusqu'au col était censé masquer les dégâts, mais l'eau rouge qui ruisselait de ses cheveux noirs en tachait le tissu.

L'*Antari* ne désirait rien tant que réprimander son frère pour son imprudence, lui faire remarquer que s'il ne pouvait certes pas mourir tant que lui restait en vie, pour ce faire, Kell avait besoin d'air dans ses poumons. Or, s'il se noyait assez longtemps, qui savait ce qui pourrait arriver au sort qui les maintenait tous les deux en vie. Le visage de Rhy en disait pourtant long – il était désolé –, à tel point que Kell se fit violence pour ne pas lui crier dessus. À la place, il lui demanda :

— Comment te sens-tu ?

Rhy s'efforça de sourire.

— Grâce à toi, je vais continuer à vivre, lâcha-t-il avant de remarquer la présence de Lila. Ah, comment va mon capitaine préféré ?

Alucard jeta un regard offusqué à Rhy puis il retourna sa mauvaise humeur contre Kell.

— Comme vous pouvez le voir, il est en un seul morceau. Mais j'ai un sacré bazar à nettoyer ici, donc si vous voulez bien nous excuser…

Les yeux fermés, Kell inspira un grand coup.

— On rentre à Londres.

— Non ! Inutile de vous déranger, protesta le compagnon du roi.

Kell n'eut pas le temps d'expliquer que leur venue n'avait rien à voir avec la récente tentative d'assassinat perpétrée contre Rhy : Alucard Emery avait déjà retiré l'anneau de la table de divination. Le noir se fit.

— Salaud, marmonna Kell en reprenant sa propre bague.

Il repoussa la vasque avant de regagner la cambuse, où il se laissa tomber sur un banc. Son appétit avait complètement disparu. Lila reprit sa pomme pour finir de l'éplucher.

— Tu sais, lâcha-t-elle, l'idée n'était pas si mauvaise. (Kell leva la tête.) Je veux dire… Comme appât, il fait plutôt bien l'affaire.

Sur ces mots, elle découpa un morceau du fruit.

— Il s'agit du roi ! s'indigna Kell.

— Peut-être, mais il ne peut pas mourir.

Pour appuyer ses propos, elle brandit son couteau en l'air.

— Je préférerais ne pas avoir à le vérifier, marmonna le prince *Antari* au souvenir de l'eau dans ses poumons, du mur noir envahissant sa vision. D'accord, il a des tendances autodestructrices, mais…

Lila ricana.

— Tu connais ce dicton à propos de l'hôpital et de la charité ?

Devant la mine renfrognée de Kell, elle haussa les épaules et mangea sa pomme.

V

Alucard tira le compte-gouttes de la fiole et regarda trois perles noires en tomber et s'épanouir dans le verre de vin blanc. Derrière lui, assis sur le bord du lit, Rhy était plongé dans la lecture des rapports de la journée, comme s'il ne venait pas de se faire poignarder une heure plus tôt. Il ne portait rien d'autre qu'un pantalon de soie. Sur la surface lisse de son torse basané, les traces de sa rencontre avec l'homme de la Main avaient déjà disparu, effacées comme une couche de poussière alors qu'elles auraient dû causer une blessure mortelle.

L'ancien corsaire se détourna du chariot pour gagner le lit.

— Bois ça, dit-il en tendant le verre à son compagnon.

C'était moins une suggestion qu'un ordre. Il était encore fou de rage que Rhy ne se soit pas confié à lui. Après tout ce temps, il y avait encore des moments où il ne parvenait pas à déchiffrer le visage du roi, où il ignorait comment fonctionnaient les rouages de son esprit.

Interrompant sa lecture, Rhy se saisit du verre pour en examiner le contenu. Un tonique, pour apaiser le corps et l'esprit.

— Mon empoisonneur du soir, fit-il observer, pensif, en reposant la coupe sur sa table de chevet.

Le consort se détournait déjà quand Rhy l'attrapa par la manche.

— Alucard.

Son nom sur ces lèvres. Voilà qui suffisait toujours à le désarmer. Ou du moins, à apaiser sa colère. Rhy s'en aperçut et l'attira à lui en souriant. Ses doigts bagués s'emmêlèrent aux pans du peignoir d'Alucard qu'il entraînait dans le lit et qui se rétablit en plantant les mains dans le tissu somptueux, de chaque côté de la tête de Rhy.

Le roi leva la main pour suivre la ligne de sa mâchoire.

— Mon cœur, murmura-t-il.

Ses yeux dorés étincelaient. Alucard se pencha pour l'embrasser, mais Rhy fronça le nez.

— Tu pues le terrain d'entraînement.

— J'avais prévu de me laver, répliqua-t-il, mais j'ai dû m'occuper d'un roi qui se noyait dans son bain.

— Quelle grossièreté de sa part ! plaisanta Rhy en posant la main sur le torse de son compagnon.

— Un vrai fripon, grommela Alucard. Ce roi me met à rude épreuve chaque jour de ma vie.

— Il a l'air exaspérant... Et pourtant tu restes à ses côtés. Tu dois beaucoup l'aimer.

La main de Rhy descendit le long du ventre d'Alucard. Ce dernier plongea son regard dans celui du souverain et se laissa tomber sur lui pour s'approcher de son oreille.

— C'est le cas, chuchota-t-il. D'autant qu'il est très doué au lit.

Rhy, sous lui, gloussa.

— Ah oui ?

Des dents, il effleura l'épaule d'Alucard pendant que sa main trouvait la ceinture de son pantalon. Le consort retint son souffle. Il baissa la tête pour voir les doigts de Rhy se faufiler sous le tissu...

La porte s'ouvrit brusquement.

Alucard ne prit pas le temps de réfléchir. Lorsque la lumière du couloir se répandit dans la chambre, il s'était déjà relevé, le bras tendu vers le vin posé sur la table de chevet. Projeté hors du verre, le liquide durcit et se mua en une lame glacée dans sa paume. Où étaient passés les gardes ? Pourquoi aucune alarme n'avait-elle retenti ? Il n'avait pas entendu d'acier s'entrechoquer... Ses pensées fusaient dans tous les sens. On avait tué les gardes du palais. On avait réussi à atteindre la chambre du roi.

Mais il n'y avait pas d'assassin.

Juste une petite fille en pyjama rouge et or qui aurait déjà dû dormir.

— Par tous les saints ! soupira Alucard.

Il s'empressa de cacher la lame derrière son dos alors que la princesse déboulait dans la chambre du roi comme une prisonnière échappée de sa cellule.

Pas de lapin en vue, mais Esa se faufila dans la chambre à la suite de Ren et sauta sur la première chaise venue. Elle se mit à scruter les lieux de ses yeux lavande.

— Qu'est-ce que tu fais là ? s'enquit Rhy en renouant son peignoir.

Leur fille se hissait déjà sur l'immense lit pour précipiter son petit corps au milieu des oreillers. Alucard lâcha la lame de glace qui fondit aussitôt. Le ruban de vin alla se déverser dans le verre dont il avait été extrait.

— Il est très tard, Ren Maresh, intervint Alucard. Tu devrais être couchée depuis longtemps.

Comme le roi s'y refusait, c'était à lui qu'incombait le rôle du parent sévère.

— Personne ne m'a lu d'histoire, protesta Ren en tendant les mains.

Elle avait apporté un livre de mythes farois. Des histoires d'animaux capables de parler, mais seulement pour dire la vérité, ou de rêver les rêves d'autrui, ou de faire éclore de nouveaux mondes à partir de leurs œufs. Les illustrations étaient de véritables œuvres d'art dorées à l'or fin, dont l'encre avait légèrement pâli là où la princesse n'avait pu s'empêcher de caresser une plume ou une oreille.

Alucard était persuadé que sa nourrice – qui n'était nulle part en vue – avait déjà lu à la petite une histoire, voire trois.

— Ren… commença-t-il.

— Luca, le supplia sa fille.

Elle avait employé son surnom comme un sort bien rodé, tout en tapotant les oreillers à côté d'elle.

La princesse avait les yeux son père – couleur or fondu, bordés de cils noirs –, et la bouche de sa mère, même si elle s'avérait moins avare en sourires.

— *Et elle n'a rien de moi*, avait lâché Alucard un soir qu'il avait forcé sur le vin.

— *Elle a ton cœur*, avait répondu Rhy en prenant le visage de son compagnon entre ses mains.

Alucard poussa un soupir avant de contourner le lit pour se glisser à côté de sa fille. Il posa les yeux sur la page.

Les histoires du livre étaient toutes en farois, bien sûr : à seulement quatre ans, Ren avait déjà le don du roi pour les langues, cette capacité de passer de l'une à l'autre comme s'il s'agissait des pièces d'une seule et même maison dont toutes les portes restaient ouvertes. Une pensée sinistre vint à Alucard. Si les efforts diplomatiques échouaient, Ren serait au moins capable de s'entretenir avec leurs ennemis.

La fillette avait ouvert l'ouvrage sur son conte préféré, l'histoire d'un corbeau qui voyait le passé et le futur mais ne savait pas faire la différence entre les deux.

Elle se blottit entre ses deux pères, ses doigts s'emmêlant dans les cheveux d'Alucard, tant et si bien qu'il s'émerveilla de la force de l'amour qu'il lui portait. Rhy s'empara du livre et commença la lecture. Il s'apprêtait à tourner la page quand il entendit quelqu'un se racler la gorge.

Alucard leva les yeux. Il s'attendait à découvrir une Sasha exténuée de courir après la princesse, mais non : c'était la mère de Ren, la reine.

Nadiya Loreni se tenait dans l'embrasure de la porte, un sourire au coin des lèvres. Son amusement semblait toujours s'arrêter à ses commissures, sans jamais s'épanouir vraiment. Malgré ses courbes, la reine n'avait rien de doux, ni dans la lueur acérée de ses yeux noisette, ni dans son éclatante chevelure noire qu'elle portait coupée court et coincée derrière ses oreilles, comme si ses cheveux la gênaient.

Dès qu'elle vit sa mère, Ren plongea sous les épaisses couvertures. Alucard ajouta quelques oreillers par-dessus, histoire de faire bonne mesure.

— Ma reine, lança Rhy avec chaleur.

— Mon roi, répondit-elle en entrant dans la chambre.

Pas comme s'il s'agissait de la sienne – à juste titre –, mais avec l'aisance mesurée d'une invitée qui avait ses habitudes. Alucard et Rhy s'étaient interrogés, à l'époque où le roi et elle s'étaient mariés : où vivrait-elle ? Où dormirait-elle ? La couche royale allait-elle accueillir deux ou trois personnes ? Mais Nadiya n'avait jamais manifesté le moindre désir de partager la chambre de son époux, hormis la fois où il avait fallu concevoir la princesse. Et même cette fois-là, elle l'avait abordée avec moins de passion que de détermination, comme un casse-tête à résoudre, le seul moyen d'atteindre le but qu'ils désiraient tous.

— Je dois dire, Rhy, que je suis heureuse de constater que tu vas bien, dit-elle en s'approchant du lit.

Si sa voix restait légère, l'expression au fond de ses prunelles montrait clairement qu'elle savait ce qui s'était passé dans les bains. Elle jeta un coup d'œil à Alucard. Le visage de la souveraine reflétait l'exaspération que lui-même éprouvait.

— Dis-moi, lança Rhy en jetant un regard entendu aux couvertures, tu n'aurais pas égaré une petite fille, par hasard ?

Nadiya s'appuya au montant du lit.

— Ça dépend, répondit-elle. À quoi ressemble-t-elle ?

— Elle fait à peu près cette taille, énonça le roi en positionnant sa main à la hauteur correspondante. Avec des boucles brunes. Vraiment adorable… Elle tient de son père, impossible d'en douter.

— Hmm… fit Nadiya. Ça me rappelle quelqu'un. Mais ma fille à moi est très sage, elle ne fait jamais de bêtises.

Les couvertures se mirent à remuer.

— Et ma fille est intelligente. Elle sait très bien quand il est l'heure d'aller se coucher.

Le petit corps se tortilla sans se montrer.

— Et ma fille est courageuse. Elle ne se cacherait pas au moment d'aller dormir.

La petite tête de Ren surgit soudain des oreillers.

— Je ne me cache pas ! s'indigna-t-elle. Je voulais seulement qu'on me lise une histoire !

Rhy dévisagea la princesse en feignant la surprise.

— Mais d'où sors-tu, toi ? demanda-t-il.

Ren gloussa. Devant sa joie, devant l'amour qui brillait dans les yeux de son compagnon, Alucard sentit son cœur se serrer.

— Est-ce cette petite fille que tu as perdue ? s'enquit le roi en soulevant Ren comme s'il présentait un cadeau.

La reine se pencha pour l'examiner.

— Pas sûre…

— C'est moi ! protesta Ren.

Nadiya, tout sourire, tendit les bras pour qu'elle vienne s'y loger.

— Me voilà rassurée, lâcha-t-elle en faisant basculer la petite sur sa hanche.

Ren posa aussitôt la tête sur l'épaule de sa mère, ses boucles brunes lui caressant la peau. La reine lui déposa un baiser sur le crâne.

— Dis bonne nuit à tes pères.

De sa petite voix douce, la princesse égrena des « bonnes nuits » d'abord dans la langue royale puis en arnésien avant que Nadiya ne l'emporte hors de la pièce.

Après leur départ, Rhy reprit le verre de vin pour en observer le contenu comme s'il ne l'avait jamais vu. Comme s'il n'en avalait pas un identique tous les soirs pour améliorer la qualité de son sommeil et tenir les cauchemars à distance. Sa mère qui agonisait dans ses bras. Son père empalé sur les marches du palais. Son corps à lui, torturé, déchiqueté, incapable de mourir. Capable d'une seule chose : assister à la tuerie, impuissant, et souffrir. Des cauchemars dont il se réveillait en hurlant, si bien qu'Alucard ne pouvait que rester à ses côtés et le serrer fort dans ses bras.

Le tonique était un acte de bienveillance et de miséricorde que Rhy ne pensait pas mériter.

— Il n'y a pas de honte à se reposer, souligna Alucard.

Avec un sourire résigné, le roi vida le verre d'un trait.

La colère du consort avait disparu et s'était transformée en une chaleur confortable entre eux. Rhy s'affaissa contre les oreillers. Alucard, doigts repliés, éteignit d'un souffle de vent les dernières bougies. La chambre à coucher fut plongée dans une obscurité que seul atténuait l'éclat rougeoyant de l'Île filtrant à travers les rideaux. Voilà le spectacle qui s'offrait à tout autre œil que le sien. Mais ses yeux à lui voyaient les filaments de magie entourer leurs corps d'une lumière incandescente. Du bleu-vert-blanc d'une onde pour lui, et une galaxie d'argent pour Rhy, offrant un contraste saisissant avec les draps de soie noire.

Allongé sur le côté, un bras autour de la taille de son compagnon, Alucard observait les mouvements de sa poitrine, les vrilles de magie qui entraient et sortaient de son cœur ensorcelé. Ces brins avaient le même éclat sélénite qui caractérisait les pouvoirs *Antari*, et pourtant ils ne ressemblaient ni à ceux de Kell ni à ceux de Lila, ils ne se déplaçaient pas de la même manière régulière le long de chaque membre et de chaque veine. Non, ils commençaient et finissaient tous par le symbole, celui que Kell avait brûlé avec de la magie noire, liant leurs corps, leurs cœurs et leurs douleurs.

Rhy le surprit en train de le regarder.

— À quoi penses-tu ?

— À ton frère, répondit Alucard, regrettant ses mots sitôt prononcés.

— Tu essaies de me rendre jaloux ? s'enquit le roi, circonspect.

Le consort leva les yeux au ciel.

— Dors.

— Je savais bien que tu faisais semblant de le détester !

— Tais-toi, marmonna-t-il en roulant sur le dos.

Rhy gloussa, puis sa voix s'éteignit : le somnifère commençait à agir. Il soupira une dernière fois avant de ne plus faire un bruit, ses membres se relâchant à mesure que le voile du sommeil tombait sur lui. Étendu à ses côtés dans la pénombre, Alucard passa le pouce sur l'anneau d'or à sa main droite afin de sentir le cœur et la couronne frappés dessus. Il croyait Rhy endormi, mais sa voix rompit le silence.

— Pourquoi me détestent-ils ? chuchota-t-il.

À cause du remède, il mangeait un peu ses mots, mais même sous son effet, son esprit ne cessait de lui repasser la scène des bains, ne cessait de conjurer la Main.

— La plupart t'aiment, corrigea Alucard d'une voix douce. Une minorité, non.

Rhy rouvrit les paupières, ses iris de petits éclats d'or dans l'obscurité.

— Suis-je vraiment un si mauvais roi ?

Alucard soupira.

— Tous les rois sont mauvais aux yeux de ceux qui cherchent un coupable. (Rhy fronça les sourcils. Ce n'était pas la réponse qu'il attendait.) Tu incarnes leurs maux, poursuivit le consort. Tu représentes le pouvoir qu'ils n'ont pas. Tu as la richesse à laquelle ils aspirent. Ce n'est pas Rhy Maresh que ces gens détestent. C'est le trône même.

Après un long silence, l'intéressé reprit la parole :

— Voudrais-tu de la couronne ?

Alucard éclata d'un rire qui n'avait rien de joyeux.

— Pas pour tout l'or d'Arnes, cracha-t-il, amer.

— Elle t'irait bien, pourtant.

— Je n'en doute pas.

— Enfin… pas aussi bien qu'à moi, murmura Rhy d'une voix lourde de sommeil.

— Naturellement.

Il n'alla pas plus loin. Sa respiration ralentit, son corps s'immobilisa à l'exception de la pulsation de l'argent, qui montait et descendait au rythme de son cœur. Alucard resta avec lui jusqu'à être certain qu'il dormait.

Puis, prudemment, il se leva, noua sa robe de chambre et s'en fut trouver la reine.

VI

Alucard se voyait comme un homme avec très peu de peurs. Comme il l'avait affrontée à plusieurs reprises, il ne craignait pas la mort. Pas plus qu'il ne craignait la douleur, l'obscurité, les araignées ou la haute mer. L'idée d'être enterré vivant, en revanche, lui donnait des frissons – ce qui était plutôt sain en soi. Or c'était la sensation qu'il avait en descendant dans le Cabinet de la reine. Grâce à un sort, la lumière des lampes accrochées aux murs circulait et formait un ruban ininterrompu d'or pâle. Mais à chaque marche, Alucard s'enfonçait davantage sous terre. Ses pas, en claquant sur le large escalier de pierre, résonnaient comme un murmure au fond d'un puits.

Le palais, suspendu sur un pont qui enjambait l'Île, offrait un spectacle éblouissant sans qu'aucun sortilège ne soit à l'origine de cet exploit. Quatre grands piliers, enfoncés dans le limon du fleuve, en soutenaient la masse imposante. Si deux de ces piliers étaient en pierre solide, les deux autres étaient creux. L'un d'eux abritait les prisons royales, des cellules qui avaient accueilli Cora Taskon, l'une des héritières de Vesk, car elle avait tenté d'anéantir les Maresh, et brièvement Kell Maresh lorsque le précédent roi, hors de lui, l'avait emprisonné (Alucard ne pouvait l'en blâmer). L'autre pilier avait été attribué à la reine en guise de cadeau de mariage.

Dans certaines tavernes de la capitale, on racontait que la reine d'Arnes était en vérité retenue prisonnière entre les quatre murs de ces appartements creusés à l'intérieur de la structure même du pont. Mais Nadiya Loreni n'était la prisonnière de personne et si elle passait la plupart de ses nuits dans les entrailles du *Soner Rast*, c'était de son plein gré. Les quartiers qu'on lui avait attribués, somptueux, se trouvaient dans l'aile royale – un lit où elle ne dormait que rarement, un salon où elle ne recevait jamais aucun invité –, et pourtant c'étaient les cavités du pilier que les différents serviteurs et gardes avaient pris l'habitude de considérer comme ses appartements privés.

Ce lieu ne ressemblait en rien aux prisons royales. Il ne gardait aucune trace de son passé, à l'époque où le prince *Antari* l'utilisait comme terrain d'entraînement connu de lui seul.

Désormais, c'était une série de pièces reliées entre elles, aussi vastes et ouvertes que les grandes salles du palais, et renfermant autant de merveilles. L'endroit avait toute la splendeur d'un domaine royal, mais en une version plus humide, sans fenêtres et bâti sous la surface de l'Île.

Parvenu en bas de l'escalier, Alucard fredonna à mi-voix pour prévenir la reine de son arrivée. Un jour qu'il l'avait surprise au milieu d'un sort à moitié formé, elle l'avait réprimandé : si ses mains avaient été moins stables, elle aurait détruit tout le palais à cause de lui. Restait à savoir si elle était sérieuse ou non – il n'était toujours pas parvenu à le déterminer.

Alucard parcourut les lieux d'un pas nonchalant. Nadiya avait été bien occupée. Comme toujours.

Il y avait une dizaine de surfaces dans la salle, qui toutes accueillaient quelque chose, des esquisses d'un nouvel appareil aux reliquats d'un ancien. Sur une table, il avisa même un pistolet – objet qu'il identifia grâce à Lila Bard –, chambre ouverte, dont tout le canon était orné d'enchantements. Alucard se garda bien d'y toucher, comme d'ailleurs aux autres artefacts.

Dans la pièce adjacente, il la trouva tête baissée au-dessus d'une table, un verre de vin à portée de main. Elle s'était débarrassée de sa couronne : le bandeau d'or était suspendu à une lampe toute proche comme s'il s'agissait d'une tunique jetée là dans le feu de la passion. Elle était en train d'observer son ouvrage comme on étudie un plateau de rasch en fin de partie, au moment des coups décisifs. Seul remuait le ruban de feu qui tournoyait autour de ses doigts, aussi fin et précis que la lame d'un guérisseur.

Ses cheveux noirs, détachés, tombaient sur ses épaules. À son arrivée à la cour, sa crinière dégringolait en cascade dans son dos – une chevelure admirée par les hommes et jalousée par les femmes. Son premier geste en tant que reine avait été de la couper, ce qui avait suscité des commérages (sans empêcher les courtisans de l'imiter). Ceux qui disaient d'elle qu'elle était prisonnière prétendaient que Rhy, jaloux de sa beauté, lui aurait coupé les cheveux dans un accès de colère. D'autres affirmaient qu'il l'avait fait pour qu'Alucard et la reine se ressemblent.

La vérité était plus simple : ses longs cheveux la gênaient dans son travail. Aux yeux de Nadiya Loreni, c'était une raison suffisante pour s'en débarrasser.

Tout en déambulant, il continuait à fredonner. Si la souveraine l'entendit, elle ne jugea pas utile de lever les yeux. Il éleva la voix jusqu'à se mettre à chanter.

— *J'avais un amour, quand j'étais plus jeune, il a pris la mer, je le croyais perdu…*

Nadiya ne réagit pas. Alucard se surprit à espérer, encore une fois, que personne ne tente jamais d'assassiner la reine : elle ne remarquerait même pas l'arrivée de son meurtrier.

— *Mais une fois adulte, il m'est revenu*, chanta-t-il.

Il longea une étagère remplie de reliques mises au rebut : les premiers modèles de pièces jumelées qu'elle avait conçues pour transformer une table de divination en moyen de communication longue distance. Une autre étagère accueillait une collection de bouteilles scellées, un mortier et un pilon, un bocal d'herbes – les ingrédients de la décoction qui aidait Rhy à trouver le sommeil sans pour autant assommer Kell.

— *Je l'avais attendu, il le savait…*

Alucard passa les doigts au-dessus des morceaux éparpillés de ce qui ressemblait fort à un Héritier, ce dispositif qui permettait de contenir et transmettre la magie d'autrui. Déclaré illégal un siècle plus tôt, il était devenu introuvable après avoir été utilisé une dernière fois lors de la capture d'Osaron. Ou du moins le croyait-il.

— *Le jour où les flots l'ont emporté loin de moi…*

À côté, une table jonchée d'éclats de métal et de feuilles de parchemin couvertes de l'écriture de la reine, ces pattes de mouche serrées, commentaires mêlés d'incantations. Et là, au creux d'une boîte, trois anneaux d'argent.

— *Ils ont emporté mon cœur, mon âme et ma voix…*

Il connaissait ces anneaux. Les trois *Antari* en avaient porté de semblables lors de leur combat contre les ténèbres. Ces bagues, en liant Holland, Lila et Kell les uns aux autres, leur avaient permis de partager leur magie. Elles avaient aussi brisé le pouvoir de Kell parce qu'il n'avait pas retiré la sienne à temps. Même à présent, la lumière des fils de magie qui émanait d'elles était étrange, à la fois irisée et traversée d'ombres.

Alucard referma le couvercle de la boîte et enchaîna avec un chant plus sonore et plus grivois lorsqu'il s'approcha de la souveraine.

— *Le roi était de feu, la reine était de glace, au lit cette nuit-là, elle fondit pile et face…*

— C'est donc toi qui l'as apprise à Ren ! s'exclama enfin Nadiya.

Comme tirée d'une rêverie, elle battit des paupières avant de lever les yeux vers lui. Derrière les verres grossissants posés en équilibre sur son nez, ses iris noisette mouchetés d'or et de vert semblaient encore plus grands que d'habitude.

— Tu as vraiment une mauvaise influence sur elle, Alucard Emery.

— Crois-le ou non, ce n'est pas la première fois qu'on me le dit, répliqua-t-il en se versant un verre.

Il s'apprêtait à en boire une gorgée quand elle lâcha :

— Je m'en sers pour nettoyer les métaux…

Après l'avoir reniflé, Alucard reposa la coupe pour attraper celle qui contenait du vin, posée non loin de la reine. Il s'enfonça dans un somptueux fauteuil vert totalement inattendu dans cette pièce. C'était la seule concession de Nadiya à ses visites nocturnes.

— Ne dors-tu donc jamais ? demanda-t-il.

— Pour manquer ces heures précieuses ? Non merci ! La nuit est faite pour travailler.

— Les rêveurs ne seraient pas d'accord, objecta-t-il.

— Les voilà, mes rêves, dit-elle en désignant la table couverte de sorts à moitié formés. Et puis… tu es tout aussi réveillé que moi.

— Je n'arrivais pas à dormir.

— Donc tu as décidé de venir m'embêter ? demanda-t-elle sans toutefois en paraître agacée.

— Que veux-tu, tu es de tellement bonne compagnie.

Nadiya ria aux éclats – un rire que l'on n'entendait pas souvent. Alucard se renfonça dans son fauteuil émeraude, les mains croisées derrière la tête. La reine, quant à elle, retourna à son travail sans plus lui prêter attention.

VII

Cinq ans plus tôt

Le jour où Rhy Maresh épousa Nadiya Loreni, Alucard Emery but plus que de raison.

Il était résolu à ne pas en faire tout un plat. Il avait appris depuis longtemps à tenir l'alcool et à conserver en apparence son charme et sa sérénité quel que soit le tumulte qui grondait en lui.

La cérémonie se déroulait dans la Rose, où des centaines d'*ostra* et de *vestra* se pressaient pour voir leur roi et la reine qu'il s'était choisie.

Alucard avait proposé de ne pas y assister – peut-être avait-il même espéré que son compagnon l'épargnerait –, mais Rhy tenait à sa présence. Après tout, il était l'ombre du roi. Son garde personnel. Planté au pied de l'estrade, caché derrière un masque de jovialité, il vit l'*Aven Essen* nouer une longueur de cordelette d'or autour des mains du couple royal.

Un tel spectacle n'aurait pas dû le mettre dans un tel état… D'autant que Rhy et lui avaient effectué ces gestes-là la nuit précédente, dans leurs appartements, quand personne d'autre n'était là pour les voir. Le jeune monarque avait traîné Alucard hors du lit et ôté la ceinture dorée de son peignoir avant d'entrelacer leurs doigts… La main à la peau mate de Rhy, chargée de bagues, et celle d'Alucard, plus claire, sillonnée par ses veines argentées. Puis il avait enroulé la ceinture dorée autour d'elles.

— *Je lie ma vie à la tienne*, avait dit Rhy.

Alucard avait gloussé, mais le visage de son amant s'était figé.

— *Je lie ma vie à la tienne*, avait répété le roi avec le plus grand sérieux en le fixant de ses yeux dorés, comme s'il attendait de lui une preuve, une réaction.

— *Je lie ma vie à la tienne*, avait répondu Alucard.

Rhy avait enroulé la ceinture une seconde fois.

— Je lie mon cœur au tien.

Cette fois, il avait prononcé la formule à voix haute, car il ne s'adressait plus à son compagnon. Il se tenait devant l'*Aven Essen* et la foule rassemblée pour l'occasion dans la Rose.

— Je lie mon cœur au tien, répondit Nadiya.

Alucard sentit sa gorge se nouer.

— Je lie mon destin au tien, poursuivit le roi.

— Je lie mon destin au tien, reprit la reine.

D'un geste théâtral, Tieren retira la cordelette d'or nouée autour de leurs mains.

— *Is fir on*, proclama-t-il assez fort pour que le serment retentisse dans la salle.

« L'union est scellée. »

Alucard eut l'impression qu'une porte se fermait. Des applaudissements éclatèrent. Des acclamations s'élevèrent. Le roi et la reine se retournèrent pour faire face à leur cour, mains toujours jointes.

Il sourit et applaudit avec le reste de la foule, puis il alla se chercher un autre verre. Après tout, pourquoi pas ? Toute la ville était en liesse. Le port était rempli de bateaux, les rues au pied du palais bondées de vendeurs dont les étals avaient poussé en une nuit tels des champignons. Alucard n'avait pas vu le *Soner Rast* aussi animé depuis le décès de Maxim et Emira.

Les *ostra* de la ville étaient tous vêtus de blanc, formant un océan de corps drapés de crème dans la Grande Salle, où des airs de musique se réverbéraient contre les murs plaqués d'or. Autour des tables qui croulaient sous les victuailles et les boissons, les piliers de marbre étaient habillés aux couleurs des maisons nouvellement unies. Aux dires de Rhy, les quatre couleurs auraient terriblement juré les unes avec les autres – le rouge et l'or des Maresh, le violet foncé et le gris pâle des Loreni –, si bien qu'ils en avaient retenu deux : le violet et l'or. Il avait proposé d'y ajouter un filet de bleu pour Emery – pour Alucard – mais celui-ci avait refusé : il n'était plus un Emery.

Malgré tout, ce matin-là, au moment de s'habiller, il avait choisi de porter les couleurs de sa famille. Non pas parce que l'argent et le bleu – et tous les souvenirs qu'ils évoquaient – lui manquaient, mais parce qu'il souhaitait que tous ceux présents au mariage sachent que la maison Emery se tenait aux côtés des Maresh.

Pour enfoncer le clou, il portait, à la place de son emblème familial, celui de la famille royale : le soleil et le calice, forgés dans l'argent et le saphir au lieu de l'or et du rubis habituels.

Un serviteur passa devant Alucard, qui lui tendit son verre à remplir et regarda le vin doré monter comme la marée. Le rire de Rhy, sonore et éclatant, se propagea en écho d'un bout à l'autre de la salle. La foule s'écartait sur son passage. Sa peau mate brillait sous l'or de sa tenue. La reine sourit et inclina la tête. Alucard, rongé par la jalousie, se demanda ce qu'elle avait bien pu dire de si drôle.

Il s'apprêtait à se retirer sur l'un des balcons qui surplombaient la salle lorsqu'une voix l'interpela :

— Alucard Emery ! Comme vous avez changé !

Une femme s'avançait vers lui dans une robe d'un superbe vert sapin. Les *ostra* devaient tous porter du blanc, mais les *vestra* revêtaient leurs propres couleurs, rappelant ainsi qu'eux aussi étaient de sang royal.

— Mirella Nasaro… dit-il, se forçant à sourire.

Elle portait un pendentif émeraude et blanc en forme d'étalon, les armoiries de sa maison. Ses cheveux noirs tirés en arrière soulignaient une implantation en V, accentuée par les perles qui encadraient son visage. La plus grosse d'entre elles tombait comme une goutte de cristal entre ses sourcils. Alucard lui baisa la main.

Dispersés à travers le pays, les Nasaro étaient les plus éloignés du trône. Si Mirella était rusée, la rumeur courait en revanche que son mari, faible d'esprit et de volonté, avait pour seule ambition d'obtenir des terres et des têtes de bétail.

— Toujours aussi charmeur, dit-elle en retirant sa main dont elle se servit aussitôt pour désigner les lieux. Quelle fête splendide ! Si seulement ma sœur était encore en vie pour voir ça... Vous n'avez bien sûr pas oublié ma nièce, Ezril... Vous auriez formé un si beau couple, si elle n'avait pas fait vœu de devenir prêtresse.

— Dommage que nous soyons tous les deux pris.

Occupée à balayer la foule du regard, Mirella se contenta de hocher la tête d'un air absent.

— Je n'arrive pas à repérer mon fils. Il devrait être là. Je voulais le présenter au roi.

— Et à la reine aussi, n'est-ce pas ?

— Évidemment, concéda Mirella.

Pourtant quelque chose dans sa voix sonnait faux. Peut-être un simple effet de sa distraction ? Alucard s'éloigna – il projetait de s'éclipser de la fête –, mais une autre voix l'interpella :

— Maître Emery.

Il se retourna en soupirant. Drapé de noir et d'or, Sol Rosec portait au creux du cou le blason étincelant de sa famille – une lame et une couronne. Derrière lui se tenaient un garçon et une jeune fille au seuil de l'âge adulte. Visiblement frère et sœur, mais rien n'était sûr avec les Rosec... On les disait fiers au point d'arborer leurs couleurs à même le corps. De fait, tous trois avaient les mêmes cheveux dorés, quoique de nuances différentes, et les mêmes yeux noirs, telles des taches d'encre sur des draps blancs.

Alucard le salua en inclinant le buste.

— Maître Rosec. Cela fait une éternité...

— En effet, admit le *vestra*.

En vérité, les Rosec étaient la seule famille royale à ne pas avoir de résidence principale à Londres. Ils n'y étaient pas autorisés, en raison des rumeurs de sédition qui avaient couru un siècle auparavant. Ils tenaient donc leur propre cour dans le Nord, même s'ils évitaient d'employer ce terme.

Sol Rosec désigna les jeunes gens à ses côtés.

— Mon fils, Oren. Ma fille, Hanara.

Oren s'inclina, mais son geste, quoique presque parfait, manquait de sincérité, d'autant qu'un étrange rictus lui tordait les lèvres. La fille, Hanara, esquissa une petite révérence mais sans baisser la tête : elle ne quitta pas des yeux le compagnon du roi.

— J'étais un bon ami de votre père, déclara le *vestra*.

Dix ans après son décès, Alucard se crispait toujours lorsqu'on évoquait Reson Emery.

— J'ai été navré d'apprendre qu'il nous avait quittés…

— Vous êtes bien le seul.

Les mots avaient jailli avant qu'il puisse les ravaler.

Derrière son père, Oren se mit à ricaner. Hanara, elle, haussa un sourcil intrigué. Sol se contenta de plisser le front, puis il fit mine de chercher un invité parmi la foule.

— Où est donc votre aîné, Berras ?

Alucard tressaillit.

— En votre absence, il s'est passé bien des choses à la cour, répliqua-t-il en appuyant sur le dernier mot. Mon frère n'y est plus le bienvenu.

Rosec scruta Alucard de ses yeux noirs.

— Quelle tristesse de voir une grande maison connaître un tel… déclin.

Alucard resserra les doigts autour de son verre. Il s'imaginait comprimer les poumons du vieil homme pour l'empêcher de respirer et regarder son visage virer à l'écarlate, puis au bleu. Ce ne serait pas difficile : la magie personnelle de Sol Rosec, autrefois d'un rouge brillant, n'était à peine plus qu'un filament rose pâle autour de ses épaules. Il se mourait. En avait-il seulement conscience ?

— Père, intervint Oren en s'avançant, ne devrions-nous pas aller présenter nos vœux au roi et à la reine ?

— Tu as raison, mon fils, convint le *vestra*.

Sur ces mots, ils partirent et furent aussitôt avalés par la foule.

Alucard ne quitta pas la salle tout de suite. Il endura une nouvelle heure de supplice sans cesser de sourire, de plaisanter jusqu'à en avoir mal aux joues, puis il s'échappa enfin vers la galerie supérieure en se disant que non, il ne prenait pas la fuite mais jouirait ainsi d'une meilleure vue.

Vus de là-haut, les corps devenaient une fresque qu'il pouvait déchiffrer aussi facilement que les rubans de magie dans l'air.

Le roi et la reine, étincelants d'or. Les gardes royaux et les serviteurs, habillés de pourpre de la tête aux pieds. Les *ostra* de la ville, tout de blanc vêtus à l'instar des émissaires farois, même si leurs vêtements arboraient une coupe plus ajustée. Un seul Veskien avait assisté au mariage – non pas un représentant de cette cour étrangère, mais leur plus jeune prince, Hok, désormais élevé dans le sanctuaire de Londres. Il parlait assez bien l'arnésien pour qu'on puisse le croire Londonien de naissance, mais sa peau claire et ses cheveux d'un blond tirant sur le blanc contrastaient avec le reste des convives.

Toujours en quête de son fils, Mirella Nasaro se déplaçait à travers la pièce telle une flaque verte. Les trois Rosec, vêtus de noir, formaient une seule et même tache. Quant aux membres de la famille de la nouvelle reine, les Loreni, ils étaient reconnaissables à leurs tenues violettes et à leur col gris en forme de croissant de lune.

Alucard continua à étudier chacun des invités avant de se rendre compte qu'il guettait en réalité l'éclat de l'argent et une touche de bleu. Autrement dit, qu'il cherchait son frère.

Bien sûr, il n'était pas là. Berras Emery ne s'était pas manifesté depuis la nuit où le poison d'Osaron avait déferlé sur la ville, près de trois ans auparavant. Cette même nuit où leur sœur Anisa était morte. Où Alucard avait combattu de toutes ses forces la magie que son aîné déversait en lui comme une boisson.

Oh, ce n'était pas comme si les deux frères s'appréciaient, avant ces événements. Le lien ténu qui les rattachait avait été détruit bien avant. Au fil des années, il s'était fragilisé à coups d'articulations démises, d'os brisés, de paroles haineuses et d'exil forcé. En l'absence de leur mère, dans l'ombre de leur père, à cause de tout ce qu'était Alucard et que Berras n'était pas.

Et pourtant, malgré tout, au fond de lui, il s'attendait à le voir, convaincu que si son frère venait, ce serait dans le seul but de faire une scène. Il ferma les yeux et visualisa son aîné, la tête haute, les cheveux noirs plaqués en arrière, portant les couleurs de la famille avec une fierté qu'Alucard ne s'était jamais autorisé à éprouver. Il pouvait voir ses pupilles d'un bleu nuit virer au noir sous l'emprise de la colère. Il pouvait même entendre sa voix éraillée quand, avisant l'épingle représentant le calice et le soleil au col d'Alucard, Berras aurait lâché : « Au moins, il a mis un collier à sa chienne. »

Alucard serra la broche dans sa main jusqu'à ce que le métal lui morde la peau. Puis il s'obligea à fermer les paupières pour ravaler les larmes qui lui montaient aux yeux. Alors que la Grande Salle bruissait de la rumeur des conversations, il entendit la bure blanche du prêtre bruisser et s'approcher de lui. Il sentit sa présence avant même de se retourner et d'apercevoir les vrilles magiques de l'*Aven Essen*, ces filaments pâles qui dansaient dans l'air.

— Maître Emery, lâcha Tieren d'une voix douce.

Le vieil homme se tenait toujours aussi droit, mais depuis un an ses joues avaient tendance à se creuser, sa peau à pendre sur ses os, comme lentement attirée vers la terre. Même les filaments de sa magie avaient commencé à s'estomper.

Alucard contempla le verre de vin dans la main du vieil homme.

— Vous y avez droit ?

L'*Aven Essen* leva un sourcil blanc.

— Je suis un prêtre, pas un saint, répondit-il. Du reste, tout est affaire d'équilibre. Il faut goûter aux plaisirs avec modération.

Il prit une longue gorgée, les yeux fermés, comme pour mieux savourer sa boisson.

— Ça se discute, répliqua Alucard en vidant son verre. Pour ma part, je préfère ne pas m'imposer de limite !

Tieren rouvrit les yeux pour les fixer sur lui. Pâles, d'un bleu de matin d'hiver, ils donnèrent à l'ancien capitaine l'impression qu'on lui retirait à la fois son masque et sa fierté.

— Alucard… commença doucement le prêtre.

L'intéressé sentit sa gorge se serrer. Il se détourna de l'*Aven Essen* pour s'accouder à la balustrade de la galerie. Son regard s'abattit comme une pierre sur la foule. Il aurait pu atterrir n'importe où mais, sans surprise, il se posa sur Rhy. Le roi souriait de toutes ses dents, les bras écartés, comme s'il désignait la salle ou racontait une histoire. Laquelle ? Si seulement Alucard pouvait lire sur ses lèvres… Il aurait dû se trouver en bas, aux côtés de Rhy. Mais c'était la place de la reine, qui se tenait là, une main sur son épaule, comme si la couronne qui brillait dans ses cheveux noirs ne suffisait pas, comme s'il fallait rappeler au public que Rhy lui appartenait.

— Il n'avait pas le choix, déclara Tieren.

Le pire, c'est que le prêtre avait raison, il le savait. Alucard avait juré non seulement d'aimer le roi, mais aussi de le protéger. Or, quand il s'agissait de conserver un trône, un enfant avait plus de pouvoir que n'importe quelle épée, n'importe quel bouclier.

C'était la seule chose qu'Alucard ne pouvait donner à Rhy. La seule chose dont le jeune Maresh avait besoin pour rester roi.

Le principe de la magie stipulait qu'un roi régnant ou une reine régnante ne pouvait avoir qu'un seul héritier – pour éviter que sa famille ne devienne trop nombreuse, trop puissante –, mais que s'il n'en avait pas, cette stérilité serait considérée comme le signe que la lignée n'était plus en mesure de gouverner. Le pouvoir passerait aux mains de l'une des autres familles royales – les Rosec, les Nasaro, les Loreni, les Emery. Toutes avaient déjà régné par le passé, et chacune ne demanderait pas mieux que de recommencer si on lui en donnait l'occasion.

Les Maresh étaient sur le trône depuis trois cents ans. Alucard n'avait pas le droit de les en écarter.

— Il n’avait pas le choix, répéta-t-il.

Il porta le verre à ses lèvres mais la coupe était vide.

En bas, la nouvelle reine s’était un peu éloignée de Rhy qui tournait lentement sur lui-même, comme s’il cherchait quelqu’un. Alucard se dit que ce quelqu’un devait être lui, jusqu’à ce que son regard tombe sur la tignasse écarlate qui s’avançait : Kell. C’était lui qui attirait l’attention du roi.

L’ancien corsaire serra les dents. Il avait promis de ne pas provoquer le prince *Antari*, pas en cette journée, mais sa résolution faiblissait à chaque nouveau verre de vin. Il allait redescendre et s’amuser un peu, peut-être avec Lila Bard, s’il la trouvait… quand quelqu’un se racla la gorge.

Il se retourna, dans l’espoir que ce serait la magicienne. Malheureusement ses attentes furent déçues. Car ses yeux tombèrent sur une couronne, identique à celle de Rhy, posée sur des cheveux noirs.

« *Eh bien…* avait ironisé Alucard lors de la première visite de la Nadiya Loreni au palais. *Au moins, c’est toujours moi le plus beau.* » Il plaisantait, bien sûr. La jeune femme était éblouissante. La plupart des nobles devaient s’envelopper de parures pour avoir l’air un tant soit peu attirants, mais l’aînée de la fratrie Loreni était belle au naturel, avec son visage en forme de cœur et son corps dont les courbes harmonieuses dissimulaient un esprit vif. Comme sa mère, son grand-père et tant de Loreni avant elle, Nadiya était inventrice aussi bien que de haute naissance.

Désormais, elle était aussi reine.

Alucard chercha l’*Aven Essen* du regard mais le prêtre avait battu en retraite, le laissant seul face à la femme de Rhy. *Traître !* pensa-t-il en voyant Nadiya s’approcher.

— Alucard…

Il lui en voulait de prononcer son nom comme s’ils étaient des alliés, ou de vieux amis.

— Ma reine, répondit-il en s’inclinant dans une profonde révérence.

Venait-elle de lever les yeux au ciel ?

Ce fut au moment où elle sortit les mains des plis de ses jupes pour exhiber une bouteille de vin débouchée qu'il remarqua ce détail : elle les avait cachées jusque-là.

Elle remplit sa coupe.

— Où est la vôtre ? demanda-t-il.

— Je n'en ai pas. Nous allons devoir partager.

Il vida son verre et le reposa aussitôt. Puis il se détourna d'elle pour retrouver la tranquillité de son poste d'observation.

— Ne devriez-vous pas être en bas, à saluer vos invités ?

— Je pense qu'ils survivront à mon absence, répliqua la reine.

Elle se servit en vin et y trempa ses lèvres avant de l'interroger à son tour.

— Et vous ?

— Moi quoi ? demanda-t-il en haussant un sourcil.

— Vous êtes l'ombre du roi. N'êtes-vous pas censé rester à ses côtés ?

— Je suis l'oiseau domestique du roi aujourd'hui, répondit-il d'une voix sèche. Je préfère me percher quelque part.

Nadiya le rejoignit derrière la rambarde de marbre.

— Je sais de source sûre que vous êtes son cœur…

— Qui vous a dit ça ?

— Lui. Le jour où nous nous sommes rencontrés. Et tous les jours depuis.

Lorsque Alucard croisa son regard, Nadiya éclata de rire, ce qui ne manqua pas de le surprendre… et se reproduirait souvent.

— Je sais très bien que je vous épouse tous les deux.

— M'en voulez-vous ? demanda-t-il.

Il se retint d'ajouter « autant que moi je vous en veux ».

— Le devrais-je ? (À son tour, elle finit son verre avant de l'étudier, comme s'il s'agissait d'un problème ou d'une énigme à résoudre.) Je ne vois pas pourquoi il me faudrait endosser tous les rôles. Je veux être mère, pas épouse.

— Alors pourquoi devenir reine ?

— Pour le pouvoir, répondit-elle sans hésiter. (Le visage d'Alucard avait dû trahir sa surprise car elle précisa sa pensée.) Oh, pas comme vous l'entendez. Je ne parle pas du pouvoir de régner sur un peuple ou de déclencher des guerres. Je parle du pouvoir de faire ce qui me plaît. De penser, de travailler, de vivre comme je l'entends, sans que personne ne se mette en travers de mon chemin.

Ses yeux étincelaient d'une espèce de fièvre.

— Est-ce à dire que vous n'êtes pas amoureuse de lui ?

— Suis-je censée l'être ? le taquina-t-elle, avant de se raviser devant son air grave. J'aime notre roi.

Il lui fut reconnaissant d'employer « notre » au lieu de « mon », et plus encore d'ajouter :

— Mais je ne l'aimerai jamais comme vous, maître Emery. Et cela vous convient, j'imagine. Tout comme cela me convient à moi.

Accoudée à la rambarde, la nouvelle reine contempla la fête qui battait son plein. Rhy tenait cour au centre de la salle.

— Nous l'aimerons chacun à notre manière, dit-elle. Je lui apporterai ce que vous n'avez pas. Vous lui apporterez ce que je n'ai pas. Ensemble, nous formerons une famille où tout le monde y trouve son compte.

La poitrine d'Alucard se serra mais, pour la première fois de la journée, il n'éprouvait ni colère, ni jalousie, ni chagrin. Car son cœur était gonflé d'espoir.

— Maintenant, descendez de votre perchoir et aidez-moi à survivre à cette réception !

Puis elle s'éloigna à grands pas. Alucard se redressa.

— Si vous insistez, ma reine, répondit-il, un semblant de sourire aux lèvres.

VIII

De nos jours

Nadiya délaissa ses outils et se redressa tout en se massant la nuque. Alucard sut qu'il pouvait parler sans crainte de la déranger.

— Le roi a failli être tué cette nuit.

— Il paraît, oui, dit-elle comme s'ils ne parlaient pas d'un régicide, mais d'un menu à préparer.

N'importe qui aurait pu s'offusquer d'un tel détachement, mais pas Alucard. Nadiya marcha à grands pas vers une autre pièce sans prendre la peine d'inviter son invité à la suivre, sachant qu'il le ferait. Une fois sur place, il fut frappé par l'odeur métallique du sang, suivie des effluves d'agrumes et de menthe que répandaient de minces filets de fumée s'échappant des chandelles. Le corps de l'assassin gisait nu sur une dalle de pierre. La blessure qui l'avait tué dessinait une déchirure exsangue en travers de son torse.

— Vous vouliez de la compagnie, ma reine ? Il suffisait de demander…

— Dis-moi, Alucard, dit-elle en contournant le cadavre, serait-ce une invitation ? Tu sais bien que tu n'es pas mon genre…

— À cause de ma virilité ou parce que je suis en vie ?

— Ni l'un ni l'autre. Ou peut-être les deux, conclut-elle en ôtant ses lunettes.

Ce n'était que du badinage, aussi éprouvé qu'une bonne paire de bottes. Au grand désarroi d'Alucard, Nadiya Loreni appréciait apparemment la solitude.

— *Je ne suis pas seule*, avait-elle démenti plus d'une fois. *J'ai un mari, une fille et un ami qui vient me déranger quand je travaille. Je jouis de la liberté d'une femme mariée, de la joie d'être mère et du pouvoir d'une reine. J'ai tout ce dont j'ai besoin.*

— *Et tout ce que tu veux ?* avait-il insisté, sachant ce que l'on ressentait à voir ses rêves ne pas se réaliser, même lorsqu'on possédait déjà tout.

Elle l'avait regardé avec une lueur amusée au fond des yeux.

— *Si je voulais une femme dans mon lit, Alucard, elle y serait. Crois-le ou non, je préfère dormir seule.*

Et il l'avait crue : quand Nadiya Loreni voulait quelque chose, elle se battait pour l'obtenir.

Alucard s'approcha du bloc afin d'examiner celui qui avait voulu tuer Rhy. Dans la mort, l'assassin avait l'air jeune. Une touche de rouge barrait ses joues, résidu de la peinture qui avait maculé son visage.

Le regard de l'ancien capitaine se promena sur le cadavre jusqu'à trouver ce qu'il cherchait. Là, au niveau des côtes, juste en dessous du coup qui lui avait été fatal. Des doigts marqués au fer.

La Main.

Aussitôt, la colère explosa en lui. Il planta ses ongles dans la dalle. L'air frissonna, les lanternes vacillèrent dans la pièce. La voix de Rhy, luttant contre le sommeil, lui revint en mémoire.

« Pourquoi me détestent-ils ? »

Alucard détourna les yeux du mort pour les poser sur le graphique qui occupait un mur entier de la pièce. Telles les mauvaises herbes par temps humide, le schéma avait grandi – ses vrilles s'étaient déployées sur la pierre.

Six mois plus tôt, lorsque les murmures s'étaient transformés en rumeurs impossibles à contenir, il s'était adressé à la reine. Elle était à la fois l'esprit le plus brillant de son entourage et la seule personne à qui il faisait confiance. Il avait forcé les mots à sortir de sa bouche :

— *Est-il légitime de penser que la magie est en train de décliner ? Comment en être sûr ?*

Il se détestait d'avoir posé la question. Elle avait le goût rance du doute. L'espace d'un instant, il avait craint la réaction de la reine, de voir l'horreur se peindre sur ses traits.

Mais il aurait dû se douter de la réponse. Nadiya était Nadiya, après tout. Elle n'avait même pas frémi, parce qu'elle n'avait pas attendu qu'on l'interroge. Elle l'avait alors conduit dans cette pièce pour lui montrer la première esquisse de son plan, qui deviendrait bientôt un diagramme tentaculaire de la magie, où elle s'était efforcée de cartographier sa présence et sa force, depuis le scellement des portes entre les mondes trois siècles plus tôt – elle manquait de données pour remonter plus loin dans le temps – jusqu'à l'époque où Rhy avait accédé au trône. Ce jour-là, en constatant que la courbe était bel et bien descendante, le cœur d'Alucard s'était serré.

— *Ce n'est donc pas une simple rumeur ?*

La reine s'était contentée de hausser les épaules.

— *Dans la nature, tout n'est que flux et reflux. La marée monte et descend. Les saisons vont et viennent en permanence.*

— *Quand la magie va-t-elle revenir ?* s'était-il enquis en tentant de calmer la panique dans sa voix. *Quand le niveau de la mer remontera-t-il ?*

Nadiya avait hésité, déroutée. Si elle ne répondait pas, c'est qu'elle ne connaissait pas la réponse, ce qui n'était guère rassurant.

Alucard avait observé le graphique si longtemps que sa vision avait fini par se brouiller, les points et les lignes qui les reliaient par se confondre, ce qui rendait l'ascension et le déclin moins accablants.

Peut-être Nadiya avait-elle raison. Mais leurs ennemis en profiteraient quand même. Une lame, même émoussée, n'en restait pas moins une arme entre de mauvaises mains.

Après ce qui lui avait semblé des heures à contempler le tableau, il avait repris la parole.

— *Pas un mot au roi.*

— *Rhy n'y peut rien*, avait-elle répliqué. *La marée descend avant de…*

— *Peu importe*, l'avait coupée Alucard. *Il est capable de s'offrir en martyr.*

Les doigts de Nadiya étaient venus se poser sur son épaule en un geste apaisant.

— *Dans ce cas, nous le protégerons*, avait-elle répondu. *De la Main et de lui-même.*

Ils étaient restés ainsi un long moment, jusqu'à ce que la main de la reine se retire.

— *Il me manque encore une information capitale*, avait-elle ajouté.

Elle voulait parler de Ren, bien sûr.

Ren, qui n'avait pas encore cinq ans. Trop jeune pour que son pouvoir se manifeste. Ou non. La plus grande crainte de Rhy, c'était que sa fille soit, comme lui, dépourvue de magie. Car si c'était le cas, la Main s'en servirait comme d'une étincelle pour allumer le feu et incendier le royaume.

Mais Nadiya disposait de tout un arsenal de magie. Et elle s'en servirait pour détruire quiconque s'en prendrait à sa fille.

Personne ne toucherait au moindre cheveu de la princesse, car Alucard n'avait aucune intention d'attendre la majorité de Ren. Ni de laisser à la Main le temps de se renforcer.

Un éclat de métal attira son regard, ce qui le ramena au moment présent et au cadavre étendu sur la table. Plus loin, la reine, qui venait de retrousser ses manches, tenait un couteau tranchant à la main.

— Tu as l'intention de récupérer les pièces détachées ?

Sa plaisanterie allait se transformer en réalité.

Nadiya semblait toujours sur le point de sourire. Ses lèvres charnues, ses grands yeux noisette, son sourcil légèrement plus haut que l'autre lui donnaient cet air espiègle dont avait hérité Ren. Dénué de malveillance, ce regard ne reflétait que curiosité et émerveillement, à une différence près : si Ren aimait dessiner des oiseaux, Nadiya préférait arracher une à une les plumes de leurs ailes pour comprendre comment ils utilisaient les courants aériens. Un certain nombre des animaux de compagnie de la princesse s'étaient retrouvés dans le Cabinet de la reine… après leur mort naturelle, bien entendu. Du moins l'espérait-il.

Il regarda Nadiya passer son scalpel sur la poitrine de l'assassin. La peau cireuse se fendit sous le tranchant de l'acier.

— Que devient la vie quand le corps s'éteint ? demanda la souveraine à voix haute. Les Arnésiens voient le corps comme une coquille, un vaisseau pour la vie qui l'anime. Tant que nous sommes en vie, nous sommes remplis. Quand nous mourons, le vaisseau se vide et son énergie retourne à la mer. Il ne reste plus qu'une coquille vide. Sans souvenirs. Sans esprit. Sans âme. Si tel est le cas, nous ne pouvons rien apprendre des morts.

Elle s'empara d'un couteau dentelé pour scier les côtes du macchabée. Écœuré, Alucard détourna le regard.

Nadiya pouffa.

— Tu as forcément vu pire quand tu étais pirate !

— Corsaire, rectifia-t-il. Et même à cette époque-là, je n'avais pas pour habitude de dépecer les morts. Comment se fait-il que tu sois…

Il s'interrompit : elle venait de lâcher la scie pour ouvrir la cage thoracique de l'homme à mains nues. Alucard, sentant la bile lui remonter dans la gorge, s'approcha de la chandelle parfumée à la menthe et au citron pendant que Nadiya éloignait ses doigts ensanglantés du cadavre. Elle récupéra une lame plus fine avant de reprendre son travail.

— En fait, les Farois aussi pensent que le corps est un vaisseau pour l'esprit, poursuivit-elle. Mais selon eux, aussi longtemps que dure leur fusion, le corps et l'esprit se marquent mutuellement, comme une main qui imprime son empreinte dans l'argile. Le corps est façonné par l'énergie. La chair garde les souvenirs…

Elle parlait avec un tel naturel qu'il se serait cru dans un salon, en train de déguster un thé accompagné de mignardises et…

Alucard s'efforça de repousser toute idée d'aliments : les mains de la reine faisaient à présent un bruit de ventouse en fouillant le torse de l'homme, avant d'en sortir enfin, avec un cœur en leur creux.

— Si la Main nous pose problème, c'est parce que nous savons très peu de choses sur elle. Il nous reste à découvrir ce que veulent ses membres.

— La même chose que tous nos ennemis, répliqua Alucard. Provoquer le chaos sous prétexte de changement. Précipiter la fin du règne des Maresh.

— Ce sont des grands principes, pas des réponses, répondit-elle en soupesant l'organe. La Main est un manteau, un masque, or il y a des hommes et des femmes qui se cachent dessous. Qui aspirent tous à quelque chose de différent. (Les yeux brillants, elle regarda le cœur sanguinolent dans sa main.) Que voulait cet homme, par exemple ?

Elle porta son butin à un autel dont la surface était recouverte d'un délicat lacis de sortilèges tracés non pas à l'encre mais au sable. Non, pas au sable. Au soufre. Tandis qu'Alucard s'approchait, Nadiya plaça le cœur au centre du motif. Elle versa dessus une fiole d'huile et claqua des doigts : une petite étincelle, née de sa main, y tomba. Sitôt allumé, l'organe se consuma : une flamme d'un bleu noir l'avala tout entier avant de déployer en douceur ses doigts le long des lignes du sort sulfuré.

Alucard n'avait jamais été très fort pour écrire des formules magiques. Il savait les lire, du moment qu'elles restaient rudimentaires, et à peu près les utiliser, mais il avait toujours préféré la magie élémentaire, la clarté limpide du vent, de la terre ou de l'eau entre ses mains plutôt que l'application plus abstraite du pouvoir d'un autre.

Voilà pourquoi, à ses yeux, marmonner des incantations n'était pas vraiment de la magie. Pourtant, face à un nouveau sort qu'il rencontrait pour la première fois, il avait la sensation d'être confronté… à cette sorcellerie dont Bard parlait parfois, appartenant aux contes fantaisistes et aux rêves saugrenus propres au monde de la jeune femme. Oui, c'était comme si, en voyant l'impossible se transformer en réalité, il comprenait que la transition entre les deux résidait dans le talent.

Comment fonctionnait l'esprit de Nadiya ? Comment s'y prenait-elle pour construire ses sorts ? Il n'en avait aucune idée, mais les filaments, il les voyait, tissés avec autant de soin que pour un vêtement. Il y avait la terre et l'eau, pour simuler la circulation du sang dans les veines. Il y avait le feu, pour reproduire l'étincelle de vie.

— Je donnerais tout pour voir le monde avec tes yeux… murmura la reine.

Alucard leva la tête et reprit une expression neutre. Il était tellement habitué à bloquer les rais de lumière, à voir au-delà, si bien qu'en se concentrant sur les rubans de magie, il avait dû plisser les yeux et creuser une ride profonde entre ses sourcils, ce qui l'avait trahi. Quelques années plus tôt, Nadiya avait remarqué son air concentré et il avait commis l'erreur de lui dire la vérité.

— À ton avis, est-ce ton esprit ou tes yeux ? demanda-t-elle alors que le sort continuait à brûler. Les yeux sont, à mon sens, le siège de la perception. Il n'y a qu'à voir les magiciens *Antari*, ce que la magie exige de leurs nerfs oculaires. Sauf que c'est l'esprit qui donne un sens au monde et analyse ce que nous voyons.

— Peu importe, non ?

— Détrompe-toi, répondit-elle, offensée.

Il y avait une certaine ferveur dans sa voix. Quant à ses pupilles, elles étaient aussi noires et dilatées que celles d'une femme pendant l'amour.

— Je n'aime pas quand tu me regardes comme ça, dit Alucard.

— Comment ?

— Comme si j'étais l'un de tes projets. Un de ces objets que tu t'apprêtes à démonter.

— Oh mais je ne te laisserais pas en pièces détachées ! J'espère vraiment que ce sont tes yeux, ajouta-t-elle avec un sourire en coin. Ils sont bien plus faciles à étudier. Et d'un si joli bleu.

— Tu n'auras pas mes yeux !

— Aucun problème, répondit-elle, désinvolte. Je les prendrai quand tu seras mort.

Le doux crépitement de la magie s'éteignit entre eux. Le cœur, qui avait cessé de brûler, n'était plus désormais qu'une masse calcinée au centre du dessin de soufre. Le sort était terminé. Nadiya retint son souffle. Alucard vint se placer à ses côtés. Ensemble, ils examinèrent l'autel.

Les lignes avaient bougé. Au lieu de former un cercle complexe autour de l'organe, elles étendaient à présent leurs ramifications dans toutes les directions, comme les rayons d'une roue. Ou les pointes d'une étoile. Ou les branches d'un arbre.

Un souvenir lui revint. Lila Bard, accoudée au bastingage de la *Flèche*, le regard plongé dans une tasse en fer-blanc remplie d'un thé noir infâme. Elle lui parlait d'une foire où elle s'était rendue un jour, dans son Londres – le Londres gris –, d'une femme qui prétendait lire l'avenir dans les feuilles de thé.

— *Qu'est-ce qu'elle t'a dit ?* avait-il demandé.

— *Que je causerais beaucoup d'ennuis et que je mourrais loin de chez moi*, avait répondu Lila sans quitter des yeux l'immensité de la mer.

Alucard avait ricané.

— *J'aurais pu te le prédire moi-même, Bard.*

Elle lui avait adressé un de ses sourires aussi tranchants qu'un couteau.

— *Oui, bon, en tout cas, je viens de regarder dans la tasse et tu sais ce que j'ai vu ?*

Il avait fait non de la tête. Elle avait jeté le reste du dépôt noir à la mer.

— *Rien que du thé.*

À présent, Alucard lança un coup d'œil à Nadiya, qui fixait la table comme quand il était arrivé, le regard immobile, indéchiffrable. Son esprit était sûrement embarqué dans telle ou telle considération.

Il s'éclaircit la voix.

— Alors ? Ça a marché ?

Nadiya fronça les sourcils, tâchant visiblement de donner un sens à ce qu'elle avait devant elle. Au bout de plusieurs longues secondes, la déception se peignit sur son visage.

— Les sorts ne fonctionnent pas toujours, lâcha-t-elle en passant une main dans les cendres pour effacer les lignes.

Elle reporta son attention sur le cadavre dépecé, plongeant le regard dans ses yeux grand ouverts. Alucard se demanda si elle avait l'intention de les déloger de leur orbite pour retenter l'expérience, mais elle approcha la main d'un levier sur le côté de la table. Le corps, traversant la surface de pierre, tomba dans la cavité en dessous. La reine fit pivoter son poignet et des flammes se mirent à dévorer le mort.

— Fais-moi plaisir, Alucard, dit-elle pendant que le corps se consumait.

— Je t'écoute.

— La prochaine fois, tâche de les capturer vivants.

IX

Le dernier voleur commençait à se sentir mal.

Il avait d'abord éprouvé une douleur juste en dessous des côtes, une torsion dans le ventre. Sans doute due au mal de mer : il n'avait jamais eu l'estomac très solide – même quand il n'était encore que le fils du marchand –, et la houle nocturne ballottait énergiquement le petit esquif sur lequel il s'était enfui loin du *Ferase Stras*. De plus, il avait dû dépenser une sacrée dose d'énergie pour diriger l'embarcation tout seul, si bien qu'il tremblait de tous ses membres en arrivant au port et au bateau qui attendait, loué pour ramener leur trio – désormais réduit à un individu, lui – à Londres.

Il s'effondra sur le lit de camp de la petite cabine, le *persalis* volé caché sous la cape qu'il pressait contre sa poitrine. Selon lui, son malaise persistant était la conséquence de son aventure – qui n'avait pas été aussi plaisante qu'il l'avait espéré.

Jamais le dernier voleur ne songea à incriminer les sorts de protection du *Ferase Stras* ni au fait qu'il n'avait pas eu le temps de draper ses épaules de la cape immunisée contre la magie avant de se précipiter par-dessus bord.

Il dérivait au gré des flots, fébrile, se repassant en boucle les événements dans son esprit jusqu'à en faire une scène des *Légendes d'Olik* dont il était, bien sûr, le héros.

À son réveil, un peu avant l'aube, il sentit une main calleuse le secouer. Il avait à la fois chaud et froid, frissonnait même s'il était en sueur, et il mit un moment à comprendre que le navire était à quai.

— Londres ? demanda-t-il d'une voix éraillée.

Mais l'homme secoua la tête.

— Tanek.

Il lui fallut rassembler ses idées, retracer le plan dans sa tête. Oui, en effet. Ses deux complices en avaient parlé dans les heures qui avaient précédé le cambriolage. Ils navigueraient jusqu'au port le plus proche, puis embarqueraient sur un navire marchand qui accosterait à l'embouchure de l'Île, juste avant le point de contrôle, où une calèche les attendrait. Les ports tenaient le registre des navires – de leurs passagers et de leurs marchandises –, mais pas des carrioles et autres véhicules.

Ses compagnons, plus expérimentés, ne l'avaient pas consulté, mais il avait laissé traîner ses oreilles, et désormais, il éprouvait une joie amère : eux morts, il était donc le seul à pouvoir mener à bien la mission.

Au moment de débarquer, pourtant, il perdit bien vite de sa superbe. Non seulement il avait l'impression que le sol se dérobait sous ses pieds, mais la douleur s'était propagée à ses tempes et à sa poitrine. Le paquet coincé sous son bras, il s'efforça d'aspirer une grande bouffée d'air frais avant de rejoindre son chauffeur.

Cette belle calèche prévue pour trois, il l'avait pour lui tout seul. Bringuebalé par les cahots de la route, il se concentra sur cette idée. La faible lumière du matin pénétrait par les fenêtres du véhicule et, à présent que Londres était en vue, il s'obligea à dénouer la cape qui enveloppait son butin pour affronter le problème.

Leur butin – le *persalis* – était brisé.

À bord du *Ferase Stras*, le créateur de portes était en un seul morceau, or désormais il en comptait plusieurs. Le dernier voleur tenta de se remémorer le dessin qu'il avait vu, de visualiser l'accessoire encore intact. On aurait dit une petite boîte bien régulière avec un anneau noir et or sur le devant. Cette pièce-là pouvait se détacher, il le savait. Quand le *persalis* était en état de marche, il ouvrait une sorte de porte qui menait à cet anneau, où qu'il soit.

Comment les membres de la Main comptaient-ils utiliser le créateur de portes ? Mystère. Mais, à tous les coups, ils s'attendaient à ce que l'artefact fonctionne.

Il étudia les débris de plus près. Selon lui, il ne manquait aucune pièce. Il chercha donc à les réassembler. Peut-être étaient-elles toutes censées se détacher ? Non : une partie du métal était gondolée, le bois fendu, et la seule fois où il avait été sur le point de reconstruire l'objet, la calèche avait heurté une méchante bosse et il s'était aussitôt éparpillé sur ses genoux.

La tête penchée en arrière, les yeux fermés, il poussa un long soupir. Il était le héros d'une aventure. Il incarnait Olik. Il était l'élu. Il était… sur le point de vomir.

Il tambourina contre le toit du véhicule et s'extirpa avant même l'arrêt pour rendre tripes et boyaux dans la rue. Son estomac était vide : sa nervosité l'avait empêché de manger avant le début de la mission et il avait été trop malade après. Il évacua tout de même une glaire rouge et noir qui lui laissa un goût de métal dans la bouche.

Tout étourdi, il se redressa sur ses jambes flageolantes en prenant appui contre la calèche, puis il regarda autour de lui. Il se trouvait dans le *shal*, un quartier de Londres qu'on avait appris au fils du marchand à éviter dans sa jeunesse, quand ses parents l'avaient amené dans la capitale : un réseau de rues à la périphérie de la ville où venait s'approvisionner une clientèle variée mais jamais très recommandable. Là, le rougeoiement de l'Île teintait à peine les nuages bas, les flèches du palais n'étaient qu'un vague reflet doré à l'horizon.

Pourtant, il ne trouvait pas le quartier si sordide. Ce pâté de maisons, au moins, comptait une boulangerie, quelques charrettes, une taverne aux fenêtres intactes, une couturière et une échoppe sans enseigne, mais signalée par un « H » doré sur la porte. Il y avait une pancarte juste en dessous. Le voleur s'en approcha tant bien que mal jusqu'à ce que sa vision ne soit plus trouble et qu'il puisse en déchiffrer l'inscription.

« AUTREFOIS CASSÉ, BIENTÔT RETAPÉ. »

Une idée germa aussitôt dans l'esprit du dernier voleur. Une très mauvaise idée. S'il ne s'était pas senti aussi mal, il se serait assez vite rendu compte que c'était de la folie. Au lieu de quoi il retourna à la calèche et ordonna au cocher d'attendre, le temps qu'il ramasse les éléments brisés du *persalis*. Il eut au moins le bon sens de retirer la pièce maîtresse de l'ensemble, l'anneau noir et or, pour la glisser dans la poche de poitrine de son manteau avant de rassembler le reste et de se diriger vers l'échoppe, de son pas toujours incertain.

Il pesa de tout son poids contre la porte, mais elle était verrouillée. Ayant secoué la poignée avec humeur, il finit par aviser la pancarte « FERMÉ » collée à la fenêtre. Un voile obscurcissait de plus en plus sa vision. Le front collé au battant de bois, il lutta pour reprendre son souffle.

Le dernier voleur se résolut ensuite à retourner au véhicule. Une fois hissé, au prix de grands efforts, dans la pénombre bienvenue de l'habitacle, il se laissa tomber sur la banquette et prit son mal en patience.

X

Tess s'était couchée avec des envies de raviolis.

Pendant son sommeil, l'envie s'était plantée là comme une écharde pour la tourmenter au point qu'à son réveil, ce n'était plus une envie mais un besoin. Elle n'avait même pas pris le temps de se faire du thé : elle avait enfilé ses bottes et son manteau pour partir en quête de petit déjeuner. Son travail pouvait bien attendre...

Le magasin ouvrirait plus tard, voilà tout.

Depuis trois ans, Tess se donnait pour mission de goûter à tous les raviolis que Londres avait à offrir, depuis la dizaine de stands disséminés sur les nombreuses places de la ville jusqu'à l'immense étal du marché de nuit, sans oublier la devanture chic de la rive nord, spécialisée dans le poisson, ou encore l'espèce de stand douteux en plein cœur du *shal*. Elle n'en avait pas encore fait le tour mais, jusqu'à présent, les meilleurs – et de loin – étaient servis dans une petite échoppe blanche coincée entre un boucher et un boulanger sur Hera Vas, de l'autre côté des quais.

Ce n'était pas tout près, mais le déplacement en valait la peine. Une demi-heure plus tard, Tess était en route pour la boutique, son sachet fumant serré contre elle comme s'il renfermait non pas des boulettes de pâte, mais des pièces d'or.

Tel un œuf, le soleil du matin avait éclos et baignait d'une lumière chaude les toits de la ville et se reflétait sur les vitrines sans pour autant réchauffer l'air. Tout autour de Tess, Londres s'animait. Les falaises où elle était née et la mer lui manquaient certes, mais la jeune fille s'était prise d'affection pour cette capitale qui s'étendait et grandissait comme un jardin en pleine floraison, chaque jour un peu différente, un peu plus vaste. Elle aimait la profusion de magie, même si les filaments étaient parfois si enchevêtrés et si brillants qu'elle en avait mal aux yeux. Tess aimait les marchés qui poussaient comme des champignons et le fait qu'à chacune de ses explorations – et elles étaient nombreuses –, elle découvrait quelque élément nouveau. Elle aimait le claquement des sabots sur les pavés et le brouhaha des voix dans la rue, mélodie qui enflait et décroissait sans jamais s'éteindre complètement. Elle aimait cet endroit si grand et si bruyant qu'elle pouvait crier sans que personne ne se retourne. Se cacher sans que personne ne la trouve.

« Où es-tu, petit lapin ? »

Tess frissonna. Ce n'était rien d'autre qu'un effet de la brise fraîche qui s'était levée pour s'insinuer par les trous de son manteau.

— Il faut vraiment que je le recouse, glissa-t-elle à Vares, fourré dans sa poche habituelle.

Le squelette de hibou s'abstint de répondre. Comment lui en vouloir ? Ils savaient tous deux qu'elle n'était pas aussi douée avec un fil et une aiguille qu'avec les filaments de la magie. Sa mère n'avait eu de cesse… Tess se reprit et orienta ses pensées dans une autre direction. Peut-être était-il temps de se racheter des vêtements.

Quinze ans… quel âge déconcertant. Son corps s'obstinait à grandir par à-coups, de sorte que rien ne semblait lui aller, pas même sa peau.

Elle entreprit d'acheter un manteau tout neuf, mais dépourvu de magie. La plupart avaient en effet un sort tissé dans leurs fibres : pour les imperméabiliser, les rendre chauds en hiver ou frais en été… Non, elle, tout ce qu'elle désirait, c'était une bonne laine bien robuste.

Comme son ventre gargouillait, elle ouvrit le sachet et attrapa un ravioli. Une délicieuse vapeur parfumée envahit ses narines au moment où elle mordit dans la boulette de pâte, mélange d'oignon finement coupé et de viande épicée. Elle sourit.

— Ça en valait la peine, dit-elle, la bouche pleine.

Dans la poche de son manteau, Vares fit claquer son bec comme pour en réclamer un morceau.

— Tu n'as pas d'estomac, lui fit-elle remarquer. Ce serait du gâchis.

Le squelette de hibou sembla souffler de dépit. Une fois avalé le premier ravioli, Tess résista à l'envie d'en engloutir un autre : elle attendrait son retour à la boutique, où elle pourrait accompagner ces délices d'une tasse de thé.

Elle soupira de soulagement en regagnant le *shal.* Ses yeux apprécièrent l'ombre qui tombait sur les rues étroites à présent que la lumière du fleuve disparaissait, venait échouer telle une vague derrière les maisons. Elle ne ralentit le pas qu'en passant devant une boutique aux volets fermés, dont le mur en pierre de taille était orné d'un dessin. La peinture blanche n'avait pas eu le temps de sécher.

De près, on aurait dit de gros coups de pinceaux mais en reculant de quelques pas, elle vit ce que le dessin représentait.

Une main.

Elle pressa le pas jusqu'à la boutique, où le « H » doré peint sur la porte l'accueillit. Elle effleura les mots sur la pancarte – « Autrefois cassé, bientôt retapé » –, tirant au passage sur les filaments qu'elle y avait entremêlés, afin de relâcher le sort de protection qui verrouillait l'endroit.

Sauf qu'en entrant, elle se rendit compte, trop tard, que la boutique n'était pas vide.

Devant le comptoir mais dos à l'entrée, un homme fouillait les étagères. La peur s'empara de Tess. Attrapant l'arme la plus proche (malheureusement pour elle, il s'agissait d'une petite lanterne de métal conçue pour amplifier la lumière), la jeune fille se racla la gorge avant de lancer de son ton le plus intimidant :

— Qu'est-ce que vous fichez là ?

— Je cherche du sucre, lui répondit une voix familière. Franchement, Tess, comment arrives-tu à le boire sans ?

L'homme se redressa. Il était grand, mince comme un roseau, avec des cheveux noirs et de longs bras dépassant d'un manteau gris effiloché. Puis il tourna la tête. Un rayon de lumière lui caressa la joue, exposant sa mâchoire carrée et son sourire rusé de renard.

Nero.

Tess sentit sa peur refluer, ses membres se détendre. Elle s'aperçut alors qu'il s'était versé une tasse de son meilleur thé.

— Tu sais, dit-elle, si les gens mettent des verrous sur leurs portes, ce n'est pas pour rien.

Les coudes à nouveau plantés sur le comptoir, le jeune homme chassa d'un souffle une mèche de cheveux noirs qui lui était tombée devant les yeux.

— Pour rendre la vie plus intéressante ?

Elle posa le sachet de raviolis et sortit le squelette de hibou de son manteau pour le replacer sur son perchoir.

— C'est qui, le gentil cadavre de zoziau ? roucoula Nero en sortant quelques graines torréfiées de sa poche.

— Arrête ! protesta-t-elle en le voyant nourrir le hibou. Tu sais très bien qu'il ne peut pas manger…

En effet, les graines cliquetèrent et s'entrechoquèrent contre les os de Vares pour atterrir en tas entre ses pattes.

— Oups ! dit Nero en tapotant le crâne du volatile. N'empêche qu'il a l'air d'apprécier.

Ravi, Vares faisait en effet claquer son bec de plaisir tout en agitant ses ailes déplumées.

Tess leva les yeux au ciel. Même ce satané oiseau était sous le charme. C'était le problème avec Nero : il était charmant. Ses cheveux de jais menaient leur propre vie, depuis leur implantation sur son front jusqu'aux boucles qui retombaient devant ses yeux, sans parler du nuage que formait sa crinière autour de son crâne. Comme si ça ne suffisait pas, ses iris verts étaient cerclés d'or et son sourire la faisait rougir, même si ça ne voulait pas dire qu'elle en pinçait pour lui.

Et pour cause : si « charmant » était en général le premier mot qui lui venait à l'esprit quand elle pensait à Nero, il était tout de même suivi d'une longue liste d'autres qualificatifs, tels que

« criminel », « escroc » et « tire-au-flanc », bien qu'ils évoquent des brutes renfrognées quand son visiteur était toujours joyeux.

Et puis, il y avait aussi le mot « ami ». Un terme qui lui faisait l'effet d'une pierre chaude dans sa main. Tess était partagée entre l'envie de la garder serrée dans sa paume et celle de la jeter au loin. Avoir des amis était dangereux. Elle n'avait pas prévu de s'en faire un, encore moins quelqu'un comme Nero.

Ce dernier s'écarta du comptoir pour jeter un œil à la ronde.

— Comment va maître Haskin aujourd'hui ? demanda-t-il.

Il savait pourtant que l'homme n'existait pas et n'avait jamais existé.

— Il a faim.

Tess, le sac de raviolis à la main, contourna le comptoir afin qu'il serve de barrière entre eux, ne fût-ce que pour rappeler à Nero qu'il y en avait une.

— Comment es-tu entré ? s'enquit-elle.

— Il y a deux portes, répondit-il, l'air innocent. (La jeune fille ne lui avait jamais montré la seconde, cachée comme un secret au fond de la boutique.) Tu n'as ensorcelé que la première.

Elle lâcha un juron étouffé.

— Petit malin…

— Si j'avais des pouvoirs, répliqua-t-il, pensif, je n'aurais pas besoin d'utiliser la ruse.

Nero accompagna ce commentaire d'une grimace amère, comme si le monde l'avait marqué du sceau de l'infériorité. Ce qui aurait été le cas s'il était vraiment né sans élément.

Mais il mentait, bien entendu. Tess voyait flotter dans l'air autour de lui le violet criard de son pouvoir, une couleur si rare qu'elle ressortait en dépit de tous les fils enchevêtrés de la boutique. Et même si elle n'avait pas été capable de distinguer sa magie, elle l'avait vu une fois – rien qu'une fois – à l'œuvre : quand il l'avait aidée à se sortir d'un mauvais pas lors de son arrivée à Londres en faisant appel à son pouvoir. Autrement dit, elle savait, il savait qu'elle savait et ils savaient tous les deux pourquoi ils devaient garder le secret.

— Qu'est-ce que tu fais là ? demanda-t-elle.

Elle mit la bouilloire à chauffer et récupéra la tasse qu'il avait laissée sur le comptoir.

— Je suis un client, répondit-il, les bras ouverts.

— Et tu ne pouvais pas attendre dehors ?

— Il faisait froid dans la rue.

— C'est encore l'été, répliqua-t-elle en soulevant Vares pour balayer le monticule de graines sous l'oiseau.

— On aurait dit qu'il allait pleuvoir ? hasarda-t-il.

Elle inspecta les étagères en soupirant.

— Tu as volé quelque chose ?

Le jeune homme prit un air offusqué.

— Dans ta boutique ? Jamais ! (Il harponna un ravioli au fond du sachet et le glissa dans sa bouche.) Je le jure, lâcha-t-il entre deux mastications. Par tous les saints, ce que c'est bon ! Comment oses-tu insinuer une chose pareille ? Cela dit, maintenant qu'on est là tous les deux, j'aurais un petit service à te demander…

Le problème avec Nero, c'était que les ennuis le suivaient partout où il allait. Il était un fauteur de troubles, et ça se voyait comme le nez au milieu du visage. Entre son sourire craquant et ses yeux verts aux reflets dorés, c'était comme repérer un piège et mettre quand même le pied dedans.

N'empêche qu'elle ne pouvait pas s'empêcher de l'apprécier. Peut-être parce qu'il ne la traitait pas comme une cible, mais comme une petite sœur.

Or elle était bel et bien une petite sœur, seulement pas celle de Nero. D'ailleurs, s'il lui avait posé la question, elle aurait menti en répondant qu'elle était fille unique, que ses parents avaient péri en mer de façon horrible, qu'elle ne manquait donc à personne et que personne ne viendrait la chercher, point final.

Mais Nero n'avait rien demandé. Jamais. Parce qu'ils avaient un accord. Ils s'autorisaient à se connaître dans le présent, mais le passé devait rester là où il était. Voilà pourquoi il ne lui avait jamais demandé ce qu'une fille de son âge (âge qu'il ne connaissait pas non plus) faisait toute seule dans la capitale, à tenir un atelier de réparation à moitié illégal. De son côté, elle ne l'interrogeait pas sur les pouvoirs dont il était soi-disant dénué et ne lui demandait pas pourquoi il avait toujours l'air de sortir d'une bagarre.

Bien sûr, au fil du temps, ils avaient échangé de petites informations souvent insignifiantes. Il aimait les sucreries. Elle ne pouvait pas se passer de thé fort en goût. Il avait un sourire qui vous réchauffait en hiver. Elle avait un regard à éteindre le soleil. Ils avaient tous deux pour habitude de s'adresser à des êtres qui n'étaient pas vraiment là : Nero à lui-même, et Tess à son hibou. Si le jeune homme connaissait son prénom, c'était uniquement parce qu'il l'avait défiée au sanct : à chaque coup perdu, elle devait en révéler une lettre. Le temps qu'elle s'aperçoive que le but du jeu, c'était de tricher, il lui avait déjà extorqué les quatre premières lettres, soit les seules qu'elle utilisait.

« *Ne sois pas fâchée*, avait-il dit, hilare. *Ce n'est qu'un nom !* »

Il avait tort. Les gens donnaient leur nom trop facilement, avec aussi peu de réticence qu'une mèche de cheveux ou une rognure d'ongle, sans se soucier de l'endroit où il atterrirait. Mais depuis l'ouverture de la boutique, Tess avait vu des sorts tissés autour de patronymes, des malédictions entortillées à des syllabes, des charmes enroulés autour de lettres.

Elle avait vu des noms utilisés pour soudoyer, pour menacer. Elle avait vu un homme poignardé à cause du nom qu'il avait donné. Une femme arrêtée pour avoir craché sur le nom du roi.

Oui, les noms avaient de la valeur. Et son père lui avait appris à ne jamais brader quoi que ce soit. Surtout quand on n'était pas en mesure de le racheter.

D'une certaine manière, Nero le savait, lui aussi. D'ailleurs, s'il lui avait confié son prénom, ou du moins ces quatre lettres, N-E-R-O, jetées comme des bouts de papier brûlé à *Sel Fera Noche*, jamais il ne lui avait confié le reste. Si son nom comptait d'autres lettres, il les avait coupées et balancées.

Il était Nero. Elle était Tess.

Nero, le voleur. Tess, la réparatrice.

— Vas-y, montre.

Nero, tout sourire, sortit un collier de sa poche. Un bijou tape-à-l'œil, doré, serti de pierres. Il le tendit à Tess.

— Pas vraiment mon style, hein ?

— Les voleurs ne peuvent pas faire la fine bouche…

Elle se saisit du collier en regardant au passage les doigts de Nero. Ils étaient maculés de blanc. Son ventre se noua. Elle se dit qu'elle devrait s'en moquer. Après tout, ce qu'il faisait ne la regardait pas.

Nero suivit son regard et retira sa main, qu'il essuya sur son pantalon.

— Ce n'est pas moi, lança-t-il.

— Je ne veux pas le savoir.

— J'ai touché le mur sans voir que la peinture était fraîche, insista-t-il.

— Je m'en fiche.

Elle était sincère. Elle n'avait ni besoin ni envie de se rajouter des problèmes. La Main n'avait pas de visage. Nul ne savait combien d'adeptes elle comptait, ni qui ils étaient. Si quelqu'un connaissait un membre de la Main, il ne tenait pas à le clamer sur tous les toits et si quelqu'un se vantait d'appartenir à l'organisation, il ne vivait pas assez longtemps pour recommencer.

— Laisse-moi deviner, dit-elle en reportant son attention sur le collier. Tu l'as libéré d'un bateau, ou il est tombé d'un chariot, ou un courant d'air l'a apporté jusqu'à toi.

Nero croisa les bras.

— Sache que je l'ai gagné à la loyale à l'issue d'une partie de sanct.

— Le sanct n'a rien de loyal !

Tess fit de la place sur le comptoir et posa le collier sur un carré de tissu noir. Nero se pencha trop près d'elle.

— N'empêche que je l'ai gagné, déclara-t-il. Sans doute un peu trop facilement, d'accord… Bref, je veux juste vérifier qu'il n'a pas été ensorcelé.

Elle prit ses orbières.

— Mon boulot, c'est de réparer les objets, souligna-t-elle.

— Horloges, serrures et autres menus objets domestiques. Je connais la chanson. Justement, il s'agit d'un menu objet domestique qui pourrait bien ne plus fonctionner. Peut-être que tu pourrais… faire ce que tu sais faire, conclut-il en désignant la boutique. Et jeter un coup d'œil ?

Tess secoua la tête tout en chaussant ses orbières. L'essentiel de la pièce disparut – et Nero avec –, le chaos des filaments se fondit en une étendue noire dénuée de reliefs. Elle examina le collier qui reposait sur son morceau de tissu, seule trace de magie dans son champ de vision. Il lui était facile, dès lors, d'identifier le problème. Même si elle n'avait pas besoin de le toucher, elle ne s'en priva pas : elle souleva le bijou, puis le retourna, encore et encore.

— Il n'a pas été ensorcelé, constata-t-elle, mais il est lié à quelqu'un. (Quelque part sur sa gauche, Nero grogna.) Pas étonnant qu'ils t'aient laissé le prendre ! Maintenant, ils peuvent te pister pour le récupérer.

Le jeune homme se retrouva aussitôt dans son champ de vision. Avec les orbières, tout ce qu'elle distinguait, c'était son visage, trop proche, et le violet criard de sa magie qui se tordait dans l'air autour de ses yeux vert et or, dont les prunelles écarquillées la suppliaient.

— Sauf si tu le débarrasses de ce lien.

Tess soupira.

— Sauf si je le débarrasse de ce lien, répéta-t-elle. Tu sais pourquoi je vais le faire ? Uniquement pour que son propriétaire…

— Son ancien propriétaire…

— Ne vienne pas le récupérer dans ma boutique.

Nero lui adressa un sourire radieux.

— Je t'ai déjà dit que tu étais la meilleure ?

— Seulement quand je te rends service…

— Je vais tâcher de le dire plus souvent, promit-il avant de reculer dans l'obscurité, hors de sa vue.

— Je n'ai pas besoin de tes compliments, rétorqua-t-elle, même si le rouge lui montait aux joues. Maintenant, laisse-moi travailler.

Tess, son outil à la main, feignit de donner un petit coup sur le sortilège tracé dans le métal et non aux filaments qui couraient dans l'air au-dessus du collier. Les outils ne fonctionnaient pas sur la magie elle-même – elle avait essayé. Seules ses mains semblaient capables d'attraper et de tenir, de tresser et d'effilocher, de nouer et de déchirer.

Pendant qu'elle décortiquait le sort, Nero se promenait dans la boutique.

— Ne touche à rien, ordonna-t-elle.

Elle crut entendre les doigts du jeune homme s'arrêter en plein mouvement alors qu'ils convoitaient une étagère.

— Tu en as pour longtemps ?

— Ça dépend si tu comptes me déconcentrer souvent ou non, répondit-elle.

Elle aurait pu travailler beaucoup plus vite, mais il se serait alors rendu compte de ce qu'elle faisait – et ne faisait pas. Elle entendit crisser le papier du sachet : Nero volait un autre ravioli, ce qui la fit jurer.

Chaque fois qu'elle mettait de côté un fil dépouillé de son sort, la lumière s'estompait quelque peu. Libérée de son support, la magie disparaissait en s'éparpillant alentour. En quelques instants, le brin lui-même s'était désintégré. Elle travailla, minute après minute, jusqu'à ce que le collier repose sur le comptoir, aussi dénué de lumière que le carré de tissu en dessous. Ce n'était désormais rien d'autre qu'une babiole un peu démodée. Elle le fixait toujours, profitant de la pénombre pour reposer ses yeux, quand elle entendit un grand fracas métallique derrière elle.

Tess retira ses orbières et le chaos aveuglant du monde l'assaillit aussitôt.

Nero se tenait derrière le comptoir, une main toujours posée sur l'étagère personnelle de la jeune fille – sa « planque », comme il l'appelait –, où s'alignaient sur toute la largeur du mur des paniers de babioles à moitié rafistolées et de sorts à demi formés qu'elle aimait tripoter entre deux commandes. Il s'agenouilla pour récupérer l'objet tombé.

— Ne touche pas à ça ! cria-t-elle.

Il lâcha sa prise – pour la seconde fois. Tess tressaillit en voyant l'artefact heurter le sol, puis rebondir dans un tintement métallique.

— C'est dangereux ? demanda-t-il devant l'objet qui s'éloignait en roulant.

— À ton avis ?

— On dirait une bouilloire.

— C'est parce que c'en est une, confirma-t-elle en frottant ses paupières fatiguées. Tu verses de l'eau froide dedans et elle ressort chaude. Enfin… quand je l'aurai réparée.

— Tu pourrais te débrouiller pour que l'eau se change en vin ?

Sur le point de répondre par la négative, elle se prit à réfléchir à la question. Le sortilège serait beaucoup plus complexe : dans le premier cas, il s'agissait de chauffer l'eau, mais l'autre cas supposait une transmutation, à savoir la torsion de la terre et du minéral en… Non. Elle s'interrompit avant que son esprit ne s'emballe et ne se perde en conjectures.

— Tiens, dit-elle en lui tendant le collier. Il n'est plus lié à qui que ce soit. Même s'il reste affreux.

Nero s'empara du bijou et le retourna entre ses mains.

— Mais comment fait-elle ? demanda-t-il, admiratif – la question s'adressant plus au hibou qu'à l'adolescente.

En vérité, elle-même l'ignorait. Du moins, elle ignorait comment l'expliquer à l'aide de propos compréhensibles par tout autre qu'elle. La plupart des gens étaient confrontés à la magie de deux manières différentes : soit à travers l'élément brut, soit face à un sort construit. Les sorts, conçus pour enchaîner les éléments à une forme, étaient des instructions adressées à ces éléments, mais rares étaient les magiciens élémentaires à s'occuper de sorts, et tout aussi rares les enchanteurs à s'occuper des éléments bruts.

Si l'un était un fil et l'autre une tapisserie, tous deux étaient faits de filaments. Quand Tess travaillait sur un objet, on s'imaginait qu'elle lisait les enchantements mais, en réalité, les marques ne signifiaient rien pour elle. Elle lisait le motif lui-même, élément d'un langage que nul autre qu'elle ne savait lire ou parler. Un langage qu'elle partageait avec la magie.

D'autres qu'elle pouvaient-ils voir le monde comme elle le voyait ? Pouvaient-ils manipuler les fils de magie ? Si oui, elle n'avait jamais entendu parler d'eux. Ce qui signifiait qu'ils étaient assez malins pour garder secret leur pouvoir.

En réponse à la question que Nero posait à chaque fois, elle répondit : « C'est de la magie » et en resta là.

— Combien je te dois ? s'enquit-il en empochant le collier.

Tess attrapa le sachet de raviolis sur le bord du comptoir. Il lui sembla curieusement léger.

— Cinq lins.

Devant la grimace de Nero, elle soupira avant de céder. Elle n'y avait pas passé trop de temps, après tout.

— Et pour les trois… commença-t-elle tout en jetant un œil à l'intérieur du sachet. Non, les quatre raviolis que tu as engloutis ?

Le visage de Nero s'illumina.

— Je t'en rapporterai six.

— Pour pouvoir en manger la moitié ?

Il lui adressa un clin d'œil, puis il déplia paresseusement sa grande carcasse pour rejoindre l'entrée.

— J'en veux des bons, ajouta-t-elle. Ceux de la boutique sur Hera Vas.

— Tu auras les meilleurs, promit-il en remontant le col de son manteau, qui avait l'air encore plus miteux que celui de la jeune fille.

— Utilise l'argent que tu me dois pour t'acheter un nouveau manteau…

— Pas question, rétorqua-t-il. Celui-ci me porte chance.

— Il est plein de trous.

— Et pourtant, rien n'en sort et tout y rentre ! Passe le bonjour à maître Haskin, ajouta-t-il en lui tournant le dos.

Il tendait déjà le bras vers la porte quand elle s'ouvrit sur un jeune homme au pas chancelant.

Nero aurait pu s'écarter de son chemin, mais il s'en garda bien et entra en collision avec le visiteur… Tess se demanda si quelque chose n'était pas tombé de la poche de l'inconnu dans celle de Nero.

— Désolé, dit l'ami de Tess.

Il ralentit le pas juste assez pour aider le client à retrouver son équilibre avant de s'éclipser. Le nouveau venu se précipita alors vers Tess, un paquet serré contre la poitrine.

— Haskin… commença-t-il.

— N'est pas là, acheva-t-elle. Comment puis-je vous aider ?

Elle était sur le point de se lancer dans sa tirade habituelle sur les horloges, serrures et autres menus objets domestiques, mais les mots moururent sur ses lèvres quand elle vit les filaments qui flottaient dans l'air autour de l'inconnu.

Ils étaient… en décomposition.

Son visiteur ne devait pas être beaucoup plus vieux que Nero, mais il avait vraiment une sale tête. Elle crut un instant qu'il était souffrant. Des malades, elle en avait pourtant déjà croisé : la lumière de leurs rubans de magie déclinait avec leur santé. Là, c'était différent. On aurait dit qu'un poison se propageait à travers eux. Ou un mauvais sort.

Dès qu'il jeta son paquet sur le comptoir entre eux, elle recula.

— J'ai besoin… qu'on me répare ça, bafouilla-t-il.

Il ouvrit l'emballage de ses mains tremblantes pour révéler des éclats de bois et des pièces de métal tordu, qui formaient moins un objet qu'un tas de morceaux. Quel qu'il soit – quel qu'il ait été –, cet artefact était très endommagé.

Tess hésita. Elle rechignait à le toucher, au cas où il serait à l'origine du mal qui rongeait l'inconnu. Elle avait déjà vu des objets ensorcelés, des volutes dégoulinant de la lueur huileuse de la magie contaminée : l'air autour d'eux était meurtri, les fils rongés par la pourriture s'effritaient. Mais les filaments qui flottaient au-dessus de l'objet brisé étaient fendillés, pas pourris.

Contrairement au jeune homme, dont l'état semblait empirer à chaque seconde. Des gouttes de sueur lui ruisselaient sur l'arête du nez, des cernes profonds lui creusaient les yeux.

— Qu'est-ce que c'est ? s'enquit-elle.

Au lieu de répondre, il se contenta de marmonner les mots affichés sur la porte de sa boutique :

— Autrefois cassé, bientôt retapé.

— Vous voulez que je répare quelque chose sans savoir ce que c'est ou à quoi ça peut bien servir ? lui demanda-t-elle en croisant les bras.

— C'est cassé, c'est tout, siffla-t-il. Tu peux le retaper ou pas ?

Bonne question. Elle ne s'était encore jamais trouvée confrontée à un objet impossible à réparer mais, en général, elle savait comment il était censé fonctionner. Cela étant, en théorie du moins, les brins de magie la guideraient. Si elle parvenait à lire le motif. Si elle réussissait à le reconstruire.

Ce serait un défi. Mais Tess aimait relever les défis.

Elle désigna le monticule de pièces détachées.

— Tout est là ? demanda-t-elle.

L'inconnu hésita.

— Tout ce dont tu as besoin, répondit-il.

Ce n'était pas la même chose, mais de toute évidence le client était mal en point et elle n'avait aucune envie de le voir s'évanouir dans sa boutique.

— Je vais m'en occuper, dit-elle. Huit lins, dont la moitié à régler d'avance.

Le jeune homme ne chercha pas à marchander. Fouillant ses poches, il en sortit une poignée de pièces. Des lins, en métal rouge frappé d'une petite étoile dorée, qu'il posait un par un dans sa paume, comme pour en vérifier la valeur à la lumière avant de poser la pièce sur le comptoir.

Tess sortit une carte noire – « H » doré au recto, chiffre au verso – et la fit glisser sur la table pour ne pas avoir à toucher le malade. Au cas où le mauvais sort en question soit transmissible.

Les yeux attirés par le petit tas de pièces détachées, elle sentait déjà ses idées fuser lorsqu'il demanda :

— Ce sera prêt quand ?

— Quand ce sera prêt, répliqua-t-elle. (Devant la peur panique qui traversa le visage souffreteux de son interlocuteur, elle eut pitié.) Revenez dans trois jours.

Elle saurait à ce moment-là si elle était en mesure de le réparer ou non.

La tête de l'inconnu se redressa d'un seul coup comme celle d'une marionnette.

— Trois… jours.

Il semblait rechigner à laisser son paquet, aussi abîmé soit-il. Il s'éloigna, comme Nero l'avait fait, à la différence près qu'il n'y avait aucune aisance, aucun charme dans son allure, seulement une corde raide… qui bientôt se rompit : il était parti.

Tess se leva et fit quelques pas dans la direction qu'il avait prise pour tourner la pancarte sur « FERMÉ » et verrouiller la porte, malgré l'heure matinale. Elle engloutit les derniers raviolis, se prépara un thé noir corsé et s'assit devant la pile de pièces endommagées. Craquement des articulations, décontraction des cervicales et cheveux bouclés remontés au sommet du crâne…

— Bon, lança-t-elle au squelette de hibou à côté d'elle. Voyons ce que nous avons là.

NW
NE
W
E
SW
S
SE

QUATRIÈME PARTIE

LA PORTE OUVERTE

I

Les bagages de Lila tombèrent par terre dans un bruit sourd.

— Tu sais ce qui me plaît ? lança-t-elle en observant la pièce. Tu peux changer le nom sur l'enseigne et le nombre de marches. Tu peux changer la couleur des murs et la vue par la fenêtre mais, quel que soit le nombre de mondes qu'on traverse, une auberge reste une auberge. (Elle prit une profonde inspiration.) Sciure et mauvaise bière. Comme à la maison.

Kell, en quelques pas lents, inspecta à son tour leur logement au Soleil couchant.

— *Ir cas il casor*, répliqua-t-il.

« Chacun ses goûts. »

En réalité, il la comprenait. Il avait eu une chambre à lui dans cette auberge des années auparavant. C'était à la fois un répit à la vie de palais et au poids de l'attention du roi, et un endroit où conserver les objets qu'il rapportait de ses voyages.

Rien d'étonnant à ce que les lieux leur semblent familiers, à Lila et à lui. Après tout, la jeune femme avait elle aussi vécu dans une chambre à cet endroit précis, il y a presque dix ans, quoique dans un autre monde. *Le Soleil couchant* occupait en effet le même emplacement que *Le Jet de pierre* dans le Londres gris. Et que *L'Os calciné* dans le Londres blanc.

Des points fixes. C'était ainsi que Kell les appelait, ces rares endroits où les différents mondes se superposaient parfaitement, où ce qui se trouvait dans l'un se retrouvait dans un autre, comme destiné à en être l'écho. Un pont situé au même coude de la rivière. Un puits sur la même colline. Une taverne au même coin de rue.

En ces lieux, les frontières entre les mondes étaient plus minces. Du moins Kell en avait toujours eu l'impression. Planté au milieu de la pièce, il se disait qu'en levant les yeux, il verrait les pâles nervures de *L'Os calciné*. Que s'il esquissait un pas, le parquet grincerait au-dessus de la tête de Ned Tuttle. Il s'imaginait sentir ces autres auberges, la pluie de l'autre côté des vitres, le courant d'air sous la porte, une ombre à la périphérie de ses sens. L'*Antari* frissonna, certain de pouvoir percevoir…

Quand il entendit crisser un loquet, son attention revint sur la petite chambre. Lila avait ouvert la fenêtre en grand. Au-delà des toits pointus et des routes envahies de calèches, l'éclat pourpre de l'Île se reflétait sur les nuages bas alors que le jour laissait peu à peu place à la nuit. Quelque part dans le port, le *Barron gris* tanguait légèrement, amarré à son point d'ancrage.

Kell se laissa tomber sur le lit et grimaça lorsque son corps atterrit sur la paillasse ferme.

— Dire qu'on a préféré ça au palais… marmonna-t-il.

Lila posa sa botte sur le coffre de bois.

— Tu aurais très bien pu y loger, toi.

— C'est vrai, concéda-t-il avant de glisser ses mains sous sa tête. Et toi, tu aurais pu rester à bord du vaisseau.

— C'est vrai.

— Qu'est-ce qui t'en empêche ?

Lila contempla le plafond.

Allait-elle lui dire la vérité, former les mots qu'elle détestait prononcer mais qu'il avait besoin d'entendre ? À savoir que la chaleur du corps de Kell à ses côtés dans la nuit lui manquerait, que sa place était auprès de lui comme la sienne auprès d'elle.

Non, elle se contenta de hausser les épaules.

— Je ne supporte pas de rester sur un bateau immobile, attaché comme un animal au quai. Je me sens prise au piège. (Tournée vers le lit, elle pencha la tête sur le côté en laissant glisser son regard sur Kell.) Ça me rappelle la nuit de notre rencontre. Tu t'en souviens ?

— Quand tu m'as détroussé, avant d'utiliser la magie volée pour conjurer un double qui a essayé de te tuer ? Comment pourrais-je l'oublier ?

Il croisa les jambes tandis qu'elle agitait la main.

— Non, après le vol et avant le sort. Quand je t'ai ligoté à un lit, dit-elle avec un sourire malicieux. Un lit comme celui-ci.

— Lila, non !

Trop tard. Le bois se décollait déjà du cadre pour s'enrouler tels des doigts autour des poignets du prince *Antari*. Kell tenta de se redresser, mais il fut contraint de se rallonger sur l'étroite paillasse.

Tout sourire, Lila Bard s'assit au bord du lit.

— Détache-moi, exigea-t-il.

Elle posa la main sur son torse d'un geste ferme, les doigts écartés, comme si elle revendiquait son corps. Puis elle croisa son regard. Comment avait-il jamais pu croire que ces yeux étaient identiques ? L'un était vif, plein de vie, comme une porte ouverte, l'autre terne, comme une porte fermée.

Elle se pencha vers lui jusqu'à ce que ses cheveux lui effleurent la joue, que sa bouche plane au-dessus de la sienne. Il sentait sa poitrine se soulever et s'abaisser sous la paume de la jeune femme.

— Détache-moi, répéta-t-il d'une voix plus grave.

Cette fois, elle obéit. Mais lorsque les entraves sur ses poignets disparurent, Kell ne s'écarta pas. Il leva la main pour glisser ses doigts dans la chevelure de Lila.

— Pourquoi n'es-tu pas restée à bord ? demanda-t-il à nouveau.

Parfois, il ne supportait plus de tourner autour du pot. Il avait envie de l'entendre dire la vérité. Même si elle ne portait pas sa bague, il voulait avoir la certitude qu'elle restait avec lui par choix.

La magicienne soutint son regard si longtemps qu'il aurait pu compter les éclats de lumière dans son bon œil. Presque à contrecœur, elle finit par répondre :

— Parce que le lit me semblerait vide, sans toi.

Kell sentit ses lèvres s'étirer en un sourire. Avant qu'il ne puisse savourer ces mots, cependant, Lila s'était relevée pour traverser l'étroite pièce, un poignard dans une main et un bout de papier dans l'autre.

— Change-toi, lui intima-t-elle. Je doute que Kay soit le bienvenu à la cour.

Kell roula hors du lit. Il s'approcha de la bassine, qu'il remplit à l'aide d'un pichet. Grâce à un sort jeté sur le bec verseur, l'eau était chaude. Après s'être lavé le visage, il humidifia ses cheveux. Il sentait fort le sel et la mer. Rhy ne manquerait pas de faire une remarque à ce sujet.

Il ôta son manteau et le retourna, de gauche à droite. La cape noire de Kay disparut, remplacée par une tenue qu'il n'avait pas portée depuis des mois : un élégant manteau rouge orné de boutons d'or. Les revers étaient filetés d'or, et l'intérieur doublé de soie dorée. L'ensemble sentait les bougies du palais et le savon au doux parfum floral. Il appartenait à Kell Maresh, célèbre *Antari*, prince d'Arnes et frère du roi… et ne semblait plus lui aller.

En principe, bien sûr, il lui irait toujours et à jamais. Chacun des multiples côtés de ce manteau était parfaitement à sa taille, grâce à la magie tissée dans le vêtement. La preuve, alors même que son corps s'endurcissait en mer, ses muscles recouvrant ses membres élancés après des heures d'entraînement à l'épée, le tissu s'élargissait dans le dos et se resserrait à la taille. Il se redessinait pour s'adapter à sa nouvelle silhouette.

Pourtant, une fois le vêtement pourpre déposé sur ses épaules, Kell sentit que ça n'allait pas. Que quelque chose clochait.

Dans le miroir accroché au-dessus de la bassine, un fantôme lui rendait son regard. Deux yeux vairons, hagards. Mâchoire carrée et joues creusées. Une seule mèche argentée, telle une balafre, dans ses cheveux cuivrés.

De l'autre côté de la pièce, Lila planta sa lame dans le mur pour y clouer le bout de papier. Dessus était dessiné l'un des premiers symboles qu'il ait jamais réalisés : un simple cercle traversé d'une ligne. Un raccourci. La magie *Antari* pouvait conduire au même endroit dans différents mondes, ou bien en différents endroits dans le même monde. Mais dans ce dernier cas, il fallait une marque.

— Rappelle-moi pourquoi on ne pouvait pas utiliser la bague de ton frère ? demanda Lila.

Une marque, ou une relique. La première conduisait à un endroit, la seconde à une personne.

— Parce qu'il vaut mieux ne pas débarquer chez Rhy à l'improviste, répondit Kell.

Cela faisait presque un an depuis la dernière fois qu'ils avaient fait l'erreur de rejoindre le roi sans s'annoncer. Ils s'étaient retrouvés dans ses appartements privés devant un Alucard Emery trop peu vêtu au goût de Kell.

Lila, dans un haussement d'épaules, se mit au travail : elle fit glisser son pouce sur le tranchant du poignard, puis copia le symbole au mur à l'aide de son sang. Il voyait bien qu'elle avait l'esprit ailleurs.

— Tu penses toujours au soir de notre rencontre ?

Sa plaisanterie ne la fit pas rire.

— J'y pense souvent, confia-t-elle en effleurant le mur du doigt. Quand Holland m'a trouvée, tu avais déjà la pierre. Tu n'avais aucune raison de revenir.

— Ce combat n'était pas le tien. Il se servait de toi pour m'atteindre.

— Peut-être, mais tu l'as laissé faire.

— Oui, c'est vrai… Heureusement que tu es revenue me chercher.

L'air concentré, Lila examina son œuvre.

— En effet.

Kell hésita, appuyé contre la bassine. Peut-être était-ce la chambre en elle-même ou le reflet rougeoyant de l'Île, mais une bouffée de nostalgie l'envahit.

— Pourquoi es-tu revenue, d'ailleurs ?

— Eh bien, je m'étais tellement amusée avec Holland la première fois que j'ai pensé…

— Lila…

Elle retira la lame du mur.

— Disons que je t'étais redevable. Si j'ai survécu ce soir-là, c'est parce que tu as pris ma place. J'ai perdu au combat. Tu sais combien je déteste perdre mais, apparemment, je déteste encore plus que quelqu'un perde pour moi… Bon, conclut-elle en lui jetant un coup d'œil par-dessus son épaule. Tu es prêt ?

— Non.

— Tant mieux, répliqua-t-elle, un sourire aux lèvres.

Kell la rejoignit près du mur. Elle tira sur le col de son manteau avant de lui ébouriffer les cheveux, qui retombèrent en boucles désordonnées autour de son visage. Puis elle lui prit la main et plaça son autre paume sur le symbole.

— *As Tascen.*

Le monde ne s'ouvrit pas. Il disparut, tout simplement.

Ce n'était pas douloureux, pas comme lorsque Kell lançait lui-même un sort. Malgré tout, il n'était pas à l'aise, comme s'il n'était qu'un passager, entraîné par la magie de quelqu'un d'autre.

Puis le monde reprit forme. *Le Soleil couchant* avait laissé place au palais royal. La main tendue pour s'appuyer contre le mur tapissé, Kell attendit que passe le vertige pour suivre Lila hors de l'alcôve jusque dans ses appartements royaux. Il contempla le lit où s'entassaient les oreillers, le plateau d'or posé en équilibre sur le bord du canapé, le balcon qui donnait sur le ciel embrasé.

Il était de retour chez lui.

Chez lui… Les mots montèrent telle de la bile dans la gorge. Il les ravala.

Cette chambre appartenait à un autre Kell, celui à qui le manteau allait encore. Celui qui, assis à une table dorée au rez-de-chaussée, tentait d'enseigner la magie à Rhy – celui pour qui utiliser cette magie était aussi naturel que respirer. Perdu dans ses souvenirs, il aurait aimé redevenir ce Kell-là. Retrouver cette vie. Mais sa vie avait changé et lui aussi. Il était devenu un autre par nécessité, non par choix.

Malgré tout, cette pièce appelait cette ancienne version de lui. Elle l'enveloppait de ses bras dans une curieuse étreinte et lui faisait des promesses impossibles à tenir.

Le prince *Antari* s'approcha du lit pour passer une main sur les oreillers de soie. Cela faisait bientôt un an qu'il n'avait pas remis les pieds dans ses appartements, et pourtant il avait l'impression de les avoir quittés la veille. L'âtre était propre et n'attendait que d'être allumé. Les livres étaient exactement où il les avait laissés, leurs couvertures intactes, sans aucune trace de poussière. Un pichet d'eau fraîche reposait à côté d'une vasque de marbre. Il imaginait Rhy donner ses ordres, les serviteurs qui ouvraient les rideaux chaque matin pour les refermer le soir, répétant machinalement les tâches comme si son frère pouvait apparaître à tout moment.

Kell entendit s'ouvrir la porte de la chambre. Il se retourna juste à temps pour voir Lila disparaître dans le couloir. Quelques instants plus tard, il entendit le grincement d'armures et des mouvements précipités.

— *Sanct !* grogna-t-il en lui courant après.

Une fois dans le couloir, il trouva trois soldats en position de combat qui barraient le passage à la jeune femme. À la vue du prince, ils abaissèrent leurs épées et se fendirent d'une profonde révérence. Trois genoux cuirassés heurtèrent le sol dans un son de cloches.

— Quelle impolitesse ! marmonna Lila, les bras croisés.

— *Mas vares*, dit le garde le plus âgé, tête inclinée.

— Bon retour parmi nous, ajouta le deuxième soldat qui semblait avoir le même âge que le prince.

Le plus jeune des trois n'avait de toute évidence jamais vu Kell Maresh en chair et en os, car il blêmit et, plutôt que de baisser la tête, regarda l'*Antari* droit dans les yeux. Son visage reflétait à la fois l'admiration et la peur.

— *Aven*, murmura-t-il.

Une formule de bénédiction qui sonnait à ses oreilles comme une malédiction.

Kell leur fit signe à tous de se relever.

— Où est le roi ? demanda-t-il.

— Dans ses appartements, répondit l'aîné du groupe avant de se tourner vers Lila. Mille excuses, *mas arna*.

Les gardes s'écartèrent. Kell crut entendre la magicienne serrer les dents à ces mots : « madame ». Les lumières du couloir redoublèrent d'intensité.

Arrivé le premier devant la porte, Kell frappa avant que Lila ne puisse faire irruption sans s'annoncer. Quelques instants plus tard, le battant s'ouvrit sur Alucard Emery, l'air aussi nonchalant qu'un chat sur le seuil, la chemise ouverte, ses cheveux lâches tombant sur ses épaules.

Il toisa le prince de ses yeux bleu nuit, les lèvres étirées en un sourire arrogant.

— Ce n'est pas ce que j'ai commandé ! cria-t-il aux gardes par-dessus l'épaule de Kell. Renvoyez-le !

L'*Antari* rouge grimaça. Heureusement que sa magie ne réagissait plus à la moindre saute d'humeur… Il porta la main à la lame accrochée à sa ceinture lorsque Alucard se tourna vers Lila. Son rictus suffisant se transforma aussitôt en un sourire sincère.

— Bard ! Toi, tu peux entrer.

À ce moment-là, Rhy apparut. Il poussa son compagnon de côté pour prendre Kell dans ses bras.

— Mon frère, dit le roi en le serrant fort contre lui.

Contrairement au manteau et à tous les autres attributs de l'ancienne vie de Kell, cette étreinte, au moins, lui semblait toujours aussi naturelle.

II

Rhy Maresh se tenait au sommet du monde.

Du moins était-ce l'impression qu'il avait. En réalité, il était assis sur le toit en pente au-dessus de ses appartements, une jambe repliée, une bouteille de vin d'argent posée en équilibre sur le genou, et son frère à ses côtés.

S'il se penchait suffisamment par-dessus bord, il apercevrait son balcon juste en dessous et verrait la lumière se déverser par les portes de sa chambre. S'il regardait droit devant lui, il verrait la ville entière, vaste océan de verre, de bois et de pierre scindé en deux par le vif éclat pourpre de l'Île. Et s'il levait les yeux, il ne verrait que le ciel. Des nuages bas teintés de rouge, l'orbe lunaire ou, par une nuit noire, la lumière diffuse des étoiles.

Posez la question à n'importe Londonien : il vous répondra que la plus belle vue de la capitale, c'est une vue dégagée sur le palais et ses arches. Mais c'est parce qu'ils ne connaîtraient jamais celle-ci.

Derrière Rhy se dressait une flèche à la pointe d'or étincelante. Sous lui, le toit s'étendait tel le bas d'une trop longue cape, incliné en pente douce – de quoi faire rouler une bouteille, mais pas un corps –, et assez large pour que deux hommes adultes s'y allongent, côte à côte, sans que leurs têtes ne touchent la flèche ni que leurs talons ne frôlent le vide.

Une nuit, lorsque Rhy avait onze ou douze ans, il avait persuadé Kell de modifier le mur en pierre qui bordait son balcon pour y faire apparaître des prises, lesquelles pourraient être dissimulées par le lierre qui fleurissait là. Puis cet endroit était devenu leur secret, leur échappatoire à eux.

Enfin, c'est ce qu'ils avaient cru. Mais un soir, la voix tonitruante de Maxim Maresh s'était élevée du balcon : s'ils tenaient à leur tête, avait-il crié, ils avaient intérêt à descendre sur-le-champ.

— *Je t'avais bien dit que c'était une mauvaise idée*, avait plus tard marmonné Kell, les joues toujours brûlantes d'avoir été réprimandé par le roi.

— *Alors pourquoi es-tu venu ?* avait rétorqué Rhy.

— *Pour t'éviter de tomber.*

— *Tu aurais pu m'empêcher de monter.*

Kell l'avait dévisagé, interloqué.

— *Tu sais ce que c'est d'essayer de te dire non ?*

Rhy savait qu'au fond son frère appréciait ce coin caché sur le toit autant que lui, même s'il ne l'avouait pas. Chaque fois qu'ils étaient là-haut, les épaules de Kell se détendaient, ses mains se relâchaient et sa perpétuelle moue se transformait en une expression songeuse.

Il lança un coup d'œil au prince *Antari*. Curieusement, ce dernier le regardait lui aussi.

— *Kers la ?* demanda-t-il en arnésien.

Seuls, ils avaient toujours parlé cette langue afin de s'exercer, de conserver une certaine aisance, d'alléger leur accent. Telles étaient en tout cas les raisons de Rhy. Kell, il le savait, préférait la langue du peuple.

— *Nas ir*, répondit son frère en secouant la tête. (« Rien. ») Tu as bonne mine, c'est tout.

— Je sais, répliqua le roi d'un ton malicieux. Toi aussi.

— Menteur, grogna Kell.

Était-ce un mensonge ? Rhy n'aurait su le dire. Il observa son frère. Il avait toujours été capable de lire en Kell, mais il commençait à se demander si ce n'était pas simplement parce que Kell l'avait laissé faire. Au cours des années qu'ils avaient passées loin l'un de l'autre, l'*Antari* avait changé. Son visage, autrefois facile à déchiffrer, était désormais un masque impénétrable. Il affichait une certaine assurance dans sa façon de se tenir, même avachi sur un coude dans une position plus digne d'un pirate que d'un prince. Non pas Kell, mais Kay. À croire qu'il lui fallait enterrer son passé, leur passé, pour vivre comme il l'entendait.

Après des mois et des mois en mer, Kell s'était étoffé, ses épaules s'étaient élargies et sa peau, visible sous son col ouvert et au niveau des poignets, était devenue une tapisserie de cicatrices. Rhy avait ressenti chacune d'elles, bien que son corps n'en ait jamais porté les stigmates plus d'un jour ou deux. Mais elles n'étaient rien comparé à ce qui tourmentait son âme. En revanche, même dans le noir, le roi voyait les cernes sous les yeux de son frère, conséquences de tant d'années de souffrance.

Mieux valait ne pas poser la question, mais il devait être plus soûl qu'il ne le pensait, car les mots sortirent tout seuls.

— Quel effet ça fait ?

Kell aussi devait être plus soûl qu'il ne le paraissait, car il lui répondit avec franchise.

— J'ai l'impression que mon cœur se brise dans ma poitrine. Comme si je me désagrégeais.

— Je prendrais ta place si je le pouvais, confia Rhy, les yeux fixés sur la bouteille.

— Je sais.

— Ce n'est pas juste, marmonna-t-il. Nous sommes liés. Tout ce qui te fait souffrir devrait me faire souffrir aussi.

— Cette douleur sommeille ailleurs. Et je ne te souhaite pas de la connaître. Et puis, ajouta Kell, un sourire triste aux lèvres, comme quelqu'un me l'a dit un jour, la douleur nous rappelle que nous sommes vivants.

Le roi secoua la tête au souvenir de ces paroles, prononcées à une époque où il tentait de se convaincre lui-même.

— Celui qui a dit ça est un imbécile.

— Ou un optimiste.

— Un prince arrogant, oui, répliqua Rhy.

— Ne sois si dur avec toi-même, dit Kell, un sourire en coin. Tu étais aussi têtu… et exaspérant.

Un rire monta dans la gorge du roi, et l'atmosphère entre eux se détendit.

— Bon, lança l'*Antari* en portant la bouteille de vin d'été à sa bouche. Qu'est-ce que j'ai raté ?

Ils rattrapèrent le temps perdu et discutèrent des inventions de la reine, du *Barron gris*, de Lila et d'Alucard. Kell le régala d'histoires sur la vie en mer et Rhy lui parla de la ménagerie de Ren. Le premier sourit, le second rit et, l'espace d'un instant, ils firent semblant d'oublier tout ce qu'ils passaient sous silence. L'espace d'un instant, Kay et le roi disparurent. Ils étaient redevenus deux frères qui buvaient en bavardant de tout et de rien.

Lila Bard se tenait au-dessus du monde.

Elle passa les doigts sur la côte d'Arnes, fit glisser ses ongles sur l'océan et étendit la main sur Londres, les minuscules flèches du palais lui piquant la paume. La maquette était immense, la terre taillée dans un bloc de marbre, l'eau dans du vitrail. C'était une merveille, avec ses cités et villes portuaires sculptées dans une pierre colorée. De toutes petites embarcations flottaient sur les carreaux bleus ou reposaient telles des allumettes dans leurs ports, et le verre de l'Île allait jusqu'à se teinter de rouge à mesure qu'il remontait le cours du fleuve de Tanek à Londres.

Lila saisit un bateau miniature qu'elle posa en équilibre au bout de son index tandis que, de l'autre côté de la pièce, Alucard sortait deux petits verres d'une vitrine dorée, ainsi qu'une bouteille de vin.

La chambre d'Alucard était presque aussi grande que celle du roi, ou celle de Kell mais, loin d'être taillée dans du marbre clair entrecoupé de soie dorée et de bois ciré, elle restait dans l'esprit de la *Flèche noire*, avec des murs aux tons foncés et de multiples parures. Dépourvue de lit – nul besoin, supposa la magicienne –, elle abritait en revanche un grand bureau en bois semblable à celui qu'il avait laissé dans la cabine du capitaine à bord de son bateau – à présent celui de Lila.

Seul le plafond rappelait l'univers du palais. Comme dans les autres chambres, des volutes de tissu flottaient en hauteur pour former un ciel de tulle, mais ce dernier n'arborait pas les couleurs de l'aube – comme chez Rhy – ni du crépuscule – comme chez Kell. Il reflétait le genre de nuit que l'on ne voyait qu'en pleine mer, d'un bleu presque noir, les nuages éclairés par la lune.

— Je croyais que la vie au large ne te manquait pas, fit remarquer Lila en reposant le bateau miniature dans un port.

— Qui a dit qu'elle ne me manquait pas ? répliqua Alucard tout en servant le vin. J'ai simplement trouvé une raison qui vaut la peine de rester à terre. (Il la rejoignit devant la maquette et lui tendit un verre.) Offert par la cave royale.

Le vin, de couleur nacrée, était parsemé de petits points lumineux. À la première gorgée, elle lui trouva un goût de clair de lune. Si tant est que le clair de lune puisse avoir un goût capable d'enivrer celui qui le boirait. Lila leva sa coupe pour étudier les minuscules bulles qui remontaient à la surface.

Alucard contourna la maquette pour s'arrêter de l'autre côté, de sorte que l'empire arnésien s'étendait désormais entre eux.

— Dis-moi, reprit-il, que vient faire le capitaine à Londres ?

— Oh, tu n'es pas au courant ? J'ai besoin d'un bateau.

À ces mots, il blêmit.

— Qu'est-il arrivé à la *Flèche* ?

— Tu veux dire le *Barron* ? (Elle haussa les épaules.) J'ai bien peur de l'avoir coulé.

Alucard s'étrangla avec son vin.

— Tu plaisantes, j'espère ! s'exclama-t-il, horrifié.

Lila ne répondit rien. Le silence se prolongea au point de devenir insoutenable.

Puis, enfin, elle sourit, mettant fin au supplice d'Alucard, qui se laissa retomber dans son fauteuil en expulsant tout l'air de ses poumons.

— Très drôle… marmonna-t-il. Alors ? Qu'est-ce qui t'amène ? C'est l'heure d'une virée à l'étranger ?

Il ne pensait pas à Faro ni à Vesk : il savait que, chaque fois que Lila revenait dans le Londres rouge, elle tenait aussi à se rendre dans les autres mondes.

La première fois qu'elle s'était rendue à l'étranger, comme disait Alucard, c'était uniquement à la demande de Kell. Les premiers mois, Kell pensait que sa magie avait juste besoin de repos, aussi était-elle partie à sa place car elle était la dernière *Antari* au pouvoir encore intact. D'abord dans le Londres gris, pour s'assurer que les restes d'Osaron étaient bien en sécurité dans la cave des Cinq Points (c'était le cas). Puis dans le Londres blanc, pour voir ce qui avait surgi après la mort de Holland (imaginez sa surprise lorsqu'elle avait découvert qu'une enfant reine siégeait sur le trône).

À la connaissance de Kell, elle n'y était plus retournée depuis. Sauf qu'au fil des sept dernières années, Lila s'était à nouveau rendue dans ces deux mondes, encore et encore, malgré le peu d'amour qu'elle éprouvait pour l'un et son immense répugnance à l'égard de l'autre. Était-ce par curiosité ? Ou parce qu'elle avait envie de se dégourdir les jambes ? Ou bien parce qu'elle avait passé deux décennies environ à être toujours sur ses gardes ? Quoi qu'il en soit, Lila détestait vivre dans l'ignorance. Fermer les yeux ne lui apporterait rien de bon.

Elle avait attendu qu'Alucard aborde le sujet, qu'il lui demande de tenir à l'œil les autres mondes, pour se confier à lui. Arnes comptait déjà assez d'ennemis de l'intérieur, avait-il expliqué. La dernière chose dont l'empire avait besoin, c'était d'un nouvel adversaire venu d'un autre Londres.

À présent, Lila faisait non de la tête.

— Si tu n'es pas là pour les autres mondes, alors pour quoi ? insista-t-il.

Elle regarda dans son verre avant de répondre :

— Pour le bon vin et la bonne compagnie.

— Je le savais ! se réjouit son ancien capitaine, un grand sourire aux lèvres. Je suis bien plus amusant que Kell.

— C'est certain, confirma-t-elle.

Mais sa voix avait perdu de sa bonne humeur. Alucard, appuyé contre les falaises miniatures, se pencha vers elle.

— Qu'y a-t-il ?

Lila vida son verre puis le posa en pleine mer.

— Sais-tu ce qu'est un *persalis* ?

À son expression, il était évident que non. Elle lui raconta donc toute l'histoire : Maris, les voleurs qui avaient réussi à monter sur le *Ferase Stras*, les deux qui étaient morts et le troisième qui s'était enfui. Et enfin, le butin qu'il avait emporté avec lui.

Alucard l'écouta jusqu'au bout, le menton posé sur sa paume, ses yeux bleu orage rivés sur elle.

— Et tu crois que ce voleur était en route pour Londres ?

Lila se mordit la lèvre avant de préciser :

— Il avait un tatouage sous ses vêtements. Devine lequel ?

En guise d'indice, elle agita les doigts et Alucard poussa un juron.

— Une main.

— Oui. Et puisque ces rebelles ont l'air résolus à renverser le roi, Londres me semblait être la destination la plus probable. (Elle se leva pour contourner la maquette.) Tu ne les as pas encore trouvés, si ?

— Non… Et s'ils ont un *persalis*, ce sera encore plus difficile.

— D'après Maris, il a été cassé pendant le cambriolage, révéla Lila.

Comme si ce qui était cassé ne pouvait être réparé. Comme si l'artefact, une fois brisé, n'était pas tout aussi dangereux.

Alucard garda le silence, son expression troublée par l'inquiétude. Une émotion que partageait la jeune femme. Ses pensées ne cessaient de revenir à cette arme capable de créer une faille dans l'espace, à la manière de la magie *Antari*. Sauf que cette porte pouvait rester ouverte et laisser passer une centaine d'assassins.

Lila posa un doigt sur l'une des flèches de la maquette, à la pointe assez acérée pour la piquer.

— Le palais est toujours protégé par des sorts, non ?

— Oui. Mais je ne sais pas si ces protections tiendraient contre un portail magique créé à l'intérieur de son enceinte.

— Selon Maris, il y a une clef en forme d'anneau dissimulée dans le *persalis*. Où qu'elle se trouve, un passage peut s'ouvrir.

Si cette nouvelle affecta Alucard, il n'en montra rien. Il ne semblait même plus l'écouter.

— J'aurais déjà dû leur mettre la main dessus, marmonna-t-il. J'ai des yeux partout dans la ville.

— Et maintenant tu as les miens, répliqua Lila en s'éloignant.

Il leva la tête vers elle.

— Où vas-tu ?

— Les mettre à profit.

III

Le dernier voleur fut réveillé par une odeur de brûlé.

Il ne se rappelait pas avoir regagné la chambre qu'il louait. Il ne se rappelait pas non plus s'être effondré, tout habillé, sur le lit, ni avoir sombré, en proie au délire, dans le sommeil.

Quel rêve magnifique il avait fait ! Il rentrait chez lui et au lieu de se fâcher, son père le serrait dans ses bras puissants en lui disant que la jeunesse était un âge plein de folie, qu'il était pardonné, qu'il restait et resterait toujours son fils.

Tout se passait à merveille jusqu'à ce que la réalité le tire de son doux rêve dans un frémissement. Il sentait dans sa bouche un goût de cendre, une horrible sensation de chaleur sous la peau, et il avait l'impression déroutante d'être brûlé vif, dévoré de l'intérieur par une flamme invisible – d'où cette odeur rance qui l'avait réveillé. Il entendit des voix semblables à des chuchotis, et le crépitement bien trop réel de l'incendie rongeant le bois. Regrettant de ne pas se trouver ailleurs, il se força à ouvrir les yeux et découvrit que non seulement il n'était pas seul, mais que la table était en feu.

Ce n'était pas un grand brasier dévorant. Pas encore. Il se limitait à la surface du meuble, qui n'en brûlait pas moins. Un homme à la forte carrure, aux cheveux d'un blond terne et au visage couturé de cicatrices y jetait une à une les maigres possessions du fils du marchand.

— Tu vois ? grommela l'inconnu entre ses dents. Je t'avais dit que ça le réveillerait.

— Une lame aurait été plus rapide, répliqua une autre voix, féminine, elle.

En équilibre sur le dossier du fauteuil, les cheveux rasés sur les côtés et tressés sur le sommet du crâne, la femme portait un canon d'avant-bras sur lequel se reflétait la lumière des flammes grandissantes.

— Tu as laissé la porte ouverte, ajouta-t-elle à l'adresse du dernier voleur. Quelqu'un aurait pu rentrer.

Eux ne s'en étaient pas privés.

Sans connaître leurs noms, il savait ce qu'ils faisaient et pour qui ils travaillaient. Il les avait vus rôder telles des ombres contre le mur le soir où il avait reçu sa mission.

À présent, la femme tapotait distraitement sa manchette, dont le métal se mit à ondoyer comme la surface d'un étang. De l'autre côté de la pièce, l'homme aux cheveux filasse lança une botte dans le bûcher, ce qui lui fit cracher de la fumée.

Le fils du marchand tenta de se lever de son lit, mais son corps, lesté de plomb, refusa.

— Éteignez ça ! croassa-t-il en grimaçant.

Les mots avaient éraflé sa gorge brûlante. Pour toute réponse, l'homme haussa un sourcil barré d'une cicatrice, avant de jeter la deuxième botte dans les flammes.

— On vous a attendus sur les quais, toi et tes petits camarades, déclara la femme sans se soucier du feu qui gagnait en intensité. Vous étiez censés venir à nous. Mais vous ne l'avez pas fait puisque, de toute évidence, on vous a attendus pour rien.

— Et ce n'est pas une nuit très agréable, marmonna l'homme, qui était en train de déchirer les pages d'un journal.

— Je vous en supplie, arrêtez, gémit le fils du marchand.

Il fit l'effort de se redresser, mais la tête lui tournait. Quand il tenta à nouveau de se lever, le lit n'était plus un lit. C'était désormais un bateau en mer, qui tanguait sous ses pieds. Il s'écroula, pris de haut-le-cœur.

— Je déteste attendre, poursuivit la femme. C'est franchement pénible, et ça m'oblige à regarder Calyn, ce qui est une punition en soi. Alors je lui ai dit qu'on allait venir à vous. Et, surprise, tes deux associés ne sont jamais revenus ! Et toi, tu es là, à faire la sieste.

— Tu sais quoi, Bex ? répliqua ledit Calyn. C'est vraiment indélicat de sa part.

La femme – Bex, donc – fixa son complice, les yeux écarquillés.

— Quoi ? se renfrogna ce dernier.

— Franchement, je m'étonne que tu connaisses des mots aussi savants.

L'intéressé se tourna vers elle, les poings serrés. L'espace d'un instant, le fils du marchand crut qu'ils allaient s'entretuer plutôt que de s'en prendre à lui. La mercenaire fit signe à son acolyte de s'écarter et reporta sur sa victime ses prunelles au gris terne de l'acier non poli.

— Où est-il ? demanda-t-elle. (Comme il ne répondait pas, elle se pencha vers lui, menaçante.) Si tu es revenu à Londres, c'est que tu dois l'avoir.

— Je ne l'ai pas.

L'expression de la femme s'assombrit.

— Mauvaise réponse.

— Non, je… commença-t-il.

Mais son estomac se souleva. La bile lui remonta dans la gorge. Il vomit par-dessus le bord du lit, lui laissant un goût de cendre et de pourriture dans la bouche, qu'il ravala en même temps que sa salive.

— Je ne l'ai pas, balbutia-t-il. Je l'ai eu, c'est vrai, et je vais le récupérer. Il s'est cassé sur le bateau. Alors je l'ai déposé dans une boutique de réparation quelque part. La fille va me le rapporter. J'ai gardé la clef.

Il chercha l'anneau métallique dans ses poches. En vain. Il aurait dû être là, pourtant. Où était-il donc passé ?

Pris de panique entre la nausée, la fièvre et le feu qui se propageait – il léchait désormais l'un des murs –, le fils du marchand ne parvenait plus à réfléchir. La fumée qui obscurcissait le plafond le faisait tousser. Il lui fallait trouver quelque chose, n'importe quoi. Tout ce qu'il dénicha fut le petit ticket noir, le *H* doré imprimé d'un côté, le numéro de l'autre. Il le tendit de ses doigts tremblants à la tueuse à gages en priant pour que ce soit suffisant pour qu'ils le laissent tranquille. La femme le lui arracha des mains.

— Alors, Bex, lança Calyn en versant l'huile d'une lanterne dans le brasier grandissant. Qu'est-ce que tu en dis ?

— J'en dis que c'est un vrai bordel, répondit-elle non sans empocher la carte avant de se relever et de se diriger vers la porte. Je te le laisse.

Le fils du marchand ferma les yeux. Il n'avait plus envie d'être un héros. Ni un membre de la Main. Non, tout ce qu'il voulait, c'était rentrer chez lui.

— Tu rigoles ? Pas question de gâcher une bonne arme.

— Depuis quand as-tu des principes ?

Un panache de fumée noire recouvrait le plafond, mais les deux comparses continuaient de discuter pour savoir qui allait le tuer. Calyn, sortant une pièce, demanda à Bex de choisir entre pile et face. Il gagna et elle leva les yeux au ciel.

Le fils du marchand décida qu'il devait encore être en train de rêver. Aucun doute, toute cette histoire n'était qu'un horrible cauchemar. Il allait se réveiller en pleine mer, en route vers le marché flottant. Ou dans la cale du navire de cette mystérieuse jeune femme, au lit, leurs membres toujours entremêlés, les doigts de l'inconnue qui l'avait séduit glissant dans ses cheveux. Oui, il avait dû s'assoupir. Mais il allait se réveiller. Forcément.

Le fils du marchand se rendit compte qu'il souriait au moment où Bex lui lança un drôle de regard.

— Qu'est-ce qui te fait sourire ? s'enquit-elle.

Elle tourna l'une de ses paumes vers le haut et le métal se décolla de son canon d'avant-bras pour venir y former une pointe brillante.

— Je dors encore, répondit-il en se rallongeant sur le lit, la tête sur son oreiller, les yeux fermés.

La voix de l'assassin, lorsqu'elle parvint à ses oreilles, était douce et lointaine.

— Bien sûr…

Il entendit le métal siffler dans l'air, puis il sentit le baiser fugace et froid de l'acier sur sa gorge.

Le fils du marchand ne se réveilla plus jamais.

IV

Kell avait une facette de sa personnalité que peu de gens avaient déjà vue.

C'était comme l'un de ses manteaux. Pas le rouge, ni le noir, ni aucun de ceux qu'il préférait, mais une redingote chatoyante cachée sous tant de couches que personne ne la trouvait jamais.

Sauf Rhy, pour qui parvenir à dérider Kell avait toujours été un défi.

Avant – par ce mot tout simple, le roi résumait vingt et une années de sa vie, « avant » que le Londres noir ne s'infiltre dans leur monde, « avant » que ses parents ne meurent, « avant » qu'il ne monte sur le trône –, il entraînait son frère en ville et, sous le couvert de la nuit, vêtu d'une tenue ordinaire, le faisait boire jusqu'à trouver cette facette rare qui lui était si chère. Jusqu'à ce que Kell cesse de lutter autant pour garder le contrôle, desserre son emprise sur le monde et se laisse aller, tout simplement. À ce moment-là, les rides autour de ses yeux – qui n'avaient rien à voir avec l'âge, il les avait déjà à cinq ans – s'adoucissaient et il redevenait capable de sourire, de rire. Rhy s'émerveillait alors de cette autre version de son frère et déplorait qu'il soit aussi difficile de la faire apparaître.

Et voilà que sur le toit, cette facette-là transparaissait.

La bouteille dans la main du monarque était depuis longtemps vide, et seule une petite quantité de vin clapotait encore au fond de celle de Kell. Bien que la transmission de la douleur ait toujours été plus forte que celle du plaisir entre eux, ils avaient bu assez pour que la légère ivresse de l'un s'ajoute à celle de l'autre.

Le regard brillant, l'*Antari* faisait de grands gestes de sa main libre pour illustrer une histoire de bateau volé qui s'était avéré ne transporter rien d'autre que des poules. Le plus drôle, c'est qu'en arnésien, le mot « poule » – *corsa* – ressemblait beaucoup au mot *orsa*, « épée », raison pour laquelle Bard avait voulu monter à bord.

— Si tu avais vu sa tête ! s'exclama Kell. (Il se redressa juste un peu avant d'imiter le ton de la jeune femme.) « Qu'est-ce que vous voulez que je fasse de ça, bordel ? » (Il secoua la tête à ce souvenir.) Vasry voulait les libérer. Il a même ouvert une caisse et tenté de les pousser par-dessus bord avant de se rendre compte que...

— Les poules ne savent pas voler, conclut Rhy.

— Non, en effet.

Leurs regards se croisèrent et le rire les gagna. Au bout d'un moment, le roi déclara :

— La vie de pirate te va à merveille.

L'*Antari*, haussant un sourcil, prit un air indigné.

— Pardon ? Je suis un corsaire !

Son imitation d'Alucard était aussi inattendue que parfaite, depuis le sourire en coin jusqu'au menton levé en passant par le ton employé. Perdant ce qui lui restait de retenue, Rhy rejeta la tête en arrière et éclata de rire. Puis il se retrouva sur le dos, à fixer le ciel devenant flou par intermittence.

— Je vais tomber, dit-il, hors d'haleine.

— Je te rattraperai, répondit Kell sans hésiter.

Le rire du roi s'éteignit.

— Je sais.

Son frère s'allongea à ses côtés pour contempler la voûte céleste. Le silence s'installa à nouveau, agréable et bienvenu cette fois, comme un drap de soie par une nuit d'été. Lorsque les battements de son cœur ralentirent, Rhy prit conscience qu'il était heureux. L'espace d'un instant, ce sentiment prédomina. Puis la culpabilité resurgit. Comment pouvait-il être heureux alors que l'empire était sur le fil du rasoir, que le spectre de la violence planait au-dessus de sa tête ? Alors que ses parents étaient morts et son frère, brisé ?

Puis, juste après la culpabilité, vint la peur. Pas pour sa propre vie – une notion abstraite, la mort étant impossible et la douleur, supportable –, mais pour la vie de ceux qu'il aimait. La peur de ne pas parvenir à protéger la flamme de leur existence comme Kell avait protégé la sienne. Cette peur était logée dans sa poitrine, elle s'enroulait autour de son cœur et de ses poumons au point de l'empêcher de respirer. Elle se nourrissait de son bonheur pour devenir plus forte. Voilà ce qu'était la folie, la cruauté de la vie : tout était si fragile, il avait tant à aimer, et il passait son temps à faire le deuil de ce qu'il n'avait pas encore perdu.

— L'amour et la perte… murmura-t-il.

— Sont comme un bateau et la mer, compléta Kell.

C'était l'un des dictons préférés de Tieren. En repensant à l'*Aven Essen*, les paupières de Rhy se mirent à lui piquer.

Au-dessus d'eux, la lune était presque pleine. Avec ses yeux embués, elle ressemblait à ces lanternes de papier lancées à l'occasion de *Sel Fera Noche*.

— Tu te souviens de l'année où on avait monté toutes les lanternes ici… commença le roi, un sourire aux lèvres.

Kell avait allumé les mèches, Rhy avait lancé les lampions et, ensemble, ils les avaient regardés s'envoler comme autant d'étoiles.

À ses côtés, l'*Antari* se redressa brusquement.

— *Sanct !* siffla-t-il. Quel idiot je fais !

— Hmm ? répondit Rhy, à moitié endormi.

— Je les ai vues, dans la cale du bateau ! Je les ai vues, mais impossible de me rappeler à quoi elles servaient…

— Je ne sais absolument pas de quoi tu parles, avoua Rhy.

Le vin alourdissait ses membres de façon plutôt agréable. Il aurait voulu s'abandonner à cette sensation, mais le visage de Kell trahissait de nouveau de l'anxiété. Il avait l'air incroyablement sobre tout à coup.

— On a fait une descente sur un contrebandier veskien. Ils avaient des armes, des bouteilles de tark…

— J'adore le tark…

— Et une caisse de lanternes blanches, de celles qu'on utilise lors de la Longue Nuit noire. (Kell se prit la tête entre les mains.) J'aurais dû penser à en prendre une, mais on s'est fait attaquer.

— Je ne vois pas le problème. Les contrebandiers font commerce de tout ce qui se vend, or les lanternes sont toujours très demandées. En plus, la moindre caisse sera fouillée avant les festivités, une fois les navires à quai.

Kell le dévisagea, atterré.

— Tu ne prévois quand même pas de maintenir la fête cette année ?

Rhy, sur la défensive, lui rendit son regard.

— Bien sûr que si.

— Tu es sur le pied de guerre avec Vesk et un groupe de rebelles anonymes conspirent pour te renverser !

— Oh, vraiment ? railla le roi en se redressant. Je n'étais pas au courant…

— Et toi, tu leur offres l'occasion parfaite, une nuit où la ville est envahie d'inconnus et de magie, où tu parades à la vue de tous !

— Je n'ai pas le choix.

— Ne sois pas idiot, aboya l'*Antari*. Tu n'as pas assez de gardes à disposition et même si c'était le cas, tu ne pourrais pas prédire où l'attaque…

— Kell, le coupa-t-il. Je n'ai pas le choix.

Même sans oser l'affronter, Rhy sentait le poids du regard de son frère. Un long silence s'étira, suivi d'une brusque inspiration.

— Dis-moi que tu ne comptes pas en profiter pour faire sortir la Main de l'ombre.

Le roi fit rouler la bouteille de vin vide entre ses paumes.

— D'accord, je ne le ferai pas.

Il ne jugea pas utile de préciser que cette idée lui avait traversé l'esprit, qu'il venait de passer les mois précédents enfermé dans son propre palais, mis en cage par les menaces et les peurs des autres, et qu'il en avait assez de se sentir terrifié et impuissant.

— Trois cents ans, dit-il. Cet hiver, ça fera trois cents ans que les ténèbres ont été vaincues. Par ma famille. Les Maresh. (Cette fois, il croisa le regard de son frère.) Que va penser le peuple si j'annule la fête ?

Les mâchoires serrées, Kell garda le silence. Quant à Rhy, il contempla la ville tentaculaire, baignée de pourpre, les bâtiments étincelants tels des joyaux dans l'obscurité.

— Je suis le roi, poursuivit-il tout bas. Il y aura toujours quelqu'un pour essayer de me tuer. Je sais qu'il ne s'agit pas de moi. Je ne suis qu'une couronne, un nom, un manteau sur un trône. Mais j'ai du mal à ne pas le prendre personnellement. Surtout après les Ombres.

Les Ombres : un nom pas très inventif pour des rebelles. En même temps, la Main, ce n'était pas beaucoup mieux. Rhy avait treize ans quand les Ombres l'avaient enlevé dans le parc du palais et laissé se vider de son sang dans la cale d'un bateau. Si Kell ne l'avait pas retrouvé… mais il l'avait retrouvé, bien sûr.

— Je ne sais même pas pourquoi ils ont fait ça.

— Une histoire d'impôts, je crois, déclara l'*Antari* en avalant une gorgée de son vin.

— Très original… soupira le roi tout en s'interrogeant sur ce qui motivait la Main. Tu sais quoi ? Parfois, je me demande s'il ne s'agit pas d'eux. Des Ombres, qui auraient changé leur nom.

— Ce ne sont pas eux, affirma Kell d'un ton sec.

— Comment le sais-tu ?

— Je les ai tous tués.

Rhy ne répondit rien. Sans en avoir la certitude, il s'en doutait. Pas parce que les Ombres avaient soudain disparu, bien que ce fût le cas. Non, à cause de l'incident survenu la nuit qui avait suivi l'attaque. Il s'était réveillé en sécurité dans le palais, encore tremblant de peur après avoir frôlé la mort, et il avait voulu rejoindre son frère. Il s'était faufilé dans le passage secret qui reliait leurs chambres, s'attendant à le voir endormi dans son lit. Au lieu de quoi il avait retrouvé Kell assis dans la baignoire en cuivre, la tête appuyée contre le rebord. Ses vêtements gisaient en tas par terre et la seule lumière dans la pièce était l'éclat pourpre de l'Île qui entrait par le balcon. Difficile à dire dans cette lueur, mais Rhy aurait juré que l'eau du bain était rouge. Son frère ne l'avait pas entendu et il avait discrètement rebroussé chemin dans le couloir secret pour regagner sa chambre.

La voix de Kell le ramena au moment présent.

— La Longue Nuit noire n'aura pas lieu avant encore plusieurs semaines, dit-il en vidant enfin sa bouteille. Si tu insistes pour maintenir la fête, nous ferions mieux de trouver la Main d'ici là.

Rhy fit un grand geste du bras pour désigner la ville tentaculaire ainsi que les milliers d'habitants qui occupaient ses bâtiments et inondaient ses rues.

— Rien de plus simple !

Leurs pas résonnaient sur les marches de pierre.

— J'imagine que tu ne peux pas déshabiller les citoyens un par un pour rechercher des tatouages de main sur leur corps, dit Lila.

Les gardes s'inclinèrent sur le passage de l'*Antari* et d'Alucard. Pas aussi profondément que pour Kell, remarqua la jeune femme, mais au moins, aucun ne la menaça d'une arme.

— Pour en pousser une centaine d'autres à rallier leur cause ? répliqua Alucard en secouant la tête. Mauvaise idée en effet.

— Ils ont un chef, affirma Lila. Forcément. La main est le prolongement du bras et le bras de la tête. Tu n'as pas des soupçons ?

— Si, j'en ai des tas. Mais c'est tout ce qu'ils sont, des soupçons.

— Si tu devais en partager un avec moi, ce serait que…

— Malgré tous ses beaux discours, leur chef n'est pas arnésien.

Elle ralentit. Cette idée lui avait bien sûr traversé l'esprit.

— Tu crois qu'ils sont financés par un pouvoir étranger.

— La meilleure guerre est celle que ton ennemi se livre à lui-même.

Ils descendirent l'escalier en silence. Une fois au pied des marches, Lila se tourna vers son ancien capitaine.

— Ne vois pas en eux des surhommes. Ce ne sont que des corps. Autrement dit, on peut les trouver et les arrêter.

Alucard lâcha un « hmm… » songeur. Dans cette lumière, il n'avait pas l'air simplement fatigué, mais malade, vidé, sur les nerfs, telle la corde d'un arc sur le point de se briser.

— Si tu étais encore plus tendu, tu craquerais, fit remarquer Lila. Quand as-tu dormi pour la dernière fois ?

Dévoilant ses dents, il esquissa un rictus, plus proche de la grimace que du sourire.

— Ces derniers temps, j'ai du mal à me reposer. Je me demande bien pourquoi…

L'*Antari* agita les doigts et sentit l'acier froid d'une lame glisser dans sa paume.

— Je pourrais essayer de te tuer, si tu veux.

Alucard éclata d'un petit rire surpris.

— Et en quoi ça m'aiderait ?

Elle haussa les épaules.

— Ça fait circuler le sang. Depuis quand n'as-tu pas livré un vrai combat ?

— Je m'entraîne avec les soldats tous les jours, répondit-il, un peu vexé. Et si c'est comme ça que tu te détends avant de te coucher, je plains Kell.

Il s'engagea dans le couloir et elle lui emboîta le pas, le couteau disparaissant dans sa manche.

— Il y a d'autres manières de se dépenser, non ?

— C'est une proposition ? s'étonna Alucard.

— Franchement, je n'ai aucune envie de te mettre dans mon lit. Mais le roi se ferait un plaisir de…

Lila s'interrompit. Par terre se trouvait… un lapin. Les oreilles tombantes, le poil doré, avec de grands yeux noirs et le nez frémissant, il avait surgi de sous une chaise.

— On dirait que le dîner s'est échappé de la cuisine, dit-elle.

Alucard poussa un soupir, puis cala la bête sous son bras.

— Miros, dit-il d'un ton grave. Et là où il y a un animal, il y a toujours…

À point nommé, une enfant surgit dans le couloir. Elle chantait une berceuse.

— *Silence, silence, siffle le serpent*, récita-t-elle en dansant entre les lignes de l'épais tapis à motifs. *Pas un bruit, pas un bruit, aboie le cabot. Gare à toi, gare à toi, feule le félin, avant de bondir haut et loin !*

Et elle sauta le plus loin possible pour atterrir en position accroupie sur l'un des cercles dorés du tapis. Juste devant eux.

Ren avait grandi. La dernière fois que Lila l'avait vue, elle n'était qu'une bambine qui trébuchait sans cesse. Et voilà qu'elle avait devant elle une petite fille au menton pointu sous une tignasse de boucles noires. *Peut-être qu'elle ne se souvient pas de moi*, pensa l'*Antari*. Un an, c'était long quand on n'en avait que quatre. Mais dès que la princesse leva les yeux, son visage s'illumina.

— Bonjour, Delilah !

— Bonjour, Ren, répondit l'intéressée d'un ton monocorde.

Lila n'appréciait pas les enfants et elle avait décidé depuis longtemps que la fille de Rhy ne ferait pas exception. Hors de question de dorloter la petite fille, de la cajoler, de simplifier son vocabulaire, d'adoucir sa voix ou de céder à aucun de ses caprices. Hélas, non seulement Ren Maresh aimait Lila Bard, mais elle l'adorait, et rien de ce que faisait la magicienne ne semblait atténuer sa joie. La petite princesse était toujours si contente de la voir.

— On en a déjà parlé, Ren, la gronda Alucard en lui tendant le lapin. Ne le laisse pas en liberté.

La fillette prit l'animal et le reposa aussitôt par terre, dans l'autre sens, avant de le regarder s'éloigner à petits bonds dans le couloir. Les yeux levés au ciel, Alucard poussa un soupir, le soupir résigné d'un parent qui en a vu d'autres.

À un moment donné, Esa était elle aussi apparue dans le couloir. Assise sur un fauteuil, la chatte agita sa queue blanche sur le passage du lapin, ses yeux lavande rivés sur Lila, le capitaine qui avait pris possession de son navire. Cette dernière soutint le regard du félin jusqu'à ce qu'une petite voix chantonne son nom.

— Delilah !

Ren lui faisait signe de se baisser. À contrecœur, l'*Antari* s'agenouilla, de façon à se retrouver à la hauteur de la fillette. Comme celles de Rhy, ses prunelles étaient dorées au milieu de leur halo de cils noirs. Ren la fixait sans bouger. Lila s'impatienta.

— Qu'est-ce que tu veux ? demanda-t-elle.

La petite fille se pencha vers elle pour lui murmurer, les mains en coupe autour de la bouche :

— Fais de la magie.

Lila haussa un sourcil. Voilà le problème avec les enfants. Si on leur faisait quelques tours de passe-passe une fois, il fallait être prêt à les refaire. Encore et encore.

— S'il te plaît, ajouta la princesse après coup.

La jeune femme croisa les bras avant de répliquer :

— Et tu me donnes quoi en échange ?

— Allons, Bard ! la réprimanda Alucard.

— Quoi ? dit-elle tandis que Ren palpait son pyjama. Rien n'est gratuit. Et ta fille est un vrai petit écureuil.

En effet, la princesse plongea une main dans une de ses poches pour en ressortir un lin, une boucle d'oreille en rubis, la figurine d'un garde royal et une plume noire. Pendant que Lila étudiait le butin, une servante à la chevelure grisonnante apparut, le lapin glissé sous un bras.

— Ah, vous voilà ! dit-elle à Ren avant d'adresser un regard contrit à Alucard. Je n'ai tourné le dos qu'une seconde…

Elle s'avançait, sa main libre tendue comme si elle comptait emporter l'enfant de la même façon qu'elle avait ramassé l'animal. Mais Lila l'arrêta d'un geste.

— Minute. On est en pleine négociation. (Elle examina le contenu de la poche de la fillette.) Qu'est-ce que tu préfères dans tout ça ?

Ren tendit la plume couleur d'onyx.

— Elle est tombée, expliqua-t-elle, l'air grave, au cas où quelqu'un s'imaginerait qu'elle se l'était procurée par des moyens plus discutables.

Une fois la plume glissée dans son manteau, Lila scruta le couloir en quête d'un vase, d'une carafe ou toute autre source d'eau. En vain. Son attention se posa alors sur les mains d'Alucard. Elle avait laissé son verre de vin dans la chambre, mais lui avait apporté le sien, qu'il avait rempli avant de quitter la pièce. S'y trouvait encore une bonne quantité de liquide.

— Tu permets ? demanda-t-elle.

Le temps qu'il réponde « non », le contenu s'élevait déjà dans les airs, en un ruban de vin d'argent qui s'enroula autour de la paume de Lila. Le ruban frémit, tressauta, puis prit la forme d'un lapin.

Ren contemplait la scène, ravie. Lila jeta un coup d'œil à Alucard et vit une étrange tristesse traverser son visage. Il avait le regard perdu d'un homme plongé dans ses souvenirs. Puis il se ressaisit et posa les yeux sur elle. Son moment de mélancolie était passé.

Enchantée, la princesse applaudit. Quand elle chercha ensuite à attraper le mammifère liquide, celui-ci fit un bond, quittant la main droite de la magicienne pour atterrir dans la gauche. Au passage, quelques gouttes de vin tombèrent sur le tapis. Façonner un élément n'était pas facile, et encore moins le faire bouger ainsi en lui insufflant un semblant de vie.

— Tu sais, confia-t-elle tandis que le lapin décrivait un cercle au-dessus de sa tête, un bond après l'autre, c'est Alucard qui m'a appris ce tour.

C'était la vérité. Sept ans plus tôt, dans la cale du *Barron* qui s'appelait encore la *Flèche*, Alucard Emery, alors capitaine, avait accepté de lui enseigner la magie. Il lui avait appris à se concentrer, à transcrire sa volonté en mots.

« Tigre, tigre, brûlant éclair… »

À l'époque, il savait déjà ce qu'elle-même ne faisait que soupçonner : elle n'était pas qu'un être de chair et de sang doté d'un courage sans commune mesure, et son œil manquant cachait quelque chose. Grâce à son étrange don de vision, il avait vu autour d'elle, dès le jour de leur rencontre, des filaments nimbés de magie *Antari*. Malgré tout, il lui avait appris à contrôler un élément, à le parfaire, à le faire sien.

Ren, les yeux écarquillés, quitta des yeux le lapin liquide pour se tourner vers son père.

— Luca ?

— Oui, Luca, confirma Lila en faisant passer l'animal d'une main à l'autre comme une pierre chaude. Il pourra te refaire ce tour quand tu veux !

Alucard la fusilla du regard. « *Merci* », articula-t-il en silence, même s'il n'en pensait rien. Pour toute réponse, Lila haussa les épaules. Il avait voulu un enfant, non ? Bien fait pour lui !

Elle aurait pu s'arrêter là, passer le relais et se libérer de l'attention de Ren. Mais, curieusement, elle n'en fit rien. Elle s'agenouilla de nouveau pour se remettre à la hauteur de la fillette et glissa la main sous l'animal enchanté. Puis elle agita les doigts et le lapin se figea en plein bond, ses poils argentés parsemés de cristaux de givre. Le mammifère tomba dans la paume de Lila, qui n'en avait pas terminé.

— Luca sait faire beaucoup de choses, mais pas ça, ajouta-t-elle tout bas dans un chuchotement complice.

L'*Antari* resserra sa prise, pas trop pour ne pas briser la petite sculpture, mais juste assez pour se piquer le pouce sur l'oreille du lapin. Elle murmura « *As Staro* », et l'animal de glace se transforma en pierre polie.

Ren ouvrit grand les yeux et ses lèvres s'étirèrent en un sourire rayonnant. On entendit alors un petit cri de surprise.

— *Mas aven !* s'exclama la gouvernante en lâchant le lapin – le vrai – pour s'incliner.

Elle venait de comprendre ce que Lila avait fait. Ce qu'elle était. Le visage de la vieille femme n'exprimait pas la peur, mais l'admiration. De toute évidence, elle faisait partie de ceux qui voyaient les *Antari* non pas comme des magiciens particulièrement doués, mais comme la véritable incarnation de la magie. Qui les croyaient élus, bénis.

Kell détestait ces marques de respect, elles lui donnaient la chair de poule. Lila, en revanche, trouvait bien agréable, de temps à autre, d'être considérée comme supérieure aux autres plutôt qu'inférieure. Dans un autre Londres, la nourrice de Ren se serait signée. Dans ce monde, elle porta la main à ses lèvres et murmura quelques mots contre ses doigts.

— Sasha, intervint Alucard d'une voix douce. Auriez-vous la gentillesse…

— Oui, bien sûr, se ressaisit la domestique.

Lila déposa la figurine dans les mains tendues de Ren et la nourrice se précipita pour soulever la fillette dans ses bras. Puis elle toucha le lapin de pierre, lui caressa le dos du doigt.

— Oui, répéta-t-elle. Votre mère va vouloir vous dire bonne nuit.

— Bon, c'est le moment pour moi de m'éclipser, déclara la magicienne avant de tourner les talons et de se diriger vers les portes du palais. Bonne nuit, princesse.

— Bonne nuit ! répondit Ren tandis que Sasha l'emmenait au lit.

— Elle ne s'est jamais inclinée aussi profondément devant moi, fit remarquer Alucard en suivant Lila.

Les deux soldats qui montaient la garde posèrent les mains sur les battants. Lila entendit le murmure du sort de protection qui s'animait, les verrous glisser loin dans le bois. Puis les portes s'ouvrirent et l'air frais de la nuit s'engouffra à l'intérieur. Après avoir franchi le seuil, Lila se retourna vers Alucard, encadré par la lumière dorée de l'entrée.

— Tu pourrais venir boire un verre avec moi, proposa-t-elle sans grand espoir. (Il refusa sa proposition d'un signe de la tête, et elle fit claquer sa langue, déçue.) La paternité t'a rendu barbant.

Sans même jouer l'offusqué, il contempla derrière elle la ville plongée dans les ténèbres.

— N'hésite pas à prendre une calèche.

— Quelle générosité ! grogna Lila. Je vais aussi prendre deux gardes et un trompettiste. (Elle écarta les bras.) Après tout, pourquoi se fondre dans la masse quand on peut se démarquer ?

— Vu les ennuis que tu t'attires, j'ai du mal à croire que tu n'aimes pas te faire remarquer, ricana-t-il.

Elle laissa ses bras retomber le long de son corps.

— Difficile de faire les poches quand tout le monde regarde déjà tes mains.

La voleuse avait prononcé cette phrase tout en souriant, mais Alucard avait saisi le sous-entendu. Il se rembrunit.

— Sois prudente.

— Je le suis toujours.

En descendant les marches du perron, Lila se surprit néanmoins à fredonner la berceuse de Ren.

« Gare à toi, gare à toi, feule le félin, avant de bondir haut et loin ! »

V

Rhy suspendit sa couronne à la branche d'un pommier. L'agréable griserie du vin d'argent s'était dissipée pour laisser dans son sillage un abattement cotonneux. Il n'aurait pas dû boire autant : l'alcool faisait toujours passer son humeur de joviale à morose. Étonnamment, c'était l'inverse pour Kell. Son frère était parti vers ses appartements en fredonnant une chanson de marins. Rhy aurait dû aller se coucher, lui aussi, mais son lit était vide. Seul l'attendait le somnifère sous forme de tonique sur sa table de chevet. Il savait bien ce qui se passerait s'il le buvait : le remède se propagerait en lui, dans son corps et son esprit, non pas comme une couverture dans laquelle on s'enroule, mais comme deux mains qui le plaqueraient au matelas jusqu'à ce que ses membres s'alourdissent et que son cerveau cesse de lutter. Le lendemain matin, il se réveillerait avec un goût âcre de sucre dans la bouche et la nette impression d'avoir oublié quelque chose, ne serait-ce qu'un rêve.

Il en avait conscience. Et il n'était pas prêt. Alors, après avoir ramassé sa couronne sur le lit, il avait poursuivi son chemin, laissant ses pieds le guider hors de la chambre, en bas de l'escalier, jusque dans la cour du palais.

Les gardes lui avaient emboîté le pas, emportés telle de la poussière sur son passage. Mais une fois devant les portes, il leur avait ordonné de rester là.

— Votre Majesté, avaient-ils protesté.

— C'est dangereux.

— La cour se trouve en dehors des sorts de protection du palais.

Comme s'il l'ignorait. Il le savait, évidemment, seulement il s'en moquait. La reine pouvait bien s'offusquer, son compagnon, le réprimander. Il n'avait pas besoin qu'on le protège. Personne au monde n'était moins exposé au danger que lui. Il était le roi qu'on ne pouvait pas tuer… et il avait envie d'être seul.

Il avait réitéré son ordre et ils lui avaient obéi, figés dans la lumière de l'entrée, comme si le sort de protection était une cage et Rhy, pour une fois, le seul à en être libéré.

Il erra entre les arbres du verger royal, toucha une pomme pour voir si elle se détacherait. Mais le fruit n'était pas mûr. Il s'accrochait à la branche, sa peau commençant à peine à rosir.

« *Patience*, disait souvent Tieren. *C'est ce qui leur donne ce goût sucré.* »

Rhy ferma les yeux. Soudain, ce n'était plus l'automne, mais le printemps. Il avait remonté le temps de trois années et il n'était plus seul : l'*Aven Essen* cheminait à ses côtés d'un pas traînant – même dans son souvenir –, comme si sa bure blanche était trop lourde pour lui.

La mort venait le chercher, lentement mais sûrement, éreintant le vieux prêtre un peu plus chaque jour. Quand il parlait, sa voix était fluette comme le vent dans les roseaux.

— *Certains sont doués pour dissimuler leurs pensées, Rhy Maresh. Pas toi.* (Son rire était doux tel un murmure éthéré. Seuls ses yeux bleus conservaient leur acuité.) *Je les vois flotter comme un nuage au-dessus de ta tête.*

Rhy avait voulu répondre, mais sa gorge s'était serrée, asséchée. Il avait détourné le regard.

Un peu plus tard, Tieren s'était arrêté pour s'appuyer d'une main contre un arbre. Son épuisement se lisait dans chacune de ses rides.

— *Avez-vous besoin de vous asseoir ?* avait demandé Rhy, mais l'*Aven Essen* avait repoussé son offre.

— *Si je m'assois, je ne me relèverai pas…* (Devant le regard horrifié de son souverain, il avait laissé échapper un petit rire.)

Mes jambes refuseront de se déplier, Rhy. Mes articulations se font vieilles.

Ils avaient poursuivi un moment leur chemin, puis le vieux prêtre avait ajouté :

— *Parler de la mort ne la fera pas arriver plus vite.*

Pourtant, elle pesait assez sur le jeune souverain pour lui paralyser les jambes, le clouer sur le sentier. La gorge nouée, il avait levé les yeux. Les premiers bourgeons parsemaient les arbres. Pourquoi fallait-il que Tieren se flétrisse alors que le reste du monde commençait à éclore ?

— *Avez-vous peur ?*

— *Peur ?* avait répété l'*Aven Essen. Non, je ne crois pas. Je suis plutôt triste que ce soit bientôt terminé. Je vais rater tellement de choses…* (Rhy avait vu le vieil homme déglutir, ses yeux s'embuer, avant de poursuivre.) *Mais tout a une fin. Ainsi va le monde. La mort est essentielle. Il faut savoir s'incliner. Et je ne serai pas fâché de goûter au repos qu'elle offre.*

— *Le repos… Parce que la mort se résume à ça ?*

— *Nous ne sommes que des éléments empruntés. Nos corps se décomposent et notre essence, eh bien… La magie est la rivière qui abreuve toute chose. À la vie, elle prête sa force, qu'elle rappelle ensuite à elle dans la mort, si bien que le flux de sa puissance semble enfler et refluer quand, en réalité, il ne s'en perd jamais une goutte.*

— *Et notre âme, alors ?* avait insisté Rhy. *Nos souvenirs ? Qu'advient-il de nous ?*

— *Nous ne sommes qu'un moment, Votre Majesté. Or les moments passent.*

Cette explication ne lui suffisait pas. Pas après tout ce qu'il avait vu. Pas après tout ce qu'ils avaient perdu.

— *Donc une fois morts, nous cessons d'exister ? Nous ne sommes que de passage, avant d'être réduits à néant ?*

Le roi avait élevé la voix, mais Tieren se contenta de soupirer. Au fil des ans, ses soupirs étaient devenus un langage à part entière, que Rhy avait fini par maîtriser. Une seule expiration pouvait signifier l'exaspération, la lassitude ou l'infinie patience. Ce soupir-là contenait un peu des trois.

— *Même si nous ne poursuivons pas notre chemin, nous avons bel et bien existé. Nous menons une vie, nous laissons un héritage. Mais la rivière ne coule que dans un sens et c'est elle qui nous emporte.*

Rhy avait fait non de la tête.

— *Si c'était vrai, je ne serais pas ici. Vous oubliez que je suis mort.* (Il s'était abstenu de préciser que, durant ce très court décès, il n'avait rien senti.) *Et, selon vous, puisque je suis mort, ma vie aurait dû finir. Or je suis revenu. J'étais donc toujours là. Je n'ai pas cessé d'exister.*

— *Ta mort a été brève*, avait hasardé le prêtre. *Peut-être n'étais-tu pas encore parti. Il y a un moment, après tout, où la flamme est éteinte mais où le feu n'est pas encore froid.*

Le roi, exaspéré, avait levé les mains au ciel.

— *À vous entendre, on croirait que vous n'en savez rien.*

Tieren avait poussé un nouveau soupir. Cette fois, il était teinté d'impatience.

— *Qui a dit que j'étais sage ? Je ne suis qu'un vieil homme. Alors non, je ne sais pas. Mais je crois. Je crois que nous ne perdurons pas, hélas. Je crois que, si nous continuons de vivre, c'est à travers ceux que nous aimons.*

Sous-entendu : « Et pas autrement. »

Mais s'il n'y a rien d'autre que les ténèbres, alors qu'en est-il de mes parents ? avait songé Rhy sans oser le formuler à voix haute. Et Tieren lui-même ? Et ceux qu'il avait perdus, et perdrait encore ? Alucard, Nadiya, Ren ? Qu'adviendrait-il de tous ceux qu'ils avaient croisés, sentis, connus, aimés ? Comment pourrait-il porter leurs cœurs dans le sien alors qu'il allait oublier le son de leurs voix, le poids de leurs mains ? Et le jour où Kell mourrait, et lui aussi, que se passerait-il ? Leur lien s'éteindrait-il lui aussi ?

Voilà les craintes qui l'accompagnaient dans son lit chaque nuit. Tieren l'avait regardé comme si chacune d'elles était inscrite dans un nuage au-dessus de sa tête.

— *L'amour et la perte...* avait commencé le prêtre mourant. Une phrase qui avait fait sortir Rhy de ses gonds.

— *N'ai-je pas déjà perdu assez ?* avait-il aboyé.

L'*Aven Essen* avait jeté un coup d'œil derrière lui, le regard voilé par la mélancolie. Puis il s'était retourné, avait posé la main sur une branche basse et s'était mis à en caresser les bourgeons.

— *Quelle chance nous avons !* avait-il fait remarquer d'une voix douce. *Après chaque hiver, nous sommes récompensés par le printemps.*

Rhy rouvrit soudain les yeux. Le verger était plongé dans l'obscurité. Tieren avait disparu. Il était de nouveau seul.

Pourtant, quelque chose l'avait tiré de sa rêverie. Il retint son souffle, l'oreille tendue, jusqu'à ce que le bruit revienne. Des pas.

Pas la lourde foulée des bottes de soldats, mais la caresse du cuir sur la pierre. Quelqu'un qui cherchait à rester discret. Le roi glissa la main dans sa poche pour en sortir la petite lame qu'il y conservait. La surface venait d'être enchantée pour immobiliser n'importe lequel de ses adversaires. Il lui suffirait de le faire saigner.

Le dos collé à l'arbre le plus proche, il attendit, prêt à enfoncer son arme dans le flanc de l'intrus. Une entaille rapide et profonde. Les pas se rapprochèrent, au point que l'inconnu était assez près pour qu'il entende son souffle. Rhy contourna le tronc, leva sa dague...

Et s'arrêta net, la lame à quelques pouces de la bure blanche. L'espace d'un instant, malgré lui, son cœur s'emballa et il se dit qu'en croisant le regard du nouveau venu, il découvrirait Tieren.

Mais non. Il n'y avait là ni cheveux blancs, ni yeux bleus, ni sourire patient. À la place, une peau lisse, un visage en forme de cœur et une chevelure noire avec une implantation en V qui s'écoulait telle une tache d'encre sur la bure immaculée.

La dixième *Aven Essen* le fixait avec une expression amusée qui s'étendait comme du givre sur ses traits. Elle avisa l'arme.

— Vous attendiez quelqu'un d'autre ?

Rhy laissa retomber la lame le long de son corps.

— Ezril. Que faites-vous ici ?

Elle écarta les mains et ses larges manches blanches suivirent le mouvement.

— Je suis l'*Aven Essen*. Je sais ce que vous avez sur le cœur, *mas res*. Lorsque votre humeur s'assombrit, je le sens. Comme quand le vent fraîchit.

Elle était restée impassible en prononçant ces paroles, mais Rhy s'était rendu compte au cours des trois années précédentes que si Tieren ne se cachait jamais de dire ce qu'il pensait, ce n'était pas le cas d'Ezril. Sans surprise, un instant plus tard, elle esquissa un sourire en désignant le palais d'un signe de tête.

— L'un des gardes m'a envoyé chercher. Ils vous croient suicidaire.

— Est-il possible de l'être quand on ne peut pas mourir ?

Le sourire de la prêtresse s'estompa.

— Oui, si on s'acharne à mettre à l'épreuve cette immunité à la moindre occasion.

Rhy lança un regard noir vers les portes du palais. Les silhouettes des gardes se découpaient dans la lumière.

— Ils n'auraient pas dû vous faire venir.

— C'est pourtant ce qu'ils ont fait. Et maintenant je suis là. Réveillée, dans mes plus beaux atours. La moindre des choses serait de faire semblant d'avoir besoin de mes conseils.

Ils se promenèrent ensemble sous les branches jusqu'à ce que le bosquet cède la place à l'allée de pierre qui entourait la cour. À la droite du roi, le palais étincelant. À sa gauche, l'Île miroitante. Et à ses côtés, la jeune *Aven Essen*.

Quelle étrange remplaçante elle faisait !

Ezril n'avait rien à voir avec son prédécesseur. Avec ses cheveux de jais et ses yeux bruns qui changeaient de teinte comme le thé qui s'obscurcit selon le temps d'infusion, elle avait l'air d'une fillette qui se déguise avec les habits d'une autre. Sans compter son côté espiègle et cette timidité affectée dans la voix qui aurait davantage convenu à une hôtesse qu'à une *Aven Essen*. Pour couronner le tout, elle ne devait pas être beaucoup plus âgée que Kell.

— *Vous êtes très jeune, pour une prêtresse*, avait-il dit le jour où elle était entrée à grands pas dans la Rose.

Elle l'avait regardé en haussant les épaules.

— *Et vous, très jeune, pour un roi. J'imagine qu'ils n'avaient pas envie de devoir sans cesse remplacer votre conseiller.*

« N'ai-je pas déjà perdu assez ? » avait-il crié à Tieren.

Peut-être était-ce là un cadeau d'adieu de la part du vieil homme. Un cadeau bienvenu, en tout cas. Car bien que Rhy frémisse toujours à la vue de cette bure blanche et qu'il ne puisse s'empêcher d'espérer un court instant voir le visage de Tieren, il lui aurait été insupportable de croiser chaque jour quelqu'un qui lui ressemble.

Ezril pencha la tête en arrière, soupira et s'amusa de voir la vapeur de son souffle dans l'air.

— Nous sommes en train de changer de saison. C'est un beau rappel, n'est-ce pas ? Tout change, rien ne reste… (Elle posa de nouveau les yeux sur lui.) À quoi pensiez-vous, avant que je vous interrompe ?

— À ce qui se passe quand nous mourons.

— Ah…

Rhy s'attendait à ce qu'elle dise la même chose que Tieren, qu'elle lui récite le discours du sanctuaire sur la rivière, le courant et le sommeil. Au lieu de quoi elle déclara :

— Vous voulez savoir ce qui se passe après. (Devant sa surprise, elle poursuivit.) Oh, je sais ce que je suis censée vous répondre. Nous vivons, nous mourons, et l'histoire s'arrête là. C'est du moins ce qu'on nous enseigne au sanctuaire, et c'est peut-être la vérité. Mais les Veskiens ont des prêtres qui affirment parler le langage des morts, et à Faro ils érigent des autels en leur honneur. Ils déposent des offrandes et leur demandent conseil. Ils vont jusqu'à servir des assiettes supplémentaires et laisser les portes ouvertes, même en hiver, afin que leurs morts puissent trouver refuge. (Elle s'arrêta pour lui faire face, sa bure blanche s'immobilisant.) Qui peut dire ce qui est vrai et ce qui relève de la superstition ? On choisit toujours les histoires qui nous rassurent. Croyez ce que vous voulez…

— Et vous, que croyez-vous ?

— Eh bien, d'après l'enseignement du sanctuaire…

— Ce n'est pas ma question.

Au sourire d'Ezril, Rhy vit qu'elle avait très bien compris.

— Je crois qu'il y a des choses que nous savons, et d'autres que nous ignorons. Nous savons que la magie coule en tout être, qu'on peut manier les éléments et les transformer en sorts. Nous savons aussi que le monde obéit à un ordre naturel, qui exige un certain équilibre. Mais à part ça… (Elle haussa les épaules.) Vous êtes vous-même la preuve que la magie renferme encore bien des mystères. Après tout… (Elle tapota du doigt le devant de la chemise du roi, juste au-dessus de son cœur et du sortilège qui liait sa vie à celle de Kell.) On nous apprend que la rivière ne coule que dans un sens, et pourtant, vous êtes bel et bien là. (Elle replongea la main dans sa bure.) Encore un beau rappel : à défaut de connaître les réponses, on ne peut qu'essayer de les deviner…

Puis la prêtresse et le monarque reprirent leur chemin, côte à côte, déambulant dans le verger éclairé par la lune jusqu'à ce que les nuages se dissipent au-dessus de la tête de Rhy. Bien qu'il ne l'ait pas appelée, il se réjouissait qu'Ezril soit venue à lui.

VI

Tess ne se rappelait pas la dernière fois qu'elle avait dormi. Au cours de la première nuit, un mal de tête s'était insinué dans son crâne, alimenté par des rêves de petits pains sucrés et de thé noir amer. Il lui martelait les tempes au rythme des battements de son cœur, mais elle s'en moquait, plongée qu'elle était dans son travail.

Le lendemain, elle n'ouvrit pas la boutique de la journée et ignora les coups frappés de temps à autre à la porte, le cliquetis de la poignée. Elle ignora aussi la faim grandissante au creux de son ventre et l'enchevêtrement de ses boucles. Enfin, elle ignora Vares, jusqu'à ce que le petit hibou cesse de claquer du bec et de remuer ses serres pour tenter d'attirer son attention. Seule sa tête pivotait afin de permettre à ses yeux vairons de la regarder se lever et tourner autour de l'objet pour l'étudier sous tous les angles.

— *Kers ten ?* chuchotait-elle à l'artefact en travaillant.

« Qu'es-tu ? »

C'était comme essayer de reconstituer un puzzle dont on ne connaissait pas l'image. Au début, on s'efforçait de trouver les pièces qui s'assemblaient et puis, à un moment donné, on commençait à visualiser le motif qui se dessinait entre ce que l'on avait déjà et ce qui nous manquait encore.

— *Kers ten ?* répétait Tess.

Les mots se transformaient en psalmodie.

Au milieu de la deuxième journée, elle en saisit la forme, sinon le sortilège. C'était une sorte de boîte. Du moins le sort était-il contenu dans une boîte. Lorsque la jeune fille le recolla, la magie se réaligna aussi, jusqu'à ce qu'elle voie les endroits où celle-ci s'était emmêlée et déchirée, et comment la raccommoder.

— *Kers ten ?* demandait-elle en boucle.

Jusqu'à ce qu'enfin, l'objet lui réponde. Lui dise ce qu'il était, ou ce qu'il était censé être.

Ses mains se figèrent en plein mouvement lorsqu'elle comprit. Un filament s'entortillait entre ses doigts, attendant d'être noué, mais Tess n'esquissa pas un geste. Elle examina le sortilège, le lut encore et encore pour en être certaine, au point de n'avoir plus aucun doute.

Il ne s'agissait pas d'une boîte, même si l'artefact en avait l'apparence. Non, elle avait entre les mains une porte. Ou plutôt, un créateur de portes. Un raccourci, en somme, destiné à effacer la distance, à permettre à un individu de se rendre à l'autre bout du monde en un seul pas quels que soient les murs, les serrures ou l'espace qui l'en séparaient.

Ce type d'appareil n'était pas seulement interdit. Il était impossible. Ou censé l'être.

Tess savait que les *Antari* avaient le pouvoir de créer ce genre de portes. C'était donc bel et bien possible. Sauf que c'était là un talent qui n'était l'apanage que des seuls *Antari*. Or grâce à cet artefact, il était désormais à la portée du premier venu. La jeune fille tenta d'imaginer un sort qui donnerait à chacun la possibilité de voir et de manipuler les fils de pouvoir, et frissonna à cette idée. Certains dons étaient rares pour une bonne raison.

Et pourtant, quelqu'un avait trouvé le moyen de prendre la magie la plus précieuse au monde et de l'enfermer dans un coffret en bois. Un coffret qui reposait, presque réparé, sur la table de son atelier. Tess ne pouvait plus reculer, plus maintenant. Son cœur se mit à battre la chamade, mais ses mains ne tremblaient pas. Ses doigts bougeaient plus rapidement à présent, filant comme des poissons à travers la trame du sort dont elle assemblait et rafistolait les ultimes filaments. Elle travailla de plus en plus vite. Bientôt, elle eut terminé.

Tess retira ses orbières, qu'elle mit de côté, puis elle frotta le contour meurtri de ses yeux avant d'observer le dispositif. Il semblait si quelconque quand on n'en voyait pas les filaments ! Pour sa part, elle le trouvait tout simplement incroyable. Un morceau de magie *Antari* transformé en un sortilège clair et précis, extraordinaire, comme elle n'en avait jamais vu. La jeune fille se leva de son tabouret, les membres raides et endoloris. Son corps avait beau réclamer nourriture et sommeil, il fallait qu'elle sache si elle avait réussi. Si l'objet fonctionnait.

Munie de la boîte, elle contourna le comptoir et s'agenouilla pour la poser avec précaution sur le sol. Un sortilège de ce type nécessitait un déclencheur. Comme les ordres d'origine étaient endommagés au point d'être devenus inutilisables, Tess y avait implanté les siens. Elle avait fait simple et utilisé l'arnésien :

« *Erro* » et « *Ferro* ».

« Ouvre » et « Ferme ».

Le premier mot patienta un moment sur sa langue, de plus en plus lourd à chaque seconde qui s'écoulait, avant de finir par s'échapper.

— *Erro.*

La boîte frémit, trembla. L'espace d'un instant, l'apprentie crut que l'artefact allait se briser, qu'elle avait commis une erreur, lié deux filaments qui n'allaient pas ensemble parmi la centaine de combinaisons possibles. Puis il se contracta, comme s'il prenait une inspiration, et le sortilège agit. L'objet se déplia, l'intérieur bordé de lumière. Jaillis du coffret de bois, des fils s'élevèrent dans la pièce pour dessiner le contour d'une porte.

À l'intérieur de ce périmètre, l'air ondula et s'obscurcit au point que l'échoppe disparut, remplacée par un rideau d'ombre. Un voile, derrière lequel une scène ondoyante prenait peu à peu forme, immatérielle. L'esquisse floue d'une rue déserte. Immobile. Incolore. Figée.

Tess se releva et tourna autour de la porte, au cas où quelque chose en sortirait. Mais non. La main tendue, elle approcha ses doigts de l'ouverture et les laissa en suspens au-dessus des ténèbres. Elle sentit un courant d'air et perçut une odeur métallique, comme de la rouille, ou du sang. Le mordant du givre.

— Bizarre…

En parlant, elle avait dû se pencher en avant, juste un peu, car ses doigts effleurèrent le voile, qui s'enroula autour de sa main et la tira brusquement à travers.

VII

Quelque part ailleurs

Tess trébucha.

Elle voulut se rattraper à la table qui, elle le savait, se trouvait à cet endroit de son atelier, mais le meuble avait disparu. Tout comme l'échoppe de Haskin.

Après avoir retrouvé à grand-peine l'équilibre, elle constata qu'elle était à présent dans la rue. Elle leva les yeux : les boutiques qu'elle s'attendait à voir en face de la sienne s'étaient volatilisées, toutes remplacées par un mur de pierre claire qu'elle n'avait jamais vu. Soudain frigorifiée, elle frissonna au souvenir de…

La porte !

L'apprentie fit volte-face, terrifiée à l'idée que celle-ci ait elle aussi disparu. Mais non, elle était toujours là, au beau milieu de la route, aussi fine qu'un panneau de verre teinté. Dans l'encadrement, un vague reflet de son échoppe était visible. La boîte qui n'en était pas une reposait à même le sol, sur le seuil. Sa magie dessinait une ligne brûlante sur le pourtour. Tess s'agenouilla pour récupérer l'artefact. Elle voulut le soulever, mais l'objet ne bougea pas, alourdi qu'il était par le sortilège activé. Elle se redressa.

Où était-elle ? Dans une ruelle inconnue d'elle. Pourtant, elle connaissait le *shal* comme sa poche. Elle observa les alentours et vit de minces rubans de magie traverser la pierre et chatoyer dans le ciel. Leur lumière était différente de d'habitude. Autour d'elle retentissait un son grave, aussi régulier que des battements de cœur. Elle mit un moment à comprendre qu'il s'agissait d'un tambour.

La tête penchée sur le côté, elle essayait d'en déterminer la source quand elle perçut un mouvement sur sa droite.

Tess se retourna brusquement et vit une vieille femme passer la tête depuis un renfoncement. Curieusement vêtue de couches de tissus en lambeaux, elle avait le visage émacié et la peau burinée, zébrée d'épaisses marques noires. Des tatouages. Lorsqu'elle lui parla, sa voix était aussi sèche et râpeuse que du papier de verre. Elle lui posait une question dans une langue que l'apprentie ne connaissait pas, ce qui était étrange en soi – le père de Tess lui avait fait apprendre très jeune tous les dialectes que l'on parlait à Arnes.

La jeune fille secoua la tête en réponse et l'inconnue s'avança dans la lumière d'un pas traînant. Tess recula aussitôt. Les filaments de magie de la vieillarde flottaient dans l'air autour d'elle comme des racines noircies, flétries et ternes. Il ne s'agissait pas d'une malédiction qui empoisonnait le flux de son pouvoir, car il n'y avait pas de flux ni aucun mouvement.

La magie était détruite, morte.

L'inconnue s'adressa de nouveau à elle dans cette langue étrange et, cette fois, son regard passa de Tess à la porte – qu'elle voyait aussi, de toute évidence – pour finir par revenir sur Tess. Elle leva la main, paume vers le haut, et déplia ses doigts noueux vers le voile. Ses paroles ne ressemblaient plus à une question : sa voix ne montait pas dans les aigus et son ton se faisait de plus en plus tranchant à mesure qu'elle répétait les mêmes mots encore et encore, comme un ordre ou un sort.

Puis elle se jeta sur Tess avec une vélocité toute féroce. Bien que ses doigts froids comme le fer se refermèrent sur le poignet de la jeune fille à la manière d'un étau, cette dernière parvint à se libérer. Elle recula ensuite d'un pas chancelant, mais son talon percuta la boîte, et elle bascula en arrière à travers la porte ouverte pour atterrir dans l'atelier de réparation.

Le coffret de bois ne bougea pas, mais lorsque l'apprentie se retrouva en terrain connu, le monde de l'autre côté du rideau disparut, emportant avec lui la ruelle inconnue et la vieille femme à la magie détruite. Pourtant, Tess entendait toujours sa voix rauque, de plus en plus forte, de plus en plus proche. Le cerveau en ébullition, elle s'efforçait de comprendre ce qui se passait quand une main tatouée traversa le voile et tenta de l'attraper.

— *Ferro !* cria Tess.

La porte s'abattit comme un couperet et quelque chose tomba avec elle, avant de rebondir sur le plancher et de s'arrêter à quelques pas. Tess s'avança en rampant, puis tendit la main, mais se figea quand elle vit ce que c'était.

Un doigt tatoué.

Elle poussa un cri perçant et l'éloigna d'un coup de pied. Sous son regard horrifié, le doigt sectionné de la vieille femme roula sous une table. Haletante, elle resta assise là plusieurs secondes, lâchant une flopée de jurons dans tous les dialectes qu'elle connaissait avant de finir par se calmer et de reporter son attention sur l'endroit où se trouvait la porte quelques instants plus tôt. Celle-ci, de retour dans sa boîte, avait disparu en laissant derrière elle un étrange spectacle.

Le contour brûlant de l'encadrement persistait. Tess ferma les yeux, se disant qu'il devait s'agir d'un écho – elle en voyait parfois, après avoir travaillé trop longtemps : les filaments de magie s'imprimaient sur sa rétine. Mais elle avait beau cligner des paupières, les lignes demeuraient, comme une cicatrice.

Son regard se posa sur le créateur de portes qui gisait à présent sur le sol, comme si de rien n'était. Quelque chose avait mal tourné. La magie du dispositif était censée générer des raccourcis, effacer la distance entre deux lieux… C'est à cet instant que Tess comprit son erreur.

— Idiote, idiote, idiote ! siffla-t-elle.

Une porte ne méritait son nom que si elle conduisait quelque part, or comment saurait-elle où mener ? Il aurait dû y avoir une clef, l'indice d'une destination. Sauf qu'il n'y en avait pas.

— *Tout est là ?* avait-elle demandé à l'homme malade venu lui déposer l'artefact.

— *Tout ce dont tu as besoin*, lui avait-il répondu.

Tout ce dont elle avait besoin pour réparer le créateur de portes, peut-être, mais pas pour s'en servir.

L'homme avait à l'évidence conservé un élément et Tess, sans savoir ce qu'elle réparait, n'avait pas songé à laisser une place pour une clef, ou à en façonner une nouvelle. Elle s'était contentée de réassembler le sortilège sans cette partie essentielle, comme s'il était entier, si bien qu'au lieu d'une porte qui menait ailleurs au sein de ce monde, elle en avait créé une qui en traversait les frontières… pour pénétrer dans un autre.

Tess se passa les mains dans les cheveux, frappée par la force de son erreur. Elle connaissait l'histoire, bien sûr, quoique celle-ci soit assez ancienne pour avoir un goût de légende.

Dans le magasin de son père se trouvaient deux dessins, qui dépeignaient les quatre mondes sous la forme de livres empilés les uns sur les autres. Sur la première illustration, ces livres brûlaient. Celui du bas était plongé dans une lumière, semblable à des flammes, qui montait pour envelopper le suivant et celui d'après, son éclat faiblissant légèrement à mesure qu'elle s'éloignait de sa source. Sur la seconde image, le livre en bas de la pile était noir, calciné, la lumière remplacée par des volutes de fumée. Sous les dessins, un seul mot était imprimé sur le cadre : « Ruine. »

Petite, Tess passait les doigts au-dessus de ces illustrations en comptant « un, deux, trois » jusqu'au livre qui représentait son monde. Elle n'avait jamais pris la peine de penser aux trois autres. À quoi bon, puisqu'elle ne les verrait jamais ? Les univers auxquels on n'avait pas accès prenaient vie dans les histoires, et nulle part ailleurs.

Malgré tout, elle savait. Elle savait qu'à une époque, quiconque possédait assez de magie pouvait voyager d'un monde à l'autre. Mais cette époque était depuis longtemps révolue : à la chute du Londres noir, les univers avaient été séparés et les portes entre eux scellées pour empêcher la magie empoisonnée de se répandre. Depuis lors, à moins d'être un *Antari* – et quand Tess était née, il en restait si peu –, il n'y avait plus aucun moyen de se rendre dans les autres mondes.

Enfin, jusqu'à présent. Car Tess venait tout juste d'en créer un.

Elle se précipita vers le créateur de portes. Comme il n'était plus retenu par la force du sortilège actif, il ne pesait pas davantage que ce à quoi il ressemblait : une petite boîte en bois, qu'elle déposa sur le comptoir.

Parfois, Tess retapait des objets. De temps en temps, elle les améliorait. Mais elle était bien placée pour savoir que tout ce qui était réparable pouvait être cassé à nouveau.

NW
NE
W
E
SW
SE
S

CINQUIÈME PARTIE

LA REINE, LE SAINT ET LA RUMEUR DES TAMBOURS

I

Londres blanc

Les tambours commencèrent à retentir à l'aube.

Boum. Boum. Boum. Ainsi résonnaient-ils, avec la force et la régularité d'un battement de cœur, comme pour rappeler à la ville entière qu'elle était en vie. Le son se propageait depuis chacun des neuf murs qui parcouraient telles des artères le corps de Londres. Autrefois, ces murs divisaient la cité, ils la morcelaient. Désormais la pierre pâle était creusée d'arches – des centaines de portes ouvertes qui permettaient à la vie de circuler, sans aucun obstacle, à travers la ville.

Se tenant à la fenêtre de sa chambre, les yeux fermés, Kosika écoutait battre le rythme des tambours pendant que Nasi et des servantes s'affairaient autour d'elle, lui tressant les cheveux afin de les relever en couronne et l'enveloppant, couche après couche, du blanc rituel.

Elle avait refusé de porter une robe, optant à la place pour une tunique et un pantalon moulant, mais elle les laissa déposer la longue cape blanche sur ses épaules avant de l'épingler avec le sceau du saint. Doucement, elle caressa des doigts l'emblème d'argent, comme elle en avait l'habitude. Il lui rappelait qu'elle n'était pas seule. Qu'elle marchait dans les pas d'une légende.

Les domestiques firent un pas en arrière, laissant Kosika se balancer légèrement de gauche à droite, regardant le tissu blanc de la cape s'amonceler à ses pieds, puis bruisser sur le sol.

D'ici la fin de la journée, il serait rouge.

Un sourire avait commencé à se dessiner sur les lèvres de Kosika lorsque soudain l'épingle que Nasi lui glissait dans les cheveux vint s'enfoncer dans son crâne, lui arrachant un petit sifflement féroce que son amie ignora.

— Comme tu le sais, marmonna Kosika, c'est un crime de blesser la reine.

Nasi tira d'entre ses dents une nouvelle épingle, à la pointe ornée d'une pierre précieuse.

— Dans ce cas, si la reine pouvait ne pas bouger…

Kosika lui fit une grimace que lui rendit Nasi, la seule à avoir le courage de croiser son regard et de le soutenir. Les servantes, elles, gardaient la tête baissée. Les treize Vir aussi. Même Lark finissait par détourner les yeux en premier. Mais Nasi resta de marbre et Kosika, résignée, reporta son attention sur la fenêtre.

Elle sentait la ville prendre vie. Elle voyait les rues s'animer alors que les citoyens, les uns après les autres, répondaient à l'appel des tambours.

C'était, après tout, un jour de dîme.

Le rituel avait été son idée. Elle y avait vu une chance pour la ville de rendre grâce – rendre grâce aux saisons, tant pour leurs bienfaits que pour leur coût. La ville s'éveillait et avec elle le besoin des citoyens de faire leurs offrandes.

Désormais, les tambours résonnaient quatre fois l'an – quand l'hiver laissait place au printemps, le printemps à l'été, l'été à l'automne, et l'automne à l'hiver. Quatre fois par an mais, en son for intérieur, c'était cette dîme-là que Kosika préférait : la troisième. Le jour où l'été cédait la place à l'automne. Elle aimait la couleur des feuilles sur les arbres, rouge vermillon, jaune doré, des teintes qui n'existaient que dans ses rêves de petite fille. Elle aimait ce ciel changeant qui se reflétait dans la Sijlt tous les matins et tous les soirs.

Égoïstement, elle aimait ce jour car c'était son anniversaire. (Un mauvais présage, selon sa mère, de venir au monde au moment où la vie s'éteignait. Et pourtant, dans sa chambre au château, elle ne pouvait pas dire qu'elle se sentait maudite.) Et bien qu'elle ne laisserait jamais son anniversaire éclipser l'importance de la dîme, elle en tirait malgré tout un plaisir secret.

Cette année plus encore que les précédentes.

Ce jour-là, Kosika fêtait ses quatorze ans. Un âge important à ses yeux, pour une seule et unique raison : voilà déjà sept ans qu'elle était reine. Ces sept années avaient été marquées par le retour de la paix et du pouvoir – ce qui signifiait qu'elle avait passé la moitié de sa vie sur le trône. Et à partir de ce jour, elle pourrait affirmer qu'elle avait passé plus de temps à être reine qu'à ne pas l'être.

Une fois la dernière épingle glissée dans ses cheveux, Kosika se détourna de la fenêtre pour rejoindre le frêne argenté qui poussait au centre de la pièce. Ses racines plongeaient entre les pierres tandis que ses branches s'élançaient vers le plafond voûté. Elle s'arrêta devant l'arbre et caressa son écorce, comme pour se porter chance. Enfin, elle se sentait prête.

Nasi lui remit la lame d'argent. Kosika l'accrocha à sa ceinture alors que les tambours retentissaient dans la ville, appelant tous ses habitants à donner leur sang.

Les portes du château s'ouvrirent en grand sur un monde en attente.

Au milieu de dizaines de gardes royaux postés sur le perron, elle aperçut Lark à mi-hauteur de l'escalier. Il se démarquait – comme toujours. À seulement dix-sept ans, déjà plus grand que la plupart, il dressait fièrement sa tête couronnée de cheveux blond argenté, ses yeux noirs rivés vers le ciel plutôt que le sol, exposant à la vue de tous la cicatrice autour de son cou tel un collier. Il en était si fier.

Les treize Vir du conseil de la reine patientaient au pied des marches, parés de leurs capelines argentées. Serak se tenait à l'avant, sa tête brune inclinée, sa main bandée de gaze posée sur le sceau du saint à son épaule.

Derrière eux, la cour grouillait de citoyens et de soldats, mais aussi de curieux qui s'attardaient là dans l'espoir d'apercevoir leur souveraine lorsqu'elle s'engagerait sur la route de la dîme.

L'espace d'un instant, Kosika ne bougea pas. Se tenant en haut de l'escalier, elle percevait la caresse du vent du matin sur sa peau, la fraîcheur de l'air, une saison cédant la place à la suivante, l'équilibre de l'univers mais aussi le changement, sa poitrine qui se soulevait et s'abaissait au rythme des tambours. Elle se sentait à la fois minuscule et immense, une seule goutte dans la Sijlt et en même temps toute l'eau du monde coulant dans ses veines. Elle avait la sensation d'exister en dehors des limites de son corps mince et savait qu'elle occupait la position idéale, en plein cœur du courant. Elle laissa ce dernier l'attirer jusqu'au bord de la première marche, puis la suivante et ainsi de suite.

Kosika entama sa descente, sa cape blanche ondoyant derrière d'elle, tandis que tout autour d'elle, des têtes s'inclinaient pour saluer le passage de la reine.

Sept ans plus tôt

Le jour où le monde changea, Kosika essayait de faire une sieste.

Lark et elle étaient perchés en haut du Votkas Mar, le Cinquième Mur et le préféré de Kosika car il était le plus haut de tous. De là, elle voyait le fleuve serpenter au milieu de la ville, d'où saillait le château tel un morceau d'ardoise brisé. D'habitude, elle s'amusait à compter les étals du marché ou les chariots qui passaient, mais ce jour-là, elle était étendue le long du mur, un bras sur les yeux. Elle tombait de sommeil, sans doute parce qu'elle n'était pas rentrée chez elle la veille, pas depuis l'incident avec les collectionneurs dans la cuisine de sa mère.

Lark attira son attention en lui tapotant l'épaule.

— Tu as appris la nouvelle ? lui demanda-t-il. Le roi est mort.

À ce moment-là, elle sut. Elle sut que le corps qu'elle avait découvert dans le Bois d'argent la veille – l'homme avachi contre le tronc comme s'il était endormi, celui dont l'herbe poussait sous la main – était le roi. Elle en éprouva la certitude jusque dans ses os, dans le bout de ses doigts qui avaient touché ceux du souverain, et sous ses côtes, une douleur semblable au chagrin.

Ce matin-là, elle y était retournée. Mais le corps avait disparu. Elle n'avait pourtant eu aucune difficulté à retrouver l'endroit où il avait reposé : l'herbe sous l'un des arbres était encore verte. Mieux, le gazon s'était étendu comme une flaque durant la nuit. Kosika s'était allongée dessus, ou plutôt dedans, ses joues caressées par les brins délicats.

Elle repensa au soldat qui avait pleuré la mort de l'homme.

— Qu'est-ce qui lui est arrivé ? s'enquit la fillette, surprise par ses yeux qui lui piquaient et par sa gorge serrée.

— Ce qui arrive toujours aux rois, j'imagine, répondit son ami dans un haussement d'épaules. Quelqu'un a dû le tuer.

Kosika savait que ce n'était pas vrai. Elle avait vu le corps du monarque, ses beaux habits, sa demi-cape d'argent. Il n'y avait aucune trace de sang, aucune blessure. Il ne semblait pas avoir été attaqué. Il avait l'air paisible de celui qui cherchait un moment de repos.

— Ça va encore dégénérer… dit Lark en avisant deux soldats qui passaient juste sous leur perchoir.

Il avait sans doute raison. Ça dégénérait toujours, après un régicide. Quand bien même le souverain n'avait pas été tué et qu'aucun individu ou groupe ne revendiquait le meurtre, il laissait un trône vide. Combien allaient tenter de s'en emparer ? Au bout du compte, la place reviendrait au plus fort, ou au plus violent, ce qui pouvait prendre du temps.

Les yeux fermés, Kosika sentit la tristesse l'envahir. La vie commençait à peine à s'améliorer. Il y avait une certaine douceur dans l'air. Elle l'imagina s'estomper, imagina le retour du froid, le reflux de la magie, et frissonna.

Elle pressa ses doigts contre le mur. Fait étrange, elle aurait juré que la pierre vibrait légèrement sous ses mains. Les sourcils froncés, elle appuya ses paumes à plat.

— Tu sens ça ? demanda-t-elle.

Mais Lark ne l'écoutait pas, occupé qu'il était à compter les pièces posées entre eux. Le profit tiré des amulettes qu'elle avait trouvées la veille. Le tintement du métal – cling cling cling – lui retourna l'estomac. Mais dès qu'il eut fini de partager la somme, elle prit sa part : cinq tols d'argent. Assez pour acheter du pain, du fromage et de la viande pour une semaine. *Et aussi pour nourrir ma mère*, pensa Kosika avant de se souvenir pourquoi elle s'était réfugiée dans le Bois d'argent. Elle n'en avait pas parlé à Lark, car elle savait qu'elle avait de la chance d'avoir une mère, même mauvaise. Sans personne pour s'occuper de lui, son ami s'en était sorti. Elle se débrouillerait, elle aussi.

Elle empocha les pièces, troublée par la vibration du métal contre sa peau. L'argent devenait chaud, presque doux, comme s'il allait fondre. L'étourdissement gagnait peu à peu Kosika. Lorsque Lark, ayant sauté au pied du mur, leva la main pour l'aider à descendre, elle secoua la tête et annonça qu'elle allait rester un peu.

— *Oste !* cria-t-il par-dessus son épaule avant de s'éloigner en trottinant.

— *Oste !* répondit-elle.

Ils ne convenaient jamais à l'avance de l'endroit où ils se reverraient. À quoi bon ? Il venait la trouver, ou inversement. Kosika laissa son regard errer sur la ville, puis elle se mit à compter les bateaux sur la Sijlt. Elle en était à neuf quand elle entendit un hurlement.

Elle tourna aussitôt la tête vers l'origine du bruit. Il était assez proche pour lui donner la chair de poule, pour que ses traits se tendent et que son sang lui intime de courir. Mais pas en direction du son, non, jamais ! Lorsqu'elle sauta à son tour du mur, le cri s'éleva de nouveau. Elle connaissait cette voix, même si elle ne l'avait jamais entendue ainsi, empreinte de douleur ou de terreur.

Lark.

Elle partit dans la direction que son ami avait prise, celle du hurlement, et tourna au coin de la rue. La route se séparait en trois et la voix avait beau résonner contre les murs de pierre, elle savait où la trouver, comme si une corde était tendue entre eux. Elle prit un virage serré à droite, et le voilà : Lark, luttant de toutes ses forces malgré la chaîne autour de ses poignets. Lui qui semblait toujours si imposant à Kosika, si grand, il était bien plus petit que ses deux assaillants, bien plus petit que le poing qui s'abattit sur sa joue. Il s'effondra par terre.

— Non ! cria-t-elle au même moment.

L'un des hommes se tourna vers elle et son cœur fit un bond dans sa poitrine lorsqu'elle reconnut cette silhouette filiforme, ce tatouage en forme de nœuds de corde sur la main gauche. Le collectionneur sourit.

— Tiens, tiens ! s'exclama-t-il, une seconde chaîne métallique entre les mains.

Derrière lui, Lark tentait d'invoquer le feu, mais l'entrave à ses poignets devait bloquer sa magie : il écartait en vain les doigts. Il essaya de se relever, mais l'homme le repoussa au sol tandis que celui qui avait payé la mère de Kosika se dirigeait vers elle.

— Sauve-toi ! hurla Lark à la fillette.

Elle n'en était pas fière, mais elle recula. Elle ne put toutefois faire qu'un seul pas avant que les bras d'un troisième homme ne l'encerclent, expulsant l'air de ses poumons en la soulevant de terre. Quant au premier, il continuait de s'approcher d'elle. Le monde vibrait et, sans trop réfléchir, elle tendit la main vers le mur de pierre pour l'attirer à elle.

À sa grande surprise, il obéit. Un énorme pan s'inclina, pencha, puis se détacha pour venir s'écraser telle une vague sur le collectionneur, l'enfouissant sous les décombres. Les bras se resserrèrent autour de Kosika qui, rejetant la tête en arrière, sentit le claquement satisfaisant de dents alors même qu'une douleur lancinante lui traversait le crâne. L'espace d'un instant, elle ne vit plus le monde qu'en noir et blanc. Son ravisseur la lâcha en poussant un juron. Elle tomba violemment au sol, s'écorchant au passage les mains et les genoux. Elle effleura l'arrière de sa tête : ses doigts ressortirent rouges. Elle était blessée et terrifiée, mais ce n'était pas le moment d'avoir peur.

— Sale petite garce ! s'écria une voix, accompagnée du tintement de l'acier.

La fillette se retourna vers l'homme qui l'avait agrippée. Du sang coulait de sa bouche meurtrie. Il fendit l'air de son épée et elle écarta les mains, supplication inutile pour qu'il arrête son geste.

Ce qu'il fit pourtant. Son corps entier s'immobilisa brusquement. Ses membres tremblaient. On aurait dit un insecte piégé dans une toile d'araignée. Elle sentit les os frémir sous sa peau, puis le métal de son arme qui se retournait contre lui, la pointe s'enfonçant dans son propre torse, et enfin la vie qui le quittait au moment où il s'écroulait.

Sans le lâcher des yeux, la fillette se releva, frissonnante.

— Kosika…

La voix de Lark n'était qu'un murmure rauque. Elle se retourna pour le découvrir derrière le tas de gravats, à genoux, la tête tirée en arrière, une lame contre la gorge. Il lui adressa un signe de ses mains liées : *« Sauve-toi. »* Mais cette fois, les jambes de la fillette ne la trahirent pas. Cette fois, elles la portèrent en avant.

— Ne bouge pas, ordonna l'homme, ses doigts entremêlés dans les cheveux blond argenté de Lark.

La lame effleura la gorge du garçon, traçant une fine ligne de sang. Le malheureux grimaça, les yeux écarquillés par la terreur. Ses mains remuaient de nouveau, pas pour lui faire signe, mais pour tenter d'attraper quelque chose. Elle ne comprit que trop tard ce qu'il cherchait : il gardait toujours un poignard dans sa botte.

Tout se déroula ensuite à la vitesse de l'éclair.

Lark dégaina son arme pour la planter dans le pied de son assaillant. Ce dernier poussa un hurlement et fit un bond en arrière, sa lame entaillant au passage la gorge de sa victime.

— Non ! cria Kosika.

Elle se mit à courir le plus vite possible, non pas vers l'homme qui fuyait déjà, mais vers son meilleur ami, qui s'affaissa puis s'effondra dans la rue crasseuse. Elle avait toujours été vive, mais le vent dans son dos la poussait, la portant vers le blessé à une vitesse incroyable. La fillette tomba à genoux près du corps de Lark, dont la bouche s'ouvrait et se refermait, les paupières tressautaient et la vie s'échappait, trop vite, trop tôt.

Elle arracha la chaîne aux poignets de son ami avant d'appuyer ses mains sur la gorge tranchée du garçon.

— *Nas aric*, implora-t-elle alors que le sang lui coulait entre les doigts.

« Ne meurs pas. »

— *Nas aric*, murmura-t-elle en boucle.

Petit à petit, les mots changèrent dans sa bouche : le *n* se mua en un *h* plus doux, la voyelle en final. Une nouvelle supplication montait en elle. Un terme qu'elle ignorait, qu'elle n'avait encore jamais prononcé : *Hasari*. Précédé d'un autre son, comme une respiration hachée : *As*.

— *As Hasari. As Hasari. As Hasari.*

Ces deux mots étranges se déversèrent telle une mélopée, et le sang de Lark s'arrêta de couler. Il y en avait tellement, sur lui, sur elle, sur la route, mais sa peau n'était plus grise. S'il se détendit, c'était de ce relâchement qui annonce le sommeil et non la mort. Son torse se soulevait et s'abaissait régulièrement. Lorsqu'elle osa enfin retirer ses mains de la gorge de son ami, la fillette découvrit que la plaie béante s'était refermée pour ne laisser qu'une ligne en relief, comme une zébrure.

Un sanglot s'échappa des lèvres de Kosika. Les paupières de Lark frémirent avant de s'ouvrir. Il déglutit, et la première chose qu'il dit ne fut pas une question. Juste deux mots murmurés sur un ton émerveillé :

— Tes yeux.

Elle s'apprêtait à lui demander de quoi il parlait quand elle entendit le pas lourd de bottes cuirassées. Levant la tête, la fillette vit deux soldats en armure gris foncé se diriger vers eux. Un homme et une femme.

— Que s'est-il passé ? l'interrogea l'homme.

Ce n'est qu'à ce moment-là qu'elle prit conscience de la scène : le mur de la ville à demi écroulé, une main tatouée dépassant des gravats, le cadavre avec l'épée plantée dans le torse, Lark toujours au sol et couvert de sang mais qui ne saignait pas, et ses propres mains tachées de rouge, son corps vibrant toujours de peur et de soulagement. D'autres visages commençaient à apparaître, aux fenêtres et aux portes, pour observer le spectacle.

— Debout, ordonna la femme.

Kosika obéit : elle se plaça devant Lark. Elle aurait bien aimé s'enfuir, mais son ami ne pouvait pas se lever, du moins pas encore, et elle refusait de l'abandonner. En outre, la tête lui tournait, comme si c'était elle qui avait perdu tout ce sang.

Elle était encore en train de se demander quoi faire lorsque des sabots martelèrent les pavés. Un troisième soldat surgit, vêtu différemment des deux autres. Il portait une armure couleur argent et montait un cheval à la robe noire. Un garde royal. Il mit pied à terre puis il ôta son casque.

— *Køt err…* marmonna-t-il en avisant la scène.

« Nom d'un roi… »

Il ajouta d'une voix plus forte :

— Qui a fait ça ?

— C'est moi, répondit Kosika en soutenant vaillamment le regard du garde royal, dans lequel elle vit de la surprise.

Elle ne s'était même pas rendu compte qu'un des deux premiers soldats arrivés sur les lieux était parti avant qu'il ne revienne en traînant derrière lui le collectionneur qui avait tranché la gorge de Lark. Celui qui s'était échappé. Le petit poignard toujours planté dans son pied, l'homme boitait et bredouillait. Le garde royal fit alors un signe au soldat gris, qui le frappa avec force, au point que le captif tomba à genoux et ne se releva pas. *Tant mieux*, songea Kosika qui s'apprêtait à s'avancer jusqu'au prisonnier pour lui assener un coup de pied lorsque le garde royal s'agenouilla devant elle, se mettant ainsi à sa hauteur. L'armure du garde était si lustrée qu'elle distinguait presque son reflet dans le métal. Presque.

— À qui appartient ce sang ? demanda-t-il en désignant les mains de la petite.

Cette dernière baissa les yeux avant d'ouvrir les paumes. Le rouge, en séchant, brunissait sa peau. L'essentiel du sang venait de Lark, mais elle avait touché l'arrière de son propre crâne auparavant, non ? Un peu de ce sang était donc aussi le sien. Elle préféra ne pas répondre à la question, tout en fusillant du regard le collectionneur.

— Il a tranché la gorge de mon ami.

Le garde royal ne jeta pas un seul coup d'œil au coupable. Il ne regardait personne d'autre qu'elle. Ses cheveux étaient clairs et ses yeux étaient de la couleur du ciel, d'un bleu aqueux.

— Heureusement que tu étais là pour l'aider, répliqua-t-il.

Il y avait quelque chose dans sa voix : pas de la colère, ni de la bienveillance, mais de l'émerveillement. Elle entendit soudain le sifflement de l'acier. Le criminel s'effondra, la gorge tranchée. Son sang se déversa dans la rue, comme celui de Lark quelques instants plus tôt. Cette fois, personne ne se précipita à son secours. Kosika, satisfaite du sort de l'homme, le regarda mourir.

L'un des soldats gris – la femme – s'agenouilla auprès de Lark pour l'aider à se redresser. La fillette aurait bien aimé rejoindre son ami, s'assurer qu'il allait bien, mais le garde royal la retenait par son regard.

— Depuis quand possèdes-tu ce pouvoir ? s'enquit-il.

Elle s'apprêtait à rétorquer que ce n'était pas le cas, que sa magie n'était pas encore apparue – sauf que ce n'était plus vrai.

Devant son silence, il refit une tentative.

— Où habites-tu ?

La fillette hésita. Elle ne comptait pas lui avouer qu'elle n'avait plus de foyer, qu'elle avait passé la nuit précédente dans une mansarde dont la fenêtre ne fermait pas bien, tout en espérant qu'aucun rat ne viendrait lui rendre visite. Elle se contenta donc de secouer la tête. Le garde royal, compréhensif, se garda d'insister.

— Je m'appelle Patjoric. Et toi ?

À cette question-là, elle pouvait répondre.

— Kosika.

— Kosika, répéta-t-il, un sourire s'épanouissant sur son visage. Tu sais ce que ton nom veut dire ?

Elle secoua de nouveau la tête. Ainsi, un nom pouvait avoir une signification ? Selon sa mère, elle tenait le sien de Kosik, ce quartier qui longeait la ville comme une blessure refusant de guérir.

Patjoric ne la quittait pas du regard.

— Il signifie « petite reine ». (Il se redressa, puis lui tendit la main.) Tu dois être fatiguée et affamée. Que dirais-tu de venir avec nous au palais ?

Kosika se raidit, flairant un piège. Et si cet homme était lui aussi un voleur d'enfants ? C'est ce que devait penser Lark, car il s'était relevé et titubait vers eux.

— N'y va pas ! cria-t-il d'une voix rauque.

Mais la femme soldat l'agrippa par le bras pour le tirer en arrière. La fillette sentit une vague de colère monter en elle alors que son ami tentait, tant bien que mal, de se libérer.

— Ne lui faites pas de mal ! rugit-elle.

Et le monde répondit à son appel. Les pavés sous ses pieds se mirent à trembler. Le mur commença à gémir, puis à pencher. Une rafale de vent fouetta sa peau et toute l'allée sembla se fendre. Elle n'entendit pas le bruit des bottes. Elle ne vit pas la garde de l'épée avant que la lame ne s'abatte sur le côté de sa tête et que tout s'arrête.

II

De nos jours

Kosika serait la dernière à faire son offrande.

À chaque degré, les gardes royaux lui emboîtaient le pas, telles des ombres dans son sillage. Elle passa devant les Vir drapés d'argent, puis devant la foule qui bordait le chemin. Marchands et marins, tailleurs et boulangers, parents avec leurs enfants dans les bras, tous liés non par leur âge ou leur tenue, mais par le bandage enroulé autour de leurs paumes.

Des serviteurs attendaient au portail du château, les bras chargés de plateaux remplis de petits pains sucrés. Chaque citoyen, après avoir donné son sang, recevait une friandise avant de quitter l'enceinte du palais. C'était la première des trois dîmes de la journée et la première des trois récompenses. Un moyen de rappeler à tous que ce jour de sacrifice était également un jour de fête.

Lorsqu'elle s'approcha de l'autel, le parfum cuivré du sang flottait dans l'air. La foule s'écarta pour révéler une statue érigée au-dessus d'un bassin peu profond dont la surface brillait d'un éclat rouge.

Plus grand que nature, l'homme de pierre se tenait à quatre pattes, la tête baissée, comme écrasée par un poids invisible. Sa chemise, déchirée, dévoilait le sort d'entrave jadis gravé sur son torse par Athos Dane. Ses mains étaient plongées dans le bassin et du sang lui remontait sur les tibias et les poignets, laissant croire qu'il était peu à peu englouti par l'eau rougie.

Kosika s'avança jusqu'à être assez près pour regarder Holland Vosijk en face. Pour voir sa mâchoire crispée, ses sourcils froncés et ses yeux vairons, l'un vert, l'autre noir.

Vairons comme les siens.

— Au début, tu n'étais qu'un serviteur, dit-elle tout bas.

Ces paroles, aussi intimes qu'une prière, ne s'adressaient pas à l'assemblée, mais à elle-même.

Elle dégaina la lame d'argent à sa hanche, qu'elle fit glisser sur son avant-bras. Une entaille rapide et profonde. Le sang s'écoula dans la vasque, dont la surface ondoya. Kosika passa ses doigts sur la coupure avant de les poser sur le bord du bassin, non pas en pierre mais en verre dépoli.

— *As Steno*, ordonna-t-elle.

Animé par son pouvoir, le sort *Antari* prit forme dans le monde. La surface du liquide ondula à la manière d'un cœur qui bat, puis les parois de verre volèrent en éclats.

Le sang se répandit comme la pluie sur un auvent. Il gicla au point de former une flaque autour de Kosika, tachant ses habits blancs. Il se déversa jusqu'à ce que la vasque, qui n'était plus un récipient creux mais une surface de pierre plate, se vide. Les mains de Holland apparurent alors, ses doigts pétrifiés écartés sur la roche.

Kosika resta plantée là tandis que le sang, imprégnant l'ourlet de sa cape blanche, pénétrait dans le sol de la cour pour lui donner la couleur noire du terreau.

Ainsi s'acheva la première dîme.

Sept ans plus tôt

La lumière du soleil dansait sur le plafond.

C'est la première chose que Kosika vit à son réveil – du moins supposait-elle qu'il s'agissait d'un plafond, car il était si loin d'elle. Les murs de pierre se dressaient pour former une voûte au-dessus de sa tête, mais le sol sous elle était trop doux pour être un plancher, et trop moelleux pour être un lit, ce qui était pourtant le cas. Un lit si grand qu'elle pouvait se tenir allongée au milieu, bras et jambes écartés, sans même toucher les bords. L'espace d'un moment, elle resta là, l'esprit merveilleusement vide, à observer la lumière au plafond en s'efforçant de se rappeler : où se trouvait-elle auparavant ? Sur le Votkas Mar avec Lark, à contempler le ciel, puis…

Un son lui parvint – le bruit doux et léger d'un caillou heurtant la pierre. Lorsqu'elle se redressa, son mal de crâne la fit grimacer. Cette douleur fit resurgir ses souvenirs : les voleurs d'enfants, la lutte, Lark et les soldats. Elle rampa sur la mer d'oreillers pour tenter d'atteindre le bord du lit.

— Ah, bien ! dit une voix. Tu es réveillée.

Surprise, Kosika se retourna pour découvrir une jeune fille assise en tailleur sur un fauteuil, les coudes sur les genoux. Sous ses cheveux blonds réunis en tresse, son visage étroit était couvert de cicatrices aussi fines et blanches que des coutures.

Sur la table basse devant elle était posé un plateau de jeu, la moitié des pions noir et or, l'autre moitié argent et blanc. La plupart étaient mélangés sur la planche, quelques-uns gisant sur le côté, comme au milieu d'une partie. Mais si elle était en train de jouer, ce devait être contre elle-même.

— Qui es-tu ? demanda Kosika.

Le son de sa voix fit battre le sang à ses tempes. Elle porta une main à son front.

— Je suis Nasi, répondit l'adolescente. Si ça peut te consoler, le soldat qui t'a frappée a été arrêté.

Kosika ne comprenait pas. Elle avait déjà été agressée une dizaine de fois, et aucun de ses assaillants ne s'était jamais excusé.

— Si tu veux tout savoir, poursuivit la jeune fille, ils vont peut-être même le tuer.

La fillette grimaça. Elle ne voulait causer la mort de personne.

— Pourquoi est-ce qu'il m'a frappée ?

D'un signe de tête, Nasi désigna la fenêtre, comme si la réponse s'y trouvait. Kosika sauta du lit – rien que de se mettre debout lui envoya une nouvelle pointe de douleur dans le crâne –, puis s'approcha du rebord. Stupéfaite, elle s'aperçut qu'elle n'était pas dans une maison, mais dans un château. Le fameux château. De cette hauteur, elle pouvait voir le domaine et le haut rempart de pierre qui l'entourait, suivre des yeux les neuf murs plus petits de la ville comme s'il s'agissait de cordeaux, et compter chaque place, chaque pâté de maisons. Les calèches avaient la taille de gouttes de pluie, les habitants de grains de riz. Le Bois d'argent reposait, pas plus large que sa paume, à la périphérie de la ville, et tout Londres s'étendait sous elle comme un jeu de construction ou une tapisserie.

Il lui fallut un moment, mais elle finit par le voir. De là où elle se trouvait, il n'était pas bien grand – guère plus qu'une tache d'ombre, une ligne brisée, une flaque noire. La main levée, elle pouvait couvrir la marque entière avec le bout du doigt. Mais elle savait que, de près, les dégâts étaient importants. Un pan du Votkas Mar avait disparu et de profondes fissures couraient le long de la rue. On aurait dit qu'une immense main – comme celle qu'elle levait – avait écrasé l'endroit sous son pouce.

Kosika sentit un léger vertige la gagner, une sorte de nausée.

— Ils ont eu peur, expliqua Nasi. De ce qui se passerait si tu continuais.

Kosika se retourna vers elle.

— Je n'ai pas fait exprès, se défendit-elle.

Son interlocutrice se contenta de hausser les épaules avant de déplacer un pion sur le plateau.

— N'empêche que tu l'as fait.

Le cœur de Kosika se mit à battre la chamade. Au même moment, une brise souffla dans la pièce, bien que les fenêtres soient fermées. Et Lark ? L'avaient-ils blessé ? Ou plutôt, l'avait-elle blessé ? Elle devait partir, le retrouver. Elle s'approcha de l'énorme porte qu'elle poussa, puis tira de toutes ses forces. En vain.

— Elle est verrouillée, précisa Nasi, comme si ce n'était pas évident.

Kosika observa la chambre, les magnifiques tapisseries qui couvraient le sol et pendaient aux murs. La pièce, taillée dans la pierre, était grande, plus grande que la totalité de sa maison à elle.

— On est prisonnières ?

La jeune fille étudia le plateau de jeu avant de répondre :

— Moi, non. Toi, peut-être.

Kosika découvrirait plus tard que Nasi ne s'embêtait pas à mentir. Selon elle, il valait toujours mieux connaître la vérité.

— Mais il existe des prisons bien pires que celle-là, ajouta-t-elle.

Elle lui tendit une coupe de fruits. La main de Kosika jaillit, vive comme l'éclair, comme si Nasi allait changer d'avis. Mais non : l'adolescente attendait qu'elle choisisse. Kosika ralentit donc son geste, et après avoir scruté les fruits, opta pour une prune. Elle mordit dedans, surprise par son goût sucré. Nasi en prit une, elle aussi.

— Si tu veux vraiment partir, dit-elle en examinant le fruit, je ne suis pas sûre qu'ils puissent t'en empêcher.

Kosika repensa à la rue qu'elle avait détruite. Nasi avait-elle raison ? Elle allait bientôt le savoir. Elle se retourna vers la porte et plaqua les mains dessus. Concentrée, elle sentait le bois, le métal et l'endroit où ils se rencontraient. Elle commença à tirer et…

— Que fais-tu ? demanda Nasi.

— Il faut que je retrouve Lark.

— Le garçon aux cheveux blond argenté ? hasarda la jeune fille. Aux yeux bruns ? Couvert de sang ?

Kosika fit volte-face.

— Tu l'as vu ? Où est-il ?

— Aux dernières nouvelles, il était dans les cuisines, occupé à manger le pain, le fromage et toutes les provisions des Vir.

— Les Vir ?

— Les gardes royaux. C'est ainsi qu'ils se nomment. Très fiers, tout d'argent vêtus.

Kosika se rappela l'homme qui s'était agenouillé devant elle. Patjoric.

Nasi lui fit signe d'approcher du plateau de jeu et elle s'exécuta. De près, elle constata que les pions n'étaient pas tous identiques. Il y avait des chevaliers, des figurines en cape, des enfants et des rois.

— Ce jeu s'appelle kol-køt, expliqua l'adolescente en débarrassant le plateau jusqu'à ce qu'il ne reste plus qu'un roi argent et blanc. Quand Holland Vosijk est monté sur le trône, les Vir ont été les premiers à s'incliner devant lui. Les premiers à croire qu'il était le roi sauveur.

Tout en parlant, elle ajouta des cavaliers argent et blanc sur le plateau, un à un, qui formèrent bientôt un cercle autour du roi. Kosika les compta : treize.

— Maintenant, le roi est mort. (Nasi souleva la figurine au centre du cercle pour la reposer, presque en douceur, sur le côté.) Les Vir tentent tant bien que mal de maintenir la paix mais, tôt ou tard, quelqu'un viendra revendiquer le trône par la force. Ils espèrent éviter ça en te donnant la place de Holland.

— Pourquoi moi ? demanda Kosika, abasourdie.

— Eh bien, répondit Nasi en posant un nouveau pion – un enfant – dans le cercle, parce que tu es comme lui. Une *Antari*.

Antari. Kosika ne connaissait pas ce mot. Son expression dut la trahir, car Nasi se leva, dépliant ses membres fins. Elle était de toute évidence plus âgée que Kosika, mais pas encore adulte. Peut-être de l'âge de Lark, autour de neuf ou dix ans. Malgré son visage rond, ses bras et ses jambes étaient maigres, comme si elle ne poussait pas partout au même rythme.

Elle s'approcha d'une étagère près du lit, où elle prit un petit miroir. Revenue auprès de Kosika, elle le leva face à elle. La fillette y étudia son reflet.

Elle était toujours dans l'entre-deux, avec sa peau et ses cheveux entre deux nuances. Mais un seul de ses yeux était de son habituelle couleur indéfinissable. L'autre était noir à présent, d'un bord à l'autre, d'une paupière à l'autre. Comme si on lui avait versé de l'encre dans l'orbite. Kosika recula en se frottant furieusement l'œil dans l'espoir d'effacer la tache. Lorsqu'elle retira sa main, rien n'avait changé.

— Des yeux pareils sont rares, confia Nasi. C'est la marque des magiciens de sang. Le dernier roi avait un œil comme le tien et il a réveillé le monde. Maintenant, tu en as un, toi aussi, et ils y voient un signe. Peut-être que la magie continuera de revenir si un *Antari* occupe le trône. Peut-être que tu pourras empêcher la ville de sombrer dans la guerre. Peut-être qu'ils verront en toi un bon présage, le symbole du changement. Ou peut-être… qu'ils ne verront qu'une enfant sans défense dressée sur leur route et qu'ils te trancheront la gorge.

Kosika, pétrifiée, n'arrivait pas à détacher son regard de son reflet. Elle effleura la glace, alors même que son cœur battait la chamade.

— Que dois-je faire ?

— Rien, répondit Nasi. Seulement rester là. En vie. (Elle lui remit le miroir.) Et essayer de ne pas détruire davantage la ville.

Elle se dirigea vers la porte et frappa trois coups.

— Que fais-tu ?

— Je les avertis que tu es réveillée.

Un lourd verrou coulissa, puis le battant s'ouvrit sur un couloir et un soldat d'argent – un Vir. Son regard glissa sur Nasi pour se poser sur la fillette. Il se laissa alors tomber sur un genou, tête baissée.

— *Kosika*, dit-il d'une voix douce.

Elle mit un instant à comprendre qu'il ne l'appelait pas par son nom, mais par son titre.

« Petite reine. »

III

De nos jours

Le soleil était haut dans le ciel quand Kosika atteignit le deuxième poste sur la jetée.

Elle avait les doigts collants de sucre et tachés de rouge. Sur le trajet entre le château et la place située sur la rive du fleuve, elle avait mangé le petit pain. Puis elle avait débarrassé ses paumes des dernières miettes en même temps que des traces de sang.

La foule, à présent rassemblée au bord de la Sijlt, était deux fois plus grande et deux fois plus bruyante que celle aux portes du palais, égayée par la seconde récompense de la dîme : une tasse fumante de cidre. Les tambours, désormais accompagnés par d'autres instruments, continuaient de battre au rythme des battements de cœur de la ville. Assise sur un mur, une femme chantait en hommage au roi sauveur, et des marchands vendaient de quoi manger pour aller avec la boisson offerte. L'arrivée de Kosika fut accueillie par des acclamations et des révérences, les spectateurs s'écartant pour laisser passer leur reine et ses gardes avant de se refermer dans leur sillage, comme si elle était un feu dont ils espéraient sentir la chaleur.

Nasi et deux des Vir n'avaient pas encore payé leur deuxième dîme. Kosika s'arrêta donc pour les observer en attendant. Lark croisa son regard et but à sa santé en lui jetant un clin d'œil. La jeune reine se retint de lever les yeux au ciel, alors même que ses joues s'enflammaient. Pourquoi le sourire de son ami avait-il cet effet sur elle ? Elle ne voulait pas de son attention, pas comme ça. Pourtant, lorsqu'il adressa ce sourire à une jolie fille dans la foule, elle sentit ses joues se refroidir.

— Je te comprends, fit remarquer Nasi en enroulant la bande de tissu blanc autour de sa main. Il est agréable à regarder.

— Alors je te le laisse, répliqua Kosika trop vite.

— C'est gentil, mais je préfère ta compagnie.

La jeune reine baissa la tête pour dissimuler son sourire.

À vrai dire, elle les aimait tous les deux, depuis toujours. Les derniers temps, cet amour se doublait cependant d'un sentiment de besoin qui l'effrayait, d'une avidité qui s'insinuait en elle pour y brûler et lui donnait envie de les garder près d'elle, de les lier à elle. Elle repensa aux jumeaux Dane et à leur sort d'entrave gravé dans la chair de Holland. Avait-ce été un acte de haine ou une nécessité née du besoin de le garder auprès d'eux ? Quoi qu'il en soit, jamais elle ne marcherait sur leurs traces.

La voie se libéra enfin. Il était temps.

Kosika s'approcha de la jetée et du deuxième autel. Ce Holland Vosijk-ci l'attendait non plus à genoux, mais debout sur un socle au-dessus de l'eau. Une couronne d'un noir brillant ceignait ses tempes de pierre et ses yeux vairons regardaient droit devant, vers la ville et sa reine. Une cape sculptée ondulait dans son dos, portée par une brise permanente, et ses bottes disparaissaient dans le bassin à ses pieds, dont l'onde rouge renvoyait son reflet.

— Au début, tu n'étais qu'un serviteur, murmura Kosika. Puis tu es devenu roi.

Là et plus loin encore, le fleuve se mit à chatoyer. La Sijlt avait beau avoir dégelé sous le règne de Holland, elle restait claire. De la brume s'accrochait à la surface et l'eau elle-même émettait une douce lumière argentée évoquant le givre, ce qui, comme le comprenait enfin Kosika, n'était pas un signe de maladie, mais de force. Un endroit où la magie se rassemblait. Où elle s'écoulait. C'était à la fois le premier lieu à souffrir et le premier à guérir.

Son regard se posa sur le bassin. Un si grand sacrifice. Et pourtant, il ne s'agissait que de quelques gouttes, prélevées sur chacune des âmes de Londres sans exception. *Nous devons tous saigner un peu…* pensa-t-elle en faisant de nouveau glisser la lame sur sa peau.

Pour la deuxième fois, elle toucha le bord de la vasque et prononça la formule rituelle. Et pour la deuxième fois, la paroi de l'autel se brisa et le sang tomba en cascade dans le fleuve, un instant d'un rouge éclatant avant de se dissoudre dans les flots. Des spectateurs postés en aval suivirent des yeux les rubans pourpres qui disparaissaient dans le courant, mais le regard de Kosika s'attarda sur la statue, le bas de sa cape ruisselant de rouge, comme la sienne.

La jeune reine se retourna vers la place, où Nasi l'attendait avec une tasse de cidre et…

Elle sentit la lame filer vers elle. Le sifflement du métal, l'éclat de l'acier. D'instinct, elle resserrait déjà l'air comme on prendrait une inspiration, l'enveloppant autour d'elle tel un bouclier juste avant que le poignard ne s'y heurte pour tomber lamentablement à ses pieds.

S'élevèrent alors des hurlements, un cri étranglé, et Nasi surgit à ses côtés, ses armes à elle prêtes à l'emploi. Les Vir se rapprochèrent pour former un rempart autour d'elle. Quant aux autres soldats, ils se jetèrent sur l'agresseur, qu'ils forcèrent à sortir de la foule et à s'agenouiller. Ce dernier résista jusqu'à ce qu'un gantelet ne le frappe au visage. Une épée glissa vers sa gorge…

— Attendez !

L'enthousiasme de la foule s'était tari, emportant les bruits de fête. Seuls les tambours continuaient de battre au loin, insouciants. La voix de Kosika résonna d'un bout à l'autre de la place.

Les gardes se figèrent. Le prisonnier, lui, luttait comme une souris aux prises avec un serpent.

La jeune souveraine contempla l'arme tombée sur la jetée. Ce n'était pas la première fois qu'on tentait de la tuer. Et un jour saint, en plus – enfin, c'était sans doute le but. Certains souhaitaient sa mort parce qu'elle était reine, d'autres parce qu'elle était *Antari*.

Ils croyaient en effet que le pouvoir de Holland ne résidait que dans son sacrifice.

Sans surprise, l'homme fulminait.

— *Och vil nach rest*, répétait-il encore et encore, à voix basse et empressée, comme s'il récitait une prière.

« Dans la mort, vous nous délivrez. »

Kosika enjamba la lame, puis elle traversa la place pour rejoindre les quatre soldats réunis autour du coupable mis à genoux, dont le visage gonflait après le coup de gantelet. De près, elle constata que les mains du tueur n'étaient pas bandées. Ni marquées.

— Tu n'as pas payé ta dîme, lança-t-elle.

L'homme lui jeta un regard plein de haine.

— Ce n'est pas notre sang que le monde désire, siffla-t-il. Seulement le vôtre.

La reine examina ses propres doigts, tachés par son sacrifice.

— Vraiment ? (Elle posa la main sur l'épaule de son assassin.) Et si nous demandions au monde ce qu'il attend de toi ?

Le prisonnier tenta de se dégager, mais les gardes le tenaient fermement. Les yeux clos, Kosika attendit que les mots se manifestent. Ainsi fonctionnaient les sorts *Antari* : ils lui venaient quand elle avait besoin d'eux, sous forme de murmures dans sa tête qui prenaient forme sur ses lèvres.

Elle patienta donc, tout comme les Vir, les citoyens et les soldats réunis sur la place. Le silence s'étira, immobile, et dans ce calme, un nouveau mot vint à sa rencontre. Elle lui donna voix.

— *As Orense.*

Le sens de cette incantation résonna en elle au moment où elle la prononçait : « Ouvre. »

Un sort étrange… Pas celui qu'elle aurait choisi, mais le choix avait été fait pour elle. Lorsqu'elle récita la formule, les yeux de l'agitateur s'écarquillèrent, sa bouche s'ouvrit en grand et sa peau se fendit, comme si elle avait été jusque-là maintenue par une centaine de fils invisibles qui cédaient tous en même temps. Son sang jaillit pour se déverser sur la jetée, pas les quelques gouttes qu'il aurait données pour sa dîme, mais jusqu'à la dernière once de sève pourpre qui coulait dans ses veines.

Il ne hurla pas. Personne ne cria. On était à Londres, après tout. Ses habitants avaient déjà été témoins d'horreurs.

Or cette scène était en effet horrible, mais aussi juste. C'était la réponse du monde à l'affirmation de cet homme, selon qui seule Kosika devrait offrir son sang.

Les soldats finirent par le lâcher. Ce qui restait de son corps tomba comme une cascade de pierres humides dans la flaque grandissante de ce qui était autrefois sa vie. Mais la jeune reine ne voulait pas la gâcher. Elle tendit donc la main et le sang s'éleva dans les airs pour former un ruban, lequel flotta au-dessus de la place jusqu'au bord du fleuve avant de disparaître dans la Sijlt avec le reste du sacrifice.

Ainsi s'acheva la deuxième dîme.

Six ans plus tôt

Kosika tendit une main au-dessus du visage de Nasi pour s'assurer qu'elle respirait bien.

Elle voyait sa poitrine se soulever et s'abaisser à un rythme régulier, mais s'émerveillait toujours de ce sommeil si paisible, comme s'il n'y avait aucun danger. Elle-même était incapable de dormir aussi bien.

Sa mère dormait en étoile, ses quatre membres étalés autour d'elle. Si la fillette voulait la rejoindre dans le lit étroit, elle devait donc se glisser dans l'espace libre et, même alors, elle ne faisait qu'effleurer la surface du sommeil. Sa peau restait toujours en éveil, ses oreilles à l'affût du moindre péril. De temps à autre, elle sombrait assez profondément pour rêver, mais ses songes s'effritaient dès que sa mère bougeait.

À présent âgée de huit ans et bien réveillée dans l'immense lit, elle se redressa, impressionnée par le souffle régulier de Nasi, par sa manière de s'abandonner. Elle fit rebondir le matelas pour tester sa réaction, mais sa compagne de chambre ne grommela même pas.

Kosika soupira. La moindre des choses serait de lui tenir compagnie, non ? Elle envisagea de la secouer pour la réveiller, la forcer à faire une partie de kol-køt ou lui raconter une histoire, sauf que Nasi la punirait sans doute en choisissant un conte effrayant, plein de monstres et de crocs, avant de se rendormir tranquillement.

La jeune reine descendit donc du lit. Sa chemise de nuit blanc et argent bruissait autour de ses chevilles. Les pieds glacés, elle repéra une paire de pantoufles qu'elle faillit laisser – il était plus facile de s'esquiver sans chaussures – puis elle se rappela qu'elle n'avait plus besoin d'être discrète. Ce château était son foyer. Elle pouvait y faire autant de bruit qu'elle le souhaitait.

Une fois ses pantoufles enfilées, Kosika s'approcha à pas feutrés de la fenêtre. De l'autre côté de la vitre, la lune dessinait un fin croissant blanc dans le ciel et le fleuve brillait d'un éclat nacré. Le phénomène passait inaperçu en pleine journée, mais au coucher du soleil, l'eau émettait une lueur argentée semblable à la lumière des étoiles.

Au cours de la première année, le château entier avait semblé retenir son souffle. La main sur la garde de leur arme, les soldats attendaient l'inévitable combat. Or il n'y avait eu aucun affrontement. Kosika avait été présentée à la ville, qui l'avait acceptée comme un don du ciel. Leur « petite reine ». Personne n'était venu contester son droit au trône. Du moins, pas à sa connaissance. S'il y avait eu des tentatives furtives, celles-ci n'étaient pas allées bien loin.

Les habitants l'acceptaient, elle le savait, car Londres changeait plus vite à présent. La magie revenait au galop. Nasi pouvait invoquer l'eau – elle le faisait d'ailleurs à la moindre occasion (il restait à espérer que ses dons n'étaient pas une ressource épuisable, sinon elle en serait vidée à l'âge de douze ans). Les enfants n'étaient pas les seuls concernés : certains adultes acquéraient aussi des pouvoirs.

Ils étaient chaque jour plus nombreux à savoir désormais manier le feu, le vent, l'eau ou la terre. Or tous affirmaient que c'était grâce au précédent roi et à la nouvelle reine. Ils avaient forcément raison, non ? Après tout, c'était elle qui l'avait retrouvé dans le Bois d'argent – même si elle n'en avait jamais parlé à qui que ce soit. Elle aussi qui possédait l'œil noir, la marque des magiciens de sang.

Elle recevait des visites quotidiennes de citoyens venus au château pour la voir, la toucher, être bénis. Parfois les Vir les laissaient passer, d'autres fois non. Un jour, sa mère elle-même était venue, soudain motivée par l'envie. Sa mère, qui avait essayé de la vendre ! L'espace d'un instant, Kosika avait pensé qu'elle était venue parce que sa fille lui manquait et qu'elle voulait la récupérer. Mais non, elle voulait seulement être payée. Les Vir l'avaient bien entendu maintenue à l'écart depuis. Au moment de s'endormir, il lui arrivait encore d'entendre le tintement des pièces sur la table de leur cuisine : cling, cling, cling.

Kosika se détourna de la fenêtre, surprise de voir la pièce plongée dans l'obscurité à présent que le faible clair de lune se trouvait dans son dos. Elle plia les doigts : une flamme s'alluma dans sa main.

C'était si facile – aussi facile que formuler un souhait, or elle savait exprimer ses envies. Quand d'autres luttaient pour faire apparaître une flamme, elle luttait seulement pour la contenir. Le feu grandit, chaud et lumineux, engloutissant ses doigts. Concentrée, elle retint son souffle jusqu'à ce qu'il retrouve la taille d'une flamme de bougie planant au-dessus de sa paume. Nasi dormait toujours lorsqu'elle se dirigea vers la porte. Si la plupart des dalles du sol étaient lisses, quelques-unes étaient ornées de motifs, et elle aimait sauter de l'une à l'autre pour atteindre l'autre côté de la pièce.

L'oreille collée contre la surface sculptée du battant, elle écouta, mais n'entendit rien d'autre que la vibration du bois contre sa paume – il l'invitait à le saisir, le tordre, le faire grandir. Elle l'imagina se décoller sous ses doigts pour s'entortiller et former des vrilles, des membres, un arbre. Elle avait dû penser trop fort : le bois émit un craquement, un bruit de fissure. Kosika retira brusquement sa main puis, les paupières closes, elle visualisa la porte comme un simple battant, rien de plus. Lorsqu'elle rouvrit les yeux, la porte était toujours là. Elle l'ouvrit.

Sur le palier se tenaient deux soldats vêtus d'une armure si noire que celle-ci semblait absorber la lumière, à tel point qu'ils se fondaient dans les murs. Même s'ils ne bougeaient pas, elle savait qu'ils étaient là et qu'ils n'allaient pas se jeter sur elle. Elle le savait, et pourtant elle accéléra légèrement le pas jusqu'à leur être passée devant. Elle se tenait désormais dans l'escalier.

Presque un an déjà qu'elle vivait au château, et pourtant elle n'en connaissait toujours pas vraiment la structure. Elle savait qu'il comptait quatre tours et qu'elle se trouvait dans l'une d'elles. Elle savait que son escalier descendait, encore et encore, pour desservir trois paliers et trois étages. Elle savait que chacun de ces niveaux comprenait une salle quadrangulaire qui occupait toute la superficie jusqu'aux tours, parsemée d'étroites fenêtres donnant sur la ville. Elle savait que les treize Vir logeaient aux deux étages sous le sien et que le rez-de-chaussée constituait le château à proprement parler, avec la salle du trône et une demi-douzaine d'autres pièces, ainsi que les quartiers de certains gardes. Enfin, elle savait qu'il existait un sous-sol dédié aux cuisines et aux serviteurs.

Kosika connaissait tous ces détails mais, dans le noir, elle continuait de se perdre. Elle s'en tenait donc aux salles jouxtant chaque palier, et comptait ses pas pour s'assurer d'avoir bien touché les quatre côtés avant de revenir dans sa propre tour. Sauf que, ce soir-là, elle se trompa dans son calcul. Ou peut-être pas. Peut-être qu'elle entendit le murmure, vit la lumière reflétée sur le mur et la suivit tout simplement dans l'escalier de la tour. Une fois parvenue au sommet, elle découvrit un Vir.

Dans son esprit, les treize Vir étaient tous plus ou moins identiques, comme les pions que Nasi avait utilisés dans le kolkøt. Certains étaient grands et d'autres petits, certains avaient la peau foncée et d'autres pâle, mais avec leur armure argentée et leur capeline, la broche ronde épinglée à leur épaule, ils se confondaient dans sa tête, ces quelques élus, membres de la garde originelle de l'ancien souverain.

Ce Vir-là se tenait devant une sorte d'autel ou de sanctuaire, lui-même placé devant une porte semblable à celle de ses appartements. Au début, elle crut qu'un deuxième garde était posté face à lui, mais il s'agissait en réalité d'une statue. Une statue du précédent roi.

Il avait la tête baissée, comme lorsqu'elle l'avait trouvé dans le Bois d'argent. Dans le cas présent, cependant, il était debout. Sur ses tempes de pierre reposait une couronne.

Kosika s'approcha à pas de loup. L'autel devant la statue était drapé d'une cape argentée, comme celle que portaient tous les Vir, ornée en son centre de la même broche ronde. Tout autour étaient disposées des bougies, que le garde royal alluma une à une avant de s'agenouiller.

Elle se remémora les soldats dans le Bois d'argent. L'un d'eux était tombé à genoux devant le corps de l'ancien monarque. Cette fois, le Vir posa lentement un genou à terre au lieu de s'effondrer. Puis il se mit à murmurer si bas qu'elle n'entendit pas les mots, seulement le son voilé qu'ils produisaient. Pour finir, il s'adressa à elle.

— *Os*, Kosika.

Elle sursauta et ses doigts se crispèrent sur la petite flamme dans sa paume, qui s'éteignit aussitôt. Le Vir se releva pour la regarder. Ses épais cheveux noirs envahissaient son visage tel un buisson, depuis les lourds sourcils qui ressemblaient à de la suie étalée sur son front à sa barbe qui ombrageait sa mâchoire.

— Que faites-vous ? demanda-t-elle.

— Des dévotions.

Elle s'avança pour étudier la statue du précédent roi. Sous cet angle, elle voyait l'éclat de deux gemmes polies incrustées dans le visage de pierre, l'une verte, l'autre noire. Elle resta un moment près du Vir, qui ne parlait pas. Kosika sentait qu'elle devrait elle aussi garder le silence, mais les questions lui avaient toujours démangé la langue.

— Qui était-il ?

— Il s'appelait Holland Vosijk, répondit le garde.

— Holland Vosijk… répéta-t-elle.

En prononçant son nom, elle sentit le goût du morceau de sucre fondant dans sa bouche, les brins d'herbe lui chatouiller les doigts. Elle ne savait pas grand-chose de l'homme qu'elle avait trouvé dans le Bois d'argent, seulement qu'il s'était endormi et que quelque chose en elle s'était réveillé.

— Parlez-moi de lui… s'il vous plaît, ajouta-t-elle bien qu'elle fût reine.

Le Vir sourit et tourna son regard sur la statue.

— Connaissez-vous l'histoire du roi sauveur ?

— Autrefois, il y avait de la magie, dit-elle à voix haute. Elle était partout…

Kosika suivait des doigts le mur du château en parlant. Elle récitait l'histoire aux pierres, à l'herbe et au ciel. Elle sentait la roche chanter sous sa main, le sol vibrer sous ses pieds nus, ce qui, elle le savait, n'était pas une tenue digne d'une reine, mais elle s'en moquait.

Elle était seule – sans l'être réellement, bien sûr. Elle n'était jamais seule. Une poignée de Vir l'observaient d'un balcon, tandis que d'autres soldats la surveillaient du haut du rempart. Quant à Nasi, elle lui jetait un coup d'œil de temps à autre, depuis l'arbre voisin où elle était perchée, occupée à lire un livre sur la stratégie en temps de guerre.

— Autrefois, il y avait de la magie, reprit Kosika. Elle était partout, mais de manière inégale…

Chaque nuit depuis un mois, elle retrouvait Serak – c'était le nom du Vir – au sommet de l'escalier et, chaque nuit, il lui racontait des histoires. Le jour suivant, elle se les répétait jusqu'à les connaître toutes sur le bout des doigts. Des histoires sur le temps d'avant, et le temps d'après. Sur les trois autres mondes et ce qui s'était passé quand ils avaient disparu une fois leurs portes scellées. Sur la façon dont la magie était liée et dont elle s'était retirée. Sur la manière dont Londres avait commencé à dépérir.

Sur les nombreux rois et reines qui avaient tenté de la forcer à revenir, sans succès, car ils ne comprenaient pas qu'une chose prise par la force ne serait toujours que la pâle copie d'une chose donnée de plein gré.

Sur les opposants qui s'étaient dressés, affirmant tous être le roi sauveur, ce personnage légendaire, et rappelant la magie à eux. Sur la manière dont cette dernière les avait rejetés les uns après les autres, car ils ne sacrifiaient rien d'eux-mêmes.

Et enfin, sur Holland Vosijk. Holland, qui ne voulait pas du trône mais qui avait aidé son ami Vortalis à y accéder. Vortalis, tué une nuit par Astrid et Athos Dane qui avaient ensuite capturé Holland, avaient gravé sa peau d'un sort d'entrave et l'avaient soumis à leur service en l'obligeant à porter le symbole de sa propre captivité sur sa cape.

Serak lui parla des jumeaux Dane, il lui raconta comment ils avaient occupé le trône pendant sept ans avant d'être tués à leur tour. Holland avait alors disparu et, à son retour, il n'était plus un serviteur mais un prétendant au trône vide. Ses quelques opposants étaient tombés comme le blé sous la faux de sa servante la plus dévouée, Ojka, une authentique Vir avant l'heure. Lorsqu'il s'était emparé du pouvoir, il n'avait pas tenté de forcer la magie, de la lier à lui. Celle-ci était simplement venue. Le fleuve avait dégelé, la couleur avait inondé le monde comme le rouge s'épanouissait sur des joues glacées, et tous avaient su, dès lors, qu'il était le roi sauveur.

Non loin de là, perchée dans son arbre, Nasi tourna la page de son livre. Elle avait déjà entendu toutes ces histoires : Kosika les lui racontait chaque soir. Quand elle apprit que Nasi, à l'époque, vivait au château, qu'elle avait rencontré Holland d'abord en tant que serviteur puis en tant que roi sauveur, la jeune reine avait tout voulu savoir, absolument tout.

— À quoi ressemblait-il ? demanda-t-elle une fois de plus.

Nasi leva les yeux de son ouvrage.

— Je ne le connaissais pas mieux que toi.

— Mais tu l'as vu…

Kosika voulait dire « en vie », mais elle n'avait parlé à personne, pas même à Nasi, de l'épisode du Bois d'argent. Elle avait failli se confier à Serak une fois – en dépit de toutes les histoires qu'il lui avait relatées, elle n'en avait aucune à lui offrir. Il la croirait, ce n'était pas le problème, seulement… ce qui s'était passé ce jour-là, elle le considérait comme un secret entre le défunt roi et elle. Une lumière au creux de leurs mains. Et elle souhaitait l'y conserver.

— Comment était-il ? insista-t-elle.

Nasi regarda au loin, comme si elle essayait de se souvenir, avant de consentir à lui offrir un mot :

— Seul.

Kosika attendait la suite, mais l'adolescente se replongea dans sa lecture. La jeune reine s'éloigna du mur et de l'arbre tout en reprenant son histoire, qu'elle récitait à la manière d'une prière, enchaînant les mots comme s'ils formaient une ficelle, un ruban, une route. À un moment donné, elle se rendit compte qu'elle s'était égarée. Elle avait déambulé jusqu'à l'autre bout du château et se tenait à présent au bord de la cour aux statues.

Un spectacle macabre s'y jouait, une étendue de terrain couverte par les silhouettes figées et tordues des rois et reines qui étaient montés sur le trône avant d'en tomber. Selon Serak, il ne s'agissait là que d'hommages sculptés mais, aux yeux de Nasi, c'étaient de vraies personnes pétrifiées. Les Dane avaient alimenté cette horrible cour pour faire un exemple de ceux qui tentaient de s'opposer à eux. Kosika ne savait pas si son amie disait la vérité ou si elle se moquait d'elle. Dans tous les cas, elle s'arrêta devant les jumeaux, Astrid à genoux, Athos debout, dévoré par un énorme serpent. Elle se pencha vers eux en se demandant s'ils étaient à l'intérieur, piégés à jamais au seuil de la mort.

Il n'y avait pas encore de statue de Holland dans la cour, mais l'espace avait été dégagé, le tracé du sentier modifié afin que tous ceux qui franchissaient le portail et traversaient la cour vers le perron du palais se retrouvent face au précédent roi.

La jeune reine balaya les lieux du regard. Elle avait entendu dire que la cour aux statues était autrefois un jardin, mais il n'y avait de fleurs nulle part. L'air de Londres avait beau s'être réchauffé, le fleuve avait beau ne plus geler à présent, le domaine du château restait vide, le sol stérile. Kosika n'avait jamais vu de jardin, pas en vrai. Uniquement dans des livres, des images d'herbe dense et de fleurs sauvages, et une fois dans un tableau que Serak lui avait montré – un tableau de la ville comme elle avait dû être jadis.

Agenouillée, elle pressa sa paume sur la terre en se rappelant la sensation du sol sous le corps de l'ancien monarque. Aussi luxuriant que du velours. Elle savait désormais que la magie de Holland coulait dans ses veines. Elle était son héritière, et elle voulait un jardin.

Kosika n'avait pas de couteau sur elle, mais en fouillant le sol, elle trouva un morceau de pierre brisée qu'elle essuya avant de l'approcher de l'intérieur de son bras. Elle appuya et fit glisser le bord dentelé sur sa peau jusqu'à saigner.

C'était douloureux, mais elle était censée souffrir. Donner et recevoir, telle était la nature de la magie *Antari*.

Tout ce qui lui manquait, c'était la formule. Les sortilèges lui étaient venus de manière étrange, pas tous à la fois mais un par un, n'apparaissant que si nécessaire. Jusque-là, elle avait appris les incantations pour « ouvrir » et « fermer », « allumer » et « guérir ».

« Guérir », le premier sort *Antari* dont elle avait jamais eu besoin. Il était sorti de sa bouche au moment où le sang de Lark lui coulait entre les doigts. Et c'était sûrement celui qu'il lui fallait à présent. Après tout, que tentait-elle de faire, sinon guérir la terre elle-même ?

Du coin de l'œil, elle aperçut un mouvement. Nasi l'avait suivie dans la cour, sa voix flottant entre les statues.

— Qu'est-ce que tu fabriques ?

Mais Kosika se concentrait sur la tâche à accomplir. Elle passa ses doigts sur son bras en sang avant d'enfoncer ses deux mains dans le sol humide.

— *As Hasari.*

Elle retint son souffle en attendant que le sort fasse effet, que l'herbe pousse, que les fleurs éclosent, que la terre stérile se transforme sous ses paumes. Mais rien ne se produisit. Pourtant, elle sentait l'attraction de la magie, elle la sentait s'extraire d'elle pour plonger dans le sol. Le sang commença à lui marteler les tempes. Quelque chose clochait.

Kosika essaya de retirer ses mains, mais son corps refusait de bouger. Ses articulations étaient bloquées et son cœur lui tambourinait dans les oreilles tandis que le monde – pas le sol, mais quelque chose de plus profond – la transperçait d'une centaine de crochets – pas sa peau, mais quelque chose de plus profond encore. C'était trop fort, beaucoup trop fort. Elle avait l'impression d'être écrasée, que son souffle, son sang et sa vie lui étaient arrachés pour être engloutis. Elle voulait crier, mais aucun son ne sortait de sa bouche. La dernière image qu'elle vit, ce fut l'éclat d'une armure argentée, le flottement d'une capeline et la couronne de cheveux noirs de Serak, qui posait ses mains sur les siennes pour les tirer du sol. Puis quelque chose se déchira en elle et le monde sombra dans les ténèbres.

Kosika était de retour dans le Bois d'argent.

Elle fuyait, quelqu'un ou quelque chose. Peu importait qui ou quoi, car dès qu'elle plongea entre les arbres, elle sut qu'on ne l'y poursuivrait pas. Qu'elle était en sécurité. Pourtant, ses jambes continuaient d'avancer pour l'attirer plus profondément dans la forêt. Elle avait le cœur qui battait la chamade, sauf que non – les pulsations qu'elle sentait ne venaient pas de sa poitrine, mais de sous ses pieds. Une fois arrêtée, elle s'agenouilla pour enfoncer ses mains dans la terre et creuser, encore et encore, jusqu'à ce que ses doigts se referment sur le cœur battant. Et soudain, elle se réveilla.

Elle était seule, dans un lit trop grand sans Nasi à ses côtés, malgré les tas d'oreillers autour d'elle. Elle ne se rappelait pas s'être couchée, mais la lumière du jour se déversait par les fenêtres dans la chambre. Le soleil brillait haut dans le ciel. Tout son corps la faisait souffrir, de la peau jusqu'aux os – jusqu'aux tréfonds de son être même. Comme si elle avait été arrachée à sa chair avant de venir la remplir à nouveau – à la manière de ces outres de cuir vides qui gonflaient une fois remplies de soupe. À cette pensée, son estomac gargouilla, et même cette sensation-là était douloureuse. Pourquoi ?

Kosika tenta de se redresser, mais ses membres étaient comme immobilisés sous les draps. Une peur étrange commença alors à l'envahir : la peur d'être encore en plein rêve ou, pire encore, morte. Elle repoussa les couvertures, impatiente de se débarrasser de ce poids, et Serak apparut à son chevet, sa demi-cape argentée oscillant dans son dos.

— Doucement, ma reine.

Sa barbe était plus longue que ce matin-là et il avait des cernes sous les yeux, signe qu'il n'avait pas dormi depuis des jours. Curieux…

— Qu'est-ce qui ne va pas ?

Avec sa gorge sèche, elle avait dû s'y prendre à deux fois pour formuler sa question. Les yeux noirs du Vir s'illuminèrent. Quand il prit la parole, ce ne fut toutefois pas à elle qu'il s'adressa. Il y avait quelqu'un d'autre dans la pièce. Elle s'en rendit compte en le voyant se tourner pour parler à cet autre qu'elle ne voyait pas.

— Prévenez-les qu'elle est réveillée.

Une porte s'ouvrit avant de se refermer. Serak lui relata alors, de sa voix de conteur, ce qui s'était passé. Voilà comment elle apprit qu'elle avait dormi plus d'une semaine. Qu'ils ignoraient si elle allait mourir, se réveiller, ou bien rester piégée à jamais dans l'entre-deux. Mais Serak ne lui disait pas tout. Elle le voyait à son regard, ou plutôt à la façon dont il évitait de croiser le sien au moment de lui confier que la ville n'était pas au courant de sa maladie et que les Vir avaient tenu conseil au sujet de la marche à suivre. Ils s'étaient préparés à sa mort.

La porte s'ouvrit brusquement et Nasi entra. Elle ne pleurait plus, mais Kosika constata qu'elle avait les yeux rougis lorsqu'elle se jeta contre le lit. La première chose qu'elle dit fut :

— Qu'est-ce qui t'a pris ?

À ce moment-là, la jeune reine se rappela avoir plongé ses mains dans la terre stérile, la terrible attraction du sol avide qui avait dévoré tout ce qu'elle avait à offrir.

— Je pensais pouvoir le guérir, avoua-t-elle, se sentant tout à coup tellement petite et stupide.

Elle aurait dû se douter, quand le monde ne lui avait pas fourni de sort, que son silence était une mise en garde.

— Votre pouvoir est fort, dit Serak. Mais même vous avez des limites.

— Il fallait que je fasse quelque chose, se défendit-elle. Nous avons tiré la magie de son sommeil, mais elle est encore faible. J'ai senti son besoin. Sa soif.

— Peut-être, répliqua le Vir, mais vous n'avez pas assez de sang dans les veines pour irriguer ce monde.

Kosika se redressa dans son lit.

— Et si on l'irriguait tous ensemble ?

IV

De nos jours

La route de la dîme se terminait au Bois d'argent.

En cercle plus large autour du bosquet, les habitants de Londres rassemblés attendaient, leur ultime don entre leurs mains bandées. C'était un sachet de graines enchantées : quelle que soit la saison, une fois plantées avec les autres, elles étaient assurées de pousser. Un autre rappel de la raison pour laquelle ils effectuaient ce périple à chaque nouvelle saison. De la raison pour laquelle on leur demandait de donner leur sang.

À voir leurs visages maussades, Kosika se demanda s'ils avaient déjà eu vent de la tentative d'assassinat sur la place, ce qui expliquerait pourquoi ils s'inclinaient si profondément au passage de leur reine.

Kosika pénétra dans les bois puis s'immobilisa, souriant aux arbres. Du jour au lendemain, semblait-il, leurs feuilles étaient passées du vert au doré, pour tomber en halo sur le sol. Elle se fraya un chemin jusqu'au troisième et dernier autel. Il n'était pas très loin dans la forêt : il nichait juste après la lisière, parmi les troncs argentés, le bois gris saignant directement dans la pierre grise.

L'ultime statue de Holland Vosijk se dressait sur une dalle surélevée au niveau du bassin de sorte que lorsque ce dernier était plein, comme à présent, le précédent souverain semblait marcher sur le sang plutôt que patauger dedans. Il ne portait plus sa couronne mais la tenait entre ses mains, la tête levée, le regard tourné vers la voûte formée par les arbres et le ciel qui patientait. Avec cet entrelacs de branches autour de sa cape, on aurait dit qu'il faisait partie intégrante du Bois d'argent, ou l'inverse.

— Autrefois serviteur, récita Kosika, debout devant l'autel. Puis roi. (Elle dégaina son couteau.) Et enfin saint.

Elle se fit une troisième entaille, encore plus profonde, à l'intérieur du bras, et regarda son sang couler dans le bassin jusqu'à ce que celui-ci, rempli, menace de déborder. Fixant la surface, la jeune reine attendit qu'elle redevienne lisse pour toucher le bord de la vasque et prononcer la formule. Les parois de l'autel cédèrent, noyant de rouge les racines du Bois d'argent. La tache pourpre continua de remonter sur sa cape autrefois blanche.

Une fois la troisième dîme achevée, les citoyens rebroussèrent chemin dans les rues de la ville pour rentrer chez eux.

Kosika, elle, s'attarda, le regard rivé sur les arbres. Mille yeux la fixèrent en retour, sans ciller, depuis les troncs étroits. Et dire que petite, elle avait peur de cet endroit…

Elle passa devant la statue pour s'enfoncer dans la forêt.

Quatre ans plus tôt

— Autrefois, il y avait de la magie, commença Serak. Et elle était partout.

En temps normal, l'alcôve était éclairée par des bougies, mais cette nuit-là, seule l'une d'entre elles était allumée, lumière instable projetant des ombres irrégulières sur les murs, la statue et le Vir.

— La magie était partout, poursuivit le conseiller, mais de manière inégale.

Pendant qu'il parlait, sa main avait comme toujours dérivé vers la broche à son épaule, qui fermait sa cape d'argent : un anneau traversé d'une barre. Le même sceau reposait sur l'autel et, elle le savait à présent, Holland en avait porté un identique lorsqu'il avait servi les Dane – Athos le lui avait gravé dans la chair en guise de sort d'entrave. Les Vir l'arboraient pour montrer qu'ils étaient liés à l'héritage de Holland.

— La magie brûlait comme un feu de cheminée au cœur d'une maison : il chauffe une pièce, puis la suivante, et la suivante encore, mais la chaleur et la lumière deviennent de plus en plus faibles à mesure qu'elles s'éloignent du centre. Le Londres noir était la première pièce, la plus proche de la flamme. Et nous étions la suivante. Deux autres venaient après nous, plus éloignées de la chaleur, mais toujours à l'intérieur de la maison.

Il prit une bougie qu'il déposa sur l'autel.

— Et puis la flamme a grandi, et le Londres noir a commencé à brûler. Nous n'étions plus chauffés par une cheminée, mais menacés par un incendie. Voilà pourquoi les mondes ont fermé leurs portes : pour empêcher la propagation du feu. (Il fit descendre la boîte d'une lanterne sur la bougie.) Le feu a fini par être maîtrisé, mais nous avions toujours peur.

La lanterne était protégée par quatre fines parois de verre, toutes ouvertes, qu'il entreprit de fermer l'une après l'autre.

— Nous avons étudié notre magie, avec la crainte qu'elle ne devienne trop brûlante, trop avide.

Il ferma le premier côté.

— C'est pourquoi nous l'avons emprisonnée.

Il ferma le deuxième côté.

— Nous avons construit des cages.

Il ferma le troisième.

— Nous l'avons liée à nous.

Il ferma le quatrième et dernier côté, emprisonnant la flamme dans le cube de verre sans air.

— Mais savez-vous ce qui arrive au feu lorsqu'il est piégé ?

Kosika regarda la lumière vaciller et s'affaiblir.

— Il s'éteint, murmura-t-elle.

— Il s'éteint, confirma Serak, la gorge nouée par la tristesse.

La jeune souveraine ne parvenait pas à détacher son regard de la flamme. Elle vit la lumière s'atténuer, la grande flamme se rapetisser, l'or passer au bleu. Elle eut un sursaut de panique lorsque la vie se retira le long de la mèche jusqu'à rencontrer la flaque de cire et… s'éteindre.

Une mince volute de fumée échappée de la bougie embruma la lanterne. Ils restèrent silencieux quelques secondes. Elle retint son souffle. Avait-il terminé sa démonstration ? Mais Serak reprit :

— Voilà la différence, Kosika. La magie, elle, ne meurt pas. (Le Vir souleva le corps de la lanterne et l'éloigna de la bougie.) Elle se retire. Elle résiste.

Il tendit les mains de part et d'autre de la bougie éteinte, les sourcils froncés par l'effort.

— Elle devient de plus en plus difficile à rallumer, mais…

Une petite étincelle. Un minuscule éclair bleu, puis la flamme revint petit à petit, toute frêle, mais non moins brûlante. Serak sourit.

— C'est ce que Holland a fait pour nous, déclara-t-il en baissant les mains. Et vous, qu'allez-vous faire ?

Kosika avait scruté la bougie solitaire, dont la lumière atteignait à peine les murs.

Et moi, que vais-je faire ?

Elle avait tendu la main, non pas vers l'unique flamme, mais vers la centaine de bougies éteintes qui tapissaient l'alcôve. Sur une flexion de ses doigts, les bougies s'étaient allumées en vagues successives, si bien que tout l'espace avait fini par irradier de lumière.

De nos jours

Personne ne suivit Kosika dans les bois.

Ni les soldats, ni les Vir. Ni Serak, ni Lark, ni même Nasi. Le Bois d'argent était désormais un lieu sacré, où nul autre que la reine n'avait le droit d'entrer. Sa cape, qui traînait dans son sillage, s'accrochait aux nouvelles pousses. Elle glissa les doigts dans le fermoir. Une fois détaché, le lourd tissu tomba de ses épaules à ses pieds. Elle poursuivit sa route jusqu'à l'emplacement où Holland était mort.

À genoux, Kosika caressa des doigts l'herbe qui poussait, comme toujours, sous l'arbre, aussi douce et verte que le jour où elle avait découvert le corps.

Même après toutes ces années, elle n'avait jamais confié à quiconque cet épisode. Le fait qu'elle avait été la première à retrouver le défunt roi. Peut-être les Vir se réjouiraient-ils de cette nouvelle, qu'ils considéreraient comme une preuve supplémentaire de sa magie et de sa prétention au trône. Ou peut-être concluraient-ils qu'elle lui avait pris sa force, l'avait dérobée sur sa peau encore tiède. La souveraine l'ignorait, mais peu importait. Ce qui s'était réellement passé ce jour-là, comme le pouvoir qui coulait dans ses veines, ne leur appartenait pas.

Kosika dégaina sa lame pour réaliser une quatrième entaille sur son bras – une dîme personnelle. Les gouttes rouges tombèrent en pluie sur le carré d'herbe au pied de l'arbre.

Elle connaissait le bon sort à présent. La formule *Antari* qu'elle avait cherchée dans la cour aux statues le jour où elle avait failli mourir : *As Athera*. « Grandis. »

Mais elle ne la prononça pas. Inutile. Les feuilles dorées scintillaient au-dessus de sa tête. Les racines plongeaient, solides et profondes, dans le sol. Les arbres avaient été bien irrigués.

Kosika se releva et partit. Récupérant au passage sa lourde cape, elle la déposa sur ses épaules au moment où, à l'extérieur du bois, les tambours cessaient enfin de battre. Au lieu de s'arrêter brusquement, ils s'estompèrent comme les battements d'un cœur qui ralentissent à mesure que la nouvelle se propageait dans la ville : le rituel était achevé.

NW
NE
W
E
SW
S
SE

SIXIÈME PARTIE

LES FILS SE REJOIGNENT

I

Londres rouge

Delilah Bard était un être à part pour bien des raisons. La plus importante, du moins dans ce Londres-là, c'était qu'elle pouvait se passer de magie.

Certes, ses pouvoirs avaient le don de pimenter sa vie, mais la jeune femme avait été élevée dans un monde sans sortilèges, sans raccourcis. Et malgré son œil, ou peut-être à cause de lui, elle avait appris l'importance d'observer avec minutie. D'étudier, d'explorer, de battre le pavé.

Au palais, on faisait tout ce qu'on pouvait pour débusquer la Main, elle n'en doutait pas, et pourtant… Alucard avait beau jouer au pirate, il n'en demeurait pas moins un noble. Rhy était le roi au sens littéral du terme, et la cible des rebelles. Quant à Kell, il pouvait s'entraîner à se faire passer pour un simple marin vivant une grande aventure autant qu'il le voulait, changer de manteau et se faire appeler Kay, il avait été le meilleur magicien au monde les vingt-deux premières années de sa vie, et il était et resterait toujours un prince. Les trois hommes étaient nés et avaient grandi avec la notion de pouvoir. C'était ainsi qu'ils voyaient le monde et Londres depuis le bastion qu'était le *Soner Rast*.

Sauf qu'une ville ne se limitait à ça. Non, une ville changeait de visage comme d'humeur. Malgré son nom unique, elle renfermait en réalité mille mondes plus petits, des espaces intimes ou collectifs, des lieux familiers ou inconnus. Certains étaient des endroits lumineux qui vous éblouissaient, d'autres des recoins obscurs, mais la grande majorité se situait quelque part entre les deux.

Il y avait bien sûr le marché de nuit, dont les tentes chatoyantes et pleines de magie fleurissaient à l'ombre du palais et prospéraient dans la lumière de l'Île. Le Goulet, une allée au sud du *shal* où s'assouvissaient les désirs les plus inavouables. Mais il existait des dizaines d'autres marchés dans des dizaines d'autres rues, moins tape-à-l'œil, peut-être, mais tout aussi fréquentés.

Chaque rue de la ville avait son propre rythme, sa propre essence, son propre pouls. Et la meilleure façon de les découvrir – la seule, en fait – était de les arpenter.

C'est donc précisément ce que fit Lila. Loin d'avancer à grandes enjambées comme Kell, lui qui semblait toujours avoir quelque mission urgente à accomplir, elle donnait l'impression de marcher sans but, la tête rejetée en arrière, les mains dans les poches, ses doigts effleurant les reliques qui s'y trouvaient – identiques à celles que Kell s'obstinait à porter autour du cou.

Un shilling pour le Londres gris.

Un lin pour le rouge.

Et un tol pour le blanc.

Les doigts serrés sur la pièce, non pas de métal mais de pierre, ses huit arêtes aussi tranchantes les unes que les autres, elle repensa à sa première visite dans cette ville, après la mort de Holland. Quel soulagement elle avait éprouvé en apprenant qu'ils avaient couronné une enfant reine ! Du moins jusqu'à ce qu'elle voie un portrait de la fillette. Lila avait plongé le regard dans ses yeux vairons, l'un noisette, l'autre noir, et murmuré : « Merde ! »

Une fois de retour dans le Londres rouge, auprès de Kell qui l'attendait, elle lui avait transmis les salutations de Ned avant de lui parler de la ville qui guérissait et de l'enfant reine… en décidant de taire le fait qu'elle était une *Antari*. Kell avait déjà assez de problèmes, elle se débrouillerait toute seule.

Elle y était retournée encore et encore, en se demandant à chaque visite si elle devait tuer la nouvelle monarque. À chaque visite, elle avait décidé d'attendre un mois, une année supplémentaire. Non que la pitié la retienne, mais le Londres blanc aiguisait les appétits : assoiffé de pouvoir, le successeur de la jeune souveraine pourrait s'avérer pire qu'elle.

Aussi Lila attendit-elle. Au fil des ans, la ville reprit des couleurs comme une peau claire exposée au soleil. Elle vit s'élever des monuments à la mémoire de Holland Vosijk, elle vit la petite *Antari* devenir une adolescente élancée, elle attendit le moment où ses yeux vairons se tourneraient vers d'autres mondes. Ce n'était pas arrivé, mais si l'envie lui en prenait un jour, eh bien… elle s'en occuperait en temps et en heure.

Lila concentra à nouveau son attention sur la ville autour d'elle. Elle se remémora la première fois qu'elle était venue dans le Londres rouge, en faisant du stop grâce à la magie de Kell. Ils avaient été séparés par la force du sortilège et elle était d'abord tombée sur un défilé. Un gigantesque spectacle de magie, à la fois étrange et merveilleux, qui lui avait donné envie de plus. Cette envie, elle la ressentait à présent non pas au plus profond d'elle-même, mais dans l'atmosphère de la ville. Dans les fossés qui séparaient la richesse du besoin – dans la manière dont ils s'étaient étendus.

C'est en s'éloignant de l'ombre protectrice du palais qu'elle perçut le changement dans les rues de la ville. Aussi subtil qu'une marée montante ou l'arrivée progressive d'un orage, mais on ne pouvait pas se tromper.

Il ne lui fallut qu'une heure pour trouver le premier symbole.

Elle s'arrêta devant le mur et fit courir ses doigts sur la pierre. La peinture, sèche depuis longtemps, commençait à s'écailler, mais l'empreinte d'une main restait visible.

— Où es-tu ? murmura-t-elle en posant sa paume au centre du symbole.

Elle remarqua que la main était inclinée, légèrement tournée sur l'axe d'un poignet invisible, comme en train de saluer. Lila pencha la tête selon le même angle, vers la gauche, avant de regarder la rue. En direction du *shal*.

Lila fronça les sourcils. Cela lui semblait être une solution trop évidente. Le quartier le plus mal famé de la ville était forcément le premier endroit où s'étaient rendus les gardes royaux pour traquer les rebelles. Mais la nuit avançait et la jeune femme n'avait aucune autre piste. Elle prit une grande inspiration, puis elle s'enfonça dans le dédale des rues comme si l'obscurité était un rideau qui s'écartait pour la laisser passer avant de se refermer derrière elle.

Elle aperçut une deuxième marque une rue plus bas. Puis une troisième. Mais chaque main était toujours orientée vers la gauche, ce qui revenait à ne mener nulle part si ce n'est à décrire un cercle. Lila, les yeux fermés, fit apparaître un plan dans sa tête et y disposa les marques comme autant de punaises jusqu'à ce que le dessin prenne forme.

Les mains formaient un large cercle autour du quartier, composé de trois devantures fermées : une écurie, une maison close appelée *Le Petit Bonhomme de chemin* et…

Lila se figea. Elle força ses pensées à prendre une autre direction, à se remémorer sa nuit à Verose, la taverne et sa rencontre avec Tanis.

« Si vous vous promenez à Londres, avait dit cette dernière, *il paraît que certaines maisons valent le détour. »*

Lila étouffa un juron. La ville regorgeait de demeures en tout genre, mais Tanis ne parlait pas de n'importe quel genre de maison. Les habitants du Londres rouge avaient un terme particulier pour désigner les lupanars. Ils les appelaient des maisons de plaisirs.

Elle rebroussa chemin jusqu'à ce qu'elle trouve l'entrée cachée du Petit Bonhomme de chemin et entra.

Avec le recul, qualifier de maison de plaisirs *Le Petit Bonhomme de chemin* était pour le moins… généreux.

Il s'agissait plutôt d'une taverne bruyante offrant une multitude de recoins sombres et de chambres situées à l'étage. Nul besoin de tendre l'oreille pour entendre les pieds des lits racler contre le sol. Lila était appuyée contre un mur où crépitait un feu de cheminée, buvant une pinte de bière et observant les hôtes qui se pavanaient, les lèvres peintes en rouge, et laissaient leurs mains effleurer les épaules des clients dont ils acceptaient la proposition.

Plus d'une fois, un hôte s'approcha de Lila, mais elle l'envoyait systématiquement promener d'un simple coup d'œil – même si elle était flattée de l'attention. Elle prit une gorgée de sa bière et grimaça. Noire, amère et assez épaisse pour laisser une traînée à l'intérieur de la chope chaque fois que la magicienne la redressait. Et comme tous les breuvages proposés par les maisons closes, la boisson était particulièrement forte.

C'était exactement ce qu'elle cherchait. Comme chacun sait, l'alcool délie les langues. Il augmente également le volume sonore. Les chuchotements se transforment en vociférations, et les secrets se déversent à mesure que les clients enchaînent les verres.

Et pourtant, elle n'avait rien toujours appris.

Oh, elle avait entendu les habituels murmures de mécontentement mais rien qui concerne la Main. À son grand désespoir, personne n'avait même la décence d'avoir l'air de conspirer. Un homme cracha bien le nom du roi, mais sous forme d'un juron marmonné. Autrement, ce n'étaient que rires tapageurs, histoires bredouillées et ronflements d'un marin assoupi près du feu. Soit les clients savaient tenir leur langue, soit, ce qu'elle suspectait, ils n'étaient impliqués dans aucun mouvement de rébellion.

Ce n'était pas le bon endroit, pas la bonne maison.

Le pire, c'est qu'elle sentait sa propre tête s'embrumer dangereusement : une fois qu'elle serait debout, le plancher ne manquerait pas d'osciller et de tanguer sous ses bottes. Heureusement, elle avait le pied marin et connaissait ses limites. Lila resta donc jusqu'à finir son verre.

Dès qu'elle l'eut terminé, elle se leva pour aller le déposer sur le bar… et remarqua pour la première fois qu'il était fendillé.

Elle suivit la lézarde du doigt tandis que ses pensées tournaient dans son esprit comme des galets sur le rivage. Qu'avait dit Maris à propos du *persalis* ? Qu'il avait été endommagé pendant la bagarre. Peut-être fonctionnait-il encore, ou peut-être pas. Admettons qu'il soit cassé. Qu'il faille le remettre en état. Un objet aussi dangereux, peut-être les voleurs chercheraient-ils à le réparer sans l'aide de quiconque. Mais si ce n'était pas le cas, s'ils n'y arrivaient pas…

Elle fit signe à la serveuse, une femme râblée à la mâchoire carrée, mais lorsqu'elle voulut remplir son verre, Lila posa la main dessus.

— J'aimerais vous poser une question, dit-elle en bafouillant un peu pour se donner l'air plus ivre qu'elle ne l'était. (Elle accompagna ses mots d'un lin glissé sur le comptoir.) Imaginons que la chance vous ait souri et qu'un chouette artefact magique vous soit tombé tout cuit dans la main… (La serveuse, un sourcil haussé, attendait la question.) Mais qu'il ait été un peu amoché au passage. Où l'apporteriez-vous ?

— Moi ? demanda-t-elle en plaquant sa main sur la pièce. Je ferais des économies de temps et d'argent en le réparant moi-même. (Elle empocha le lin.) Mais si j'étais moins douée… là, j'irais voir Haskin.

Lila fit rouler le nom sur sa langue.

— Haskin ?

— Il sait tout retaper, confirma la serveuse. Enfin, à ce qu'il paraît.

Lila sourit, satisfaite.

— C'est bon à savoir, lâcha-t-elle.

Un cri s'éleva dans la salle, obligeant son interlocutrice à aller voir de quoi il retournait. Lila scruta sa chope comme s'il s'agissait d'un bol de divination. *Haskin*, pensa-t-elle. Elle se rendrait chez lui à la première heure.

Elle repoussa son verre, plongea une main dans son manteau pour découvrir qu'elle avait donné son dernier lin à la serveuse. Changeant de poche, elle tomba sur les quelques pièces offertes par Maris et prises sur l'un des voleurs qui étaient morts sur le bateau.

Lila soupesa les trois lins dans sa paume, les laissant tomber d'une main à l'autre. Elle avait fait tout ce chemin à cause de ces rebelles. La moindre des choses, c'était qu'ils lui paient son verre.

Elle en remit deux dans sa poche, posa le troisième sur le bar et se leva. Un peu trop vite : tout compte fait, sa dernière pinte avait été superflue. Elle s'immobilisa, le temps de retrouver son équilibre. Et soudain, elle le vit. Était-ce l'angle de la lumière sur le contour de la pièce de monnaie, dont elle frappait les crénelures de métal pourpre ? Ou autre chose, une espèce d'intuition inexplicable qui la poussa à récupérer le lin ? Elle passa un pouce le long de la tranche. Elle ne s'était pas trompée : le pourtour de la pièce n'était pas tout à fait régulier.

— J'y crois pas, marmonna-t-elle en retournant le lin dans l'espoir d'en discerner le motif.

Mais la pièce était trop petite, son métal trop foncé.

Lila se rassit sur son tabouret et tira les deux autres pièces de sa poche afin d'en examiner la tranche, mais leur pourtour était régulier. Seul un lin se distinguait, frappé d'un code en relief, ou d'un message. Mais comment le lire ? Bien entendu, elle n'avait pas de feuille de papier sur elle. Ni d'encre. Elle pianota sur la table, l'esprit en ébullition.

Son regard se posa sur le bois que martelaient ses doigts, criblé de trous et d'éraflures. Lila sourit.

D'une main, elle tira un mouchoir de son manteau et plaqua l'autre sur le bar. La surface étant constellée de taches, personne ne remarquerait une trace de plus. Elle garda tout de même un œil sur la serveuse pendant qu'elle invoquait le feu. La chaleur s'épanouit sous sa paume et un filet de fumée s'enroula autour de ses doigts. Lorsqu'elle retira sa main, le bois avait noirci. Elle versa les dernières gouttes de bière sur le comptoir calciné et les mélangea du bout du doigt.

Elle procédait par gestes lents, presque las – telle une cliente éméchée qui tuerait le temps. Malgré tout, son cœur battait la chamade, comme au moment de dégainer son poignard, quand elle anticipait déjà le combat. Lorsque le bout de son doigt se teinta de noir, elle fit rouler la pièce dans cette encre de fortune puis, avec précaution, sur le mouchoir.

— J'y crois pas, répéta-t-elle alors que les mots se révélaient par petites touches.

SON HELARIN RAS ● NONIS ORA

Ce n'était pas seulement un message. C'était une adresse. Et une heure : « 6 chemin Helarin. Onzième heure ».

Lila avait déjà franchi la porte quand elle se rendit compte qu'elle avait oublié de payer son verre.

II

Sous les yeux de pierre de Vares, Tess entreprit de démonter le sortilège.

Des jours et des nuits de travail gâchées… et elle mentirait si elle disait que ça n'était pas douloureux. Mais elle avait conscience qu'elle avait mis son pouvoir au service de la pire sorte de magie qui existe. Elle avait fait quelque chose d'impossible, d'interdit. Les mondes avaient été séparés pour une bonne raison. Or voilà qu'elle avait construit un pont, franchi une frontière érigée plusieurs siècles auparavant pour protéger son propre monde.

Au souvenir des filaments morts qui flottaient autour de la tête de la vieille femme, de sa magie détruite, ses mains s'activèrent plus rapidement à arracher des nœuds, à défaire le sortilège qu'elle avait eu tant de mal à réparer.

Le battant de la boutique se mit à cliqueter.

Tess n'en tint pas compte. L'atelier de Haskin était fermé depuis qu'elle avait accepté cette mission et, dans ce laps de temps, une dizaine de clients avaient tenté d'ouvrir la porte, qu'ils avaient trouvée verrouillée, avant de repartir. Celui-ci ferait sûrement de même.

Mais non. Il secoua la poignée une deuxième fois. L'apprentie interrompit son travail pour lever les yeux. Le bruit de ferraille cessa. Elle retint son souffle et attendit. Le bruit ne reprit pas. En revanche, la serrure commença à grincer, comme du métal qui se déforme. Tess eut assez de bon sens – et juste assez de temps – pour glisser le précieux artefact dans un sac, qu'elle fourra sous le comptoir au moment où la porte de l'échoppe s'ouvrait en grand. Un homme et une femme entrèrent d'un pas nonchalant, comme s'ils y avaient été invités.

— On est fermé, déclara Tess.

Elle aurait tout aussi bien pu parler à un mur, car les deux intrus – un duo mal assorti – continuèrent d'avancer.

La femme, petite et sèche, avait la peau de la couleur du sable mouillé, les yeux d'un gris froid et terne. Ses cheveux noirs étaient tressés en crête. Elle portait un canon d'avant-bras et sa magie, qui tournoyait autour d'elle, luisait de l'orange éclatant de l'acier fondu. Voilà qui expliquait la serrure…

L'homme, pâle de la tête aux pieds – cheveux blonds, teint blafard –, était bâti comme un billot de boucher. Boucher dont il avait aussi l'apparence, avec son visage profondément scarifié. On aurait dit que quelqu'un avait tenté de lui trancher le nez, mais que la lame était restée coincée sur l'arête. Sa magie était d'un vert foncé, de loin la chose la plus brillante chez lui. *Un maître de la terre*, pensa Tess juste avant qu'il ne fasse claquer la porte d'un mouvement vif des doigts.

À force de travailler dans une boutique comme celle-ci, elle avait appris à déchiffrer ses clients. Ce n'était pas seulement écrit dans les filaments qui les entouraient, mais dans leur regard, leur démarche. Elle savait reconnaître les fauteurs de troubles quand elle en voyait. Et ces deux-là appartenaient à cette catégorie.

— On cherche Haskin, dit la femme en se dirigeant vers le comptoir.

— Il n'est pas là.

— Mais toi, si, fit remarquer l'homme en passant la main sur une table.

— Je ne suis que son apprentie.

L'inconnu s'arrêta juste à côté de l'endroit où la porte vers les autres mondes s'était ouverte, la marque qu'elle avait laissée dans l'atmosphère à quelques pouces de sa tête. Heureusement, il ne sembla pas la voir. Tess se força à reporter son attention sur la femme, qui se tenait à présent devant le comptoir.

Cette dernière sortit un ticket noir, le *H* imprimé sur le recto. Elle le retourna pour révéler le numéro. Il s'agissait bien sûr de la carte que Tess avait donnée au client malade. Celui qui lui avait apporté le fameux créateur de portes.

Elle tendit la main vers le ticket, mais dès que ses doigts en effleurèrent le papier, la femme lui saisit le poignet pour le plaquer sur le comptoir. La jeune fille poussa un cri. Alors qu'elle tentait de se dégager, son assaillante se raidit et des éclats de métal se détachèrent de son canon d'avant-bras pour s'enfoncer dans le bois autour de chaque doigt de Tess, de sa main, de son poignet, la clouant sur place.

Tout arriva si vite qu'elle ne sentit la douleur qu'au moment où celle-ci la submergea. De minces filets de sang se mirent à couler là où les bandes d'acier lui entaillaient la peau. Prise de panique, elle tendit sa main libre vers les filaments contenus dans l'entrave.

— Je te le déconseille, dit l'inconnue, présumant que la prisonnière cherchait à se libérer. Il y a beaucoup de métal dans cette boutique.

La main libre de Tess s'immobilisa en plein mouvement avant de se retirer. C'était vrai : elle pourrait se libérer, révélant par là même son pouvoir, mais dans une épreuve de rapidité, elle perdrait sans aucun doute.

— Qu'est-ce que vous voulez ?

— On va y venir, répondit la femme, accoudée au comptoir. D'abord…

Elle tenait soudain une lame dans une main et une mèche de cheveux de Tess dans l'autre. D'un geste leste du poignet, la boucle se détacha pour tomber tel un ruban noir dans sa paume. Puis l'arme disparut et la femme fit un nœud de la mèche, qu'elle glissa dans sa poche. Tess sentit la terreur l'envahir, non parce qu'elle avait perdu quelques cheveux – elle en avait toute une masse –, mais parce qu'elle se demandait à quoi ils allaient servir. À l'instar de son nom, tout ce qui provenait d'un individu et lui appartenait avait de la valeur.

La femme tapota le comptoir, et l'apprentie se concentra de nouveau sur le métal qui lui bloquait la main.

— Bon, avant que je commence, il y a une chose que tu dois savoir : pour chaque mensonge que tu diras, tu perdras un doigt. (Elle jeta un coup d'œil à la ronde.) J'imagine qu'ils ont leur importance, dans ce métier.

La gorge nouée, Tess luttait pour apaiser les battements de son cœur. Elle n'avait jamais su mentir. Voilà pourquoi elle optait toujours pour l'omission. Mieux valait ne rien dire et éviter les pièges, les indices révélateurs. Mais elle avait le sentiment que, cette fois, le silence ne l'aiderait pas beaucoup.

— Où est Haskin ? demanda la femme.

— Haskin n'existe pas. Il n'y a personne d'autre que moi.

— Je m'en doutais un peu, intervint l'homme en tirant une épée d'une étagère.

Il la souleva pour contempler le reflet de ses dents dans la lame. La femme poussa un petit soupir exaspéré sans quitter Tess du regard.

— Comment une fille de ton âge peut-elle tenir une boutique à elle toute seule ?

— Je suis douée dans mon domaine, répliqua Tess, qui n'en menait pas large.

— Moi aussi, répliqua l'inconnue. (L'entrave métallique, en se resserrant très légèrement, entailla la main de l'apprentie, ce qui lui arracha un petit cri.) Notre ami t'a apporté un objet à réparer. Où est-il ?

— Il va falloir être plus précise. Vous êtes dans un atelier de réparation…

L'homme poussa un petit rire semblable au bruit d'une lame sur une pierre à aiguiser. Sa comparse, impassible, fit glisser la carte sur le comptoir. Tess fixa ostensiblement le numéro.

— Je me souviens de lui, confia-t-elle au bout d'un moment. Il était malade.

— Plus maintenant, répliqua l'homme.

Au ton qu'il avait employé, Tess comprit qu'il n'allait pas mieux. Au contraire.

La femme serra les dents. *Elle ne l'apprécie pas*, pensa la jeune fille. Parfait. C'était toujours ça de pris.

Le regard froid de l'inconnue se posa de nouveau sur elle.

— Comment t'appelles-tu ?

Un nom n'était précieux qu'à condition d'être en vie pour s'en servir.

— Tess.

— Eh bien, Tess, notre ami a commis une erreur. Il n'aurait pas dû t'apporter cet objet. C'est la raison de notre… visite. On est venus t'en débarrasser. (En prononçant ce dernier mot, elle tapota le métal qui clouait les doigts de Tess au comptoir.) Il t'a dit ce que c'était ?

— Non, répondit-elle, ravie de ne pas avoir à mentir. Il me l'a pratiquement fourré dans les mains, sans même me préciser à quoi il servait. Vous savez combien il est difficile de réparer un objet enchanté sans connaître son usage ?

— Et donc ? demanda la femme, les yeux plissés de méfiance. Tu l'as réparé ?

— Non. (Le mot était sorti trop vite. Le métal se resserra tout à coup. L'acier, en pénétrant dans la base de son pouce, lui causa une douleur cuisante.) Enfin, pas encore, haleta-t-elle. J'y travaille.

— Mais il est possible de le réparer ?

Tess hocha frénétiquement la tête et le métal se desserra. Des gouttes de sang parsemaient le comptoir entre ses doigts.

— Où est-il ? s'enquit l'inconnue en laissant ses yeux errer sur les étagères.

L'apprentie serra les dents pour dissimuler sa surprise. Au regard que la femme promenait sur la boutique, Tess la soupçonnait de n'avoir jamais vu l'objet en question, du moins pas en un seul morceau. S'ils ne savaient pas ce qu'ils cherchaient…

Elle se tourna pour désigner de sa main libre le mur de rayonnages derrière elle. Sa « planque », comme l'appelait Nero.

— Troisième étagère, indiqua-t-elle en se creusant la cervelle pour se rappeler le contenu de chaque corbeille et trouver un objet à peu près de la bonne forme. Deuxième panier à partir de la gauche.

C'était un pari risqué. Lorsque la femme contourna le comptoir pour sortir le panier en question, Tess guetta des signes de doute, de colère. Elle s'apprêtait à sentir l'acier lui trancher la peau. Mais l'inconnue se contenta de plonger la main à l'intérieur pour en tirer…

Une boîte.

Elle avait à peu près la même taille et la même forme que l'artefact caché sous le comptoir, entre les pieds de l'apprentie. Seulement celle-ci n'ouvrirait jamais de portes sur d'autres mondes. C'était un objet plus simple, conçu pour capturer et reproduire des sons, comme celui qu'elle conservait à côté de son lit pour l'aider à dormir.

Tess l'avait récupéré sur un marché une semaine plus tôt. Elle voulait voir si elle pouvait en modifier le sortilège pour y inclure une voix, afin que Vares puisse lui parler en plus de l'écouter.

— Il ne m'a pas l'air très cassé, fit remarquer la femme.

— La boîte n'est qu'un contenant. Cette partie-là était facile à réparer. (C'était vrai aussi pour le créateur de portes.) C'est le sort à l'intérieur qui est plus compliqué.

— Eh bien, déclara l'intruse en posant l'objet sur le comptoir, je te suggère de te mettre au travail.

Tess prit une profonde inspiration puis répliqua :

— J'ai besoin de mes deux mains.

La femme pencha la tête sur le côté, comme si elle réfléchissait. Puis le métal se relâcha et se retira complètement pour réintégrer le canon d'avant-bras.

Tess se frotta le poignet et plia les doigts pour en dissimuler le tremblement. Le cerveau en ébullition, elle regarda la boîte posée devant elle.

— Ça va prendre du temps.

Partez, partez, partez, tambourinait son cœur, aussi fort que le tambour qu'elle avait entendu dans l'autre Londres.

La femme se retourna, comme pour sortir, puis elle attrapa une chaise et la traîna sur le sol de la boutique jusqu'au comptoir. Elle la fit ensuite pivoter et s'y assit à califourchon, les bras croisés sur le dossier.

— On attendra.

III

Lila aurait dû suivre son instinct. Après tout, il lui avait permis d'arriver là.

Le 6 chemin Helarin, ce n'était pas dans le *shal*. Loin de là. Non, il se trouvait sur la rive nord de la ville, plus près des *ostra* et des *vestra* que de la lie londonienne. Dans ce quartier aisé, les boutiques, élégantes et bien agencées, étaient toutes plongées dans l'obscurité à cette heure tardive, même si les rues restaient éclairées par la lumière chaude et enchantée des lanternes.

Il n'y avait pas de date gravée sur la pièce, aucun moyen de savoir si l'heure incrustée dans la tranche était passée ou à venir. Mais le *Ferase Stras* avait été braqué moins d'une semaine auparavant, et l'un des voleurs avait eu cette pièce sur lui. Restait à espérer qu'il ne s'agissait pas d'un souvenir, plutôt d'une invitation. Et qu'elle était toujours valable.

SON HELARIN RAS ● NONIS ORA

Onzième heure. D'après l'horloge au coin de la rue et la montre dans sa poche, il était vingt-trois heures trente. Elle accéléra le pas et traversa le pont. Ses bottes, après avoir martelé la pierre, retentirent sur les planches de bois alors qu'elle se dirigeait vers la rive nord.

Cette partie-là de Londres vivait à son propre rythme, le temps transformé en miel par l'élite fortunée s'écoulant lentement. Ce quartier abritait nombre de salles de spectacles, de fumoirs, d'auberges et de grands domaines, endroits où la richesse et le pouvoir de la ville s'affichaient pleinement. Lila ne repéra aucune main peinte sur les murs. Pas découragée pour autant, elle faisait rouler la pièce de monnaie entre ses doigts, dont les lettres s'imprimaient sur sa peau.

À l'approche de sa destination, elle se força à ralentir le pas pour adopter une démarche plus tranquille, releva son col et bomba le torse pour refléter la confiance qui l'habitait toujours mais qu'elle s'autorisait rarement à montrer, imitant ainsi l'attitude des passants qu'elle avait croisés.

Avec un peu de chance, elle allait tomber sur la « maison » évoquée par Tanis, tous les membres de la Main y seraient rassemblés, et elle aurait commencé et terminé sa traque en une seule nuit. Mais lorsqu'elle arriva devant l'adresse en question, elle ne découvrit qu'une maison plongée dans le noir.

Ce n'était pas la propriété d'un *vestra*, avec portail et vaste terrain, mais une demeure modeste. Deux étages, des ferrures noires pour encadrer la porte et orner les balcons, et quelques pics dorés parsemés sur le toit.

Lila continua jusqu'au coin de la rue, où elle s'arrêta sous un auvent pour observer la façade et s'assurer que personne d'autre n'y entrait ou n'en sortait. Des lanternes brûlaient aux fenêtres des maisons voisines, mais le 6 chemin Helarin était plongé dans les ténèbres – pas celles des demeures dont les occupants sont allés se coucher, mais celles qui habitent les endroits désertés.

Lila se mordilla l'intérieur de la joue. Était-elle arrivée trop tard ? Non, songea-t-elle. S'il devait se passer quelque chose, ce n'était tout simplement pas pour ce soir-là.

Elle tournait à l'angle de la rue pour regagner le fleuve, l'auberge et son lit étroit, lorsqu'elle sentit tout à coup une présence dans son dos…

Lila ralentit, l'oreille à l'affût d'un bruit de pas. Quiconque la filait devait caler ses foulées sur les siennes, car elle n'entendait que ses bottes à elle, le galop de lointains sabots et un murmure de voix porté par la brise.

Voilà ce qui avait permis à Lila de repérer celui ou celle qui marchait dans ses pas. Son silence était trop lourd, trop compact, comme le rembourrage d'un oreiller. Kell lui avait dit un jour qu'en se concentrant, elle pouvait percevoir la magie d'un autre corps. En fait, elle avait été capable de sentir ce phénomène bien avant de savoir de quoi il s'agissait.

D'un geste du poignet, Lila fit apparaître un poignard dans sa main. Elle s'engagea sur la chaussée, comme si elle s'apprêtait à traverser. Devant elle, dans la vitrine d'une boutique devenue aussi noire qu'un bassin de divination, elle le vit : le reflet d'un mouvement dans son dos. Une silhouette à capuche qui se fondait presque à la perfection dans l'obscurité.

Lila se retourna, armée de sa lame qui sifflait déjà dans l'air. L'ombre esquiva juste à temps, mais l'*Antari* remua les doigts et la dague suivit, s'abaissant à la dernière seconde pour érafler le flanc de l'inconnu avant de plonger dans le tissu de sa cape, puis dans le bois de la porte derrière lui.

Clouée comme un papillon de nuit au battant, la silhouette poussa un cri de surprise.

— Bien le bonsoir, lança la magicienne comme si elle n'était pas tombée sur un membre de la Main, mais sur un ami.

Peut-être n'avait-elle pas perdu son temps, tout compte fait. Sous la capuche, l'individu portait un masque noir sans fioritures. Même ses mains étaient dissimulées sous des gants noirs. Celles-ci ne cherchaient pas à attraper Lila ou à invoquer des pouvoirs, mais à s'emparer de la dague, dont le métal grinça contre le bois lorsqu'elle s'arracha d'un pouce du panneau.

Lila fléchit de nouveau le poignet et la lame s'y ficha jusqu'à la garde.

— Pas si vite. J'ai quelques questions…

Elle fut interrompue par un petit objet qui tomba de la main de la silhouette et percuta les pavés avant d'exploser. La déflagration ne produisit ni souffle ni son, seulement une lumière aveuglante suivie d'un nuage de fumée noire. Lila, suffoquant, leva le bras pour protéger son œil de l'éclair. La fumée se propageait déjà dans la rue, engloutissant les lanternes et toute autre source de lumière.

La magicienne se prépara à une attaque, à affronter une arme ou un corps surgi de l'obscurité, mais rien ne vint. Noyée dans la fumée en suspension, elle fendit l'air de son bras, écartant de son geste l'écran de nuage noir pour révéler la porte contre laquelle son prisonnier avait été cloué. Qui qu'il soit, il avait disparu.

La dague de Lila gisait sur le sol, abandonnée. La jeune femme la ramassa et se retourna pour contempler les environs qui se dessinaient petit à petit, à mesure que les ombres se dissipaient sous la brise. L'extrémité d'une cape noire disparaissait dans une rue adjacente. Lila s'élança.

Il allait vite. Ses bottes martelaient les pavés, et elle maudit le fuyard de l'obliger à lui courir après alors qu'ils auraient pu se battre sur place, ce qui leur aurait évité à tous les deux la peine d'une course-poursuite. Le temps qu'elle arrive au coin de la rue, et s'engage dans l'allée, la silhouette se trouvait déjà presque tout au bout.

Lila se prit à regretter son pistolet. Faute de balles, épuisées depuis des années, son beau mousquet avait été relégué au fond de sa malle. Elle aurait visé, tiré, et le fuyard se serait écroulé. Au lieu de quoi elle s'apprêtait à causer un sacré bazar.

Elle prit une profonde inspiration.

Tigre, tigre, pensa-t-elle, et même sans avoir besoin de ces mots, elle sentit la magie s'élever à leur rencontre, rendue dure comme l'acier par les sons qu'ils produisaient, au moins dans sa tête. Lila tourna la main, paume vers le haut : la ruelle où se trouvait la silhouette se déforma. Puis se souleva.

La nuit frémit. Le monde sous ses pieds trembla, secoué par le choc de la terre et la pierre qui se dressaient pour bloquer la route et former… une impasse.

L'individu pivota sur lui-même, en quête d'une autre issue. Il aurait peut-être fini par en trouver une, mais sa poursuivante en avait assez de courir. Elle serra donc la main pour que les pavés de la ruelle viennent s'enrouler autour des bottes de sa cible et l'immobilisent.

— Bon, dit Lila en s'approchant de l'inconnu comme si elle avait tout son temps. On recommence.

D'une main, elle tenait sa dague. Dans l'autre, le feu jaillit.

Quand elle fut sur sa proie, celle-ci tomba à genoux. Lila supposa d'abord que l'individu était blessé. La vérité était bien pire : il s'inclinait.

Parvenue à ses côtés, elle se servit de la pointe de sa dague pour rabattre sa capuche en arrière, qui glissa en même temps que le masque pour révéler un visage juvénile à la peau mate, aux grands yeux bruns et aux joues encore imberbes.

Le regard de Lila se posa sur le torse du jeune homme essoufflé. À présent, la lueur du feu lui permettait de distinguer une armure, frappée d'un symbole noir sur noir. À peine visible dans l'obscurité, elle le reconnaissait pourtant. Bien sûr qu'elle le reconnaissait. Un calice et un soleil.

Lila poussa un long soupir entre ses dents serrées. Pas étonnant qu'il n'ait pas riposté. Il n'appartenait pas à la Main, mais aux *res in cal*. C'était l'un des espions de la Couronne. De la reine.

— Mes excuses, *mas aven*, bredouilla-t-il, mêlant l'anglais et l'arnésien comme le faisaient tant de gardes devant des membres de la famille royale.

Lila relâcha sa magie. La terre s'effrita sous les bottes du jeune espion.

— Relève-toi, ordonna-t-elle. (Il obéit, ses yeux ne dépassant pas le menton de Lila.) Que faisais-tu devant cette maison ?

La confusion qui se lisait sur ses traits parlait d'elle-même. Certains savaient maîtriser leurs émotions, dissimuler leurs pensées derrière un masque de placidité. Ce garçon n'était pas de ceux-là. Il n'avait pas dû remporter une seule partie de sanct de sa vie…

Il n'était pas en train d'attendre devant le 6 chemin Helarin. Elle avait seulement remarqué sa présence à ce moment-là. Elle éteignit la flamme dans sa paume puis se frotta les yeux.

— Depuis combien de temps me suivais-tu ?

— Depuis le palais, répondit-il, docile désormais. Vous avez traversé la promenade sud et fait le tour du *shal* avant d'entrer au Petit Bonhomme de chemin, puis…

— Stop, le coupa Lila, agacée au plus haut point.

Elle ne l'avait pas entendu arriver. C'était là l'œuvre de la reine : la cape absorbant la lumière, l'armure conçue pour passer inaperçu et même les bottes, qui n'émettaient aucun son sur les pavés. Malgré tout, elle aurait dû sentir plus tôt qu'elle était suivie. Elle ne commettrait pas deux fois la même erreur.

Lila appuya la pointe de sa lame contre le calice gravé sur l'armure du jeune espion.

— Va porter ce message à la reine : la prochaine fois qu'elle me fait suivre par un corbeau, je lui coupe les ailes.

Le garçon – car c'était vraiment un gamin – sembla sur le point de répliquer quelque chose, mais il se ravisa et hocha la tête, sans pour autant tourner les talons. Lila s'écarta d'un geste, mais il hésitait encore, comme s'il attendait de la voir partir la première. Même pas en rêve !

— Fiche-moi le camp, le congédia-t-elle.

À ce moment-là, une rafale de vent s'éleva pour le pousser dans la bonne direction. Elle le suivit du regard jusqu'à le perdre au milieu des ombres à mesure qu'il se fondait dans l'obscurité.

Sur le chemin du retour, elle prit son temps.

Il était près de minuit et la ville s'était tue, épuisée comme un corps avide de sommeil. Lila revint sur ses pas pour s'engager sur le pont en cuivre qui, malgré son nom, était essentiellement constitué de bois et de pierre, le métal verdâtre n'apparaissant qu'au niveau de la rambarde, des arches et des filigranes sur les piles.

Puis elle s'arrêta au milieu du pont.

Malgré l'heure tardive, elle n'était pas la seule à le traverser. Un carrosse passa dans un grincement d'essieux, et quelques nobles regagnaient à pied la rive nord. L'un d'eux s'était attardé pour admirer le palais qui surplombait l'Île et dont les arêtes dorées se reflétaient dans le fleuve. Tournant le dos aux flèches, Lila contempla Londres, à mi-chemin entre les rives des eaux pourpres qui scindaient la ville en deux.

Ils avaient cherché au mauvais endroit. Elle ne doutait pas qu'Alucard et ses gardes traquent la Main mais, à tous les coups, ils avaient concentré leurs efforts sur les recoins les plus sordides de la ville.

Elle se remémora les empreintes de mains tout autour du *shal* et à quel point elles lui avaient semblé trop évidentes. Une cible peinte en rouge. La croix indiquant un trésor sur une carte. Elle glissa une main dans sa poche pour resserrer les doigts autour de la pièce. Sa tranche irrégulière s'enfonça dans sa paume tandis que le regard de la jeune femme revenait se poser sur la rive nord, les quartiers aisés de la ville, où vivait l'élite.

Alucard prétendait que la Main ne pouvait se cacher. Et si le véritable danger ne se cachait pas du tout ? S'il s'exhibait au vu et au su de tous ?

Lorsque Lila regagna *Le Soleil couchant*, la taverne était plongée dans le noir, les volets baissés. Elle gravit l'escalier, les membres plus lourds à chaque pas, et trouva sa chambre vide. Depuis la fenêtre, une lueur pourpre effleurait le rebord de la malle avant de projeter ses doigts rouge pâle sur le lit déserté.

Kell n'était pas rentré.

Peu importe, se dit Lila en s'affalant sur le matelas. Elle aurait plus de place. Les mains sous la tête, elle laissa le silence se poser sur elle comme un drap et attendit le sommeil. Qui ne vint pas. L'*Antari* finit par se redresser, un juron aux lèvres, une lame déjà dans la main. Brève piqûre de la douleur, sang au bout des doigts. Elle dessina le symbole, murmura les mots à l'intention du mur et sentit le bois se dérober quand elle le traversa.

La petite pièce exiguë disparut, remplacée par la grande chambre du palais, comme si le monde avait gonflé ses poumons pour mieux se dilater : le plafond bas se transforma en voûte décorée de nuages de tulle, le bois usé se fit marbre. Seul point commun : la lumière pourpre qui, en se déversant par les portes en verre gravé, scintillait sur les fils d'or du tapis et le corps étendu sur la couche royale.

Kell gisait à plat ventre, à moitié dévêtu, son manteau et ses chaussures jetés comme un chemin à suivre depuis la porte jusqu'au pied du lit. Son dos se soulevait et s'abaissait. Ses cheveux cuivrés s'étalaient en éventail comme un feu mourant sur sa joue et son oreiller.

Toutes ces années à l'abri du danger avaient fait de lui un gros dormeur. Il ne bougea pas quand elle ôta ses bottes. Ni quand elle se débarrassa de son manteau et de ses armes les plus encombrantes. Ni quand elle se glissa sous les draps. Ni quand, avec la légèreté d'une voleuse, elle passa ses doigts sur la mèche argentée qui scintillait dans les cheveux du magicien. Ni quand elle se blottit contre lui, assez près pour entendre le doux murmure de son souffle et se laisser emporter par le sommeil.

IV

Londres blanc

La nuit était tombée lorsque Kosika gravit les marches du château dans ses vêtements raidis par le sang.

À chaque arrêt de la procession, elle s'était délestée d'une partie de sa garde. De retour du Bois d'argent, elle n'était plus flanquée désormais que de quatre soldats, dont Lark, d'un seul Vir – Serak – et de Nasi, bien entendu.

Les tambours s'étaient tus, mais elle les entendait encore sous son crâne. Kosika se dit qu'il ne s'agissait pas d'une migraine, mais des battements de cœur de la ville qui s'intensifiaient. En tout cas, la journée avait été longue. La coupure à son bras – qu'elle s'était faite lors du rituel – lui faisait mal et ses jambes étaient fourbues d'avoir traversé la ville. Elle n'avait qu'une envie : nettoyer le sang sur sa peau avant de se coucher.

Mais les portes du château s'ouvrirent sur une fête. La Grande Salle était en liesse.

Tels des orbes de lumière argentée, une dizaine de lanternes semblables à de pâles soleils projetaient les ombres dessinées par la pierre. Les effluves d'un banquet flottaient comme de la vapeur dans l'air. Cette fête démesurée était l'œuvre des Vir. Elle avait pour but de souligner que la dîme et les présents n'étaient qu'un préambule, et non le point culminant de la journée.

Les gens bien nés de la ville se rassemblaient. Seul signe que la dîme avait été versée, un ruban de soie – et non de gaze – leur bandait soigneusement les mains. Les soldats de la garde royale avaient ôté leur casque et déambulaient dans la salle, mêlés aux invités, tandis que les Vir resplendissaient dans leurs manteaux argentés.

Kosika s'en irrita. Cette journée devait être consacrée à la prière. Au sacrifice. À la dévotion. Au lieu de quoi…

— La reine ! proclama Vir Talik en levant sa coupe.

Dans la salle, chacun leva son verre au contenu pourpre.

Nasi se glissa derrière Kosika pour ôter la cape ensanglantée de ses épaules.

— Laisse ça, protesta la souveraine en s'éloignant de son amie.

Elle s'avança dans la foule compacte, cette marée humaine qui s'écartait sur son passage en se répandant en louanges. Mais Kosika n'avait nullement l'intention de perdre son temps à être célébrée. Elle passa devant ceux qui l'acclamaient et se dirigea vers l'escalier. Elle n'était pas d'humeur à se divertir, à parader dans les couloirs. Vir Reska, une femme à l'œil vif et aux cheveux grisonnants, tenta de lui barrer la route.

— Votre Majesté, le festin.

— Je suis fatiguée, répliqua Kosika.

La Vir aurait dû s'écarter, mais non : elle désigna la foule.

— Vous devez pourtant…

Acéré comme une lame, le regard de Kosika transperça la femme. Celle-ci comprit aussitôt son erreur. Reculant d'un pas, elle posa un genou à terre, sa demi-cape d'argent effleurant le sol. Kosika tendit la main vers l'épaule de sa conseillère comme elle l'avait fait plus tôt dans la journée. Elle la sentit se crisper à son contact. Elles savaient toutes deux que le sang qui tachait la peau de Kosika était en partie le sien. Elles savaient aussi qu'il suffirait d'un mot pour que la Vir s'effondre, à l'instar de l'homme qui avait tenté de tuer la souveraine lors de la deuxième dîme. Les os du misérable traînaient encore dans la rue pendant que le reste de son corps voguait au gré du fleuve.

Le tumulte de la fête s'estompa autour d'elles et Kosika baissa la voix : ses paroles n'étaient destinées qu'à la femme à l'armure d'argent.

— Dites-moi, Vir Reska, que dois-je faire ?

— Rien, ma reine, répondit la Vir d'une voix aussi tendue que la corde d'un arc. Vous en avez fait plus qu'assez. Si vous êtes fatiguée, il faut vous reposer. Les Vir animeront cette soirée à votre place et en votre honneur.

Kosika ôta sa main de l'épaule de sa conseillère.

— Veillez-y, lâcha-t-elle avant de se tourner de nouveau vers l'escalier.

Cette fois, tout le monde eut le bon sens de la laisser partir.

Quatre ans plus tôt

Les portes de la salle du trône étaient lourdes. Il fallait quatre gardes pour les ouvrir et les fermer… ou une *Antari* très contrariée.

Nasi était venue trouver Kosika cette après-midi-là pour la prévenir.

— Les Vir, avait-elle dit.

— Eh bien quoi, les Vir ? avait demandé la jeune reine.

Elle ne se doutait de rien jusqu'à ce qu'elle avise l'expression de son amie. Nasi n'avait jamais su tenir sa langue, pas plus qu'elle ne savait cacher ses émotions. Lorsqu'elle souriait, tout son visage semblait exploser de joie. Mais quand elle était en colère, il adoptait la rigidité d'un masque. L'effet était encore plus saisissant avec ses cicatrices.

— Ils se réunissent, avait-elle répondu. Sans toi.

Les battants de la salle du trône gémirent sur leurs gonds lorsqu'ils s'écartèrent, annonçant l'arrivée de Kosika. Avec ses piliers d'un blanc ivoire et son plafond dont la haute voûte était jalonnée d'arcs comme autant de côtes, la salle du trône lui rappelait une baleine. Elle avait déjà vu en dessin cette créature marine si gigantesque qu'on pouvait tenir debout à l'intérieur de son ventre.

Les Vir de la reine eurent la décence de prendre un air surpris. Ils interrompirent leur conversation en la voyant s'avancer dans la vaste salle, ses petites chaussures claquant sur les dalles. Ces fameuses dalles dont on racontait qu'autrefois elles avaient été constellées de fragments d'os. Les os des ennemis d'Astrid Dane, blanchis et incrustés dans le marbre. Mais ce n'était qu'une rumeur et, même si la légende disait vrai, les dalles d'origine avaient été remplacées depuis longtemps.

En cet instant, Kosika regretta leur absence. Elle aurait aimé en ajouter d'autres.

Son trône se dressait au centre de la salle, encerclé par les chaises des conseillers, telles des mains entourant la reine. Sauf qu'il était vide.

— Votre Majesté, dit Vir Patjoric en se dressant sur ses pieds.

— Ne vous levez pas, dit-elle.

Ils le firent quand même. C'était là une marque de respect, mais qui la fit se sentir encore plus petite qu'elle ne l'était. Une fois installée, elle replia ses jambes sous elle afin de cacher le fait qu'elles n'atteignaient pas le sol.

— Pardonnez mon retard… Je serais arrivée à l'heure si quelqu'un avait pris la peine de m'informer que nous tenions conseil.

Les Vir échangèrent des regards qui trahissaient la variété de leurs émotions, depuis l'agacement jusqu'à la gêne. Ils étaient treize et, à dire vrai, la plupart d'entre eux – sauf Serak – se mélangeaient encore dans l'esprit de la jeune monarque. Non seulement à cause de la demi-cape argentée qu'ils portaient tous, mais aussi par leur attitude, leur position sur la chaise, leur ton quand ils lui adressaient la parole, comme si elle était une enfant et non une reine.

Douze d'entre eux se consultaient du regard. Seul Serak avait la politesse de la regarder dans les yeux. Il s'apprêtait à parler lorsque Vir Patjoric le devança. Lui, elle le reconnaissait toujours – après tout, c'était lui qui l'avait trouvée.

— Nous ne voulions pas vous déranger, dit-il en inclinant sa tête argentée en signe de respect.

— Discuter des affaires de l'État peut être assez ennuyeux, ajouta Vir Reska, facile à reconnaître parce que ses yeux, couleur de la Sijlt, étaient nacrés au point de paraître incolores.

— Rien de ce qui concerne ma ville ne m'ennuie, je puis vous l'assurer, répliqua Kosika avant de se caler contre le dossier de son trône. De quoi parliez-vous ?

Un autre conseiller s'éclaircit la voix.

— Nous discutions de ce qu'il convenait de faire à propos des autres mondes.

Kosika fronça les sourcils. Elle savait de quoi il retournait, bien sûr. Des autres pièces de la maison, comme dirait Serak.

— Et donc ? insista-t-elle.

— Eh bien, par le passé, il y a toujours eu… des échanges et…

— Un messager est-il venu à nous ?

— Non, répondit un autre Vir. Pas encore. Mais nous nous proposions d'aller à leur rencontre.

— « Nous », répéta Kosika.

Sauf qu'il n'y avait pas de « nous ». Les portes entre les mondes étaient fermées, et seul un *Antari* pouvait les rouvrir… Seul un *Antari* avait le pouvoir de les franchir.

— Je n'en vois pas l'intérêt, déclara-t-elle. (Un murmure se propagea parmi les membres de son conseil comme le vent dans le feuillage d'un arbre.) Vous voulez que j'aille dans cet autre Londres ? Pour faire quoi ? Déposer un message ?

— Holland l'a bien fait, lui.

L'intervention venait de Vir Patjoric.

— En tant que serviteur, rétorqua Kosika en serrant les dents. Pas en tant que roi. Et seulement parce que les Dane convoitaient cet autre monde. Je pense qu'il est temps de nous concentrer sur le nôtre.

Elle croisa le regard de Serak. Un léger sourire flottait sur ses lèvres, signe qu'il approuvait.

Vir Reska prit la parole.

— Le jeu n’en vaut pas la chandelle. Si Kosika était faite prisonnière, nous n’aurions plus d’*Antari* ni de reine.

Elle nota bien l’ordre dans lequel Reska avait énoncé les priorités.

— Un jour, les murs tomberont, objecta un conseiller aux cheveux noirs appelé Lastos. Nous devrions nous y préparer.

— Raison de plus pour nous concentrer sur nos forces plutôt que sur les leurs, contra Kosika.

L’homme se pencha, les doigts agrippés à sa chaise.

— Nous ferions mieux de nous renseigner sur nos ennemis avant de les affronter sur le terrain.

— Pourquoi seraient-ils des ennemis ? intervint Vir Serak. Pourquoi seraient-ils quoi que ce soit ?

— C’est nous qui sommes le plus près du siège de la magie, argua Kosika. Chaque jour, c’est notre monde qui revit un peu plus.

— Et si c’est aussi le cas pour les autres mondes ? insista Lastos. Nous n’avons aucun moyen de le savoir.

Mais Kosika avait cessé de l’écouter. Il gesticulait en parlant et elle remarqua qu’aucune de ses mains ne portait de bandage.

— Il est toujours préférable de se renseigner, disait-il.

Elle lui coupa la parole.

Vous n’avez pas accompli la dîme, Vir Lastos.

L’intéressé jeta un rapide coup d’œil à ses paumes.

— J’étais occupé par les affaires de l’État.

Il reprit son souffle, prêt à poursuivre son argumentation, mais Kosika insista.

— Prenez le temps de l’accomplir.

Il balaya son intervention d’un revers de la main, comme s’il chassait une mouche.

— Comme il vous plaira, ma reine. Mais revenons à ces autres Londres…

— Faites-le maintenant.

Kosika, qui avait sorti la lame accrochée à sa hanche, la tendait à Vir Lastos. L’homme posa sur l’arme des yeux dégoûtés.

— Votre Majesté ?

— La terre n'a que faire du cérémonial. Elle accueillera volontiers votre paiement avec un jour de retard.

Elle attendit, mais le Vir ne se saisissait toujours pas de l'arme.

— Dans ce cas, attendons la prochaine dîme, suggéra-t-il. Après tout, elles ont lieu de plus en plus fréquemment.

— Lastos… gronda Patjoric.

Mais le Vir aux cheveux noirs continua sur sa lancée.

— Non. Au début, c'était l'histoire d'une seule fois, puis une fois par an, et maintenant deux. À ce rythme, nous serons bientôt trop faibles pour faire autre chose que saigner.

— Vous parlez de faiblesse, répliqua Kosika, mais notre Londres devient plus fort à chaque jour qui passe.

— Vous savez pourquoi ? cracha-t-il. Parce que nous avons interdit les sorts d'assujettissement et chassé les pires délinquants de nos rues. Parce que nous avons des guildes qui transportent les marchandises le long de la Sijlt, maintenant qu'elle n'est plus prisonnière de la glace, et qui collectent les taxes en fonction de la richesse. Vous pouvez choisir de payer la dîme par le sang et de vénérer les hommes comme des saints, ma reine, mais ce ne sont pas les rituels qui font vivre cette ville.

— Vous aussi, vous avez servi Holland, lâcha Vir Serak avec mépris. Vous aussi, vous avez pensé…

— J'ai pensé qu'il était notre meilleur atout, l'interrompit Lastos. Pas une espèce de roi mythique.

— Vous avez bien vu les arbres fleurir dans la cour, dit Vir Talik, les quantités de céréales arriver sur des barges en provenance du Nord.

— À votre avis, pourquoi la Sijlt s'est-elle remise à couler à un tel débit ? Pourquoi maintenant ? lança Kosika.

Lastos la jaugeait de ses yeux froids dénués d'expression.

— Tout ce qui gèle finit par dégeler. C'est peut-être tout simplement le cycle de la nature.

— Et pourtant, rien n'a encore dégelé en vous, constata-t-elle.

Le conseiller serra les poings, geste que sa cape ne parvint pas à dissimuler tout à fait. Bien entendu, il n'était pas le seul à être toujours dépourvu de magie. La plupart des enfants qui naissaient désormais voyaient s'épanouir en eux un ou plusieurs éléments, mais bon nombre d'adultes demeuraient sans pouvoir. Chez les Vir, ils étaient trois – Lastos, Reska et Patjoric – à n'être toujours pas capables de conjurer la moindre flamme.

— Peut-être avez-vous peur, poursuivit-elle. Peut-être refusez-vous de croire que la magie a une volonté propre et qu'elle choisit son destinataire. Ce qui signifierait qu'elle ne vous a pas choisi, vous.

— Je n'aurais pas cette arrogance, petite reine.

Ces derniers mots, adjectif et titre, il les avait crachés avec autant de rage qu'une graine coincée entre ses dents.

Kosika examina son reflet dans l'acier de la lame qu'elle tenait toujours à la main.

— Ce château est fait de pierre, dit-elle. Et la pierre transporte les sons. J'ai entendu le nom que vous me donnez quand je ne suis pas là. *Kojsinka*.

« Petit tyran. »

L'homme blêmit, mais elle n'aurait pas su dire si c'était de peur ou de colère.

— Oserez-vous le nier ? dit-elle.

Il secoua la tête.

— Vous n'êtes qu'une enfant, avec la connaissance du monde qui va avec. (Les autres Vir s'agitèrent, mal à l'aise. Patjoric voulut poser la main sur le bras de Lastos, mais celui-ci le repoussa.) Une fillette qui joue à se prendre pour une reine.

Kosika ne démentit pas. Elle aurait eu l'impression de mordre à l'hameçon. Mais elle ne put empêcher l'air de tourbillonner dans la salle autour d'elle. Les pierres de craquer comme des dents qui grincent. Elle se pencha en avant.

— Alors vous n'auriez pas dû me placer sur ce trône, dit-elle.

— En effet, finit-il par répondre. Nous n'aurions pas dû.

Lastos embrassa la salle du regard. Il s'attendait à ce que ses confrères et ses consœurs se rangent à ses côtés, ou du moins contre Kosika. La jeune monarque songea au plateau de kol-køt dans sa chambre. Nasi lui avait montré les différentes manières de disposer les pièces. Dans plusieurs cas de figure, les prêtres étaient assez forts pour gouverner sans roi. Mais ce n'était qu'un jeu. Et elle n'était pas seulement reine. Elle était une *Antari*. L'héritière du pouvoir de Holland. Les autres Vir le savaient, même s'ils auraient préféré qu'il en soit autrement.

Patjoric secoua la tête en soupirant. Reska, elle, se contenta de fixer le sol. Le regard de Talik semblait indiquer que Lastos s'était condamné lui-même. Le Vir dissident finit par s'en rendre compte à son tour.

— Je suis appelée à gouverner, reprit Kosika. Mais vous n'êtes pas obligés de servir.

Elle désigna les portes de la salle du trône, toujours grand ouvertes. Lastos arracha le manteau argenté de ses épaules avec une telle force que sa broche se détacha et rebondit sur les dalles dans un tintement de clochette.

Il aurait dû tourner les talons et partir. Au lieu de quoi, il fusilla Kosika du regard et cracha :

— Patjoric aurait mieux fait de vous achever quand il vous a trouvée dans la rue. Après tout, la meilleure chose que Holland Vosijk ait jamais accomplie pour nous, ça a été de mou…

Il ne termina pas sa phrase. À la place, le craquement immonde d'une lame qui brise un os se fit entendre. Lastos poussa un cri rauque : une pointe d'acier lui sortait du torse.

— Blasphème, siffla Serak.

Il se dressait derrière lui comme une ombre, les yeux noirs de rage.

Les autres conseillers s'étaient levés, mains sur la garde de leurs épées et, pendant un instant, l'air de la salle sembla aussi solide que du verre sur le point de se briser. Mais cet instant passa sans qu'aucun d'eux ne fasse le moindre pas. Ils se contentèrent de regarder Serak retirer sa lame et Lastos s'effondrer sur le sol. Le mourant ouvrit la bouche avant de la refermer, lâchant d'abord un râle, puis un souffle, puis plus rien.

Kosika vit le sang de Lastos se répandre sur les dalles. *Quel gâchis !* Levant la tête, elle croisa le regard de Serak. Sans dire un mot, ils se comprirent. Le Vir prit alors la parole, haut et fort.

— *Kos och var.*

Les mots, répétés, se propagèrent dans la salle.

Kos och var. Kos och var. Kos och var.

« Longue vie à la reine ! »

V

Londres rouge
De nos jours

— Combien de temps encore ?

Il était plus de minuit. Tess avait les yeux qui piquaient et des maux de tête. Depuis une heure, elle nourrissait le fragile espoir qu'à force, les mercenaires finiraient par baisser la garde et lui offriraient ainsi une chance de s'enfuir.

Mais l'homme bâti comme un billot de boucher faisait toujours les cent pas dans l'atelier, palpant des morceaux de sortilège à moitié réparés, et la femme à la tresse, qui n'avait pas bougé de sa chaise, ne quittait pas Tess de ses yeux gris et vides.

Enfin, jusqu'à ce que Vares tressaille.

Le hibou était resté immobile – rien de plus normal pour un squelette – comme s'il pouvait sentir le danger dans la pièce, mais la question posée avait réveillé le sort qui l'animait. Il agita ses ailes déplumées et pencha la tête sur le côté.

Les yeux de la mercenaire s'écarquillèrent de surprise. Sa bouche s'étira en un semblant de sourire.

— *Kers la ?* demanda-t-elle en tendant la main vers le volatile.

En réponse, Vares lui donna quelques petits coups de bec sur les doigts. La femme sourit de plus belle.

— Ingénieux ! s'exclama-t-elle en faisant un mouvement du poignet.

Le fil métallique qui traversait l'oiseau frémit.

— Non, supplia Tess.

Était-ce dû à son intonation ? À ses mains qui s'immobilisèrent tout à coup ? Toujours est-il que la tueuse à gages relâcha son emprise sur le petit hibou, son regard revenant aussitôt vers la boîte en pièces détachées sur le comptoir. C'était un enchevêtrement de magie, un nœud de fils rendu plus complexe encore par le chaos de tous les filaments de l'atelier, mais Tess n'osait pas chausser ses orbières. Elle ne pouvait se permettre de restreindre son champ de vision, d'oublier les clients de la boutique, même si sa migraine s'intensifiait.

Malgré les deux intrus, elle ne s'embêtait pas à cacher sa magie, ne s'embarrassait pas d'outils et ne faisait pas semblant d'utiliser autre chose que ses yeux et ses mains. Non, elle se contentait de faire danser ses doigts dans l'air, façonnant le sortilège autour de la boîte afin d'aboutir à quelque chose d'utile pour elle.

Adossé contre la porte, l'homme semblait s'ennuyer ferme. La femme se pencha sur sa chaise. On n'entendait plus dans la boutique que ses doigts pianoter sur son canon d'avant-bras métallique. Incapable de supporter ce bruit plus longtemps, Tess relança la conversation.

— Comment vous appelez-vous ? Je vous ai donné mon nom, précisa-t-elle faiblement devant l'air méfiant de la femme.

Celle-ci ébaucha de nouveau un sourire en coin.

— Bex, répondit-elle entre ses dents. Et ce tas de bouse sur pattes, là-bas, c'est Calyn.

Tess continuait sa besogne.

— Vous n'avez pas l'air de l'apprécier.

— Comment as-tu deviné ?

— Pourtant vous travaillez ensemble.

Le balafré – Calyn, donc – ricana.

— Je n'irais pas jusque-là.

Bex prit le temps de réfléchir.

— Disons que pour l'instant, nous avons le même employeur.

— Je croyais que les assassins travaillaient seuls.

Le regard de la mercenaire se durcit.

— Tu es un peu trop maligne, petite, dit-elle, pensive. Sois prudente, ou tu finiras par le regretter. Maintenant, remets-toi au travail, sinon je serai obligée de faire le mien.

Elle se leva et s'étira, faisant craquer sa nuque. Curieusement, la menace de Bex fit frémir Tess.

— Pourquoi je vous obéirais ? Vous me tuerez de toute façon.

— Exact, admit Calyn, mais si tu fais ça proprement, nous aussi.

Tess sentit son assurance vaciller, la peur s'installer.

— Vois les choses autrement, ajouta son interlocutrice en s'accoudant au comptoir. Je n'ai pas été engagée pour te tuer et je n'ai pas pour habitude de travailler gratuitement.

Tess avait bien envie de la croire, elle – et elle l'aurait pu si Bex avait été seule –, mais Calyn lui faisait l'effet d'un homme qui avait beaucoup tué, simplement parce qu'il en avait la possibilité.

— Ce n'est pas de lui que tu devrais te méfier, mais de moi, lança Bex, comme si elle lisait dans les pensées de la jeune fille. Alors, concentre-toi plutôt là-dessus.

Sur ces mots, elle désigna la boîte posée entre elles.

Tess s'exécuta – comme depuis des heures, en fin de compte.

Son attention tournée vers l'objet, elle s'interdit de jeter un coup d'œil du côté de Calyn, sur sa gauche : l'écho du portail créé planait dans l'air, son cadre enflammé toujours perceptible. Ne le voyaient-ils pas ? Ou bien ne regardaient-ils pas là où il fallait ? En tout cas, ils étaient incapables de remarquer ce qu'elle faisait avec ses doigts.

S'ils avaient pu distinguer les rubans de magie, ils l'auraient vue tresser l'or pâle de ces innombrables brins d'air entre eux dans le coffret de bois. Un travail répétitif mais efficace qu'elle faillit réduire à néant lorsque Calyn, ayant abandonné sa place près de la porte, fit tomber une énorme boîte métallique remplie de bric et de broc à terre.

Tess sursauta. Puis elle retint son souffle, craignant que le sort ne se déclenche. Ce ne fut pas le cas, heureusement.

— Foutus saints, grommela Bex. Si seulement quelqu'un pouvait m'engager pour te tuer…

— Comme si tu n'avais pas déjà essayé de ta propre initiative ! grogna Calyn en écartant l'objet de métal d'un coup de pied. Je suis aussi difficile à tuer que le roi en personne.

— J'ai entendu dire qu'il était protégé par un sort, lâcha Tess qui noua soigneusement le dernier filament tout en faisant semblant d'être toujours aussi occupée.

— J'imagine qu'on finira par le découvrir, dit Bex.

Une autre boîte s'écrasa sur le sol. La tueuse à gages ferma les yeux et serra la mâchoire.

— Si tu fais encore tomber le moindre truc… commença-t-elle.

Mais Calyn, la tête penchée sur le côté, ne l'écoutait pas. Quelque chose devant les étagères avait attiré son attention.

— *Kers la ?*

Tess suivit son regard. Son sang ne fit qu'un tour. Il fixait les restes de la porte qu'elle avait ouverte. Le mercenaire décrivit un cercle prudent sans cesser de scruter l'endroit. S'il ne percevait pas la forme aussi clairement qu'elle, il avait visiblement repéré quelque chose, un miroitement dans l'air, une anomalie. Il tendit sa grande main vers l'écho du sortilège.

— Eh, Bex, lança-t-il. Viens voir par ici.

L'intéressée se leva en soupirant. Dès qu'elle lui tourna le dos, Tess, qui n'avait plus une minute à perdre, souleva l'artefact sur lequel elle travaillait – cet objet qui n'était pas et ne serait jamais un créateur de portes – pour le jeter au milieu de la pièce. Avant qu'il ne retombe, elle attrapa le hibou et se glissa sous le comptoir, où elle serra Vares et le ballotin de pièces détachées du véritable créateur de portes contre elle.

La boîte en bois – qui, comme elle l'avait dit aux tueurs, n'était rien d'autre qu'un contenant destiné à un sort , percuta le sol de la boutique de Haskin et se brisa, déclenchant aussitôt la magie du vent qu'elle avait enfermée à l'intérieur, laquelle explosa avec une force aussi soudaine que brutale.

N'ayant encore jamais fabriqué de bombe élémentaire auparavant, Tess n'était pas certaine d'avoir donné assez de puissance au sort, mais l'air qui jaillit fit bien éclater bois et verre avant d'ébranler le bâtiment entier.

Même le comptoir, pourtant fixé au sol, gémit sous le souffle de l'explosion. Dans le vacarme qui s'ensuivit, la jeune fille ne parvint plus à entendre les assassins ni à savoir où ils se trouvaient, s'ils étaient morts ou juste sonnés. Quoi qu'il en soit, elle savait qu'il valait mieux ne pas s'attarder.

Elle s'empara du créateur de portes empaqueté, ainsi que du squelette de hibou, et sortit de sa cachette. Puis elle fonça vers le fond de la pièce et la porte fermée d'un rideau qui menait à ses appartements. Elle s'arrêta, le temps de jeter un regard en arrière. Bex, empêtrée dans les montants d'une étagère métallique déformée, et Calyn, affalé contre un mur de pierre à l'opposé, étaient encore en vie. Ils commençaient déjà à retrouver leurs esprits.

Tess plaqua sa main contre le chambranle de la porte et le sort qu'elle y avait tissé. C'était la première chose qu'elle avait fabriquée dans l'atelier de Haskin. Pas pour un client, non : elle avait élaboré ce sortilège pour elle-même, au cas où il lui faudrait fuir à nouveau.

Elle aimait la boutique, certes, mais ce n'était que du bois, des murs de pierre et une porte peinte. Elle n'hésita pas : elle passa ses doigts au milieu des filaments et tira de toutes ses forces.

Des fissures jaillirent sous sa main, attaquant les murs, le plafond et le sol. Tess ne perdit pas une seconde et franchit le rideau, puis le réduit de l'arrière-boutique, passa devant la petite table, le lit en mezzanine et la vie qu'elle s'était créée en ces lieux, pour sortir par la porte de derrière juste au moment où le bâtiment vacillait, le toit s'effondrait et tout l'édifice s'écroulait.

VI

Au fil des années, un grand nombre d'hommes et de femmes avaient tenté de tuer Calyn Trell.

Son corps dessinait la carte de ces tentatives ratées, de toutes ces fois où il avait été poignardé, brûlé, charcuté ou maudit. La plupart de ses os avaient été brisés, il avait perdu beaucoup de sang et été enterré plus souvent qu'à son tour.

Autrement dit, l'effondrement d'une maison ne suffirait pas à l'abattre. Certes, la jeune fille avait agi avec rapidité. Soufflée par l'explosion, la tête du mercenaire avait heurté le mur, ses idées s'étaient embrouillées et, sous la violence du choc, il avait failli manquer la seconde attaque… mais failli seulement. Au tout dernier moment, il avait pu projeter son pouvoir autour de lui pour bloquer la plupart des pierres, des éclats de bois et de métal qui s'écroulaient sur lui.

Calyn se trouvait à présent au milieu d'une montagne de débris. Un fragment pointu lui avait ouvert le front, si bien qu'un filet de sang lui coulait sur l'œil, mais sinon, il était indemne. Bex Galevans pouvait bien se le garder, son métal tout en fioritures. Le pouvoir de la terre était sans finesse, mais efficace.

En parlant de Bex… Il se hissa hors de son trou improvisé pour se planter sur le tas de débris qui avait été la boutique de Haskin avant que cette petite garce ne la réduise en miettes. Les pierres et le bois gémirent sous son poids. Les badauds affluaient dans la rue, certains choqués, d'autres curieux, mais il n'y prêta pas attention. Après tout, on se trouvait dans le *shal* dont la devise officieuse était : « Mêlez-vous de vos affaires. »

Il jeta un regard à la ronde. Aucune trace de Bex. Avec un peu de chance, elle était morte sous les décombres. Mais la chance faisait souvent défaut à Calyn.

Il se retourna pour observer les bâtiments alentour, l'allée, la rue… et perçut un mouvement furtif, une ombre, la silhouette d'une jeune fille qui s'éloignait en courant dans l'obscurité.

Calyn, en souriant, découvrit ses dents maculées de sang et de poussière. Il avait toujours aimé la chasse.

Il sauta de son perchoir au sommet des ruines et atterrit lourdement sur les pavés. De nouvelles gouttes de sang lui coulèrent dans les yeux, qu'il s'empressa d'essuyer. La coupure à son front, profonde, laisserait une cicatrice. Une marque de plus à ajouter à sa collection.

Calyn tira une lame de sa ceinture et se mit en route.

Tess se glissa entre les bâtiments plongés dans le noir.

Elle connaissait le *shal* mieux que les autres quartiers de Londres – autant qu'on puisse le connaître sans y être né, sans avoir grandi dans ces venelles. Elle savait que dans l'obscurité, il revêtait un tout autre aspect. Les artères restaient étroites, labyrinthe de ruelles sinueuses rarement assez larges pour un carrosse ou une charrette, mais la nuit, elles bloquaient aussi la lumière. Ici et là, le rougeoiement de l'Île teintait les toits de pourpre sans que le fleuve ni aucune lanterne ne parvienne à repousser les ombres.

Heureusement pour Tess et son étrange vision, les fils de pouvoir brillaient tant qu'aucun endroit au monde n'était jamais vraiment plongé dans le noir complet. Mais la peur rendait son pas incertain et, contrairement au reste de la ville, le *shal* ne dormait pas : il se réveillait à la nuit tombée, malgré l'obscurité ou peut-être à cause d'elle. La jeune fille se fraya un chemin à travers le marché de minuit, évitant une demi-douzaine d'étals à peine éclairés avant d'entrer en collision avec un groupe d'individus qui sortaient d'une taverne. Elle bredouilla des excuses au passage, Vares enfoncé dans sa poche et le créateur de portes endommagé logé contre sa poitrine.

Les ruelles du *shal* vous faisaient moins passer d'un endroit à un autre que tourner en rond, vous engloutissant sans jamais vous recracher, comme si le labyrinthe refusait de vous laisser partir. Les pensées de Tess tourbillonnaient, noyées dans une seule et unique obsession : courir. Mais ses pieds ne pouvaient la transporter qu'à une certaine vitesse jusqu'à une certaine distance, or elle devait non seulement fuir le quartier ou même Londres, mais surtout gagner un endroit où personne ne pourrait la suivre… Ainsi se retrouva-t-elle à genoux dans une venelle obscure et sans issue, le paquet ouvert sur le sol humide, les yeux fixés sur le créateur de portes en pièces détachées.

— Allez, allez, allez… murmurait-elle tandis que ses mains survolaient les rubans de magie.

Elle se prit soudain à regretter de l'avoir démonté avec une telle minutie. Qu'à cela ne tienne, elle avait toujours eu une bonne mémoire pour reconstituer un puzzle si elle l'avait déjà réussi et il était beaucoup plus facile de faire quelque chose pour la deuxième fois.

Le squelette de hibou s'agita nerveusement dans sa poche, comme pour lui souffler : « Plus vite, plus vite ! »

— Je sais, Vares. Je sais. (Ses doigts se déplaçaient rapidement, reconstituant le motif, refaisant les nœuds qu'elle avait défaits.) J'y suis presque.

Elle entendit du fracas dans son dos et se retourna, sur le qui-vive, mais c'était juste une jardinière qu'un ivrogne avait renversée d'un appui de fenêtre alors qu'il regagnait ses pénates d'une démarche titubante. Quelques secondes plus tard, une fenêtre qu'on refermait claqua au-dessus de sa tête. Cette fois, l'adolescente ne sursauta pas. Pas plus qu'elle ne leva les yeux en discernant des pas lourds dans la ruelle.

Jusqu'à ce qu'ils ralentissent… et s'arrêtent.

— Tiens donc, lança une voix pâteuse.

Tess lâcha la boîte et fit volte-face. Calyn se tenait à l'entrée de la venelle, ses cheveux ternes plaqués sur son visage. La lumière verte de sa magie, qui l'éclairait mieux qu'un lampadaire, se reflétait sur la dague dans sa main gauche. Ses épaules étaient maculées de poussière et de gravats, tandis qu'un ruisselet de sang coulait le long de sa tempe jusqu'à la commissure de ses lèvres. Il y passa un coup de langue.

— Vous aviez raison, dit-elle en s'efforçant de contenir les tremblements de sa voix. Vous n'êtes pas facile à tuer.

Calyn observa la ruelle dans le dos de Tess jusqu'au mur qui la barrait.

— Tu n'as nulle part où aller.

— On parie ? répliqua-t-elle en croisant son regard. *Erro.*

Elle entendit la petite boîte se déplier, sentit la porte se dessiner derrière elle. Du coin de l'œil, elle en vit le cadre se découper dans l'air, perçut le voile et la brise portant une odeur de fumée et de pierre humide.

Les yeux du mercenaire s'écarquillèrent. Il poussa un grognement en voyant Tess reculer pour en franchir le seuil. Le monde trembla, il se brouilla et, à travers le voile, elle vit la silhouette de l'assassin s'élancer vers elle, le bras tendu.

— *Ferro !* hurla-t-elle.

La porte, obéissante, se referma, faisant disparaître Calyn, le *shal* et le reste de Londres.

Tess, à bout de souffle, ne se trouvait plus dans une ruelle mais dans une rue éclairée. L'averse avait cédé la place à une fine bruine régulière. Le créateur de portes gisait à ses pieds sur les pavés. La nuit lui parut soudain étrange. Rien de plus logique : il s'agissait d'une autre nuit, dans un autre monde.

Elle avait réussi. Elle était saine et sauve.

Elle laissa échapper un petit rire incrédule qui s'éteignit bien vite à cause de la douleur qui la fit grimacer. Une curieuse chaleur se répandait dans son flanc, comme une fièvre aiguë. Elle crut au début qu'il s'agissait du contrecoup de l'explosion et de la course-poursuite, mais quand elle baissa les yeux, Tess fut surprise de voir le manche d'une dague dépasser de sa chemise, juste au-dessus de sa hanche. Absurde ! Si elle avait été poignardée, elle le saurait… Elle effleura des doigts la garde, ce qui fit bouger la lame. Un pic de douleur lui incendia les côtes.

Par réflexe, elle enroula sa main autour de la poignée et tira d'un coup sec – ce qui s'avéra une très mauvaise idée.

La douleur, incandescente, fit tomber Tess à genoux. Elle étouffa un cri. Le sang ruisselait entre ses doigts. Elle appuya fort même si la pression, en accentuant les battements de son cœur, lui arracha un nouveau cri.

— Relève-toi, siffla-t-elle entre ses dents.

Elle avait prononcé les mots à haute voix pour leur donner plus de poids, mais son corps ne l'écoutait pas.

— Relève-toi, relève-toi, relève-toi, psalmodia-t-elle comme pour jeter un sort.

Au même moment, une autre voix se mit à vociférer des mots à la fois inconnus et familiers.

C'est curieux, pensa-t-elle, encore étourdie. On aurait dit la langue royale… Elle et ses sœurs l'avaient toutes apprise. Mais c'était il y a tellement longtemps qu'à force de ne pas la pratiquer, elle avait fini par en perdre un peu l'usage. Elle s'efforçait à présent de traduire ce qu'on lui disait, mais la douleur l'empêchait de réfléchir correctement. La voix cria à nouveau et, cette fois, Tess crut comprendre le dernier mot : « rue ».

Puis il y eut un autre bruit, beaucoup plus proche : un claquement de sabots. Tess leva les yeux juste à temps pour voir un cheval et sa charrette foncer sur elle dans l'obscurité.

Le cocher tira sur les rênes, la monture se cabra en faisant un écart, la roue de la carriole se brisa et l'ensemble commença à basculer sur Tess et le créateur de portes étalé par terre. Ses réflexes prirent aussitôt le dessus : ramassant l'artefact, elle s'écarta avant que la charrette ne s'écrase dans un fracas de bois cassé et de cageots renversés en pleine rue, à l'endroit même où elle se trouvait une minute plus tôt.

Tant bien que mal, Tess continua d'avancer, à moitié en courant, à moitié en chancelant, désireuse de mettre autant de distance que possible entre elle et le lieu de l'accident. Elle parcourut un demi-pâté de maisons avant que la douleur à son flanc ne la paralyse. Elle s'affaissa alors sur le trottoir, sous un auvent, une main sur le créateur de portes, l'autre contre sa blessure. Les paupières fermées, elle tenta de réfléchir mais ses pensées s'enlisaient, lentes à se former. Elle rouvrit donc les yeux. Sa vision se dégradait, comme envahie par les ténèbres. C'est du moins ce qu'elle crut avant de comprendre pourquoi l'atmosphère de la nuit lui semblait si inhabituelle.

Il n'y avait pas de filaments. Ni sous la pluie, qui aurait dû scintiller de brins de lumière bleu pâle. Ni dans les lampes, qui auraient dû être traversées de vrilles jaunes. Ni sur la route elle-même, qui aurait dû être tissée de fils d'un vert terreux.

En réalité, les seuls filaments qu'elle distinguait s'enroulaient autour du créateur de portes ou s'échappaient de sa blessure. Chaque goutte de sang se consumait en un fil de lumière pourpre qui s'évanouissait dès l'instant où il était tombé.

Un monde sans magie.

Un répit bien appréciable. Sauf qu'elle était en train de mourir. *Non*, se dit-elle. *Je ne suis pas en train de mourir. Pas encore.* Elle allait trouver une solution. Après tout, c'était son métier. D'accord, elle utilisait la magie pour y parvenir, or il n'y en avait pas à sa disposition. Et puis Tess était un être humain, pas un de ces objets qu'elle savait réparer… mais elle était blessée. Donc l'équivalent de cassée. Oui, elle allait s'en sortir. Elle n'avait pas le choix.

Le hibou dans sa poche battait nerveusement des ailes, et elle se réjouit de constater qu'il fonctionnait encore : elle n'était pas seule. Même si ses ailes de squelette, en frôlant son flanc blessé, ne manquèrent pas de lui arracher un sanglot.

Il lui fallait arrêter l'hémorragie, elle le savait. Refermer la plaie. Calmer la douleur. Les rues étaient bordées de boutiques. Elle y trouverait peut-être quelque chose d'utile. La tâche lui parut immense.

Tess rêvait de refermer les yeux. De se reposer. Rien qu'un instant. Au lieu de quoi, elle prit une profonde inspiration et se releva.

Appuyé contre le mur de la ruelle, Calyn se curait les ongles.

— Pourquoi restes-tu planté là comme un foutu piquet ? aboya une voix.

Encore en vie, celle-là, se désola Calyn tandis que Bex s'avançait vers lui d'un pas furieux. Et dire qu'on le prétendait, lui, impossible à tuer… La mercenaire saignait à deux ou trois endroits différents. Et elle semblait boiter. À défaut de la voir morte, c'était toujours mieux que rien.

— On a un problème, dit-il.

— Où est-elle ? demanda Bex.

— Partie.

— Et tu ne l'as pas poursuivie ?

— Pas pu. Elle a refermé le portail derrière elle.

Il indiqua la mince cicatrice qui subsistait dans l'air. Il ne l'aurait peut-être même pas remarquée, dans l'obscurité, s'il n'avait pas vu la porte de ses propres yeux, l'endroit où elle était apparue… avant de disparaître.

— Donc c'est bien elle qui l'avait.

La tueuse à gages fit tout pour masquer sa surprise, mais Calyn la décela dans le haussement de ses sourcils, le léger frémissement de ses lèvres. *Un jour, quand je te tuerai, tu me feras la même grimace.* Cette idée lui arracha un petit sourire.

Agenouillée sur le sol de la ruelle, Bex déroulait déjà un plan de la ville.

— Qu'est-ce que tu fabriques ?

— Cette sale petite menteuse me doit un doigt, maugréa-t-elle en dessinant une série de symboles sur la carte.

Calyn ne s'était jamais intéressé aux sortilèges. À ses yeux, on pouvait être compétent dans de nombreux domaines, mais on n'excellait que dans quelques-uns. Il préférait dépenser son énergie à tuer. De plus, quand on recourait à un sort de ce type, la chasse n'avait plus rien d'amusant. Et pourtant, tandis qu'il patientait le temps que Bex ait terminé ou qu'une meilleure idée lui vienne, il en était venu à admettre, au moins en son for intérieur, qu'un sort de localisation pourrait s'avérer utile en cet instant précis.

Sa congénère sortit de sa poche la mèche nouée qu'elle avait prélevée sur la jeune fille, puis elle en dégagea quelques cheveux pour les déposer au centre de la carte. Au son des mots qu'elle prononça, les symboles et les cheveux s'enflammèrent, bientôt réduits en cendres. Ces cendres étaient censées indiquer le chemin à suivre, songea Calyn. Tracer une ligne entre eux et la fille. Mais elles n'en firent rien. Elles restèrent inertes, jusqu'à ce qu'une légère brise les emporte.

— *Anesh ?* s'enquit-il, impatient.

Si Bex ne quittait pas la carte des yeux, ses épaules se contractèrent, tout son être se hérissa comme chaque fois qu'elle se mettait en rogne. En temps normal, il se serait délecté de ce spectacle, mais sa tête commençait à le faire souffrir après son choc avec le mur de la boutique, et en plus, il avait perdu une lame en parfait état.

La mercenaire marmonnait dans sa barbe.

— Alors ? demanda-t-il à nouveau.

Elle soupira, croisa le regard de son comparse.

— Pour une fois dans ta vie, tu as raison : on a un problème. Si j'en crois cette carte, la petite n'est pas ici.

— C'est évident, confirma-t-il avec un geste vers la venelle déserte.

Bex secouait déjà la tête.

— Quand je dis « pas ici », ça ne veut pas dire « pas avec nous », espèce de gros tas de bouse sans cervelle ! Elle n'est nulle part. Comme si elle n'existait pas, expliqua-t-elle en balayant les restes de cendre de la carte.

— Peut-être que tu es nulle en sortilèges, suggéra Calyn. Ou peut-être que je l'ai tuée.

Après tout, il avait vu sa dague traverser le portail, juste avant qu'il ne se referme.

La mercenaire le fusilla du regard.

— J'espère pour nous que tu n'es pas idiot à ce point. (Elle resta un long moment à contempler le plan de la ville.) Et puis merde, grogna-t-elle.

Elle passa devant lui et, dans le même élan, tenta sans conviction de lui planter un poignard entre les côtes. Calyn repoussa la lame avant de lui emboîter le pas.

— Où est-ce que tu vas ? demanda-t-il.

— Toi et moi, on va prévenir le patron, répondit-elle.

VII

Londres blanc

Tout le monde eut le bon sens de laisser partir la reine, sauf bien sûr Nasi, qui la suivit dans l'escalier de pierre en colimaçon jusqu'à ce que la salle en dessous disparaisse de leur vue.

Mais Kosika n'était pas d'humeur.

— Retournes-y, lâcha-t-elle en arrivant au premier palier. Je ne voudrais pas que tu manques la fête.

— Tu n'étais pas obligée de terroriser Reska, répliqua Nasi. C'était petit et mesquin.

Kosika se retourna vers son amie. L'air s'épaissit entre les deux jeunes filles. La souveraine n'avait même pas songé à faire usage de son pouvoir : les derniers temps, la nature avait commencé à épouser son état d'esprit, la courbe de ses humeurs. Nasi, qui avait perçu le changement, se raidit, mais contrairement à la Vir, elle ne recula pas. Elle continua à monter l'escalier et se posta une marche au-dessous, afin qu'elles soient à la même hauteur.

— Pourquoi es-tu si en colère ? demanda-t-elle à la monarque en la dévisageant.

Le regard de Kosika se porta sur l'escalier, d'où leur parvenaient les bruits de la fête au rez-de-chaussée.

— Leurs invités sont des opportunistes. Ils se contentent de se laisser aller au gré du courant. La moitié se sont prosternés devant les Dane avant de se prosterner devant moi.

— Si tu punissais toutes les âmes qui ont courbé l'échine devant le mal, il n'y aurait plus aucun sujet pour te suivre, répliqua

Nasi dans un haussement d'épaules. Mais il ne faut pas confondre crainte et dévotion.

— Dévotion... murmura Kosika en se laissant glisser contre le mur. Pardonne-moi si je ne tiens pas particulièrement à être exhibée dans tout le château comme une marionnette.

Nasi leva un sourcil.

— À ma connaissance, personne ne te manipule avec des ficelles. Tu les as toutes coupées !

— Alors pourquoi me traitent-ils encore comme une poupée ?

— Ils te traitent comme une reine, rétorqua son amie, exaspérée. La reine que tu es. Le symbole de leur force. Le pouvoir qui a ramené notre monde à la vie.

— Ce pouvoir vient de Holland Vosijk. C'est lui qu'ils devraient vénérer.

— Holland Vosijk est mort... Toi, non.

Nasi s'approcha et posa une main sur l'épaule de Kosika, que couvrait sa cape souillée de sang.

— Tu leur en veux parce qu'ils ne vénèrent pas les histoires du saint de l'été comme toi. Mais ils ne le suivent pas, lui... Ils te suivent, toi. À leurs yeux, c'est grâce à toi si des cultures poussent dans leurs champs. Grâce à toi aussi s'ils peuvent invoquer le vent pour gonfler leurs voiles, appeler le feu dans leurs foyers. (D'un geste du poignet, Nasi fit surgir une flamme dans l'air. Puis elle replia les doigts et la flamme s'éteignit.) Tu es leur reine et, ce soir, ils te célèbrent, mais aujourd'hui ils ont versé le sang, comme tu l'as demandé.

— Parce qu'ils en tirent profit.

— Nous en tirons tous profit. C'est le but, non ?

Kosika ausculta ses propres mains, encroûtées de sang.

— Et si la magie se tarissait à nouveau ? Si le monde perdait son pouvoir ? Tu crois qu'ils me suivraient encore ?

— Là, non, répondit son amie d'un ton enjoué. Ils se retourneraient sûrement contre toi. (Seule Nasi pouvait prononcer pareille atrocité avec autant de légèreté.) Nous sommes à Londres, après tout. Mais on sait toutes les deux que ça n'arrivera pas. Parce que tu t'ouvrirais les veines dans la Sijlt plutôt que de laisser quiconque te trancher la gorge.

Kosika tenta en vain d'esquisser un sourire.

— Retourne à la fête, ordonna-t-elle à Nasi en désignant l'escalier d'un signe de tête. Profite du banquet. Veille à ce que les Vir ne deviennent pas ivres de pouvoir en mon absence.

— Et toi, tu devrais manger, lui conseilla sa confidente.

Kosika prit un air vexé alors même que son estomac, qui n'avait ingéré rien d'autre que des petits pains au sucre et du cidre, grondait en signe de protestation.

— Très bien, concéda-t-elle. Fais-moi monter quelque chose.

Au moment où elle se retournait, Nasi lui attrapa la main pour y fourrer un objet.

— Bon anniversaire, murmura la jeune fille en se penchant afin de lui déposer un baiser sur la joue.

Kosika rougit. Puis elle baissa les yeux sur ce que Nasi venait de lui offrir : une figurine de marbre, comme celles qui se trouvaient déjà dans un coin de sa chambre, sur le plateau de kol-køt. Kosika en connaissait désormais les règles. Elle avait même réussi à battre son amie une demi-douzaine de fois. Cette figurine ressemblait à la pièce la plus importante du jeu, à savoir un roi, unique et sans visage.

Sauf que ce n'était pas un roi sans visage. C'était une reine. C'était elle, Kosika.

Depuis sa cape blanche jusqu'à sa couronne tressée, en passant par les gemmes utilisées pour ses yeux, l'une marron clair, l'autre noir. Les doigts refermés autour de la pièce, Kosika sentit son humeur s'améliorer. Elle s'apprêtait à remercier Nasi, mais celle-ci disparaissait déjà dans l'escalier en colimaçon pour aller retrouver l'agitation et les réjouissances du banquet.

Kosika fit tourner son présent entre ses mains tout le temps que dura son ascension vers sa chambre : deuxième palier, troisième palier, les deux gardes postés devant sa porte.

Enfin, dans le silence de ses quartiers, elle put se débarrasser de la cape ensanglantée et retirer les épingles ornées de bijoux de ses cheveux, pour les abandonner sur le lit. Elle se dirigea vers le plateau de jeu qui attendait, comme toujours, sur sa petite table ronde, non sans effleurer au passage l'écorce du frêne argenté qui poussait au centre de sa chambre.

Elle s'installa sur un tabouret rembourré. Les pièces de kolkøt étaient en place : chaque roi était protégé par une muraille de soldats à l'avant et un groupe de prêtres dans son dos. Kosika prit le roi blanc et argent, sans visage sous sa couronne, et le laissa tomber dans le tiroir afin de le remplacer par le pion à son effigie. Elle caressait du bout des doigts ses traits de pierre quand elle perçut un mouvement – une présence – dans son dos.

— Kosika, dit une voix à la fois grave et douce.

Elle se retourna : il était là, en habits couleur anthracite, une main sur le montant de son lit et l'autre sur la cape tachée de sang. Ses longs doigts étaient aussi gracieux que le jour où elle les avait enroulés autour du dernier morceau de sucre, dans le Bois d'argent.

— Bonsoir, Holland.

NW
NE
W
E
SW
S
SE

SEPTIÈME PARTIE

LA MAIN QUI TIENT LA LAME

I

Londres rouge

La ville regorgeait de maisons closes.

Certaines mettaient à profit les longues nuits d'été, d'autres permettaient de lutter contre le froid hivernal, certaines étaient intimes et d'autres grandioses. Toutes étaient éblouissantes à leur manière.

Mais peu d'entre elles pouvaient rivaliser avec *Le Voile*.

Comme toutes les autres maisons, il s'adressait à une clientèle aisée. Réputé non seulement pour son luxe mais aussi pour sa discrétion, le club accueillait les clients avec un mur de masques raffinés qu'ils devaient porter dès leur entrée. Cependant, contrairement aux autres établissements similaires, il n'avait ni domaine, ni murs, ni toit, ni racines. Car *Le Voile* s'ouvrait chaque soir dans un lieu différent, et seule sa plus fidèle clientèle savait où il allait s'épanouir.

Par conséquent, sa taille et sa forme variaient en fonction de la nature du terrain choisi pour la nuit – ce qui faisait d'ailleurs partie de son charme. Parfois, il était assez grand pour accueillir un bal. En d'autres occasions, il n'était à peine plus qu'un réseau de pièces étroites et d'alcôves dissimulées par des rideaux. C'était un cirque itinérant, un festival nomade de vins fins et de fumées odorantes qui disparaissait chaque jour, à l'aube.

Certes, le décor changeait, mais les règles restaient les mêmes. Les hôtes et hôtesses du Voile se repéraient à leur masque d'or. Les clients à leurs masques tout noirs ou tout blancs. Une mer de visages anonymes et, si la plupart se livraient à une forme ou une autre de débauche, certains se tenaient à l'écart, choisissant d'observer sans crainte de l'être en retour, et d'autres encore profitaient de l'intimité offerte par *Le Voile*.

Il n'y avait donc rien d'étrange à croiser dans l'escalier des silhouettes dont les têtes sous le sceau de l'anonymat se penchaient pour parler au lieu de chercher à assouvir quelque désir. Ou bien un petit groupe de convives assis autour d'une table, discutant de magie interdite ou de commerce extérieur. Ou encore une salle affectée non pas au contentement d'un plaisir, mais à la chute d'un roi.

Un masque d'or accroché à la porte indiquait que la pièce était occupée et à l'intérieur, ils étaient deux à attendre l'arrivée d'un troisième. L'un portait un masque noir, l'autre un blanc.

— Il est en retard, lâcha le premier.

Si ses traits étaient dissimulés derrière le visage d'onyx, ses phalanges couturées de cicatrices brillaient quand il agrippait sa pipe. Autour de son pouce, un cercle de peau plus claire trahissait l'absence d'un bijou qu'on avait retiré. Lorsque l'homme se cala dans son siège, ses larges épaules en couvrirent tout le dossier, pourtant imposant.

Le tuyau de la pipe disparut sous le masque noir et un instant plus tard, des volutes de fumée embrumèrent l'onyx.

— Rappelez-moi pourquoi on perd notre temps avec lui ?

L'autre client – une femme –, dont le visage était caché par un masque d'une blancheur d'os, pencha la tête sur le côté. Les courbes de son corps svelte suivaient les contours du siège dans lequel elle était installée.

— Tous les outils ont leur utilité. À ce propos, où se trouve votre *persalis* ?

— Il est en route.

Sous le masque blanc, la femme pinça les lèvres.

— La prochaine réunion a lieu demain soir. Si vous ne l'avez pas d'ici là, la Main ne pourra pas…

— Je sais quel jour nous sommes, merci bien, la coupa-t-il.

Sa voix était de celles qui oppressent, font frémir ou détourner le regard. Mais la femme, impassible, se contenta de hausser les épaules.

— C'est votre plan, dit-elle. Si vous n'êtes pas prêt, nous pouvons passer au mien.

Il fit non de la tête.

— La Longue Nuit noire n'aura pas lieu avant encore quelques semaines.

— Mieux vaut avoir trop de temps que pas assez.

Apparemment, elle avait pour habitude de s'exprimer en phrases énigmatiques, qu'elle débitait sur un ton aussi plat qu'un galet de rivière.

Son interlocuteur se garda de répondre. Ses yeux fixaient l'horloge accrochée au mur. Celle-ci n'émettrait aucun son jusqu'à ce que *Le Voile* ferme à l'aube, ce qui n'arriverait pas avant plusieurs heures, mais les mains du temps descendaient en silence sur le côté droit du cadran.

— Il frôle l'insolence ! grommela-t-il en tirant sur sa pipe, avant de s'apercevoir qu'elle s'était éteinte.

La femme tendit la main pour produire une délicate vrille enflammée, mais l'homme préféra se lever et approcher le fourneau de sa pipe d'une lampe.

Il était en train d'aspirer une bouffée quand la porte s'ouvrit à la volée. Le troisième membre du groupe entra d'un pas plus chaloupé que décidé, même s'il était difficile de déterminer s'il était ivre ou seulement de bonne humeur. Si son masque d'or étincelait, depuis le menton pointu jusqu'aux rayons qui s'enroulaient dans sa chevelure lustrée, ses vêtements étaient en revanche chiffonnés et mal ajustés, comme si, après avoir été délaissés un certain temps, ils venaient tout juste d'être enfilés à nouveau. L'homme tenait une bouteille dans une main et trois coupes dans l'autre.

— Toutes mes excuses ! J'ai été retenu un bon moment dans les escaliers. Les affaires, vous comprenez, ajouta-t-il en désignant la pièce, qui lui appartenait.

Après avoir rempli les verres, le maître du Voile les leur tendit. L'homme au masque noir en saisit un. La femme au masque blanc repoussa le sien d'un geste de la main. Le dernier venu haussa les épaules avant d'en verser le contenu dans son propre verre. Puis il releva son masque d'or juste assez pour le vider d'un trait, dévoilant au passage une mâchoire carrée ainsi que la courbe de ses joues. Ils connaissaient bien leurs visages respectifs à présent, et pourtant ses invités gardaient leur masque.

— Tout est prêt pour demain soir ? demanda-t-il en se servant une nouvelle fois en boisson.

— Non, répondit la femme.

— Oui, répondit l'homme.

Les yeux de leur hôte s'agitèrent derrière le masque d'or.

— Déjà des dissensions ? Qu'est-ce que j'ai raté ?

— Il ne l'a pas, expliqua la femme.

— Je l'aurai bientôt, grogna l'homme, d'une voix aussi ténébreuse que son masque.

Le maître du Voile s'assit.

— Imaginons que vous l'ayez, dit-il à l'homme avant de se tourner vers la femme, et que vous, vous soyez capable d'introduire la clef dans le palais.

— Le roi me fait confiance, lui assura-t-elle sans l'ombre d'un sourire derrière son masque ivoire.

— Et voyez où cette confiance va le mener…

Elle baissa les yeux sur ses mains.

— Tout ce qui vit doit mourir, dit-elle.

— J'ai pourtant entendu dire que le roi ne pouvait pas être tué, insista l'homme au masque doré.

— Dans ce cas, il faudra se débarrasser de lui d'une manière ou d'une autre, déclara-t-elle.

— Nous pourrons dire qu'il a fui en abandonnant sa famille aux loups, plaisanta le maître du Voile en faisant tourner son verre vide dans sa main. J'aimerais tant être de la partie. Ce serait un spectacle tellement amusant à voir. Je suppose qu'on ne fera pas de quartier.

Cette fois, l'homme au masque noir prit la parole.

— Que les rebelles fassent ce qu'ils veulent de la reine et de l'héritière, mais je tiens à me charger du consort personnellement.

— Il serait plus simple, objecta la femme, de les laisser…

Les poings serrés, il l'interrompit.

— Peu m'importe ! Le *persalis* leur fera franchir les sorts de protection du palais. Ils massacreront tous ceux qui s'y trouvent, neutraliseront le roi et me livreront Alucard, à moi. C'est clair, mon garçon ? acheva-t-il en se tournant vers le dernier membre du groupe.

Le maître du Voile s'adossa à sa chaise. Derrière son masque d'or, ses yeux noirs étincelaient.

— Vous me confondez avec un domestique.

— Un domestique serait utile, lui, au moins.

Leur hôte se leva, sa bonne humeur ayant fondu telle la cire d'une bougie pour révéler un fond de dureté.

— Le *persalis* est peut-être votre idée, mais la Main est mon invention. Ne l'oubliez pas, vieil homme… Vous élaborez des plans qui s'effondrent sous leur propre poids. Moi, je fabrique des armes qui vont durer. Même si elles sont émoussées, au moins est-ce nous qui les manions. Et elles causeront des ravages. C'est à elles que reviendra le mérite du coup d'État et c'est sur elles qu'en sera rejetée la faute. Et lorsque tous les Maresh seront morts, le trône laissé vacant et que la ville, sous le choc, aura besoin d'aide… (Il écarta les bras.) Nous serons là pour guider le peuple. C'est nous qui traquerons les rebelles de la Main, nous qui les livrerons au nom de la justice. Nous n'aurons même pas besoin de nous emparer du trône : on nous l'offrira sur un plateau. Le moment venu, rappelez-vous bien lequel d'entre nous aura été le plus utile…

Il jeta une pièce sur la table, comme un client qui paierait sa consommation. C'était un lin des plus communs, du moins en apparence, car sur sa tranche était gravée l'adresse de la maison close pour la nuit suivante.

— Au cas où vous oublieriez où aller. En attendant, profitez bien du Voile, conclut-il sur une ample révérence.

Il s'engouffra ensuite dans le hall avant de disparaître dans le nuage de musique et de rires qui envahissait les lieux. Immobile, l'homme au masque noir regarda la porte se refermer. Dans sa main, le verre se fendilla, laissant l'alcool se mettre à goutter par les fissures.

— Hors de question de partager le trône avec lui, marmonna-t-il.

La femme soupira, puis elle se leva de sa chaise pour poser une main sur sa manche. Venant de quelqu'un d'autre, le geste aurait pu paraître doux, voire chaleureux. Mais cet effleurement n'était qu'une brise passagère destinée à attirer son attention.

— Attendez avant de vous battre pour les miettes, lâcha-t-elle en prenant congé à son tour.

Le dernier membre du groupe garda le silence tant que la porte ne s'était pas refermée. Une fois seul, il jeta le verre brisé, dont les éclats jonchèrent le tapis moelleux de la maison choisie pour la soirée. Puis il ôta son masque et se passa une main dans ses cheveux noirs. Allumant une dernière fois sa pipe à la lampe, il fuma jusqu'à ce qu'il ne reste plus rien et jusqu'à s'être calmé. Puis il la rangea dans son manteau et s'approcha de la table.

Même s'il connaissait déjà les mots imprimés sur sa tranche, il porta à la lumière le lin abandonné par le maître du Voile : « 6 chemin Helarin. Onzième heure. » Par précaution, il empocha la pièce avant de replacer le loup sur son visage et de quitter la salle.

Après avoir descendu les escaliers, il passa devant le hall grouillant de masques noirs et blancs, suspendit le sien au mur de l'entrée, comme n'importe quel autre client, et sortit dans la nuit. Quelques carrosses jalonnaient la rue, toujours occupés. Il les longea pour se rendre à sa propre voiture, garée un peu plus loin. En chemin, il tira un anneau d'argent de sa poche et le remit à son pouce. Deux chevaux à la robe claire comme du lait étaient attelés à son carrosse. Comme il flattait le flanc de l'un d'eux, la lumière éclaira les rainures de sa bague. Loin d'être une bande lisse, le bord irrégulier donnait au bijou la forme d'une plume.

Le cocher descendit pour ouvrir la porte du carrosse, dévoilant ainsi l'écrin bleu nuit de son intérieur.

— Où va-t-on, monseigneur ? demanda le cocher.

La main de Berras Emery abandonna le flanc du cheval.

— À la maison, répondit-il en s'engouffrant dans l'habitacle plongé dans le noir.

Dix-sept ans plus tôt

Il avait mal partout.

À chaque grincement, chaque cahot de la calèche, son corps se crispait un peu plus, ses muscles se contractaient. Berras Emery inspira, puis expira entre ses dents. Il sentait les hématomes fleurir sur sa poitrine, le long de ses côtes, la douleur prendre forme dans sa mâchoire, sous son crâne.

Heureusement, le plus gros des blessures était dissimulé sous sa tunique, grâce au col haut et aux manches longues. Un corps de guerrier sous des vêtements de noble. Seules ses mains le trahissaient. Ses articulations étaient à vif, des gouttes de sang suintaient à travers les bandages qui les enveloppaient. Il avait remporté le combat.

Les derniers temps, il les remportait tous.

Dix-neuf ans, et on scandait son nom lorsqu'il entrait dans le cercle. Bien sûr, il n'existait aucune arène pour ce genre de rencontres, pas de tournois auxquels assistaient les *vestra* et les rois. Pas à Arnes, en tout cas, où la plus grande insulte que l'on puisse faire à son prochain était de le frapper non pas avec du feu ou de la glace, mais avec ses propres mains.

C'était vil, disaient les gens. Cruel. Et ils avaient raison.

Ça n'avait rien à voir avec les Jeux des éléments, ces élégants duels de magie. D'ailleurs, l'utilisation même de la magie y était interdite lors de ces combats clandestins, les bâtiments protégés pour l'empêcher d'y être convoquée. Comme il se devait. Un homme ne choisissait pas d'avoir des pouvoirs magiques. C'était un don, un cadeau du destin. Mais un homme choisissait l'attitude à avoir s'il en était dépourvu, s'il n'était que chair, os et force brute. La volonté de se relever, de continuer à avancer lui appartenait. C'était un autre type de pouvoir.

Au moment où le carrosse franchissait les portes du domaine Emery, Berras prit une dernière longue inspiration pour s'armer de courage. Un serviteur vint lui ouvrir la porte. Le dos droit, la tête haute, Berras s'engagea sur l'allée de pierre. Pas question de montrer qu'il souffrait.

Il parvint à cacher son jeu en gravissant les marches, en pénétrant dans la maison, en ôtant son manteau qu'il jeta à un domestique et en empruntant le couloir. Il existait des toniques, des baumes capables d'apaiser les coupures et de soulager la douleur, il le savait, mais ils rendaient la peau plus souple en même temps qu'ils la guérissaient : la prochaine fois qu'il frapperait ou serait frappé, il aurait toujours aussi mal. Non, mieux valait laisser son corps s'endurcir, se couvrir de balafres.

Par la porte ouverte du bureau s'échappaient plusieurs voix. Son père tenait salon, apparemment. Sans oser s'arrêter, Berras ralentit le pas pour recueillir des bribes de la conversation au passage.

— Huit ans, et pas une once de magie… L'*Antari* le suit comme un animal de compagnie… Maxim devrait avoir honte… Un fils si faible…

En passant devant la salle, Berras vit trois hommes qui lui tournaient le dos mais, comme toujours, son père était assis face à la porte. Reson Emery n'interrompit pas son discours. Ses yeux se posèrent sur son fils puis descendirent vers ses mains amochées avant de revenir, en même temps que son attention, sur ses invités.

Berras poursuivit son chemin, mais la souffrance qu'il éprouvait jusqu'alors avait été remplacée par un sentiment plus douloureux encore.

Grand et large d'épaules, il était l'image même de la force tandis que son vieux père ressemblait à un réseau de tendons sur une carcasse rabougrie. Et pourtant, d'un seul regard bleu, Reson le faisait se sentir comme un enfant. Dans ces moments-là, il ressentait cruellement l'absence de sa mère, morte six ans auparavant, et regrettait sa voix douce, ses doigts frais. Pour chasser cet accès de faiblesse, ce besoin de tendresse, il continua d'avancer dans le couloir en serrant les poings jusqu'à ce que ses phalanges blessées noient sa nostalgie dans la douleur.

Des rires étouffés s'échappaient du salon, où un feu brûlait dans l'âtre. Installé dans un canapé face à la cheminée, Alucard, une cruche vide à côté de lui, tendait sa main en l'air, la paume tournée vers le plafond. Au-dessus de ses doigts, une volute d'eau se tordait et s'enroulait pour former un dragon. L'animal oscillait et dansait, illuminé par les reflets du feu.

Devant ce spectacle, l'humeur de Berras s'assombrit. Même s'il n'était pas dépourvu de magie, comme le prince, son pouvoir manquait de raffinement. Il était capable d'ériger un mur de terre ou de l'abattre, mais ses gestes avaient la délicatesse d'un fendoir de boucher alors que ceux de son frère cadet opéraient avec la précision d'un scalpel de chirurgien. Berras avait beau essayer, s'entraîner, il n'obtenait jamais plus qu'un amas de terre.

Hormis ses lèvres qui remuaient et ses doigts qui bougeaient, Alucard ne semblait fournir aucun effort. La magie lui venait facilement. Il jouait avec elle comme s'il s'agissait d'un simple tour de passe-passe.

Leur petite sœur, Anisa, agenouillée sur des coussins derrière lui, lui tressait les cheveux et lui demandait de faire apparaître un bateau, un chat, ou encore un oiseau.

— Alucard…

La voix de Berras s'éleva dans la pièce. L'eau, devenue faucon, se figea en plein vol. Quelques perles s'échappèrent des plumes de l'oiseau quand son créateur tourna la tête vers la porte.

— Oui ? s'enquit-il sans pour autant se lever.

— Viens ici.

L'eau resta un moment suspendue là, dans les airs, puis elle inversa sa courbe pour regagner la cruche tandis qu'Alucard s'avançait vers son aîné. Il était ridicule, avec ses deux tresses à moitié terminées et ses cheveux qui lui tombaient sur les épaules. À quatorze ans, il mesurait une bonne tête de moins que Berras et dut lever les yeux pour croiser son regard. Ce dernier constata qu'Anisa l'avait maquillé : de la poussière d'or s'étalait sur ses paupières.

— Un peu de dignité, gronda l'aîné de la famille.

Le cadet afficha un sourire malicieux.

— La dignité, ce n'est pas marrant, rétorqua-t-il.

— Tu as l'air d'un imbécile.

— Oui, eh bien, toi, tu as l'air de t'être fait botter les fesses…

Le poing de Berras s'écrasa dans le ventre d'Alucard. Il entendit les côtes craquer, les sentit se briser avant que son frère ne s'écroule à quatre pattes, le souffle coupé.

Anisa se précipita vers eux dans un cri. Elle jeta son petit corps sur le plus jeune des fils Emery en répétant « Non, non, non ». La table et les chaises s'entrechoquaient sous la force de sa colère. À seulement six ans, elle débordait déjà de magie. Ce constat hérissa Berras.

Alucard aspira une goulée d'air.

— Ne t'en fais pas, lâcha-t-il. Tout va bien. Monte dans ta chambre. Allez, va.

Et il posa une main tremblante sur l'épaule menue de leur sœur. Les grands yeux de la fillette passèrent d'un frère à l'autre.

— File ! aboya Berras.

Anisa déguerpit. Le martèlement de ses pieds nus retentit bientôt dans le couloir.

Toujours à quatre pattes, Alucard cherchait à reprendre son souffle. Berras le vit planter les doigts dans le sol et se relever lentement, les dents maculées de sang.

Son cadet s'éclaircit la voix.

— Tu me détestes tant que ça ?

La réponse lui monta comme un flot de bile dans la gorge. Oui, il détestait Alucard pour toute la magie qu'il possédait, pour sa douceur. Le cadet des Emery releva la tête, les larmes aux yeux. Berras le détestait aussi pour cette sensibilité, pour sa facilité à laisser couler ses pleurs, pour l'émotion qui inondait son visage. Il le détestait de ne pas se haïr lui-même.

Berras serra les poings, faisant craquer ses phalanges endolories. Il fallait bien que quelqu'un lui apprenne la vie. C'était sa responsabilité, disait leur père. Puisqu'il était l'aîné, il devait montrer l'exemple. Si Alucard était faible, c'était parce que Berras n'avait pas su le rendre fort.

— Père dit… commença-t-il.

— Père est cruel, s'emporta Alucard, qui s'essuya la bouche d'un revers de la main. Il était méchant avant la mort de notre mère, et il l'est encore plus aujourd'hui. Pourquoi cherches-tu à lui ressembler ?

— Parce que je suis son fils.

— Non, répliqua son frère. Faire ça, c'est se conduire comme une ombre.

Berras le dominait de toute sa hauteur.

— Tu sais ce que ça signifie, être un Emery ?

— À mes yeux, ce nom était synonyme de fierté et d'honneur, répondit Alucard en essuyant ses larmes. Mais il faut croire que ça veut surtout dire se comporter comme un sacré co…

Berras le frappa à nouveau. Cette fois au moins, Alucard se défendit. Il brandit sa main pour appeler l'eau de la cruche à lui. Celle-ci gela autour de son bras au moment où il le levait pour parer le coup. La glace se brisa sous la violence du poing de Berras et Alucard fut encore projeté au sol.

Anisa revenait à présent avec leur père en le tirant par le bras, afin de l'inciter à intervenir. Elle aurait mieux fait d'appeler un domestique, car Reson Emery resta planté là, à observer ses enfants. Ses yeux glissèrent sur Alucard comme s'il n'était pas là, puis se posèrent sur son fils aîné, et plus précisément sur son poing ensanglanté.

— Bon, tu as gagné au moins ? demanda-t-il, un sourire méprisant aux lèvres.

— Bien sûr, répondit Berras en croisant le regard de son père. Je gagne toujours.

II

De nos jours

Mêlé à la lueur de l'Île, le clair de lune qui baignait la chambre royale étendait ses doigts fins sur le lit et sur l'épaule de Rhy. Celle-ci se soulevait et s'abaissait au rythme de sa respiration alors que le reste de son corps était engourdi par le sommeil. La lune éclairait aussi Alucard Emery lorsqu'il se redressa, à bout de souffle.

C'était un rêve, se disait-il pour tenter d'apaiser le martèlement furieux de son cœur. Rien de plus qu'un rêve. Mais, bien entendu, il se mentait à lui-même. Ce cauchemar était un mélange de souvenirs, de moments cruels qui en tissaient la trame. C'était la vision de sa sœur en train de brûler de l'intérieur. C'étaient la morsure de chaînes en fer dans la cale d'un navire. C'étaient les poings de Berras s'abattant sur lui avec assez de force pour lui briser les os, le tout sous le regard de leur père.

Baissant les yeux sur ses mains pour les forcer à relâcher le drap, Alucard constata qu'elles tremblaient. Contrarié, il rejeta les couvertures, puis il se leva et attrapa son peignoir. Le contact de la soie sur sa peau nue le fit frissonner.

Les cauchemars, en ressuscitant de vieilles blessures, l'avaient secoué. Les nerfs à vif, il sentait le sommeil se retirer comme une marée et savait qu'il aurait à nager pour gagner la mer.

Pieds nus, il s'approcha à pas feutrés du plateau doré posé contre le mur, où patientaient des bouteilles pleines et de petits godets de verre attendant d'être remplis. Il aurait pu allumer une lampe, mais il avait préparé la mixture de Rhy tant de fois qu'il pouvait presque la concocter les yeux fermés, à la lumière de la lune et du fleuve. Il effleura les fioles jusqu'à sentir le bord tranchant du bouchon en forme de diamant. Au moment de le retirer, il s'attendit à entendre et sentir clapoter le liquide, mais rien. La bouteille était vide.

Alucard marmonna un juron.

Dans le lit, Rhy se retourna, chuchota quelque chose pour lui-même avant de replonger plus profondément dans le sommeil. Alucard s'approcha de lui et lui déposa un baiser sur le front. Puis il glissa la fiole vide dans la poche de son peignoir et sortit.

L'atelier de la reine était vide.

Vu l'heure, c'était étrange, se fit-il la réflexion. Nadiya ne cessait de répéter que le meilleur moment pour obtenir de bons résultats, c'était le cœur de la nuit. Au cours de ces longues heures noires qui précédaient l'aube, elle pouvait se débarrasser de ses responsabilités de mère et de reine et redevenir ce qu'elle aspirait à être : une Loreni. Une inventrice.

Dans d'autres circonstances, Alucard aurait pu en profiter pour explorer les lieux. Mais ce soir-là, il cherchait juste à retrouver le chemin du sommeil. Le genre de sommeil dénué de rêves et de souvenirs qui tombe comme un rideau. Aussi s'approcha-t-il du coffre de l'autre côté de la salle, dont l'intérieur était recouvert de flacons en verre taillé, de pots d'herbes, d'un mortier et d'un pilon en pierre. Pendant qu'il sortait de sa poche la fiole vide, il étudia les noms figurant sur les récipients, tous étiquetés, en tâchant de se remémorer les quantités exactes de graines de vif rêve et d'essence de racine bénie. Il venait de se saisir du premier flacon, hésitant entre trois et quatre gouttes, lorsqu'une voix derrière lui interrompit son geste.

— Du remède au poison, il n'y a qu'un pas.

Il se retourna : Nadiya se tenait au pied de l'escalier, un plateau en équilibre contre la hanche.

— Je pensais que tu dormais, expliqua-t-il.

— À cette heure-ci ? s'étonna-t-elle, comme si l'idée était absurde. Je suis allée me chercher du thé.

Elle posa le plateau, sur lequel se trouvaient une théière fumante, une tasse et une pile de petits biscuits aux épices.

— Les domestiques auraient pu s'en charger.

— Sans doute, admit-elle en s'approchant de lui à grands pas. Mais j'ai deux jambes et je sais faire bouillir de l'eau.

Elle lui arracha le flacon vide des mains avant d'éloigner le consort du coffre.

— Tu sais, continua-t-elle en tirant le compte-gouttes de l'essence de racine bénie, il y a des moments dans la vie où deviner est une bonne idée, et d'autres où il vaut mieux s'abstenir. (Deux petites perles de liquide disparurent dans le flacon.) En l'occurrence, il vaut mieux s'abstenir. À moins, bien entendu, que tu ne tiennes pas forcément à te réveiller.

— Je préférerais… admit-il.

Nadiya rangea la fiole de racine bénie. Dédaignant les graines de vif rêve, elle attrapa quelques branches de veuve noire, dont elle laissa tomber une feuille dans le mortier.

— Le roi a bien vite épuisé son remède…

— Ce n'est pas pour lui, expliqua Alucard.

Elle croisa son regard, mais retourna à la préparation du tonique sans faire de commentaire. Alucard décida de se rendre utile. Il se dirigea vers le plateau et versa le thé, chipant au passage un biscuit aux épices au sommet de la pile. Puis il apporta sa tasse à la reine.

— Savais-tu que les *Antari* étaient de retour au palais ? demanda-t-elle sur un ton badin.

— Hmm… fit-il en mâchant le biscuit.

Il avala sa bouchée sans rien ajouter d'autre. La reine était brillante, mais ses yeux prenaient un éclat différent quand Kell et Lila étaient dans les parages. La curiosité, prétendait-elle. Il soupçonnait plutôt l'envie.

— Qu'est-ce qui les amène à Londres après tout ce temps ? insista-t-elle.

— La Main, répondit-il.

Tout en se promenant dans l'atelier de la reine, il lui parla de l'attaque sur le marché flottant de Maris Patrol, du *persalis* volé et de la certitude de Bard, selon qui l'artefact avait été introduit en douce dans la capitale afin de servir d'arme contre la Couronne. Parvenu à l'établi disposé au centre de la pièce, le consort s'interrompit.

— Qu'est-ce que c'est ? demanda-t-il après avoir examiné le plan de travail.

— Il va falloir que tu sois plus précis, répliqua la souveraine sans se retourner.

Mais Alucard avait entrepris de résoudre le mystère par lui-même. Les trois bagues *Antari* étaient sorties de leur boîte de verre. Les grands anneaux d'argent faisaient office de poids qui retenaient les coins d'un large tissu noir recouvert d'un sortilège tracé à la craie blanche de la main de Nadiya. Les symboles, reliés entre eux, dessinaient un vaste réseau de lignes entremêlées autour de deux petites chaînes forgées en or. L'une était plus fine et plus courte que l'autre.

— Ah, ça ! dit la reine en se faufilant à ses côtés.

Elle posa son thé sur une pile de livres avant de lui tendre le flacon de somnifère. Il le glissa distraitement dans son peignoir, incapable de quitter des yeux l'ouvrage qui s'étalait devant lui.

— Qu'est-ce que c'est ? répéta-t-il.

— Pour le moment, c'est un travail en cours. Qui un jour, peut-être, changera la donne.

Lorsqu'il vit Nadiya prendre le chaînon le plus épais pour le tenir entre ses mains comme s'il s'agissait d'une relique sacerdotale, un sentiment de malaise s'empara de lui.

— C'est une chose de concevoir un objet qui amplifie la magie d'un utilisateur quand cette magie se limite à un seul élément, expliqua-t-elle. Deux mages de l'eau. Deux maîtres du feu. Deux *Antari*, si ce n'est trois. Un objet qui a pour seule fonction l'amplification. Qui permet à un magicien d'emprunter la force d'un autre. Mais pour emprunter un pouvoir différent, c'est une tout autre histoire. Imagine qu'on puisse associer un maître de l'eau et un mage de la terre, ou un virtuose du feu et un spécialiste du vent. Ou encore un individu dépourvu de magie avec un autre, qui en possède en quantité…

Elle venait de lever les yeux vers lui.

Il eut un mauvais pressentiment.

— Nadiya…

— Ces anneaux permettaient aux *Antari* de le faire autrefois, poursuivit-elle. Malheureusement, pour autant que je sache, ils ne répondent qu'aux *Antari*. Ce qui limite considérablement leur utilisation. Comme je n'ai pas réussi à les modifier, j'ai dû repartir de zéro. Laisse-moi te montrer.

Et avant qu'il ne puisse refuser, elle lui enroula la chaîne en or autour du poignet. Il frissonna au contact froid du métal sur sa peau, à la façon dont il s'enroula sur lui-même, l'écho d'autres chaînes. Puis il attendit, mais rien ne se produisit.

— Comment ça marche ? demanda-t-il.

Nadiya avait pris la chaîne la plus courte pour se l'enrouler autour de l'index. Aussitôt, les mailles se fixèrent entre elles, formant un anneau d'or.

Elle ne prononça aucune formule destinée à activer le sort. Les yeux fixés sur son doigt, comme si elle admirait l'accessoire, elle se contenta de fléchir la main. Alucard sentit alors le chaînon d'or se resserrer autour de son poignet et devenir une manchette sur sa peau, une bande sans début ni fin.

— Attention les yeux…

Nadiya lui adressa le sourire d'une artiste en représentation avant de croiser les doigts. Aussitôt, il eut l'impression qu'un de ses organes se détachait. La sensation était des plus étranges : un affaissement vers l'intérieur, un poids qui tombait, en admettant que ce poids soit ses poumons, son cœur, tout ce qui occupait l'espace sous sa chair, pour laisser place à une légèreté vertigineuse, un vide aussi soudain que surprenant. Il ne savait pas ce qui manquait, ce qui était parti… jusqu'à ce que l'air autour de la main de Nadiya se mette à onduler. La tasse de thé se souleva, son contenu tourbillonna et les trois éléments se mélangèrent au-dessus de sa paume – le vent, la terre et l'eau. Pourtant, Nadiya n'avait jamais été qu'une maîtresse du feu.

Alors soudain, il comprit : c'étaient ses éléments à lui, sa magie à lui. Du moins jusqu'à ce qu'elle s'en empare. Alucard surprit son reflet dans un miroir : l'air autour de lui se dénudait de ses couleurs, les filaments bleus, verts et ambrés de sa magie s'entortillaient à présent autour de Nadiya pour s'entremêler aux fils rouges du pouvoir de la reine.

Il tenta de récupérer sa magie avant de se rendre compte qu'il ne parvenait pas à l'atteindre. Il n'avait rien à quoi s'accrocher. Sa magie lui avait tout simplement… échappé.

— Rends-la-moi, exigea-t-il en griffant inutilement l'or autour de son poignet.

— Le problème… commença-t-elle, sans quitter des yeux les éléments qui se tordaient au-dessus de sa paume. C'est qu'il est toujours plus facile de prendre que de partager.

Alucard se sentait aussi mal que durant ses premiers jours en mer, lorsque le pont s'inclinait et se dérobait sous ses pieds. Il tendit une main pour recouvrer son équilibre.

— Nadiya.

Mais elle poursuivit, comme si de rien n'était, comme si elle ne venait pas de lui voler sa magie.

— Idéalement, le pouvoir irait dans les deux sens. Il serait partagé à égalité entre ses utilisateurs. Mais comme tu peux le constater, pour l'instant, il est unidirectionnel… (Puis elle jeta un coup d'œil à l'atelier.) Intéressant. Je n'arrive toujours pas à voir le monde à travers tes yeux.

— Nadiya, arrête, souffla-t-il d'une voix rauque.

La reine reporta soudain son attention sur lui, comme si elle l'avait complètement oublié.

— Oh, pardon ! s'écria-t-elle en touchant l'anneau.

Celui-ci se défit, se retransformant en chaînette dorée dans sa paume. Les éléments qu'elle avait brièvement contrôlés se séparèrent avant de se dissiper. La manchette autour du poignet d'Alucard se désintégra pour redevenir une simple chaîne, qu'il repoussa aussi violemment que s'il avait affaire à un serpent. L'accessoire heurta le sol avec un petit tintement.

Il sentait sa magie revenir en lui comme dans un récipient que l'on remplirait à nouveau après l'avoir vidé. L'espace d'un instant, il fut déchiré entre l'idée de s'en prendre à la reine et l'envie de s'éloigner d'elle autant que possible.

— Qu'est-ce qui t'a pris ? aboya-t-il alors qu'elle récupérait la chaîne d'or tombée au sol.

Nadiya le regarda, perplexe, et reposa les deux pièces sur la table.

— Voyons, Alucard, ce n'était qu'une expérience.

Il se redressa, fléchit les doigts plusieurs fois, et contempla les fils de magie au-dessus de sa paume.

— Ce n'est pas toi qui étais enchaînée. Tu n'avais pas le droit de faire ça.

Elle soupira, agacée.

— Je me suis dit qu'il serait plus facile de te faire une démonstration que de t'expliquer. Comme je l'ai précisé, ce n'est pas terminé. Quand j'aurai fini, le sort ira bien évidemment dans les deux sens afin d'assurer le consentement des parties.

Armée d'un petit morceau de craie, elle entreprit de prendre des notes sur le bord du tissu.

— Si le pouvoir a des limites, c'est pour une bonne raison, objecta-t-il.

La reine fit claquer sa langue.

— Tu parles comme l'*Aven Essen*. Ezril n'arrête pas de venir me sermonner sur l'équilibre de la magie, le flux du pouvoir.

Comme si l'on se contentait toujours de suivre le courant. Parfois, il faut savoir contourner les règles…

— Tu n'as pas seulement contourné les règles, Nadiya. Tu les as changées. Et entre de mauvaises mains…

Elle balaya sa remarque avec dédain.

— Entre de mauvaises mains, un couteau d'office peut écourter la vie d'un homme. Faut-il pour autant les bannir des cuisines ?

Alucard la dévisagea, effaré. Nadiya Loreni était une inventrice brillante, mais pour ce qui touchait à son travail, elle semblait porter des œillères. Elle ne voyait pas le risque, uniquement le potentiel. Dans son esprit, le pouvoir était une puissance neutre. Si seulement elle avait raison…

— Ta nouvelle création est dangereuse.

— Elle représente surtout le progrès, rétorqua-t-elle. Les prêtres disent toujours que la magie choisit son porteur. Mais penses-tu vraiment avoir été choisi ? Que les forces qui guident le monde t'ont jugé capable de manier non pas un élément, mais trois ? Qu'est-ce qui te rend si méritant ? (Alucard ne savait quoi répondre.) Pourquoi une force arbitraire devrait-elle décider qui est autorisé à manier l'eau, le feu ou la pierre ? Qui sera doté de magie et qui en sera dépourvu ?

Elle n'était pas guidée par la simple curiosité. Non, elle cherchait seulement une arme pour protéger sa famille et son trône des regards indiscrets. Il ne lui en voulait pas pour ça. Et pourtant…

— Nadiya, dit-il, sa colère commençant à s'estomper.

Celle de la reine ne fit que croître.

— Pense à Rhy ! Combien sont-ils à prétendre qu'il ne devrait pas être autorisé à gouverner parce qu'il n'a aucun pouvoir magique ?

— Ces gens-là sont des imbéciles.

— Je suis d'accord, concéda-t-elle, mais les imbéciles ont une voix, et cette voix porte. Ils veulent punir Rhy au prétexte que la magie ne l'a pas choisi. Mais nous pouvons choisir à sa place. Nous pouvons lui donner du pouvoir.

— En le prenant à quelqu'un d'autre.

— Le projet n'est pas encore terminé, je te l'ai déjà dit, s'agaça-t-elle.

— Et tu ne le termineras pas.

Il ne le fallait surtout pas. Alucard avait bien compris. Si Nadiya offrait le pouvoir à Rhy, il l'accepterait certainement. Auquel cas ses détracteurs – ceux qui le traitaient de faible – ne changeraient pas d'avis, au contraire : ils auraient une raison supplémentaire de le haïr. Car ils finiraient par découvrir que sa magie est empruntée, ou volée, et que l'équilibre du monde penche injustement en sa faveur. À ce moment-là, ils réclameraient sa tête, à juste titre.

Alucard s'avança vers Nadiya. Les mains posées sur ses épaules, il plongea son regard dans le sien.

— Détruis tout ça, ou c'est moi qui m'en chargerai.

III

Londres blanc

Holland Vosijk se tenait au pied de l'arbre planté au milieu de la chambre de Kosika.

Ce dernier avait poussé durant l'année écoulée : il n'arrivait plus à hauteur de genou, mais à mi-distance du plafond. Son tronc clair, paré d'une centaine d'yeux qui les fixaient, déployait des feuilles couleur ambre. À la différence de celles du Bois d'argent, celles-ci ne tombaient jamais. Elles se coloraient, se flétrissaient, puis se recroquevillaient avant de se redéployer au changement de saison.

Les serviteurs échangeaient des ragots sur cet arbre qui avait pris racine du jour au lendemain. Ils parlaient de signes et de miracles, sans savoir combien ils avaient raison.

— *Comment s'est passée la dîme ?* demanda Holland.

— Vous auriez dû venir avec moi, répondit Kosika en s'écartant du plateau de kol-køt, où elle avait déposé le cadeau de Nasi.

Il croisa son regard avant de répliquer :

— *Je suis toujours avec toi.*

À ces mots, les joues de la jeune reine s'empourprèrent. Elle se détourna pour dissimuler son embarras et se dirigea vers la vasque posée sur une étagère de marbre, un flacon de baume et un linge propre à côté. Le château avait beau être rempli de domestiques à sa disposition, elle préférait panser elle-même les plaies de la dîme. Non pas par goût du rituel, comme ils le croyaient, mais pour des raisons d'intimité : elle tenait à pouvoir discuter seule avec le saint qu'elle vénérait.

Kosika retroussa sa manche. Concentrée sur sa tâche, elle sentit toutefois l'ombre de Holland tomber sur elle pendant qu'elle nettoyait les quatre entailles récentes qui marquaient son avant-bras.

— *Tu as l'air préoccupée.*

Elle contempla l'eau teintée de son sang.

— Je sens que la magie de la ville devient plus forte. Mais certains jours, j'ai l'impression que la terre ne sera jamais repue, dit-elle, contrariée.

Holland posa la main sur sa tête. Elle en perçut le contact, non plus comme l'ombre d'une caresse, mais presque comme un toucher de chair et d'os.

— *La magie a le don d'accélérer les choses, Kosika. Mais le changement en lui-même prendra toujours du temps.*

Malgré sa voix calme, elle était certaine que son regard trahissait de la déception. Elle le décevait. Lui, son roi, son saint.

Le poids de ses doigts s'envola.

— *Nous sommes en train de travailler sur un sort immense et complexe. Tu dois te montrer patiente.*

Kosika, occupée à appliquer le baume froid sur l'intérieur de son bras, secoua la tête. La patience, c'était pour les âmes ordinaires. Elle était une *Antari*. Si, à ce titre, elle n'était pas capable d'invoquer assez de magie… Elle s'efforça de dissimuler sa crainte, consciente qu'elle ne devait pas l'exprimer : aux yeux du précédent souverain, elles refléteraient un manque de confiance. Bien entendu, Holland les perçut malgré tout. Il poussa un soupir presque imperceptible.

— *Tu as peut-être de trop grandes attentes.*

Kosika se retourna vers lui.

— Qu'entendez-vous par là ?

Il garda le silence quelques secondes. Bien qu'un de ses yeux soit noir et l'autre vert, les deux parurent se voiler.

— *Seulement que tu es jeune, et que moi, je ne suis que l'ombre de moi-même. Nous avons déjà fait beaucoup, et si la ville ne devient pas plus forte…*

— Non, le coupa-t-elle.

— *Au moins est-elle mieux qu'avant.*

— Une simple bougie vaut toujours mieux que l'obscurité. Mais elle ne suffit pas pour se réchauffer les mains. Ni pour chasser le froid du foyer. Et encore moins pour éclairer une ville.

Holland la fixa, le visage traversé par un sourire discret.

— *Comme tu es têtue, petite reine… Mais on n'allume pas un feu de cette intensité par la seule force de sa volonté.*

Kosika approcha le bandage de son bras avant de s'arrêter pour examiner les plaies.

— Les autres mondes…

— *N'y pense pas*, l'interrompit le roi, les lèvres pincées.

— Vous n'avez pas toujours dit ça.

— *J'avais tort. Ces mondes ne nous ont apporté que des conflits. Et puis… le pouvoir n'est pas un colis que l'on rapporte chez soi. Tant que les murs tiennent et que les portes restent closes, la magie ne circulera pas.* (Il lui effleura le bras tandis qu'elle nouait le linge propre autour de ses entailles.) *À quoi bon convoiter ce que l'on ne peut pas posséder ? J'ai vu des rois et des reines courir à leur perte pour moins que ça. Non… Veillons sur notre flamme en espérant qu'avec le temps, sa chaleur suffira.*

Kosika observa la parcelle de peau sous la main du roi. Elle aurait juré pouvoir sentir son poids.

Un an plus tôt

Il y avait une salle derrière l'autel.

Après toutes ces nuits passées dans l'alcôve, à examiner la statue de Holland Vosijk pendant que Serak lui racontait ses histoires, Kosika avait oublié qu'ils se trouvaient dans une tour identique à la sienne et que derrière le renfoncement se cachait une porte. Elle l'avait oublié jusqu'à ce qu'un soir, la lumière de la bougie éclaire le bois derrière la statue. Depuis lors, elle ne pensait plus qu'à ça : à cette porte… et à ce qu'il y avait de l'autre côté.

Elle savait déjà où celle-ci menait. Avant même d'avoir gravi sans bruit l'escalier de la tour par une après-midi orageuse, alors que la pluie frappait les murs du château. Avant même de s'être introduite dans l'alcôve, puis glissée dans l'étroit interstice entre l'autel et la porte. Elle savait qu'il n'y avait qu'un seul endroit où cette dernière pouvait conduire : la chambre de l'ancien roi, de Holland.

Kosika retint son souffle au moment de tourner la poignée… mais la porte resta fermée, sans bouger d'un pouce. Autrement dit, elle avait été scellée. Comme une tombe. La jeune reine, plongeant les doigts dans sa poche, sentit le triangle d'acier qu'elle y conservait, en tout point semblable à une pointe de flèche. Elle appuya son pouce dessus jusqu'à fendre la peau, puis pressa son doigt taché de sang contre le bois.

Les mots vibrèrent dans sa tête avant qu'elle ne les prononce :

— *As Orense.*

« Ouvre-toi. »

La porte grinça sous sa paume comme un arbre en pleine tempête. Le craquement du bois et le crissement du métal retentirent dans l'escalier de la tour. Kosika siffla et attendit quelques instants pour voir si quelqu'un allait surgir (il lui arrivait encore de se sentir comme une enfant rôdant dans une maison étrangère). Mais personne ne vint et cette fois, lorsqu'elle poussa la porte, celle-ci s'ouvrit. La souveraine jeta un coup d'œil par-dessus son épaule, puis s'avança dans l'obscurité.

Les volets étaient fermés et seule une faible lumière filtrait par l'alcôve dans son dos – pas assez pour y voir clair. Mais la lueur se reflétait sur le métal mat d'un candélabre au fond de la pièce. Kosika déplia les doigts et les chandelles s'allumèrent.

Elle promena un regard à la ronde. La chambre de Holland Vosijk paraissait intacte. La salle en elle-même était le reflet de sa propre chambre, avec les mêmes murs incurvés, le même plafond voûté, le même lit immense, sauf qu'une pellicule de poussière recouvrait le tout. Un écho de la patine pâle qui s'était accrochée à Londres tel du givre durant tant d'années.

Kosika tira sur l'air pour invoquer une douce brise, juste assez forte pour chasser la poussière. Puis elle parcourut la pièce en retenant son souffle, consciente de marcher là où le précédent roi avait marché, de toucher des surfaces qu'il avait touchées. Elle ouvrit deux volets. Voilà quelle avait été la vue de Holland. Elle aurait bien aimé s'attarder là, mais la pluie mouchetait déjà le rebord de la fenêtre, alors elle referma les volets, comme si le contenu de la chambre risquait de se dissoudre.

Kosika effleura du bout des doigts le lit où Holland avait dormi et le fauteuil où il s'était assis, fouillant les lieux du regard en quête d'indices. Une cape grise était restée suspendue au mur. Sur le bureau, au sommet d'une pile, une note rédigée de la main de l'ancien roi. L'écriture était nette et penchée, comme les gouttes de l'averse.

> Vortalis a dit un jour qu'il n'y avait pas de rois heureux.
> Un dirigeant mérite son rang quand il comprend le prix du pouvoir et qu'il est prêt à le payer de sa vie, et non pas en sacrifiant celle de ses citoyens.
> Plus le pouvoir est grand, plus le prix est élevé.
> Prendre le trône est piteux. Réparer le monde est coûteux.
> Voilà ce que je sais.
> Je me ferais de nouveau prisonnier pour voir ces lieux renaître.
> Je m'inclinerais devant n'importe quel roi.

La note se terminait ainsi. En feuilletant la pile de papiers, Kosika en trouva une autre.

> Qu'ai-je fait ? Seulement ce qu'il fallait.
> J'ai sorti des ténèbres une étincelle pour allumer ma bougie.

Je l'ai protégée de mon corps.
Tout en sachant que je brûlerais.

Puis, sur un autre bout de papier, un unique mot :

OSARON.

À la vue de ces lettres, Kosika eut un frisson inattendu mais familier, comme l'était la magie *Antari* avec ces sorts présents sous sa peau, nichés dans son esprit avant même qu'elle en connaisse les contours.

— Osaron, murmura-t-elle.

Ce n'était pas du maktais. Ce mot étrange avait une sonorité magique. Elle le répéta et, cette fois, il sortit de sa bouche sous forme d'incantation.

— *As Osaro.*

Le pouvoir jaillit de ses mains. Soudain, une ombre se mit à tourbillonner dans la pièce, diffusant une obscurité tangible qui éteignit les chandelles et étouffa la lumière. Prise de panique, Kosika invoqua le vent pour la chasser mais l'ombre, qui n'était pas de la fumée, n'ondoya même pas. La jeune fille invoqua ensuite le feu, dont elle sentit la chaleur lui chatouiller la paume, mais elle ne voyait pas la flamme. Elle ne voyait plus rien. Noyée dans les ténèbres, elle souhaitait qu'elles disparaissent, mais on ne pouvait pas arrêter un sort *Antari*, seulement le contrer. Aussi fouilla-t-elle sa mémoire en quête de lumière.

Lumière, lumière… lumière !

— *As Illumae.*

La formule jaillit, tout comme la lueur d'un blanc éclatant qui rayonna autour d'elle pour repousser l'obscurité. La pièce réapparut, les flammes des chandelles vacillant dans le sillage de l'ombre.

Kosika, soulagée, s'enfuit de la chambre en verrouillant la porte derrière elle.

Mais ce soir-là, alors qu'elle se tenait avec Serak dans l'alcôve, son regard ne cessait de retourner au battant de bois dans le dos de la statue.

— Parlez-moi des dix jours, demanda-t-elle.

Dix jours, soit le laps de temps écoulé entre la mort des jumeaux Dane et le retour de Holland pour revendiquer le trône. Dix jours, pendant lesquels personne ne savait où il était passé.

Vir Serak répondit qu'il existait une dizaine de légendes différentes. D'après certaines, Holland avait simplement attendu son heure. Selon d'autres, il avait été blessé au combat. Le temps de guérir, il s'était donc traîné jusqu'au Bois d'argent, où les racines s'étaient enroulées autour de ses membres et la magie avait de nouveau coulé dans ses veines. D'autres encore racontaient qu'il était mort.

« Qu'ai-je fait ? »

Kosika se mordilla la lèvre. Elle ne comprenait pas. Elle aurait dû, mais c'était comme une énigme.

« J'ai sorti des ténèbres une étincelle pour allumer ma bougie. »

Elle se remémora la démonstration de Serak avec la lanterne, la manière dont la flamme s'était éteinte avant de se raviver.

— Dans le Londres noir, conclut le Vir.

Kosika tourna brusquement la tête vers Serak.

— Pardon ?

— Je disais qu'il existe même une version où Holland s'est rendu dans le monde calciné pour en extraire une braise des cendres. (Sur ces mots, il fronça les sourcils, ses yeux plongés dans l'ombre.) Mais c'est un blasphème. Jamais Holland Vosijk n'aurait infecté notre monde avec cette magie noire.

— Bien sûr que non, confirma Kosika.

Et pourtant, les mots qu'elle avait lus tournaient en boucle dans son esprit.

« Plus le pouvoir est grand, plus le prix est élevé. »

« Je m'inclinerais devant n'importe quel roi. »

« Tout en sachant que je brûlerais. »

Le lendemain, elle retourna dans la chambre de Holland. Elle gravit sans bruit l'escalier et se glissa derrière l'autel pour pénétrer dans la pièce. Elle s'approcha de nouveau des papiers éparpillés sur le bureau mais, cette fois, son regard alla plus loin et se posa sur une petite boîte en bois. Du moins supposait-elle que c'en était une, car il n'y avait pas de serrure ni de fermoir, juste un cercle tracé sur le dessus et une fine ligne à l'endroit où le couvercle rejoignait peut-être le socle. Elle entreprit de soulever la boîte et constata qu'elle était creuse : un objet cliquetait à l'intérieur. Impossible pourtant de l'ouvrir : les deux moitiés ne se séparèrent pas. Scellées, comme la porte de la chambre.

De nouveau, Kosika plongea la main dans sa poche. La piqûre de l'acier, une goutte de sang sur son pouce, puis elle effleura le petit cercle gravé comme Holland avait dû le faire avant elle.

— *As Orense*, dit-elle.

Les mots lui virent naturellement, comme la veille. Dans le cercle, la ligne devint une jointure et la boîte s'ouvrit. À l'intérieur, elle trouva trois pièces de monnaie.

La première, argentée, portait l'estampe d'un visage masculin et des marques qu'elle ne connaissait pas : « GEOR:III. D·G. BRITT. REX. F.D: 1820 ».

La seconde, rouge, était frappée d'une étoile dorée.

La troisième, noire, était taillée dans une pierre aussi lisse que du verre.

Kosika laissa ses doigts planer au-dessus de la boîte, puis elle les referma sur la troisième pièce. Surprise par sa douceur, elle l'exposa à la lumière et vit à travers elle la flamme de la bougie vaciller. Une nouvelle formule franchit ses lèvres avant même qu'elle ne songe à la retenir.

— *As Travars.*

Aussitôt, la chambre se désintégra et Kosika se mit à tomber.

Elle plongea d'abord dans le néant, puis dans l'espace vide où aurait dû se trouver le château. L'air rugissait autour d'elle, le sol se rapprochait de plus en plus vite. La jeune reine tendit les mains et une bourrasque s'éleva pour tourbillonner sous elle, entourant ses membres pour ralentir sa chute sans toutefois la stopper. À l'atterrissage, le choc fut violent. Ses genoux cédèrent sous la force de l'impact. Ses mains s'écrasèrent sur la terre battue.

L'une de ses paumes était plus douloureuse que l'autre. En se redressant, elle comprit pourquoi. La relique de verre noir s'était brisée entre sa main et le sol, et des éclats lui avaient entaillé la peau. Sans même penser à la douleur, elle songea qu'elle avait cassé un objet appartenant autrefois à Holland Vosijk.

Après avoir ramassé les plus gros fragments pour les mettre dans sa poche, Kosika en sortit un mouchoir qu'elle noua autour de sa paume blessée avant de se relever, perplexe.

Le château avait disparu. Elle se tenait à présent sur une route qu'elle ne connaissait pas, entourée de bâtiments en ruine, leurs carcasses affaissées et croulantes.

Son cœur lui battait dans les oreilles plus fort que tout le reste. Sauf qu'il n'y avait pas d'autre bruit. Un silence terrible planait sur les lieux. La route était déserte. Pas de chevaux ni de charrettes. Aucun signe de vie.

— *Os ?* cria-t-elle.

Pas de réponse. Pas même l'écho de sa propre voix.

Au-delà des murs de son château, il pleuvait. Pourtant, le sol à cet endroit était sec et l'air avait un goût étrange sur sa langue, comme des cendres. S'il y avait quelque part un soleil, il était bien caché, enfoui derrière de lourds nuages aussi noirs que de la fumée.

Kosika ne comprit que trop tard ce qu'elle avait fait, ce qu'elle avait dit. Elle avait donné voix au sort qui permettait aux *Antari* de passer d'un monde à un autre.

Elle n'était plus à Londres. Du moins plus dans le sien.

Cet autre Londres lui semblait étrange. Non, pas seulement étrange. Carbonisé. Elle sut alors exactement où elle se trouvait. Aussitôt, elle recula, comme si elle pouvait tout simplement échapper à la ville. De sa manche, elle se couvrit la bouche : elle n'avait aucune envie de respirer les cendres qui flottaient dans l'air, soulevées par sa chute.

Car elle était dans le Londres noir. Or ce monde avait brûlé si ardemment qu'il avait dévoré tout son petit bois, pour finir par se consumer.

Le brasier – si brasier il y avait jamais eu – avait depuis longtemps refroidi, ne laissant plus que des cendres. Pourtant, qu'avait dit Serak ? Que la magie ne mourait pas. Elle attendait. Quoi, déjà ? Une étincelle ?

Kosika reporta son regard sur l'empreinte ensanglantée qu'elle avait laissée dans la rue. Elle se l'imaginait fumer, s'enflammer. Mais rien ne se produisit. La route s'étendait devant elle, silencieuse et déserte. Comme une tombe. Comme la main de Holland lorsqu'elle l'avait touchée dans le Bois d'argent ce jour-là. Froide, sèche et morte.

Frissonnante, la jeune reine sortit de sa poche l'éclat de verre noir taché de rouge et réitéra son incantation.

— *As Travars.*

Le monde se mit à ondoyer autour d'elle. L'air se tendit avant de s'apaiser de nouveau. Kosika se trouvait toujours dans la rue. Tout à coup, la peur l'envahit, cette soudaine et terrible certitude d'être piégée, que la magie qui l'avait conduite dans ce monde n'était pas assez puissante pour la ramener chez elle, que le Londres noir la détenait et ne la laisserait plus jamais repartir.

L'air, lourd de cendres, rendait sa respiration difficile. Prise de vertige, l'adolescente ravala une nouvelle bouffée d'angoisse.

Soit sa magie n'était pas assez forte, soit la jeune *Antari* ne s'en servait pas comme il fallait.

Il n'y avait pas d'autre sort : il lui serait venu à l'esprit. Mais tout en examinant la relique brisée dans sa main, elle se rappela les deux autres pièces dans la boîte de Holland. Elle devinait où celles-ci menaient.

Trois mondes.

Trois clefs.

Sauf qu'il en existait quatre, dont le sien. La boîte ne contenait pas de clef pour son Londres à elle, et pourtant le précédent roi en avait forcément utilisé une. Kosika retourna ses poches, mais elle ne trouva rien d'autre que les éclats de verre du Londres noir et son couteau en forme de pointe de flèche, avec son petit manche sculpté dans une branche du Bois d'argent. C'était un présent de Vir Serak. Même s'il était déjà taché de son sang, elle dénoua le mouchoir autour de sa paume blessée et, par précaution, fit doucement glisser la lame dans le liquide rouge qui s'écoulait de la plaie.

Ça va marcher, s'encouragea-t-elle. Puis elle prononça ces mots tout haut, comme s'il s'agissait d'un sortilège, d'une réalité née de sa volonté. Enfin, elle referma les doigts sur l'étroite lame et insuffla cette volonté dans sa voix.

— *As Travars*, répéta-t-elle.

Cette fois, le Londres noir frémit avant de partir en fumée. Kosika ne tomba pas vraiment : elle chancela, comme si elle avait perdu l'équilibre après un faux pas. Lorsque ses pieds touchèrent de nouveau le sol, la route de terre battue avait cédé la place à un plancher de pierre polie.

Elle était de retour au château, non pas au sommet de la tour de Holland, mais dans la grande salle du rez-de-chaussée. Cette dernière était loin d'être déserte : une dizaine de gardes se tenaient alignés contre les murs, tandis que des serviteurs parcouraient la pièce, où trois Vir conversaient avec quelques nobles. Si la salle était animée avant son arrivée soudaine et inattendue, tous ses occupants se figèrent brusquement dès lors qu'ils l'aperçurent. Un domestique lâcha son plateau. Du verre se brisa. Les trois Vir firent volte-face et les quatre soldats les plus proches se précipitèrent vers elle, la main sur la garde de leur arme, avant de se rendre compte que la silhouette couverte de cendres au milieu de la pièce n'était autre que leur reine.

Kosika ne pouvait pas leur en vouloir. Un petit nuage de suie tourbillonnait autour d'elle et quelques gouttes de sang tombèrent de sa main, là où elle avait agrippé la lame. L'espace d'un terrible instant, elle crut qu'elle allait s'évanouir. Puis le malaise passa. Elle était toujours debout.

Si les soldats s'inclinèrent, les Vir, eux, se dirigèrent vers elle. Leurs yeux allaient de son visage au sang qui gouttait de sa main. Elle lisait dans leur regard des questions auxquelles elle ne pourrait pas répondre, et notamment sur l'endroit d'où elle venait.

Elle se rappela alors que rien ne l'y obligeait. Elle n'était pas une enfant en manque d'autorité. Elle était une *Antari*. Elle était leur reine. Et en tant que telle, elle n'avait aucun compte à leur rendre. Kosika se retourna donc pour monter l'escalier en silence, abandonnant dans son sillage une traînée de cendres et de sang.

IV

Londres rouge
De nos jours

Berras Emery se redressa au moment où la calèche franchit le portail. Les chevaux ralentirent et l'attelage s'arrêta devant la maison.

Autrefois, elle avait appartenu à un certain Astel, noble reclus qui avait péri dans son lit pendant le Brouillard noir, sept ans plus tôt, ce dont personne ne semblait se soucier, sauf Berras. Quoiqu'en vérité, il s'intéressait plus à la demeure en elle-même qu'à son ancien propriétaire.

Berras était arrivé dans la maison une nuit, à la manière du Voile, sauf que contrairement à la maison close, lui, n'avait pas disparu à l'aube. Si son arrivée avait été remarquée, on avait dû penser que l'homme, aussi discret et inamical qu'Astel l'était certainement dans sa jeunesse, était quelque neveu venu s'occuper des affaires de son oncle. Le frère d'Alucard n'avait rien apporté de son ancienne vie et ne gardait qu'un seul serviteur auprès de lui : un cocher, qu'il payait assez grassement pour étouffer sa curiosité.

Le cocher en question, la tête baissée, vint lui ouvrir la portière. Berras jeta un œil à la demeure. Il ne l'avait pas choisie pour la seule raison qu'elle était déserte et n'avait été réclamée par aucun héritier. Non. Elle était également haute – deux étages – et offrait, depuis les fenêtres du bureau au dernier étage, une double vue, sur la rue principale et celle qui partait vers le nord, ainsi que sur le domaine Emery… ou ce qu'il en restait.

Des mois durant, la propriété était demeurée à l'état de ruines. Depuis les fenêtres de son bureau, il avait assisté à sa restauration, si minutieuse qu'elle semblait l'œuvre d'une main attentionnée. Mais le bâtiment était ensuite resté dans l'ombre, négligé. Comme en attente.

Comme s'il narguait Berras, à la manière d'un piège à appât. Car il était certain d'une chose : le jour où il retournerait dans cette maison – qui lui revenait de plein droit –, il se réveillerait avec un couteau sous la gorge, et des gardes le tireraient de son lit pour le conduire dans une cellule du palais où, agenouillé sur la pierre froide, il serait contraint d'implorer le pardon de son frère ou la pitié de son roi.

Or Berras Emery n'avait aucune intention d'implorer qui que ce soit.

Dans la maison qu'il s'était attribuée, les lampes avaient été allumées. Leur pâle lumière se répandait hors de son bureau, accompagnée du doux crépitement d'un feu qu'il n'avait pas allumé.

Exaspéré, il traversa le couloir tout en dénouant ses cervicales : Bex était installée dans son fauteuil, les pieds posés sur son bureau, et Calyn affalé sur le canapé, les bras étendus sur le dossier. Berras s'arrêta pour effleurer le chambranle de la porte avant d'entrer.

— Ôte tes pieds de là, ordonna-t-il en se débarrassant de son manteau.

Bex se redressa. Ses bottes frappèrent le sol dans un bruit sourd. Calyn ouvrit ses yeux clairs. Soit il luttait contre le sommeil, soit il s'ennuyait ferme.

— *Tac ?* lança Berras en balayant rapidement la pièce du regard. Si vous êtes là, c'est que vous l'avez, non ?

Bex jeta un coup d'œil à Calyn. Qui ne le lui rendit pas. Elle se tortilla, et Berras comprit avant même qu'elle ait le courage de lui répondre.

— Non, nous ne l'avons pas.

Il ferma les paupières. La Main se rassemblait dans moins d'un jour. La garce au masque blanc avait raison. Sans le *persalis*, ce plan – son plan à lui – ne fonctionnerait pas.

— J'espère que tu voulais dire : « pas encore », cracha-t-il, la mâchoire serrée. (À en juger par le visage de ces deux incapables, ce n'était pas le cas.) Que s'est-il passé ?

— Ce n'est pas notre faute, plaida Calyn, qui avait ruminé ces mots avant d'intervenir.

— L'un des voleurs a tout fichu en l'air, renchérit Bex. Il a cassé le *persalis* en quittant le vaisseau et au lieu de nous l'apporter à nous, il s'est rendu dans un atelier de réparation du *shal*, où il l'a remis à une bricoleuse pour qu'elle le retape.

Berras sentit ses muscles se tendre. Voilà comment il réagissait : sa peau se figeait, comme sous l'effet du givre. Souvent, les gens s'échauffaient. Berras, lui, se glaçait.

— Où est cette bricoleuse ?

— Morte, répondit Bex.

Il aurait pu la croire – après tout, elle n'avait pas cillé ni trahi aucune émotion –, mais Calyn, lui, avait tressailli. Son visage s'était crispé.

— Tu mens.

— Elle n'a pas réussi à le réparer, répliqua Bex.

Comme si cette phrase expliquait tout. Comme si Berras Emery n'avait pas besoin du *persalis*. Comme s'il s'agissait d'une babiole qu'il les avait envoyés chercher sur un coup de tête, et non de la pièce maîtresse de sa stratégie. Il baissa les yeux sur ses mains, sur la résille, fine comme de la dentelle, qui zébrait ses phalanges. Pendant des années, son père lui avait ordonné de porter des gants, mais Berras prenait plaisir à contempler ses cicatrices. Il en était fier.

— On a fait ce qu'on a pu, reprit Bex. Franchement, Calyn est peut-être une ordure incompétente, mais moi, je suis…

Elle continua à débiter des excuses pour se disculper, mais Berras n'écoutait plus. Il entreprit de retrousser ses manches. La peau de ses avant-bras était bronzée, épaisse au point que ses veines ne dessinaient plus que de vagues ombres. Le Brouillard noir ne lui avait laissé aucune cicatrice d'argent, car lorsque le roi de l'ombre s'était déversé dans son sang, il n'avait pas lutté. Au contraire : il l'avait laissé se déchaîner, tout incendier en lui sans la moindre entrave, et pendant qu'il déferlait, le dieu lui avait parlé. Il lui avait dit ce qui pouvait être. Il lui avait montré que le changement n'était pas un cadeau, mais un prix, une récompense dont il fallait s'emparer.

De l'autre côté de la pièce, Bex parlait toujours. Elle leur trouvait excuse après excuse. Il n'aurait jamais dû s'abaisser à entrer aux Trois Poignards, ni traiter avec la racaille.

Il lui coupa la parole.

— Pourquoi es-tu venue ?

Bex croisa les bras. Elle changea de position.

— Eh bien, selon moi, on a rempli notre part du marché.

Berras la dévisagea, perplexe.

— Vous voulez que je vous paie pour un contrat que vous n'avez pas honoré.

— Ça n'a pas été une partie de plaisir, intervint Calyn.

— Je suis censé vous rétribuer pour l'effort fourni, c'est ça ? ironisa Berras en s'avançant d'un pas. Vous deviez retrouver les trois voleurs, vous débarrasser d'eux et me livrer le *persalis*. Non contents d'échouer, vous avez en plus le culot de vous montrer ? De me réclamer votre dû ? Sortez avant que je vous brise le cou.

Calyn se leva. Bex se redressa. Mais ni l'un ni l'autre ne firent mine d'aller vers la porte. Quelques secondes s'écoulèrent sans que personne ne bouge. Sans que personne ne parle. Puis Bex finit par calmer les tensions. Elle fit rouler ses épaules et écarta les mains.

— Il va quand même falloir nous donner notre part… dit-elle.

Tout en parlant, elle approchait les doigts du métal enroulé autour de son avant-bras. Elle s'attendait manifestement à ce que l'acier lui réponde, qu'il souligne de manière théâtrale le dernier mot de sa phrase, mais il ne frémit même pas. Il resta figé sur place, aussi inutile qu'un simple bracelet.

La marque que Berras avait touchée luisait faiblement sur la porte. Un sceau. Un sort de protection.

L'héritier des Emery savoura le moment où il vit Bex perdre de son assurance, où il vit la confusion sur son visage et ses yeux s'écarquiller, à peine, quand elle comprit que sa magie ne répondrait pas. Elle voulut attraper son arme la plus proche. Trop tard. Son commanditaire l'avait devancée. Il lui écrasa un poing sur la joue et eut le plaisir d'entendre craquer un os tandis qu'elle reculait d'un pas chancelant. Tombée à genoux, elle porta une main à son visage dans l'espoir d'endiguer le flot de sang qui ruisselait désormais de son nez.

De son autre main, elle parvint à dégainer une dague, mais la botte de Berras s'abattit sur ses doigts qu'il écrasa sous son talon. Dès qu'il comprit ce qui se passait, Calyn se jeta dans la bataille. Tant bien que mal. Il lança son poing en l'air et vu sa carrure, le coup aurait fait des dégâts s'il avait su l'orienter. Mais ce n'était pas le cas. Le geste manquait de technique. Berras, après avoir esquivé l'attaque, plaqua une main sur la tempe de Calyn pour lui écraser le crâne contre le mur. Le mercenaire tomba comme une masse. Par précaution, il l'acheva d'un coup de pied à la tête.

Bex, remise d'aplomb, s'approchait de Berras, sa dague à la main, mais elle était à moitié aveuglée par les larmes. Il lui attrapa le poignet, qu'il brisa net. Dans un cri, elle lâcha sa lame. Il s'en saisit aussitôt et la planta dans son bureau, transperçant au passage la main de la tueuse à gages, qui poussa un cri furieux :

— Foutu *pilse*…

Berras appuya sur le manche de la lame pour l'enfoncer davantage. La tueuse ravala un gémissement.

Toujours à terre, Calyn se tenait la tête à deux mains, grognant de douleur.

— Mon père m'a enseigné beaucoup de choses, dit Berras Emery, mais son meilleur conseil a toujours été celui-ci : « Si un homme ne sait pas s'incliner, apprends-lui à s'agenouiller. »

Sur ces mots, il arracha la dague du bureau. Bex se hâta de reculer, serrant contre elle son poignet cassé et sa main ensanglantée. Ses yeux brillaient de haine. De haine et de peur. Calyn se releva, oscilla sur ses jambes et s'appuya contre le mur pour vomir. De ses doigts les moins blessés, Bex remit son nez en place.

Berras, de son côté, étudiait l'arme dégoulinant de sang. Quand il releva la tête, ses yeux avaient la couleur d'un orage au crépuscule.

— Vous voulez être payés ? demanda-t-il avant de briser à mains nues la lame, dont il jeta les morceaux aux pieds de Bex. Alors, rapportez-moi de quoi justifier votre rétribution.

V

Londres gris

La pluie ruisselait sur les enseignes au-dessus des boutiques plongées dans le noir.

Tess, les yeux plissés, s'escrimait à déchiffrer les mots, tout en regrettant d'avoir négligé ses leçons. Même si on n'était pas *ostra* dans sa famille, son père avait insisté pour que toutes ses filles connaissent la langue parlée à la cour, dans l'espoir qu'elles parviennent un jour à s'y ménager une place. Qu'elles fassent sa fierté. Pour l'heure, elle peinait à déchiffrer le nom des enseignes.

« Couturière. » « Boucher. » « Spiritueux. » « Boulanger. »

Bien sûr, son père avait perdu son enthousiasme à la moitié des leçons, lorsqu'il avait compris que sa fille ne lui apporterait aucune gloire. Son père… Tess s'efforça de le chasser de son esprit, comme d'habitude, mais elle avait perdu trop de sang pour affronter à la fois son corps et ses pensées. Aussi la voix de son géniteur s'insinua-t-elle dans son esprit.

« Quelle est ta valeur ? »

Quatre mots, et elle le revoyait, derrière le comptoir de sa boutique, tenant au creux de sa paume un objet rare et précieux, ses yeux noirs glissant du talisman à sa fille.

Tess trébucha. Déstabilisée, elle retrouva son équilibre, mais la secousse avait tiré sur la blessure à son flanc.

Un petit sanglot de frustration s'échappa de ses lèvres. Certes, la pluie s'était arrêtée, malheureusement, au cœur de la nuit, tout était fermé, les rues désertes… Même avec les lampadaires, l'obscurité était incroyablement, anormalement dense. Si la tête lui tournait toujours, la douleur s'était atténuée, ce qui était loin de la soulager : lorsqu'une blessure aussi grave que la sienne cessait de vous faire souffrir, ce n'était jamais bon signe.

Elle commençait à perdre espoir quand elle le vit. Pas un panneau ni un article dans une vitrine. Un filament.

Il glissait dans la rue, simple vrille de lumière tellement ténue qu'elle l'aurait raté si l'absence de magie n'avait été aussi flagrante. Malgré tout, elle cligna des paupières, persuadée qu'il s'agissait d'une illusion créée par ses yeux fatigués.

Mais non, il était toujours là. Jamais elle n'avait croisé ce type de fil de magie : il n'avait pas de couleur, rien pour indiquer son élément. Noir et blanc, il ressemblait à un noyau d'obscurité délimité par un ruban de lumière. Elle le suivit jusqu'à un trou dans la chaussée. L'espace d'un instant, le filament disparut. Avide de l'apercevoir de nouveau, elle se retourna, perdit à nouveau l'équilibre et… Là, au coin de la rue, il clignotait plus intensément.

Il la mena au fleuve, l'Île – naturellement, ce n'était pas l'Île, même si les méandres du cours d'eau lui semblaient familiers. Le brin devait venir de là, mais en s'approchant du fleuve, elle constata qu'il était d'un noir huileux, dépourvu de reflet dans la nuit. Comme il était étrange de voir ces eaux inertes au cœur de la ville…

Tess frissonna. Le devant de son chemisier était trempé de sang. Elle ferma les yeux, vacilla, se força à les rouvrir et retrouva le fil de magie, qui courait le long d'un mur voisin, toujours plus lumineux, puis plongeait entre les briques d'une habitation pour disparaître. Les fenêtres de la maison avaient beau être fermées par des volets, des rais de lumière filtraient par les fissures et sous la porte d'entrée. Tess rassembla ses dernières forces pour frapper contre le bois.

Personne ne répondit.

Elle continua à tambouriner, mais le son lui semblait lointain. Elle était si fatiguée qu'elle appuya le front contre la porte. Son poing glissa. Elle sentit ses jambes se dérober à l'instant où ses yeux se fermèrent. Puis il y eut des voix, des pas, le grincement d'une serrure en fer. Quand la porte s'ouvrit, Tess perdit connaissance.

— Elle a été poignardée.

— Je ne suis pas aveugle, Beth.

— Une fille se présente à moitié morte sur le pas de ta porte en laissant des empreintes de mains ensanglantées sur le bois et des ruisseaux de sang sur le sol, et tu ne songes pas à appeler quelqu'un !

— Je t'ai appelée, toi…

Tess se força à ouvrir les yeux. Ce qu'elle avait pris pour une maison était en fait une taverne. Des poutres basses traçaient des lignes au-dessus de sa tête et l'odeur de la bière flottait dans la pièce. Elle tâta les lattes de bois qui la soutenaient. Elle se trouvait allongée sur une surface dure et surélevée. Une table.

Quelque part dans la pièce, deux individus parlaient fort, comme si elle n'était pas là. Un homme à la voix non pas grave mais douce, et une femme qui lui sembla tendue quand elle dit :

— Si elle meurt, tu seras encore plus dans le pétrin.

Tess tenta de remuer, mais ses membres pesaient comme des sacs de sable. Elle referma les yeux, s'efforçant de saisir les mots mitraillés dans la langue royale.

— C'est ma taverne.

— Oui, et aux dernières nouvelles, j'étais serveuse, pas chirurgienne.

— Je t'ai vue ficeler un rôti.

— Ned Tuttle, si tu ne sais pas faire la différence entre une côte de bœuf et une jeune fille, ne t'étonne pas d'être toujours célibataire.

Tess entendit un clapotis de mains dans l'eau, la torsion d'un chiffon, et enfin… le doux claquement d'un bec appartenant à un squelette de hibou. Vares ! Elle rouvrit les paupières et tourna la tête vers la voix de l'homme. Mince, plus jeune qu'elle ne l'aurait cru, il avait un nez fin et des cheveux bruns qui pendouillaient. Adossé au comptoir où se trouvaient le manteau de Tess, son hibou et un petit tas de lin rouge, l'homme avait le créateur de portes réassemblé entre les mains.

La blessée s'élança… ou du moins tel était son but, mais elle ne réussit qu'à se redresser à moitié sur un coude : une douleur fulgurante lui transperça aussitôt le flanc. Elle retomba plus ou moins sur le dos, se cognant la tête contre le bois de la table au passage.

— Génial, lâcha la femme, elle est réveillée.

L'homme abandonna le créateur de portes pour s'avancer vers Tess, qu'il fit se rallonger en exerçant une légère pression sur son épaule.

— Ne bouge pas, lui dit-il. On est là pour t'aider. (À la surprise de la jeune fille, il brandit un lin rouge entre son visage et le sien et lui murmura à l'oreille.) Tu es en sécurité ici.

Avant qu'elle puisse se demander qui il était et comment il connaissait son monde à elle, il lui appliqua un tissu sur le nez et la bouche. L'odeur, sucrée, était écœurante. Mais la douleur commença à s'estomper, les contours du monde à s'adoucir. Tess scruta le visage de l'homme. Dans son dos, une légère spirale de magie s'enroulait dans l'air autour de lui. Ses doigts se mirent à frétiller. Elle tendit la main pour l'attraper… mais son bras retomba, la pièce disparut et le noir se fit.

NW
NE
W
E
SW
S
SE

HUITIÈME PARTIE

LA FILLE, L'OISEAU ET LA *BONNE ÉTOILE*

I

Hanas
Neuf ans plus tôt

Le cœur de Tessali Ranek était soumis aux quatre vents. C'était ce que disait toujours sa mère. Que sa benjamine était née avec une brise en elle. Voilà pourquoi elle n'arrivait pas à rester assise et s'échappait toujours par les portes ouvertes. Sans cesse en mouvement, elle parcourait les couloirs de la maison, jouait dans la boutique du rez-de-chaussée jusqu'à ce que son père, incapable de supporter davantage son agitation, surtout au milieu des objets précieux alignés sur ses fragiles étagères, finisse par la chasser de son lieu de travail pour la laisser vagabonder en liberté jusqu'à la nuit tombée.

Ce jour-là, la brise Tessali, âgée de six ans, avait soufflé encore plus loin de chez elle. Elle avait gravi le sentier de la falaise, lequel ressemblait moins à un sentier qu'à un ruban d'herbe nu, une route glissante de cailloux instables, mais d'où la vue était spectaculaire.

Un petit vent se leva, apportant une odeur de tempête. Lorsque la fillette scruta la baie, les nuages flottaient à l'arrière-plan comme autant de navires à l'horizon. Elle avait tout son temps, se dit-elle en escaladant la dernière pente escarpée.

Hanas, ville maritime, était construite le long d'une série de vastes affleurements rocheux qui grimpaient depuis la côte, comme un escalier de géant. Le port se trouvait dans l'anse de la baie en contrebas, cerné par des falaises qui s'élevaient en pics recouverts par la mousse. Personne ne construisait le long des falaises : on racontait que la roche manquait de consistance et que, trop meuble, elle était susceptible de s'effriter comme la croûte d'une pâtisserie. Si c'était vrai, pourquoi avait-on construit tous les bâtiments juste en dessous, alors ? Les falaises ne bougeraient pas, disait-on, du moment qu'on les laissait tranquilles. Mais les petites filles pesaient moins lourd que les maisons. Aussi Tessali grimpa-t-elle en prenant soin d'éviter toutes les pierres qui lui semblaient un peu branlantes. Une fois au sommet, elle se redressa, les mains sur les hanches, aussi triomphante que si elle avait conquis la ville en plus de la falaise et que si tout ce qui se trouvait à ses pieds lui appartenait.

— Je suis la reine de Hanas ! cria-t-elle.

Sauf que le vent lui déroba ses mots, sur lesquels il souffla comme sur un ruban dans ses cheveux. Hors d'haleine, elle s'écroula dans les herbes folles pour contempler le va-et-vient des navires dont les voiles étaient réduites à de minuscules fanions blancs.

Confortablement installée, Tessali leva la tête vers le vaste ciel. Bientôt, l'air au-dessus de ses yeux se mit à scintiller et à onduler, tel un rideau que des doigts froisseraient. Voilà que ça recommençait. Elle plissa les paupières pour tenter de retrouver de la netteté, mais le chatoiement ne fit que s'accentuer, traçant même des lignes qui donnèrent au ciel des allures de tapisserie. Tessali attendit que le dessin disparaisse. Comme il persistait, elle ferma les yeux pour que le vent s'engouffre dans ses oreilles, ses os, son cœur, et l'emporte avec lui.

Ploc.

Une goutte d'eau lui atterrit soudain pile entre les deux yeux. La fillette tressaillit. Elle n'avait pas l'impression d'avoir dormi, et pourtant l'odeur de l'air avait changé. Elle se redressa pour constater que l'orage était arrivé : ce n'était plus une ombre à l'horizon mais une masse de ténèbres qui planait au-dessus de sa tête et menaçait de…

Ploc. Ploc. Ploc.

Un tuyau sur le point d'éclater… Bien sûr, quelques secondes plus tard, la bruine devenait déluge. Aussitôt debout, elle dévala la pente, moitié courant, moitié glissant. Mais la terre se fit boue, les cailloux roulaient sous ses chaussures et la pluie qui tombait dru lui brouillait la vue au point de transformer ce déferlement de gouttes en une cascade de minuscules filaments de lumière. Elle secoua la tête, s'efforça d'ajuster sa vision et courut vers sa maison.

Lorsque le chemin redevint rue et que le sol de terre redevint pavé, elle était trempée jusqu'aux os, ses boucles lui collaient au visage et sur la nuque, sa robe se plaquait à ses jambes. Elle croisa son reflet dans une vitrine. Façonnée par le vent, elle avait l'air sauvage et folle à lier. Cette image la fit sourire.

Elle continua sa course et ne ralentit qu'à la vue du panneau. Un panneau non pas de bois, mais de métal, afin qu'il brille même en pleine tempête. « ON IR ALES », annonçaient ses lettres d'or scintillant. « Unique en son genre. »

Esna, leur domestique, se tenait sur les marches, rouge de colère. Elle attrapa Tessali par le bras pour la tirer dans la boutique de son père et la conduisit à la deuxième porte, celle qui menait à leurs appartements à l'étage.

— De toutes les bêtises…

Tessali savait d'expérience qu'il valait mieux la laisser fulminer comme une bouilloire jusqu'à ce qu'elle soit à court de vapeur.

Elle fut obligée de se déshabiller là, en haut des escaliers, de laisser ses vêtements souillés sur le palier. Puis Esna la fit passer devant les vitrines, les armoires de bois foncé et les portes closes.

— Quatre filles, s'emporta Esna, et pas une pour avoir deux sous de jugeote.

Puis elle la fit asseoir sans ménagement dans la baignoire.

Au dîner, sa fourchette racla doucement le fond de l'assiette.

Tessali luttait contre l'envie de gigoter. Esna l'avait revêtue d'une robe empesée, ce qui s'apparentait fort à une punition, et elle avait tressé ses boucles en une natte si serrée que la fillette en avait mal au crâne. Elle avait croisé son reflet dans le miroir de l'entrée : on aurait dit une poupée.

« *Tu ressembles à ta mère* », disait parfois Esna.

Dans sa bouche, c'était un compliment : sa mère était jolie, avec une taille fine. Sophistiquée. L'image même d'une *ostra*, une femme de la noblesse d'Arnes.

Son père, en revanche, avait un visage de corbeau. Un nez pointu, de petits yeux perçants et une tête qui pivotait, sans cou, sur ses épaules. Quand ses sœurs vivaient encore à la maison, Mirin en proposait une imitation troublante, qui faisait éclater de rire Rosana. Seule Serival, celle qui lui ressemblait le plus, se renfrognait en déclarant que ce n'était pas drôle.

Ses sœurs aînées lui manquaient.

Elle ne s'était pas toujours bien entendue avec elles, mais la maison lui semblait déserte sans elles. Curieux comme un endroit pouvait sembler vide alors même qu'il regorgeait d'objets. La collection de son père débordait de la boutique au rez-de-chaussée pour grimper comme de la mauvaise herbe dans tous les recoins de la demeure, ce qui ne la gênait pas en soi, sauf qu'elle n'avait le droit de toucher à rien.

Non que ces artefacts soient fragiles – la moitié étaient déjà cassés d'une manière ou d'une autre – mais parce qu'ils avaient de la valeur. Or, selon son père, les objets de valeur devaient être protégés, gardés derrière une vitre, afin que cette valeur augmente.

Il ne s'agissait pas d'articles interdits. Tout le monde savait que Forten Ranek ne donnait pas dans ce genre de magie. Il était trop fier. Il ne s'intéressait pas à ce qui était dangereux ou indécent. « *Laissons ça à Sasenroche* », avait-il coutume de dire. Non. Son père était un conservateur spécialisé dans le rare et le précieux.

De temps à autre, il jetait à sa plus jeune fille ce regard calculateur qu'il posait en général sur une pièce apportée pour être vendue. Il attendait de voir ce qu'elle valait afin de mettre cette valeur à profit, comme il l'avait fait pour ses autres filles, les sœurs de Tessali.

Il y avait d'abord eu Mirin, rare par sa beauté. On l'avait surnommée le Diamant de Hanas. Dix-huit hommes, tous plus remarquables les uns que les autres, vinrent des trois empires pour demander sa main. Elle fut remportée par un Arnésien assez âgé pour avoir les cheveux gris, et installée dans un manoir du Nord.

Puis Rosana, rare par ses pouvoirs. À dix ans, elle savait manier non seulement le feu, mais aussi la glace. Elle s'en était allée à quatorze ans, devenue vedette d'une troupe de théâtre, alors qu'elle rêvait de remporter l'*Essen Tasch.*

Enfin Serival, l'aînée, rare par sa ruse. Elle n'avait pas été vendue, mais envoyée au loin pour être les yeux de son père à travers le monde et trouver de nouveaux objets pour sa collection.

Trois sœurs disparues. Trois chaises vides à table.

Ses parents parlaient entre eux comme si non pas trois mais déjà quatre des chaises étaient inoccupées et Tessali se disait qu'elle allait mourir d'ennui. Même après avoir fini son assiette, elle n'avait pas le droit de quitter la table sans y être autorisée. Une bougie brûlait devant elle et, tandis que ses parents discutaient, elle laissa filer son regard, tantôt concentré, tantôt rêveur, jusqu'à ce que la petite flamme semble se détacher, se subdiviser en brins aussi fins que des cheveux.

Elle aurait juré pouvoir en attraper un rien qu'en tendant le bras. Ce qu'elle fit, oubliant qu'il s'agissait d'un effet d'optique, que ce n'étaient pas de vrais filaments mais du feu. Elle porta la main à la flamme… Une chaleur brûlante lui parcourut les doigts. Tessali poussa un cri et retira sa main. Pour la première fois de la soirée, elle avait l'attention de ses parents.

— Je n'ai pas fait exprès, s'empressa-t-elle de bredouiller en serrant ses doigts brûlés. Je voulais prendre le sel.

Son père secoua la tête. Sa mère se contenta de la dévisager avec drôle de regard. Elle avait bien vu que sa fille n'avait pas tendu la main par-dessus la bougie, mais directement dans la flamme. Aussi posa-t-elle son couteau avant de se lever.

— Viens ! dit-elle à sa benjamine d'un ton brusque. Allons mettre un peu de baume là-dessus.

Elle prit Tessali par sa main intacte et l'emmena dans la cuisine où, sans rien ajouter, elle sortit le pot de crème, fit asseoir sa fille et lui enduisit les doigts d'une noisette de pommade froide. Mais une fois les soins prodigués, elle plongea ses yeux dans ceux de Tessali – d'un brun moucheté de vert et d'or, comme les siens – pour lui demander la raison de son geste.

Tessali se mordilla la joue.

— Je pensais pouvoir les toucher.

— Les flammes ?

La fillette secoua la tête.

— Les fils.

La confusion se peignit sur les traits de sa mère.

— Quels fils ?

D'un petit signe du menton, Tessali désigna l'âtre, dont le feu était traversé de brins de lumière, même si, en fait, elle en avait aussi vu à la surface de la table. Et dans la cuvette remplie d'eau. Et dans le pot de baume.

— Tu ne les vois pas ? s'étonna-t-elle.

Quand sa mère fit « non » de la tête, Tessali ressentit un petit élan de triomphe : enfin elle avait une particularité, un don qui valait quelque chose. Enfin elle aurait de la valeur aux yeux de son père !

Sauf que le regard de sa mère ne brillait pas de fierté, mais de peur. Tessali comprit alors que cette particularité-là n'était pas partagée par tous. Ce n'était pas un don ordinaire. C'était quelque chose d'aussi rare que les objets dont son père faisait commerce, or elle savait qu'il ne gardait pas les plus précieux pour lui. Non, il les vendait au plus offrant.

Sa mère s'agenouilla devant elle et lui saisit fermement les mains, malgré les brûlures.

— Quand ? demanda-t-elle. Quand est-ce que ça a commencé ?

La fillette ne sut que répondre. Elle n'en avait aucune idée. Le phénomène ne s'apparentait pas à un feu qu'on allume, mais à un lever de soleil, avec une apparition si progressive de la lumière qu'elle ne l'avait pas remarquée, du moins pas au début. Et puis, un jour, elle n'avait pu l'ignorer : chaque objet semblait entouré d'une aura, lueur semblable à celle des lanternes sur les quais, lorsque le brouillard tombait sur le port la nuit. Sauf que le soleil était levé et que les lanternes n'étaient pas les seules à briller. Tout, absolument tout, brillait.

Du reste, elle ne s'était pas rendu compte que ce don de vision était inhabituel. Comment pouvait-elle deviner ce que les autres voyaient ?

Mais le regard de sa mère en disait assez long, et la peur dans sa voix trahissait le reste.

— N'en parle surtout pas, murmura-t-elle.

Son visage était si proche du sien que leurs fronts se touchaient presque. Puis sa mère la releva pour la conduire à la salle à manger et ses chaises vides.

— Quelle étourdie ! dit-elle en souriant à son mari. Toujours à rêvasser…

Tessali s'assit sans piper mot.

Ce soir-là, dans sa chambre, elle s'assit par terre, jambes croisées, et examina la bougie qu'elle avait emportée au moment d'aller se coucher. Elle regarda les vrilles s'éloigner de la flamme pour se tortiller dans l'air.

La douleur dans ses doigts s'était calmée, et voilà que Tessali se prenait à répéter son geste. La chaleur qu'elle sentit contre sa paume lorsqu'elle effleura la flamme lui rappela de ne pas la toucher. Elle choisit d'attendre que le filament se mette à trembloter, à onduler loin du feu. Alors seulement elle l'attrapa. Il pulsait, très chaud, entre son index et son pouce, mais il ne la brûlait pas.

Elle tira juste un peu, s'attendant à une résistance. Au lieu de quoi la flamme s'effilocha jusqu'à s'éteindre. Le fil s'attarda un instant, brillant comme une braise dans sa main, avant de se dissoudre.

Elle sourit dans l'obscurité, puis elle ralluma la bougie… et recommença.

II

Sept ans plus tôt

La boutique de son père était pleine de merveilles.

Des livres si anciens qu'elle ne parvenait pas à en déchiffrer le titre. Une lettre à un roi d'un autre monde. Une tête sculptée dans le marbre par un artisan de Vesk. Un tableau fait d'une centaine de panneaux de verre feuilleté. Une carte menant au *Ferase Stras*. Un bol de divination, dont la surface polie avait été enchantée de manière à montrer non pas l'avenir, mais le passé. Un orbe de verre translucide capable de restituer la voix d'une personne.

C'était un labyrinthe d'armoires, un couloir sinueux envahi de vitrines et de coffres en bois, où il était facile de s'égarer quand on ne pouvait pas voir au-dessus des meubles. Mais chaque fois que Tessali se perdait, elle se hissait sur la pointe des pieds – ou sur une table – pour chercher l'oiseau magnifique.

Le volatile trônait sur un piédestal au cœur de la boutique, tel le centre d'une boussole. Non seulement ses plumes d'un vert vif accrochaient la lumière, mais sa crête d'or surplombait les malles et les étagères. Une fois sa cible repérée, la fillette sauta de la table. Elle savait quelle direction prendre.

En chemin, elle passa devant un coffre étroit dont le contenu demeurait dans l'ombre, même s'il était éclairé par une source de lumière. Tessali avait mémorisé ce qui se trouvait à l'intérieur : un bout de papier rédigé dans la vraie langue de la magie, la main brisée d'une petite sculpture, un morceau de pierre ayant autrefois fait partie du portail entre les mondes, à l'époque où les portes étaient ouvertes. Autant de reliques du Londres noir.

Tessali n'aimait pas les objets renfermés dans cette caisse. S'ils n'avaient pas de filaments, l'air qui les entourait n'était pas vide pour autant : un mince cercle d'ombre ceignait chacun d'eux, exact opposé des halos qui se formaient la nuit autour des lanternes. Une fois, une fois seulement, elle avait ouvert le coffre et s'était approchée pour les toucher, non pas les objets eux-mêmes, mais les ténèbres qui troublaient l'espace de tous les côtés.

Sur le moment, elle n'avait rien senti. Un mauvais rien, un rien absurde. Elle s'était retrouvée à frotter ses mains l'une contre l'autre pendant des heures, incapable de les réchauffer.

Son père prétendait que ces objets n'étaient pas interdits, qu'ils étaient des témoins de l'histoire, or l'histoire avait de la valeur... Pourtant, il ne les avait jamais vendus. Ni même montrés. Avait-il oublié qu'ils étaient là, enfouis dans le labyrinthe de la boutique ? Elle s'efforçait de les oublier elle aussi, mais elle finissait toujours par retomber sur la caisse plongée dans l'ombre. Elle lui tourna le dos pour partir en quête de l'oiseau magnifique.

D'aussi loin qu'elle se souvienne, il régnait sur la boutique. Autrefois, il faisait la même taille que Tessali, mais à la différence du volatile, elle avait continué à grandir. Désormais, elle le dépassait. N'empêche qu'il était splendide, trop grand pour tenir dans une armoire, si bien qu'on l'avait perché au sommet d'un meuble afin qu'il surveille le précieux contenu de la boutique paternelle.

À en croire ce dernier, l'oiseau appartenait à une espèce éteinte dont il était le dernier représentant. L'emblème parfait pour *On Ir Ales.*

Toutefois, ce n'était pas l'oiseau lui-même qui captivait la fillette. C'était la façon dont il se mouvait.

Dès que Tessali apparaissait dans son champ de vision, la créature ébouriffait ses plumes et déployait ses ailes. Sa tête s'agitait, ses yeux se tournaient vers la nouvelle venue, son bec claquait doucement. Il effectuait ces petits mouvements dictés normalement par la nature, mais guidés chez lui par un délicat réseau de magie tissé dans l'air au-dessus de ses ailes, autour de son corps emplumé, entre ses pattes griffues.

À l'époque, la plus jeune des filles du conservateur avait été déçue d'apprendre qu'il ne s'agissait que d'une imitation de la vie. Mais c'était avant qu'elle ait pu voir les filaments qui l'animaient. À présent, Tessali s'émerveillait de la complexité même de la magie. Elle tendit le bras pour faire vibrer l'un des fils lumineux qui s'enroulaient dans l'air telles les cordes d'un instrument. L'oiseau répondit en se soulevant légèrement, comme sur le point de s'envoler. Ce mouvement-là n'était pas habituel. Elle seule pouvait le lui inspirer.

— Tessali !

La voix de son père aurait dû s'empêtrer dans le labyrinthe, s'enrouler autour des armoires et des caisses qui lui faisaient obstacle, mais non. Elle avait une façon bien à elle de traverser l'espace.

Tessali écarta sa main du volatile et se souvint de la mission qu'on lui avait confiée. Elle ouvrit le cabinet qui servait de perchoir à l'oiseau et en sortit le coffret à monnaie, puis se hâta de retourner à l'entrée de la boutique. Le dédale lui semblait toujours bien moins déroutant au retour qu'à l'aller : en quelques secondes, elle en sortit.

Son père attendait avec le client, un homme d'un certain âge dont les cheveux argentés étaient retenus par une élégante tresse. Ils parlaient de Londres – comme tout le monde –, du Brouillard noir et de sa magie corrompue qui s'était répandu dans les rues la semaine précédente. Certains pensaient qu'un sort avait déraillé, d'autres avaient conclu à une attaque. Après tout, le roi et la reine étaient morts. Malgré tout, ce n'était pas ce qui intéressait le père de Tessali, dont elle surprit la fin de la phrase.

— Aura bientôt l'une des épées de Maxim Maresh, disait-il. Et le masque de tournoi de Kisimyr. J'ai un collectionneur en ville.

Il parlait de Serival.

Tessali reporta son attention sur le comptoir qui séparait les deux hommes. Quelque chose de fin et tranchant attendait sous un drap. Tandis que son père récupérait le coffret à monnaie, elle tenta de deviner ce que c'était.

— Ma benjamine, dit-il au client. Elle a tendance à se perdre dans ses pensées.

Le visiteur adressa un sourire à la jeune fille.

— Le monde a besoin de rêveurs.

— Pas sûr, répliqua sèchement son père.

Ses yeux se posèrent sur elle comme plus tôt ceux de l'oiseau, perspicaces, noirs et scrutateurs.

— Mais si, insista le client. Rendons grâce aux rêveurs pour la moitié des merveilles de votre boutique !

Le conservateur se fendit d'un sourire poli avant de se mettre à compter les pièces. Tessali connaissait la question qui traversait l'esprit de son père : à quoi pouvait bien servir une rêveuse sans magie ?

La fillette regagna la table qu'elle occupait lorsque le client était entré. Une fois hissée sur son tabouret, elle examina le jeu des éléments qui gisait là, comme tous les jours, parce que tous les jours, son père lui ordonnait de s'entraîner.

La veille au soir, elle l'avait entendu s'entretenir avec sa mère. *« Sans pouvoir. »* Ainsi avait-il qualifié la dernière de ses filles, crachant les mots comme s'il s'agissait d'une malédiction.

Pour apaiser son époux, la mère de Tessali avait argué que le nouveau roi n'avait pas de magie non plus, avant de lui rappeler qu'ils avaient déjà eu la chance d'avoir trois filles dotées de pouvoirs et que le monde cherchait l'équilibre. Comme si Tessali était une contrepartie à payer pour les dons accordés à ses aînées.

La clochette de la boutique tinta, signalant le départ du client, mais la fillette s'abstint de lever les yeux. Concentrée sur les cases du jeu, elle remua les lèvres et fit mine de n'avoir aucune emprise sur elles, même si ce n'était pas tout à fait vrai. Pour autant qu'elle sache, la magie élémentaire n'entrait pas dans ses compétences.

Elle ne savait pas faire naître quelque chose à partir de rien, créer une flamme à partir d'une goutte d'huile, invoquer un souffle de vent pour déplacer le tas de sable, ni contrôler un fragment d'os. Mais une fois l'huile enflammée, elle pouvait donner n'importe quelle forme à la goutte ardente, la muer en brasier ou en délicat ruban de flammes. Elle pouvait changer l'eau en glace en tirant sur ses filaments, ou faire de la terre un anneau. Elle pouvait même tirer sur les fils de la boîte de bois et lui donner l'apparence d'un bracelet, d'une tasse, d'un arbrisseau. Elle avait accès à la trame du monde et à toute la magie qu'il recelait. Elle pouvait en toucher chaque fil, démêler ses motifs, les redessiner et…

— Tu ne fais aucun effort, gronda son père.

Tessali se hérissa. Elle était à deux doigts de tout lui dire, de lui montrer ce dont elle était capable. Avec un peu de chance, il la regarderait enfin avec les yeux qu'il posait sur Serival, Rosana ou Mirin. Des yeux pleins de fierté plutôt que d'espoir. Mais chaque fois qu'elle en éprouvait l'envie, elle se rappelait la peur sur le visage de sa mère et le fait que ses sœurs étaient parties l'une après l'autre : si elle révélait la vérité, son père ne l'aimerait pas pour autant.

Non, il la vendrait.

— Viens par ici.

Tessali abandonna son jeu des éléments et son tabouret pour retourner au comptoir pendant que son père ôtait le drap qui recouvrait la dernière pièce de sa collection : un miroir.

Bien entendu, ce n'était pas un miroir quelconque – son père ne s'embarrassait pas de bibelots ordinaires. Elle voyait d'ailleurs la magie s'enrouler tout autour, traçant un second motif qui se superposait au cadre argenté. Avant qu'elle n'en puisse déchiffrer le sens, le conversateur lui dit :

— Certains miroirs montrent l'avenir. D'autres, le passé. D'autres encore montrent ce à quoi tu aspires ou ce que tu redoutes. Il en existe même qui peuvent te montrer ta mort. (Tessali frissonna. Pourvu que ce ne soit pas le cas de celui qu'elle avait sous les yeux !) Mais ce miroir-ci... poursuivit-il en passant une main sur le contour argenté. Ce miroir-ci révèle ce dont tu es capable, ton véritable potentiel.

Tessali vit ses yeux s'écarquiller sur la surface réfléchissante. Son père prit son expression pour de l'enthousiasme et sourit. Comme il n'était pas du genre jovial, son rictus paraissait faux, artificiel.

— Alors, ma petite rêveuse, quelle est ta valeur ?

C'était une question qu'il posait à chaque artefact de sa boutique, à chaque pièce qui rejoignait sa collection. Il la posait d'une voix douce, presque avec révérence, en s'adressant non pas à son propriétaire mais à l'objet lui-même, au moment où il le prenait pour l'installer sur une étagère.

« Quelle est ta valeur ? »

Il saisit le poignet de sa fille et l'approcha davantage du miroir. Tessali fut parcourue par un frisson de peur doublé d'une vague de soulagement. Elle était fatiguée de cacher qui elle était, ce qu'elle pouvait faire. Désormais, elle n'avait plus le choix. Le miroir allait dévoiler sa nature, son père connaîtrait la vérité et ce ne serait pas sa faute.

Il lui appuya la main sur la surface de verre. Elle était froide au toucher, si bien que de la buée se forma aussitôt autour de ses petits doigts pour bientôt s'étaler, recouvrant tout le miroir avant d'engloutir la boutique et son père avec.

Mais pas Tessali.

Non, la fillette se tenait là, au centre du cadre argenté. Puis le contour disparut et elle se retrouva seule, non plus dans le magasin de son père, mais dans une rue qu'elle ne connaissait pas, au cœur d'une ville animée. Elle s'efforça de se repérer, sauf que la rue et les bâtiments alentour commencèrent à se défaire jusqu'à se changer en milliers de filaments. Lorsqu'elle se déplaça, ils répondirent à ses mouvements : ils s'éloignèrent, puis se rapprochèrent.

Elle les pinça alors comme elle l'aurait fait avec les cordes d'une harpe, et ils se mirent à chanter en couleur et en lumière.

Elle ressentait l'énergie de chacun d'eux. Leur potentiel. Elle déplia les doigts, et ils se déployèrent. Elle replia les doigts, et ils se rassemblèrent au creux de ses mains. Dans l'espace entre ses paumes écartées, les filaments s'enroulaient, plus vite et plus serrés, jusqu'à dessiner des formes.

Là, dans ses mains, il y avait à présent une boîte, un oiseau, une lame. Et là, une maison, une tour, un palais, une route. Là, une ville s'effondrait, s'écroulant comme un château de sable. Et là, un mort se relevait tel un pantin, ramené à la vie. Là, un fleuve de lumière quittait son lit pour noyer tout un monde. Après cette dernière vision, les filaments s'éparpillèrent. Sortis de l'espace délimité par ses paumes, ils décrivirent un arc autour de la fillette jusqu'à ce qu'elle se trouve dans un autre cadre. Non, pas un cadre. Une porte.

Puis les filaments virèrent au noir.

Ils reculèrent, refluèrent vers elle comme une vague dont la crête s'élevait au-dessus de sa tête. Elle retint son souffle tandis qu'ils s'écrasaient sur elle, en elle, s'enroulaient autour de ses membres, de son corps, de son visage, avant de l'engloutir et de la faire disparaître.

La fillette s'écarta de l'artefact et les visions s'évanouirent : elle était de retour dans la boutique, le cœur battant à tout rompre devant un miroir redevenu miroir. Derrière elle, son père lui serrait les épaules avec une avidité à peine contenue.

— Qu'as-tu vu ? s'enquit-il.

Tessali se rendit compte qu'elle était seul témoin de ce que l'artefact lui avait montré. Que son secret restait le sien. Libre à elle de le partager ou de le garder. Mais comment raconter ce à quoi elle avait assisté ? Qu'avait-elle vu, d'ailleurs ? Qu'est-ce que tout ça signifiait ?

— Alors ? insista-t-il.

— Je me vois ici, avec toi.

C'était la vérité, plus ou moins. Après tout, c'était bien ce qu'elle voyait à présent dans le reflet. Elle accompagna sa réponse d'un sourire discret, comme si cet avenir lui plaisait. Alors que ni lui ni elle ne s'en satisferait. Son père lui lâcha les épaules. Il récupéra le tissu et le jeta sur le miroir mais Tessali eut le temps de voir la déception se peindre sur le visage paternel juste avant que le drap ne retombe.

III

Trois ans plus tôt

Tessali courait, maudissant ses pantoufles qui glissaient et dérapaient sur la route caillouteuse.

Sa mère l'obligeait à les porter, puisqu'elle insistait pour se comporter « comme une poule sortie de l'enclos et non comme une adolescente de douze ans ». Elle s'imaginait que sa fille, découragée par ces maudites chaussures, renoncerait à courir.

Mais pas du tout.

Chaque fois que ses parents l'envoyaient faire une course, elle courait : comme elle mettait deux fois moins de temps que nécessaire pour se rendre chez le boucher, le boulanger ou à la banque, elle pouvait se permettre de traverser le marché des quais sur le chemin du retour.

Car Tessali adorait le marché des quais, ses étals de fortune qui surgissaient du jour au lendemain tels des champignons, le long du port, ses tables faites de caisses retournées, ses tentes bâchées tenues par des marins qui y vendaient les marchandises et babioles dénichées au cours de leurs voyages. Ce n'était pas le cœur de leur travail, mais un à-côté. Bien entendu, son père méprisait le marché, dénué de valeur à ses yeux, mais l'adolescente, elle, s'émerveillait de la variété des articles, venus des quatre coins de l'empire et de plus loin encore. Quand on vivait à Hanas, il était facile d'oublier l'immensité du monde.

Elle n'était sortie qu'une seule fois de la ville portuaire, pour assister, à une demi-journée de calèche vers le sud, au spectacle de Rosana. La benjamine de la troupe était manifestement destinée à de grandes choses. Une future championne de l'*Essen Tasch*, prédisait son père. C'était avant que le prince de Vesk ne tue la reine d'Arnes, créant une brèche dans le traité entre les trois empires, et que le tournoi ne soit donc annulé une bonne fois pour toutes.

La plupart du temps, Tessali se contentait d'admirer les marchandises en imaginant d'où elles provenaient. Mais ce jour-là, pendant qu'elle arpentait les stands, un gros rôti dans la sacoche suspendue à son bras (le but de son expédition) et un mois de petite monnaie au fond de sa poche, elle était en quête d'une récompense, d'un cadeau.

C'était l'anniversaire de son père et, même s'il n'avait rien d'un sentimental, il avait décrété qu'un demi-siècle méritait d'être marqué d'une pierre blanche. Sa mère y avait vu l'occasion de rappeler ses filles à la maison. Mirin et Rosana étaient déjà occupées à déballer les présents qu'elles comptaient offrir, et Serival devait les rejoindre d'un instant à l'autre. Nerveuse, Tessali jeta un rapide coup d'œil aux quais : sa sœur viendrait-elle par la terre ou par la mer ? En tout cas, elle apporterait à n'en pas douter un cadeau grandiose. Comme d'habitude. Après tout, son travail consistait à dénicher des objets précieux.

Tessali était bien décidée à trouver quelque chose, elle aussi.

Elle longea la rangée d'étals, effleurant telle marchandise du regard, frôlant telle autre. Faute de savoir précisément ce qu'elle cherchait, elle avait la certitude qu'elle trouverait son bonheur. Ce qui finit par arriver.

La plupart des stands proposaient au moins un élément à la magie défectueuse parmi leurs marchandises, un de ces objets dont le sortilège s'effilochait ou se fracturait d'une manière invisible au commun des mortels. Mais sur un étal en particulier, tout semblait cassé. Depuis les globes de verre, censés pouvoir emprisonner une saison, jusqu'aux pierres chauffantes destinées à faire bouillir l'eau dans laquelle on les plongeait, en passant par les prismes de navigation, dont les variations de couleurs auraient dû avertir du mauvais temps à venir. Rien, dans tout ce bric-à-brac, ne fonctionnait.

Assis sur une caisse derrière la table, un homme réalisait une sculpture à l'aide d'une lame de la taille de son pouce. Il avait la peau mate et des cheveux noirs torsadés en cordes, chacune sertie d'un brin d'argent. Une fine volute de magie bleue se tortillait dans l'air autour de ses épaules.

Tessali le vit donner un coup de lame trop profond : le bois se fendit en deux dans sa main.

— Je n'ai jamais été doué pour la sculpture, marmonna-t-il en jetant le bâton dans les vagues.

Ce qui ne l'empêcha pas de ramasser un autre morceau de bois pour recommencer. Après trois coups de couteau, il finit par remarquer la présence de sa jeune cliente et constata qu'elle examinait ses marchandises.

— Tu veux quelque chose ? demanda-t-il d'une voix rendue rauque par le sel de mer.

La table avait beau être encombrée, Tessali acquiesça avant de s'emparer d'un orbe. Le marchand en avait trois pour l'hiver, deux pour l'automne et deux pour le printemps, mais elle choisit un globe d'été.

— Combien ? tenta-t-elle, retenant son souffle.

Elle n'avait que six lins en poche. Un saisonnier en état de marche aurait coûté le double. Or, même si ce n'était pas le genre d'objet que son père proposait dans sa boutique, il ne cessait de se plaindre du froid. Ce cadeau lui plairait forcément : une pleine paume de chaleur.

— Deux, répondit le marin.

La jeune fille dut se mordre les lèvres pour dissimuler son sourire. Son père lui répétait sans arrêt qu'elle ne devait jamais laisser ses émotions transparaître sur son visage. Elle fouilla sa poche et en sortit deux pièces de monnaie.

— Mais sache qu'il est cassé, ajouta-t-il.

C'était très honnête de sa part, songea-t-elle. La plupart des marins soutiendraient qu'une planche de bois était une épée en or, histoire de vous inciter à l'acheter.

Tessali posa les deux lins sur la table.

— Je sais.

Elle se garda bien de lui dire qu'elle avait repéré l'endroit exact où les filaments étaient effilochés. Ce ne serait pas bien difficile à réparer.

Elle glissa avec précaution l'orbe endommagé dans sa sacoche, quand le marin esquissa une série de gestes étranges. Tout d'abord, il acheva de tailler son morceau de bois pour en faire un minuscule tuyau. Puis il sortit de sous l'étal le petit squelette articulé d'un hibou, qu'il posa sur la table avant de lui insérer le tuyau dans le bec. Amusé, le matelot sourit, sous le regard stupéfait de Tessali.

— Combien pour ça ? demanda-t-elle.

— La pipe ?

— Le hibou.

Il prit le temps de mieux observer sa cliente.

— Ce n'est pas de la magie, dit-il.

En effet. Il n'y avait pas de filaments de sortilège, brisés ou entiers, pas le moindre signe d'enchantement. Seulement un fil d'argent qui maintenait en un seul bloc ce paquet d'os.

L'homme évalua l'oiseau d'un long regard approbateur.

— Cinq, lâcha-t-il.

— Quatre, répliqua Tessali. (Malheureusement, il avait dû voir l'envie dans ses yeux car il refusa d'un signe de tête. Le cœur de l'adolescente se serra.) Je n'ai pas cinq lins.

Il haussa les épaules, avec l'air de dire que ce n'était pas son problème. Embarrassée, elle fouilla ses poches, comme si les pièces pouvaient se multiplier d'elles-mêmes. Puis elle porta les mains à ses cheveux. Elle les avait relevés, comme toujours, en torsades retenues par une barrette. Elle la détacha, et sa crinière retomba en un nuage de boucles brunes sur ses épaules. La barrette en elle-même ne valait pas grand-chose, mais elle était ornée d'une breloque en argent. Tessali l'en décrocha et l'ajouta aux quatre pièces qu'elle tenait dans sa paume.

Le marin réfléchit. Elle attendit avec impatience le verdict.

Enfin, l'homme tendit la main vers le petit oiseau et arracha le tuyau de bois glissé dans son bec.

— Je te laisse le hibou, mais pas la pipe.

Elle faillit se jeter au cou du matelot, mais se retint.

Une fois payé son dû, Tessali prit le petit squelette de volatile dans ses bras avant que son propriétaire ne change d'avis. Elle le regarda empocher les pièces et glisser la babiole en argent dans ses cheveux à lui.

Puis elle tourna les talons et courut jusque chez elle.

Pour la première fois depuis des années, il n'y avait pas de chaises vides au dîner.

Les quatre filles de Forten Ranek, toutes de retour à la maison, avaient pris place autour de la table d'anniversaire, aussi belles que des trophées, ainsi revêtues de leurs plus beaux atours et maquillées comme des poupées. Un jour, au marché des quais, Tessali avait vu un ensemble de figurines en bois peint, chacune dotée d'un visage bien à elle, qui s'emboîtaient les unes dans les autres. Le marin lui avait montré comment elles s'imbriquaient. Depuis, c'était de cette manière qu'elle voyait ses sœurs. Les quatre années qui les séparaient chacune, telle une volée de marches descendantes, de vingt-quatre à douze ans, y contribuaient sans doute.

Les quatre sœurs différaient presque en tous points. Elles variaient en âge et en taille, en beauté, en tempérament. Quant à leurs yeux, ils allaient de l'améthyste (Rosana) au noisette (Serival) en passant par le marron (Tessali) et le presque noir (Mirin).

La seule chose qu'elles avaient en commun, c'étaient leurs cheveux bouclés, dont l'implantation n'était cependant pas la même sur les quatre têtes.

Les cheveux de Serival, vagues brunes et souples, étaient toujours ramenés en une tresse bien serrée et soignée. Mirin n'attachait jamais ses boucles gorgées de soleil, qu'elle laissait déployées en une crinière brillante. Rosana portait court son halo de frisettes d'un brun chaud, souvent dissimulées sous ses perruques d'artiste.

Et puis il y avait Tessali, dont les boucles sauvages, indisciplinées, formaient un buisson de mauvaises herbes qui ne cessaient de s'échapper. Elle avait fait de son mieux, ce soir-là, pour attacher la masse indocile, la domestiquer en une belle coiffure, mais à midi, lorsque le rôti fut cuit et servi, les coupes remplies de ce vin corsé du Sud (dont même Tessali avait le droit de boire un verre, même si elle n'aimait ni le goût ni la sensation qu'il lui donnait d'avoir une tête à la fois grosse et petite), elle devina que ses frisottis commençaient à se libérer.

Sa mère rayonnait, heureuse de retrouver sa famille au complet. Son père souriait aussi, heureux de constater le résultat de son travail.

Esna se mit à débarrasser les assiettes, signe que l'heure des cadeaux avait sonné.

En attendant son tour, Tessali serrait le sien sous la table. Elle l'avait enveloppé dans un carré de tissu vaporeux noué par un ruban. Elle y avait passé toute l'après-midi, depuis la seconde où elle était rentrée à la maison jusqu'au moment où on l'avait appelée pour le dîner, n'empêche qu'elle avait réussi. Ses genoux en tressautaient de nervosité.

Rosana s'avança la première en tendant une enveloppe fermée d'un sceau de cire noire. Leur père voulut s'en saisir, mais avant qu'il ne referme la main dessus, sa fille fit apparaître une flamme délicate qui dévora l'enveloppe dans une gerbe d'étincelles rougeoyantes et fit fondre la cire pour en révéler le contenu : une invitation.

— À une représentation en votre honneur.

Leur père, un sourire pincé aux lèvres, s'empara de la feuille. C'était un beau cadeau, mais il s'attendait manifestement à mieux.

Rosana, qui s'en rendit compte elle aussi, baissa les yeux, écarlate. Si seulement l'*Essen Tasch* n'avait pas été annulé, se dit Tessali. Sa sœur allait devoir trouver un autre moyen de briller.

Mirin s'avança dans le silence. Un sourire de chat se dessinait sur son beau visage.

— Mon cadeau, annonça-t-elle. (Elle avait pourtant les mains vides. Ses doigts délicats tombèrent sur le devant de sa robe.) Cela dit, vous allez devoir attendre avant de le prendre dans vos bras.

Leur mère poussa un cri de joie, le sourire de leur père s'élargit, révélant ses dents et, tandis que Mirin palabrait sur les dates de naissance et les noms, rose de bonheur, Rosana et Tessali échangèrent un regard exaspéré : ni l'une ni l'autre ne pourrait rivaliser avec l'arrivée d'un petit-fils ou d'une petite-fille.

Car il s'agissait, comme toujours, d'une compétition.

Seule Serival semblait sereine, manifestement confiante dans son propre présent, ce qui augmentait la nervosité de Tessali… et lui donna l'audace de doubler sa sœur aînée, pour ne pas se retrouver à passer après elle.

— Père, dit-elle en présentant à son tour son paquet, voici mon cadeau.

Il s'empara du paquet et ôta l'emballage de fortune qui entourait le globe d'été. Sa benjamine n'osait plus respirer. Dès qu'il effleura la surface de l'orbe, celui-ci prit vie : il renfermait un petit arbre en pleine floraison.

Tessali sourit, car elle ne s'était pas contentée de réparer le globe d'été. Elle l'avait amélioré.

Alors qu'elle raccommodait les filaments rompus, elle avait trouvé le moyen de les tordre, de modifier leur trajectoire, si bien qu'en tenant l'orbe, son père ne voyait pas seulement le morceau d'été emprisonné à l'intérieur : il le sentait aussi. Il sentait la chaleur du soleil sur sa peau, aussi sûrement que s'il s'était trouvé sous l'arbre. Or son père se plaignait toujours de la fraîcheur de l'automne, lui qui avait les mains douloureuses dès que le froid commençait à s'installer.

Une émotion passa sur le visage paternel, une expression qu'elle lui avait très peu vue dans la boutique : de la surprise mêlée à un plaisir presque enfantin.

— C'est merveilleux, murmura-t-il.

Tessali eut l'impression de se tenir à côté de lui, dans le globe, et de profiter du soleil estival. Enthousiastes, Mirin et Rosana poussèrent des petits cris de joie.

Mais l'expression de Serival se fit sournoise.

— Où as-tu trouvé ça ? demanda-t-elle.

Tiré de sa rêverie par la question, leur père concentra lui aussi son attention sur la plus jeune de ses filles. Tessali savait à quel moment mentir et à quel moment se réfugier dans la vérité.

— Sur le marché des quais, répondit-elle.

— Avec quel argent l'as-tu payé ? insista sa sœur.

— Comme il était endommagé, le marin me l'a vendu pour rien. Heureusement, je suis plutôt douée pour réparer les objets.

Elle sentit le poids du regard de sa mère, aussi ne regarda-t-elle que son père quand elle ajouta :

— J'ai appris en vous observant.

C'était exactement ce qu'il fallait dire. Elle vit l'effet de la flatterie sur son père, soudain radouci. Serival ne la quittait pas des yeux, mais c'était son tour d'offrir son cadeau.

— Père, lâcha-t-elle en exhibant un coffret de bois qu'elle fit glisser vers lui.

Elle avait, comme toujours, les mains dissimulées sous une paire de gants noirs. De la coquetterie, selon Mirin. Pour se donner l'air important.

Le silence se fit autour de la table lorsque Forten Ranek, écartant le globe d'été – l'arbre ensoleillé disparut aussitôt –, souleva le couvercle du coffret pour en retirer une mince fiole, non pas de verre, mais d'or.

— Qu'est-ce que c'est ? demanda-t-il, les sourcils froncés.

Sa question ressemblait à un avertissement car, grand collectionneur lui-même, il savait reconnaître la plupart des trésors au premier coup d'œil. Son regard perçant estimait la valeur d'un objet comme celui de Tessali décelait la magie. La benjamine de la famille vit cependant ce qu'il ne pouvait pas voir : la vrille de lumière qui s'enroulait non pas autour de la mince fiole, mais à l'intérieur du flacon, lovée comme un petit serpent. D'un noir absolu, elle brillait pourtant. Ce qui ne manqua pas de faire frissonner la jeune fille.

— Que donne-t-on à un homme qui a tout ? (Comme personne n'ouvrait la bouche, Serival répondit à sa propre devinette.) Du temps. Voilà cinq années, précisa-t-elle en désignant la fiole.

— Cinq années ? répéta-t-il, incrédule.

Serival esquissa un sourire.

— De vie.

Si un souffle de vent avait éteint toutes les bougies, la pièce n'aurait pas semblé plus lugubre.

— Qu'as-tu fait ? s'inquiéta leur père.

Serival éclata alors d'un rire qui avait la chaleur de la grêle contre une vitre. Elle prit son verre en refermant ses doigts gantés autour du pied.

— Je n'ai tué personne, si c'est ce que vous voulez savoir. Je ne suis pas encore montée à bord du *Ferase Stras*, mais j'ai entendu dire que le capitaine effectuait ses transactions en années plutôt qu'en pièces. Le temps est une monnaie si précieuse… Votre cadeau ne vous plaît-il donc pas ? acheva-t-elle en se rembrunissant.

Il rangea la fiole dans le coffret.

— C'est de la magie interdite.

— Elle n'est interdite que si elle est extorquée sous la contrainte, ce qui n'a pas été le cas. Cette fiole a donné lieu à un paiement.

— De quelle sorte ?

L'air de la pièce se tendit comme une corde. Serival soutint le regard de son père.

— C'est mon affaire, pas la vôtre.

Leur mère, en se levant, racla le sol de sa chaise.

— On n'aborde pas ce genre de sujet à table !

— Ah bon ? ironisa Serival. C'est votre anniversaire, Père. Cinquante ans, et qui sait combien d'autres vous réserve l'avenir ?

Rosana parut choquée. Mirin se mordit l'intérieur de la joue. Tessali regarda son aînée avec horreur. Toutes s'attendaient à ce que quelque chose se brise. Au lieu de quoi, Forten Ranek se leva et ordonna à Serival de le suivre dans son bureau. Après avoir pris la fiole dans son coffret, il quitta la pièce d'un pas furieux. Leur sœur le suivit, tandis que leur mère disparaissait dans la cuisine pour aider Esna. Les trois filles restantes se retrouvèrent à une table entourée de chaises vides.

Tessali posa les yeux sur le globe d'été, abandonné à la place qu'avait occupée son père.

— *Anesh*, lâcha Rosana en reprenant son vin.

Du haut de ses seize ans, elle avait les manières d'une femme deux fois plus âgée.

— Pourquoi fait-elle ça ? demanda Mirin en se caressant le ventre, comme pour apaiser la vie qui s'y développait.

— Provoquer notre père ? Ou le trafic d'objets dangereux ?

— Les deux.

— Alors, c'est ça, ce qu'elle fait ? s'étonna Tessali. (Comme sa question attira l'attention de ses sœurs, ce à quoi, en benjamine de la famille, elle avait rarement droit, elle s'empressa de préciser son propos.) Elle fait vraiment commerce de magie interdite ?

— Non, affirma Rosana.

— Oui, répondit Mirin.

Les deux jeunes femmes, qui avaient parlé en même temps, échangèrent un regard. Puis Mirin se pencha en souriant.

— J'ai entendu dire qu'elle avait une boussole capable de pointer vers les artefacts puissants. Père la lui aurait donnée.

— Ne raconte pas de bêtises, répliqua Rosana. Si notre père avait possédé une boussole pareille, il l'aurait gardée pour lui. (Elle poussa un soupir avant de poursuivre, comme malgré elle.) Serival n'a pas besoin de boussole. Elle a un don qui lui permet de localiser tout ce qu'elle cherche.

— Un don ? répéta Tessali.

La magie de ses sœurs tourbillonnait dans l'air. Serival avait-elle développé une vision particulière, elle aussi ?

— Pourquoi porte-t-elle des gants, à ton avis ? demanda Rosana.

— Pour faire sa prétentieuse ? ricana Mirin.

Rosana pinça ses lèvres parfaites.

— Un jour, elle m'a confié qu'elle pouvait déterminer la valeur d'un artefact rien qu'en le touchant.

— Ben voyons ! s'écria Mirin en se tournant vers Tessali. Tout ce que je sais, c'est qu'il existe trois catégories : ce qui est rare, ce qui est interdit et ce dont Serival fait commerce. Magie sacrificielle, possession…

— Père ne la laisserait pas faire, protesta Rosana.

— Père serait bien en peine de l'arrêter. Il paraît qu'à Sasenroche, elle a vendu un œil *Antari* aux enchères. Ils ne pourrissent pas à la mort de leur propriétaire, ajouta Mirin en cueillant un raisin au centre de la table. Ils se transforment juste en pierre. Et si tu en possèdes un, personne ne peut te tuer.

— On dirait une gamine qui raconte des histoires, la rabroua Rosana.

— Le fait est que notre sœur n'est pas une collectionneuse, poursuivit Mirin. C'est une chasseuse. Elle aime traquer autant que…

Elle s'interrompit quand leur mère, apparue dans l'encadrement de la porte, posa sur ses filles un regard accusateur tout en s'essuyant les mains.

— Si vous avez l'intention de caqueter comme des poules, allez le faire ailleurs.

— Pardonnez-nous, Mère, bredouilla Rosana.

— Nous allions justement prendre l'air, déclara Mirin.

Tessali se leva en même temps qu'elles, mais elle comprit au coup d'œil que ses aînées lui jetèrent qu'elle n'était pas invitée à les y accompagner, où qu'elles aillent. Peu lui importait. Pour une fois, elle ne se sentait même pas exclue. Elle s'éclipsa dans le couloir pour gagner sa chambre en prenant soin de refermer la porte derrière elle. Le petit squelette de hibou l'attendait sur son lit.

— Bonjour, murmura-t-elle en passant un index sur la courbe de son crâne.

L'oiseau ne bougea pas, bien entendu. Nulle magie ne traversait ses os… pour le moment.

IV

Tessali était douée pour réparer un objet lorsque les éléments du sortilège étaient là, mais elle n'en avait jamais créé un de toutes pièces. Cela dit, elle n'était pas à proprement parler en train de créer, plutôt de recréer. Elle s'était remémoré tous les filaments tissés dans l'oiseau magnifique de la boutique de son père au rez-de-chaussée, la fluidité avec laquelle ils s'entrelaçaient et le motif qu'ils dessinaient.

Une dizaine d'amulettes différentes – certaines offertes par ses parents et ses sœurs, d'autres achetées contre quelques piécettes sur le marché des quais – s'alignaient sur une des étagères de sa chambre et constituaient sa propre petite collection privée. Elle les inspectait à présent, arrachant un à un les filaments dont elle avait besoin, sacrifiant le sortilège au profit de sa matière première. Les fils de magie vibraient faiblement entre ses mains, avec des frissons qui évoquaient les ailes d'un papillon de nuit, délicats, fragiles. Malgré tout, elle parvint à enrouler chacun d'eux autour du squelette de hibou et à ancrer la magie dans son crâne, ses ailes, ses pattes.

À partir de là, assise en tailleur sur le sol de sa chambre, Tessali entreprit de tisser les brins entre eux.

Alors même que le sort prenait forme sous ses mains, elle se mit à craindre qu'il ne fonctionne pas, persuadée qu'il devait y avoir quelque chose de plus dans la magie, un seuil qu'elle serait incapable de franchir. Elle se répétait qu'elle n'était rien qu'une fillette en train de jouer à faire semblant.

Pourtant, à l'instant où elle noua l'un des filaments, le hibou tressaillit, parcouru par un mouvement qui agita ses os. Le cœur de l'apprentie magicienne bondit. Elle accéléra le rythme, comme si le sortilège était une flamme instable qui menaçait de s'éteindre au moindre souffle.

Mais il tenait bon.

Mieux encore, l'enchantement s'assembla et se posa tel un filet sur le hibou. Bientôt, l'oiseau tout en os ébouriffa ses ailes, fit claquer son bec, releva son crâne et parut la fixer de ses orbites vides.

Le temps filait aussi vite que Tessali travaillait. Son être tout entier était concentré sur le petit hibou, occultant tout le reste : les murmures de la maison, la porte qui s'ouvrit en grand…

— *Kers la ?*

Tessali sursauta, écartant les mains du squelette aussi vite que si elle s'était brûlée. Appuyée contre le chambranle de la porte, les bras croisés, Serival la fixait avec des yeux de rapace.

— *Kers la, ri sal ?*

Ri sal. « Petit lapin. » Elle détestait ce surnom, et ses sœurs le savaient. Voilà pourquoi Serival se refusait à l'appeler autrement.

Comme la benjamine ne répondait pas, l'aînée entra dans la chambre. Même pieds nus, elle arrivait à faire claquer ses talons sur le plancher.

— Qu'est-ce que tu caches ? demanda-t-elle.

Tessali commit alors une terrible erreur. Elle aurait dû faire la sourde oreille et se contenter de fixer le vide. Mais non, elle jeta ses jupes sur le petit hibou. Un geste instinctif, né de sa position de benjamine dans leur fratrie, mais qui revenait à avouer un crime.

Serival agit sans aucune précipitation. Elle se borna à continuer d'avancer, trois pas lents supplémentaires lui suffirent pour se planter devant Tessali. Puis elle s'agenouilla. Comme elle ne portait pas une jupe mais un pantalon, seule son ombre s'étala autour de ses pieds.

— Montre-moi, ordonna-t-elle.

L'ordre sonnait comme un couperet. Tessali savait qu'en refusant, elle déclencherait une lutte qu'elle perdrait. Elle le savait car, têtue comme elle était, elle en avait fait cent fois l'expérience pour cent fois échouer. Elle n'en fut pas moins tentée de nier, mais sa sœur affichait un sourire mauvais qui semblait dire : « Vas-y, petit lapin, essaie seulement de détaler. »

Apeurée, Tessali ôta ses jupes pour dévoiler le hibou.

— Quelle bestiole morbide ! lança Serival, moqueuse.

Elle tapota de son doigt ganté le bec de l'oiseau. Tessali retint son souffle. Tant que le volatile ne bougeait pas, elle pouvait le faire passer pour un simple caprice, un bibelot de plus dans sa chambre encombrée.

Mais Serival la provoqua :

— Es-tu vraiment si seule, petit lapin ?

Et le hibou s'anima. Il leva les yeux car, bien sûr, la benjamine des Ranek l'avait programmé pour qu'il réagisse lorsqu'une voix s'élevait en fin de phrase, signe d'une question. Tout ça afin de pouvoir discuter avec son oiseau. Cette idée originale, comme elle la maudissait à présent !

Le regard de son aînée se fit perçant : sur son visage, plus la moindre trace d'humour mais un air acéré et rusé. Les quatre sœurs ayant grandi à proximité de l'oiseau magnifique, elles savaient toutes à quel point cette parcelle de magie était rare.

— En voilà un joli petit sortilège, dit-elle en tendant sa main gantée vers le hibou.

Tessali se précipita, mais Serival la devança. Elle se saisit du petit oiseau et le retourna pour en étudier les os et le filament argenté qui les reliait entre eux. L'adolescente savait que son aînée cherchait les marques d'un sort, l'articulation de la magie, et elle savait aussi que Serival ne trouverait rien. Le hibou s'agita entre les doigts qui le tenaient comme pour s'en libérer.

— Rends-le-moi ! s'écria Tessali.

Mais sa sœur resserra sa prise sur sa proie.

— Tu n'aurais jamais pu t'offrir une chose pareille, commenta-t-elle. Ça veut donc dire que tu l'as volé. Et le globe d'été aussi.

— C'est faux ! s'insurgea la benjamine, offensée.

— Ne mens pas, l'avertit Serival.

Elle étranglait plus fort le petit oiseau et allait l'écraser, ainsi que tout le travail accompli…

En cet instant, Tessali ne se souciait plus de sortilèges – elle pourrait toujours recommencer –, seulement du squelette de hibou, car il lui semblait si vivant, à se tordre et à ouvrir le bec en une supplique silencieuse, qu'elle avait le sentiment de l'avoir ramené à la vie et que…

— C'est moi qui l'ai fabriqué !

Les mots étaient sortis tout seuls. Un bref instant, elle s'enorgueillit de la surprise qu'ils firent naître sur le visage de sa sœur. Puis les yeux de Serival se plissèrent à nouveau, mimique qu'elle partageait avec leur père, et l'adolescente regretta son aveu.

— Comment ça ? demanda calmement l'aînée des Ranek.

Tessali, ayant repris ses esprits, préféra garder le silence. Serival observa le squelette.

— Je pourrais l'écrabouiller, hasarda-t-elle en feignant de penser à voix haute. Puisque tu prétends avoir un don pour réparer les objets cassés. (Elle leva le petit hibou au-dessus de sa tête.) J'aimerais bien voir comment tu…

— Non ! supplia Tessali.

Au même instant, une autre voix – celle de leur père – traversa la maison sans être filtrée par les murs et les portes.

— Serival !

L'intéressée hésita mais, malgré son caractère, elle n'irait pas jusqu'à ignorer une convocation paternelle. Lentement, presque délicatement, elle reposa le volatile entre elles et se leva.

— À suivre, lâcha-t-elle comme si elle venait de lui lire une histoire ou de partager un ragot. Dors bien, petit lapin.

Tessali prit le squelette dans ses bras et le serra contre elle. Une fois la porte refermée, elle resta assise, tremblante, à même le sol.

— Je suis désolée, murmura-t-elle au hibou. Je te demande pardon.

Elle écouta les pas de sa sœur qui s'éloignaient, ceux de son père qui les rejoignaient, puis le grincement des marches qui menaient à la boutique au rez-de-chaussée, sans pouvoir s'empêcher de ruminer ce qu'elle avait dit et fait.

Puis elle se leva pour foncer dans le couloir.

Tessali avait toujours été mûre pour son âge. Indépendante à l'excès. Mais en cet instant, elle avait besoin de sa mère. Elle ne désirait rien tant que sentir le poids rassurant de sa main dans ses cheveux, l'entendre lui assurer que tout irait bien. Que son talent allait finir tôt ou tard par être découvert, qu'elle n'avait plus besoin de le cacher à présent qu'elle était grande.

Sauf que sa mère blêmit quand, arrivée dans sa chambre, Tessali lui montra le hibou et lui raconta ce que Serival avait vu. Le récit achevé, elle se garda bien de promettre à sa benjamine que tout irait bien, qu'elles trouveraient un moyen d'arranger la situation, que Serival ne ferait jamais de mal à sa plus jeune sœur. Non, la mère de Tessali fit volte-face et se dirigea vers la commode.

— Où est Serival ?

— Dans la boutique, avec Père.

Sa mère hocha la tête avant de sortir une pochette.

— Bien, dit-elle en lui fourrant dans les mains la petite bourse remplie de pièces. Il faut que tu partes.

Tessali, décontenancée, contempla l'argent. Qu'elle parte ? Elle n'avait que douze ans. C'était sa maison. Une cape vint se draper autour de ses épaules. Des doigts lestes lui en nouèrent les cordons autour du cou. Elle s'entendit prononcer les mots qu'elle était venue entendre :

— Tout ira bien… Je dirai que j'ai volé l'oiseau… On trouvera une solution…

— Regarde-moi, ordonna sa mère en lui agrippant les bras.

Il y avait de la peur dans ses yeux. Elle qui pleurait l'absence de chacune de ses filles comme une mort, qui désirait par-dessus tout les avoir à la maison, elle plaisantait souvent en disant qu'il lui restait au moins Tessali. Qu'elle aurait toujours Tessali.

— Je ne recommencerai pas, bredouilla la jeune fille.

Sauf que c'était un mensonge, et elles le savaient toutes les deux. Quand on avait un pouvoir, ne pas l'utiliser revenait à essayer de retenir sa respiration sous l'eau. Tôt ou tard, quelque chose vous forçait à remonter chercher de l'air à la surface.

Tessali ne se rendit compte de ses larmes qu'au moment où sa mère les lui essuya sur les joues.

Malgré sa douleur, elle ne semblait pas surprise. Tessali comprit alors que sa mère avait anticipé ce jour, qu'elle le savait inéluctable. Après lui avoir déposé un baiser sur le front, elle serra sa benjamine contre elle en murmurant dans sa tignasse indomptable :

— Ton pouvoir t'appartient. Ne laisse personne s'en emparer. (Et elle s'écarta, emportant avec elle le réconfort de sa chaleur.) Maintenant, pars.

Pour une fois, Tessali obéit.

La maison était silencieuse à l'exception du doux fredonnement d'Esna dans la cuisine. Passant devant en catimini, Tessali descendit l'escalier menant à la porte d'entrée, où l'on rangeait les chaussures. Elle s'apprêtait à chausser ses souliers à semelle souple, quand elle s'immobilisa, hésitante. L'espace d'un instant, elle songea à prendre les chaussures de Serival – en cuir solide, avec des lacets qu'on serrait comme sur un corset, et une coque d'argent pour protéger les orteils –, mais se ravisa. Qui sait si sa sœur ne les utiliserait pas pour la traquer ? Elle finit par choisir les solides bottes d'Esna, ôta ses chaussettes et y enfonça les pieds jusqu'au bout.

Puis elle sortit en silence, longeant la maison et les fenêtres de la boutique avant de descendre la rue au pas de course.

V

« *Pars* », lui avait dit sa mère.

Peut-être Tessali aurait-elle dû lui demander : « Jusqu'où dois-je aller ? » Peut-être aurait-elle dû demander : « Combien de temps dois-je me cacher ? »

Mais elle n'en avait rien fait. Elle craignait que les réponses, telles des pierres au fond de ses poches, l'alourdissent au point de l'immobiliser.

Tessali garda le hibou serré contre sa poitrine pendant que ses bottes volées martelaient les pavés.

Il faisait presque nuit quand elle atteignit les quais. Le soleil avait disparu, mais il ne s'était pas encore éteint, si bien que la lumière déclinante, épousant l'horizon, transformait les navires en ombres. De toute façon, aux yeux de Tessali, le monde était toujours lumineux.

Le marché des quais était fermé pour la journée, les étals repliés, les marins à présent en train de charger sur leurs navires ce qu'ils n'avaient pas réussi à vendre. Les vaisseaux ressemblaient à des oiseaux, dont certains se préparaient à s'envoler et d'autres repliaient leurs ailes pour la nuit.

Elle trouva le matelot qu'elle cherchait à l'extrémité des quais, occupé à transporter une caisse d'invendus vers un navire plutôt étroit. Les ornements d'argent dans ses cheveux captaient les dernières lueurs du soleil. Le halo bleu pâle de sa magie scintillait autour de lui.

— Encore toi ! fit-il en la voyant débouler puis s'arrêter devant lui, hors d'haleine.

Avec ses joues toutes rougies et ses boucles en bataille, elle devait avoir l'air de ce qu'elle était : une bête traquée, car il jeta un coup d'œil par-dessus son épaule pour voir si elle n'était pas poursuivie.

— Tu as des ennuis ?

— Oui.

— Dans ce cas, va voir ailleurs, lâcha-t-il en tournant les talons.

Les yeux de l'adolescente filèrent vers le navire.

— Il est à vous ?

L'homme poussa un grognement qui pouvait passer pour un oui comme pour un non, sauf qu'elle avait sa réponse : il était en train de monter une caisse sur la rampe d'accès. Elle lui emboîta le pas, mais une fois arrivé au niveau du bastingage, il lui barra le chemin.

— Ouste ! Pas question que tu salisses mon pont.

Elle baissa les yeux sur ses bottes avant de comprendre que c'était une façon de parler.

— S'il vous plaît… commença-t-elle.

— Garde tes manières pour la bonne société, aboya-t-il en désignant Hanas d'un signe de tête. Allez, rentre chez toi, petite. À ton âge, tu devrais déjà être au lit !

Tessali se hérissa. L'argent que lui avait donné sa mère pesait lourd dans sa poche.

— Je peux payer, s'entêta-t-elle.

— Pas assez cher, vu le dérangement, répliqua le marin.

Elle avisa la caisse qu'il avait dans les bras.

— Vous ne tirerez pas grand-chose de cette magie défectueuse.

— Tu insultes mes marchandises, maintenant ?

— En revanche, une fois réparée, vous en tirerez un bon prix.

« Quelle est ta valeur ? » avait demandé son père.

Elle était sur le point de le découvrir.

— Je sais réparer les articles endommagés. Il m'arrive même de les améliorer. (Elle ouvrit sa cape, révélant le petit hibou qu'il lui avait vendu tantôt.) Qu'en dites-vous ? demanda-t-elle.

Avant que le marin puisse déclarer que l'oiseau n'avait pas changé, l'animal se mit à gigoter, comme en réponse à sa question. Il rentra sa tête sous une aile et commença à lisser ses plumes imaginaires.

L'homme sursauta. Puis il éclata d'un rire franc, sonore, radieux, qui la prit au dépourvu.

— Je n'ai plus qu'à me faire prêtre ! jura-t-il.

Elle rangea le squelette.

— J'ai un don, expliqua-t-elle.

— Je vois ça.

— Si vous m'emmenez où vous allez, je réparerai tout ce que vous n'avez pas pu vendre.

Il la dévisagea.

— Comment est-ce que tu t'appelles ?

Elle faillit le lui dire, mais se retint. Les noms avaient de la valeur. Et son père lui avait appris à ne jamais brader quoi que ce soit. Surtout quand on ne pouvait pas le racheter. Elle pensa à lui donner le nom de Serival mais, à cette idée, un goût amer lui envahit la bouche. Elle sursauterait chaque fois qu'il l'appellerait… Elle se contenta donc de lui donner la première syllabe du sien.

— Tess.

— Eh bien, Tess, reprit-il en reposant sa caisse pour lui tendre sa paume ouverte. Marché conclu.

Ils se serrèrent la main, puis la grosse paluche du marin avala la sienne pour l'entraîner à bord de l'embarcation.

Peu après, elle apprenait son nom à lui : Elrick. Il naviguait à bord de la *Fal Chas*, la *Bonne Étoile*.

— Où est l'équipage ? s'enquit Tess.

Il écarta les bras, ce qui lui donna sa réponse : « Tu l'as devant toi. » L'englobait-il dans ce geste ?

— Elle est légère et douce, ajouta-t-il en tapotant la coque. Et facilement jalouse. Mais tu es jeune. J'espère qu'elle ne prendra pas la mouche et n'essaiera pas de te noyer.

Comme il adoptait toujours un ton neutre, il était impossible de deviner s'il plaisantait. (Elle découvrirait bientôt que, si Elrick était désormais marin, il avait d'abord été soldat, ce qui lui avait donné un humour très caustique.)

Le navire ne tarda pas à larguer les amarres pour quitter le quai, laissant Hanas derrière eux. Postée à la proue, Tess regardait s'éloigner la ville portuaire. Elrick se tenait à l'autre extrémité de l'étroite embarcation. Sa magie étincelait alors qu'il guidait la *Bonne Étoile* pour lui faire traverser le courant, une main au-dessus de l'eau.

Dans son autre main, il tenait une petite pierre, laquelle n'était pas enchantée, apparemment, ni faite pour amplifier la magie ou aider à la concentration. Il ne cessait de la tourner et retourner entre ses doigts, de sorte que la surface en était parfaitement lisse. Devant le regard intrigué de sa passagère, il expliqua :

— Il est toujours bon d'avoir un caillou à portée de main quand on est en mer. Ça permet de… garder les pieds sur terre, en quelque sorte.

Tess médita sur le sujet en tournant son regard vers la côte qui disparaissait au loin. La nuit tombait comme un linceul. Il n'y aurait plus sous peu que les lanternes et les lumières des habitations pour tracer les contours de l'endroit où elle avait vécu jusqu'à ce jour. Tess leva la main devant elle. La ville entière parut tenir dans sa paume. Puis au bout de son doigt. Avant de s'évaporer.

Une fois Hanas disparue, avec cette mer qui s'étendait comme une nappe dans toutes les directions, le monde lui sembla soudain très, très vaste. Pour apaiser les battements de son cœur, elle prit une profonde inspiration et s'emplit les poumons d'air.

Elle était seule. Elle avait peur, bien sûr, mais pour la première fois depuis des années, cette solitude était synonyme de liberté. Cette nuit-là, dès que la *Bonne Étoile* eut trouvé les bons courants, Elrick donna à l'adolescente une couverture et lui attribua un coin du plancher dans la cabine. Blottie contre le petit hibou, elle laissa le navire la bercer jusqu'à ce qu'elle finisse par s'endormir.

L'eau sous le bateau s'était animée.

Les courants de haute mer brillaient d'un bleu discret et régulier mais, depuis qu'ils avaient passé le port, troquant l'océan contre la voie navigable qui les ramènerait vers les terres, l'eau avait changé de couleur. Elle luisait à présent d'un rouge inquiétant, traversée par des filaments de lumière pourpre.

— Incroyable, n'est-ce pas ?

Tess releva brusquement la tête. Penché par-dessus bord, Elrick observait lui aussi le courant.

— Vous la voyez ?

— Je ne suis pas aveugle, donc oui, je vois la lumière de l'Île. Comme tous ceux qui viennent de Tanek.

Tess s'émerveilla à l'idée d'une magie que d'autres étaient en mesure de voir. Elrick ne s'intéressait plus à l'eau. Il la fixait, elle, retenant une question qui lui brûlait les lèvres. Cette fois, il sembla sur le point de la formuler à voix haute, mais il la ravala au dernier moment pour reporter son attention sur le fleuve.

Depuis qu'il l'avait fait monter à bord à Hanas, deux nuits auparavant, il ne lui avait pas posé une seule question sur qui elle était, ou ce qu'elle fuyait. Ni quand elle avait réparé tous les objets de sa caisse. Ni quand il était entré dans la cabine et l'avait surprise en train d'arranger les filaments autour du petit hibou, alors que les doigts de Tess devaient donner l'impression de crocheter du vide.

« Ça ne me regarde pas », avait-il lâché avant de tourner les talons.

Ils se tenaient à présent côte à côte, penchés sur la rambarde, au-dessus d'une eau de plus en plus colorée.

— Il paraît que c'est une source, expliqua Elrick. Un endroit où la magie est si puissante qu'on peut la voir à l'œil nu.

À l'œil nu, se répéta-t-elle.

— Elle deviendra de plus en plus rouge à mesure que nous approcherons de Londres, ajouta-t-il en désignant la proue d'un signe de tête.

Londres… Elle avait entendu parler de la capitale arnésienne, évidemment, mais à Hanas, elle avait l'impression qu'il s'agissait d'une ville imaginaire, si grande qu'on n'en voyait pas les contours. Le joyau de l'empire, débordant de magie. Rosana avait un jour offert à leur mère une illustration du palais royal, qui aurait été construit sur un pont enjambant l'Île, emplacement ridicule pour un château.

Tess changea d'avis quand elle vit le palais.

Le fleuve finit par s'élargir pour devenir une grande artère pourpre encombrée de navires. Sur chacune de ses rives s'élevaient des bâtiments, si nombreux et si rapprochés les uns des autres qu'elle ne distinguait pas les rues… Tess finit par être obligée de fermer les yeux devant l'éclat et l'enchevêtrement de tous ces filaments incandescents. Une ombre glissa sur ses paupières au moment où, devina-t-elle, ils passèrent sous un pont. L'obscurité passagère lui fit l'effet d'une compresse bien fraîche. Puis la lumière revint et Elrick lui dit de regarder.

Elle rouvrit les yeux sur le *Soner Rast*, le cœur de la ville. Le palais surplombait le fleuve pourpre, perçant le ciel de ses flèches que le soleil transformait en flammes.

Les quais étaient encombrés d'embarcations diverses et variées, depuis les modestes esquifs jusqu'aux navires massifs dotés de plus de mâts que la *Bonne Étoile* n'avait de voiles. Des bateaux recouverts de sorts gravés dans la coque et striant la proue comme des coulées de peinture. Partout où elle regardait, elle voyait des fils de magie. Ils tissaient une tapisserie presque aveuglante.

Son humeur s'assombrit un peu lorsque, ayant scruté les quais, elle n'y repéra ni marchés ni étals de fortune.

— Cette ville compte une centaine de marchés, dit Elrick qui s'était campé à ses côtés. Tu les connaîtras tous.

Elle jeta une corde d'amarrage à un marin qui attendait. Elrick déploya la rampe.

— Et voilà, lança-t-il, comme s'il n'avait fait que la transporter d'un port à l'autre.

Pourtant, il l'avait sauvée, libérée. La petite bourse de pièces dans une poche et le hibou sous le bras, elle traversa le pont qu'elle fit vibrer sous ses bottes. Elle se sentait trop légère, comme si elle avait oublié derrière elle ce qu'elle avait volontairement abandonné. Elle s'élançait déjà sur la rampe quand Elrick la retint par le bras.

— Attends.

Si, en cet instant, il l'avait invitée à rester à bord, Tess aurait peut-être accepté. Mais il n'en fit rien. Il lui prit la main pour y glisser la petite pierre qu'il tenait en manœuvrant le navire, avant de lui replier les doigts dessus.

— Pour que tu gardes les pieds sur terre chaque fois que tu prendras la mer.

Les doigts serrés sur le caillou, elle descendit la rampe et traversa le quai. Les doigts serrés sur le caillou, elle atteignit les marches qui menaient à la rue et à l'immense ville grouillante d'animation. Les doigts serrés sur le caillou, elle s'immergea dans les ondulations de ce courant de lumière et de mouvement, et comprit à ce moment-là que, quoi qu'il arrive, elle trouverait son chemin.

NW
NE
W
E
SW
SE
S

NEUVIÈME PARTIE

LES FILS QUI NOUS LIENT

I

Londres blanc
De nos jours

Quelqu'un frappa à la porte de la chambre.

La main de Holland quitta l'épaule de Kosika et il passa devant elle pour s'approcher de la fenêtre.

— Entrez, dit la jeune reine.

Elle s'attendait à voir un serviteur, ou bien Nasi, mais c'était Lark, muni d'un plateau.

— Ma reine.

Il prononça ces deux mots avec un léger sourire, non pas moqueur mais espiègle. Le sourire de celui qui l'avait connue à l'époque où elle n'était qu'une enfant des rues, sans œil noir ni couronne, et lui un voleur maigrichon, sans cicatrice à la gorge. Depuis, il était devenu grand et large d'épaules, et sa voix avait pris une inflexion douce et chaude.

Son regard, en balayant la pièce, passa à travers Holland avant de s'attarder sur la cape ensanglantée dont elle s'était débarrassée en entrant.

— Heureusement que la vue du sang ne te fait pas peur.

— Ça n'a jamais été le cas, répliqua Kosika avec un haussement d'épaules.

Elle ne s'était pas rendu compte à quel point elle avait faim avant qu'il ne pose le plateau. Les assiettes débordaient de nourriture : de la viande en tranches épaisses, des carottes rôties, une miche de pain, un bol de fruits à noyaux et un pichet de cidre – largement assez pour deux.

Au début, dès que quelqu'un d'autre qu'elle se tenait en présence de son saint, elle était troublée par le fait qu'il ne le voie pas. À présent, elle en éprouvait une sorte d'excitation.

— *Aimerais-tu qu'ils me voient ?* demanda Holland.

Kosika se surprit à penser « non ». Elle était censée le souhaiter mais, au fond, elle se félicitait qu'il l'ait choisie, elle. Elle et personne d'autre.

La bouche du roi sauveur s'étira en un léger sourire. Elle s'efforça de reporter son attention sur son ami.

— Mange avec moi.

— Un soldat qui se sert dans l'assiette de la reine ? s'offusqua-t-il.

Les yeux levés au ciel, elle partagea son repas en deux avant de s'asseoir dans un fauteuil. Lark se percha sur un tabouret.

— Tu rates un sacré banquet, fit-il remarquer.

— Toi aussi. Tu aurais très bien pu me faire porter ce plateau par un serviteur.

— J'étais ravi de ce prétexte, confia-t-il en croisant son regard. Je ne te vois presque plus.

— Tu me vois tous les jours.

— C'est la reine que je vois.

« Ne sommes-nous pas la même personne ? » faillit-elle demander. Mais elle savait bien que non. Elle ne serait jamais une vraie reine – une vraie reine serait restée en bas, à sourire et à saluer les nobles. En même temps, elle ne pouvait plus être la fillette sauvage et téméraire d'autrefois.

Elle jeta un coup d'œil à son habit ensanglanté.

— J'aimerais que ce statut soit une cape ou une couronne. Quelque chose que je puisse ôter…

— Pas moi, rétorqua Lark. Tu es en train de changer le monde, Kosika.

Ces paroles la surprirent, tout comme la lueur dans les yeux de son ami.

— *Il t'est fidèle*, commenta Holland.

Elle avait presque oublié sa présence et s'attendit à voir Lark tressaillir, sursauter au son de la voix du saint. Mais bien sûr, il ne l'entendit pas. Il ne vit pas non plus l'ancien roi s'avancer pour caresser des doigts le tronc de l'arbre argenté.

Kosika dut redoubler d'efforts pour ne pas réagir, pour éviter de suivre Holland du regard à travers la pièce. Elle lui fut donc reconnaissante quand il se posta derrière Lark. Au moins pouvait-elle les voir tous les deux, à présent.

— Parle-moi de ce banquet que je rate.

— Avec plaisir, répondit son ami en attrapant une prune sur le plateau. La moitié des nobles sont ivres, les autres sont des imbéciles. Deux des Vir ont une liaison et ne sont vraiment pas doués pour la cacher. Quant à Nasi, elle flirte avec ce soldat… Gael, tu vois qui c'est ? Assez beau, mais il a une cervelle de moineau.

— Jaloux ?

— Hmm… commença-t-il en faisant rouler la prune entre ses mains. J'ai entendu dire que Gael était un bon amant.

Kosika pouffa dans son cidre. Pendant que Lark continuait de jacasser, elle imagina que le château disparaissait et qu'ils restaient tous les deux assis sur l'un des remparts de la ville, les jambes dans le vide, à partager un repas volé. Puis elle bâilla et la pièce se matérialisa de nouveau sous ses yeux. Lark se leva en annonçant qu'il devait partir.

— Ma reine, la salua-t-il avec une révérence.

Elle se leva à son tour et l'accompagna à la porte. Dès qu'il l'ouvrit, le tumulte de la fête monta jusqu'à eux.

— J'allais oublier, ajouta-t-il en s'arrêtant sur le seuil, une main fouillant sa poche. (Il se retourna et lui tendit un petit sachet noir.) Joyeux anniversaire !

Les joues rouges, Kosika prit le sachet, dont elle renversa le contenu dans sa paume. Des cubes d'un blanc cendré lui tombèrent dans la main : des morceaux de sucre.

— Je les ai volés dans la cuisine.

— La cuisine du château, qui m'appartient, fit-elle remarquer. Il suffisait de demander…

— Peut-être, mais comme me l'a dit un jour une petite fille, tout ce qui est volé est deux fois meilleur.

— Je ne suis plus une petite fille.

Lark éclata de rire, comme s'il s'agissait d'une plaisanterie. Puis il quitta la pièce. La porte se referma derrière lui, étouffant de nouveau les bruits de la fête, la laissant seule avec son roi.

Kosika regarda les morceaux de sucre dans sa paume et vit l'ombre de Holland s'abattre sur elle.

— Vous vous souvenez ?

— *De quoi ?* demanda le souverain, les sourcils froncés.

— Le jour où je vous ai trouvé étendu dans le Bois d'argent, je vous ai déposé un morceau de sucre dans la main.

Il fit non de la tête.

— *C'est mon corps que tu as trouvé. Moi, je n'étais plus là.*

— Si vous n'étiez plus là, se renfrogna Kosika, comment m'avez-vous choisie ?

L'œil vert de l'*Antari* s'assombrit un bref instant. Le silence s'étira entre eux, de plus en plus lourd à chaque seconde. Holland finit par poser la main sur la tête de la jeune reine.

— *L'important, c'est que je t'ai choisie.*

Sous le poids de sa paume, elle acquiesça en se disant qu'il avait raison, bien entendu. Qui était-elle pour douter du saint de l'été ?

Mais ce soir-là, après le départ de Holland Vosijk, elle resta éveillée dans son lit, à faire tourner un morceau de sucre entre ses doigts en tentant de déchiffrer l'ombre qui avait traversé le visage du précédent roi. Au bout d'un moment, l'image devint floue et Kosika chassa cette pensée de son esprit pour céder, enfin, au sommeil.

Un an plus tôt

Kosika rêvait de prendre un bain, de laver sa peau de toute trace laissée par l'autre monde.

Elle voulait qu'on la laisse en paix, mais les nouvelles circulaient vite, au château. (Plus d'une fois, elle s'était demandé si c'était là l'œuvre de la magie, d'un sort qui permettrait aux ragots de traverser les murs et d'avancer plus vite que ceux qui les colportaient.) À son arrivée dans ses appartements, Nasi s'y trouvait déjà, perchée sur le rebord de la baignoire de pierre débordante d'eau chaude.

Deux domestiques s'avancèrent pour déshabiller leur reine, comme elles l'avaient déjà fait un millier de fois. Lorsqu'elles tendirent les mains vers les lacets à ses poignets et à son cou, Kosika recula.

— Ne me touchez pas ! s'écria-t-elle d'une voix trop forte, trop impérieuse.

Les servantes tressaillirent et Nasi se renfrogna.

— Qu'est-ce qui te prend ?

Kosika se contenta de secouer la tête avant de dénouer elle-même les lacets. Nasi avait dû faire signe aux domestiques de partir car un instant plus tard, la porte se referma dans un murmure. Les deux jeunes filles se retrouvèrent seules.

— Où étais-tu passée ?

Kosika continua de se débattre en silence avec ses vêtements. Des cendres étaient tombées sur les épaules de sa tunique blanche et le dessus de ses chaussures, à présent tachées de gris. Elle se sentait contaminée. Au moins, elle était libre ! Elle prit place dans le bain brûlant, dont la chaleur lui arracha un sifflement, pour y immerger jusqu'à sa main blessée.

Quelques secondes plus tard, l'eau n'était plus transparente mais trouble, d'un rose grisâtre. Nasi la regarda retirer les épingles qui maintenaient sa coiffure en place, les jeter sur le côté, et se récurer la peau au savon. Sans quitter Kosika des yeux, elle attendait que la reine s'exprime mais, face à son silence, elle finit par prendre à son tour une savonnette parfumée pour lui laver les cheveux.

Aussi loin que remontaient ses souvenirs, Kosika avait toujours adoré ce rituel. Durant les mois qui avaient suivi son accession au trône, lorsque le château était trop grand, trop silencieux, et qu'elle n'arrivait pas à dormir, elle s'allongeait dos à Nasi et la jeune fille lui massait le cuir chevelu.

Elle se rappelait que sa mère faisait la même chose quand elle était toute petite. Mais ce souvenir était si doux qu'il devait s'agir d'un rêve.

À présent penchée en arrière, elle se laissait envoûter par les mains de Nasi et lorsque cette dernière lui dit : « Raconte-moi », Kosika s'exécuta.

Elle lui parla de la chambre de Holland derrière l'autel, de la boîte et des reliques à l'intérieur, de la formule qui lui était venue spontanément et du monde où celle-ci l'avait conduite. Elle pensait que Nasi aurait un mouvement de recul à l'évocation du Londres noir, mais non. Jamais ses mains ne s'arrêtèrent.

— Comment était-ce ? demanda-t-elle tout bas.

Les yeux fixés sur les os tapissant le plafond, Kosika prononça le seul mot qui lui vint à l'esprit :

— Mort. (Puis elle tourna la tête vers les habits souillés qui gisaient par terre.) Brûle-les. Sait-on jamais…

Les doigts de Nasi quittèrent sa chevelure tandis qu'elle s'agenouillait pour rassembler les vêtements. Une fois redressée, elle les tendit à bout de bras comme une offrande. Elle se concentra, ses lèvres remuèrent et, quelques instants plus tard, le tas s'enflamma. Le feu engloutit la magnifique maille, la soie, le cuir et les lacets, emplissant la pièce d'une odeur âcre et d'un panache de fumée.

Mais tout ne se consuma pas. Alors que les habits dans ses mains s'effritaient, quatre éclats de verre noirci glissèrent sur le sol en carillonnant faiblement.

Nasi s'agenouilla de nouveau pour les ramasser, ses doigts planant au-dessus des reliques.

— Non ! s'écria Kosika.

Pour une fois, son amie ne l'écouta pas. Elle saisit avec précaution le plus gros fragment et le tint devant elle pour regarder la jeune reine à travers le verre presque opaque. L'espace d'un instant, il brilla d'un étrange éclat noir, comme son œil, faisant de Nasi une *Antari*. Puis elle laissa retomber sa main, empila les quatre morceaux dans sa paume et les posa sur la table basse à côté du plateau de kol-køt, avant de quitter la pièce.

Kosika resta dans son bain jusqu'à ce que l'eau finisse par refroidir. Alors, elle se leva et alla chercher un peignoir dont elle se couvrit, laissant des empreintes de pas mouillés sur le sol. Malgré les volets fermés, elle devina que la nuit était tombée. L'air lui semblait toujours différent dans l'obscurité. Après s'être rhabillée, elle prit les éclats que Nasi avait déposés sur la table et s'éclipsa. Elle descendit une tour, en monta une autre et rejoignit l'alcôve au sommet de l'escalier où se trouvait la fameuse porte. Elle prit au passage une bougie allumée sur l'autel avant de se glisser derrière la statue. Elle ne s'attarderait pas dans la chambre du précédent roi : elle irait directement jusqu'au bureau pour ranger les fragments de la relique dans la boîte.

Seulement, lorsque la porte s'ouvrit sous ses doigts, Kosika n'en crut pas ses yeux.

La pièce n'était ni plongée dans le noir ni déserte. Le candélabre brûlait et Holland Vosijk était assis à son bureau, la boîte ouverte entre ses mains. Kosika avait beau s'être immobilisée, il leva brusquement la tête comme si elle avait bougé, ses cheveux blancs dressés en couronne. Il posa sur elle ses yeux si particuliers, l'un vert, l'autre noir. Son visage, masque de douleur muette qu'elle n'avait toujours vu que figé dans la mort ou dans la pierre, était à présent déformé par la rage. Quand il prit la parole, sa voix gronda comme le tonnerre.

— *Qu'est-ce que tu as fait ?*

Kosika recula d'un pas chancelant. Elle se sentit trébucher, tomber et… atterrit dans son bain dans une gerbe d'éclaboussures.

La brutalité de ce réveil fit déborder l'eau de la baignoire de pierre. Elle était tiède, pas encore froide, mais la jeune reine frissonna en sortant pour aller chercher son peignoir. Chacun de ses pas sonnait comme un étrange écho des précédents. Voilà pourquoi, après s'être habillée et avoir gravi l'escalier de la tour de Holland, après s'être faufilée derrière l'autel puis dans la chambre, elle était certaine de le trouver assis à son bureau.

Cette fois, cependant, la pièce était bel et bien déserte, les chandelles éteintes. La boîte en bois reposait ouverte sur la table, exactement comme elle l'avait laissée. Kosika se précipita afin d'y glisser à nouveau les éclats de la troisième relique et referma le couvercle sans pour autant le sceller. Elle se dit que c'était parce que les plaies à sa main avaient enfin cessé de suinter et qu'elle ne voulait plus saigner. Que ça ne servait à rien, puisqu'elle était la seule à savoir comment utiliser les reliques enfermées dans la boîte. Que ces raisons soient valables ou non, elle s'enfuit sans l'avoir verrouillée, passa devant l'autel, descendit l'escalier puis regagna la sécurité de sa chambre.

Nasi était revenue. Elle était en train de disposer les pions sur le jeu de kol-køt, à proximité d'un plateau où l'attendait un dîner bien chaud. Avait-elle remarqué la disparition des éclats ou que les cheveux de Kosika étaient encore mouillés ? Elle n'en dit rien, se contentant de demander à la jeune reine si elle souhaitait jouer. Cette dernière fit de son mieux, mais son cœur et son esprit ne cessaient de s'égarer. Dépitée, elle finit par balayer les pions de la main avant d'aller se coucher.

Étendue dans son lit dans le noir, elle patienta, certaine de retrouver Holland en train de l'attendre derrière la porte du pays des rêves. Toute la nuit, elle se tourna et se retourna, piégée dans ses draps emmêlés, jusqu'à ce que Nasi quitte le lit en marmonnant qu'elle avait besoin de calme. Peu avant l'aube, Kosika finit par s'endormir, mais d'un sommeil superficiel, peuplé d'ombres qui refusaient de prendre forme. Sur le point de renoncer et de se lever, irritée et courbaturée, elle se retourna une dernière fois sous les draps et s'abîma dans un rêve.

Cette fois, l'obscurité régnait dans l'alcôve, les chandelles de l'autel éteintes. De l'autre côté de la statue, la porte était ouverte. Les pieds nus de Kosika parcoururent en silence les dalles de pierre jusqu'à la chambre, qui n'était plus plongée dans le noir, mais baignée par la lumière matinale. Elle avait beau savoir qu'il serait là, son cœur manqua malgré tout un battement à la vue du roi sauveur, du saint de l'été qui se tenait près du bureau, pensif, une main sur la boîte à présent fermée.

Cette fois, lorsque Holland tourna son regard vers elle, Kosika s'inclina, les yeux baissés, un genou posé sur le sol froid.

— Mon roi.

Tout d'abord, aucune réaction. Puis le lent martèlement de bottes et une ombre qui tomba sur elle. Sans lever les yeux, elle aperçut le bout de ses chaussures, ainsi que le bas de sa capeline qui effleura les pierres quand il s'agenouilla devant elle. Elle sentit sa main lui soulever le menton pour tourner son visage vers le sien.

Kosika retint son souffle. Elle avait déjà rêvé de Holland Vosijk, bien sûr. Mais dans ses songes, il était soit le cadavre du Bois d'argent, soit la statue qui avait pris vie : davantage une silhouette qu'un homme.

Le Holland qui se tenait devant elle à présent était différent. Il avait une touche de couleur aux joues, du sang qui circulait sous sa peau, un torse qui se soulevait et s'abaissait au rythme de sa respiration. De près, ses cheveux blancs – pendant des années, elle avait cru qu'ils avaient toujours été blancs, et puis un jour Serak lui avait montré un portrait du roi et elle avait découvert qu'ils étaient restés noirs jusqu'au jour de sa mort – se décollaient de ses joues, comme agités par une brise. Ses yeux n'étaient pas non plus des pierres précieuses ni du verre. De près, le vert n'était pas émeraude mais plus pâle, pailleté d'argent. Quant au noir, il était uni, opaque et dépourvu de lumière, tout comme le sien.

Tandis qu'elle observait le roi, ce dernier la dévisageait en retour. Malgré ses sourcils froncés, son expression était dénuée de la rage qu'elle avait imaginée. Il avait plutôt l'air circonspect.

— *Intéressant…* commenta Holland d'une voix aussi lisse que grave.

Il lui lâcha le menton, puis se redressa de toute sa hauteur. La jeune reine resta immobile jusqu'à ce qu'il tende une main pour l'inviter à se relever.

— *Qui es-tu ?* demanda-t-il, et les mots l'enveloppèrent.

— Kosika, répondit-elle.

Holland pencha la tête sur le côté avant de répéter :

— *Kosika…*

Dans la bouche de la jeune fille, ce nom n'était rien que des sons qu'elle avait articulés mille fois, mais la manière dont lui l'avait prononcé, comme un sortilège, lui donna le vertige. Elle jeta de nouveau un coup d'œil furtif au visage de son interlocuteur. Il s'était adouci : le sillon entre ses sourcils s'était estompé et ses lèvres, étirées très légèrement, esquissaient un sourire.

— *Je t'attendais.*

Il se retourna. Apparemment, elle était censée le suivre mais, dès le premier pas, la pièce commença à disparaître autour d'eux. Les contours s'effacèrent et son champ de vision se réduisit. La dernière chose qu'elle vit fut le roi qui lui jetait un regard par-dessus son épaule avant que le rêve ne s'effrite.

Elle était de retour dans son lit, la lumière du soleil se déversait par les fenêtres ouvertes et Nasi sautait sur les oreillers.

— Je t'ai laissée dormir le plus longtemps possible.

Kosika referma les yeux, tentant de se raccrocher aux bribes de son rêve, de retrouver son chemin. En vain. Il avait disparu, tout comme Holland.

— Tu as été insupportable cette nuit ! s'exclama Nasi. Je crois qu'il est temps que tu dormes seule.

Elle l'avait suggéré d'une voix douce, dans l'espoir sans doute que Kosika protesterait. Peine perdue, car la jeune reine accepta aussitôt.

II

Londres rouge
De nos jours

Le monde était figé. Ce fut la première chose que Lila remarqua. Elle avait appris à se méfier de l'absence de mouvement, du roulis qui accompagnait la vie à bord d'un bateau, un univers où l'immobilité n'était pas seulement étrange, mais funeste. Il devait y avoir un problème. Avant même de pouvoir l'identifier, elle passa la main sous son oreiller, où elle gardait un couteau. Mais la cachette était vide, l'oreiller en soie, et le matelas beaucoup trop moelleux. Lorsqu'elle se réveilla pour de bon, un mot lui vint en tête : « palais ».

Lila se retourna avec un grognement. La lumière du matin éclairait faiblement le côté du lit où Kell dormait à poings fermés la veille au soir. Sauf qu'à présent, il n'y avait plus qu'un enchevêtrement de draps froissés. Elle avait déjà eu la mauvaise idée de le suivre au palais… Voilà qu'il l'avait abandonnée.

Lila rejeta les couvertures et se leva. Elle aurait mieux fait de barricader la porte à son arrivée.

Son manteau gisait sur une chaise, avec ses bottes et les quelques lames dont elle avait pris la peine de se défaire avant de s'effondrer sur le lit. Mais les bottes avaient été nettoyées, et les poignards disposés de gauche à droite par ordre de taille décroissant. Elle en dégaina un pour vérifier le tranchant. Bien sûr, il avait été aiguisé. Et même si personne n'aurait osé, elle se surprit à tâter les dagues qu'elle gardait attachées à sa cuisse, à sa hanche et contre ses reins même pour dormir, histoire de s'assurer qu'elles étaient toujours là.

Lila traversa l'immense chambre en soupirant. Une vasque de marbre reposait sur l'étagère accrochée au mur du fond, surmontée d'un miroir. Elle y versa l'eau du pichet posé à côté, toujours chaude alors qu'elle était sans doute là depuis des heures. L'*Antari* regarda la vapeur s'élever de la vasque.

Sept ans, et la magie ordinaire de ce monde continuait de la surprendre. Car, malgré tout, elle finissait toujours par oublier, jusqu'au moment où elle voyait une lanterne s'allumer toute seule, un homme souffler du vent dans des voiles, de l'eau chaude sortir d'une carafe froide. Alors son esprit chancelait, comme lorsqu'on se prend le pied dans un pavé descellé. Bon sang, il lui arrivait même d'être choquée à l'idée que sa magie lui réponde quand elle la convoquait !

Penchée en avant, elle plissa le nez en sentant une odeur de fleurs monter de la vasque. *Foutue royauté !* pensa Lila. Elle se passa l'eau parfumée sur le visage et la nuque, avant de glisser une main humide dans ses cheveux coupés en un carré droit.

À ce moment-là, un éclat métallique attira son attention. Elle releva la tête et plongea le regard dans le miroir au-dessus de la vasque. Son col était délacé et la bague de Kell s'était échappée pour venir se balancer au bout du cordon de cuir, le bateau renvoyant des éclairs de lumière. Elle glissa l'anneau noir à l'intérieur de sa tunique, mais ses yeux s'attardèrent sur son reflet.

Deux iris bruns la fixaient, l'un réel, l'autre en verre. À la différence de celui qu'elle avait échangé avec Maris – cette relique de sa vie au Londres gris –, ce dernier s'accordait parfaitement avec l'autre. À sa connaissance, elle était la seule à être troublée par cette inquiétante similitude, cette symétrie forgée par la magie qui donnait un aperçu de l'allure qu'elle aurait eue si on ne lui avait pas arraché son œil d'origine, quand enfant – elle le savait à présent –, ses pouvoirs d'*Antari* s'étaient manifestés.

Elle soutint son propre regard et pencha la tête sur le côté jusqu'à ce que la lumière frappe la surface du verre, brisant ainsi l'illusion. Cet œil marron avait pour but de l'aider à se fondre dans la masse, à passer inaperçue. Mais une fois seule, ou en sécurité sur son bateau, elle ne le portait jamais, optant plutôt pour le noir que Maris lui avait donné, celui qu'elle aurait mis à bord du *Barron* si elle y avait dormi, celui qui la faisait sourire dès qu'elle apercevait son reflet dans une flaque ou une vitre.

Sauf qu'elle n'était pas d'humeur à sourire.

Lila s'écarta de la vasque et alla récupérer ses lames, ses bottes et son manteau. Puis elle partit à la recherche de Kell et d'une tasse de thé bien fort – pas forcément dans cet ordre.

La nouvelle du retour des *Antari* au palais avait de toute évidence circulé.

Aucun des gardes ne dégaina son épée lorsque Lila sortit de la suite royale, parcourut le couloir et descendit l'escalier. En bas, le palais se déployait comme une gigantesque fleur aux pétales tournés vers le soleil. Des serviteurs s'affairaient, ouvraient des portes, rajustaient des tapis, changeaient les bouquets de la veille avant même qu'ils ne commencent à faner.

Où partent ces fleurs d'un jour ? se demanda-t-elle. Sans doute dans l'eau du bain.

À mesure que Lila traversait le palais, les domestiques s'arrêtaient pour s'incliner, figés en pleine tâche telles des statues. Deux yeux marron ou non, ils savaient ce qu'elle était et la regardaient comme ils avaient regardé Kell, leurs expressions allant du respect à la peur en passant par l'adoration. Contrairement au prince, pourtant, Delilah Bard appréciait ces regards.

Elle était à mi-chemin d'un couloir qui se scindait en deux quand un serviteur tourna à l'angle et se retrouva face à elle. Il y avait largement assez de place, mais il fit un pas de côté et se colla dos au mur comme si c'était un péché d'occuper l'espace en présence de Lila.

— Avez-vous vu le prince ? s'enquit-elle.

Il ne répondit pas. Croyait-il qu'elle s'adressait à quelqu'un d'autre ? Il n'y avait personne à portée de voix… Lorsqu'il finit par s'en rendre compte, il leva timidement les yeux vers le menton de la jeune femme. Lila soupira. S'il existait un protocole pour ce genre de situation, elle ne le maîtrisait pas.

— Vous l'avez vu, oui ou non ? insista-t-elle.

— *Mas arna*, dit-il en se fendant d'une profonde révérence.

« Madame. »

Lila grimaça. Elle détestait qu'on l'appelle de cette manière, comme si elle était une *ostra* qui se mêlait à la cour.

— Appelez-moi capitaine.

Le serviteur hésita avant de répliquer :

— Toutes mes excuses, mais ici votre rang surpasse ce titre.

— Mon rang ? répéta-t-elle.

Elle supposait qu'il faisait référence à son statut d'*Antari*, mais ce n'était pas le cas.

— Votre rang de promise du prince.

Lila fixa le domestique, dévorée par l'envie soudaine de casser quelque chose. L'air se mit à tournoyer autour d'elle. Le malheureux dut le sentir, car il recula.

— Dites-moi, articula-t-elle. Comment appelez-vous Kell ?

— *Mas vares.*

« Mon prince ».

— Et si c'était un roturier ?

Le serviteur baissa vivement la tête.

— En tant qu'*Antari*, il serait toujours *mas aven*.

« Mon béni ».

— Parfait ! Appelez-moi comme ça. Bon, poursuivit-elle en scrutant le couloir. Où est votre cher prince béni ?

Le domestique lui indiqua la salle du petit déjeuner et Lila repartit. Elle trouva la pièce aux parois vitrées qui donnait sur la cour, avec sa longue table chargée de brioches, de tartes et de fruits. Elle s'apprêtait à entrer quand elle entendit un bruit à l'autre bout du couloir. Ce petit rire joyeux ne pouvait appartenir qu'à Ren Maresh.

Là, à l'extrémité de la galerie baignée de lumière, Lila trouva la fillette assise sur une marche à côté de Kell, dont les cheveux cuivrés brillaient au soleil.

La princesse papotait à mi-voix, ses mains en coupe autour d'une petite chose blanche, tandis que son oncle acquiesçait d'un air grave. Son manteau était posé par terre près de lui, ses manches retroussées, son visage tourné vers Lila juste assez pour qu'elle voie son œil bleu et ses lèvres remuer lorsqu'il parlait.

Lui ne la voyait pas. Voilà peut-être pourquoi elle laissa son regard s'attarder sur la légère inclinaison de la tête de Kell, ses doigts effleurant distraitement la bague qu'elle gardait cachée sous sa tunique. Jusqu'à ce qu'elle entende quelqu'un s'approcher d'elle. Ce n'était ni le pas feutré et précipité d'un serviteur, ni la lourde foulée d'un soldat, mais le glissement lent et régulier d'un corps qui se sentait chez lui.

Merde ! pensa Lila. Sa main retomba le long de son corps.

— Votre Majesté, lança-t-elle en se tournant vers la reine.

Elle était censée s'incliner, mais comme elle ne pouvait s'y résoudre, elle se contenta d'un très léger mouvement de la tête, plus proche d'un acquiescement que d'un geste de déférence. La reine ne le remarqua pas, ou bien elle s'en moquait.

— Je vous en prie, appelez-moi Nadiya. Nous formons une famille, après tout.

Une « famille ». Ce mot écorcha les oreilles de Lila comme de la laine rêche. Pour elle, la famille n'avait rien à voir avec la proximité ou les liens de sang. C'était quelque chose que l'on choisissait, un nom que l'on méritait. Barron avait été sa famille. Kell l'était à présent. Tout comme Alucard, Stross, Vasry, Tav et Rhy. Mais Nadiya n'avait pas encore gagné ce titre. Et Lila doutait que ça arrive un jour.

Elle toisa la reine de la tête aux pieds. Face à face, les deux femmes ressemblaient aux deux côtés d'un miroir déformant.

Elles avaient le même âge, faisaient presque la même taille, et depuis que Nadiya avait coupé la lourde crinière qu'elle arborait à son arrivée à la cour, leurs cheveux retombaient de la même manière, à hauteur d'épaule. Elles se distinguaient par leurs couleurs. La peau de la souveraine était olivâtre là où celle de Lila était pâle, sa chevelure d'un noir de jais là où celle de Lila était brun foncé, ses deux yeux de la même couleur là où ceux de Lila ne l'étaient pas, et son corps avait des courbes que celui de Lila n'avait jamais eues : le corps de la monarque remplissait sa robe là où la tunique de l'*Antari* tombait sans un pli des épaules à la taille.

Ce n'étaient pas leurs différences qui la gênaient, mais au contraire leurs ressemblances. Sans parler de la façon dont Nadiya la regardait, comme si elle était un trophée. Ce regard, Lila le posait elle aussi sur quantité de choses. Des choses qu'elle avait volées ou pour lesquelles elle avait tué.

Les yeux avides de la reine glissèrent sur elle pour suivre le couloir jusqu'à Ren, qui tenait à présent le petit objet blanc en l'air. Lila vit enfin ce que c'était : un œuf.

— Elle l'a pris dans les cuisines il y a des mois, expliqua Nadiya. Sauvé d'un poêlon. Elle est persuadée que si elle se montre assez gentille, l'œuf finira par éclore. Je n'arrive pas à la convaincre qu'il n'y a plus rien à sauver. (Elle pencha la tête sur le côté.) Les enfants sont parfois étonnants.

— Il vous suffirait de le casser, suggéra Lila. Je suis surprise qu'il ne soit pas encore pourri.

— Normalement, il devrait l'être. Mais une fois par semaine, je l'échange contre un nouveau pendant qu'elle dort, dit la reine, malicieuse. L'espoir ne fait pas de mal…

— Et quand l'espoir s'éteint ?

— Elle n'a que quatre ans. Nous avons le temps.

Soudain, Ren éclata de rire. La reine et Lila se tournèrent toutes les deux vers la fillette. Kell, qui tenait à présent l'œuf à la lumière, dessinait une forme sur sa coquille.

— C'est un oncle attentionné, déclara la reine. Il fera un bon père. (Lila lâcha un petit ricanement. Nadiya fronça les sourcils.) Vous n'avez jamais voulu d'enfant ?

La question lui fit l'effet d'un corset serré sur ses côtes, mais Lila répondit sans hésiter :

— Non.

Elle pensait que la souveraine allait désapprouver et soutenir qu'un jour l'envie lui viendrait, mais celle-ci se contenta de hocher la tête, pensive, avant de confier :

— Moi, si. Je ne sais pas pourquoi. Ce n'était pas une question d'ego. Certaines femmes souhaitent simplement voir leur propre reflet. Moi, j'avais envie de savoir quel effet ça faisait de créer un autre être humain. Et puis, quand elle est née, j'ai voulu savoir ce qu'elle ferait, ce qu'elle deviendrait. Chaque jour, elle est différente. Chaque jour, elle me surprend.

— Vous parlez d'elle comme d'une expérience.

— J'imagine que c'est le cas, avoua Nadiya d'une voix légèrement rêveuse. Une formidable expérience. (Elle s'arracha à la contemplation de sa fille.) Je sais que vous ne m'aimez pas.

Lila haussa un sourcil.

— Je n'aime pas la plupart des gens, Votre Majesté. Mais vous, je ne vous fais pas confiance.

— Pourquoi donc ?

— Peut-être parce que vous avez exprimé l'envie, lors d'un dîner, de me disséquer ?

— J'ai bien précisé « après votre mort ».

Un serviteur apparut, une théière et deux tasses en équilibre sur un plateau doré. La reine servit le thé puis en proposa à l'*Antari*. Bien que tentée par le liquide noir corsé d'où s'échappaient des volutes de vapeur, Delilah Bard ne comptait pas boire quoi que ce soit venant de la souveraine. Bien entendu, elle prit tout de même la tasse et la tourna dans sa main comme pour examiner le motif gravé dans la porcelaine. Puis, tout en soutenant le regard de la monarque, elle convoqua son pouvoir et la vapeur disparut, remplacée par une fine couche de glace à la surface de la boisson gelée.

Nadiya esquissa une grimace.

— Quel gâchis ! s'exclama-t-elle en portant sa tasse à ses lèvres. Je ne suis pas votre ennemie, Lila. (Ses yeux revinrent se poser sur Ren et Kell.) Tout ce que je fais, je le fais pour ma famille. Pour leur avenir. Pour notre monde. Si seulement vous acceptiez de m'aider, de me laisser étudier votre magie pendant qu…

— Non.

— Ce n'est pas l'idéal, j'en ai conscience. Mais on ne peut pas vraiment dire que j'ai d'autres *Antari* sous la main. Et puis, je n'ai pas l'intention de mettre en danger la vie de Rhy en faisant des tests sur Kell. Encore moins en sachant que le prince est diminué…

— Votre Majesté, répliqua Lila, les dents serrées. Avec tout le respect que je vous dois… (Elle se tourna face à Nadiya.) Allez vous faire foutre.

La reine pinça les lèvres.

— Vous êtes extraordinaire, Delilah Bard. Je m'étonne que vous ne soyez pas plus… progressiste. Votre magie renferme les clefs d'innombrables portes. Et pourtant, vous choisissez de la garder pour vous.

— Que voulez-vous ? J'aime être plus puissante que mes adversaires.

Nadiya secoua la tête.

— Il ne s'agit pas que de magie. Pensez au savoir enfermé dans votre sang. Qui sait ce dont il serait capable ? Il pourrait guérir le royaume. (Ses yeux s'illuminèrent.) Peut-être même guérir Kell.

En une seconde, la tasse avait disparu de la main de Lila, remplacée par l'une de ses nombreuses lames dont elle pressait la pointe contre le long cou de la souveraine.

— N'essayez pas de me mentir ! siffla-t-elle.

Les soldats se précipitèrent, épées au clair. Comme l'*Antari* ne désirait pas semer la pagaille, elle recula et rengaina le poignard à sa ceinture. La reine arrêta d'un geste sa garde rapprochée avant de porter les doigts à sa gorge. Se croyait-elle blessée ? La main de Lila n'avait pas pour habitude de trembler…

— Je ne sais pas encore comment le guérir, rétorqua la reine en cessant de s'ausculter, mais je ne mens pas pour autant. Les progrès exigent du temps… et des sacrifices.

Certes, Lila n'avait jamais aimé Nadiya. Mais en cet instant précis, elle la détestait de toute son âme. Elle détestait qu'il existe une chance, même infime, que la reine ait raison, et elle s'en haïssait d'autant plus. Quand elle dégaina de nouveau son poignard, les gardes avancèrent d'un demi-pas en guise d'avertissement, dans un cliquetis d'armures. Même si elle mourait d'envie de tourner la lame vers la souveraine, Lila fit glisser l'acier sur la fine couche de peau à l'intérieur de son poignet. Puis elle vida la glace de sa tasse à thé et tendit son bras ensanglanté au-dessus du récipient, dont la délicate porcelaine se teinta de pourpre. Lorsqu'il fut à moitié rempli, elle enroula un mouchoir autour de l'entaille et le serra jusqu'à en avoir mal.

— Satisfaite ?

Nadiya hocha la tête avant de prendre la tasse de sang.

— C'est un bon début.

Résolue à ne pas causer de scène, Lila abandonna la reine, la princesse et Kell, qui était resté assis à côté de la fillette, le dos tourné, la tête penchée au-dessus des marches.

III

Alucard n'avait pas toujours été du matin.

Plus jeune, il adorait dormir, mais la vie en mer lui avait appris à se lever avec le soleil, et depuis qu'il avait troqué la *Flèche noire* contre le *Soner Rast*, il avait gardé l'habitude de se réveiller à l'aube pour former les gardes royaux.

Lorsqu'il entra d'un pas nonchalant dans la salle du petit déjeuner à 9 heures, il était bien réveillé et même fourbu à cause de l'entraînement. Peut-être Lila avait-elle raison : il n'était plus assez vigoureux pour combattre. Ou peut-être vieillissait-il, tout simplement. Trente et un ans. Ce n'était pas si vieux, mais il avait senti passer chaque année.

Il embrassa Rhy sur le sommet du crâne avant de tirer une chaise, puis murmura un merci à un serviteur qui remplissait sa tasse de thé brûlant.

Assise de l'autre côté de la table, la reine feuilletait des documents, son stylo volant sur les marges. Elle leva les yeux à son entrée, mais si elle repensait à sa mise en garde dans l'atelier, elle n'en montra rien.

Kell était là, lui aussi, hélas. Il buvait son thé debout, comme pour souligner le fait qu'il ne comptait pas rester. Quant à Ren, elle était tellement occupée à dévorer un livre sur les oiseaux qu'elle en dédaignait la tranche de pain grillé que Sasha tentait de lui glisser dans la main. La gouvernante jeta un regard las à Alucard.

Attendez un peu qu'elle puisse utiliser sa magie, pensa-t-il. Bien sûr, la princesse était trop jeune pour posséder la maîtrise d'un élément, mais elle se déplaçait comme son vieil ami Jinnar, une véritable tornade qui semait le chaos dans son sillage. Chaque jour, Alucard s'attendait à voir les filaments colorés se déployer autour de sa fille, à voir sa magie s'épanouir. Jusqu'à présent, cependant, elle n'était entourée que de ses boucles noires auxquelles s'ajoutait parfois un corbeau.

— Bonjour, Luca ! lança-t-elle d'un ton joyeux.

Le volume de sa voix fit grimacer les deux frères. Le roi n'avait jamais été du matin : il émergeait rarement avant midi. Mais ce jour-là, la tête entre les mains, il avait vraiment l'air dans un triste état.

— Ces bulles… marmonna-t-il. Ces maudites bulles…

— Un peu trop de vin ? demanda Alucard en jetant un regard appuyé à Kell.

Le prince garda le silence, mais Rhy releva la tête. L'or de ses yeux semblait voilé de gris.

— Pourquoi conservons-nous ce vin d'argent ?

— Parce qu'il est délicieux, consommé avec modération, répondit Alucard.

— Et plus efficace qu'un tonique pour soutirer la vérité, ajouta la reine en tournant une page.

— Brûlez-en toutes les caisses ! siffla le roi, indigné. Et expliquez-moi pourquoi je guéris plus vite d'un coup de couteau à la poitrine que d'une bouteille d'alcool !

Personne n'avait la réponse.

Alucard attrapa une orange au centre de la table. Au moment de se rasseoir, il remarqua la chaise vide.

— Où est notre capitaine ?

— Elle est partie, répliqua la reine.

Kell posa sa tasse avec un soupir.

— Faudrait aller la chercher, marmonna Alucard dans son thé.

L'*Antari* lui adressa un geste grossier avant de quitter la pièce.

Alucard se tourna vers Nadiya.

— Quand l'as-tu vue ?

Le capitaine et la souveraine étaient comme l'huile et le feu : tant qu'elles ne se mélangeaient pas, il n'y avait aucun danger.

— En passant dans le couloir, répondit-elle avec un haussement d'épaules.

Ses yeux noisette à moitié fermés, elle faisait courir son stylo sur les pages. S'il ne la connaissait pas, il aurait cru qu'elle sortait du lit, alors qu'en réalité elle se détendait en prenant des notes avant de regagner ses appartements pour enfin dormir.

— *Kers la ?* demanda Ren en passant allègrement à la langue du peuple.

Elle se hissa sur l'accoudoir du fauteuil et tapota d'un doigt plein de confiture les documents posés à côté de son assiette.

— Ça ? fit la reine de cette voix adoucie qu'elle réservait à la princesse. C'est l'ébauche d'un amplificateur.

À ces mots, Alucard se figea, mais le schéma qu'il voyait sur la table ne ressemblait en rien aux anneaux *Antari* ou aux chaînes dorées.

— Un amplificateur ? répéta Ren en détachant les syllabes.

— Un moyen de renforcer la magie de quelqu'un.

Si son ton se faisait doux et patient, son discours, lui, ne changeait pas. Depuis la naissance de sa fille, Nadiya lui parlait comme à une adulte, piégée de manière inopportune mais temporaire dans un corps d'enfant. Si elle utilisait un terme que la princesse ne connaissait pas, cette dernière lui en demandait la signification.

Ren fixait la page, suspicieuse.

— Pourquoi je n'ai pas encore de magie ?

Rhy leva les yeux. C'était là sa plus grande crainte, que sa fille soit comme lui. Alucard faisait toujours la même réponse à Rhy, la même que celle que Nadiya fit à Ren :

— Tu es jeune. Ça viendra.

— Celle de papa n'est jamais venue.

Alucard se crispa de nouveau. Seul un enfant pouvait énoncer une telle évidence sans malice ni méchanceté. Rhy croisa le regard de son épouse. Comment allait-elle réagir ? La reine se contenta de sourire.

— Ton père a d'autres pouvoirs.

Ren réfléchit à cette réponse en se balançant d'avant en arrière sur l'accoudoir du fauteuil.

— Si je n'ai pas de magie, est-ce que je pourrai quand même garder mes animaux ?

Rhy esquissa un sourire.

— Bien sûr, répondit Nadiya.

La princesse hocha la tête, pensive, avant de conclure :

— Ça m'irait.

Sur ces mots, elle sauta par terre pour s'éloigner de la table, mais Sasha la rattrapa pour la reconduire à sa chaise.

— Vous n'avez peut-être pas besoin de magie, déclara la gouvernante, mais vous avez besoin d'un petit déjeuner.

Un silence confortable envahit la pièce pendant qu'ils mangeaient. Ce silence, Alucard le savoura. Dans sa jeunesse, une table dressée représentait un danger. Son père menaçant à un bout, son frère en face de lui, sa sœur à ses côtés. Pas de chaise pour leur mère – pas de place pour les sentiments. Ces moments à table étaient un rappel : ressembler à une famille était plus important qu'en être une.

La table des Emery était pleine de pièges invisibles à ses yeux, qui n'attendaient que d'être déclenchés : « *Tiens-toi droit* », « *Parle plus fort* » ou « *Ne prends pas ce ton avec moi* ».

Il n'y avait eu aucune joie au cours de ces repas, seulement des exigences. Et Alucard n'avait eu qu'une hâte : qu'on l'autorise à quitter la table. L'air ne revenait dans ses poumons qu'une fois sorti de la pièce.

Mais à présent qu'il regardait autour de lui, son cœur se serra pour d'autres raisons. *Ça,* pensa-t-il, *c'est une famille.* Une drôle de famille, certes, différente et inattendue. Malgré les plaintes de Rhy, les absences de la reine et l'agitation de Ren – on aurait dit un animal qui tentait de s'échapper de sa cage alors que Sasha tentait de la faire manger d'abord en l'incitant, puis en la soudoyant –, Alucard n'aurait échangé sa place pour rien au monde.

Tous ceux qu'il aimait le plus au monde étaient assis près de lui. Il entrelaça ses doigts à ceux de Rhy et les serra doucement. Le roi baissa les yeux comme si la main de son consort était un présent, une surprise inattendue mais tellement bienvenue. Puis il la porta à ses lèvres pour embrasser ses phalanges.

Alucard, tout sourire, but son thé en faisant de son mieux pour profiter de cet instant, conscient qu'il ne durerait pas… et il avait raison.

Ren fut la première à partir. Après avoir consenti à manger un œuf, un peu de pain grillé et la moitié d'une pomme, la fillette finit par se sauver. Elle se précipita vers les portes de la cour, Sasha sur ses talons.

La présence de leur fille était comme une attache qui les maintenait ensemble. Après son départ, Nadiya annonça qu'elle se retirait. Elle ramassa ses documents et une brioche avant d'aller se coucher.

Les membres de la famille royale se détachaient tels des pétales, jusqu'à ce qu'il ne reste plus que Rhy et lui à table. Mais ce moment non plus ne dura pas. Avant même que le thé ait eu le temps de refroidir, Isra fit son entrée, avec ses cheveux gris lissés en arrière et son casque de capitaine de la garde sous un bras.

— Votre Majesté, dit-elle, la tête baissée. Les marchands sont là pour discuter des règles d'importation pour la Longue Nuit noire.

— *Sel Fera Noche* ? intervint Alucard, les sourcils froncés. Tu n'as quand même pas l'intention d'organiser…

— Pitié ! Tu ne vas pas t'y mettre, toi aussi ! le coupa Rhy en se levant tant bien que mal.

Le souverain ne laissa pas son consort souligner à quel point son idée était stupide : il se saisit d'un petit pain sucré puis suivit Isra hors de la pièce.

Alucard, dépité, se retrouva seul avec les quatre serviteurs. Postés tels des piliers aux coins de la salle, ceux-ci attendaient d'être appelés par un regard ou une tasse vide.

— Vous pouvez disposer, ordonna-t-il.

Il avait envie d'un moment à lui mais, dans le silence, ses pensées l'assaillirent. À la vue de la montagne de nourriture accumulée sur la table, son appétit disparut. Il tenta de se concentrer sur *Sel Fera Noche*, même si la fête n'aurait pas lieu avant plusieurs semaines. De toute façon, ils avaient un problème plus urgent à régler. Il se remémora sa conversation avec Lila, la menace de la Main à présent amplifiée par le fameux *persalis*.

Le front posé sur ses doigts croisés, il s'efforça de réfléchir. Ils pourraient faire évacuer la famille royale, mais quel message une telle décision enverrait-elle ?

Soudain, il entendit un bruit de pas dans la pièce.

— Maître Emery, dit une voix.

Alucard leva les yeux, s'attendant à trouver un serviteur. À la place, il découvrit un jeune soldat aux cheveux assez longs pour être tressés, au regard marron et vif. Une spirale de magie flottait dans l'air autour de lui. Il chercha dans sa mémoire le nom du jeune homme.

— Velastro.

Le soldat baissa la tête, les joues rouges.

— Pour vous servir, répondit-il en arnésien. Veuillez m'excuser de vous déranger pendant le petit déjeuner.

Alucard regarda les chaises vides autour de la table.

— Tu es pardonné. Qu'est-ce qui t'amène ?

— Vous avez donné l'ordre de vous signaler toute activité de la Main.

— Je t'écoute, dit-il avec appréhension.

— On a trouvé quatre nouvelles marques cette nuit, dispersées dans la ville.

Le jeune homme sortit une carte. Toute la moitié sud de Londres était parsemée de points rouges désignant les symboles. Mais une marque d'un autre genre – un X – avait été tracée non loin du palais.

— Qu'est-ce que c'est ?

— Un homme a été retrouvé mort. Son corps était appuyé contre un mur et une couronne a été dessiné avec du sang au-dessus de sa tête.

— Pas très subtil, fit remarquer Alucard, la gorge serrée, avant d'enrouler la carte. Autre chose ?

— Je… je ne sais pas, répondit Velastro, hésitant. (Il se balança d'une jambe sur l'autre.) Vous avez demandé à être informé de tout fait étrange. Eh bien, j'étais en patrouille ce matin, dans le *shal*, et il semble qu'un bâtiment se soit effondré dans la nuit.

Alucard attendit de voir où le soldat voulait en venir.

— C'est-à-dire que… (Velastro cherchait ses mots.) Les maisons de chaque côté sont restées intactes.

— Peut-être une bagarre qui a mal tourné ? Un magicien ivre qui aurait perdu le contrôle ?

— Oui, bien sûr. Sauf que j'ai le coup de main pour la terre et la pierre, et quand j'étais petit… je ne maîtrisais pas encore mes éléments. Je ne dirais pas que j'ai fait s'ébouler des bâtiments, mais…

— Tu sais à quoi ressemble une maison qui s'écroule ?

Velastro afficha un sourire nerveux.

— Voilà. Et la façon dont celle-ci est tombée… On dirait qu'elle s'est affaissée sur elle-même, vous voyez ? Comme si quelqu'un l'avait attirée sur lui.

— Un sort qui aurait dérapé ?

— C'est exactement ce que je me suis dit ! s'exclama-t-il d'un ton joyeux avant de se reprendre aussitôt, conscient du rang de son interlocuteur. Je veux dire, c'est aussi ce que j'ai pensé, *mas arno*. Enfin, ça ou une attaque ciblée. Mais dans ce cas, il devrait y avoir des cadavres. Or il n'y en a pas. Nous avons déblayé les décombres. Assez pour mener des fouilles, et il n'y avait personne à l'intérieur, ce qui ne me paraît pas normal. J'ai entendu dire que vous voyiez des choses que les autres ne voient pas. Moi, je n'ai pas ce don, mais mon instinct me dit que quelque chose cloche, alors j'en ai parlé à mon chef d'escouade, qui m'a répondu que ce n'était rien. Et ce n'est peut-être rien, mais peut-être que ce n'est pas rien non plus. Peut-être que ce n'est pas vraiment le genre d'informations que vous cherchez… (Plus le soldat parlait, plus il bredouillait.) Enfin bref, ce n'est probablement rien.

Le chef d'escouade de Valestro avait sans doute raison, mais comme Alucard n'avait aucune autre piste, il avala la fin de son thé avant de se lever.

— Montre-moi.

IV

Les pas de Kell retentirent sur le sol du sanctuaire.

C'était le genre d'endroit où les bruits résonnaient, où le moindre froissement de tissu, le moindre claquement de talon rebondissait sur les murs de pierre froide. L'*Antari* adapta sa démarche : il s'efforça d'avancer comme Lila le lui avait appris, aussi silencieusement qu'un voleur. Lorsque le son s'évanouit, comme absorbé par la roche, il sourit en imaginant les lèvres de la jeune femme s'étirer, sa fierté déguisée en amusement.

Où était-elle à présent ? Kell n'en avait aucune idée. Il s'était d'abord rendu à l'auberge, dans l'espoir de la trouver en train d'attendre dans leur chambre, tout en sachant au fond de lui que cet espoir était vain : Lila Bard n'attendait jamais personne. Et en effet, elle n'y était pas. Il s'était efforcé de ne pas se sentir abandonné, conscient qu'elle pouvait se déplacer dans la ville quand lui n'en était plus capable. Aussi avait-il décidé d'aller dans le seul lieu où il savait qu'elle ne se trouverait pas. Il avait changé de manteau, troquant le rouge royal contre le gris ordinaire, et coiffé un bonnet pour dissimuler la flamme de ses cheveux. S'il n'était pas devenu Kay, du moins n'était-il plus tout à fait Kell Maresh au moment de se mettre en route pour le sanctuaire.

La ville de Londres était en perpétuelle évolution. La magie facilitait ces changements. Les bâtiments s'élevaient et s'effondraient, aussi versatiles que les modes. Les maisons closes devenaient des théâtres, les théâtres des galeries, les galeries des places, et ainsi de suite.

Seuls deux éléments semblaient immuables. Le premier était le palais royal. Le second, le sanctuaire.

Kell avait passé toute sa jeunesse entre ces deux édifices. Élevé dans l'un, formé dans l'autre, un bâtiment aussi solide et simple que le premier était imposant. Entre ces murs de pierre, Tieren lui avait appris à contrôler son pouvoir, à apaiser son esprit et à concentrer sa magie, du temps où celle-ci était un torrent qui débordait à chaque saute d'humeur.

Après – après le combat contre Osaron, après avoir vaincu le roi de l'ombre, après avoir accepté que son lien avec la magie était brisé –, Kell était allé voir le vieil *Aven Essen.*

— *Que suis-je maintenant ?* avait-il demandé, en proie à un mélange de colère, de peur et de douleur.

— *Tu es vivant*, avait répondu Tieren en posant la main sur sa joue. *N'est-ce pas suffisant ?*

Kell passa sous une arche pour pénétrer dans le cloître. Aussitôt, il sentit l'air se solidifier dans sa poitrine. Comme un cimetière du Londres gris, l'endroit respirait le calme, avec ses allées pavées de marbre blanc. Mais à la place des pierres tombales se dressaient plusieurs dizaines d'arbres, espacés de manière aussi régulière que des piliers et tous différents en taille, en âge ou en saison.

Chacun d'eux était planté et cultivé par un prêtre, qui n'utilisait rien d'autre que l'équilibre de son pouvoir. Faire pousser un arbre ne semblait pas très compliqué, et pourtant ça l'était : il fallait en effet maîtriser tous les éléments. À l'exception des *Antari*, les prêtres étaient les seuls magiciens capables de cette prouesse. Du reste, leur talent ne résidait pas tant dans l'étendue de leurs facultés que dans leur sens de la retenue. Ils n'avaient pas d'affinité pour un élément en particulier, mais une capacité à tous les manier avec modération, ce qui faisait d'eux les incarnations vivantes de leur mandat.

Priste ir Essen. Essen ir Priste.

« Le Pouvoir dans l'Équilibre. L'Équilibre dans le Pouvoir. »

Telle était la nature de la magie, selon eux : toutes les balances devaient trouver leur niveau. Ils ne pouvaient pas déplacer des montagnes ni invoquer la pluie. Ils ne pouvaient pas non plus réduire des bateaux en cendres ni briser des murs par la seule force de leur vent. Leur magie agissait doucement, comme la mer érode la pierre.

L'arbre incarnait cette retenue. Trop de pouvoir le tuerait aussi sûrement que pas assez, et il devait survivre dans l'enceinte du cloître, sans absorber plus que sa part de terre, d'eau ou de lumière.

Lorsqu'un prêtre décédait, son arbre, laissé à l'abandon et privé de ses soins, le suivait : il s'éteignait à petit feu. Une fois mort, il était déraciné, puis brûlé, ses cendres enfouies dans la terre pour le prêtre suivant, la plantation suivante.

La parcelle de Tieren aurait dû être vide à présent. Pourtant l'arbre était toujours là, ou du moins ce qu'il en restait. Une coquille grise, sèche, dépourvue de feuilles et dont les racines, tels des doigts noueux, relâchaient peu à peu le sol.

— Je leur ai dit d'attendre, lança une voix. Je me doutais bien que vous voudriez lui faire vos adieux.

Kell se retourna : Ezril se tenait sous l'arche. Non pas droite mais penchée, les bras croisés et une hanche en appui contre la pierre. Jamais il n'avait vu de prêtre dans une position aussi décontractée – lorsqu'ils étaient enfants, Rhy était convaincu de pouvoir laisser une tasse de thé en équilibre sur la tête de Tieren toute une journée sans qu'elle ne se renverse.

Ezril descendit les marches d'un pas feutré. Sous sa bure blanche, elle était pieds nus. Ses cheveux noirs, aussi raides et pointus que des éclats de verre, étaient détachés, mais c'était son regard qu'il trouvait le plus saisissant. Bordés de cils noirs, ses yeux étaient à la fois bruns et lumineux, comme un vitrail transpercé de soleil. Ils semblaient même scintiller.

« Quel gâchis ! » avait commenté Rhy en rencontrant sa nouvelle *Aven Essen*. Elle était radieuse, d'une beauté indéniable. Mais elle n'était pas Tieren. Voilà ce que Kell avait pensé. Voilà pourquoi il ne l'aimait pas.

D'après son frère, il se montrait injuste, et peut-être Rhy avait-il raison – après tout, ce n'était pas la faute d'Ezril si Tieren était mort. Cet homme qu'il avait connu toute sa vie, à présent remplacé par une femme assez jeune pour être sa petite-fille…

Peut-être Kell lui en voulait-il aussi parce que, contrairement à lui, Ezril avait été là pour Rhy. Son frère était persuadé qu'il apprécierait la jeune femme si seulement il se donnait la peine de passer un peu de temps avec elle. Or il la connaissait mieux que lui. Une autre raison de lui en vouloir…

— *Aven Essen*, lâcha Kell en guise de salutation.

— Maître Kell, répondit la prêtresse. À moins que ce ne soit Kay ?

Ses yeux brillèrent de malice et l'*Antari* se raidit.

— Rhy vous a parlé, à ce que je vois.

Prudente, elle se contenta de hausser les épaules en souriant poliment.

— Votre manteau possède de multiples facettes. Vous aussi, je suppose.

— En effet, concéda Kell, sur ses gardes. Qu'est-ce que mon frère vous a raconté d'autre ?

— Je suis la prêtresse du roi et sa conseillère, rétorqua-t-elle, piquée au vif. Ses fardeaux deviennent les miens lorsqu'il daigne me les confier. Mais je ne les transmets pas à d'autres.

Ce n'est pas une réponse, constata-t-il. Ezril soutint son regard, comme pour le défier de répéter sa question. Kell n'aimait pas la manière dont elle l'observait : elle passait de son œil noir au bleu et inversement, ce qui lui rappelait leur différence.

Certains prêtres vénéraient les *Antari*, car ils voyaient en eux l'incarnation même de la magie. D'autres, en revanche, les considéraient comme un avertissement, un rappel de ce qui se passait quand le pouvoir prenait une forme extrême. L'inverse de l'équilibre.

Kell se demandait quelle version il incarnait aux yeux d'Ezril. Mais il ne l'interrogea pas à ce sujet et reporta plutôt son attention sur l'arbre et les dernières traces laissées par la magie de Tieren.

— Merci d'avoir attendu. Ce n'est qu'un arbre, je sais. Et pourtant...

— Bien sûr que ce n'est qu'un arbre. Tout comme le sanctuaire n'est qu'un bâtiment. Et l'Île, que de l'eau.

Il dévisagea Ezril avant de répliquer :

— Vous parlez comme une vraie prêtresse.

— Qu'est-ce qui m'a trahie ? rétorqua-t-elle avec ironie en époussetant sa bure blanche. Vous trouvez que je suis un drôle de choix, comme *Aven Essen*.

Ce n'était pas une question, aussi rien ne l'obligeait à répondre. Le regard d'Ezril glissa sur lui pour se poser sur l'arbre de Tieren.

— Parfois, le changement est plus facile à supporter. Avez-vous déjà mangé un repas inoubliable ? Vous essayez de le reproduire, vous le refaites encore et encore, et il n'est jamais aussi bon. Dans ce cas, mieux vaut tenter quelque chose de nouveau. (Elle secoua la tête, un sourire aux lèvres.) Toutes mes excuses, je dois avoir faim. Vous n'êtes pas venu parler de petits plats ni d'arbres.

En effet. À son arrivée, il avait demandé aux prêtres de faire venir Ezril.

— La Main. Avez-vous des nouvelles ?

La bonne humeur de l'*Aven Essen* vacilla.

— Je vous l'ai dit, maître Kell, le sanctuaire n'abrite pas les corbeaux de la Couronne. Les prêtres ne font qu'observer. Nous sommes des serviteurs, pas des espions.

— Pourtant, vous ne restez pas cloîtrés dans l'enceinte du sanctuaire. Vous vous mêlez au peuple. Vous connaissez la puissance de la ville, le rythme de ses battements de cœur.

— Les prêtres rendent des comptes à l'équilibre de la magie, pas au trône.

— Vous êtes l'*Aven Essen*, insista-t-il. Vous servez le roi, vous êtes sa conseillère et sa prêtresse. Si vous savez quelque chose, quoi que ce soit, et si vous tenez un tant soit peu à Rhy...

— Ça suffit, le coupa Ezril d'une voix aussi sèche qu'un claquement de doigts.

Son regard se perdit au loin, derrière Kell, au-delà des arbres et des murs du cloître. Elle garda le silence plusieurs secondes avant de confier :

— Ils se montrent discrets, mais nous avons entendu des rumeurs. (Ses yeux couleur de thé le fixèrent.) Des rumeurs à propos d'un artefact capable d'infléchir l'espace, de franchir les sorts de protection.

Le cœur de Kell se serra.

Le *persalis* ! Il était donc bien à Londres.

— Savez-vous quel est leur plan ?

— Non, mais c'est un objet magique assez complexe. Il doit bien venir de quelque part, ou de quelqu'un. (Elle baissa la voix.) Je me demandais si la reine…

— Non, l'interrompit l'*Antari*. Ce n'est pas Nadiya Loreni qui l'a fabriqué.

— Vous en êtes sûr ? se renfrogna Ezril.

— Il a été volé sur un bateau, puis introduit clandestinement dans la ville.

La prêtresse haussa un sourcil.

— Alors vous en savez autant que moi.

— Je ne sais rien d'utile, siffla Kell. Seulement qu'on doit le trouver avant que la Main ne s'en serve contre la famille royale. N'avez-vous rien appris sur la Main elle-même ? Sur qui se cache derrière cette organisation ?

Ezril fit non de la tête.

— Quelqu'un doit bien savoir quelque chose ! s'écria Kell, exaspéré.

La tête lui tournait. Il n'était pas près de trouver le *persalis*, de mettre fin au complot, de découvrir qui étaient les cerveaux de la rébellion… Il serra les poings et la magie monta en même temps que sa colère. Un vent se leva, qui balaya le cloître et, dans son sillage, une vague de douleur se répandit sous la peau de Kell. Il lâcha aussitôt prise, mais pas assez vite. Le souffle d'air s'apaisa, mais le laissa pantelant.

Ezril le fixait sans manifester aucune surprise.

— Ce doit être effrayant, d'être en guerre contre sa propre magie.

Kell se raidit. Il ne lui avait jamais parlé de sa fêlure.

— Mon frère devrait apprendre à tenir sa langue, répliqua-t-il en s'efforçant de reprendre son souffle. Si vous n'avez rien d'autre à me dire…

Il se redressa : il fallait qu'il trouve Lila. Lorsqu'il passa devant l'*Aven Essen*, la prêtresse lui saisit le bras.

— Ce n'est pas la douleur qui vous effraie. C'est ce que vous êtes. Et ce que vous n'êtes plus. Un prêtre sans sa bure reste un prêtre. Mais qu'est-ce qu'un *Antari* sans sa magie ?

— Un prince, répondit Kell d'un ton sec en tentant de se dégager.

Mais la poigne d'Ezril était ferme, inflexible. Toute trace de malice avait disparu, remplacée par une véhémence aussi dure et transparente que du verre.

— Vous devez vous demander pourquoi. Pourquoi le pouvoir que vous avez possédé toute votre vie s'est retourné contre vous. Est-ce un sort qui a mal tourné ? Avez-vous enfreint les lois de la magie une fois de trop ? (Ses paroles, tel une lame tranchante tenue par une main sûre, le transpercèrent.) Tout pouvoir a ses limites. Vous restez un serviteur de la magie, or cette dernière exige un équilibre. Et quand cet équilibre est perturbé, elle exige une rétribution. Peut-être que l'univers vous punit pour ça.

La prêtresse posa sa paume sur la joue droite de Kell, juste sous son œil noir. Puis ses traits s'apaisèrent, la fureur mystique se transformant en une certaine douceur, proche de la tristesse. Son ton se fit bienveillant.

— Ou peut-être que vous vous punissez vous-même. (Elle laissa retomber son bras.) Si vous souhaitez un jour m'expliquer pourquoi, je serai là pour vous écouter. Après tout, conclut-elle avec de nouveau cet éclat espiègle dans les yeux, je suis votre *Aven Essen* à vous aussi.

Cette fois, Kell ne fut pas dupe de ce sourire malicieux, de cet air désinvolte.

— Vous ne m'avez jamais dit comment vous aviez été nommée *Aven Essen*.

— À la suite d'un duel, répondit-elle avec entrain. Je suis plus forte qu'il n'y paraît.

Ça, l'*Antari* n'en doutait pas. Kell commença à s'éloigner avant de s'arrêter sous l'arche.

— Vous vous trompez sur un point.

— Ah oui ?

— Sans cette bure, vous ne seriez plus une prêtresse, mais une noble. Ezril Nasaro.

Si elle fut surprise qu'il connaisse son patronyme, elle n'en montra rien.

— Ce nom et ce rang ne m'appartiennent plus. J'ai renoncé à toute prétention au trône en rejoignant le sanctuaire.

— Votre famille a dû être éprouvée par cette perte. Leur fille unique… Pourquoi avoir choisi de devenir prêtresse ?

Elle pencha la tête sur le côté, comme si elle réfléchissait.

— Et vous, pourquoi avoir choisi de devenir *Antari* ?

La réponse, bien sûr, était qu'il n'avait pas choisi cette voie. C'était elle qui l'avait choisi.

— Toute ma vie, poursuivit Ezril, j'ai senti le flot de la magie. Dans l'air, sous mes pieds. J'ai décidé de suivre le courant, maître Kell, mais c'est la magie qui m'y a conduite. Il y a une raison à ma présence ici. À la vôtre aussi. Nous faisons tous deux partie de quelque chose de plus grand que nous.

Ces mots s'abattirent comme un poids sur les épaules de l'*Antari*. L'*Aven Essen*, en revanche, semblait plus légère, comme revigorée. Kell tourna les talons et la laissa seule dans le cloître, sa bure blanche flottant dans la brise.

V

L'estomac de Lila gargouillait.

Elle avait quitté le palais sans prendre de petit déjeuner, autre raison pour laquelle elle en voulait à la reine, et traversait à présent le marché de nuit.

Malgré son nom et malgré l'heure, quelques étals commençaient à s'agiter et à sortir du sommeil, les vendeurs dépliant des tentes et installant leurs marchandises, tandis que d'autres étaient restés ouverts. Une foule éparse s'écoulait entre les stands, préférant ce chemin pittoresque aux rues plus animées, ou bien attirée par le parfum d'épices et de sucre qui flottait dans l'air.

Lila s'arrêta chez un boulanger qui proposait un plateau de brioches fumantes. Elle en acheta un sachet de quatre, qu'elle mangea en chemin. Elle passa d'un pas tranquille devant un fabricant de charmes, qui vendait à la criée des flacons de gouttes d'un rouge éclatant puisées dans l'Île (forcément une contrefaçon, puisque l'eau ne restait ni pourpre ni incandescente une fois tirée du fleuve), puis devant quelques tentes émeraude, jaunes et carmin aux rabats baissés, leur contenu à l'abri des regards.

L'éclat de l'acier attira soudain l'attention de l'*Antari*, qui vint se poster devant un étal de lames disposées par ordre de grandeur. La plus petite, conçue pour disparaître dans une paume. La plus longue, une épée impossible à soulever d'une seule main, sans parler de la manier. Ses doigts dansèrent au-dessus des armes avant de s'arrêter sur une dague de la longueur de son avant-bras. C'était une véritable œuvre d'art, le métal aussi fin que du verre.

— Vous pouvez l'essayer, si vous voulez, lança une voix aux accents chantants.

Lila leva les yeux vers la marchande. Elle était jeune, plus jeune que la plupart des vendeurs du marché. Son nez et son menton pointus lui donnaient l'air d'un renard, tout comme ses cheveux, dont les boucles brunes étaient filetées de mèches rouges.

La magicienne souleva l'arme, d'une légèreté admirable et d'un équilibre parfait. La voix de Kell résonna alors dans sa tête : *« De combien de couteaux une seule personne peut-elle avoir besoin ? »* Elle scruta le métal en quête de symboles, de traces d'un sort. La dernière fois qu'elle avait utilisé une lame inconnue, celle-ci avait tué un homme en retournant sa magie contre lui.

— Des artifices à déclarer ?

La marchande fit non de la tête.

— Entre de bonnes mains, une bonne lame n'a pas besoin d'artifices.

Lila répondit d'un sourire.

— Est-il bien prudent, demanda-t-elle, de présenter ainsi votre marchandise ?

La vendeuse regarda la table, comme si elle venait tout juste de remarquer que ses armes, dont les manches et gardes étaient tournés vers l'extérieur comme en signe d'invitation, et les pointes orientées vers l'étal, donc vers elle, n'étaient même pas gainées.

— On ne m'a jamais rien volé.

— Vous avez beaucoup de chance.

— J'ai de nombreuses qualités, répliqua la jeune fille. La chance n'en fait pas partie. (Elle passa distraitement un doigt sur l'une des épées.) Il faut suer sang et eau pour fabriquer une lame comme celle-ci. Servez-vous des deux correctement et l'acier ne pourra pas être utilisé contre vous.

— Elles sont donc bien enchantées !

— Simple précaution, se défendit la marchande.

— Pratique, souligna Lila. J'imagine que vous ne pourriez pas appliquer ce sort à une lame existante ?

— Non, mais je pourrais vous en créer une nouvelle. Il me faudrait quelques jours et un peu de votre sang…

Les yeux de la jeune fille s'illuminèrent en parlant. Était-ce dû à la simple promesse de faire affaire ? Au défi que représentait cette tâche ? Lila crut apercevoir une lueur, comme celle qui l'avait attirée jusqu'à l'étal. Elle resserra sa prise sur la dague, son entaille au poignet encore douloureuse après le sacrifice qu'elle avait fait à la reine.

Le sang était un bien précieux. Il ancrait les sorts et renforçait les malédictions. Grâce à lui, n'importe quelle magie devenait plus puissante. Selon Nadiya Loreni, il renfermait d'innombrables secrets. Mais Lila avait parcouru assez de marchés noirs les années précédentes pour connaître la valeur de ce sang s'il venait d'un *Antari*. Lila se félicitait d'avoir laissé son œil noir à bord de son navire. Elle fit mine de réfléchir avant de reposer l'arme sur la table.

— Réflexion faite, quel plaisir y a-t-il à ne prendre aucun risque ?

La vendeuse haussa de nouveau les épaules, tout en soutenant son regard.

— Si vous changez d'avis…

Mais Lila s'éloignait déjà de l'étal, des lames et de la jeune fille au visage de renard. Une fois arrivée au bout du marché, elle tourna à droite, s'écartant du fleuve pour se diriger vers le *shal* et l'atelier de Haskin.

Il ne lui manquait plus qu'un prétexte pour entrer dans la boutique. Elle palpa ses poches et sentit le poids familier de la montre. Pas la sienne – celle-là, elle l'avait donnée à Maris en guise de paiement des années auparavant, après que Holland l'eut retrouvée dans son ancienne chambre, en même temps que Barron, et la lui eut rendue tachée de sang –, mais un cadeau reçu de son équipage lors d'un festival d'été et dont la surface était gravée d'un *C* pour *Casero*, « capitaine ».

Elle la sortit et passa un pouce sur le couvercle d'argent avant de l'ouvrir pour écouter le tic-tac régulier, quasi silencieux, des secondes qui s'écoulaient. Bien que les aiguilles à l'intérieur soient animées par un sort et non des rouages, il était facile de l'oublier. *Peut-être plus difficile à casser*, se dit-elle. Certaine malgré tout d'y parvenir, elle s'apprêtait à arracher le cadran quand elle vit l'heure : la grande aiguille glissait sur la petite, les deux presque à la verticale.

— *Nonis ora*, murmura-t-elle.

« La onzième heure. »

Lila s'arrêta net. Elle avait présumé que l'heure indiquée sur la tranche de la pièce faisait référence à la nuit, mais si elle s'était trompée ? Après tout, les crimes les plus infaillibles étaient commis de jour, au vu et au su de tous.

Elle tourna les talons pour se diriger vers le pont le plus proche.

VI

Londres blanc

Kosika se trouvait sur la terrasse du château, accoudée à la balustrade.

Sur le terrain un peu plus bas, une centaine de soldats effectuaient leur séance d'entraînement matinale, décomposant les gestes de combat pour mieux les ordonner en mouvements. Ils se pliaient, se tordaient, se levaient et tournaient ensemble à la manière de feuilles ballottées par un vent invisible, même si le noir charbonneux de leur armure les transformait en ombres.

Sans quitter le spectacle des yeux, Kosika arracha la bande de lin enroulée autour de son avant-bras encore un peu douloureux à cause de la dîme de la veille. Était-ce la nature de la saison – car il y avait des saisons désormais, quatre, au lieu de ce vague changement qui soufflait autrefois sur les mois qui passaient –, ou le fruit de son imagination ? Ce jour-là, le ciel lui paraissait plus bleu, les feuilles d'un vert plus vif. Le soleil chassait la fraîcheur du matin et Kosika en savourait sur sa peau la caresse tiède, quand un cri s'éleva du terrain d'entraînement.

Les soldats avaient terminé leurs échauffements. Ils s'étaient séparés pour s'affronter, ceux qui savaient utiliser la magie contre ceux qui n'en étaient pas capables, afin que chacun apprenne à surpasser l'autre.

Kosika aperçut Lark parmi eux. Il avait grandi d'une tête, voire davantage, au cours des mois précédents, et ses épaules étroites s'étaient élargies. Quand bien même il y avait d'autres soldats aux cheveux blonds, seules ses boucles à lui brillaient au soleil d'un blanc argenté qui lui donnait moins l'air d'un garçon de presque dix-huit ans et plus d'une allumette enflammée.

Elle le regarda tourner autour de son adversaire en décrivant un arc paresseux avec son épée, dont le feu léchait la lame émoussée. Le soldat en face de lui était deux fois plus grand, mais Lark s'élançait et esquivait comme s'il était lui-même une flamme. Aussi, en quelques instants, son adversaire se retrouva-t-il en train d'étouffer une langue de feu sur son avant-bras. Lark en profita pour le contourner et se retrouver derrière lui, la lame plaquée contre sa gorge.

Il leva alors les yeux vers Kosika, à qui il adressa un grand sourire malicieux… et contagieux, car elle sourit à son tour. Comme s'ils partageaient un secret – le secret étant qu'ils avaient vécu une vie avant celle-ci. Une vie de voleurs parvenus à se frayer un chemin jusqu'au château.

— Tu es amoureuse.

Kosika, toujours cramponnée à la balustrade de la terrasse, sursauta. Nasi avait surgi dans son dos.

— Tu es certaine de ne pas savoir maîtriser l'air ? demanda la jeune reine. Je ne t'entends jamais arriver.

— C'est pratique, d'être discrète, répliqua son amie avec nonchalance. Comme ça, je peux te regarder le dévorer des yeux.

Kosika sentit le rouge lui monter aux joues, mais fit la moue. Non, elle ne le dévorait pas des yeux ! Elle chercha son complice du regard, mais Lark avait disparu, toujours en mouvement.

— Ne dis pas de bêtises, rétorqua-t-elle en tournant le dos aux soldats. Lark est comme un frère pour moi.

Un sourire se dessina sur les lèvres de Nasi.

— Comme moi je suis ta sœur ?

— Exactement.

Nasi se rapprocha assez pour presser son front contre celui de la reine. Elle fit courir des doigts taquins le long de ses côtes, puis sur sa taille, aussi étroite et droite que celle d'un enfant.

— Un jour, tu voudras davantage que la compagnie d'un « frère » et d'une « sœur ».

La jeune reine repoussa la main de Nasi en lâchant un petit sifflement agacé.

— Je n'ai pas envie que tu sois seule, c'est tout, dit son amie.

Si seulement Kosika avait pu lui avouer qu'elle ne l'était pas. Qu'elle ne l'était jamais. Que Holland se tenait à ses côtés en cet instant précis, comme chaque matin de chaque jour depuis presque un an à présent.

Lui, son ombre perpétuelle. Lui, son saint béni. Lui, la main qui régissait tout.

Un an plus tôt

Après avoir aperçu l'ancien roi en rêve pour la première fois, Kosika ne vivait plus que pour dormir.

Elle assistait aux réunions du conseil, recevait le défilé de citoyens qui venaient lui demander audience, arpentait le domaine du château et dînait avec les Vir en attendant la tombée de la nuit, où elle pouvait enfin sombrer dans le sommeil et partir à la recherche de Holland.

Parfois, elle le trouvait dans sa chambre. D'autres fois, assis sur le trône, dans la cour ou dans l'escalier.

Certaines nuits, ils parcouraient le palais côte à côte. D'autres nuits, ils restaient devant son autel et le roi lui racontait sa vie, comme l'avait déjà fait Serak tant de fois. Seulement il lui révélait aussi d'autres secrets, des détails de son existence avant qu'il n'entre au service de Vortalis.

Il pouvait paraître étrange qu'une apparition née dans un songe en sache plus qu'elle, mais ce n'était sans doute que le fruit de son imagination fertile… Chaque nuit où elle rêvait de lui, Holland lui semblait devenir un peu plus tangible, à tel point qu'un soir, alors qu'ils se tenaient là, devant l'autel, elle se surprit à déclarer :

— J'aimerais que vous soyez là.

Holland s'arracha à la contemplation de la statue.

— *Mais je suis là !* s'étonna-t-il.

— Seulement en rêve, répliqua Kosika.

L'ancien souverain scruta l'alcôve où ils se trouvaient.

— *C'est peut-être un rêve pour toi, mais pour moi il s'agit d'autre chose. Un monde fait d'ombres. Une antichambre. J'étais déjà là bien avant que tu ne me trouves.*

Ces paroles l'ébranlèrent : elles libéraient le cruel espoir qu'il ne soit pas seulement une création de son esprit. Que lui et ces conversations soient réels. Qu'elle soit en présence non pas d'une apparition, mais du roi sauveur.

Un espoir impossible et pourtant, qu'y avait-il d'impossible dans un monde où la magie se ravivait, où le pouvoir passait tel un morceau de sucre de main en main, où son œil devenait noir et où elle était reine ?

— Qu'êtes-vous, alors ? demanda-t-elle.

Sa question fit naître chez lui une esquisse de sourire. Aucune œuvre d'art, aucune statue, aucun portrait, aucun bas-relief ne montrait jamais un Holland Vosijk souriant. Il avait toujours les sourcils froncés, la bouche pincée, la mâchoire serrée, comme s'il ravalait des mots… ou une douleur secrète. Même ce qu'il affichait à présent méritait à peine le nom de sourire. Ce n'était qu'une infime courbure de ses lèvres. Malgré tout, Kosika se sentit baignée de lumière.

— *Crois-tu aux fantômes ?* répliqua-t-il.

Elle fit non de la tête. Elle n'y avait jamais cru, même petite quand Lark tentait de l'effrayer avec ses histoires. Elle savait que la magie allait et venait, tout comme les êtres vivants, présents avant de disparaître. Dans ce cas, que penser de Holland Vosijk ?

Il sembla réfléchir à la question, bien qu'elle ne l'ait pas formulée à voix haute.

— *Je sais ce que j'étais, mais pas ce que je suis. Je me suis lié à la magie de ce monde et, apparemment, je suis toujours là*, dit-il en examinant ses mains. *Enfin, plus ou moins. Je suis resté dans cet entre-deux jusqu'à ce que tu me trouves. Reste à savoir comment tu as réussi.*

Kosika garda le silence, alors même que le regard de Holland pesait sur elle.

— *Ce pouvoir que tu as, il m'appartenait autrefois*, ajouta-t-il. *Peut-être qu'il grandit ou peut-être que tu as fait quelque chose…*

Elle tressaillit, consciente qu'il voyait la vérité sur son visage ou dans son esprit. Il voyait qu'un jour, elle s'était servie de sa relique pour se rendre dans un autre monde et que ce jour-là, elle avait commencé à rêver de lui. Comme si lui-même, après avoir oublié, se rappelait soudain la boîte ouverte, la pièce manquante.

« Qu'est-ce que tu as fait ? »

La colère du roi sauveur se raviva et, avec elle, toutes les flammes des bougies de l'autel.

— *Tu n'aurais pas dû aller là-bas, Kosika.* (Elle recula d'un pas, mais il la saisit par les épaules.) *Dis-moi que tu n'as rien rapporté.*

Il avait resserré sa prise au point de lui faire mal, et cette douleur lui paraissait bien réelle.

— Non, rien. Je vous le jure.

Holland la lâcha aussi vite qu'il l'avait agrippée. Cette soudaine absence de poids la déséquilibra. Puis il se détourna d'elle et du cercle des chandelles posées sur l'autel. Il vint s'appuyer contre le mur de l'alcôve, son visage las envahi par les ombres.

— Il n'y avait rien à prendre, poursuivit Kosika. Aucun signe de magie. Tout ce que j'ai vu était mort.

Sauf qu'en prononçant ce dernier mot, elle se remémora la lanterne de Serak, dont la mèche avait sifflé lorsque la flamme s'était éteinte dans un halo de fumée.

« La magie ne meurt pas. »

Une vague de peur monta en elle. La peur d'avoir rapporté de cet endroit un fragment de magie maudite, comme de la boue sous ses semelles.

Mais Holland secoua la tête.

— *Tu le saurais*, dit-il avant de pincer les lèvres. *La magie de ce monde n'a rien de subtil. Elle a une personnalité et une volonté propres, crois-moi.*

Il avait marmonné ces mots en scrutant l'autel. Kosika se rappela les feuilles qu'elle avait trouvées dans la chambre de l'ancien roi.

— Les dix jours… Les dix jours où vous avez disparu. C'est là que vous êtes allé.

— *J'étais prêt à tout pour voir notre monde renaître*, confia Holland sans la regarder. *Voilà pourquoi j'ai pris tous les risques.*

« Un dirigeant mérite son rang quand il comprend le prix… »

— *Le Londres noir est la source de toute magie*, expliqua-t-il. *C'est un puits sans fond. Mais chaque goutte a un coût.*

Il lui raconta alors ce qui s'était passé durant ces dix jours entre la chute des Dane et son accession au trône. Comment il avait été mortellement blessé et chassé dans le Londres noir. Comment il était resté allongé là, sa force vitale s'infiltrant dans la terre stérile. Comment il aurait succombé s'il n'avait pas rencontré Osaron – Osaron, le roi de l'ombre, le cœur de la flamme qui avait tout consumé, à présent réduit à une braise dans un univers vide. Comment il avait emporté cette braise telle quelle, pour raviver la magie de leur monde.

« Qu'ai-je fait ? Seulement ce qu'il fallait. J'ai sorti des ténèbres une étincelle pour allumer ma bougie. Je l'ai protégée de mon corps. Tout en sachant que je brûlerais. »

Holland se tourna vers la fenêtre, ouverte sur la nuit estivale.

— *Au bout du compte,* conclut-il, *j'ai tout perdu. Mais ça a marché.*

— Et Osaron ? demanda Kosika, détestant la façon dont ce nom sifflait sur sa langue.

— *Osaron voulait ce que veulent toutes les flammes*, répondit-il, amer. *Se propager sans contrôle. Consumer, encore et encore. Mais ce feu-là, au moins, a été éteint. Anéanti avec le mien.*

Et pourtant, pensa la jeune reine sans le dire, *vous, vous êtes toujours là.*

Une nuit, Holland lui parla des autres Londres.

Pas du monde déchu – il n'aimait pas l'évoquer –, mais des deux autres, dont elle avait vu les reliques dans la boîte. Le premier, le plus éloigné, où la magie appartenait au passé, et l'autre, plus proche, où elle était tellement plus vive que la leur. Ce monde-là, les Dane l'avaient convoité comme tant d'autres rois et reines avant eux, comme si sa magie était un trophée dont on pouvait s'emparer.

Il lui parla aussi de Kell Maresh, l'*Antari* qui venait de là-bas. Et de Delilah Bard, originaire de l'autre Londres, celui qui prospérait malgré son absence de magie.

Il lui expliqua comment se déplacer entre les quatre mondes, qu'il présentait comme des portes alignées non pas dans le même couloir, mais l'une devant l'autre, si bien que pour atteindre la plus lointaine, il lui faudrait franchir la porte intermédiaire. Il lui transmettait ces informations comme si elle avait la moindre envie de poser le pied en dehors des frontières de son propre Londres. Ce qui n'était pas le cas.

— Je ne vois pas l'intérêt, dit-elle. Pourquoi devrais-je me soucier des autres mondes ?

Pour la première fois, elle vit une ombre de mécontentement traverser le visage de Holland. Elle se reprocha aussitôt de l'avoir irrité, mais l'ombre se dissipa et il se contenta de soupirer :

— *Ce ne sera peut-être pas nécessaire.*

Sauf qu'il ne lui raconta pas d'autres histoires cette nuit-là. Et la suivante, il n'était plus là.

Comme à son habitude, Kosika rêva du château, dont elle parcourut pieds nus les couloirs, la salle du trône, l'autel de la tour et même la cour. Mais Holland demeurait introuvable.

Submergée par l'angoisse, elle se mit à appeler son saint, son roi, d'une voix qui résonnait dans les corridors déserts. Avait-il disparu pour de bon ? Cette semaine n'avait-elle été rien d'autre qu'une étrange et fugace vision ? Cette antichambre, comme le surnommait le précédent monarque, lui paraissait à présent plus vide que jamais. Plus elle le cherchait, plus sa panique grandissait. À son réveil, l'effroi lui serrait le cœur au point de rendre sa respiration difficile.

Il est parti, pensa-t-elle. *Pour de bon.*

Enveloppée de chagrin, Kosika se redressa dans son lit, repoussa les draps et… elle le vit.

Holland se tenait devant la fenêtre de sa chambre. C'était la première fois que son rêve se déroulait de jour et le souverain n'avait pas la même allure. Le soleil se reflétait sur le blanc de ses cheveux ainsi que sur l'argent de sa cape et de sa broche. La lumière qui dessinait les contours de sa silhouette semblait traverser son corps comme un simple rideau.

Même si elle avait la curieuse sensation de se réveiller d'un songe pour plonger dans un autre, Kosika se sentit soulagée.

— Vous voilà ! s'exclama-t-elle. Je vous ai cherché partout.

Holland lui jeta un coup d'œil par-dessus son épaule.

— *Je n'ai pas bougé*, rétorqua-t-il avant de reporter son attention sur la fenêtre. *Viens voir.*

Au moment de se lever, la jeune reine fut surprise par le froid du sol de pierre sous ses pieds. Même en rêve, ses sens étaient aiguisés. Elle rejoignit le roi à la fenêtre et perçut presque le poids de la main qu'il posa sur son épaule, l'autre désignant la cour en contrebas. Les feuilles des arbres changeaient de couleur pour se parer de rouge et d'or, comme si elles brûlaient.

Soudain, la porte s'ouvrit brusquement derrière eux. Kosika fit volte-face. La main de Holland retomba le long de son corps à l'instant où Nasi entrait en trombe, un petit pain sucré dans la bouche, un autre sur un plateau.

— Tu es debout, parfait ! lança-t-elle.

Surprise, Kosika se rendit alors compte qu'elle était en effet réveillée.

— Qu'est-ce que tu regardes comme ça ? demanda Nasi en s'affalant sur la chaise la plus proche.

La jeune souveraine se retourna, certaine de trouver la pièce vide. Mais non, Holland était toujours là, une main posée sur le rebord de la fenêtre.

Ce n'était donc pas un rêve.

— *Je n'ai jamais été un rêve*, déclara-t-il d'une voix blanche.

Kosika s'attendait à ce que Nasi sursaute à ces mots, mais non : son amie prit ses aises, même en présence du saint de l'été.

— *Elle ne me voit pas.*

La voix du roi sauveur retentit très clairement, pas dans l'esprit de Kosika mais à travers la pièce. Comme s'il se tenait là. Comme si…

— *Une fois de plus, tu doutes de moi*, constata Holland, lugubre.

La jeune monarque se frotta les yeux. C'était une chose de voir quelqu'un en rêve, dans cet entre-deux qu'est l'obscur royaume du sommeil, et une autre de le voir dans le monde réel. Surtout quand on était seule à le voir. Elle se mit à craindre ce qu'il était et ce qu'il n'était pas, à redouter qu'elle-même ne soit pas bénie, mais folle.

— Qu'est-ce qui ne va pas ? demanda Nasi.

Un instant plus tard, la jeune reine sentit des doigts frais lui effleurer le front. Elle leva les yeux vers le visage balafré de son amie. Elle brûlait de tout lui raconter, mais que dire ? Qu'elle voyait des spectres ? Que ses rêves la poursuivaient hors de son sommeil ?

Holland se posta derrière Nasi, le regard noir, impatient.

— *Ta foi en moi est-elle si fragile, qu'elle ploie et se casse à la moindre brise ?*

— Non ! s'écria aussitôt Kosika avant de se rendre compte qu'elle avait parlé tout haut. (Nasi la fixait, perplexe.) Je ne me sens pas bien. Pourrais-tu aller me chercher du thé ?

Sa compagne la scruta encore un moment avant de lui embrasser la tempe.

— Bien sûr.

Dès qu'elle fut partie, Kosika se tourna vers l'ancien roi.

— Pourquoi ne vous voit-elle pas ?

— *Parce que je n'ai pas choisi Nasi. C'est toi que j'ai choisie.* (Ces mots, aussi doux qu'une main tapotant des draps froissés, cédèrent trop vite la place à une expression de déception.) *Dis-moi, Kosika, ai-je fait le mauvais choix ?*

— Non, répéta-t-elle d'une voix teintée de désespoir.

Elle désirait plus que tout qu'il soit réel. Elle voulait y croire. Holland se rapprocha, comme s'il lisait dans ses pensées.

— *Tends les mains*, ordonna-t-il.

Docile, elle les plaça en coupe devant elle. À sa grande surprise, il plaça ses propres mains autour des siennes. Elle pouvait presque les sentir, comme une brise autour de ses phalanges qui lui caressait la peau.

— *Je t'ai choisie au Bois d'argent.*

À ces mots, elle sentit une soudaine bouffée de chaleur lui embraser les entrailles et se diffuser dans sa poitrine, puis le long de ses bras, jusqu'à l'endroit où les doigts de Holland recouvraient les siens.

— *Je t'ai choisie pour être mes mains.*

Il se produisit alors d'étranges phénomènes. Des particules de terre logées entre les pierres commencèrent à s'élever dans l'air, où se formaient des perles d'humidité, tandis que la chaleur s'extirpait des rayons de soleil à la fenêtre. Tous ces fragments vinrent se rassembler entre les paumes de Kosika, où ils se mirent à croître. Issus de tout et de rien, ils formèrent d'abord une graine, puis une pousse et enfin un jeune arbre, lequel plongea ses racines entre ses doigts – et ceux du roi – pour déployer ses fines branches vers le plafond et le ciel.

Un arbre argenté, à l'écorce tendre et pâle, envahissait désormais l'espace qui séparait leurs deux corps.

Les paumes de Holland quittèrent les siennes. Mais le jeune arbre continua de peser dans ses mains tendues. Émerveillée par ce spectacle, Kosika sentit des larmes lui monter aux yeux. Alors qu'elle s'agenouillait pour poser au sol leur création, la voix du roi s'éleva dans la pièce.

— *Nous sommes liés, toi et moi. Autrefois, ta magie m'appartenait. Je te laisse à présent mon héritage et je guiderai tes mains, si tu le permets.*

Cette fois, Kosika répondit sans hésiter ni douter.

— Je suis votre servante, dit-elle en relevant la tête.

— *Dans ce cas, je serai ton saint. Ensemble, nous accomplirons des miracles.*

Son œil vert brillait. Le noir plongeait dans l'infini.

VII

Londres rouge
De nos jours

Les cailloux roulèrent sous les bottes d'Alucard.

— Attention, *mas arno*, prévint Velastro. Ce n'est pas très stable.

Les soldats s'étaient frayé un chemin de fortune à travers les décombres du bâtiment en empilant les planches cassées et les pierres brisées. Ils avaient aussi écarté le gros des débris sur les côtés, là où avaient dû se trouver les murs avant de s'écrouler.

Deux d'entre eux avaient sécurisé le périmètre et continuaient de fouiller les ruines, tandis qu'un troisième faisait le tour du quartier en quête de renseignements, ce qui représentait une tâche plus ardue : on était dans le *shal*, après tout, un lieu connu à la fois pour son aversion envers la Couronne et pour son goût du secret. Mais l'argent y conservait sa valeur, et Alucard en avait sacrifié une bourse entière dans l'espoir que la corruption réussirait là où le devoir civique faisait défaut.

— *Anesh ?* demanda Velastro sur ses talons. Qu'en pensez-vous ?

— Tu as bien fait de venir me voir, répondit-il.

Que la Main soit derrière cet incident ou non, l'effondrement de cet immeuble n'avait rien de normal. Les dégâts étaient considérables, la destruction si complète qu'il ne pouvait pas s'agir d'un accident. Aucune poutre de la charpente n'était intacte, aucun fragment de mur ne tenait encore debout.

C'était une démolition – l'œuvre de quelqu'un qui cherchait à effacer ses traces.

Velastro rougit sous le compliment et Alucard se retint de tapoter la tête du soldat zélé. Il se contenta d'examiner les débris, qui formaient sous ses yeux un entrelacs de filaments.

Il avait l'habitude d'en voir trop, mais repérait en général une certaine logique. Alors qu'il enjambait une poutre brisée, puis contournait les vestiges d'étagères, tout se mélangea, au point qu'il faillit le rater.

Sa trouvaille – quoi que ce fût – était enfouie sous des monceaux de gravats à hauteur d'homme, et seul un petit bout en dépassait. Alucard crut d'abord à un éclat de métal mais, en s'approchant, il se rendit compte que ce n'était pas un objet à proprement parler, rien d'autre qu'un trait lumineux gravé dans l'air.

— Reculez, ordonna-t-il.

Une fois les soldats écartés, il balaya l'espace de sa main et sentit la magie familière lui picoter les doigts. En réponse, le tas de terre et de pierres se décala avec un raclement sourd pour révéler un plancher nu, ainsi qu'une autre forme imprimée dans l'air. Quatre lignes droites, qui constituaient un cadre.

Alucard jura dans sa barbe. Non, le hasard n'avait rien à voir là-dedans.

— Mais qu'est-ce que c'est ? demanda Velastro.

Le consort détacha son regard de la marque.

— Tu la vois aussi ? s'étonna-t-il.

Le soldat dodelina de la tête, comme s'il hésitait entre oui et non.

— Je la vois, et en même temps je ne la vois pas.

Il employa ensuite un mot qu'Alucard n'avait pas entendu depuis des années, en tout cas plus depuis qu'il avait quitté la mer : Trosa, « spectre ».

Les marins racontaient toutes sortes d'histoires. Sur le Sarod, qui se glissait à bord des bateaux comme une nappe de brouillard, le Garost, qui montait des profondeurs pour gratter la coque de ses ongles, et les Trosa, ces vaisseaux fantômes qui suivaient les navires, rôdant à l'horizon au crépuscule et à l'aube sans jamais s'approcher.

Mais Velastro n'était pas un marin et ce mot revêtait une autre signification pour lui.

— C'est comme ça qu'on appelait ce phénomène quand j'étais petit, expliqua-t-il. Lorsqu'on fixe trop longtemps une lumière vive, puis qu'on ferme les yeux et que la lumière est toujours là, bien visible, même si on cligne des paupières pour la chasser.

Alucard tendit la main pour passer les doigts au-dessus de la marque. Il s'attendait presque à sentir une résistance à son contact mais, quelle que soit la magie utilisée, celle-ci, épuisée, ne laissait que cette empreinte aux contours nets et d'un blanc éclatant imprimés dans l'air.

— Un vestige, murmura-t-il.

Au même moment, un autre soldat arriva sur une monture royale. Alucard laissa retomber sa main tandis que la nouvelle venue mettait pied à terre, son casque sous le bras.

— Alors, qu'as-tu réussi à acheter avec nos pièces ?

— Plus que prévu, mais moins que vous ne l'espériez.

Elle inspecta les décombres en expliquant qu'avant de s'écrouler, cet endroit était un atelier de réparation, tenu par un homme du nom de Haskin.

— Sait-on où il est passé ?

— C'est le problème. Quand j'ai demandé une description, personne n'a su me répondre. D'après tous ceux que j'ai croisés, il ne quittait jamais sa boutique. Il ne s'occupait même pas des clients en direct. De l'avis de tous, c'était un solitaire.

— Sauf qu'on n'a trouvé aucun corps dans les débris, fit remarquer Alucard.

— Et s'il n'existait pas ? suggéra Velastro.

Le consort jaugea le jeune soldat du regard. Peut-être était-il plus malin qu'il n'en avait l'air.

— Tu penses que c'était une couverture ?

Ce fut la nouvelle venue qui répondit :

— Ça, non. Apparemment, l'atelier de Haskin faisait beaucoup de réparations. Légales ou non, je l'ignore. Mais c'était son apprentie qui s'occupait de tout. Une jeune fille d'une quinzaine d'années, dégingandée, avec une sacrée tignasse. Un témoin l'a qualifiée de « chat sauvage ».

— On a son nom ?

La militaire secoua la tête et Alucard soupira. C'eût été trop beau. Il continua d'écouter, mais son regard glissa sur les décombres pour se poser sur la façade de la boutique – ou du moins, ce qu'il en restait. À ce moment-là, il remarqua le jeune homme qui s'attardait de l'autre côté de la rue.

Si ce dernier tentait de se cacher, il s'y prenait très mal. Il était planté sur le trottoir, un sac en papier serré dans les mains, les yeux rivés sur l'échoppe en ruine, bouche bée devant les dégâts. Alucard pensa tout d'abord qu'il devait être un client ou un ami. Puis il se dit qu'ils s'étaient déjà rencontrés. Il le devina à la forme de son visage, à l'implantation en V de ses cheveux noirs et à la manière dont ses yeux s'écarquillèrent quand il vit qu'Alucard le fixait.

L'inconnu se figea aussitôt comme le faisait Miros, le lapin de Ren, lorsque les domestiques le poursuivaient. L'animal tentait de se fondre dans un pied de chaise, dans la moquette ou la tapisserie qui couvrait le mur, et quand il se rendait compte que c'était impossible, il faisait ce que font tous les lapins : il s'enfuyait.

— Attends… commença Alucard.

Mais le jeune homme tournait déjà les talons pour dévaler la rue au pas de course.

— *Sanct !* jura-t-il en attrapant les rênes de la monture du soldat avant de se hisser sur la selle.

Il éperonna le cheval, qui s'élança d'un bond par-dessus un tas de débris, puis martela les pavés de ses sabots.

Le fuyard, rapide mais maladroit, s'emmêla les jambes dans la précipitation. Dérapant dans un virage serré, il lâcha au passage son paquet. Le contenu, qui ressemblait à des raviolis, tomba par terre tandis que le fugitif se relevait en hâte pour reprendre sa course, avant de changer d'avis et de faire face à son poursuivant.

Le cheval se cabra. Alucard mit pied à terre, une main tendue en signe d'apaisement.

— Je veux seulement discuter, affirma-t-il.

C'était la vérité. Prendre la fuite n'était pas forcément un aveu de culpabilité, et même si cet inconnu avait commis un crime, Alucard ne s'en souciait que s'il permettait d'éclaircir le mystère de la boutique en ruine et de son apprentie disparue.

— Qu'est-il arrivé à l'atelier de Haskin ?

— Je ne sais pas, répondit le jeune homme, essoufflé. Je rendais juste visite à Tess, pour la rembourser, vous voyez ? Pour les raviolis et… Est-ce qu'elle va bien ? Est-ce qu'elle était à l'intérieur ?

— Tess… c'est l'apprentie de la boutique de Haskin ?

Il confirma d'un hochement de tête, puis jeta un regard à la ronde, comme si les murs de l'allée se rapprochaient.

— Et toi, comment t'appelles-tu ? demanda Alucard.

Il estimait sa question assez inoffensive, mais son interlocuteur plissa les yeux et son visage se ferma brusquement. L'ancien capitaine comprit alors pourquoi il avait cessé de courir.

Jusque-là, il avait été trop occupé pour remarquer la couleur de la magie du jeune homme. À présent, il voyait les filaments qui contaminaient l'air autour des épaules du jeune homme. D'une couleur qu'il voyait rarement : un violet criard, de mauvais augure.

— Peu importe, poursuivit-il en balayant d'un revers de la main sa propre question. La priorité, c'est de retrouver ton amie, de s'assurer qu'elle est hors de danger.

Alucard regretta bien vite ses paroles. Il venait en effet de révéler son jeu en avouant que l'apprentie n'était pas dans la boutique. Les yeux du jeune homme – d'un brun clair, comme du thé peu infusé – rencontrèrent ceux du consort, lequel s'empressa d'ajouter :

— Si tu y retournes avec moi, tu verras peut-être quelque chose…

L'inconnu fit non de la tête.

— Tess peut se débrouiller seule, affirma-t-il en reculant d'un pas.

— Je ne peux pas te laisser partir.

— Vous n'avez pas le choix, répliqua le jeune homme, un sourire compatissant aux lèvres.

Ils réagirent en même temps, chacun prenant le contrôle de sa magie : pour Alucard, les pavés de la rue, et pour son jeune adversaire, Alucard lui-même. Le consort était rapide mais, cette fois, pas assez. Le sol sous leurs pieds trembla, seulement, avant qu'il ne puisse s'élever autour de l'homme qu'il interrogeait, celui-ci abattit sa main comme un couperet et l'ancien capitaine sentit son propre corps céder, plier.

La magie des os. Voilà le pouvoir qui avait donné une teinte violette si vive à l'air autour de lui.

Les membres d'Alucard se retrouvèrent plaqués au sol, ses doigts écartés sur les pavés, sa tête tournée de telle sorte qu'il ne voyait plus que la rue. Le souffle coupé, il sentit sa mâchoire se serrer pour l'empêcher d'appeler à l'aide. Il tenta d'arracher son corps à l'emprise du magicien.

— Je suis désolé, dit le jeune homme.

S'il n'avait pas été retenu contre son gré, Alucard aurait peut-être réfléchi au sens de ces excuses, d'autant plus inattendues qu'elles semblaient sincères. Il entendit les bottes de l'inconnu le contourner en prenant soin de rester hors de sa vue.

— Je suis vraiment désolé, répéta ce dernier. Je voulais juste lui apporter des raviolis.

Ses pas s'éloignèrent dans la ruelle. L'homme s'arrêta près du cheval pour lui tapoter le flanc en disant « Brave bête » avant de s'éclipser. Ce fut la dernière chose qu'Alucard entendit.

Il reprit alors possession de son corps. Pas de manière progressive, comme les sensations qui reviennent dans des doigts engourdis, mais d'un seul coup, le contrôle regagnant brutalement ses membres avec la force d'une vague qui s'écrase sur les rochers.

Une fois debout, Alucard se secoua pour chasser l'impression très perturbante d'avoir été le pantin d'un autre. Le cheval attendait patiemment à l'entrée de la ruelle.

— Tu aurais pu l'arrêter, marmonna-t-il en montant en selle.

Mais ni lui ni sa monture n'allaient poursuivre le mage des os. Pas tant que la marque demeurait imprimée sur sa rétine, flottant derrière ses paupières comme dans la boutique en ruine. Une empreinte de la taille et de la forme d'un objet bien réel.

Une porte.

VIII

La maison, plongée dans l'obscurité, restait déserte, comme la veille au soir.

Postée à l'entrée de la ruelle face à la propriété, Lila scruta de nouveau la pièce de monnaie, à la fois sa tranche et sa surface, en quête d'indices qui auraient pu lui échapper : la mention d'un jour allant de pair avec cette satanée onzième heure, ou au moins une allusion. Mais les mots n'avaient pas changé.

SON HELARIN RAS ● NONIS ORA

La rue qui entourait la demeure s'était animée – des calèches montaient et descendaient la route, des clients entraient et sortaient des boutiques, et les bâtiments de chaque côté montraient des signes de vie –, mais la onzième heure s'écoula sans que personne ne s'approche des portes du 6 chemin Helarin.

Cette histoire commençait à ressembler à une énigme et, aux yeux de Lila, les énigmes pouvaient aller se faire pendre.

Elle était sur le point de repartir quand elle se ravisa. Quitte à monter la garde deux fois par jour, autant s'épargner le trajet. Après avoir dénoué le bandage à sa main, elle appliqua une légère pression sur l'entaille encore fraîche, qui se remit à saigner. De ses doigts ensanglantés, elle traça une petite marque sur le mur le plus proche : une ligne verticale et deux minuscules croix. Un raccourci.

Puis elle se banda de nouveau la main avant de jeter un dernier regard noir à la maison vide. Le 6 chemin Helarin la fixait en retour d'un air grave, avec ses fenêtres obscures, son portail verrouillé comme une mâchoire et sa façade qui affichait un rictus. Plus elle la regardait, plus elle avait l'impression que la demeure se moquait d'elle.

Une étincelle s'alluma dans sa paume. L'espace d'un instant, Lila envisagea d'incendier la maison, mais cette envie lui passa. Elle sentit alors la présence d'un corps tapi dans l'ombre derrière elle et dégaina une de ses lames.

— Je t'avais prévenu de ce qui arriverait si tu t'avisais de me suivre à nouveau, soupira-t-elle.

Elle allait lancer sa dague lorsqu'une voix familière répliqua :

— Quelle terrible menace !

Lila décida de la lancer malgré tout. Alucard – et c'est tout à son honneur – l'esquiva avant de saisir le métal entre ses doigts.

— On va dire que tu ne savais pas que c'était moi et que tu as agi par instinct.

— D'accord, on va dire ça, rétorqua Lila en faisant un mouvement du poignet.

L'arme s'arracha de la main d'Alucard pour revenir dans la sienne. L'ancien capitaine rejoignit la jeune femme à l'entrée de la ruelle.

— J'avoue que je ne m'attendais pas à te trouver là.

Elle aurait pu lui demander comment il avait fait, mais elle connaissait déjà la réponse : Alucard s'était servi de ces corbeaux de malheur.

Il inspecta à son tour les habitations alentour, et elle vit une ombre traverser son visage. La propriété des Emery n'était pas très loin. Ils se trouvaient dans son ancien quartier, là où il avait grandi.

Un couple, en passant devant eux, sursauta légèrement à la vue du consort. Alucard leur adressa un sourire, mais Lila devina la tension qui se cachait derrière.

Ça lui apprendra à me suivre, pensa-t-elle.

— Dis-moi, qu'est-ce qu'on fait ici ? demanda-t-il.

L'*Antari* n'apprécia pas l'emploi du « on ». Elle faillit lui dire de ficher le camp mais, d'un autre côté, elle en avait assez de faire le guet à cette foutue adresse. Peut-être qu'un regard neuf l'aiderait.

— Cette maison, là, répondit-elle en la désignant du menton. Elle ne serait pas enchantée, par hasard ? Protégée par un sort que tu verrais, mais pas moi ?

La plupart du temps, Lila n'enviait pas le pouvoir de vision d'Alucard : dans un monde saturé de magie, son don semblait lui apporter plus de maux de tête que d'aide. Mais elle fixait la façade de pierre depuis près d'une heure à présent, sans succès. S'il s'avérait que la rencontre avait eu lieu pendant tout ce temps, elle mettrait vraiment le feu à cette bâtisse.

Alucard observa l'édifice, le regard comme dans le vague.

— Il n'y a pas de voile. Pourquoi ?

Lila sortit la pièce de sa poche et la lui lança.

— Un paiement pour mon agréable compagnie ? railla-t-il en soupesant le lin dans sa paume. Crois-le ou non, Bard, je ne manque pas de petite monnaie.

Elle leva les yeux au ciel.

— Cette pièce a été trouvée sur l'un des voleurs morts à bord du bateau de Maris. Regarde la tranche.

Alucard porta le lin à la lumière. Le métal avait gardé des traces de la veille au soir : de la suie incrustée dans ses minuscules sillons.

— Un message ? hasarda-t-il en l'orientant au mieux dans l'espoir de le déchiffrer.

— Je vais te faciliter la tâche. C'est écrit en tout petit et à l'envers.

Lila tira le mouchoir de sa poche. On pouvait y lire les mots imprimés dans le bon sens. Alucard remarqua le bandage autour de son poignet et fronça les sourcils.

— Tu t'es coupée ?

— Le prix à payer pour jouer avec des couteaux, répondit-elle d'un ton dédaigneux. Allez, regarde. (Elle tapota l'écriture.) C'est un rendez-vous ! Et je suis prête à parier plus cher que cette pièce qu'il s'agit de la Main.

Alucard poussa un soupir.

— C'est pour ça qu'ils nous échappent. Plutôt malin, il faut bien l'admettre.

— J'aurais préféré qu'ils précisent aussi le jour.

— Ils l'ont fait.

Il indiqua du doigt la petite marque qui séparait les deux moitiés du message. Sur le mouchoir, elle apparaissait sous la forme d'un minuscule cercle noir.

— C'est un point, dit Lila.

— Seulement pour ceux qui manquent d'imagination. Ou qui n'ont pas appris la sténographie arnésienne. Dans ce cas précis, ce point, comme tu l'appelles, est une lune.

La magicienne n'en croyait pas ses oreilles.

— Ou une absence de lune, ajouta Alucard. Difficile de savoir à quelle école ils appartiennent.

Lila se maudit. Comment avait-elle pu rater cet indice ? Sur une surface aussi petite, aucun espace ou symbole ne serait gaspillé, c'était évident. Elle fouilla dans sa mémoire : la lune décroissait depuis quelques nuits, le ciel s'obscurcissait chaque soir. Si c'était une pleine lune, la rencontre ne se tiendrait pas avant plusieurs semaines, mais si c'était au contraire une nuit sans lune, elle pourrait avoir lieu dès…

— Dans tous les cas, poursuivit Alucard en lui rendant la pièce et le mouchoir, ce n'est pas pour aujourd'hui. Tant mieux, parce que j'ai quelque chose d'autre à te montrer.

Et il tourna les talons, signe qu'elle devait le suivre.

Une demi-heure plus tard, Lila était passée des larges avenues de la rive nord aux étroites ruelles du *shal*, pour finir par se retrouver non pas devant une maison, mais au milieu de ses ruines.

La demeure semblait avoir été complètement détruite. Non, éventrée de l'intérieur. En suivant Alucard dans les décombres, l'*Antari* constata que le résultat ne ressemblait pas à un accident, mais plutôt à une démolition. Et elle se demandait en quoi cette affaire la concernait.

— Par ici, indiqua l'ancien capitaine en la conduisant à travers les gravats.

Du pied, Lila écarta de son chemin un morceau de pierre brisée. Parmi les débris, elle remarqua des fragments de métal trop petits pour appartenir à la structure, une boîte à thé déformée, des fils de fer et des bouts de ficelle, ainsi que les vestiges morcelés d'une enseigne, les mots « Autrefois cassé, bientôt retapé » encore lisibles.

— Cet endroit… comment s'appelait-il ? demanda-t-elle, glacée d'effroi.

Même si elle connaissait déjà la réponse, le nom lui fit l'effet d'un coup de massue.

— Chez Haskin.

Lila maugréa. Elle était si près du but…

— Et son propriétaire ?

— Il n'existe pas. (La magicienne haussa un sourcil : en voilà une surprise.) Apparemment, l'atelier était tenu par une apprentie. C'est le titre qu'on lui donnait. Une jeune fille connue sous le nom de Tess. Aucune trace d'elle, mais… attends une seconde… où est-ce donc ? Ah, voilà.

Alucard s'arrêta si brusquement que Lila faillit lui rentrer dedans. Il désigna de la main l'espace devant eux, où l'on avait déblayé les décombres. Elle étudia les lieux avec attention. Il n'y avait rien.

— Quoi ? Tu as vu quelque chose que je ne peux pas voir ? hasarda-t-elle.

— Non. Regarde de plus près. Ou plutôt, fais comme si tu voulais regarder dans le vide.

Lila ne comprenait pas.

Elle passa devant lui pour scruter l'air, mais elle ne remarqua rien d'étrange. Son ancien capitaine contourna avec précaution l'espace avant de se retourner vers elle. Il avait changé d'apparence, comme s'il se tenait derrière une vitre déformante.

— Qu'est-ce que c'est que ça ? murmura-t-elle à moitié pour elle-même.

Alucard ouvrit la main et une brise se leva aussitôt. Un courant d'air chargé de poussière qui capta la lumière et dessina la forme de la marque.

Perplexe, Lila suivit son contour jusqu'au sol.

— J'ai une théorie, commença le consort. Je pense que c'est…

— Une porte !

Il parut un peu déçu, comme s'il avait eu envie de l'annoncer lui-même.

— Oui. Exactement.

Lila fixa la porte fantôme. Elle avait raison : le *persalis* avait été endommagé. Le voleur avait dû l'apporter dans cette boutique. Et on l'avait soit réparé, soit détraqué au passage. Elle tendit le bras, comme si elle pouvait poser la main sur la marque, mais ses doigts ne rencontrèrent aucune résistance. Ce n'était qu'un écho, une empreinte laissée par un sort.

— Quand est-ce arrivé ? s'enquit-elle d'un air grave.

— Hier soir, selon nous. Ou tôt ce matin.

Elle jura entre ses dents. Si seulement elle était venue là au lieu de se rendre au chemin Helarin… Elle avait été si près du but, et voilà qu'elle n'avait plus aucune piste. Le *persalis* était perdu dans la nature, les quelques indices à sa disposition détruits, et ce qui s'était passé là un peu avant l'aube, les réponses qu'elle aurait pu y trouver…

Lila se redressa soudain. L'espace d'un instant, les décombres disparurent et elle se retrouva sur le navire de Maris, où la vieille femme lui remettait une petite carte de verre. Un « regard en arrière », comme elle l'avait appelé.

« Au cas où, comme moi, tu aurais un train de retard. »

La magicienne plongea la main dans sa poche, avant de se rappeler qu'elle avait caché l'artefact dans sa cabine. Elle tourna les talons pour sortir à grandes enjambées des gravats.

— Où vas-tu, Bard ? demanda Alucard.

— Chercher quelque chose sur mon bateau.

NW
NE
W
E
SW
S
SE

DIXIÈME PARTIE

DE MAL EN PIS

I

Londres gris

Les morts ne souffraient pas autant.

Voilà comment Tess sut qu'elle était en vie.

La taverne était plongée dans l'obscurité, toutes les bougies désormais consumées, mais la faible lumière de l'aube filtrait entre les volets, baignant la pièce dans une harmonie de gris plutôt que de noir.

La jeune fille n'était plus allongée sur une table au centre de cette salle qu'elle ne connaissait pas, mais sur un lit de fortune, fabriqué à partir d'un coussin et de deux bancs poussés contre le mur. Elle avait mal là où on l'avait poignardée, bien sûr, mais la douleur se propageait jusqu'au bout de ses doigts, en passant par le milieu de sa poitrine. Lorsqu'elle tenta de se redresser, elle sentit la tension des points de suture sur un côté, la peau sensible étirée le long des fils. Haletante, elle se releva avec précaution, les yeux fermés le temps que le vertige se dissipe.

Tess souleva ensuite son haut – qui n'était plus sa chemise, mais une tunique propre (à en juger par la longueur des manches et la manière dont le bas lui effleurait les cuisses, celle-ci appartenait à l'homme qui l'avait trouvée sur le pas de sa porte) – afin d'examiner la plaie au-dessus de sa hanche. La lame avait pénétré tout droit mais profondément, sans toutefois atteindre les organes vitaux, à l'évidence. Elle lui laisserait cependant une belle cicatrice. Nero ne cessait de répéter que les cicatrices étaient ce qui faisait le charme de quelqu'un (surtout quand il revenait avec une arcade sourcilière fendue ou une nouvelle éraflure), mais Tess se remémora le visage de Calyn et grimaça.

Ses boucles, détachées, lui tombaient sur le visage. Lorsqu'elle voulut les attacher, le mouvement tira sur les points de suture et un nouvel élancement lui traversa le flanc. Elle abandonna l'idée de dompter sa tignasse pour s'approcher à petits pas du comptoir, où l'on avait disposé le contenu de son manteau : le tas de pièces, le créateur de portes et Vares.

Sauf que l'oiseau n'était plus là.

Prise de panique, elle se retourna pour découvrir le squelette de hibou installé sur une table, devant l'homme qui l'avait sauvée. Ce dernier était assis sur une chaise, la tête posée sur ses bras croisés et le petit volatile près de son coude. Tess s'avança d'un pas prudent.

Ned Tuttle, c'était ainsi que la femme l'avait appelé. Quel nom étrange ! Aussi étrange que l'endroit où elle se trouvait. Le monde le plus éloigné du sien, celui dont la magie avait été perdue… C'est ce qu'on lui avait raconté, et pourtant, voilà qu'elle en voyait un filament s'enrouler tranquillement autour des épaules de ce grand échalas endormi.

Le brin de magie n'était pas brillant – il n'émettait qu'une douce lueur dorée –, mais il était bien là. Plus déroutant encore, ce n'était pas lui qui l'avait conduite dans cette taverne qui était familière sans l'être et auprès de son non moins curieux propriétaire. Non, le fil qu'elle avait vu dans l'obscurité n'avait pas de couleur, uniquement cet éclat noir et blanc, terne. La serveuse ne possédait pas de magie, donc ce n'était pas le sien. Mais le filament venait forcément de cet endroit.

Tess balaya la salle du regard. Il y avait la porte d'entrée, ainsi qu'un étroit escalier qui montait – peut-être vers des chambres à l'étage. Il y avait aussi une troisième porte, qui ne donnait pas sur la rue. L'apprentie s'y dirigea à pas feutrés et tenta de tourner la poignée. Mais elle était verrouillée. Dans son monde à elle, Tess aurait pu tout simplement tirer sur les fils à l'intérieur du verrou pour le faire coulisser. Sauf qu'elle n'était pas dans son monde, et les objets n'obéissaient pas à la magie dans celui-ci. Ils étaient têtus et solides. Que c'était exaspérant !

Alors qu'elle lâchait la poignée, elle vit quelque chose tressauter entre le cadre de bois et le mur : un filament. Noir et blanc, il émanait de lui cette singulière lueur blafarde. Exactement comme celui qu'elle avait vu la veille au soir.

À présent que Tess ne se vidait plus de son sang, cette vision ravivait des souvenirs dans sa mémoire. Elle en avait déjà aperçu de semblables, animés de cette lumière terne qui semblait se consumer d'elle-même. Une lumière qui lui rappelait l'ombre qui s'accrochait au petit placard dans la boutique de son père, celui qui renfermait les reliques du Londres noir. Même s'il ne s'agissait pas de ça, après tout ce qu'elle avait vu, Tess préférait ne pas manipuler de magie inconnue.

Elle s'éloignait du filament qui flottait dans l'air quand celui-ci tenta soudain de l'attraper. D'un petit mouvement vers l'avant, la magie même qui le composait jaillit vers elle à une telle vitesse et avec une telle force qu'elle recula en chancelant, loin de la vrille fouineuse.

Son talon heurta le pied d'une chaise, qui crissa sur le sol. Ned redressa aussitôt la tête et promena les yeux dans toute la pièce jusqu'à découvrir la jeune fille.

— Bien, dit-il, soulagé. Tu es vivante.

Tess jeta un coup d'œil par-dessus son épaule. Elle s'attendait à ce que le filament la suive et déferle dans la salle. Mais non, il avait disparu. Reportant son attention sur Ned, elle bricola donc une phrase dans sa langue royale rouillée.

— Grâce à vous, répondit-elle.

Ces mots sonnaient bizarrement dans sa bouche. L'homme se leva et commença à parler très vite, les syllabes se mélangeant entre elles.

— S'il vous plaît, l'interrompit elle. Ralentissez. Ce n'est pas… ma langue.

Ned pencha la tête sur le côté.

— Oh… je n'y avais jamais pensé. Enfin, c'est logique, après tout. D'autres mondes… Mais Kell parlait toujours anglais.

Tess sursauta en entendant ce nom.

— Kell Maresh ?

Ce ne pouvait être que lui. Il n'existait qu'un seul Kell capable de voyager d'un monde à l'autre.

Ned opina du chef avec enthousiasme.

— Tu le connais ?

Tess lâcha un petit rire amusé. Personne ne connaissait vraiment l'*Antari* rouge, Kell Maresh, frère adoptif de Rhy, le roi. La plupart ne l'avaient même jamais rencontré. À défaut, Tess avait donné son nom à Vares, son hibou. Mais Ned la dévisageait, dans l'expectative, comme si sa question était parfaitement légitime.

— Non, répondit-elle. Je n'ai jamais rencontré le prince.

— Le prince ? répéta Ned, les yeux écarquillés. On parle bien de l'héritier d'un trône ?

Elle acquiesça et il poussa un petit sifflement.

— Il ne me l'a jamais dit. (Le tavernier se mit à faire les cent pas.) Tu es sûre qu'on parle du même Kell ? Cheveux roux ? Un seul œil complètement noir ? Il y a aussi sa compagne, Lila Bard… même si ce n'est pas une princesse. Tu l'as rencontrée, elle ?

Tess avait en effet croisé l'autre *Antari*, une fois, à son arrivée à Londres. Ça ne s'était pas bien passé.

— À ce propos, poursuivait Ned, tu n'en as pas… d'œil noir, j'entends… et pourtant tu es là. Comment as-tu fait ? Je croyais que seuls les magiciens dotés d'un œil noir pouvaient franchir la porte entre les mondes. D'accord, Lila n'en a pas, mais elle a un œil de verre, même si ça ne se devine pas…

La pièce tournait et il parlait de nouveau trop vite. Tess se laissa tomber sur la chaise libérée par Ned et entreprit de se masser les tempes. Elle aurait tout donné pour une bonne grosse tasse bien fumante de…

— Thé ? proposa Ned.

— Vous avez du thé ?

— Oui. Je ne peux pas m'en passer. Ça te ferait du bien, à mon avis. Et à moi aussi. Quelle nuit ! Pas aussi éprouvante que la tienne, mais…

Il traversa la salle, ses longues jambes le portant en un rien de temps derrière le comptoir, puis dans une alcôve. Elle entendit le tintement d'une bouilloire, le craquement d'une allumette, le bruit d'une cuisinière qu'on allumait.

Vares reposait sur la table. Les filaments brillants de sa magie se détachaient dans la pièce vide. Tess effleura du doigt l'un de ses fils et l'oiseau frémit gaiement, comme si elle avait caressé les plumes qu'il n'avait pas.

Ned réapparut, poussant une desserte.

— Comment le prends-tu ? demanda-t-il.

Elle ne comprit pas la question.

— Dans une tasse ?

Il éclata de rire – d'un rire doux et agréable –, puis il déposa la théière et les deux tasses sur la table, ainsi qu'un pot de lait et un sucrier. Tess n'avait jamais songé à gâcher le merveilleux goût amer de son thé avec de la crème et du sucre, mais peut-être était-ce conseillé dans ce monde. Elle regarda Ned mettre trois morceaux de sucre et une goutte de lait dans sa tasse. Pour sa part, elle préféra ne rien ajouter à la sienne.

Si le thé était trop mauvais, elle s'y résoudrait. Mais, en fin de compte, il n'était pas mauvais. Pas mauvais du tout.

Il était… différent, bien sûr. Différent, mais fort comme elle l'aimait. C'était bon de savoir que si les mondes changeaient, le thé restait le même. Elle enroula ses doigts autour de la tasse et but. Pour la première fois depuis qu'elle avait réparé le créateur de portes et pénétré dans le Londres noir, que des tueurs étaient venus la menacer de lui trancher les mains, que sa boutique avait été détruite et qu'on l'avait poignardée, puis forcée à fuir dans un autre monde, Tess sentit les larmes lui monter aux yeux.

Quelques-unes tombèrent sur la table avant qu'elle ne puisse les essuyer. Ned feignit de ne rien remarquer. Elle lui en fut reconnaissante. Il poussa vers elle une assiette remplie de petits disques ovales, à peine plus grands que des pièces.

— Des biscuits, expliqua-t-il.

Tess les examina. Ils ressemblaient aux kashen, ces gâteaux aux épices qu'elle mangeait quand elle était petite. Elle en prit un et le renifla sans déceler d'épice. Puis elle mordit dedans, ou du moins essaya, car il était dur, insipide, et résistait sous la dent. *Comment peut-on manger ça, et pourquoi ?* se demanda-t-elle, avant de voir Ned en prendre un pour le tremper dans son thé.

Sceptique, elle suivit son exemple en imbibant le biscuit avant de le mettre dans sa bouche. Cette fois, il était chaud, moelleux et sucré. Rien à voir avec un kashen, mais savoureux malgré tout.

Vares fit claquer son bec et Ned le fixa avec une espèce d'émerveillement enfantin.

— Incroyable ! murmura-t-il.

Tess se sentit un peu fière – c'était en effet un joli tour de magie. Lorsqu'elle eut fini sa tasse, il lui servit un autre thé, encore plus fort vu le temps d'infusion.

— Est-ce que Kell et vous preniez souvent le thé ensemble ? s'enquit-elle.

Ned éclata de rire avant de s'étrangler avec une moitié de biscuit.

— Non. Ses visites ont toujours été purement professionnelles. Il n'ôtait même pas son manteau…

— J'ai entendu dire qu'il était magique, ce manteau.

— Ça ne m'étonnerait pas. Dans ton monde, tout est magique, non ?

Tess allait répondre que non, mais elle s'arrêta. Tout n'était pas enchanté, bien sûr, mais tout était lié à la magie. D'où les filaments.

— Vous possédez de la magie, dit-elle en jetant un coup d'œil au fil qui flottait dans l'air autour de lui. Vous ne devriez pas, et pourtant c'est le cas.

Les traits de Ned s'illuminèrent à cette remarque.

— Ça se voit ? Bon, ce n'est qu'un début, mais je m'entraîne tous les jours, et j'ai l'impression que je progresse…

Voilà qu'il était reparti à parler trop vite dans la langue royale, tellement enthousiaste qu'il agitait les mains en tous sens. Cet homme semblait toujours en mouvement, un peu comme Vares. Toutes ces envolées, ces gesticulations… Elle attendit qu'il s'essouffle assez pour pouvoir saisir quelques mots – il était question de bougies et d'un jeu d'éléments –, puis contempla de nouveau la porte en bois verrouillée au fond de la pièce.

— Là aussi, il y a de la magie.

Ned fronça les sourcils, le visage soudain grave.

— Oh…

— Qu'y a-t-il derrière cette porte ?

— Rien, répondit-il aussi vite qu'une fenêtre qui claque.

À ce mensonge, Tess comprit qu'elle n'obtiendrait pas la vérité.

Elle voulait le prévenir que dans tous les cas, c'était forcément dangereux. Mais vu l'expression de Ned, il savait déjà que c'était maléfique, anormal. Il le savait et pourtant, il ne s'en débarrassait pas. Elle se contenta donc d'une mise en garde :

— Faites attention.

Puis elle termina sa tasse de thé avant de se lever avec une grimace : les points de suture tiraient sur sa plaie.

— Où vas-tu ? demanda-t-il.

C'était une bonne question, à laquelle elle n'avait pas de bonne réponse. Ce qu'elle savait, en revanche, c'était qu'elle ne pouvait pas rester là. Elle s'approcha du comptoir, enfila son manteau avec précaution, chaussa ses bottes et glissa le créateur de portes sous son bras. Puis elle rempocha toutes ses pièces de monnaie sauf une, qu'elle posa sur la table de Ned. En guise de paiement pour son aide, la tunique et le thé.

Le tavernier eut alors un geste étrange. Il prit la pièce et la porta à son nez en murmurant ce qui ressemblait au mot « fleurs ».

— Vous êtes très bizarre, commenta-t-elle.

— Il paraît, oui, répliqua-t-il avec un sourire. Si tu vois Kell ou Lila, passe-leur le bonjour de la part de Ned Tuttle.

Tess éclata d'un petit rire malgré la douleur. Elle avait du mal à s'imaginer croiser les deux *Antari*, mais comme il semblait plein d'espoir, elle répondit :

— Promis.

Ned se leva et la suivit jusqu'à la porte.

— Tu peux revenir, tu sais. Quand tu veux, ajouta-t-il en faisant glisser le loquet. Pas seulement quand tu te vides de ton sang. Enfin, je veux dire, si tu es blessée, n'hésite pas à venir, mais si tu veux juste passer prendre le thé et bavarder, ça me va aussi. (La porte s'ouvrit sur un ciel gris pâle.) Attends ! Tu ne m'as jamais dit ton nom…

Était-ce pour le remercier de lui avoir sauvé la vie, ou parce qu'elle pensait ne jamais le revoir, ou bien parce que son esprit cédait à la fatigue ? Quoi qu'il en soit, elle se surprit à lui dire la vérité.

— Tessali Ranek. Mais mes amis m'appellent Tess.

À vrai dire, seul Nero employait ce surnom.

— Eh bien, Tess, répondit Ned, un sourire aux lèvres. Tu sais où me trouver.

En effet.

À l'extérieur, les rues étaient pleines de charrettes, de passants et de voix, la matinée trépidante, mais sans les nombreux filaments de magie superposés, l'ensemble manquait de relief. Était-ce ainsi que les autres voyaient son monde ? C'était si… calme. Même s'il était troublant de ne percevoir que l'aspect matériel et trivial de son environnement, Tess en éprouvait un étrange soulagement. Comme une main froide posée sur une joue brûlante de fièvre.

Elle se retourna pour lire l'enseigne accrochée au-dessus de la porte de la taverne.

— *Les Cinq Points*, murmura-t-elle pour graver ces mots en langue royale dans sa mémoire.

Puis elle s'éloigna dans la rue.

II

Quelques têtes se tournèrent à la vue de cette jeune fille à la tunique trop longue et aux chausses trop moulantes, avec sa crinière de boucles folles et sa légère claudication, qui marmonnait toute seule dans une langue étrangère.

Mais Tess ne parlait pas toute seule. Elle s'adressait à Vares. Sauf que personne ne voyait le squelette de hibou glissé dans la poche de son manteau.

— Je n'essaie pas de gagner du temps, grommela-t-elle. J'ai juste besoin d'un plan.

Elle s'arrêta au coin d'une rue et regarda des deux côtés de la route. Quelle ville étrange ! Les bâtiments étaient une combinaison de bois, de brique et de pierre, un mélange mal assorti de nouveau et d'ancien, depuis les étroites maisons serrées comme de la viande entre deux grosses tranches de pain jusqu'aux énormes immeubles aux toits pointus. *Comment ont-ils fait pour construire tout ça sans une once de magie ?* se demanda Tess. *Est-ce qu'ils ont vraiment dû abattre tous les arbres un par un, soulever puis déposer chacune des pierres ?*

Cette ville était impressionnante, mais sale. Chaque inspiration lui laissait un goût infect dans la bouche, comme des aliments avariés. Et la fumée qui jaillissait dans le ciel projetait des nuages aussi noirs que du charbon.

La jeune fille suivit la rive du fleuve. De jour, l'eau s'avérait n'être ni noire, ni bleue, mais grise. Du gris pâle des flaques, de la suie et des nuages d'orage. Tess frissonna à la vue de l'Île ainsi dépourvue de couleur, une source réduite à une simple rivière.

Elle poursuivit son chemin jusqu'à un pont, où elle s'arrêta pour s'orienter de nouveau.

— Oui, assura-t-elle au hibou, je sais où je vais.

Ce qui n'était pas tout à fait vrai, mais elle suivait son intuition.

Bien sûr, elle avait déjà entendu parler de ces autres villes qu'on appelait aussi Londres. Mais le fleuve, bien que dépourvu de son éclat pourpre, semblait être à la même place, et bien que les bâtiments et ponts soient tous différents, les lieux avaient à peu près la même configuration. Comme s'il s'agissait des mêmes os à l'intérieur d'un autre corps. En chemin, Tess dessina donc une carte dans sa tête, pas de cette ville-ci, mais de la sienne. Heureusement qu'elle avait passé les dernières années à apprendre à se repérer dans le labyrinthe qu'était la capitale arnésienne.

Lorsqu'elle avait franchi la porte créée par l'artefact, Tess s'était déplacée dans l'espace sans vraiment bouger. C'était un autre monde, certes, mais le même lieu physique. Il y avait donc fort à gager qu'avancer d'un pas dans l'un l'amènerait un pas plus loin dans l'autre.

— Si Calyn a survécu, poursuivit-elle, je parie que Bex aussi.

Voilà pourquoi elle se mettait à présent à bonne distance des ruines de la boutique et du *shal* – ou du moins, de leur emplacement supposé – avant de revenir dans son Londres.

— Non, je ne peux pas rester ici ! marmonna-t-elle comme si Vares lui avait suggéré cette possibilité.

Tess frémit en prononçant ces mots. Bien qu'il fût agréable de reposer un peu ses yeux, l'idée de vivre dans une ville comme celle-ci, dans un monde sans magie, suffisait à lui retourner l'estomac. Elle devait rentrer chez elle. Même si c'était dangereux. Même s'ils étaient à sa recherche.

Le monde – le sien – était vaste. Elle avait déjà fui une fois. Elle pouvait recommencer.

Tess s'arrêta et, les paupières closes, dessina une dernière fois la carte de sa ville dans sa tête pour s'assurer qu'elle se trouvait à peu près au bon endroit. Puis elle s'agenouilla et posa la petite boîte en bois par terre. Un coup d'œil à la ronde lui permit de voir deux promeneuses plongées dans leur conversation, un vendeur qui installait son étal et un vieil homme occupé à lire un journal sur un banc. Aucun d'eux ne l'avait remarquée.

Tess reporta son attention sur la boîte avant de souffler :

— *Erro.*

L'espace d'une seconde, rien ne se produisit.

Elle craignit que l'absence de magie alentour n'empêche l'artefact de fonctionner correctement, que le sortilège n'ait rien à quoi se raccrocher, auquel cas elle resterait piégée dans ce monde dénué de pouvoir. Elle comprit soudain à quel point elle désirait rentrer chez elle.

Au bout d'une seconde, le sort prit vie. La boîte s'ouvrit et la porte se dressa, gravée dans l'air par un seul trait de lumière incandescent.

Le vieil homme au journal leva les yeux. *Que pensera-t-il quand j'aurai disparu ?* se demanda Tess. *Se persuadera-t-il que c'était de la magie, ou bien le contraire ?*

Vraiment, quel monde étrange ! se dit-elle de nouveau tandis que l'espace à l'intérieur du cadre s'assombrissait, que le voile ondoyait, à mesure qu'un Londres remplaçait l'autre. Puis la jeune fille se jeta à travers l'ouverture.

Dans son esprit, la porte donnait sur une ruelle en face des quais. Mais elle avait dû se tromper de quelques pas car, plutôt que d'atterrir dans la rue, elle fit irruption dans une cuisine. Ce qui n'aurait pas été si terrible si cette cuisine avait été déserte.

Seulement ce n'était pas le cas.

Postée devant un fourneau, une femme préparait le petit déjeuner. Tess eut tout juste le temps de remarquer les filaments de magie dans la flamme sous la casserole avant que l'inconnue ne se retourne, pousse un cri perçant et tende brusquement la main. L'adolescente perçut la rafale de vent juste avant que celle-ci ne la repousse à travers la porte enchantée et atterrit sur les pavés humides de la rue qu'elle avait quittée un peu plus tôt.

Un éclair de douleur lui traversa le flanc. Tess appuya sa main sur les points de suture en espérant qu'ils n'avaient pas cédé.

— *Ferro*, siffla-t-elle.

La porte se dissipa. Le vieil homme sur le banc la fixait, les yeux écarquillés, son journal oublié. Tess se releva, ramassa le créateur de portes et s'avança de quelques pas avant de réessayer.

Cette fois, elle attendit que la porte prenne forme, que le monde derrière se dessine dans des contours flous, mais assez précis pour être certaine de ne pas atterrir chez quelqu'un d'autre.

Puis Tess regarda le vieil homme au journal, qu'elle salua d'un petit geste de la main avant de disparaître, emportant la porte et la magie avec elle.

Londres rouge

Elle fut d'abord aveuglée par le retour si brusque de toute cette lumière. La superposition de motifs éclatants l'éblouissait et l'étourdissait. Tout en luttant pour stabiliser son regard, Tess se sentit gagnée par un soulagement viscéral. Elle était de retour chez elle. « Chez elle » – elle n'aurait jamais cru que ces deux mots puissent englober un monde entier. Et pourtant, c'était le cas.

La seconde d'après, elle se rappela pourquoi elle était partie et où elle devait se rendre : sur les quais.

Le hibou remua dans sa poche. Il lui donnait des coups de bec dans les côtes.

— Je n'ai aucune envie de partir, marmonna-t-elle.

Elle était sincère. Depuis trois ans qu'elle vivait là, dans le *shal*, dans la boutique de Haskin, elle s'y était fait une place.

— Et puis tu l'as détruite, ajouta-t-elle pour elle-même, pleine d'amertume.

Elle savait cependant qu'elle n'avait pas eu le choix. Ce n'était que de la pierre et du bois, après tout. Les maisons, comme les vies, pouvaient se reconstruire, mais uniquement si l'on était encore vivant pour le faire.

Tess se joignit à l'animation de la foule matinale et des étals de marché, le créateur de portes empaqueté sous son bras, comme s'il s'agissait d'une vulgaire miche de pain. Nero lui avait conseillé un jour de ne jamais se comporter comme une fuyarde. Sinon on le remarquerait et on se demanderait ce qu'elle fuyait. Elle se retint donc de jeter des regards à droite et à gauche, de scruter les visages, d'anticiper les ennuis ou d'accélérer le pas, alors même qu'elle traversait la route bondée pour descendre le large escalier de pierre qui menait aux quais de Londres.

Elle ne ralentit qu'à la vue des nombreux bateaux. Certains grands, d'autres petits, des navires de commerce, d'autres de la flotte royale, des esquifs marchands et un vaisseau farois, ainsi que quelques embarcations sans pavillon. Elle avait grandi dans une ville portuaire et, dès qu'elle se sentait prisonnière, elle allait s'asseoir sur les quais pour regarder les allées et venues des bâtiments, signe qu'il existait une échappatoire.

Elle était montée à bord de l'un d'entre eux une fois. Et voilà qu'elle était revenue à la case départ.

Tess examina les navires en nourrissant l'espoir, fugace et fulgurant, de découvrir la petite embarcation d'Elrick amarrée à un mouillage et le marin qui l'attendait, inchangé par le temps, la barrette argentée qu'elle lui avait donnée en guise de paiement brillant dans ses cheveux torsadés, une main levée en signe de bienvenue. Mais bien entendu, il n'était pas là.

Elle reporta son attention sur les bateaux à quai en tentant de trouver le bon. Pourrait-elle acheter sa traversée, ou devrait-elle embarquer clandestinement ? Dans tous les cas, les navires marchands représentaient la meilleure option : ils ne cessaient d'aller et venir, et il y avait toujours de la place pour une cargaison imprévue. L'un d'eux attira son regard : un bâtiment qui avait l'air rapide, à la coque gris foncé et aux voiles blanches, avec une tête d'oiseau gravée sur la proue.

Lorsqu'elle voulut s'en approcher, ses pieds parurent comme cloués aux lattes de bois. Non par la magie, mais par le doute. La fuite était-elle vraiment la bonne option ? Jusqu'où devrait-elle aller pour se sentir de nouveau en sécurité ?

Les marins passaient devant elle sans la voir, en criant des ordres et en déchargeant des caisses. Elle aurait tout aussi bien pu être la figure de proue d'un navire.

Tess ne pouvait se résoudre à bouger, à s'en aller et à laisser Londres derrière elle. Les problèmes étaient faits pour être réglés. Il y avait forcément une solution.

Ce n'était même pas elle que les tueurs voulaient. C'était le créateur de portes. Elle envisagea de jeter l'artefact dans l'Île, mais ça ne l'aiderait pas, elle le savait. Si Bex et Calyn l'attrapaient, si elle leur avouait ce qu'elle avait fait, ils croiraient à un mensonge. Ils penseraient qu'elle l'avait caché quelque part. Ils lui briseraient chaque os de la main, puis tous les autres pour faire bonne mesure, et après avoir compris qu'elle disait bien la vérité, ils la tueraient. Donc non, jeter ce maudit créateur de portes n'était pas la solution.

L'autre option, c'était de rester et de tenter de se battre. Le hibou frémit dans sa poche et Tess se reprit. Elle pouvait rester et trouver quelqu'un pour se battre à sa place.

Après tout, Bex et Calyn étaient deuxbien mercenaires engagés par quelque commanditaire. La ville regorgeait de puissants magiciens peu scrupuleux. Peut-être pourrait-elle en engager un, elle aussi. Dans ce cas, le *shal* était le quartier idéal, sauf qu'elle ne pouvait pas y retourner : c'était le premier endroit où ils la chercheraient.

Tess plongea les doigts dans ses boucles. Elle avait envie de hurler. À la place, elle donna un coup de pied dans la caisse la plus proche, de toutes ses forces. Puis elle poussa un petit cri, de douleur sinon de frustration. Elle se frottait encore le pied quand elle entendit une voix lancer :

— Tiens, mais c'est notre illustre capitaine !

Tess se retourna et découvrit les filaments caractéristiques de la magie *Antari*. Ils s'entortillaient dans l'air, de la couleur du clair de lune mais deux fois plus lumineux, si brillants qu'ils estompaient la silhouette féminine en leur centre. Tandis qu'ils oscillaient et dansaient, Tess vit leur propriétaire, une femme de grande taille aux cheveux bruns coupés net le long de son menton pointu, s'approcher d'un bateau. Elle la reconnut aussitôt.

Delilah Bard, l'une des magiciennes les plus puissantes du monde.

Contrairement à l'*Antari* rouge, Lila Bard était bien connue pour faire usage de son pouvoir, comme si elle cherchait la moindre excuse pour l'étaler à la vue de tous. Le bruit courait qu'elle avait même participé à l'*Essen Tasch*, déguisée en Stasion Elsor. Le vrai Stasion Elsor, originaire d'une ville portuaire proche de Hanas, avait passé l'année suivante à raconter à qui voulait l'entendre qu'une étrangère lui avait volé son identité et sa place dans le tournoi. Qu'il dise vrai ou non, tout le monde s'accordait pour dire qu'elle était aussi douée avec une lame qu'avec son sang ou tout autre élément… et qu'elle aimait la bagarre.

Tess sut à ce moment précis qu'elle avait trouvé son champion.

Une botte posée sur une caisse, la tête penchée en arrière, aurolée d'argent, Delilah Bard bavardait avec un homme plus âgé posté sur le pont du bateau à la coque noire. Tess recula de plusieurs pas pour se cacher dans l'ombre entre deux malles.

— Pauvre Stross, tu as tiré la courte paille, hein ?

— *Nas*, grogna le matelot. Je me suis porté volontaire, histoire de laisser les jeunes mariés partir en vadrouille. Et toi ? Les festins du palais ne sont pas à ton goût ?

— Le lit est trop moelleux, répliqua Bard en s'étirant le cou. Mais Alucard te transmet ses amitiés. (Elle tapa la coque du pied.) Qu'as-tu fait au *Barron* ?

— Je l'ai débarrassé d'un mois de sel et de sable. De rien !

— Qui t'a dit que ça me plaisait ? Je le trouve beaucoup trop présentable !

— Est-ce qu'on lève l'ancre ? demanda le marin, plein d'espoir.

— Pas tout de suite. Je suis juste venue chercher quelque chose.

— Eh, capitaine ! intervint un autre homme, plus jeune, au moment où Bard commençait à remonter la passerelle. Combien de temps va-t-on rester coincés ici ?

— Le temps qu'il faudra. Qu'est-ce qui ne va pas, Tav ? Pas assez de maisons closes dans notre belle capitale ?

— J'ai le mal des quais, répondit le dénommé Tav. Un bateau n'est pas fait pour rester attaché comme ça…

— C'est drôle, railla Bard. Moi qui croyais avoir engagé des marins…

Sur ces mots, elle disparut dans les entrailles du navire. Tess, anxieuse, patienta quelques minutes en se rongeant les ongles, dans l'espoir que le capitaine ressortirait. Et elle ressortit en effet en glissant un objet dans la poche intérieure de son manteau. Puis elle redescendit la passerelle, les filaments argentés telles des traînées d'étoiles dans son sillage, et Tess la suivit.

C'était le plan idéal, tout bien considéré. Delilah Bard n'avait même pas besoin d'être mise au courant. Si Bex et Calyn étaient dans les parages, ils viendraient trouver Tess. Cette dernière n'avait qu'à faire en sorte de se tenir près de l'*Antari* le moment venu.

— Combien de fois vas-tu répéter ce foutu sort ?

Sans lever les yeux, Bex fit brûler une nouvelle boucle brune au-dessus de la carte.

— Jusqu'à ce que je trouve la fille.

C'était le matin et l'auberge des Trois Poignards était presque vide à cette heure-là, à l'exception d'un homme endormi – ou mort –, et d'un trio absorbé dans une partie de sanct plutôt calme. Affalé sur une chaise à proximité, Calyn soignait son mal de tête avec une bouteille d'alcool fort. C'était là sa blessure la plus grave – l'avantage d'avoir le crâne dur.

Un bol de ragoût reposait près du coude de Bex, son contenu depuis longtemps refroidi sous une pellicule de graisse. Elle était bien contente de ne pas en sentir les relents. Elle avait redressé son nez cassé, bandé son poignet et suturé sa main transpercée par la lame de Berras. Ce n'était pas la première fois qu'elle avait dû se recoudre, mais elle avait besoin de ses deux mains pour réaliser ce sort et, chaque fois, les points de suture tiraient et les os fracturés de son poignet lui envoyaient des décharges de douleur dans le bras.

Calyn grogna et lui tendit sa bouteille d'alcool. N'importe quel autre jour, elle l'aurait crue empoisonnée. Cette fois, cependant, elle savait que ce n'était pas le cas. Malgré tout, ce simple geste l'irrita. Qu'il noie sa douleur si ça l'amusait ! Bex, elle, préférait affûter la sienne. Elle repoussa donc la bouteille.

— Comme tu veux, marmonna le mercenaire, qui avala une grande gorgée avant de s'adosser à sa chaise, les yeux fermés. Tu vas finir par être à court de cheveux.

Espèce de tas de viande avariée ! pensa Bex. Il avait pourtant raison : elle y avait passé la nuit, il ne lui restait plus que neuf brins de cheveu, et le sortilège n'avait rien donné, même avec des cartes qui ne se limitaient pas à Londres mais représentaient tout l'empire.

— On ne disparaît pas comme ça, marmonna-t-elle à moitié pour elle-même. Comment a-t-elle pu utiliser cette satanée porte sans la clef ?

— Elle a dû en fabriquer une nouvelle, suggéra Calyn, dont la voix trahissait le sommeil qui le gagnait. Pendant qu'elle le réparait.

— Peut-être… concéda Bex, vexée qu'il ait vu juste.

Armée de son verre vide, elle se leva de table, puis étira sa nuque raide et son genou douloureux. La nuit avait été longue et, contrairement à Calyn, elle ne se remettait pas aussi bien d'avoir reçu un bâtiment entier sur elle.

Bex se dirigea vers le comptoir au moment où l'aube commençait à filtrer par les fenêtres. Malgré l'heure indue, la taverne n'était pas fermée. Après tout, *Les Trois Poignards* accueillait des mercenaires. Or la mort ne dormait jamais, pas plus que ceux qui l'apportaient. La propriétaire, Hannis, était en revanche partie se coucher après une sévère mise en garde : quiconque tenterait de partir sans payer serait maudit à la sortie.

Même si elle doutait que le seuil soit réellement envoûté, Bex décida de ne prendre aucun risque. Elle déposa donc une pièce sur le comptoir avant de remplir sa pinte, puis revint d'un pas tranquille à sa table en passant devant la figure de proue qui trônait au milieu de la salle. Après des années passées à recevoir les couteaux des clients dans ses bras, son torse et sa tête, chaque centimètre de bois de la statue était devenu une mosaïque de bosses et de cicatrices, au point que l'une des mains de la sculpture paraissait prête à se détacher au moindre choc.

Calyn se prenait pour une réincarnation du saint des poignards, elle le savait, mais cet imbécile ne semblait pas comprendre que l'effigie de bois n'était pas une représentation fidèle du saint. D'après les légendes – que Bex avait lues un soir, pour passer le temps avant une mission –, le saint des poignards n'était pas marqué par les lames ennemies. Ses entailles, il se les infligeait à lui-même : une pour chaque vie qu'il ôtait. Si l'on s'approchait assez près de la statue, on distinguait des lignes pâles, soigneusement gravées, sous la centaine de marques dentelées laissées par des idiots qui avaient abusé de la boisson.

Voilà le problème, se dit Bex. *Les gens ne savent même pas ce qu'ils vénèrent.*

Prenez cette foutue Main, par exemple. Si vous demandiez à trois de ses membres pourquoi ils se battaient, vous obtiendriez trois réponses différentes :

« Le roi n'a pas de pouvoir. »

« Le roi est trop riche. »

« Il ne devrait même pas y avoir de roi. »

Bien sûr, il y avait aussi toutes ces histoires de « disparition » de la magie, le mythe du pouvoir de ce monde en déclin et tout le reste, mais, de l'avis de Bex, c'était un ramassis d'âneries. Et même si c'était vrai, personne ne se souciait vraiment de vagues déferlantes ni de cycles de la magie, tant que cette dernière continuait de les servir, eux, lorsqu'ils en avaient besoin.

Non, au bout du compte, ce que la Main voulait, c'était le changement. Facile à dire. C'était un concept aussi malléable que du métal fondu, et assez fluide pour prendre la forme jugée la plus utile par ceux à la tête de cette organisation : une clef, un couteau, une couronne.

Ils tueraient donc la famille royale et, pendant quelque temps, se réjouiraient de leur victoire. Jusqu'au jour où ils se rendraient compte qu'ils n'avaient fait que changer la couleur des étendards flottant dans les couloirs du palais.

Bex s'en moquait, du moment que l'argent continuait de couler à flots.

Lorsqu'elle le rejoignit à leur table, Calyn ronflait, la tête rejetée en arrière, la gorge exposée. Bex sentit ses doigts la démanger à l'idée de tracer une jolie ligne rouge sur son cou. Mais elle devrait alors en parler à ce cher maître Berras et cette simple perspective suffisait à la convaincre d'épargner Calyn.

Elle donna un léger coup de pied dans la chaise du mercenaire, histoire de s'assurer qu'il respirait. Puis elle se rassit, fit craquer ses phalanges et recommença le sortilège de localisation, encore et encore, jusqu'à ce que la magie finisse – enfin – par crépiter.

La mèche de cheveux se transforma non pas en cendres noires, mais en une braise unique et parfaite qui tomba sur la carte, laissant une marque roussie en forme de X au bord du fleuve. Une fine volute de fumée s'éleva du parchemin, juste à l'embouchure des quais.

La mercenaire bondit sur ses pieds et sortit de la taverne avant même que la braise ne s'éteigne.

Calyn n'avait qu'à dormir autant qu'il le voulait.

Bex, elle, avait une mission à accomplir.

III

Lila Bard n'était pas difficile à suivre.

Tess n'avait qu'à laisser le reste du monde se brouiller au point de disparaître pour ne laisser visible que l'éblouissante lumière du pouvoir *Antari*, qui brûlait telle une torche sur la toile de fond des autres filaments.

Elle la suivit depuis les quais, le long du fleuve, en restant une dizaine de pas en retrait. Sur le chemin, elle s'émerveilla non pas du fait que Bard se frayait aisément un passage dans les rues, mais que personne ne semblait remarquer qu'une *Antari* marchait parmi eux. À leurs yeux, Lila Bard n'était qu'un corps parmi d'autres, un peu étrange, certes, avec ses habits d'homme, mais leur élégance et le naturel avec lequel elle les portait rendaient sa tenue presque ordinaire.

Tess s'attendait à ce que l'*Antari*, sentant son regard peser sur elle, s'arrête pour jeter un coup d'œil par-dessus son épaule ou inspecter les environs, mais Bard n'en fit rien : elle poursuivit son chemin vers le palais. Prise de panique, Tess craignit un court instant qu'elle ait pour destination finale le seul endroit où une jeune fille comme elle n'avait aucun moyen d'entrer. Mais le capitaine continua d'avancer jusqu'à une place bondée, remplie de vendeurs de pain, de fruits et de thé, qu'elle traversa d'un pas tranquille. En passant devant les étals, Tess dut se retenir d'acheter une tasse de ce liquide noir et corsé qui faisait siffler les bouilloires.

Contre toute attente, la jeune femme semblait se diriger vers le *shal*. Le cœur battant la chamade, Tess la suivit, partagée entre l'espoir et la crainte que Bard ne l'y conduise de nouveau. Mais l'*Antari* ne tarda pas à tourner dans une ruelle.

Enfin, deux rues plus loin, elle s'arrêta pour entrer dans une auberge. *Le Soleil couchant*, annonçait l'enseigne au-dessus de la porte. Tess s'arrêta elle aussi et compta jusqu'à dix. Puis elle s'attacha les cheveux, ce qui raviva la douleur à son flanc, et rajusta la boîte sous son bras avant d'entrer.

La salle était presque déserte. Seuls quelques clients étaient éparpillés aux différentes tables, des rubans de magie bleue, verte et dorée illuminant l'air autour de leurs épaules.

Mais pas de filaments argentés en vue.

Balayant la pièce des yeux, la jeune fille aperçut l'ourlet du manteau noir de Lila Bard juste au moment où ses bottes disparaissaient dans un étroit escalier.

Tess s'apprêtait à lui emboîter le pas lorsque l'aubergiste – une femme au visage mince auréolé d'une crinière de cheveux blancs et de filaments de la couleur de l'herbe mouillée – leva les yeux du comptoir.

— Tu t'es perdue ?

Tess hésita, avant de poser un lin sur le bar.

— Non, j'ai juste soif.

Après avoir empoché la pièce, l'aubergiste la dévisagea, tentant – sans y parvenir – de deviner l'âge de sa nouvelle cliente.

— Bière ou eau ?

Tess se mordit la lèvre.

— Vous auriez du thé ?

La tenancière hocha la tête, puis s'éloigna d'un pas traînant. Tess jeta de nouveau un coup d'œil vers les marches. Aucune trace de l'*Antari*, mais il n'y avait qu'un seul escalier menant à l'étage. Mieux valait ne pas s'éloigner, au cas où les ennuis la rattraperaient. Elle cacha le créateur de portes sous ses pieds, dans l'ombre du comptoir. L'aubergiste revint lui servir une tasse de thé fumant. Tess s'apprêtait à s'en saisir quand une autre main se posa sur le rebord.

— Ce n'est pas très poli de suivre les gens, lança une voix sèche.

La jeune fille leva les yeux vers la silhouette assise sur le tabouret voisin. Auréolée de lumière argentée, Lila Bard souleva la tasse de thé pour en boire une longue gorgée.

— Hmm… fit le capitaine pensivement. J'ai prévenu quelqu'un il y a peu que la prochaine fois qu'il me suivrait, je le renverrais en mille morceaux. De toute évidence, tu n'as pas reçu le message. Même si tu ne ressembles pas vraiment à un corbeau…

— Un quoi ? la coupa Tess, perplexe.

— Et pourtant tu es là, à me pister.

Elle continua à fixer Tess. Ses yeux étaient tous les deux marron mais, de près, la jeune fille eut le temps de remarquer que l'un d'eux présentait un léger éclat vitreux, avant qu'ils ne se plissent de suspicion.

— Je te connais, déclara Lila Bard.

Embarrassée, Tess grimaça : elles s'étaient en effet rencontrées une fois, trois ans plus tôt. À l'époque, l'adolescente découvrait la liberté, Londres, le besoin. Elle avait été si déconcertée de croiser une *Antari* dans la rue qu'elle n'avait pas pu s'en empêcher.

— Tu as essayé de me faire les poches.

Ce n'était pas tout à fait vrai. Tess ne s'était pas intéressée au contenu de ses poches, mais à l'intense lumière argentée de la magie et à la manière dont celle-ci vibrait et s'entortillait sous ses yeux.

Jusqu'à ce moment-là, elle avait cru qu'il n'existait qu'un seul *Antari* au monde : Kell Maresh, le prince à l'œil noir. Elle ne l'avait vu qu'une fois, et de loin, avec ses filaments d'argent si lumineux que sa silhouette en devenait floue. Mais voilà qu'elle avait découvert un autre ! Sa main, devançant sa pensée, s'était tendue vers la magie *Antari* dans l'espoir de dérober un filament, juste un.

Sauf qu'elle n'avait pas été assez rapide. Ou Lila Bard s'était montrée plus vive. Cette dernière lui avait attrapé le poignet avec une telle force que Tess avait craint de se faire briser les os.

— *Je vous en supplie*, avait-elle imploré. *J'ai besoin de ma main.*

— *Dans ce cas, tu ferais mieux de t'en servir pour autre chose*, avait répliqué Bard. (Aussitôt, cependant, sa prise s'était légèrement desserrée.) *Quel âge as-tu ?*

Tess avait menti en répondant quatorze, bien qu'elle en eût à peine douze. Puis elle avait levé le menton, car elle n'était pas lâche, malgré la peur qui l'étreignait.

— *Regarde-moi*, avait ordonné l'Antari. (Même si ça faisait mal aux yeux, Tess s'était exécutée. Bard s'était alors penchée vers elle.) *Si tu n'es pas certaine de pouvoir t'en tirer, abstiens-toi de voler.*

Puis elle avait relâché la main de Tess avant de poursuivre sa route. L'interaction avait duré moins d'une minute, mais la jeune apprentie ne l'avait jamais oubliée. Apparemment, Lila Bard non plus.

L'*Antari* termina son thé, puis elle fixa le marc au fond de la tasse.

— Pourquoi me suis-tu ?

— Je ne vous suis pas.

— Ne mens pas ! menaça-t-elle.

La magie autour d'elle tressaillit et Tess sentit soudain sa cage thoracique se comprimer. C'était une sensation étrange, horrible, qu'elle n'avait encore jamais éprouvée car la magie des os était interdite.

— Vous n'êtes pas… censée… faire ça, haleta-t-elle.

— Ah oui ? rétorqua Lila en feignant la surprise. (L'étau invisible ne fit que se resserrer.) Voyons si quelqu'un le remarque…

Incapable de respirer ou de se libérer, Tess n'avait pas le choix : elle tendit la main pour saisir le filament argenté le plus proche. Elle le sentit vibrer contre sa paume et tira dessus sans même savoir quel effet cela produirait – si même effet il y aurait.

L'*Antari* eut un mouvement de recul, comme si elle s'était brûlée. Le poids sur la poitrine de Tess s'envola aussitôt. Elle remplit d'air ses poumons douloureux tandis que le visage de Bard s'assombrissait.

— Qu'est-ce que tu viens de faire ?

Tess, grimaçante, le souffle coupé, s'efforçait de ne pas penser aux points de suture qui venaient de sauter, à son flanc humide.

— S'il vous plaît, supplia-t-elle. On me traque. J'ai besoin d'aide.

Lila haussa un sourcil.

— Va trouver un garde.

— C'est de votre aide que j'ai besoin.

— Oh, vraiment ? Et pourquoi ça ?

— Vous êtes la magicienne la plus puissante de Londres.

— La flatterie ne te mènera nulle part, répliqua Lila en se levant de son tabouret pour partir.

— Je sais que vous êtes une *Antari*.

À ces mots, Lila Bard s'arrêta. La tête penchée sur le côté, elle la dévisagea de ses deux yeux marron.

— Comment le sais-tu ?

— Je la vois, avoua Tess après un instant d'hésitation. Votre magie.

La jeune femme prit le temps de réfléchir avant de hausser les épaules.

— Tant mieux pour toi, finit-elle par rétorquer en s'éloignant. Arrête de me suivre.

Tess se leva à son tour.

— Ils vont me tuer.

— C'est ton problème, pas le mien.

— J'ai quelque chose dont ils veulent s'emparer. Un créateur de portes.

— Je m'en…

La réplique de Lila Bard mourut sur ses lèvres. Elle s'arrêta net et, lorsqu'elle revint vers Tess, la colère et l'agacement avaient laissé place à un étonnement sincère.

— C'est toi qui as le *persalis* ?

L'artefact avait donc un nom.

— Si le *persalis* est un dispositif qui crée des portes pour accéder à d'autres lieux…

Lila fit alors quelque chose de surprenant : elle rit. Pas fort, mais doucement, pour elle-même.

— La vie est décidément pleine de surprises… murmura-t-elle. Bon… (Elle attrapa Tess par l'épaule.) Qui cherche à te tuer ?

— Des assassins. Ils sont venus dans mon atelier hier soir et…

— Je vois. Combien sont-ils ?

— Deux.

— C'est tout ?

— Ils sont très doués.

— Je n'en doute pas, répondit Lila platement avant de traîner Tess vers l'escalier.

— Attendez ! dit-elle en tentant de se dégager. Où est-ce que vous m'emmenez ?

— Dans un endroit plus sûr. (L'*Antari* la poussa sur les marches.) Pour discuter.

— Faut que j'y retourne. J'ai laissé la boîte…

Elle s'interrompit en arrivant sur l'étroit palier en haut de l'escalier, entouré de trois portes. L'une d'elles était ouverte. Tess vit l'ondulation de lumière cramoisie lorsque Bex sortit à grands pas, paume levée devant elle. Aussitôt, les boutons du manteau de Lila se détachèrent pour filer vers la boule de métal fondu dans la main de la mercenaire.

— Attention ! cria Tess juste avant que le métal ne se fragmente en clous, qui fusèrent vers l'*Antari* et elle.

Lila Bard poussa Tess par terre, mais les éclats métalliques se contentèrent de changer de trajectoire pour la suivre et s'abattre telles des gouttes de pluie aiguisées. La jeune fille se recroquevilla, prête au choc, à la douleur vive. Sauf que les pointes n'atteignirent pas sa peau mais ses vêtements, clouant les manches, le col et l'ourlet de son manteau au parquet.

Elle se tortilla pour essayer de se libérer. Lila, elle, s'était déjà relevée, un poignard à la main pour attaquer Bex. Mais sa lame fondit et, d'un coup de botte dans la poitrine, la tueuse l'envoya dévaler l'escalier jusqu'au rez-de-chaussée de la taverne.

Des cris s'élevèrent. Tess entendit l'*Antari* ordonner à tout le monde de sortir. Puis la silhouette de Bex surgit, remplissant son champ de vision. Elle s'agenouilla au-dessus de la jeune fille et la regarda lutter pour libérer l'une de ses mains. Le tissu de sa manche se déchira un peu, mais pas assez. Si le visage de la tueuse avait exprimé un certain amusement la veille au soir, ce n'était plus le cas désormais. Son regard était inflexible, gris et menaçant. Une vilaine contusion s'étendait sous ses deux yeux, comme si on lui avait récemment cassé le nez. D'un petit mouvement du poignet, elle fit apparaître une courte lame acérée dans sa paume.

— Où est-il ? demanda Bex.

Tess secoua la tête, la gorge serrée.

— Je ne l'ai pas.

C'était la vérité. Elle avait laissé le *persalis* en bas, sous le comptoir.

— Mauvaise réponse, répliqua Bex en plantant son couteau dans le dos de la main emprisonnée de Tess avant que celle-ci n'ait eu le temps de se dégager.

La lame s'enfonça jusqu'à la garde, la pointe se logeant dans le parquet. Submergée par la douleur, Tess se sentit défaillir.

— Ça fait mal, hein ? siffla la mercenaire.

Un cri monta dans la gorge de la jeune fille, mais elle ne l'entendit même pas jaillir : un bruit blanc assourdissant venait d'envahir ses oreilles.

Un mur de vent passa soudain devant elle pour envoyer Bex voler à travers le palier et la faire s'écraser contre le mur du fond, assez violemment pour fendre le bois.

Les dents serrées, Tess parvint à arracher le couteau, ravalant un sanglot au moment où l'acier se retirait de sa chair. Prise de haut-le-cœur, elle tourna la tête et vit débouler un manteau et une paire de bottes noires. Lila Bard lui passa devant à toute vitesse, la joue maculée de sang.

À l'autre bout du palier, Bex se décolla du mur, puis elle se redressa en faisant craquer ses épaules.

— Glace ou pierre ? demanda l'*Antari*. (Comme la tueuse lui renvoyait un regard interrogateur, Lila, effleurant la plaie à sa tempe, répondit à sa propre question.) Tant pis. Je vais choisir.

Elle se déplaçait rapidement, plus vite que la normale. Elle traversa le palier en un éclair, sa main tachée de sang tendue devant elle. Tess vit les filaments argentés de sa magie frémir, puis s'aviver lorsque les mots se déversèrent.

— *As Isera.*

Le sort prit forme juste au moment où ses doigts atteignaient Bex, qui parvint néanmoins à se libérer à la dernière seconde. La main de l'*Antari* ne se referma pas sur de la peau mais sur une cape, et le gel se répandit sur le tissu – ou plutôt, à travers –, le transformant en glace dans le même laps de temps qu'il avait fallu pour prononcer la formule. Bex se baissa sans tarder pour s'extirper du vêtement, qui tomba et se brisa sur le plancher.

La mercenaire fixa les éclats gelés. Pour la première fois depuis qu'elle avait fait irruption dans la boutique de Tess, son arrogance mielleuse avait disparu, remplacée par de la surprise, et peut-être même une pointe d'effroi. Son canon d'avant-bras métallique se déroula pour former des lames.

— Ce n'est pas équitable, l'*Antari*, se plaignit la tueuse.

Lila Bard se contenta de hausser les épaules.

— L'équité n'a pas sa place dans un combat.

Les dagues de Bex sifflèrent dans l'air mais, cette fois, la magicienne de sang était prête. Plutôt que de se baisser ou d'esquiver, elle leva les mains et le métal s'immobilisa en frémissant.

— Tu n'as que ce petit tour dans ta manche ? demanda-t-elle. D'accord. Moi aussi, je sais le faire.

Les lames tressautèrent avant de se retourner contre Bex. Cette dernière serra les dents et les armes se figèrent, en suspens, entre les deux femmes. Tess vit les fils de magie se tendre comme une corde.

— Quand deux magiciennes manient le même élément, ça devient un bras de fer, dit Lila Bard. Voyons qui de nous deux cédera en premier.

Le visage serein, elle haussa un sourcil amusé, mais Tess percevait la tension dans l'air autour d'elle – l'*Antari* mobilisait toutes ses forces. Bex aussi. Les dagues frémirent et le palier se mit à être secoué de tremblements : leurs deux volontés ne tiraient pas seulement sur les armes, mais aussi sur tout le métal environnant. Les charnières grincèrent et les pointes qui clouaient la jeune fille au sol se détachèrent. Tess fit alors ce qu'elle aurait dû faire depuis le début : débarrasser le plancher.

Elle descendit l'escalier en hâte, sans se retourner, même lorsque, à mi-chemin, elle sentit la tension éclater, l'air vibrer, l'acier siffler et, pour finir, les lames acérées percer le bois dans un martèlement sourd.

Chancelante, Tess parvint enfin au rez-de-chaussée. Malgré la douleur lancinante dans sa main ensanglantée, malgré sa blessure au flanc, elle continua d'avancer et traversa la taverne déserte pour gagner la porte, qu'elle ouvrit brusquement, percutant l'homme qui entrait.

Elle reculait en titubant quand elle sentit une main se poser sur son épaule, sans aucune malveillance mais avec une douce fermeté, comme pour la stabiliser. La jeune fille leva la tête et découvrit une lumière grise, des cheveux roux marqués par une mèche argentée et deux yeux, l'un bleu, l'autre noir.

Kell Maresh, le prince *Antari*.

Elle savait qu'elle était censée s'incliner, mais la plaie à son flanc la faisait trop souffrir et Kell la tenait toujours par l'épaule. Elle ne parvint qu'à prononcer un faible « *Mas vares* ».

Comme Lila Bard, il se trouvait au cœur d'une maille argentée, mais quelque chose clochait dans ses filaments à lui. Là où ceux de l'autre *Antari* brillaient d'un éclat vif et constant, les siens étaient vacillants et effilochés, brisés. Sa magie était brisée.

Kell Maresh fronça les sourcils en la dévisageant.

— Tu es blessée.

Tessali Ranek le fixa et répondit :

— Vous aussi.

Le prince se renfrogna de plus belle. Il semblait sur le point de poser une question quand le bâtiment se mit à trembler, secoué par la bataille qui faisait rage à l'étage. Kell regarda par-dessus la tête de Tess qui, elle, regarda derrière lui, dans la rue.

— Attention ! hurla-t-elle.

Mais Kell se retournait déjà en dégainant l'épée qu'il portait à la hanche. La lame crissa lorsqu'elle percuta avec force la hache de Calyn.

— Recule ! cria l'*Antari*.

Quand Tess finit par comprendre qu'il s'adressait à elle, elle battit en retraite à l'intérieur de la taverne. Le magicien de sang l'imita, suivi de Calyn.

Aussi grand que Kell Maresh et deux fois plus large d'épaules, le corps du deuxième mercenaire à ses trousses bloquait la lumière de la rue aussi sûrement qu'une porte.

— Je suis gâté ! s'exclama-t-il de sa voix éraillée. J'ai tué beaucoup de gens, mais encore personne de ton rang.

— Aucun *Antari* ? Ou aucun prince ?

Le visage de l'assassin se fendit d'un horrible rictus.

— Il paraît que tu es difficile à tuer. Je crois que les gens ne font pas assez d'efforts, tout simplement.

Puis il balança de nouveau sa hache. Kell dégaina une deuxième épée, qu'il croisa avec la première à temps pour bloquer le coup.

— Tes épées ne suffiront pas, affirma le tueur.

— Je pense que si, répliqua Kell. À te voir, on dirait bien que tu as perdu de nombreux combats.

Le sourire de Calyn s'agrandit.

— Détrompe-toi. Les perdants sont tous morts.

Il fonça sur le prince, qui esquiva avant de parer le coup. Tess saisit l'occasion pour se précipiter vers la porte. Elle y était presque quand celle-ci lui claqua au nez.

— Ne la laisse pas partir ! s'écria Lila, en haut de l'escalier. Elle a le *persalis* !

Les yeux écarquillés de surprise, Kell jeta un coup d'œil à Tess. Calyn en profita pour retourner sa hache et abattre le manche sur la joue du frère du roi.

L'*Antari* rouge chancela, la lèvre fendue par le coup. Il porta ensuite ses doigts à l'entaille. Ceux-ci se teintèrent de rouge.

— Allons, petit prince, le provoqua Calyn. Ne me dis pas que cet œil n'est là que pour faire joli.

Kell Maresh serra le poing et Tess vit sa magie frémir, comme celle de Lila avant que la jeune femme ne lance le sort de gel. Puis il cracha du sang par terre.

— Tu n'en vaux pas la peine, répliqua-t-il.

Alors que Calyn l'attaquait de nouveau en poussant un rugissement, Kell balaya une table de son bras, envoyant une pinte abandonnée dans le visage du tueur. Le verre ne se brisa pas, mais l'alcool éclaboussa le torse de l'assassin. L'*Antari* fit glisser ses lames l'une contre l'autre. Une étincelle jaillit et atterrit sur Calyn, dont la chemise prit feu.

Il se mit à s'agiter dans tous les sens pour éteindre les flammes. À ce moment-là, Tess sut ce qui lui restait à faire. Elle s'éloigna de la porte, traversa la taverne à toute vitesse et tomba à genoux sous le comptoir, où elle tâtonna jusqu'à trouver le paquet qu'elle avait caché là. Elle en sortit le créateur de portes – le *persalis*, comme l'avait appelé Lila –, source de toute cette pagaille.

Elle commença à tirer sur les fils pour les démêler mais, cette fois, elle ne se contenta pas de démonter le sortilège : ses doigts voletaient à travers la magie. De l'autre côté de la pièce, Calyn avait réussi à étouffer le feu. De la fumée s'élevait de ses cheveux ternes à présent roussis. Il fonçait vers l'*Antari* rouge lorsque le plafond au-dessus d'eux céda. Bex en dégringola. Elle atterrit en position accroupie sur une table avant de s'écarter d'une roulade. Au même moment, Lila tombait à travers le trou, un sourire malicieux aux lèvres. Du sang lui coulait dans l'œil.

Les gens disaient donc vrai : en dépit de la violence et du chaos, Delilah Bard s'amusait !

Elle tenait à présent deux lames dans ses mains, non pas en acier, mais faites de pierre et de glace.

— Il y a des gens qui ne savent pas mourir, déclara-t-elle.

Du sang tachait le tissu au niveau du bras et de la cuisse de Bex, et lui maculait la joue. Une lueur féroce dans les yeux, sa magie rougeoyant dans l'air autour d'elle, elle rappela son métal pour former un bouclier, puis une épée, et enfin un fouet.

Malgré sa main blessée, Tess accéléra le rythme. Elle dénouait frénétiquement un nœud de ses doigts tremblants lorsque le bâtiment se mit à grincer. Combien de temps tiendrait-il encore ? Elle préférait ne pas savoir.

Au moment de lancer sa hache, Calyn s'aperçut que la partie métallique avait disparu, attirée dans la sphère de Bex. L'épée de Kell, en revanche, tenait bon. Sa lame enchantée étincelait. Il la posa contre la gorge du tueur, qui se contenta de sourire.

— Je t'arracherai ta magie d'une manière ou d'une autre, menaça Calyn.

Le sol trembla et de la terre jaillit entre les lattes pour se transformer en vrilles. Kell Maresh leur donna des coups d'épée, mais elles s'écartaient avant de se reformer. L'une d'elles trouva son poignet et serra. Sa lame tomba hors de portée et son torse, ainsi que sa gorge, se retrouvèrent exposés.

— Arrêtez !

Quatre têtes se tournèrent vers Tess, qui s'était relevée et brandissait le *persalis* à deux mains.

— C'est ça que vous êtes venus chercher, non ? Alors, prenez-le !

Lila Bard la dévisagea, horrifiée. Bex, elle, fit un pas vers la jeune fille, un sourire sinistre aux lèvres. Tess remua alors les doigts pour tirer sur les ficelles qui maintenaient le sort en place. Une lumière les parcourut, comme la mèche d'un détonateur, une étincelle qu'elle seule pouvait voir. Celle-ci fila, brillante et rapide, sur la surface de la boîte.

Et soudain, le *persalis* s'enflamma.

IV

— Non ! s'écria Bex en se précipitant.

Mais Lila lui barra le passage tandis que la boîte entre les mains de Tess s'embrasait. Le *persalis* brûlait vite, plus vite qu'il n'aurait dû – des journées entières de travail, effacées par un seul sortilège –, puis il s'effrita, en cendres, entre ses doigts.

— Tu n'aurais pas dû faire ça, petite, grommela Calyn.

Bex la fixa, son visage passant de l'écarlate au gris.

— Tu as signé ton arrêt de mort ! rugit-elle.

Le métal s'enroula de nouveau autour de son avant-bras, mais Lila Bard s'interposa entre la tueuse et la jeune fille.

— Tu n'en as pas eu assez ? demanda l'*Antari* avec un frisson d'excitation dans la voix. Parce que sache que jusque-là, je me retenais.

À ces mots, l'air tourbillonna autour d'elle. L'auberge entière se mit à grincer. La lumière des lanternes se transforma en rubans.

— Sans compter que Kell, ici présent, n'a même pas encore commencé !

Les rubans enflammés enveloppèrent ce dernier. Le vent souleva ses cheveux cuivrés. Si elle ne possédait pas ce don, cette vision, Tess aurait pu croire que la magie venait de lui.

Les deux mercenaires semblèrent enfin se rendre compte de la situation. Échappé d'une dizaine de plaies, le sang maculait la peau de Bex. De la fumée s'élevait de la chemise à moitié calcinée de Calyn. Deux des plus puissants magiciens au monde se tenaient entre Tess et eux. Quant au *persalis* qu'ils étaient venus chercher, ce n'était plus qu'une tache de suie sur le plancher fissuré.

Calyn adressa à Kell un sourire qui se voulait menaçant, mais garda le silence. Le regard de Bex glissa sur Lila avant de se poser sur Tess.

— Toi et moi, dit-elle d'un ton glacial, on n'en a pas fini.

Lila fit un geste du poignet et la porte de la taverne s'ouvrit en grand.

— Allez, filez ! Sauf si vous voulez rester nous expliquer qui vous a engagés. On pourrait discuter de la Main autour d'une pinte…

Bex remua les lèvres, mais ce qu'elle s'apprêtait à dire fut coupé net par Calyn, qui écarta les bras. Son pouvoir jaillit : toutes les tables et les chaises se mirent à voler vers eux.

Tess en resta bouche bée, mais Kell et Lila réagirent au quart de tour, les mains tendues. Leur magie argent se mit à flamboyer. Le torrent de bois vola en éclats contre un mur de volonté pure. Les débris tombèrent par terre dans une pièce déserte : les mercenaires avaient disparu.

Lila Bard baissa la main avec un soupir. Kell Maresh, pris de haut-le-cœur, le front luisant de sueur, se plia en deux. Les filaments autour de lui tressautaient, lançaient des étincelles. Tess avait raison : la magie de l'*Antari* rouge ne fonctionnait pas comme il fallait.

Elle croyait que Bard allait se précipiter auprès du prince, l'aider, mais elle se contenta de secouer la tête en marmonnant :

— Franchement, Kell…

Puis elle agrippa Tess par le bras d'une poigne de fer pour la tirer vers l'escalier.

— On ne peut pas rester là, déclara-t-elle en guise d'explication.

Une fois redressé, Kell se dirigea vers le comptoir, derrière lequel l'aubergiste avait repris place.

— Qu'est-ce qu'il a ? demanda Tess pendant que Lila la forçait à monter les marches.

— C'est un idiot, répondit l'*Antari* en jetant un coup d'œil par-dessus son épaule.

— Le palais vous remboursera, promettait le prince à la tenancière éreintée. Et j'enverrai des mages réparer les dégâts.

Arrivées sur le palier – du moins ce qu'il en restait, avec ses murs fissurés, son tapis chiffonné et un coin qui brûlait tranquillement –, elles tombèrent sur une flaque de sang qui venait forcément de Tess, et d'autres non identifiées. L'*Antari* poussa la jeune fille dans une chambre. Au pied du lit reposait un coffre ouvert, d'où débordaient des vêtements noirs, ainsi qu'un visage macabre. Tess eut un mouvement de recul avant de se rendre compte qu'il s'agissait d'un masque à cornes.

Lila la poussa vers le mur, où une petite marque tachait le bois.

— Lâchez-moi, protesta l'adolescente.

L'*Antari* fit la sourde oreille. Elle effleura sa joue lacérée et se servit de ce sang pour redessiner le symbole. Sous les yeux de Tess, un unique fil argenté se détacha de sa maille pour couvrir la marque.

— Kell ? cria Lila par-dessus son épaule.

Quelques instants plus tard, le prince apparut, l'air épuisé. Il posa la main sur l'épaule de Tess.

— Accroche-toi, conseilla-t-il d'une voix douce.

Lila prononça ensuite quelques mots et la chambre disparut. Tess s'effondra, ou plutôt se désagrégea, le monde entier se délitant autour d'elle, à la fois fil par fil et d'un seul coup. Lorsqu'il se recomposa, elle ne se tenait plus dans la taverne en ruine mais dans une immense pièce au sol de marbre, avec des rideaux dorés et un lit sculpté. Elle leva les yeux pour découvrir le ciel nocturne, sauf que ce n'était pas un ciel, mais des centaines de volutes de tulle qui se déployaient et ondoyaient pour en créer l'illusion.

Une double porte vitrée donnait sur un balcon, le ruban pourpre de l'Île brillant à l'horizon. Tess comprit qu'elle se trouvait dans le palais royal. Submergée par une vague de vertige, elle tendit la main vers un canapé pour ne pas tomber. Mais dès que ses doigts touchèrent l'accoudoir en tissu, elle recula, partagée entre la douleur et l'horreur. Sa main ! À un moment donné, elle l'avait enveloppée dans un mouchoir, sauf que ce dernier était depuis longtemps trempé. Une marque noire souillait à présent l'étoffe raffinée.

— Ne t'inquiète pas, dit le prince en se laissant tomber dans un fauteuil. Les serviteurs ont l'habitude de nettoyer les taches de sang.

Ses filaments argentés frémirent de nouveau. Tess se surprit à suivre le chemin qu'ils empruntaient, comme si le prince à l'œil noir était un objet éventré sur le comptoir de sa boutique et qu'elle le parcourait des doigts pour en trouver les fissures.

Kell Maresh vit qu'elle le fixait.

— Qu'y a-t-il ?

La jeune fille cessa aussitôt son inspection et rentra la tête dans les épaules.

De son côté, Lila Bard, figée devant un miroir en pied, semblait enfin remarquer ses propres blessures. Après avoir examiné l'entaille à son front et l'accroc à sa tunique, elle croisa dans la glace le regard de Tess.

— Bien joué, tout à l'heure, dit-elle en se détournant de son reflet. Alors, où est-il ?

Tess dévisagea l'*Antari*.

— Où est quoi ?

— Le *persalis*.

L'apprentie avait le vertige. Elle ne comprenait pas.

— Je l'ai détruit. Dans la taverne. Vous m'avez vue faire.

— J'ai vu ce que tu voulais qu'ils voient. Mais c'était forcément un leurre.

Tess ne répondit rien. Sur le visage de Lila, l'amusement céda peu à peu la place à l'horreur. Elle traversa la pièce, ses bottes martelant le sol.

— Tu veux dire, poursuivit-elle en articulant chaque mot, que ce que tu as détruit là-bas était le vrai *persalis* ? (Le silence de l'adolescente parlait de lui-même. Lila refusait pourtant d'y croire.) Vide tes poches.

Comme Tess n'obéissait pas, elle la saisit sans ménagement par le bras.

— Doucement, prévint Kell. Tu vois bien qu'elle est blessée.

Mais la jeune femme entreprit de la fouiller quand même. Lorsqu'elle effleura des doigts son flanc meurtri, Tess siffla de douleur. La pièce entière menaça de disparaître… Une fois sa vision stabilisée, elle découvrit avec stupeur que l'*Antari* tenait dans ses mains le squelette de hibou. Ce dernier la fixait de ses yeux vairons, l'un bleu, l'autre noir.

— Qu'est-ce que c'est que ça ? demanda-t-elle.

En réponse à sa question, la créature pencha son crâne sur le côté et agita les os de ses ailes.

Lila, épouvantée, lâcha l'oiseau. Tess se précipita pour le rattraper avant qu'il ne tombe par terre. Sa plaie se rouvrit un peu plus, son front se perla de sueur, mais le petit hibou était sain et sauf.

— Il s'appelle… haleta-t-elle. Vares.

Kell Maresh leva les yeux en entendant son nom. Le volatile aussi. Tess dut se retenir d'éclater de rire. Ce n'était pas drôle. Il n'y avait rien de drôle. Elle avait perdu beaucoup trop de sang.

— Comment savoir si c'était le vrai *persalis* ? reprit Lila, les bras croisés. Tu l'as peut-être planqué quelque part.

— Pour quoi faire ? Il ne m'intéresse pas ! Je tiens un atelier de réparation, je vous signale. Quelqu'un me l'a apporté pour que je le retape. Je ne connaissais même pas son pouvoir.

Lila plissa les yeux, suspicieuse. Bien que l'un soit de verre, les deux semblèrent transpercer Tess.

— Ah oui ? Dans ce cas, comment as-tu réussi à le réparer ?

L'apprentie hésita un instant avant de répondre :

— Je suis très douée dans mon domaine.

— J'ai rencontré pas mal de bons menteurs, répliqua l'*Antari* en se rapprochant. Tu n'en fais pas partie.

— Lila… intervint Kell sans quitter Tess des yeux.

— L'expérience m'a appris que pour survivre dans ce monde, il faut soit du talent, soit de la ruse, poursuivit la jeune femme.

Une personne rusée aurait trouvé un moyen de sauver le *persalis*. Tu dois donc avoir un sacré talent.

Tess, livide, ravala la vérité qui menaçait de lui échapper. À un moment donné, elle avait commencé à trembler. Était-elle en état de choc ? Après tout ce qu'elle avait traversé, il serait malvenu de la part de son corps de choisir cet instant précis pour s'effondrer.

Elle voulut se rattraper à une table, mais perdit l'équilibre, ou bien la table avait bougé. Dans tous les cas, elle la manqua, trébucha et poussa un cri de douleur à cause de la plaie à son flanc. Kell se leva.

— Tu vois ? Elle est blessée !

— Une main, ça saigne, répliqua Lila avec un geste dédaigneux.

— Pas autant que ça, insista le prince, qui fixait le ventre de Tess.

La jeune fille suivit son regard. Une tache sombre s'étendait sur le devant de sa tunique.

— Oh, ça ? fit-elle d'une voix lente en claquant des dents.

— Lila, elle souffre ! s'exclama Kell. Tu devrais la soigner.

Mais l'autre *Antari* ne l'écoutait pas. Elle saisit le menton de l'apprentie entre ses doigts fins et la força à lever la tête pour croiser son regard.

— Comment as-tu réparé le *persalis* ?

Le visage de la jeune femme se brouillait par intermittence. Tess était si lasse. Lasse de fuir, lasse de garder des secrets. Si quelqu'un pouvait comprendre ce que posséder un pouvoir rare et convoité voulait dire, c'était bien un *Antari*.

— Je les vois, murmura-t-elle entre ses dents. Je vois les filaments de magie qui traversent les sorts. C'est comme ça que j'ai su ce qu'était le *persalis* et comment le réparer.

Après cet aveu, Tess éprouva un immense soulagement, aussi réconfortant qu'une grosse couverture.

Le prince poussa un son qui aurait pu passer pour un rire. Lila et Tess le dévisagèrent.

— Alucard va être anéanti d'apprendre qu'il n'est pas le seul à avoir ce don ! s'exclama-t-il.

Tess se raidit.

— Il y en a d'autres ?

— Il semblerait, répondit Lila.

— Je l'ignorais. (La jeune fille regarda Vares, les fins rubans lumineux entortillés tel du fil de fer entre ses os.) Je n'ai jamais rencontré personne d'autre qui soit capable de manipuler les filaments de magie.

Quoique vaste, la pièce parut tout à coup se vider de son air. Tess leva les yeux. Les deux *Antari* la fixaient. Avait-elle dit une bêtise ?

— Tu es une bricoleuse, dit Lila, comme si elle comprenait ce mot pour la première fois. Tu vois la magie brisée et tu la répares. (Tess acquiesça. Lila désigna Kell Maresh d'un signe de tête.) Et lui, tu peux le réparer ?

Les mots flottèrent dans l'air. Tess tenta de s'y accrocher.

— Je ne répare pas les êtres vivants.

— Ce n'est pas ce que je t'ai demandé, rétorqua la magicienne de sang. Tu viens de dire que tu peux non seulement voir la magie, mais aussi la manipuler, la raccommoder quand elle est endommagée.

— Je retape les objets cassés. Je n'ai jamais travaillé sur un être fait de chair et de sang.

— Mais en es-tu capable ?

— Je ne sais pas ! Le fait même d'essayer irait à l'encontre des lois de la magie…

— Au diable les lois, si c'est ce qui te retient ! (Lila se passa les doigts dans ses cheveux bruns.) Si tu en es capable, fais-le.

Et voilà. On lui avait donné un ordre. Son pouvoir était réduit à un outil, manipulé par une autre main.

Tess se redressa autant que le lui permettaient ses blessures.

— Et si je refuse ?

Elle n'avait pas vu Lila dégainer son poignard, et pourtant la jeune femme en tenait un contre sa gorge.

— Dans ce cas, crois-moi, je te taillerai en pièces jusqu'à ce que tu changes d'avis.

Kell venait de rejoindre Lila, la main serrée sur son bras.

— Ça suffit, décréta-t-il en langue royale.

Lila se dégagea.

— Tu veux que je la soigne ? répliqua-t-elle dans la même langue en agitant la pointe de sa lame. D'accord. Dès qu'elle aura accepté de te soigner, toi.

Tess secoua la tête.

— Un objet n'est pas un être humain, expliqua-t-elle au prince en arnésien. Si je fais une erreur…

— Alors n'en fais pas, la coupa Lila.

L'apprentie soutint le regard vairon de Kell Maresh. Elle voyait la tension dans sa mâchoire serrée, son front plissé, dans la façon dont il se tenait. Est-ce qu'elle réussirait ? Impossible de le savoir. Mais Tess ressentait en elle le désir de saisir ces filaments brisés, le désir d'aider. Sauf que l'*Antari* rouge n'était pas un simple objet dans son atelier. Réparer consistait souvent à tâtonner, à se tromper. La moitié du temps, elle commettait une erreur en nouant les fils à l'intérieur d'un sort et devait défaire son travail pour recommencer. Aucune importance pour un bibelot fait de bois ou d'argile. Un être vivant, en revanche, pourrait ne pas survivre à la pression…

— Votre Altesse… commença-t-elle.

Il lui jeta un regard las, mais résigné.

— Ne t'en fais pas. Je comprends.

— Pas moi ! aboya Lila. Ça fait sept ans que je te vois souffrir ! Sept ans que je cherche partout un remède, une manière de réparer ce qui est cassé. Ce remède, tu l'as sous les yeux. Et tu refuses de la forcer à te guérir, ou au moins essayer ?

Kell se frotta les paupières en soupirant.

— Elle dit qu'elle ne peut pas…

— Elle ne peut pas, ou elle ne veut pas ?

Le prince à l'œil noir adressa à l'autre *Antari* un regard insistant.

— C'est trop risqué. Soigne-la, Lila. S'il te plaît.

Tess vit la colère de la magicienne vaciller, comme une porte qui s'entrouvre pour révéler son épuisement, sa détresse, avant de se refermer d'un coup sec. Elle lança aux pieds de Kell sa dague, qui glissa sur le sol de marbre pour venir buter contre sa botte.

— Fais-le toi-même, rétorqua-t-elle d'un ton sec, puisque tu ne veux pas qu'on t'aide.

Avec un nouveau soupir, le prince ramassa l'arme.

— Laissez, dit Tess alors que la pièce tanguait devant ses yeux. Vous n'êtes pas obligé.

— Je sais, répliqua-t-il d'une voix douce en approchant le tranchant de son pouce.

Le visage de Lila fut traversé d'un tic nerveux. Ses épaules s'agitèrent, comme pour pousser le reste de son corps à intervenir.

Tess regarda la peau se fendre, le sang couler. Kell tendit la main vers elle et…

— Et merde, arrête ! s'exclama Lila en écartant le prince.

Ses doigts, qui saignaient déjà, se refermèrent sur le poignet de la jeune fille.

— *As Hasari*, grommela la jeune femme.

Lorsque le sort s'abattit sur Tess, la douleur tomba comme une pierre dans un puits sans fond.

En général, la guérison se faisait de manière progressive : la pointe acérée de la souffrance se transformait en douleur sourde. Cette fois, elle disparut purement et simplement. Tess vit la lumière argentée se mêler à la sienne. Elle la vit flamboyer tandis que sa plaie se recousait toute seule sous sa tunique. Sa blessure à la main se referma sous le mouchoir. La faiblesse qui l'avait assaillie s'envola, pour abandonner dans son sillage des battements de cœur forts et réguliers. Lila finit par desserrer sa poigne, laissant un sillon rouge sur sa chair.

— C'est la première et dernière fois que je saigne pour toi.

— Merci ! lâcha Tess, soulagée.

— Oui, merci, répéta Kell.

— Oh, toi, tais-toi ! s'emporta Lila.

Tess se dirigea vers la porte dorée. Elle espérait que celle-ci la conduirait hors de la chambre, hors du palais. Elle s'apprêtait à l'ouvrir lorsqu'une main s'abattit sur le battant de bois pour le maintenir fermé.

— Où est-ce que tu vas comme ça ? demanda Lila d'un ton menaçant.

Tess comprit à quel point elle avait eu tort de chercher l'aide de l'*Antari*. Au fond, Lila Bard désirait la même chose que Bex et Calin : l'utiliser.

— Je vous remercie de m'avoir soignée, répondit Tess. Mais je ne peux pas vous aider, ni pour le *persalis*, ni pour le prince. Vous n'avez aucune raison de me garder enfermée ici.

— Sache qu'on te rend service. Tu ne serais pas en sécurité dehors. À cause de la Main.

— Elle n'a pas tort, renchérit le prince. Les deux tueurs qu'on a croisés aujourd'hui vont continuer à te chercher.

Tess secoua la tête. Elle avait voulu une championne et elle l'avait trouvée. À présent, pourtant, tout ce qu'elle souhaitait, c'était s'en éloigner le plus possible.

— Je vais prendre le risque, répliqua-t-elle en tirant sur la poignée.

Lila avait dû l'ensorceler, car la porte ne bougea pas d'un pouce.

— Tu es dans l'endroit le plus sûr de la ville, déclara la jeune femme avec un sourire mauvais. Je vais te le prouver. (Elle ouvrit brusquement le battant avant de crier dans le couloir.) Gardes !

— Lila… intervint Kell d'un ton las au moment où deux soldats apparaissaient sur le seuil.

— Enfermez-la dans une cellule.

Tess tenta de reculer, mais Lila posa une main sur son dos.

— Nous reprendrons cette conversation, lui souffla-t-elle à l'oreille.

Puis elle la poussa dans le couloir vers les bras ouverts des gardes.

Tess fit de son mieux pour résister, à savoir pas grand-chose. Certes, Lila avait soigné ses blessures, mais la jeune fille restait deux fois plus petite que les soldats. Avant même qu'elle ait pu tendre la main vers leurs filaments, ils lui tordirent les bras dans le dos.

Elle eut le temps de voir Kell Maresh s'effondrer dans un fauteuil et Lila Bard lui sourire, avant d'agiter le poignet : la porte se referma en claquant et les gardes emmenèrent Tess de force.

V

Tess aurait dû monter sur un bateau.

Elle était sur place, elle aurait pu embarquer en douce sur un des nombreux navires alignés le long des quais de Londres, jeter le créateur de portes par-dessus bord une fois au large et recommencer à zéro dans une autre ville, sur une autre côte. Il y aurait toujours du travail pour un vieil homme comme Haskin, et donc pour une jeune fille comme elle.

Et si Bex et Calyn l'avaient suivie ? Mieux valait être libre et en fuite qu'à l'abri dans une cellule.

« *Quelle est la différence entre un pari risqué et un bon achat ?* lui avait répété son père plus d'une fois. *Le recul.* »

À quelques pas de sa cellule se tenaient deux soldats, penchés l'un vers l'autre, leurs voix réduites à des murmures. Elle regarda derrière eux l'escalier par lequel ils l'avaient fait descendre. La chambre était située au deuxième étage. Tess se trouvait désormais dans les sous-sols – elle avait compté plus de trente marches jusqu'à la prison. Celle-ci était donc construite dans l'un des piliers qui composaient les fondations du palais et soutenaient le *Soner Rast* au-dessus de l'Île. Était-elle en dessous du niveau de l'eau ? Elle jeta un regard autour d'elle et dénombra trois autres cellules, toutes vides.

En l'absence de lit de camp, Tess s'assit en tailleur sur le sol de pierre froid. Les menottes qui lui enserraient les poignets n'étaient même pas enchantées de manière à endiguer la magie. Inutile : la cellule entière était bardée de sorts de protection. L'air pesait telle une chape de plomb, comme dans cet autre Londres dépourvu de magie – une privation qui lui paraissait presque agréable là-bas tandis qu'à présent, on aurait dit une couverture humide jetée pour éteindre des flammes.

La trame du sortilège autour de la cellule, elle la voyait : c'était une magie étrange et déroutante, conçue pour se neutraliser elle-même. Les fils de pouvoir, en suspens dans l'air, frémissaient sur place. Quand Tess sortit Vares de sa poche et le posa sur le sol, il resta inerte, son crâne tombant vers l'avant. Les nombreux filaments minuscules qui serpentaient entre ses os étaient devenus noirs. Tess se leva et percha le petit corps du volatile entre les barreaux pour voir jusqu'où s'étendait le sort de protection.

— Vares ? murmura-t-elle.

L'oiseau ne bougea pas.

Elle le laissa là et se rassit par terre en attendant. Elle examina sa main droite, celle que le poignard de Bex avait transpercée, et passa les doigts sur sa paume, puis sur le dos de sa main. Il n'y avait plus qu'une fine cicatrice argentée, lisse et indolore. Elle savait qu'il en était de même pour la plaie à son flanc : elle n'avait plus mal en respirant.

Les yeux fermés, elle revit Kell Maresh, le prince *Antari* en personne, s'effondrer sur un genou.

Tu pourrais le réparer, souffla dans sa tête une voix qui ressemblait furieusement à celle de Lila Bard. Tess reposa ses mains sur ses cuisses.

— *Kers la ?* demanda une voix masculine.

La prisonnière leva les yeux juste à temps pour voir l'un de ses geôliers extirper Vares d'entre les barreaux.

— Non… protesta-t-elle.

Mais le garde s'éloignait déjà avec le hibou. Au bout d'un seul pas, Vares, revenu à la vie, se mit à agiter ses minuscules ailes squelettiques dans la main de l'homme. Tess en déduisit que seule la cellule était protégée.

Le soldat éclata d'un petit rire ravi.

— Regarde, Hel. Il bouge !

Comme par hasard, Vares battit de nouveau des ailes et fit claquer son bec.

Traître ! pensa Tess.

— Fais voir, dit le deuxième garde, la main tendue.

Le premier secoua la tête.

— *Nas*, tu casses toujours tout.

— Allez !

— Fais attention…

Au moins, il permettait de distraire les soldats.

— Regarde ses iris, fit remarquer le premier. L'un bleu, l'autre noir. Exactement comme le prince.

— Sauf qu'il n'a pas de plumes rouges.

— Peut-être qu'il en avait avant. On ne sait jamais.

Tess leva les yeux au ciel, puis elle se laissa tomber sur le dos et fixa le plafond grillagé.

— Réfléchis, se murmura-t-elle à elle-même.

Après tout, il ne s'agissait que d'un nouveau type de puzzle. D'un problème à résoudre. Ce n'était pas la prison qui était protégée, juste la cellule. Manque de chance, c'était là qu'elle était enfermée pour le moment. Ce qui rendait les choses délicates, mais pas impossibles. Elle étudia les filaments du sort qui couraient au-dessus de sa tête et les suivit des yeux jusqu'aux barreaux.

Les protections avaient ceci de paradoxal qu'elles étouffaient la magie tout en restant par essence des sortilèges actifs. Ainsi, même lorsqu'elles empêchaient l'usage du pouvoir, elles devaient faire une exception pour le leur. Or s'il existait une source de magie en activité, Tess pouvait la démonter.

Une fois redressée, elle jeta un coup d'œil aux soldats, assis sur un banc. Toute leur attention était concentrée sur les mouvements occasionnels du squelette de hibou perché entre eux. L'apprentie leur tourna le dos pour s'intéresser aux barreaux de l'autre côté de la cellule. Elle s'en approcha assez pour examiner les fils couleur d'acier qui s'enroulaient autour du cachot. À la différence de sa magie, clouée sur place, ce pouvoir-là coulait librement.

Tess posa ses mains menottées contre les barreaux, comme si elle s'ennuyait. Dès que ses doigts rencontrèrent l'acier, elle saisit l'un de ces fils, tira et…

Un spasme lui déchira le corps et ses poumons se vidèrent de leur air tandis que le monde devenait blanc. Quand elle revint à elle, Tess était étendue sur le dos, à même le sol, les oreilles bourdonnantes. Elle toussa, puis se recroquevilla de douleur en tentant de reprendre son souffle.

— Tu ne devrais pas faire ça, dit l'un des soldats.

La jeune fille se redressa en poussant un gémissement. Les deux gardes donnaient à présent des morceaux de gâteau à Vares.

— Tu as faim, petit Kell ? susurra l'un d'eux.

Le hibou fit claquer son bec et les miettes tombèrent à travers ses os. L'estomac de Tess se mit à gargouiller.

— Excusez-moi, lança-t-elle aux soldats. Vous pourriez en donner un peu à l'être humain dans sa cellule ?

Ils ne lui prêtèrent aucune attention.

— Enfoirés… marmonna Tess.

Voûtée, la tête posée sur ses bras croisés, elle se creusa la cervelle pour trouver une solution. Elle cherchait encore quand une paire de bottes résonna sur les marches de la prison.

La captive leva les yeux. Elle s'attendait à voir Lila Bard, venue poursuivre son interrogatoire. Mais lorsque la femme sortit de l'ombre, c'est un autre visage qu'éclairèrent les lanternes.

Les deux soldats bondirent sur leurs pieds.

— *Mas res*, dirent-ils en guise de salut.

Tess comprit que c'était la reine qui se tenait en face d'elle.

VI

Kell était étendu sur le canapé, un linge froid posé sur les yeux, son manteau jeté sur l'accoudoir.

La douleur refluait telle une vague pour ne laisser qu'une profonde lassitude dans son sillage. Il n'avait pas besoin de voir la chambre du roi pour se la représenter dans son esprit. Le clapotis de l'alcool et le tintement du verre quand Rhy se servit du vin. Les pas irrités de Lila qui arpentait la pièce, chaque enjambée sonnant comme un reproche, le martèlement de ses bottes brièvement assourdi lorsqu'elles passaient du marbre à la soie et *vice versa*.

— Vu la douleur à ma mâchoire, j'imagine que tu as eu une rude journée, lança Rhy.

— En effet, confirma Kell. Il y a une auberge qui aura besoin d'être reconstruite.

La porte s'ouvrit en grand et Alucard fit son entrée.

— Tu m'as abandonné dans cette boutique en ruine soi-disant pour aller chercher quelque chose… Si un corbeau ne m'avait pas averti que tu étais ici, je serais encore là-bas, à taper du pied dans des cailloux.

— Toutes mes excuses, répliqua Lila d'un ton monocorde. J'étais occupée à mettre la main sur l'apprentie de chez Haskin… et sur le *persalis*.

Alucard se figea sur place.

— Tu as réussi ?

— N'aie pas l'air si surpris.

— Alors ? Où sont ils ?

— Lila a jeté l'apprentie dans un cachot, dit Kell.

— Pour sa sécurité, se défendit-elle. Quant au *persalis*, il a été détruit, malheureusement.

— Tu en es sûre ? s'enquit Rhy.

— Je l'ai vu brûler.

— Un leurre ? hasarda Alucard.

Kell crut entendre Lila grincer des dents.

— Apparemment non. J'ai fouillé la fille pour vérifier, et je n'ai trouvé sur elle qu'un squelette de hibou.

— Pardon ? s'étonnèrent en même temps le roi et son consort.

— Il semblerait que ce soit son animal de compagnie. Il a un œil bleu, l'autre noir, et il s'appelle Vares.

— Je ne sais pas si c'est mignon ou terrifiant, commenta Rhy.

— Les deux, répondirent Kell et Lila de concert.

— Ce n'est pas tout, poursuivit la jeune femme. Elle est comme toi, Alucard.

— Franchement sublime ? suggéra-t-il en se servant un verre. Parfaitement irrésistible ?

— Humble ? proposa le roi.

— Elle est capable de voir la magie.

— Vraiment ? s'étonna l'ancien capitaine.

Le verre s'était arrêté à mi-chemin de ses lèvres.

— Et contrairement à toi, ajouta Kell, elle peut la toucher.

Il n'avait pas besoin de voir la réaction d'Alucard, mais il en avait sacrément envie. Une fois le linge retiré de ses yeux, il tressaillit. Par la fenêtre, le soleil couchant dardait ses ultimes rayons à travers la pièce.

— Quel effet ça fait ? poursuivit-il. De savoir que tu n'es pas le meilleur dans ton domaine ? Qu'un autre que toi est capable de mettre ce pouvoir à profit ?

Alucard le fusilla du regard. Rien que pour ça, il se félicitait d'avoir ouvert les yeux. L'*Antari* rouge se sentit un tout petit peu mieux, mais Lila ne tarda pas à tout gâcher en annonçant :

— Elle peut guérir la magie de Kell.

Rhy tourna brusquement la tête.

Le prince, lui, se passa une main dans les cheveux.

— Ce n'est pas ce qu'elle a dit, soupira-t-il.

— Elle n'avait pas besoin de le préciser. Son métier, c'est de réparer. Donc elle peut réparer ça, ajouta Lila en désignant Kell. Te réparer, toi.

— Laisse tomber, répliqua-t-il, las.

— Non. Tu te contentes peut-être de cette vie-là, mais je refuse de te voir…

— Tu crois que je me satisfais de mon sort ?

— Je crois que tu t'y es résigné, oui. Que tu as été si gravement brûlé par la magie que tu évites maintenant toutes les sources de chaleur.

La gorge de Kell se serra.

— Ce n'est pas la magie qui m'arrête. Je donnerais tout pour qu'on m'enlève cette douleur, d'une manière ou d'une autre. Je prie au quotidien pour avoir moins mal, pour que vienne un jour où je n'aurai plus le réflexe d'appeler la magie à moi, même si la simple idée de vivre sans elle m'est intolérable.

— Alors laisse cette fille essayer de te réparer.

— Je ne peux pas ! cria-t-il d'une voix brisée. C'est impossible, Lila. Tu ne comprends pas ? S'il n'y avait que ma vie en jeu… mais ce n'est pas le cas. Tu sembles oublier que je suis lié à mon frère. Si cette bricoleuse échouait, si sa tentative tournait mal, je ne serais pas le seul à en pâtir.

Lila n'avait rien à répondre à un tel argument.

De l'autre côté de la pièce, Rhy se racla la gorge.

— Si c'est ce qui t'arrête, Kell, tu as ma permission.

Horrifié, Alucard ouvrit la bouche pour parler, mais l'*Antari* rouge le devança.

— Ce n'est pas une permission, fulmina-t-il. C'est un fardeau que tu refuses de porter et que tu me refiles. Tu es peut-être prêt à jouer ta vie, mais moi pas !

Alucard croisa les bras.

— Pour une fois, Kell et moi sommes d'accord. C'est trop risqué.

Lila balaya la chambre du regard. Kell sentit sa colère dans l'air chargé de tension, dans la pression sur les vitres, dans le flamboiement des bougies.

— Allez tous au diable ! marmonna-t-elle en tournant les talons.

— Ne quitte pas le palais, ordonna Kell.

La jeune femme, furieuse, lui adressa un geste grossier de la main avant de sortir.

La porte claqua derrière elle. Le prince se pencha dans son fauteuil, la tête entre les mains. Il était épuisé.

Le canapé s'enfonça sous le poids d'un nouveau corps. Kell n'eut pas besoin de lever les yeux pour savoir que son frère venait de s'asseoir. Après toute une vie passée à partager son espace, il reconnut la façon dont l'air s'enroulait autour des épaules de Rhy bien avant que les doigts bagués ne se posent sur sa manche.

— Il faut qu'on parle.

— Je n'ai rien à te dire, répliqua l'*Antari*.

— S'il existe un moyen de te libérer de cette…

— Non.

— Tu es prêt à tout pour m'épargner, insista Rhy. Pourquoi ne me laisses-tu pas faire la même chose pour toi ?

Kell releva la tête et croisa le regard mordoré de son frère.

— Parce que moi, je ne suis pas le roi…

— Tu es ma famille. Ça compte plus que n'importe quelle couronne.

— Ah, vous deux… grommela Alucard. Toujours à vous disputer le rôle de martyr ! Et toi… (Il se tourna vers Rhy.) Tu serais prêt à faire le travail des rebelles de la Main à leur place.

— Au moins, si je meurs, tu feras un très beau roi…

— Et Ren, alors ? demanda son consort.

Les traits de Rhy se crispèrent. C'était une chose d'être un frère, ou un roi, et une autre d'être un père. Une décharge de douleur le traversa.

Kell s'en aperçut et lui pressa le genou.

— Inutile d'en parler. C'est mon choix et je ne changerai pas d'avis. En plus, ajouta-t-il en se relevant, je m'améliore à l'épée.

Rhy ébaucha un sourire peu convaincant.

Alucard tendit la main vers la lanterne la plus proche, comme pour effleurer les filaments que lui seul voyait. Il fronça les sourcils lorsque ses doigts passèrent à travers. Puis il posa son verre avant de se diriger vers la porte.

— Où vas-tu ? s'enquit le roi.

— À la prison, répondit-il en rajustant son manteau. J'aimerais bien voir cette fameuse fille dont le pouvoir est tellement plus grand que le mien. (Une fois dans le couloir, il leur tint la porte.) Alors, vous venez ?

VII

Londres blanc

Kosika se réveilla au son de rires.

Ils s'élevaient telle de la fumée à travers le sol de sa chambre, discrets, mais bien audibles. Elle tenta de faire la sourde oreille, se tournant et se retournant pendant plusieurs minutes avant de se décider à repousser ses draps. C'était le milieu de la nuit, mais elle enfila une robe de chambre et sortit dans le couloir, pour se diriger vers le chahut. Curieusement, il n'y avait pas de gardes. Elle descendit pieds nus l'escalier de la tour : le volume du tumulte augmentait à chaque marche. Une fois au deuxième étage, elle entendit la musique. Au premier, les voix. Au rez-de-chaussée, le tintement des verres et le claquement des pas.

Le jour de fête était terminé depuis longtemps. Les festivités auraient dû prendre fin. Seulement, au contraire, elles avaient redoublé d'intensité, pour s'épanouir en des réjouissances somptueuses : une centaine de lanternes éclairaient la salle bondée du château, mer de robes semblables à des bijoux et de capes parsemées d'argent que portaient les Vir.

Kosika traversa la pièce à grandes enjambées. Ou du moins essaya. La foule aurait dû s'écarter devant elle, s'incliner, mais nul ne bougea. En fait, l'assistance semblait resserrer les rangs et se bousculer, si bien qu'elle dut se frayer un chemin entre les jambes des uns et des autres, comme une enfant.

Une fontaine se dressait au milieu de la salle, dont le son cristallin se perdait dans le brouhaha des voix et le grelot des rires. Une statue de Holland surplombait le bassin, mais en s'approchant, Kosika comprit qu'il ne s'agissait pas de Holland le serviteur, ni du roi, ni du saint. C'était son Holland à elle, et il n'était pas fait de pierre, même s'il aurait tout aussi bien pu l'être, tant il était figé. Il ne la regardait pas. Il restait planté là, ses cheveux blancs relevés en couronne, la tête penchée sur la grande coupe qu'il tenait. Et cette coupe déversait son vin dans le bassin à ses pieds.

Sauf que ce n'était pas du vin, bien sûr. C'était du sang. Celui de Holland. Il s'écoulait en rigoles le long de ses bras, et elle constata que les noceurs plongeaient leur verre vide dans le bassin avant d'en boire le contenu d'un trait, qui leur teintait les lèvres de rouge.

— Arrêtez, ordonna-t-elle.

Personne ne l'écouta.

— Arrêtez ! hurla-t-elle d'une voix qui aurait dû briser les verres entre leurs mains, éteindre les lanternes et fendre le sol de marbre.

Mais rien ne se produisit. Aucun convive ne semblait l'entendre. La fête continuait à battre son plein.

Kosika recula d'un pas chancelant pour s'éloigner de l'horrible fontaine. Les invités s'écartaient sur son chemin, à présent qu'il s'agissait de la laisser partir. Seuls les Vir la regardèrent quitter la salle, ouvrir les portes du château et s'élancer dans la nuit.

Elle trébucha parce qu'elle avait manqué une marche… une marche qui n'était plus là. Le château avait disparu. De même que les voix, la musique et les rires. Elle se trouvait désormais en plein milieu du Bois d'argent, pieds nus dans la terre moussue.

Tout était calme. Paisible. Seuls le murmure de sa respiration, le battement sourd et régulier de son cœur s'élevaient dans l'air. Sauf que ce n'était pas son cœur qui battait. Les pulsations venaient de sous ses pieds. Les nœuds en forme d'œil dans les troncs d'arbre la regardèrent s'agenouiller et se mettre à creuser, à griffer la surface meuble de la terre.

Elle creusa, et creusa encore, pendant que sous elle, les battements continuaient, aussi réguliers que des coups frappés contre une porte en bois. Ses doigts finirent par trouver le cœur. Elle écarta les mottes de terre pour le libérer de sa gangue.

Il était doux au toucher, de la taille d'un cœur humain, et pourtant, ce n'était pas un morceau de chair tendre mais autre chose, non pas rouge mais d'un blanc argenté, brillant de l'éclat laiteux de la Sijlt. Quand elle le sentit palpiter entre ses mains, elle comprit qu'il s'agissait du cœur de la ville, du monde. Telles des veines, des racines couraient et s'enfonçaient de tous côtés dans le sol, mais elles étaient assez lâches pour lui permettre de soulever l'organe.

Le cœur battait au rythme du sien et Kosika se mit à y déverser son propre pouvoir. Elle sentait la magie la quitter mais pas tout à fait non plus, parce qu'elle était toujours là, entre ses mains, dans le cœur qui devenait de plus en plus brillant – plus brillant que le fleuve, plus brillant que le soleil. Les arbres fleurissaient, le ciel virait au bleu et le sol se transformait en un enchevêtrement d'herbes, de fleurs, de jeunes pousses et de fruits.

Elle vit alors son Londres tel qu'il avait dû être autrefois, tel qu'il pourrait redevenir si elle parvenait à nourrir ce cœur suffisamment.

Tandis que cette pensée lui traversait l'esprit, la lumière vacilla dans sa main avant de s'éteindre petit à petit.

— Non, murmura-t-elle.

Elle s'efforça d'insuffler plus de puissance mais elle avait tout donné. Malgré ses efforts, le rayonnement commença à s'estomper, la lumière à diminuer et s'affaiblir jusqu'à ne plus être un soleil ardent, mais une lanterne, une bougie, une petite flamme fragile. Et à mesure qu'elle disparaissait, l'autre version de son monde s'évaporait elle aussi.

Les fleurs moururent, le ciel redevint gris, les feuilles tombèrent des arbres, la terre durcit et refroidit sous ses genoux… Tout se couvrit d'un vernis pâle et givré.

— Non, supplia-t-elle à nouveau, en voyant la lumière s'éteindre entre ses mains.

Alors le cœur cessa de battre et le monde se désagrégea.

Kosika se réveilla avec de la terre plein les mains.

Elle cligna des yeux, désorientée par l'absence de lit et la lumière du soleil qui tombait là où il aurait dû y avoir un plafond. Au lieu de se trouver dans sa chambre, elle était allongée sous un arbre dont les branches portaient des fruits encore verts et, même si le sol sous son corps était dur, elle sentait des brins d'herbe lui chatouiller la nuque.

La jeune reine leva la main et vit de la terre noire collée à ses doigts, signe qu'elle avait dû s'agripper au sol dans son sommeil. Des voix lui parvinrent, qui l'incitèrent à se redresser : Nasi et Lark étaient assis à quelques pas de là, penchés sur un livre. Le second chuchotait quelque chose à l'oreille de la première, trop doucement pour que Kosika puisse entendre. En revanche elle était assez proche pour distinguer le sourire de son amie, ses lèvres qui se retroussaient sur sa joue cicatrisée et faisaient ressortir le réseau de lignes argentées.

— Ce n'est pas très poli de faire des messes basses, lança Kosika en se frottant les paumes.

Nasi pencha la tête sur le côté.

— Moins impoli que de réveiller une reine endormie, non ?

Le rêve qu'elle avait fait lui revint en tête et Kosika regretta qu'on ne l'ait pas réveillée. En outre, elle n'aimait pas l'idée de dormir ainsi exposée… Mais elle n'avait pu s'en empêcher. Rassasiée, fatiguée et réchauffée par le soleil, elle avait sombré dans le sommeil.

Un pique-nique était étalé entre eux sur une couverture de laine : bol de cerises et plateau de sandwichs, couteau à découper planté dans un bloc de fromage et trois tasses à moitié remplies de thé glacé – le pichet était juste à côté.

C'était une idée de Lark, ce pique-nique.

Ce matin-là, il s'était présenté à la porte de sa chambre alors que Nasi était en train de la battre au kol-køt. Un panier à la main, il avait déclaré qu'il faisait trop beau pour rester enfermés. En effet, le soleil entrait par la fenêtre ouverte. Le temps était toujours plus beau après la dîme. En prévision de leur sortie, il avait même troqué son armure de soldat contre une tunique et un pantalon ajustés, une paire de bottes cirées et un foulard violet noué sur sa cicatrice à la gorge. Elle s'était demandé si ces vêtements étaient les siens et en quelles occasions il les avait portés. Surprenant son regard, il avait souri et Kosika, qui allait sourire en retour, s'en était abstenue au dernier moment pour lever les yeux au ciel.

— Tu n'es pas censé faire le garde et surveiller quelque chose ? l'avait-elle interrogé.

Il avait répondu qu'à l'évidence, il la surveillait, elle.

— C'est pour ça que tu es habillé comme un noble ?

— Je suis là incognito, avait-il répliqué en ponctuant sa réponse d'un clin d'œil.

Et pendant le court trajet entre la tour et le parc du château, il avait raconté à Nasi les pique-niques improvisés à base de pain rassis et de fruits abîmés que Kosika et lui faisaient dans leur enfance : dès que le soleil pointait le bout de son nez, ils s'installaient tous les deux, la plupart du temps sur les toits ou les remparts de la ville. Kosika s'en souvenait, bien sûr, mais les derniers temps, ces souvenirs semblaient appartenir à une autre jeune fille, à une autre vie qu'elle était trop heureuse d'avoir laissée derrière elle.

La seule partie qu'elle avait voulu garder, elle l'avait gardée.

Lark se prélassait dans l'herbe, ses longues jambes croisées au niveau de la cheville, prêtant l'oreille à la lecture que Nasi faisait de son livre. Les cheveux blond argenté du jeune homme étaient tirés en arrière et il arborait derrière l'oreille une jolie petite tresse, qui n'était pas là quand Kosika s'était endormie.

Pendant que Nasi lisait… non pas son livre de guerre, mais un poème, or Kosika détestait les poèmes, lesquels tournaient en rond au lieu d'aller droit au but et dont la cadence la distrayait toujours du sens. En fait, c'était sans doute la poésie qui l'avait endormie… Pendant que Nasi lisait, donc, Kosika contempla l'arbre, puis le ciel, d'un bleu troublé par le blanc immaculé des nuages.

La dîme avait mis des couleurs à la ville, mais pour combien de temps ? On aurait dit qu'elles s'estompaient déjà. Ce n'était pas suffisant, rien de ce qu'elle faisait ne semblait durer… Elle tentait de se décider sur la marche à suivre quand quelque chose la frappa à la tempe.

Un objet petit et dur qui rebondit puis atterrit sur l'herbe. Une cerise.

Kosika la fixa un instant, puis leva les yeux vers ses amis : ils avaient un bol de fruits à portée de main. Si Nasi semblait tout aussi étonnée de l'attaque, Lark, lui, regardait ailleurs, comme absorbé par un spectacle passionnant qui se déroulait au loin.

La jeune reine ouvrit la main et le couteau sortit du bloc de fromage pour atterrir paresseusement au creux de sa paume.

— Lark, fit-elle avec désinvolture, je rêve ou tu viens de me lancer une cerise au visage ?

Il jeta un coup d'œil par-dessus son épaule, comme s'il la remarquait pour la première fois.

— Moi ? Non. Bien sûr que non. (Malgré ses nombreuses qualités, il n'avait jamais été bon acteur. Feignant la stupeur, il fit mine d'ignorer l'arme et étudia les branches au-dessus d'eux.) Elle a dû tomber d'un arbre.

Kosika suivit son regard et obtint la confirmation de ce qu'elle savait déjà.

— Il n'y a pas de cerisiers dans ce verger.

— Ah oui…

Il se tortilla et en profita pour s'éloigner du bol.

— C'est vraiment dommage, intervint Nasi. Il n'y a pas de bon verger sans cerisier.

Kosika baissa les yeux sur la lame.

— Tu as raison, convint-elle avec un sourire malicieux qui inquiéta ses amis bien plus que le couteau – à juste titre.

D'un geste sec, elle fit une entaille bien nette en travers de son pouce. Après quoi elle s'empara de la cerise incriminée, dont la peau avait la couleur d'un bel hématome, et la fit éclater dans sa bouche pour en savourer un court instant l'arôme sucré. Puis elle recracha le noyau dans sa paume avant de l'enfoncer dans le sol.

Elle connaissait les mots à prononcer.

— *As Athera.*

Le monde trembla telle une corde pincée, et elle sentit le noyau s'ouvrir sous la terre, le filament de magie plonger dans le sol, former des racines alors que la première pousse verte surgissait entre ses doigts. En quelques secondes, la graine devint un jeune arbre. La terre se marbrait sous sa paume et le cerisier se déployait : son tronc s'élevait et ses branches, se tordant au-dessus de leurs têtes, fleurissaient et fructifiaient.

Ses amis fixaient l'arbre d'un regard incrédule – Kosika ne pouvait le leur reprocher.

C'était une chose d'allumer une cheminée ou de faire souffler une petite brise. C'en était une autre d'enfoncer un noyau taché de sang dans le sol et d'en faire jaillir un arbre en quelques secondes, avec des branches lourdes de fruits mûrs.

Le visage de Nasi s'illumina d'un sourire enfantin, Lark ouvrit la bouche pour commenter le prodige, mais avant qu'il puisse parler, Kosika claqua des doigts et toutes les cerises de l'arbre tombèrent en pluie sur leurs têtes.

VIII

Londres rouge

Il s'avéra que le moyen le plus rapide de s'échapper d'une cellule protégée était tout simplement de s'en faire libérer.

— Viens, avait dit la reine à la jeune fille dans le donjon, je veux te montrer quelque chose.

À savoir… le plus grand atelier que Tess eût jamais vu. Des salles reliées par de hautes arches de pierre, remplies de tables et de plans de travail, et dont la moindre surface était recouverte d'un incroyable assortiment de magie. Les sortilèges y étaient exposés à nu, décortiqués, leurs rouages exhibés en pleine lumière. Elle avait beau être tentée de tendre la main, de passer les doigts dans les fils de magie, les menottes à ses poignets l'en empêchaient.

Plantée face à elle, la reine la jaugeait. Tess était censée témoigner sa déférence, elle le savait bien, mais en cet instant précis, elle ne se sentait pas franchement déférente. Elle avait surtout faim.

À cette pensée, son estomac émit un nouveau gargouillement. La souveraine se tourna vers les deux gardes qui avaient escorté la jeune fille.

— J'étais tellement absorbée dans mon travail que j'ai oublié de manger, dit-elle. Allez me chercher un plateau, je vous prie.

Comme seul l'un des soldats se retournait, elle adressa un signe de tête à l'autre.

— Accompagnez-le.

— *Mas res*, protesta le soldat, je dois rester pour surveiller la prisonnière.

La reine contempla Tess, débraillée, menottée, tachée de sang même si l'hémorragie avait cessé.

— Je pense que nous nous en sortirons.

Tess aurait dû se sentir insultée. Heureusement, la reine n'avait pas dit « je », mais « nous », comme si elles complotaient toutes les deux.

Devant l'hésitation du soldat, la souveraine darda sur lui un regard noir.

— Ne vous méprenez pas, dit-elle. Ce n'était pas une simple demande.

L'homme s'inclina plus profondément avant de se retirer.

Une fois seule avec sa prisonnière, la reine porta le squelette de hibou à la lumière afin de l'étudier, comme s'il s'agissait d'un précieux bijou.

— Nous sommes peu nombreux à savoir apprécier l'élégance de ce type de magie, commenta-t-elle. Et moins encore à savoir en créer.

Elle lui tendit Vares, mais lorsque Tess voulut l'attraper de ses mains entravées, la reine recula d'un pas.

— Comment t'appelles-tu ? demanda-t-elle, avant de s'esclaffer en voyant Tess hésiter. Est-il si difficile de donner son nom ?

— Quand on ne possède pas grand-chose, oui.

La reine sembla réfléchir, mais finit par lui présenter à nouveau le hibou, le lui donnant pour de bon.

— Voilà. Maintenant, tu as autre chose que ton nom.

L'adolescente rempocha Vares puis répondit :

— Je m'appelle Tess, Votre Majesté.

Le soldat réapparut, muni d'un plateau. La reine lui indiqua une table en métal, l'une des rares à disposer d'un espace libre, où l'homme se déchargea de son fardeau. Cette fois, il s'abstint de protester et s'éclipsa sans s'attarder, afin de les laisser à nouveau seules.

La reine désigna un tabouret à son invitée.

— Assieds-toi, ordonna-t-elle avant d'adoucir sa requête. S'il te plaît.

Tess, reconnaissante, s'installa sur le perchoir. Elle regarda la reine soulever une cloche de verre pour révéler un assortiment de lamelles de viande, un fromage affiné et des tranches de pain grillé, toutes fines, ainsi que deux tasses et une théière fumante. La jeune fille en avait l'eau à la bouche mais, lorsque la souveraine l'invita à se servir, elle secoua la tête et entrelaça ses doigts pour s'empêcher de céder à la tentation. Les menottes s'entrechoquèrent sur ses genoux.

— Mes excuses, Votre Majesté, dit-elle. J'ai épuisé la dose de confiance que je pouvais accorder pour aujourd'hui.

Curieusement, la reine lui répondit par un sourire.

— Je ne t'en veux pas, lâcha-t-elle avant de considérer le petit assortiment et de se lancer dans la confection d'un sandwich, qu'elle coupa en deux. Depuis toutes ces histoires avec la Main, je redoute le poison. (Elle croqua dans l'une des deux moitiés et se mit à mâcher, pensive.) Est-ce dû au nom que se sont donné ces rebelles ? Quoi qu'il en soit, je rêve souvent de doigts qui s'approchent de moi dans les ténèbres. (Elle reposa son casse-croûte.) La plupart des sorts que j'invente ces jours-ci sont destinés à assurer la sécurité de ma famille.

Sur ces mots, la reine effleura un pendentif à son cou. Lorsqu'elle laissa retomber sa main, Tess constata qu'il s'agissait d'un anneau d'or, ensorcelé, et ouvragé si finement, si délicatement qu'elle aurait dû approcher la bague de ses yeux pour en distinguer le motif.

La souveraine servit le thé – merveilleusement corsé, Tess le devina à l'odeur –, mais la jeune fille attendit que la souveraine y trempe d'abord les lèvres.

— Rassure-toi, je n'ai aucune envie de t'empoisonner, de te droguer ou d'altérer tes sens d'une quelconque manière. Je tiens au contraire à les aiguiser, conclut-elle en buvant une gorgée de sa propre tasse, qu'elle tendit ensuite à Tess.

L'adolescente s'en empara et goûta le breuvage à son tour, enivrée par la saveur et la chaleur du thé, avant de pousser un soupir d'extase. Pour la première fois depuis des jours, elle se sentait à nouveau… elle-même. Elle attrapa l'autre moitié du sandwich, ses menottes raclant contre la table métallique. La première bouchée fut un soulagement. La deuxième, un plaisir. À la troisième, les larmes lui montèrent aux yeux.

Pendant qu'elle mâchait, son attention se reporta sur les différents plans de travail, sur cette pièce qui brillait de tant de sortilèges. Tess ne pouvait que s'en émerveiller. D'ailleurs, ses doigts s'impatientaient, désireux de toucher la magie contenue dans chacun des filaments.

Ici, un miroir faisait face à une table de divination. Là, un sort semblait être tracé dans de la limaille de fer. L'un des murs accueillait une colonne d'eau qui tournait en un flot continu, révolution sans fin à laquelle nul magicien ne prenait part. Il y avait aussi d'autres objets, dont elle ignorait l'utilité, ce qui décuplait son envie de les manipuler, de les démonter.

Des rumeurs circulaient sur la reine d'Arnes. Personne ne savait si elle vivait prisonnière ou recluse, si elle était brillante ou folle à lier. À vrai dire, Tess ne s'était jamais beaucoup intéressée aux ragots concernant la famille royale. Mais une chose était sûre : avant de devenir une Maresh, la reine était une Loreni. Et les Loreni étaient connus pour leurs talents d'inventeurs.

— Nous sommes toutes deux des bricoleuses, non ? fit observer la reine en suivant son regard. Même si je ne suis pas aussi douée que toi.

Tess tressaillit. Elle regrettait d'avoir parlé de son pouvoir à Delilah Bard. Comment la nouvelle avait-elle pu se répandre aussi vite ? La souveraine parut lire la question sur son visage.

— Les grands espaces ont tendance à renvoyer un écho. (Elle se dirigea vers un plan de travail et s'empara d'un coffret noir qu'elle apporta à Tess.) Poser mes mains sur la trame du monde… reprit-elle en ouvrant la boîte. Ce que je ferais si j'avais le même don que toi…

Elle s'interrompit, car elle venait de baisser les yeux. Tess l'imita : la boîte était vide. Une ombre passa sur le visage de la reine et la jeune prisonnière crut entendre un nom franchir ses lèvres, à peine plus fort qu'un juron chuchoté – « Alucard » –, avant qu'elle ne referme le coffret.

— Dis-moi, Tess, est-ce que tu crées, en plus de réparer ?

— Parfois. J'aime améliorer les objets. Perfectionner la bonne magie.

La reine approuva d'un hochement de tête.

— Bien. Et comment en es-tu venue à servir la Main ?

La bouchée que Tess venait de prendre perdit soudain toute saveur. Elle se força à l'avaler.

— Je vous jure que je ne savais pas. Sinon je n'aurais jamais accepté ce travail.

— Donc les rebelles ne t'ont pas recrutée ?

— Non, répondit-elle vivement. Un homme est venu dans ma boutique. Il était malade, ou peut-être blessé. Il m'a apporté un objet cassé qu'il voulait faire réparer. Je ne savais pas ce que c'était. Et maintenant, cet objet n'existe plus. Ils ne peuvent pas l'utiliser contre vous.

— Ce dont je te suis très reconnaissante. Tu as protégé ma famille. Désormais, j'ai une dette envers toi, Tess. Cela dit, ajouta-t-elle après avoir pris une gorgée de son thé, la disparition de cet artefact est… regrettable.

— Votre Majesté ? balbutia-t-elle, confuse.

— Nous sommes des créatrices. C'est toujours triste, non, de détruire un bel ouvrage ?

Tess acquiesça alors qu'au fond, elle était heureuse de savoir que le *persalis* n'était plus. Il lui avait coûté la boutique qu'elle aimait et la vie qu'elle s'était construite à Londres. Elle-même avait été menacée, prise en otage, poignardée – par deux fois – et jetée en prison. Toutes ces épreuves pour avoir simplement fait son travail.

— Pourrais-tu me montrer comment tu t'y prends ?

Tess tiqua. Elle n'avait pas remarqué que la reine s'était levée, et pourtant celle-ci revenait, une petite boîte entre les mains.

Elle dégagea sur la table métallique un espace où la poser, puis désigna l'immense atelier d'un grand geste du bras.

— Peut-être y a-t-il une place pour toi, ici. Une place digne de ton talent. Une apprentie me serait bien utile. Surtout une apprentie aussi douée que toi.

Tess s'aperçut que la reine avait placé devant elle une boîte à musique, au mécanisme exposé car le couvercle avait disparu. Les doigts de la jeune fille s'agitèrent malgré elle : au premier coup d'œil, elle avait décelé ce qui n'allait pas avec la magie, l'endroit où quelques-uns des filaments s'étaient effilochés. Réparer cette boîte à musique serait un jeu d'enfant… Elle comprit alors qu'il s'agissait d'un test.

— Attends…

La monarque effleura les entraves de Tess et la serrure s'ouvrit. Le poids du fer s'allégea, les menottes ouvertes tombèrent sur la table. L'adolescente se frotta les poignets.

— Voilà, dit la reine. Maintenant, montre-moi.

Tess se concentra sur la boîte sans bouger pour autant. Mis à part Bex et Calyn, elle n'avait jamais laissé quiconque la regarder travailler. Elle avait été très discrète, pendant très longtemps, dissimulant chaque geste, chaque mouvement. Garder le secret était épuisant. Mais elle avait ses raisons.

— Allez, montre-moi, répéta la reine.

Cette fois, la douceur prudente de sa voix s'était effacée au profit d'une avidité calculatrice. La souveraine fixait Tess et ses yeux, quoique différents de ceux de Serival par leur forme et leur couleur, lui rappelaient sa sœur aînée. Pour elle, tout objet de valeur avait vocation à être utilisé, vendu ou démonté. Ils lui rappelaient aussi son père qui attendait, bras croisés dans sa boutique, que Tess lui montre de quoi elle était capable.

Le vaste atelier lui parut soudain plus exigu que sa cellule.

« Pars », lui avait dit sa mère. Le mot fusa dans ses veines comme trois ans plus tôt, lorsqu'elle avait surpris sa sœur aînée en train de l'observer depuis le seuil de la chambre, les yeux

rivés sur les mains qu'elle faisait planer au-dessus de filaments invisibles pour l'intruse.

Tess contempla tour à tour la table de métal, la boîte à musique grand ouverte, les menottes et la reine.

— Montre-moi, j'ai dit, insista l'Arnésienne, dont la présence était désormais menaçante.

Alors, Tess obéit.

Elle plongea la main dans la boîte à musique endommagée et saisit un filament ambré défectueux, destiné normalement à amplifier le son. Mais au lieu de le raccommoder, elle le pinça entre ses doigts, puis l'étira sur toute sa longueur pour former une boucle autour du cadre en bois.

La reine observait, comme envoûtée. Si fascinée qu'en s'approchant, elle heurta la tasse de thé de son coude. Celle-ci tomba de la table pour se fracasser par terre, ce qui fit sursauter la monarque.

Le choc n'avait pas produit le moindre bruit. Ses yeux noisette se plantèrent dans ceux de Tess.

— Qu'as-tu fait ? demanda-t-elle, les sourcils froncés.

C'est du moins ce que Tess la vit articuler, car aucun son ne sortit de la bouche de la souveraine. Tous les bruits de l'atelier s'étaient soudain éteints.

Le regard de la reine se porta sur la boîte à musique posée sur la table. Pendant qu'elle s'élançait vers le coffret, Tess, elle, s'empara des menottes abandonnées qu'elle saisit d'une main tout en tirant sur les filaments de l'autre. Entre ses doigts, le fer devint aussi mou que du mastic et, avant que la propriétaire des lieux puisse atteindre la boîte à musique, Tess referma le métal ramolli autour des poignets de la monarque. Cette dernière recula, mais la bricoleuse avait déjà lâché les filaments : le fer était redevenu dur, soudé à la surface métallique de la table.

Tess s'écarta et regarda ailleurs pour ne plus voir l'expression choquée de la reine.

— *Solase*, dit-elle, la formule d'excuse se dessinant en silence sur ses lèvres.

Puis elle s'enfuit.

Le son revint à mesure que Tess gravissait l'escalier au pas de charge. La reine, lorsqu'elle était venue la chercher, l'avait fait sortir de la prison, traverser une galerie et descendre dans un autre pilier. La jeune fille avait vu deux portes : si la première menait au palais là-haut, la seconde, aussi invisible qu'une fissure dans la pierre, était encastrée à mi-hauteur dans le palier de la tour.

Elle l'atteignit et actionna la poignée. Verrouillée.

Tess passa les mains sur le fer. Avec un peu de temps, elle aurait pu crocheter la serrure, mais elle n'avait pas une minute à perdre. Elle tira donc de toutes ses forces sur le sortilège en place. Le battant se froissa comme du papier avant de s'arracher avec un grincement. Tess se jeta dans l'ouverture. Elle s'attendait à trouver des marches mais ne rencontra rien d'autre que de l'air. Elle eut à peine quelques secondes pour paniquer, pour comprendre qu'elle tombait et qu'elle allait plonger dans le fleuve que ses bottes atterrissaient déjà sur un sol meuble, quelques pieds plus bas.

Elle bascula vers l'avant, ses mains s'enfonçant dans l'herbe mouillée dont les brins étaient teintés de rouge à cause du miroitement de l'Île. Elle se trouvait sur la berge. Le soleil s'était couché. Le ciel, passé du bleu au noir, noyait la rive sud dans les ténèbres. La fugitive gravit la pente, franchit la crête et avisa les lanternes du marché de nuit qui brillaient au loin, avec ses allées bondées et ses tentes remplies de clients.

Elle fut submergée par une vague de soulagement.

Serrant les pans de son manteau, elle reprit sa route avec l'intention de se glisser parmi la foule et de disparaître. Alors qu'elle traversait la pelouse, une ombre se dressa en travers de son chemin. Malgré l'obscurité, elle distingua la tresse noire qui formait comme une crête sur la tête de la femme et le métal enroulé autour de son avant-bras. Le sang de Tess se glaça dans ses veines.

— Salut, toi, lâcha Bex en s'avançant. Je t'avais dit qu'on n'en avait pas fini, toutes les deux.

Tess recula.

— J'ai détruit le *persalis*.

Ses talons glissaient sur l'herbe humide, or elle n'avait que la pente et le fleuve dans son dos. Du moins le croyait-elle, jusqu'à ce que le gros bras balafré de Calyn s'enroule autour de ses épaules pour la soulever du sol.

— Je ne peux pas vous donner ce que je n'ai pas, balbutia-t-elle.

Bex pencha la tête sur le côté.

— J'espère pour toi que tu as tort.

Calyn lui plaqua un linge sur le nez et la bouche. La jeune fille s'efforça de retenir son souffle, mais ses poumons douloureux ne tardèrent pas à la trahir, aspirant l'air vicié. Un arôme sucré, écœurant, lui envahit la langue et la gorge avant de lui embrumer l'esprit. La dernière chose qu'elle vit, ce furent les lanternes floues du marché, derrière l'épaule de Bex. Puis tout s'éteignit peu à peu et Tess sombra dans les ténèbres.

NW
NE
W
E
SW
SE
S

ONZIÈME PARTIE

ENTRE DE MAUVAISES MAINS

I

Lila Bard était d'une humeur massacrante.

Sept ans qu'elle regardait Kell souffrir. Sept ans qu'elle ne trouvait aucun moyen de mettre un terme à ses souffrances. Et à présent que le remède était là, il le refusait sous prétexte qu'il y avait un risque. Évidemment qu'il y avait un risque ! Le problème des gens dotés de pouvoirs magiques, c'était que ces dons leur facilitaient trop la vie, leur offraient trop de garanties. Ils ne semblaient pas comprendre que vivre, c'était prendre des risques.

Elle tenait à Rhy, bien sûr, mais elle en avait assez de voir Kell se sacrifier au profit de son frère, comme si sa propre vie et sa propre douleur ne signifiaient rien.

Ras le bol de ces martyrs !

« *Ne quitte pas le palais* », lui avait ordonné Kell. Sans trop savoir pourquoi, elle avait obéi, du moins au début. Elle s'était rendue sur les terrains d'entraînement dans l'espoir de trouver des soldats, des gardes, de nouvelles recrues, bref un adversaire à affronter. Mais les terrains étaient déserts.

Alors, Lila marchait… Ou plutôt non, elle martelait le sol, comme pour évacuer sa frustration à travers le talon de ses bottes, à l'image d'une bouteille de vin mousseux qu'on aurait secouée et dont le bouchon était à deux doigts de sauter. À force de bouillonner sous sa peau, son pouvoir se répandait dans l'air. Les lanternes s'illuminaient sur son passage. Les cailloux tremblotaient avant de dévaler la rue.

Mettre une bonne raclée à quelqu'un la démangeait terriblement mais, visiblement, personne dans ce maudit palais n'avait envie – ou n'était capable – de relever le défi, si bien que Lila fit ce qu'elle faisait le mieux : elle alla chercher les ennuis.

Depuis l'incident au Soleil couchant, ses coupures n'avaient toujours pas cicatrisé, mais tant pis. Arriverait-elle à retrouver la femme à la tresse pour finir ce qu'elles avaient commencé ? Elle s'était avérée une adversaire plutôt décente. Avec des tas de couteaux. Comment s'appelait-elle, déjà ? Ah oui, Bex.

— Bex, Bex, Bex, répéta-t-elle à haute voix, comme si elle pouvait réussir à l'invoquer.

Aucune Bex n'apparut, mais peu importait : l'inconnue était une tueuse à gages, et Lila savait où trouver les mercenaires de son espèce : dans le *shal*.

Le soleil s'était couché depuis qu'elle s'était mise en route. Peut-être était-ce un effet de la luminosité de plus en plus faible dans son dos, ou simplement l'intuition d'aller dans la mauvaise direction, toujours est-il que Lila remarqua l'obscurité qui envahissait le ciel.

Ses bottes s'immobilisèrent. Elle scruta l'horizon face au soleil, avisa la faible lumière des étoiles naissantes et comprit…

Il n'y avait pas de lune dans le ciel.

Nulle trace de blanc, pas même un mince croissant argenté. L'image sur la tranche de la pièce lui revint à l'esprit : pleine lune, ou absence de lune.

Lila consulta sa montre. Il était tôt, à peine plus de 21 heures, mais elle n'avait nul autre endroit où aller. Elle se tourna vers le mur le plus proche, le poing serré, les ongles plantés dans l'entaille qu'elle s'était faite pour soigner l'apprentie. La douleur fusa dans sa paume lorsque la coupure se rouvrit. Le doigt enduit de sang, elle traça la marque sur la pierre – une ligne verticale et deux minuscules croix –, avant de poser sa main dessus.

— *As Tascen.*

La ville s'évanouit pour reprendre forme un instant plus tard. Paume appuyée sur un autre mur, elle se trouvait dans une autre rue, mais la même marque bourdonnait faiblement sous sa peau.

Lila s'éloigna de l'allée pour se poster face au numéro 6 du chemin Helarin. Elle était prête à attendre toute la nuit s'il le fallait.

Par chance, elle n'eut pas à attendre du tout.

La maison, plongée dans la pénombre ce matin-là et la nuit précédente, avait changé du tout au tout. Des carrosses s'alignaient à présent le long de la rue, des lanternes déversaient leur lumière de chaque fenêtre et le sourire sinistre de la grille s'était effacé.

Lila savait exactement où elle se trouvait. Devant l'une des « maisons » qui valaient le détour et dont Tanis lui avait parlé. Une maison de plaisirs.

Des grappes d'hommes et de femmes avançaient à grandes enjambées sur le trottoir. Vu leurs habits, on aurait dit que certains se rendaient à un bal royal. L'espace d'un instant, Lila envisagea de soulager un des invités de ses beaux atours histoire de mieux se fondre dans le décor, mais y renonça dès lors qu'elle en vit d'autres vêtus plus simplement.

Elle traversa la rue, ralentissant au moment où deux hommes descendaient d'une calèche. L'un portait un manteau de velours à col montant, l'autre un gilet noir sur une tunique, mais tous deux s'exprimaient avec la diction si impeccable des *ostra*.

— S'appelle *Le Voile*, expliquait l'amateur de velours. Le lieu change à chaque fois. Il m'a fallu un mois pour le dénicher, mais j'ai entendu dire que l'endroit serait à la hauteur de mes efforts.

— Comment avez-vous trouvé sa nouvelle adresse ? demanda l'homme au gilet.

— C'est un secret, répondit l'*ostra* vêtu de velours.

— Un secret sacrément bien partagé, fit remarquer son interlocuteur.

Il avait raison.

Lorsque Lila avait découvert le message inscrit sur la pièce, elle s'était imaginé une réunion bien plus clandestine, tenue dans les appartements privés de quelque maison obscure, loin des oreilles indiscrètes et des regards curieux. Après tout, la Main œuvrait depuis des mois sans jamais s'être fait prendre.

Le crime le plus discret est celui que l'on commet à la vue de tous.

La jeune femme ne doutait pas que la moitié des invités qui affluaient dans la demeure n'étaient que des clients de la maison de plaisirs. Ils constituaient la couverture idéale pour les autres.

Elle suivit les deux hommes sur le trottoir, jusqu'à la porte d'entrée, ouverte. Impossible pourtant de distinguer l'intérieur de la bâtisse, qui disparaissait derrière un rideau. Un hôte posté là accueillait chacun des convives. Tout de blanc vêtu, il portait un costume ajusté sous une cape pâle cousue de perles. Un masque d'or lui cachait le visage.

S'il remarqua que Lila portait des vêtements d'homme – et qu'elle manquait d'élégance, avec sa tunique et son pantalon couverts de poussière et de sang, même si elle avait boutonné son manteau pour en dissimuler le plus possible –, il ne fit aucun commentaire. Son masque empêchait d'ailleurs de voir s'il grimaçait.

— Bienvenue au Voile, annonça l'hôte en lui tendant une main gantée. Avez-vous une invitation ?

Lila faillit porter les doigts à la plus proche de ses dagues, comme à chaque fois qu'elle s'apprêtait à mentir ou se battre, mais se ravisa. Elle tira de sa poche la pièce dont elle avait découvert les inscriptions gravées dessus dans la taverne. Du bout du pouce, elle en vérifia la tranche pour s'assurer qu'il s'agissait de la bonne, puis la déposa dans la main de l'hôte. Celui-ci commença par fixer le lin gravé, visiblement surpris. Puis ses doigts gantés se refermèrent dessus.

— Un toast sera porté dans la bibliothèque, dit-il. À l'heure prévue.

Inutile de demander des précisions.

Nonis ora.

« Onzième heure. »

Une fois le rideau franchi, Lila pénétra dans un vestibule plein de visages. Des masques. Des dizaines de masques accrochés aux murs, pas en or, comme celui de l'hôte à l'entrée, mais noirs, blancs et dénués de traits. Des crochets dorés indiquaient qu'il en manquait tout autant. Lila choisit un modèle noir, qu'elle plaça sur son visage. Bien que dépourvue des cornes qui ornaient son propre masque, elle se sentait d'humeur guillerette en marchant jusqu'au deuxième rideau situé au bout du vestibule.

Comment sait-on que le Sarod vient de monter à bord ?

(Vient de monter, vient de monter, vient de monter à bord ?)

Elle écarta la tenture et pénétra dans *Le Voile*.

II

Alucard descendait les marches menant à la prison, sa main effleurant les murs de pierre.

Il voyait les filaments qui dansaient sur la roche, ceux qui montaient des étages inférieurs avec les courants d'air et ceux qui reliaient Kell à Rhy. Ceux de Kell étaient visiblement effilochés quand ceux de son frère s'avéraient, par chance, intacts. Il étudia le réseau de lignes, les endroits où elles se croisaient, et tenta de s'imaginer doué du même pouvoir que cette apprentie bricoleuse : il serait alors capable d'atteindre les filaments, de s'en saisir et de les modeler.

Combien de nuits avait-il passé éveillé à côté de Rhy, à étudier les fils d'argent, à observer la manière dont ils s'écoulaient depuis le cœur du roi ? À présent, il se voyait glisser les doigts entre les étroits interstices, manœuvrant avec délicatesse pour ne tomber que sur les bons, et surtout pour les sectionner et les renouer sans provoquer de catastrophe. La tâche s'avérait d'une terrifiante complexité, le risque d'erreur immense. À supposer qu'il en soit capable, aurait-il assez confiance en lui ?

Au fond, il était soulagé de ne pas avoir un tel choix à faire.

En approchant des cellules royales, Alucard vit Kell se crisper. Le consort se souvint que le prince avait passé du temps derrière les barreaux pour avoir défié le défunt roi.

— Où sont les gardes ? demanda Rhy lorsqu'ils atteignirent la rangée de cellules.

De fait, quelqu'un était censé surveiller la prisonnière, et pourtant, il n'y avait personne. Il comprit pourquoi en arrivant à la dernière cellule.

La petite bricoleuse avait disparu.

La geôle était vide, la porte grand ouverte. Il crut d'abord que la détenue s'était échappée. Mais les sorts de protection de la cellule étaient toujours actifs et il ne releva aucun signe d'effraction. Autrement dit, quelqu'un l'en avait fait sortir.

— Lila, siffla Kell.

À ce nom, qui sonnait comme une condamnation, le prince à l'œil noir rebroussa chemin et remonta l'escalier. *Pourvu qu'il se trompe*, songea Alucard. Convaincue que l'apprentie ne montrait pas tout ce dont elle était capable, Lila avait été d'une humeur massacrante. Il préférait ne pas imaginer ce qu'elle ferait, livrée à elle-même.

Rhy et Alucard suivirent Kell dans l'escalier, puis dans le couloir du palais où il s'approcha du garde le plus proche.

— Avez-vous vu Lila ? demanda-t-il.

— Elle a fait sortir la fille de la prison, ajouta Rhy.

— Pourquoi la cellule n'était-elle pas surveillée ? intervint Alucard.

Le soldat s'inclina profondément, le regard perdu – auquel de ses interlocuteurs devait-il répondre ? Il finit par opter pour le roi.

— Vos Majestés, Votre Altesse royale, répondit-il, Lila Bard n'est pas partie avec la prisonnière.

— Comment le sais-tu ? l'interrogea Kell.

— Parce que c'est la reine qui l'a emmenée, dit-il après un petit moment d'hésitation.

La nuit se révéla pleine de surprises.

Kell, Rhy et Alucard arrivèrent dans l'atelier de la reine où, encore une fois, la jeune fille ne se trouvait pas. Penchée sur sa table de travail, Nadiya Loreni leva les yeux vers son mari, le consort et le prince sans toutefois esquisser le moindre geste.

En s'approchant, Alucard comprit pourquoi : ses poignets étaient entravés et reliés à la table dont le métal avait littéralement fusionné avec celui des menottes. En la voyant ouvrir la bouche sans qu'aucune parole n'en sorte, le magicien se rendit compte du silence oppressant qui régnait sur les lieux, dont tous les sons paraissaient avoir été aspirés.

D'un signe de tête, la reine désigna un objet posé sur la table. On aurait dit une boîte à musique aux filaments intérieurs retirés, puis noués autour.

Ingénieux, pensa-t-il juste avant d'écraser le coffret.

Le son se rétablit dans la pièce à l'instant où le bois éclata, et Nadiya poussa un soupir, cette fois bien audible.

— Que s'est-il passé ? demanda Rhy.

— Elle s'est enfuie, déclara-t-elle, comme si sa réponse expliquait tout. L'un d'entre vous peut-il aller chercher Sasha ? C'est une maîtresse du métal.

Cinq minutes plus tard, la nourrice de la princesse était là, et la souveraine, enfin libre, se frottait les poignets.

Kell, quant à lui, était parti à la recherche de Lila.

Alucard dévisageait Nadiya, qui ne semblait pas particulièrement bouleversée par l'agression qu'elle venait de subir. Il la suivit jusqu'à un autre plan de travail où il la regarda dérouler une feuille de parchemin et déboucher une bouteille de sable noir, qu'elle déposa au centre. Elle traça un petit trait dans le tas, puis sortit un osselet blanc qu'elle plaça dans le sillon.

Nadiya murmura quelques mots et les grains noirs entrèrent en mouvement, dessinant de fines lignes sur le parchemin qui se transforma petit à petit en carte.

Un mauvais pressentiment envahit Alucard.

— Tu as fait exprès de la laisser partir.

Nadiya ne réagit pas. Ses lèvres récitaient la formule du sortilège, tandis que son attention était fixée sur le sable qui dessinait la ville en sifflant.

L'ancien capitaine de *La Flèche noire* lui saisit l'épaule et désigna l'éclat d'os.

— D'où vient-il ?

La reine interrompit sa psalmodie et les grains cessèrent de bouger. Elle lança au consort un regard plein d'impatience.

— De son hibou de compagnie.

Soudain, la vérité se fit jour dans l'esprit d'Alucard.

— Tu voulais qu'elle s'échappe.

Il n'avait pas remarqué que Rhy les avait rejoints, mais le roi prit une vive inspiration.

— Pourquoi ?

— Parce que la reine l'utilise comme appât, expliqua le consort.

Rhy dévisagea sa femme avec horreur. Imperturbable, elle s'était déjà remise à son sortilège : le sable continua à se mouvoir jusqu'à ce que le roi abatte sa main sur le parchemin. Nadiya s'immobilisa avant de croiser le regard de son époux.

— Ce sortilège demande du temps et de la concentration, maugréa-t-elle. Alors, si ça ne te dérange pas…

— Au contraire, ça me dérange, s'emporta Rhy. Qu'as-tu fait ?

— Ce qui me paraissait le mieux. Il nous faut trouver la Main. Et les rebelles veulent la fille. Ça me semblait logique. Tu en aurais fait de même, ajouta-t-elle à l'intention du consort.

Ce n'était pas une question. Rhy le dévisagea à son tour, attendant que son compagnon démente cette affirmation. Alucard soupira.

— Je ne suis pas sûr d'approuver la méthode…

— En parlant de méthodes, le coupa-t-elle, le regard accusateur, je conçois qu'on puisse être en désaccord, mais ne vole plus jamais quoi que ce soit dans mon atelier.

Alucard sursauta comme si elle venait de le gifler.

— De quoi est-ce que tu parles ?

— Des chaînes, répondit-elle. Du sortilège de transfert.

L'effroi le saisit à la gorge.

— Eh bien, qu'y a-t-il ?

— Ne joue pas l'innocent.

— Nadiya, rétorqua-t-il d'une voix plus dure, qu'est-ce qui leur est arrivé, à tes foutues chaînes ?

Le visage de la reine changea d'expression, passant de l'accusation à la confusion.

— Elles ont disparu.

À cet instant précis, Kell revint, hors d'haleine.

— Lila n'est pas au palais.

— Non, confirma Nadiya. Elle est partie il y a une heure, à pied.

Le prince *Antari* jura.

— Il fallait que ce soit précisément cette nuit…

Alucard ferma les yeux. « *Précisément cette nuit.* »

— La lune s'est-elle déjà levée ? demanda-t-il.

— Quel est le rapport ? rétorqua Kell.

Mais le consort ne s'adressait pas à lui. Il posait sa question à la souveraine qui, bien que travaillant dans une pièce sans fenêtre et sous le niveau de l'eau, semblait pourtant toujours savoir ce qui se passait à la surface.

— Alors ? insista-t-il.

— Non, répondit la reine. Parce que ce soir, c'est la nouvelle lune.

Alucard poussa un profond soupir avant de se tourner vers Kell.

— Je sais où est Lila.

Rhy faisait les cent pas dans l'atelier.

— Il y en a pour combien de temps ? demanda-t-il.

— On en perd à chaque fois que tu m'interromps, répondit Nadiya.

En fait, l'opération prenait plus de temps que prévu parce que la carte avait changé. Par deux fois, elle s'était recomposée : ses lignes de sable avaient fini par s'effriter pour se reformer et dessiner de nouvelles rues, ce qui signifiait, selon la reine, que la bricoleuse – Tess – s'était déplacée. Ou qu'on l'avait déplacée.

Nadiya, qui venait de formuler l'incantation pour la troisième fois, attendait que les lignes se figent.

De l'autre côté de la table, Rhy la fusillait du regard. Elle l'avait vu souffrir et rire. Elle l'avait vu triste, heureux, frustré, en proie à la douleur, mais elle l'avait rarement vu en colère. Ses yeux d'or brillaient non pas de passion, mais de rage et de mépris. Au pincement de ses lèvres, elle devina qu'il se retenait.

— Si tu as quelque chose à dire, dis-le, lui lança-t-elle.

— Comment as-tu pu faire une chose pareille ?

— Faire quoi ?

— Mettre cette fille en danger. Te servir d'elle, comme si sa vie comptait moins que la mienne ou la tienne.

— C'est le cas.

Il n'y avait pas de méchanceté dans sa voix, juste une froide détermination, et pourtant Rhy la regardait comme si elle était un monstre. Son doux mari, si gentil, si naïf… Alucard avait pour habitude de le ménager mais, pour Nadiya, en cet instant précis, c'était impossible.

— Toutes les vies ne se valent pas, Rhy. Comment peux-tu croire le contraire ? Cette conviction fait de toi un homme au grand cœur, certes, mais elle te coûtera ton trône et elle causera la chute des Maresh, poursuivit-elle en le voyant tressaillir. D'accord, tu ne peux peut-être pas mourir. Mais tu oublies que moi, si. Alucard aussi. Et ta fille. Alors si tu veux jouer au saint, vas-y, je t'en prie, mais moi, je passe mon tour. J'ai travaillé trop dur pour assurer la sécurité de notre famille. Espérons que cette fille soit la seule vie que nous ayons à sacrifier ce soir.

Il garda le silence. Nadiya se concentra de nouveau sur sa tâche.

Sur la table qui se dressait entre eux, le sable avait enfin cessé de faire bruisser le papier. Il s'était immobilisé en lignes noires autour du morceau d'os, dessinant la carte attendue. Une banque. Une rue. Une maison. Trait après trait, la ville se dévoilait. Le souffle de Rhy se bloqua dans sa gorge. Nadiya fronça les sourcils. Il n'y avait ni nom, ni numéro sur cette carte, mais ce n'était pas nécessaire. Tous deux savaient exactement où Tess avait été emmenée.

Au domaine Emery.

III

Tess fut réveillée par un jet d'eau froide.

Elle se redressa, haletante, tandis que des ruisseaux glacés lui coulaient dans les yeux et le long du cou, s'insinuant dans ses boucles. Bex se tenait au-dessus d'elle, un seau vide entre les mains, qu'elle finit par poser à terre.

— Allez, debout, lâcha-t-elle.

Le cœur de Tess tambourinait dans sa poitrine. Elle avait toujours le goût du vif rêve sur la langue. Elle se trouvait à même le sol d'une pièce luxueusement aménagée, au centre d'une flaque qui s'étalait sur le plancher. Au moins n'était-elle pas attachée. Ce détail aurait dû la rassurer, sauf que non. Il n'y avait pas de fenêtre dans cette pièce, juste une porte contre laquelle Calyn était adossé. Un hématome s'épanouissait telle une ombre sur un côté de son visage. Bex regarda Tess se lever tant bien que mal et s'essorer les cheveux.

Quelque chose dans leur attitude avait changé. Dans sa boutique, les deux assassins fanfaronnaient avec l'assurance propre aux mercenaires. Leurs épaules étaient relâchées, leur démarche souple. Et voilà qu'à présent, ils gardaient le silence, tendus comme la corde d'un arc.

Elle s'interrogeait sur ce mystère lorsqu'elle entendit quelqu'un se racler la gorge dans son dos.

— J'ai demandé un *persalis*, et vous m'avez amené une fille.

Tess se retourna pour découvrir un homme de haute taille, vêtu de bleu marine et d'argent. Les filaments d'un vert terreux qui se tissaient dans l'air autour de lui étaient fins, leur éclat terne. Il avait des cheveux bruns coupés court, des yeux d'un bleu si foncé qu'elle aurait pu les croire noirs si la lumière n'en avait pas capté les contours. Il s'était exprimé avec l'intonation caractéristique des *vestra* et, de fait, il avait l'allure d'un noble. Pourtant, ses phalanges étaient striées de cicatrices blanches. D'instinct, Tess recula, même si ce réflexe la rapprochait des assassins.

— C'est le mieux qu'on puisse faire, marmonna Calyn.

— Sire, ajouta Bex sur un ton où Tess perçut une pointe de moquerie. À défaut de poisson, j'ai pensé que vous voudriez le pêcheur.

Le noble ignora les remarques des deux tueurs à gages. Il dévisagea Tess, qui comprit soudain que ce devait être lui, le chef de la Main.

— Tu m'as causé pas mal d'ennuis, dit-il. Espérons que tu sauras te rattraper.

Il s'écarta, révélant un grand bureau qui disparaissait sous un monceau d'objets ensorcelés. Beaucoup relevaient de la vie domestique, mais pas tous, et la moitié était en mauvais état. Le genre de babioles qui garnissaient les étagères de chez Haskin avant qu'elle ne démolisse la boutique.

— On a pris tout ce qu'on a pu dans un délai aussi bref, expliqua Calyn.

— Et tout ce dont tu auras besoin pour fabriquer un nouveau *persalis*, compléta le *vestra*.

Tess fit un pas en arrière et dit ce qu'elle aurait dû dire d'emblée, dès que le voleur agonisant était entré dans sa boutique avec le créateur de portes endommagé :

— Non.

Dans sa tête, le mot avait tonné, mais quand il franchit ses lèvres, ce ne fut qu'une petite syllabe rauque, à peine un murmure qui, pourtant, sembla emplir la pièce. Du coin de l'œil, elle vit Bex tressaillir mais l'aristocrate, lui, hocha la tête, comme s'il avait compris. Puis il entreprit de déboutonner les poignets de sa chemise. Il retira ses boutons de manchette – des plumes d'argent.

L'esprit de Tess s'emballa. Quel dommage de n'avoir pas été plus attentive aux maisons royales, à l'époque où son père avait insisté pour qu'elle suive des leçons !

— J'ai bien peur de n'avoir pas le temps de me montrer persuasif, lâcha-t-il en retroussant ses manches.

Il sortit de sa poche une petite bouteille dont le contenu, qui avait la couleur de l'huile, laissa des traînées visqueuses sur le verre lorsqu'il inclina le flacon.

— Tenez-la.

Tess tenta de résister, mais ses chaussures glissèrent dans la flaque. Elle sentit des mains lui saisir les bras, la contraindre à s'asseoir sur le plancher mouillé. Elle se débattit et hurla pendant qu'ils l'immobilisaient, lança des coups de pied vers l'homme qui s'approchait. Elle l'atteignit en plein ventre, mais son attaque produisit le même effet que si elle avait frappé un bloc de pierre : le *vestra* ne broncha même pas. Agenouillé à ses côtés, il déboucha la fiole de poison. Bex empoigna les cheveux de Tess pour la forcer à pencher la tête en arrière. L'adolescente cria de douleur, ce dont ils profitèrent pour glisser de force le flacon entre ses dents. Un liquide amer s'écoula dans sa gorge. Elle tenta de recracher, s'étranglant à moitié, mais la paume énorme du noble s'abattit sur sa bouche afin de l'obliger à avaler.

Quand ils la lâchèrent, Tess roula sur le côté, secouée de haut-le-cœur. Elle se recroquevilla, comme si la position pouvait la protéger, comme s'il n'était pas déjà trop tard. L'ombre qui fonça sur elle assombrit la pièce : le chef de la Main en train de rabaisser ses manches et de reboutonner ses manchettes.

— Je t'ai fait boire de l'extrait de veuve noire, dit-il. Tu en as peut-être entendu parler. Cette potion ralentit le cœur, épaissit le sang, paralyse les organes vitaux un par un. On s'en sert souvent pour empoisonner sa victime à petit feu, auquel cas une ou deux gouttes suffisent, à condition de répéter l'opération pendant des semaines ou des mois. (Il exhiba le flacon dans la lumière. Vide.) À mon avis, tu en as pour une heure… Avec un peu de chance.

Ce n'était pas assez. Même si elle se trouvait dans sa boutique, avec son thé et ses orbières. Même si elle ne venait pas d'être empoisonnée. Et puis, si elle était déjà condamnée, à quoi bon ?

À ce moment-là, le noble sortit un deuxième flacon, au contenu d'un blanc laiteux.

— L'antidote, expliqua-t-il en se dirigeant vers la porte.

Calyn s'écarta du passage et le chef de la Main lui lança la fiole, aussi négligemment que s'il s'agissait d'un pourboire, puis disparut dans le couloir.

Les deux tueurs à gages le regardèrent s'éloigner, avant de se détendre un peu lorsque le bruit de ses pas s'estompa. Calyn referma la porte et Bex s'adressa à Tess.

— Je me mettrais au travail si j'étais toi.

À vrai dire, Lila n'avait jamais passé beaucoup de temps dans une maison de plaisirs.

Non qu'elle refusât de se faire plaisir – elle savait apprécier un bon vin, une lame bien aiguisée, ce que Kell pouvait faire avec sa bouche quand il l'utilisait à bon escient –, mais voleuse un jour, voleuse toujours. Elle ne se fiait ni à la gentillesse ni à l'intimité. On lui plaça un verre dans la main. On lui effleura le bras. Un corps frôla le sien et, chaque fois, ses muscles se raidissaient et ses nerfs lui soufflaient qu'elle était en train de se faire dépouiller.

La musique jaillissait d'une grande salle pleine de monde. Assujetti par un sortilège, un quatuor d'instruments perchés sur une estrade jouait sans musiciens. Parmi la foule, certains s'adonnaient aux jeux de cartes, d'autres fumaient, et la plupart profitaient de la bonne compagnie offerte par *Le Voile*. La lumière tamisée qui tombait sur les masques faisait parfois ressortir l'or d'un hôte déambulant au milieu de cette tapisserie en noir et blanc, dont elle rehaussait l'éclat.

La main d'une femme effleura le dos de Lila. Elle s'efforçait de renoncer à lui paralyser les os ou à vérifier le contenu de ses poches quand une voix gracieuse et féline s'éleva.

— *Avan, res naster.*

Lila se retourna et découvrit une autre hôtesse vêtue de blanc, mais portant beaucoup, beaucoup moins de tissu, le visage caché sous son propre masque d'or.

— *Avan*, répondit Lila. Pourriez-vous m'indiquer où se trouve la bibliothèque ?

— Vous ne préférez pas rester avec moi ?

— C'est plus fort que moi… J'adore les livres, répliqua Lila.

Elle put presque voir la femme esquisser une moue derrière son masque avant de se décider à lui passer les bras autour de la taille et à la faire pivoter pour lui montrer un couloir.

— Par là, indiqua l'inconnue en lui donnant une petite tape d'encouragement.

Puis ses bras se retirèrent comme la marée.

Lila s'engagea dans le couloir bordé de portes, toutes fermées et ornées de masques dorés. Les deux premières étaient verrouillées. La suivante s'ouvrit sur deux hommes jouant aux cartes. L'un d'eux était en train de se déshabiller : il venait de perdre une main. L'autre devait en avoir perdu plusieurs, car il n'avait plus grand-chose sur le dos. Ni l'un ni l'autre ne semblèrent remarquer Lila lorsqu'elle referma la porte. Elle continua à inspecter les lieux pièce après pièce, y trouvant toutes les marques d'une maison close plutôt que d'un repaire de rebelles. Elle atteignit le bout du couloir pour découvrir qu'il ne se terminait pas là, mais s'ouvrait sur une alcôve avec une dernière porte, cette fois sans masque, ni vitre, ni signe distinctif.

L'oreille contre le bois, elle ne perçut aucun bruit venant de l'autre côté. Une pression sur la poignée lui permit de constater que le verrou n'était pas enclenché. La porte s'ouvrit sur une vaste bibliothèque luxueusement aménagée, aux murs tapissés de livres, avec un grand bureau de bois dans un coin et deux chaises disposées devant une cheminée sans feu. Lila entra et referma la porte derrière elle.

Une pendule murale se mit à sonner la dixième heure.

L'*Antari* examina les livres sur les rayonnages, puis elle se dirigea vers le bureau qu'elle ouvrit tiroir après tiroir, en quête d'un indice, même infime, qui rattacherait cet endroit à la Main. Elle cherchait toujours lorsque la porte de la bibliothèque bascula sur ses gonds en grinçant. L'écho de la musique et des voix pénétra dans la pièce. Un homme se tenait sur le seuil.

Il était grand et assez large d'épaules pour remplir l'embrasure. Coupés court sur les côtés, ses cheveux bruns dépassaient du haut de son masque noir. Il était vêtu d'un manteau bleu marine aux boutons argentés. Elle posa les yeux sur les mains de l'inconnu : couvertes de cicatrices.

— Vous êtes en avance, constata-t-il.

Sa voix grondait comme le tonnerre.

— C'est toujours mieux que d'être en retard, répliqua Lila d'un ton léger.

— En effet.

Il fit alors une chose étrange.

Sans franchir le seuil, il passa la main sur le chambranle de la porte, dont il parut tester le bois. Ensuite seulement il pénétra dans la bibliothèque avant de refermer la porte derrière lui… et de la verrouiller.

Le petit cliquetis du pêne qui s'enclenchait produisit autant d'effet qu'un coup de semonce.

— Vous savez quoi ? reprit-il. J'espérais vraiment que vous viendriez.

Lila fronça les sourcils.

— Désolée, dit-elle. Je n'oublie jamais un visage, mais comme je ne peux pas voir le vôtre… On se connaît ?

L'homme continua sa lente progression.

— Non, nous n'avons pas été présentés. Mais vous n'êtes plus vraiment anonyme, Delilah Bard.

En prononçant son nom, il serra les poings à s'en faire blanchir les jointures. Instinctivement, Lila fit appel à son pouvoir. Non pas pour utiliser l'air de la pièce ni manipuler les flammes des bougies des chandeliers muraux, mais pour contrôler les os dans le corps de l'homme, l'obliger à s'immobiliser.

Elle invoqua cette magie… et ne sentit rien.

Ni palpitation, ni promesse, ni sensation d'une volonté en conflit avec la sienne. Elle tendit la main vers le plancher, puis en l'air, dans l'espoir de faire naître une flamme au creux de sa paume. Rien.

Des sorts de protection. La pièce était protégée.

— Vous n'aviez tout de même pas l'intention de recourir à la magie ?

Derrière son masque d'onyx, la bouche de l'homme devait dessiner un rictus sinistre. Lila se força à lui offrir la même grimace.

— Croyez-le ou non, répliqua-t-elle en dégainant une lame, j'ai de nombreux talents.

— Vraiment ?

Il se trouvait désormais si près d'elle que la jeune femme n'avait plus le choix : il lui fallait attaquer ou reculer. Or elle n'avait aucune intention de reculer.

— Je demande à voir, reprit-il.

Mais Lila n'avait pas attendu avant d'agir.

D'un bond, elle franchit le bureau pour donner un coup de couteau dans le masque de l'homme. Celui-ci leva aussitôt le bras. L'arme s'y abattit et trancha le manteau. L'acier retentit contre l'acier quand elle heurta le protège-bras de métal sous l'étoffe. De son autre poing, l'inconnu visa la tête de Lila, mais la jeune femme s'éloignait déjà pour échapper à son adversaire, tout en plongeant vers son flanc.

Elle sentit sa dague mordre le tissu et la peau, mais l'assaillant ne recula pas. Il ne broncha même pas. Il se contenta de pivoter avec une rapidité choquante et, sans laisser le temps à Lila de se dégager, il la frappa violemment en plein visage. Assez fort pour fissurer son masque, qui tomba. Assez fort pour que sa bouche s'emplisse de sang. Lila lui échappa d'une roulade et se releva, mais ses oreilles bourdonnaient et la vision de son œil valide se brouillait. L'espace d'une terrible seconde, elle perdit presque la vue : son agresseur n'était plus qu'une forme vague s'avançant vers elle.

Elle avait toutefois remarqué qu'il n'avait pas sorti d'arme. Il se servait de ses mains comme si elles lui suffisaient. Cet homme avait l'habitude d'infliger la souffrance.

— Alors ? ironisa-t-il. On a abattu toutes ses cartes ?

Tout en resserrant les doigts sur ses poignards, Lila examina les vêtements de son adversaire, les plis du tissu, dans l'espoir de déterminer les endroits qui n'étaient pas cuirassés. Lui, en revanche, regardait la pendule murale plutôt que l'*Antari* comme si elle ne représentait pas la moindre menace.

Lila en fut vexée, mais ce manque de respect lui offrait l'ouverture dont elle avait besoin, et elle n'allait pas la laisser passer. Elle s'élança vers l'homme, la dague pointée sur sa gorge.

Au dernier moment, le visage masqué se tourna vers elle. Dans le même temps, la main de l'inconnu se leva et saisit le poignard de la magicienne par la lame pour le lui arracher des mains.

Lila aurait dû lâcher prise.

Par la suite, elle se repasserait ce combat dans sa tête encore et encore, et à chaque occasion, elle regretterait ce choix. Elle aurait dû lâcher prise, mais elle s'obstina, si bien qu'en tirant le couteau vers lui, son adversaire la déséquilibra. Son autre paume vint se plaquer sur la tête de Lila et la projeta contre le bois du bureau.

Puis tout devint noir.

IV

Deux chevaux traversèrent le pont au grand galop.

Ils ne portaient pas d'insignes royaux, mais avec un tant soit peu de perspicacité, on remarquait tout de suite qu'il s'agissait d'animaux de race. Leur robe était luisante, l'une grise, l'autre blanche, et leurs sabots brillaient tant qu'on les aurait dits ferrés d'or.

Bien sûr, Alucard n'avait pas pris la peine d'informer Kell de leur destination, seulement qu'elle figurait sur la pièce.

— Quelle pièce ? avait demandé Kell en s'installant sur la monture grise que les gardes lui avaient amenée.

Alucard avait poussé un soupir exaspéré.

— Celle du voleur mort, sur le bateau de Maris, avait-il précisé, comme si cette explication suffisait. Elle donnait l'heure et le lieu de réunion de la Main.

Kell s'était hérissé. Il ne savait pas ce qui le vexait le plus : que Lila ne lui ait pas parlé de la pièce ou qu'elle ait préféré s'en ouvrir à Alucard.

— Tu savais qu'elle irait, avait-il lancé en voyant l'ancien capitaine enfourcher le cheval blanc et prendre les rênes. Tu le savais et tu n'as rien dit.

— J'étais distrait, avait répliqué Alucard. Et puis, je n'ai pas été en mer depuis sept ans. J'ai perdu l'habitude de tenir le compte des phases de la lune.

Il avait éperonné sa monture et Kell n'avait eu d'autre choix que de suivre, ou d'être distancé.

Le pont disparaissait derrière eux à présent qu'ils atteignaient la rive nord aux avenues remplies de maisons et d'échoppes appréciées des *ostra*. Alucard fit accélérer son cheval, qu'il mit au pas une fois engagé dans une rue : le chemin Helarin.

Il s'arrêta, bientôt imité par Kell, et tous deux descendirent de leur monture. Une calèche, qui passait à toute allure, ralentit puis s'immobilisa devant les portes ouvertes d'une maison bien éclairée. Aussi discrète qu'une fanfare, elle n'avait rien d'un endroit où se réunissaient des rebelles, mais c'était peut-être le but recherché.

— Surveille les chevaux, ordonna Alucard.

Kell le fusilla du regard.

— Si tu crois que tu vas y aller sans moi…

Mais il se tut lorsque Alucard le gratifia d'une longue œillade affligée et tendit les rênes de sa monture dans la direction opposée. Une ombre se détacha du mur et s'empara des courroies, d'abord du consort royal, puis de Kell.

L'*Antari* ôta son manteau et le retourna, renonçant au gris qu'il portait depuis son voyage au sanctuaire pour le noir sans lumière de l'habit de Kay. Puis il le remit, soulagé d'en sentir le poids familier sur ses épaules. Pour finir, il plaqua ses cheveux en arrière et rabattit sa capuche afin d'en cacher les reflets cuivrés.

— Super, le déguisement, commenta Alucard, impassible. On ne te reconnaîtra jamais !

Si les prunelles de Kell avaient pu lancer des éclairs, elles auraient foudroyé l'ancien capitaine de *La Flèche noire*. L'*Antari* fouilla la poche de son manteau pour en tirer un masque noir, qu'il posa sur son visage. Ses yeux vairons disparurent.

— Qu'est-ce que tu es censé ê… Non, tu sais quoi, je m'en moque, décréta Alucard, qui remonta son col et traversa la rue, visiblement indifférent au fait de se fondre ou non dans la masse.

Un homme tout de blanc vêtu attendait sur le perron, le visage dissimulé sous un masque doré. Derrière lui, la porte était ouverte, mais le lourd rideau noir qui en obstruait l'entrée empêchait de voir l'intérieur de la maison.

— Bienvenue au Voile, leur dit-il en leur tendant une main gantée. Avez-vous une invitation ?

— Oui, bien sûr, répondit Alucard en tâtant ses poches. Oh… J'ai dû la laisser dans mon autre manteau. Mais vous pouvez sûrement faire une exception pour nous.

Il sourit en prononçant ces mots, de ce sourire qui devait charmer ses interlocuteurs mais donnait au prince à l'œil noir l'envie de lui mettre son poing dans la figure.

— J'ai bien peur que non, répondit l'hôte en penchant la tête sur le côté.

— Ah, mais attends, intervint Kell, qui s'approcha en faisant mine de chercher quelque chose dans son manteau. Tu me l'avais donnée.

— Ah bon ? s'étonna Alucard, sourcils froncés.

— Oui, la voici… (Il baissa les yeux, imité par l'hôte, qui se figea à l'instant où la pointe d'une lame vint se planter sous son menton.) Partez.

L'homme perçut-il l'éclat de son œil noir ? Devina-t-il l'identité du compagnon d'Alucard ? Ou pensa-t-il tout simplement qu'il ne valait pas la peine de mourir pour si peu ? En tout cas, dès que Kell éloigna son poignard, l'hôte se retourna pour dévaler les escaliers, tout en arrachant son masque qu'il jeta au passage dans les buissons. Le prince rangea l'arme dans son manteau.

— Je crois bien que tu as passé trop de temps avec Lila Bard… dit Alucard.

— Possible, convint Kell en franchissant le rideau de la porte.

À l'intérieur, le vestibule comportait un mur entier de masques noirs et blancs, dont plus de la moitié avait été empruntée. L'*Antari* choisit de garder le sien, tandis qu'Alucard jetait son dévolu sur un masque blanc. Ainsi camouflés, ils pénétrèrent ensemble dans *Le Voile*.

V

Tout n'était que souffrance.

Une douleur lancinante et aveuglante vrillait le crâne de Lila. La jeune femme ne voyait d'ailleurs plus rien. Sous ses yeux, tout était plat, noir, vide. Son cœur se serra, la panique monta tel un flot de bile dans sa gorge. Elle n'avait jamais eu peur du noir, parce que le noir n'était pas vraiment noir. Il y avait toujours des nuances, des jeux de formes et d'ombres. Mais là, c'était différent. Les ténèbres étaient impénétrables. Comme si elle était devenue aveugle – ce que Lila redoutait par-dessus tout depuis qu'elle avait perdu son œil. Mais lorsque le vacarme cessa sous son crâne et que la douleur s'estompa assez pour laisser parler ses autres sens, elle cligna des paupières et sentit que ses cils frottaient contre un morceau de tissu.

Elle n'avait pas perdu la vue.

On l'en avait privé en lui bandant les yeux.

Elle tenta de se délasser la nuque, ce qui déclencha une nouvelle vague de douleur. Elle plia les jambes, essaya de bouger, mais ses épaules étaient tendues, et une corde mordait ses poignets, en même temps que quelque chose d'autre… du métal froid ? En tout cas, elle avait les mains attachées dans le dos.

Une fois de plus, Lila fit appel à sa magie.

Et une fois de plus, celle-ci ne répondit pas.

Ses sens finirent par retrouver assez d'acuité pour lui permettre de percevoir le monde au-delà de ses propres sensations. Elle se rendit vite compte qu'un autre corps se déplaçait sur le plancher. Elle n'était pas seule.

La gorge nouée, Lila donna à sa voix une intonation aussi neutre que possible.

— Vous vous amusez bien ? demanda-t-elle. Parce que j'ai deux ou trois suggestions à vous faire…

Elle ne s'attendait pas à une réponse. Mais on lui retira son bandeau. La lumière se fit enfin dans la pièce.

Lila regarda autour d'elle en clignant des yeux, surprise de constater qu'elle n'était plus dans la bibliothèque. Ni même au Voile, à en croire l'absence de musique filtrée par les murs, le sol plus foncé, la décoration sinistre, et enfin la fenêtre qui donnait non pas sur Helarin Ras, mais sur une tout autre rue. L'air sentait le renfermé et la poussière. La pièce paraissait négligée. Sans vie. Abandonnée. Quant à l'*Antari*, elle était assise sur une chaise de bois.

Elle reporta son attention sur la silhouette qui la surplombait et qui, d'un geste désinvolte, enroulait à présent le bandeau noir autour de son poing. L'inconnu portait des boutons de manchette argentés en forme de plume. Le cerveau de Lila entra en ébullition, mais elle levait déjà les yeux pour découvrir l'identité de son ravisseur.

Il ne portait plus de masque. Une barbe bien taillée assombrissait la moitié inférieure de son visage. Il avait des yeux bleu-gris, couleur d'orage. Une étrange sensation l'envahit : celle de le connaître tout en ayant la certitude de ne l'avoir jamais rencontré.

— L'hôte du Voile avait pour mission de tenir à l'œil certains individus, expliqua-t-il. Le prince *Antari*, par exemple. Mon frère. Et vous.

Son frère.

Soudain, elle comprit. Les traits de l'homme cessèrent d'être une énigme dès lors qu'ils se superposèrent à ceux d'un autre visage.

Un souvenir lui revint. Elle se trouvait à bord d'un navire familier, à l'époque où il s'agissait encore de la *Flèche*. Les coudes appuyés sur le bastingage, Alucard lui racontait la nuit où, sous les yeux de leur père, son frère Berras l'avait roué de coups jusqu'à ce qu'il perde connaissance. Puis son réveil le lendemain, bras cassés et côtes meurtries, enchaîné dans la cale d'un navire.

Devant elle se tenait nul autre que Berras Emery.

— Eh bien, pas de doute, c'est votre frère qui a hérité à la fois des bonnes manières et du physique avantageux ! ironisa Lila.

Il ricana avant de s'approcher, la main déjà levée pour frapper, mais Lila rassembla toutes ses forces afin de lui balancer un coup de pied dans le ventre. Si elle avait cherché à le blesser, c'était raté, mais elle n'en avait pas l'intention. Lorsque ses bottes entrèrent en contact avec le corps de Berras, elle donna une poussée vers l'arrière, ce qui suffit à faire basculer la chaise. Celle-ci s'écrasa au sol en même temps que Lila. La jeune femme roula sur elle-même et se releva… Ses mains n'étaient plus liées dans son dos, mais devant elle, ce qui était déjà mieux. Elle avait profité de sa chute pour chercher une lame, en vain, car on l'avait soulagée de tout son arsenal.

Ce fut à ce moment-là qu'elle vit l'or.

Ses mains étaient attachées par une corde, certes, mais sous le cordon rugueux, une manchette en or ceignait son poignet gauche. Sans début ni fin, elle s'enroulait au plus près de la peau. Elle n'eut pas le temps de se poser de questions : Berras Emery avait levé la main et un mur de vent s'abattit sur Lila. Arrachée au sol, elle fut projetée à l'autre bout de la pièce et alla s'écraser contre le manteau de pierre de la cheminée. Ses poumons se vidèrent de leur air. Un instant plus tard, la rafale cessait, l'obligeant à lutter pour rester debout.

Comment était-ce possible ?

Alucard lui avait dit un jour que son frère était un piètre magicien, qu'il pouvait à peine faire s'élever un mur à base de pierre et de terre. Oui, il avait bien parlé de pierre et de terre. Pas de vent !

Si la pièce était placée sous des sorts de protection, comment avait-il pu utiliser ses pouvoirs ? Et si les lieux n'étaient pas protégés, où donc se trouvait la magie de Lila ?

— Impressionnant, n'est-ce pas ?

Un arc de flammes s'enroula autour de Berras, aussi déchaîné qu'éclatant. *D'abord le vent, maintenant le feu ?* s'étonna Lila. Comment s'y prenait-il ?

— La reine ferait mieux de surveiller de plus près ses jouets, ou du moins les membres de son entourage.

Berras referma la main en un poing. Elle eut à peine le temps de voir l'anneau d'or qui scintillait à l'un de ses doigts avant que tout son corps ne plie sous une force invisible. Lila s'écrasa brutalement au sol, mais cette fois, le vent n'y était pour rien. Quand elle voulut bouger, ses membres refusèrent d'obéir. Son squelette entier gémissait dans sa tentative de résister à l'emprise de la magie des os.

— Je comptais utiliser ce petit tour sur Alucard.

La jeune femme s'efforça de reprendre possession de son corps, de se le réapproprier, malheureusement il ne s'agissait pas d'une question de volonté. Non…

— J'ai pensé que ce serait amusant de le tuer avec son propre pouvoir. Mais me servir du vôtre était bien trop tentant. Après tout, pourquoi se contenter d'une goutte de magie quand on peut puiser directement à la source ?

La jeune femme était pétrifiée d'horreur. La manchette dorée. L'anneau d'or. Berras ne recourait pas à un pouvoir qui lui appartenait. Il utilisait celui de Lila, le canalisait.

— Bien sûr, je ne suis pas expert en sortilèges *Antari*, reprit-il, mais peu importe. Vous m'apprendrez.

Lila leva la tête aussi haut que le permettait l'enchantement qui plombait son corps.

— En voilà un gratuit, répliqua-t-elle, les dents serrées. Allez vous faire voir.

Berras lui adressa un petit sourire crispé, dénué d'humour.

— De tous les éléments, l'os est vraiment le plus utile.

Ses mots furent suivis d'un craquement sonore, et l'une des côtes de la jeune femme se brisa en deux. Elle eut beau serrer fermement la mâchoire, un cri lui échappa.

— La capacité de contrôler le corps d'autrui.

Une deuxième côte craqua.

— De le détruire.

Et une troisième.

Lila hurla lorsqu'un os cassé transperça l'un de ses poumons.

— Je comprends mieux pourquoi Alucard vous déteste, siffla-t-elle entre deux halètements.

En guise de réponse, une main invisible se posa sur sa nuque et la força à baisser la tête, le regard rivé au sol.

Quelque chose se balançait là, comme un pendule. Une bague noire au bout d'un cordon de cuir. Son anneau. L'anneau de Kell. Quelle idiote ! Elle aurait dû le passer à son annulaire, comme le prince *Antari* le lui avait demandé.

Elle banda ses forces, remua faiblement les doigts sur le plancher. Concentra toute sa volonté pour bouger une seule main. Si elle pouvait atteindre ne serait-ce que…

Elle entendit Berras redresser la chaise. Puis il releva Lila pour l'asseoir dessus d'un geste brusque. Ses côtes la firent souffrir le martyre à l'instant où son buste heurta le dossier. Mais le poids qui pesait sur ses os disparut et, profitant de ce moment de répit, elle tenta de saisir le collier. Ses mains liées avaient parcouru la moitié du chemin quand le bois de la chaise, sous forme de branches, vint à sa rencontre et rattrapa ses doigts pour les immobiliser.

— Vous avez hérité d'un si grand pouvoir… Quel gâchis ! commenta Berras.

Le bois ceintura les épaules de Lila. Voilà qu'elle était à nouveau clouée à la chaise.

— Merde, siffla-t-elle.

Elle griffait l'air en vain : l'anneau se balançait, hors d'atteinte, à un cheveu de sa portée. Berras finit par le remarquer.

— Qu'est-ce que c'est ? demanda-t-il, refermant les doigts sur la bague noire.

Pour la première fois, Lila se félicita que Rhy ait épousé une femme aussi ingénieuse que Nadiya. Heureuse que cette dernière ait conçu les bijoux pour qu'ils fonctionnent avec n'importe qui.

Bien entendu, Lila connaissait le sort. Kell le lui avait appris lorsqu'il lui avait donné l'anneau. Elle avait fait semblant de ne pas écouter, mais avait tout de même mémorisé la formule. Ce jour-là, pour la première fois, elle en prononçait les mots à voix haute.

— *As vera tan.*

« J'ai besoin de toi. »

À peine un murmure. Berras se pencha vers elle et ses yeux, version railleuse de ceux d'Alucard, s'immobilisèrent en face des siens.

— Qu'avez-vous dit ? demanda-t-il.

Lila prit une inspiration en s'efforçant d'oublier son poumon perforé.

— J'ai dit : Même avec toute la magie du monde, vous êtes et vous resterez un enfoiré de première.

Agacé, Berras Emery arracha l'anneau suspendu à son cou. Le cordon, en se rompant, lui resta dans la main. Sur quoi il s'éloigna, emportant les pouvoirs de Lila avec lui quand il ouvrit la porte pour disparaître dans la maison. Elle l'entendit jeter la bague par terre. Tendant l'oreille, elle devina qu'elle avait rebondi pour rouler dans le couloir.

Lila ferma les yeux et esquissa un sourire malgré la douleur.

Alucard Emery avait une connaissance assez pointue des nombreux lieux de débauche de la ville.

Il se rendait dans les plus communes des maisons closes pour obtenir des informations, mais il avait toujours préféré les boissons et les divertissements des maisons de plaisirs londoniennes, plus huppées. Dans sa jeunesse, il s'était enorgueilli de les connaître sur le bout des doigts, mais Lila avait raison. Le mariage l'avait rendu barbant.

Il avait entendu parler du Voile, bien sûr – une maison close de haut standing, itinérante, qui ouvrait à chaque fois dans un nouvel endroit –, mais il ne s'y était jamais rendu et, honnêtement, il était impressionné. Pas seulement par le décor, l'offre ou la discrétion : par le concept.

C'était le lieu idéal pour cacher les membres d'une organisation rebelle. Pourquoi n'y avait-il pas pensé plus tôt ?

Muni d'une pipe à tuyau long dans une main, d'un verre auquel il n'avait pas touché dans l'autre, il déambula à travers une salle bondée, prêtant l'oreille, à l'affût du moindre ragot utile. Kell l'avait suivi à la trace jusqu'à ce qu'il le congédie, arguant qu'ils auraient plus de chance s'ils se séparaient. Ce qui était vrai. Du moins en partie.

Il consulta sa montre. Vingt-deux heures trente. Lila était forcément déjà là, mais il avait parcouru les pièces sans parvenir à la retrouver. Pas plus que les membres de la Main. Soit ils se cachaient ailleurs, soit ils s'étaient mêlés à la mer de visages masqués.

Kell revint auprès de lui.

— Rien, grogna-t-il.

Alucard lui passa un bras autour des épaules, comme s'ils étaient les meilleurs amis du monde, heureux de profiter d'une nuit en ville. Cet imbécile de Kell recula. L'ancien capitaine raffermit sa prise et pesa de tout son poids sur le prince, on aurait dit qu'il cherchait à retrouver son équilibre.

— Tu as bu ? siffla Kell.

Derrière le masque noir sur son visage, Alucard imaginait sans mal la crispation des traits de l'*Antari*, le froncement de ses sourcils et son éternelle moue boudeuse.

— Crois-le ou non, répliqua-t-il en veillant à parler plus bas que la musique, j'essaie de me fondre dans la masse. On dirait que tu n'as jamais mis les pieds dans un tel lieu, alors qu'on sait tous les deux que Rhy t'y a traîné plus d'une fois. D'après lui, tu es capable de t'amuser un minimum.

Sur ses mots, il posa la main sur le masque de Kell comme si c'était la joue d'un ami proche. Cette fois, si son compagnon s'abstint du moindre mouvement de recul, son corps entier se crispa.

— Tu as trouvé quelque chose ou pas ? murmura-t-il.

— Pas encore. On devrait peut-être…

À ce moment-là, Kell se figea, tourna les talons et s'éloigna dans le couloir, obligeant son complice à s'élancer à sa suite. Il vit le prince s'esquiver dans une pièce inoccupée, une main serrée contre lui comme s'il venait de se brûler.

Alucard referma la porte derrière eux.

— Qu'est-ce qui se passe ?

— Mon anneau.

Deux bagues ornaient la main droite de Kell, l'une rouge, l'autre noire. Cette dernière brillait d'une faible lueur, et Alucard savait, après toutes les fois où Rhy avait fait appel à lui, qu'elle devait être chaude au toucher, presque brûlante.

— Je croyais qu'elle refusait de porter le sien, lâcha Alucard.

Kell secoua la tête.

— Elle m'a affirmé qu'elle ne le portait pas.

— Heureusement que c'est une menteuse patentée !

Il se mit à chercher une table de divination pendant que Kell retirait le bijou de son doigt.

— Elle ne l'utiliserait jamais, à moins d'avoir des ennuis.

Lorsque Alucard vit la lame, elle passait déjà sur la paume de Kell, où sa pointe d'acier fit naître une ligne rouge. Lila le tuerait s'il laissait l'*Antari* utiliser sa magie endommagée.

— Attends, dit-il en agrippant l'épaule du prince à l'œil noir.

Trop tard. Kell refermait sa main ensanglantée sur l'anneau et prononçait la formule consacrée :

— *As Tascen.*

La pièce fut arrachée, le monde entier englouti par des ténèbres aussi soudaines qu'infinies.

Le voyage ne dura qu'une seconde. Si ce n'est moins.

Puis tout revint en place. Les bottes d'Alucard n'étaient plus sur un tapis, mais sur des lattes de plancher. *Le Voile* avait disparu, remplacé par une autre maison, caverneuse et silencieuse. Aucune trace de Lila. En poussant un soupir, Kell s'agenouilla dans une auréole de filaments qui étincelaient et s'effilochaient.

Il arracha son masque pour aspirer, tremblant, de douloureuses bouffées d'air. Quand il se releva péniblement sur un genou, la souffrance se lisait sur ses traits.

— Où sommes-nous ? s'enquit-il.

Alucard s'apprêtait à répondre qu'il n'en savait rien, mais un regard à la ronde suffit à l'arrêter. Son cœur manqua un battement et il fut pris de vertige. Il savait exactement où il se trouvait.

Chez lui.

VI

Tess travaillait aussi vite qu'elle le pouvait et s'efforçait de faire abstraction de la sinistre vérité : elle n'aurait jamais assez de temps.

Une heure, ce n'était pas suffisant pour fabriquer un *persalis* à partir de rien, d'autant que ses mains commençaient déjà à trembler. Elle avait débarrassé le bureau, rangé les objets en fonction de leur usage et des éléments qu'elle trouverait tissés dans chaque sortilège. Comme le contenant importait peu, elle choisit une horloge dont elle ouvrit le dos pour en étudier les rouages, ces rubans torsadés d'ambre et de vert. Elle les retira, les transféra rapidement dans une autre boîte où elle les attacha avant que leur lumière ne s'éteigne.

Elle aurait bien aimé avoir Vares perché sur le plateau du bureau, histoire de s'imaginer à la boutique, plongée en plein travail. Mais elle ne faisait pas confiance à Calyn : il serait capable d'écraser l'oiseau pour le plaisir. Elle gardait donc le volatile dans sa poche pendant qu'elle essayait frénétiquement de reconstituer le sort.

Tu n'as pas assez de temps, martelait son cœur alors que ses mains s'activaient, tissaient des filaments qu'elles maintenaient en l'air.

Il lui avait fallu des heures pour réparer le premier créateur de portes.

Mais tu ne connaissais pas la nature de l'objet, songea-t-elle. *Maintenant, tu sais.* Et en effet, elle avait appris le schéma du sort, la trame des filaments qui le composaient. Il ne lui restait plus qu'à recommencer.

Et si tu y parvenais ? intervint une autre voix. *Que se passerait-il ?*

Ce n'était pas un simple objet magique. C'était une arme, que la Main avait l'intention d'utiliser pour tuer la famille royale, faire éclater une rébellion et plonger l'empire dans le chaos.

Si Tess échouait, elle mourrait. Si elle réussissait, d'autres mourraient à sa place. Et elle risquait fort de mourir quand même. Dans le pire des cas, ce *vestra* la garderait à son service. Il utiliserait ses talents à d'autres fins ou la vendrait au plus offrant. À Serival, par exemple. Non, elle ne laisserait jamais les choses en arriver là.

Comme elle n'avait pas d'autre option pour le moment, elle se concentra donc sur sa tâche.

Elle scruta l'amoncellement de pièces détachées. Plus la magie s'enchevêtrait, plus sa vue se brouillait. À l'autre bout de la pièce, Bex était affalée sur une chaise, mais Calyn, lui, faisait de son mieux pour ressembler à un cale-porte.

Sur le mur à sa droite se trouvait une étagère avec un pichet.

— Il me faudrait un verre d'eau, lui lança-t-elle.

Le tueur à gages ne broncha pas. D'un signe de tête, Tess désigna le sortilège déployé dans ses mains, même si ses deux cerbères ne pouvaient pas le voir.

— C'est pour le *persalis.*

Calyn se redressa en soupirant.

— Je dois jouer à la nourrice, maintenant ? s'insurgea-t-il en attrapant la cruche d'eau.

— Va donc te plaindre au maître, ironisa Bex. Non, à la réflexion, attends qu'il revienne, j'aimerais bien voir sa tête. Et la tienne, quand il l'aura défoncée. Oh, pardon… il l'a déjà fait.

— Et toi ? grogna-t-il en posant sans ménagement le pichet sur le plan de travail près de Tess. Comment va ta main, Bex ? Tu peux encore voir à travers ?

La tueuse se leva de sa chaise.

— Je te le dis du fond du cœur, Calyn : va te faire voir. Mieux, crève !

— Taisez-vous, tous les deux ! s'emporta Tess.

Elle s'efforçait de tenir le sortilège d'une main pendant que, de l'autre, elle faisait jaillir de l'eau une vrille de lumière.

— Ouh là là ! se moqua Bex. Le chaton sort les griffes !

Elle s'approcha de la table. Tess se savait observée, pourtant elle se garda de lever les yeux de son travail : elle devait rester concentrée, même si les lignes pourpres du pouvoir de Bex dansaient à la limite de son champ de vision.

— Reculez, marmonna-t-elle. Votre magie me déconcentre.

Les aiguilles de l'horloge gisaient sur la table comme des allumettes usagées. Bex en attrapa une et l'agita en faisant claquer sa langue.

— Tic-tac, tic-tac. Je me dépêcherais si j'étais toi.

— Je travaillerais plus vite si je n'étais pas en train de mourir, murmura Tess.

— Fallait y penser avant de dire « non » à sa seigneurie, fit remarquer Calyn.

Quelque chose dans le ton du mercenaire – une aigreur qui n'était pas dirigée que contre la bricoleuse – lui fit marquer une pause. Quand elle redressa la tête, elle croisa son regard.

— Si j'échoue, que va-t-il vous arriver, à vous deux ? Vous croyez vraiment que ce *vestra* vous laissera partir ? (Ils restèrent muets, mais elle vit bien qu'elle avait touché un point sensible.) Vous avez l'antidote, poursuivit-elle. Vous pourriez me le donner maintenant. On aurait tous une meilleure chance de passer la nuit.

L'espace d'un instant, elle crut qu'ils allaient céder. Calyn avait même commencé à déplacer la main vers sa poche. Un muscle s'était contracté dans la mâchoire de Bex. Ils échangèrent un regard silencieux. Mais des bruits de pas, qui retentirent dans le couloir, les firent tressaillir. Tess comprit qu'ils craignaient plus de défier leur employeur que de mourir entre ses mains.

Elle se remit au travail au moment où le *vestra* refit son apparition.

— Bex, lança-t-il. Nous avons une invitée en bas. Va t'occuper d'elle.

À la mention d'une nouvelle présence dans la maison, Tess leva les yeux… et en oublia de respirer.

Le chef de la Main flamboyait littéralement.

Jusqu'à présent, son pouvoir n'avait été qu'un vague serpentin. Désormais, l'air autour de lui brillait d'une lumière argentée, comme si l'homme de peu de magie qui avait quitté cette pièce était devenu un *Antari* à son retour.

Absurde !

Puis elle vit le nouvel anneau qu'il portait à son doigt. Auparavant ne s'y trouvait qu'une bague d'argent poli, sculptée de manière à ressembler à une plume. Désormais, une bande d'or ceignait son pouce, et chaque brin d'argent partait de là, s'épanouissant jusqu'à s'enrouler autour de lui comme autant de mauvaises herbes d'un blanc argenté.

Ravie d'avoir un prétexte pour quitter la pièce, Bex disparut dans le couloir tandis que le regard du noble glissa sur Tess et la boîte ouverte sur la table.

— Tu as terminé ?

— Presque, mentit-elle.

Il semblait sur le point de répliquer lorsque l'air argenté qui l'entourait fut agité d'une petite impulsion. Ses yeux se tournèrent vers la porte ouverte. La tête penchée sur le côté, le *vestra* donnait l'impression de prêter l'oreille à une musique que lui seul pouvait entendre. Un sourire se dessina sur son visage, si toutefois on pouvait appeler « sourire » ce léger étirement des lèvres.

— On dirait bien que j'ai un autre invité, lâcha-t-il.

Sur quoi il tourna les talons et sortit en refermant la porte derrière lui. Tess demeura seule avec le *persalis* à moitié fini… et Calyn.

— L'antidote, demanda-t-elle à nouveau.

L'assassin se contenta de croiser les bras.

— Fais ton boulot, d'abord.

La gorge nouée, la jeune fille se força à continuer. Une douleur était apparue dans sa poitrine. Elle tenta de l'ignorer. Au fil des ans, elle était devenue douée pour surmonter la souffrance. Mais quelques instants plus tard, elle fut secouée d'un frisson qui la fit chanceler et elle faillit lâcher plusieurs filaments. Elle ravala un sanglot de frustration. Un seul faux mouvement risquait de tout gâcher. Un nœud raté, un fil manquant, et le créateur de portes ne fonctionnerait pas du tout. Pire encore, il…

Les mains de Tess s'immobilisèrent, les doigts suspendus au-dessus de la toile délicate, le temps que son cerveau se mette au diapason. Ce qu'il ne tarda pas à faire.

Il existait plusieurs sortes de portes. Certaines menaient à des endroits différents d'un même monde. D'autres ouvraient sur des mondes différents. Mais il y en avait un troisième type, non ?

Celles qui donnaient sur un lieu entre deux mondes, autrement dit nulle part.

Ses mains se remirent au travail pour terminer le sort au plus vite.

La maison n'avait pas changé.

Mille fois Alucard était allé se planter de nuit devant le domaine Emery, mais il n'y était jamais entré, pas depuis que la propriété avait été reconstruite. Il n'avait pas été capable d'en franchir le seuil. Bien sûr, il s'était demandé si l'endroit avait changé, ou si l'on n'en avait restauré que le squelette pendant que l'intérieur restait une ardoise vierge, une crypte abritant une vie passée.

Mais non, la demeure avait bel et bien été ressuscitée.

Chacun des piliers, chacune des portes. Des œuvres d'art étaient accrochées aux murs. Même les meubles avaient été remplacés. Aux yeux de Rhy, cette restauration passait peut-être pour une attention particulière, une preuve d'amour, mais à présent qu'Alucard se trouvait dans la maison, il s'y sentait hanté par les souvenirs.

Qu'est-ce que Lila fabriquait là ? Comment était-elle passée du Voile au domaine abandonné des Emery ?

L'ancien capitaine jeta un coup d'œil à la ronde. Ils se trouvaient dans la salle de réception de devant, juste après le vestibule. Un couloir partait sur la droite et face à eux se trouvait un escalier menant au premier étage. S'ils n'empruntaient pas cet escalier et décidaient de s'enfoncer dans les entrailles de la bâtisse, il y aurait à droite le bureau de son père et à gauche, un salon avec une grande cheminée de pierre.

Alucard retira son masque avant d'aider Kell à se relever.

— Debout, dit-il. Quelque chose cloche ici.

Kell s'efforçait de reprendre son souffle. Il regarda l'anneau noir qu'il tenait toujours serré dans sa main.

— Il aurait dû me conduire jusqu'à elle, dit-il. Ou au moins, à l'autre anneau.

Le prince balaya les lieux du regard, puis il se retourna pour s'engager dans le couloir.

— Attends, siffla Alucard, comme s'il craignait que le moindre mouvement ne réveille la maison endormie.

Kell fit quelques pas de plus avant de s'agenouiller. Lorsqu'il se releva, Alucard vit qu'il tenait à la main l'autre anneau, suspendu à un cordon de cuir cassé.

À ce moment-là, une silhouette se dessina en haut de l'escalier.

Alucard se figea. Il aurait bien aimé croire à une ombre, à un démon, à un spectre échappé de ses cauchemars. Mais Berras Emery n'était rien de tel. C'était un homme de chair et d'os, et il descendait les marches.

— Tiens, tiens, tiens, lâcha-t-il en claquant des talons à chaque mot. Alors, comme ça, on rentre à la maison ?

Il n'avait pas remarqué Kell et, pour une fois, l'*Antari* eut le bon sens de se taire. Alucard lui coula un regard qui disait à la fois « Vas-y », « Retrouve-la » et « C'est mon combat ».

Le prince à l'œil noir se fondit parmi les ombres, tandis qu'Alucard s'avança en pleine lumière pour affronter son frère.

VII

Peu de choses pouvaient prendre Alucard au dépourvu, mais le fait est que Berras Emery en faisait partie. Il fut tellement décontenancé par l'apparition de son frère en haut des marches qu'il lui fallut un moment pour remarquer que l'air autour de lui commençait à briller, non pas à cause des filaments vert terne de Berras, mais parce qu'une flamboyante maille argentée jaillissait de l'anneau d'or qu'il portait à la main droite. Celui qui avait disparu de l'atelier de la reine et conférait à son aîné la magie *Antari*. La magie de Lila.

— J'attendais ce moment depuis longtemps, petit frère.

— Tu savais où me trouver, répliqua Alucard. Tu aurais pu venir me rendre visite.

Berras atteignit le bas de l'escalier.

— Caché derrière les murs de ton palais.

— C'est pour cette raison que tu voulais le *persalis* ? s'enquit Alucard.

Berras ne nia pas. Il ne feignit pas d'ignorer l'existence du créateur de portes, de la Main ou du complot visant la famille royale, qui était celle d'Alucard désormais. Tout sourire, il se contenta d'admirer l'anneau d'or à son pouce.

— Je me demande quel élément je vais utiliser.

Alucard recula d'un pas. Les lattes du plancher gémirent d'autant plus qu'il était en train d'exercer une pression dessus : il faisait appel non pas au bois, mais à la terre tassée en dessous.

— Je croyais que tu préférais tes poings, ironisa-t-il en continuant d'attirer la terre entre les planches.

Devant lui, Berras ouvrit la paume et la magie argentée s'illumina en signe d'avertissement.

— Ne t'inquiète pas, cracha son aîné. Quand je mettrai fin à ta vie, ce sera de mes propres mains. Mais d'abord…

Alucard sentit le frôlement d'une volonté qui n'était pas la sienne, un poing qui tentait de se refermer autour de ses os. Il réagit juste à temps : il leva le bras, et la terre suivit le mouvement, soulevant un nuage de poussière qui bloqua la vue de Berras.

Comme la prise sur son squelette se relâchait, Alucard s'élança, avec l'intention de prendre son frère à revers. De l'attaquer par derrière. Si celui-ci ne pouvait pas le voir… Une main énorme traversa le nuage de poussière et agrippa Alucard à la gorge, pour le projeter contre le mur le plus proche. Le nuage se désagrégea, se dissipa et Berras réapparut : les filaments argentés dansaient dans ses yeux bleu-gris.

— Incroyable, dit-il. Je sens ta magie. Elle s'emballe en même temps que ton petit cœur paniqué. (Il resserra encore ses doigts animés d'une force écrasante et se rapprocha.) Tu as peur. Tu devrais en tout cas. Tu…

Alucard s'empara de l'air dans les poumons de Berras et le comprima, étouffant ses mots.

En réponse, son aîné le plaqua à nouveau contre le mur, mais Alucard conserva le contrôle de sa magie. Même s'il ne pouvait plus respirer, et que la tête commençait à lui tourner, il continua de comprimer l'air dans les poumons de son adversaire, jusqu'à ce qu'il sente enfin les doigts faiblir un peu autour de sa gorge. Son frère serait bien forcé de lâcher prise. Forcément… Mais Berras sourit – une espèce de sourire carnassier, tout en dents –, recula et écrasa Alucard contre le mur, assez fort cette fois pour que la paroi s'effrite. Le cadet des Emery bascula dans les ténèbres.

La porte s'ouvrit.

Lila leva la tête, dans l'espoir que ce serait Kell, mais fut déçue.

La tueuse à la tresse noire, Bex, entra d'un pas tranquille, en regardant Lila comme si elle était un cadeau emballé au pied du sapin de Noël.

— On a passé une mauvaise nuit ?

Lila tenta de rire, mais elle avait trop mal.

— Tu es au courant que tu ne sais pas choisir tes amis ? cracha-t-elle.

— Qui a dit que c'étaient mes amis ?

Lila fit craquer sa nuque.

— Disons… tes relations.

Le bois lui sciait les bras. Après plusieurs minutes d'efforts, elle s'était rendu compte qu'elle ne pouvait pas bouger. Elle s'efforça de masquer la difficulté qu'elle avait à respirer avant de poursuivre.

— Je serais curieuse de savoir ce que tu as contre la Couronne.

— Moi ? Rien, répondit Bex. Mais une mission est une mission et dans mon monde, l'argent est roi.

Elle passa la main sur son canon d'avant-bras qui, une fois fondu, se transforma en lame.

— Je pense qu'il est temps de finir ce qu'on a commencé, dit-elle.

— Bien sûr. Laisse-moi juste me relever.

Bex gloussa et posa sa botte sur la chaise pour se pencher en avant.

— Pas question.

— Ce ne sera pas un combat équitable.

Bex haussa les épaules.

— L'équité n'a pas sa place dans un combat.

Lila se dit qu'en d'autres circonstances, elles se seraient bien entendues, toutes les deux. Elles auraient même pu être amies. Ou, du moins, des connaissances qui n'essayaient pas de s'entretuer.

La lame de Bex vint se poser sur sa joue et mordre sa chair. Comparée au reste, la douleur n'était guère plus qu'un murmure. Une goutte de sang coula comme une larme le long de son visage.

— Le sang *Antari* vaut une fortune, avança-t-elle. Tu tiens vraiment à le gaspiller ?

Un sourire se dessina sur les lèvres de Bex.

— Tu as raison.

L'arme s'éloigna de la joue de Lila : la mercenaire s'était retournée vers une cruche qui trônait sur une étagère au mur. Elle s'empara du récipient dont elle déversa le contenu sur le sol.

— Voilà qui fera l'affaire, déclara-t-elle.

Comme elle tournait le dos à la porte, elle ne vit pas ce que Lila découvrit sur le seuil. La prisonnière soupira de soulagement.

— Tu es venu…

Kell entra dans la pièce : le cordon de l'anneau noir se balançait entre ses doigts.

— Tu m'as appelé, répondit-il avec une esquisse de sourire qui lui fit chaud au cœur.

Sourire qui s'estompa dès qu'il vit Bex postée contre le mur.

— Comme c'est mignon ! persifla la mercenaire en reposant la cruche. Malheureusement, je suis occupée…

Kell contempla Lila, confus. Il avait l'air de se demander pourquoi elle était attachée à une chaise, ou plutôt pourquoi elle n'avait pas déjà utilisé son immense pouvoir pour se libérer. Comme elle n'avait pas le temps d'expliquer la situation, la jeune femme se contenta de désigner Bex d'un signe de tête.

— Elle est toute à toi.

Par chance, il s'abstint de poser la moindre question. Il dégaina son épée et vint simplement s'interposer entre les deux jeunes femmes.

— Encore des épées, lâcha la tueuse, moqueuse. Attention, l'*Antari*, quelqu'un va se demander ce qui est arrivé à ta magie.

Lila vit les épaules de Kell se raidir. Bex en profita pour attaquer.

Elle s'élança vers son torse et changea au tout dernier moment son arme de main, avec l'intention de l'enfoncer par en dessous. Mais Lila avait enseigné ce mouvement à Kell, parmi la centaine d'attaques et de parades qu'ils avaient répétées pendant leurs séances d'entraînement. L'élève se montra donc à la hauteur : il abaissa sa lame avant que celle de son adversaire ne puisse se planter dans son flanc.

Les épées s'entrechoquèrent, raclèrent l'une contre l'autre, cherchant la peau et ne trouvant que l'acier.

Lila l'avait bien formé au cours de tous les mois passés à bord du *Barron*, sous le soleil et sous la pluie, quand elle avait cherché à défaire Kell de ses réflexes d'*Antari*, à le dépouiller de tout sauf de son épée et de sa vitesse. Il était aussi rapide que Bex alors même que la lame de la tueuse fondait, changeait de forme, se démultipliait. Kell, lui, se déplaçait avec toute la grâce d'un combattant né.

Mais il finit par commettre une erreur.

L'une des dagues de Bex lui entailla le bras, si bien qu'il en lâcha son épée, laquelle glissa sur le sol pour se retrouver hors de sa portée, mais accessible à son adversaire.

Il agrippa son bras blessé. En face de lui, la mercenaire se fendit d'un sourire cynique.

— C'est la beauté de mon pouvoir, fanfaronna-t-elle en s'apprêtant à ramasser l'épée tombée à terre. Tôt ou tard, tout l'acier vient à moi.

Elle replia une main autour de la poignée et Lila crut entendre la voix de Kell, dans sa cabine de capitaine, lorsqu'il lui avait présenté Kay. Quand elle avait essayé de lui arracher l'une de ses épées. Il avait tenté de l'en dissuader, mais elle avait tout de même saisi la poignée… et reçu en punition la chaleur, la douleur cuisante de la brûlure.

Bex dut la sentir, elle aussi, cette irradiation, car elle lâcha l'arme en poussant un petit cri tandis que Kell en dégainait une autre. La tueuse leva les yeux juste à temps pour voir la dague plonger dans sa poitrine.

— Toutes les lames ne t'appartiennent pas, lança-t-il.

Bex poussa un râle entrecoupé de gargouillis. Lorsque le prince *Antari* retira le poignard, la mercenaire s'effondra.

Prise d'hilarité, Lila fut arrêtée net par la douleur : son rire se transforma en une toux dix fois plus pénible qui lui laissa un goût de sang dans la bouche. Kell, qui s'était précipité vers elle, tailla dans le bois de la chaise jusqu'à ce qu'elle en soit libérée.

— Saleté de… bracelet, balbutia-t-elle en agrippant la bande d'or qui s'enfonçait dans sa peau. Je n'arrive pas… à l'enlever…

La manchette n'avait ni fermoir ni prise qui permettent de l'ôter.

— On trouvera un moyen, dit-il. Commence par te lever.

Il lui passa un bras autour des côtes, ce qui la fit hurler de douleur.

— Tu es blessée… dit-il, choqué.

— Sans déconner, Kell, rétorqua-t-elle en serrant les dents.

Il portait déjà les doigts vers sa manche déchirée.

— Je vais te soigner.

— N'y pense même pas, répliqua-t-elle en lui jetant un regard assassin.

Quelque part derrière cette porte, Berras avait réquisitionné sa magie. Elle avait du mal à respirer, et la dernière chose dont ils avaient besoin, c'était que Kell soit handicapé par la douleur s'il venait à lui réparer quelques côtes. Au bout d'un moment, il finit par comprendre, ou du moins accepter, que l'un d'eux devait rester en mesure de se battre.

— D'accord, concéda-t-il. Mais dans ce cas, appuie-toi sur moi.

— Je peux marcher !

Au premier pas qu'elle fit, cependant, ses jambes se dérobèrent sous elle tandis que ses côtes cassées lui égratignaient les entrailles. La main de Kell l'accompagnait, douce mais ferme.

— Appuie-toi sur moi, Lila, répéta-t-il.

Cette fois, à contrecœur, elle s'exécuta.

VIII

Tess posa les mains sur la table.

— J'ai terminé.

Les yeux fermés, elle s'efforçait d'ignorer les battements ralentis et paresseux de son cœur.

Après avoir traversé la pièce d'un pas traînant, Calyn scruta l'objet posé sur la table. Il pencha la tête sur le côté à la manière de Vares. En d'autres circonstances, elle aurait trouvé ça drôle. Pour l'heure, elle luttait de toutes ses forces pour ne pas s'effondrer.

— On dirait une horloge, dit-il.

Ses poumons lui pesaient, mais elle les contraignit à se remplir d'air.

— Peu importe à quoi il ressemble, répliqua-t-elle. Ce qui compte, c'est la façon dont il fonctionne.

Parler lui demandait tellement d'efforts qu'elle en transpirait.

Elle avait griffonné les ordres du sortilège – « *Erro* » pour ouvrir, et « *Ferro* » pour fermer – sur un bout de papier qu'elle poussa vers lui.

— Les incantations.

Le tueur contempla le papier tout en s'emparant de l'objet. Plus petit que le précédent créateur de portes, il tenait tout entier dans une main. En temps normal, elle se serait sentie fière de son travail.

— Où est l'autre partie ?

En entendant ces mots, Tess ouvrit des yeux horrifiés. L'autre partie. La clef. La dernière pièce, celle que l'homme de la boutique ne lui avait jamais donnée, celle qui indiquait la destination. Elle ne l'avait pas eu en sa possession lorsqu'elle avait réparé le *persalis* la première fois, ce qui expliquait pourquoi son créateur de portes lui avait permis de voyager entre les mondes au lieu de simplement traverser le sien. Cette fois, elle avait oublié. Parce qu'elle avait reproduit son premier travail. Parce que ce nouveau créateur de portes n'en avait pas besoin.

Elle scruta la table encombrée.

— Oh, pardon, répondit-elle en posant les yeux sur un rouage qu'elle avait retiré de l'horloge. Tenez.

Elle saisit le bout de ferraille avec des doigts tremblants, en tentant de faire croire à un geste prudent plutôt qu'à un choix fait au hasard.

Tess n'avait jamais été une bonne menteuse, mais si Calyn perçut un chevrotement dans sa voix, il l'attribua au poison. Il attrapa la pièce détachée avant de lui tourner le dos.

— Attendez ! L'antidote...

Tess se leva, mais ses jambes se dérobèrent sous elle. Elle dut se rattraper à la table tandis que le monde basculait. Elle avait de plus en plus de mal à respirer.

— Pas si vite, dit le mercenaire en traversant le bureau. Je dois m'assurer que ça marche.

Il jeta le rouage dans un coin de la pièce et posa l'horloge sur le sol, contre le mur. Tess lui emboîta le pas, malgré les battements de son cœur qui allaient en s'affaiblissant. La pièce oscillait tellement qu'elle dut s'appuyer à une chaise à l'instant même où Calyn prononçait :

— *Erro.*

L'horloge se mit à trembler... avant de se désintégrer. Ses parois en bois s'ouvrirent, son couvercle bascula, comme monté sur une charnière, et deux faisceaux de lumière blanche étincelante jaillirent des interstices. Ils brûlèrent à la manière de mèches en se déployant des deux côtés, puis vers le haut, dessinant des fissures jumelles dans l'air, jusqu'à monter à la hauteur de Calyn, puis plus haut, pour finir par tourner à nouveau et se rejoindre au-dessus de sa tête, dévoilant le contour de la porte.

L'espace à l'intérieur du cadre s'obscurcit et le mur derrière le *persalis* s'effaça, remplacé par un rideau, un voile. Cette fois, pourtant, aucun lieu n'attendait de l'autre côté de ce voile, aucun reflet spectral d'un autre monde. Rien d'autre qu'un épais noir d'encre.

— Voilà ! s'exclama Tess. Vous voyez ? Ça marche.

En grognant, Calyn plongea la main au fond de sa poche pour en sortir l'antidote, dont le contenu laiteux luisait dans la fiole. Il dirigea alors son regard vers le coin de la pièce où il avait jeté le rouage, lequel n'était pas une clef mais un simple morceau de métal.

— Vraiment ? demanda-t-il avant de lancer l'antidote à travers la porte.

Un sanglot monta dans la gorge de Tess quand elle vit le flacon disparaître dans les ténèbres. Il ne réapparut pas à côté du rouage. Il ne réapparut pas du tout. Parce que cette porte n'ouvrait pas sur une salle ou un monde. Non, elle ne menait nulle part.

Et désormais, l'antidote avait disparu, emportant avec lui toutes ses chances de survie.

Calyn jeta un regard déçu à la bricoleuse.

À court d'options, la jeune fille fit la seule chose qui lui restait à faire : elle poussa le mercenaire à travers le voile.

Elle n'avait plus assez d'énergie, bien sûr. Son geste, dans lequel elle avait pourtant concentré toutes ses forces, fit reculer Calyn d'un demi-pas, plus par surprise que par douleur. Mais ce demi-pas suffit car son coude rencontra la surface noircie de la porte, et celle-ci réagit de manière étrange : elle s'agrippa à Calyn… et l'attira à elle.

En un éclair, il fut englouti. Il eut beau tenter de résister, ses bottes glissèrent sur le plancher, ses mains cherchèrent une prise, et puis il disparut. Sa voix fut avalée au milieu d'un cri, ses mots coupés aussi nettement que des doigts par un couteau bien aiguisé.

Les jambes de Tess s'affaissèrent. Elle tomba à genoux sur le parquet humide. Elle aurait dû être anéantie et pourtant, en cet instant, elle ne ressentait rien d'autre qu'une détermination farouche. Était-ce dû au poison ? En tout cas, elle avait fait ce qu'il fallait.

— *Ferro*, ordonna-t-elle à l'artefact.

« Ferme-toi. »

Sauf que la porte refusa d'obéir.

Tess fixa le voile de ténèbres encadré par les traits lumineux qui auraient dû se séparer. Il était censé se dissiper à mesure que le sortilège refluait dans l'horloge.

— *Ferro*, répéta-t-elle en mettant ses dernières forces dans le mot afin de le rendre concret, puissant.

La porte qui ne menait nulle part semblait la défier.

Puis Tess remarqua la brise. Dans cette pièce dépourvue de fenêtre, un léger souffle de vent s'était levé. Or il ne venait pas de la porte : il se dirigeait vers elle, comme s'il aspirait l'air, la pièce et tout ce qui s'y trouvait. Les débris qu'elle avait abandonnés en travaillant se mirent à trembloter et voleter, telles des feuilles au ras du sol, avant de disparaître dans la gueule béante du vide noir.

Tess rampa jusqu'à l'horloge ouverte et agrippa la vitre en veillant à ne pas effleurer le mur de noirceur qui avait avalé Calyn. Résolue à arracher le boîtier pour atteindre les filaments à l'intérieur, elle était sur le point d'y parvenir quand il arriva l'impensable : l'horloge se brisa. Le cadre de la porte s'effrita avant d'être aspiré par les ténèbres sans que la porte se referme pour autant.

Au contraire, elle s'ouvrit davantage, fit voler en éclats les bords du cadre avec un bruit semblable au choc d'un marteau contre un rocher.

Boum !

Tess recula. Elle tenta de se relever mais ses jambes, privées de toute force, refusèrent de lui obéir.

Boum ! Encore ce son qui la secoua lorsque la porte se fissura en projetant des zébrures noires de tous les côtés.

Elle supplia son corps de se lever. Peine perdue. *Lève-toi*, voulut-elle s'encourager, à voix haute cette fois, mais ses poumons n'avaient plus d'air. Son cœur s'emballa, puis le monde vacilla et elle se retrouva par terre, la joue reposant sur le plancher. Elle n'avait pas peur.

Il y eut un nouveau « boum », mais il lui parut très lointain, à moins que Tess ne fût elle-même en train de partir à la dérive.

Les mains plongées dans son manteau, elle replia les doigts sur le petit squelette du hibou qui se blottit au creux de sa paume.

Elle ferma les yeux. Ce fracas, se dit-elle, c'était celui des vagues qui s'écrasaient contre les rochers de Hanas, le murmure caractéristique de son pays à elle, et elle se laissa aller au sommeil.

IX

Les oreilles bourdonnantes, Alucard se mit à quatre pattes tandis qu'un nuage de poussière de brique lui tombait sur les épaules. La pièce était plongée dans le noir mais, sur la seule base des vagues contours qu'il distinguait, il savait où il se trouvait : dans le bureau de son père.

Dans son enfance, jamais il n'avait été autorisé à y entrer. Berras non plus. Ils n'avaient pas le droit d'en franchir le seuil en dehors des convocations paternelles. Mais cela n'avait pas empêché Alucard d'en mémoriser chaque détail. La table de bois foncé. La baie vitrée qui s'élevait derrière, avec ses vitres bleu nuit traversées de filaments argentés.

Si la porte était désormais fermée, le mur, lui, était béant.

Une fois sur pied, Alucard se tourna vers l'ouverture aux bords irréguliers. Berras attendait de l'autre côté. Comme si, même adulte, il éprouvait quelques réticences à entrer. Il finit cependant par écarter les doigts, provoquant l'effondrement du pan de mur qui les séparait, puis il pénétra dans la pièce.

Alucard avait déjà dégainé sa lame, si bien qu'elle fendit l'air à l'instant où Berras franchit le seuil, mais le métal s'était à peine dirigé vers son frère qu'il s'amollissait et tombait sur le sol en gouttes d'argent fondu. Le poing de l'aîné des Emery s'abattit sur la mâchoire du cadet, dont la tête fut projetée sur le côté. Ce dernier chancela, un filet de sang, échappé de sa lèvre blessée, lui dégoulinant sur le menton. Il l'essuya du revers de la main.

— Une autre fois, j'aurais pris mon temps, lâcha Berras. Mais ce soir, je suis pressé.

Alucard remarqua alors l'éclat des filaments argentés dans l'air, juste avant que son frère ne frappe. Tandis que les fragments de brique s'élevaient autour de Berras, Alucard tendit la main vers le bureau de leur père, dont l'imposante masse pivota sur l'une de ses extrémités pour venir se dresser entre les deux adversaires. Dans la seconde qui suivit, les pierres de Berras déferlèrent sur son cadet… avant de se fracasser contre le bureau. Alucard n'attendit pas : poussant le meuble de toutes ses forces, il l'envoya percuter son frère.

Le bureau craqua au moment de l'impact… et se brisa avec la puissance des vagues qui s'écrasent contre les falaises, mais aussi avec peu d'effet : Berras restait debout, immobile, tandis que la table de travail, réduite en miettes, s'éparpillait autour de lui.

— Pourquoi ? demanda Alucard. Pourquoi as-tu créé la Main ?

Berras tendit le bras et les lampes s'allumèrent sur chaque mur, inondant la pièce de lumière.

— Tu as oublié ce que signifie être un Emery, répondit-il.

Soudain, les lampes qu'il venait d'allumer s'enflammèrent, consumées par la force d'une magie trop puissante. Elles se mirent à brûler, roussissant les murs, et emplirent les lieux d'une fumée âcre. Une idée vint tout à coup à l'esprit d'Alucard. Son aîné n'était pas habitué à disposer d'autant de pouvoirs, qu'il maniait avec autant de maladresse que de brusquerie.

— Si ça signifie être un traître, répliqua-t-il en embrassant la pièce du regard, je suis heureux d'y avoir renoncé.

Berras s'avança vers lui et Alucard recula d'un demi-pas pour chaque pas effectué par son frère, afin de réduire la distance entre eux.

— Un Emery mérite de s'asseoir sur le trône, précisa Berras. Pas de s'agenouiller derrière.

Alucard s'apprêtait à dégainer sa seconde lame quand il sentit la volonté de Berras s'abattre sur ses os avec une force aussi soudaine qu'écrasante. Aussitôt, ses côtes furent comprimées, sa mâchoire se bloqua et ses membres se paralysèrent. Son frère s'approcha de lui en faisant craquer ses articulations.

— Admets que tu es jaloux, cracha Alucard entre ses dents serrées.

Plus la main de Berras se contractait, plus la force exercée sur le corps de son cadet augmentait.

— Je préfère être un traître que la putain du roi.

Alucard croisa le regard de son frère et sourit.

— Tu es bien le seul.

Quoique incapable de bouger, il y voyait encore. Alors que l'anneau d'or brillait sur le poing brandi par Berras, qui prenait son élan pour lui porter un coup à lui rompre les os, Alucard braqua ses yeux sur les vitres teintées. Celles-ci se brisèrent aussi sûrement que s'il y avait abattu sa main au lieu de sa volonté.

La magie était un don, mais son utilisation demandait de l'entraînement.

Chaque nouvel élément gagné, Alucard avait dû le maîtriser. C'était une chose d'avoir accès au vent, à l'eau et à la terre, c'en était une autre de les utiliser en même temps. Si la plupart des magiciens se concentraient sur un seul élément, il y avait bien une raison.

La fenêtre céda, des éclats de verre bleu et argenté volèrent à travers la pièce et Berras réagit en magicien inexpérimenté : il tendit sa main droite pour arrêter les fragments, relâchant du même coup son emprise sur le corps d'Alucard.

Facilement repoussés par le pouvoir usurpé de Berras, les tessons s'immobilisèrent en l'air, mais Alucard s'était déjà remis en action pour dégainer sa seconde épée. D'un brusque mouvement ascendant, il trancha les doigts de la main droite de son frère.

Celui-ci poussa un rugissement de douleur tandis que mille éclats de verre tombaient en pluie sur le sol, bientôt suivis par les phalanges coupées de Berras qui atterrirent mollement parmi les débris. En se détachant, l'anneau d'or était redevenu une fine chaîne. L'aîné des Emery s'élança en hurlant sur son cadet, le poing gauche serré. Alucard était prêt : le vent qui s'était levé dans son dos frappa Berras avec plus de force qu'un corps – même le sien – n'aurait pu supporter.

Cette rafale aurait dû suffire à le projeter à l'autre bout de la pièce. Mais apparemment, Berras n'était pas fait que de chair et d'os. La haine, tel un boulet, ancrait ses bottes dans le sol, même si elles glissaient parce qu'il luttait pour rester debout. La bouche grande ouverte, il poussa un grognement de douleur et de colère.

Alucard plia les doigts. Les fragments du bureau brisé de leur père se soulevèrent et assaillirent Berras jusqu'à ce qu'il perde pied et tombe à la renverse. Éjecté de la pièce, il fut propulsé dans les entrailles de la maison fantôme où ils avaient vécu et percuta le mur du fond avec une telle force que l'édifice en trembla.

Il atterrit à quatre pattes, le souffle court. Le moignon de son bras droit saignait abondamment. Alucard enjamba le verre, l'anneau et les doigts qu'il avait sectionnés. Le sang de Berras souillait déjà de rouge le tranchant de sa lame, mais il se rapprocha de lui.

Il était temps de mettre fin à la lignée Emery une bonne fois pour toutes.

Les corps étaient bien trop fragiles, bon sang !

Une seule partie endommagée et soudain, tout s'écroule, songea Lila. Tout lui était douloureux – respirer, marcher, parler, s'appuyer sur Kell, avancer sans son aide. Mais elle s'accrochait à une chose : elle imaginait le châtiment qu'elle infligerait à Berras Emery lorsqu'elle le retrouverait. Ce fantasme se transforma en probabilité quand, en plein milieu du couloir, la menotte dorée autour de son poignet se détacha et tomba au sol sous forme de chaînette.

La magie de Lila revint aussitôt en force, dans ses poumons, son sang, la moelle de ses os. Ses côtes ne se ressoudèrent pas pour autant, mais cette certitude apaisa la douleur à la manière d'un baume.

Sur un claquement de ses doigts, la chaînette vint se loger dans sa paume ouverte au moment où quelque part, tout près, un rugissement déchirait l'air, semblable au hurlement d'un animal.

— Qu'est-ce que c'était ? demanda Kell.

Ils entendirent ensuite un grand fracas. Lila s'élança en direction du bruit, accélérant le pas à présent que la douleur s'était atténuée dans son corps et son esprit.

Le hurlement semblait venir de Berras. Autrement dit, il était en train de souffrir par la faute d'un autre. Et ça, c'était inacceptable aux yeux de Lila.

Elle gagna la pièce principale, suivie de Kell. On aurait dit qu'une violente tempête s'était abattue sur la maison. Un mur avait été détruit. Le sol était jonché de bois, de brique et de sang.

Berras Emery, à quatre pattes, cherchait tant bien que mal à se relever. L'une de ses mains saignait en un flot ininterrompu, l'autre était appuyée contre ses côtes – Lila espéra qu'au moins trois d'entre elles étaient cassées – et Alucard se dirigeait vers lui, épée à la main.

— Tu crois que je suis seul, grogna l'aîné des deux frères. Tu n'es qu'un imbécile. Vas-y, tue-moi.

Il leva les yeux et sourit, les dents tachées de sang.

Alucard resserra sa prise sur le manche de son arme.

Si Lila avait beaucoup de sang sur les mains, Alucard Emery n'avait jamais mis fin à une vie – pour autant qu'elle sache. Ce qui faisait sans doute de lui quelqu'un de bien. Ou un mauvais pirate. Mais cette fois, elle était convaincue qu'il allait tuer son frère.

Elle s'avança, d'une part parce que contrairement à lui, elle prendrait plaisir à achever Berras, et d'autre part pour épargner son ancien capitaine, trop gentil et trop attentionné malgré ses airs bravaches, qui resterait hanté par ce meurtre.

— Tu n'arrêteras pas la Main, disait Berras. Nous prendrons ta couronne et ton roi.

Alucard brandit son épée, mais Lila lui bloqua le poignet. Au même moment, les portes du domaine s'ouvrirent à toute volée et des individus se répandirent dans la maison. La magicienne, qui se retourna en s'attendant à un nouvel assaut, ne vit qu'une dizaine de gardes royaux, lames dégainées et prêts au combat. Ils s'immobilisèrent en comprenant qu'ils arrivaient après la bataille.

Puis ils virent les deux *Antari*, le consort du roi et l'homme à genoux.

— Pas trop tôt, grogna Lila en relâchant le bras d'Alucard.

Les soldats se déployèrent autour de leur chef, épées pointées sur Berras.

La jeune femme passa sous leur nez pour suivre la traînée de sang jusqu'au bureau, aux doigts sectionnés et à ce qu'elle devinait être les restes de l'anneau d'or, bien que, comme sa manchette, ce ne soit plus qu'une simple chaînette. Elle l'empocha, puis traversa les débris du mur en ruine juste à temps pour assister à l'ultime tentative de Berras.

Lorsque Alucard se retourna pour s'adresser aux soldats, le blessé s'élança avec l'intention de saisir la lame des mains de son frère. Mais l'ancien capitaine recula d'un pas et fendit l'air de son bras. Projeté en arrière, Berras alla percuter le mur, puis s'affaissa à terre pour ne plus se relever. Lila espéra un instant qu'il était mort, mais elle vit sa poitrine se soulever et s'abaisser. Dommage.

— Arrêtez le chef de la Main, ordonna Alucard aux soldats.

Au même instant, un nouveau fracas retentit au-dessus de leurs têtes. Plus qu'un son, il traversa la structure même de la maison, secouant l'air aussi vigoureusement que s'ils s'étaient trouvés à l'intérieur d'une cloche. Tout le monde leva les yeux. Ce n'était pas le genre de bruit vers lequel on avait envie de se diriger, pourtant Lila emprunta l'escalier aussi vite que son corps blessé le lui permettait.

— Lila, attends ! lança Kell.

Mais sa voix se noya dans le même vacarme, un grand « boum » assourdissant.

En haut de l'escalier, un autre couloir. Se guidant à l'oreille, Lila entra dans la chambre d'où venait le raffut et vit… une porte. Ou plutôt, l'embrasure d'une porte au centre de la pièce, ouverte sur le noir, sur le néant. Il n'y avait là aucune trace de *persalis* et les bords de la porte étaient irréguliers, comme déchiquetés. Une brise qui soufflait vers le cadre tirait sur la tunique de Lila. Sous son regard, celui-ci parut se fendre et s'étendre en fissurant l'air lui-même.

— Tu vois ce que je vois ? demanda-t-elle lorsque Kell parvint à ses côtés.

Il hocha la tête tout en scrutant le portail, puis il s'en approcha. Ses mains effleuraient l'air tandis que le vent aspirait ses cheveux et ses manches vers l'embrasure. Dès qu'il passa derrière, Kell disparut comme si le trou noir avait été un rideau, avant de réapparaître de l'autre côté.

Une seule personne avait pu fabriquer cette porte à partir d'un objet censé avoir été détruit. Lila ne tarda pas à découvrir Tess recroquevillée par terre, derrière le bureau, dans une flaque de cheveux noirs. On aurait pu la croire endormie, sauf que sa peau était grise et son immobilité complète, même lorsque le phénomène ébranla de nouveau la pièce.

Lila s'agenouilla et attrapa la bricoleuse par les épaules.

— Tess ! Tess, réveille-toi.

Il n'y eut d'abord aucune réaction. Puis l'adolescente ouvrit des yeux vitreux. Lila sentit un pouls battre sous sa peau, irrégulier, même lorsque la jeune fille sourit.

— Je ne les ai pas aidés, murmura-t-elle, comme si elle était droguée ou rêvait. Je n'ai pas… Attention !

Lila se redressa et se retourna à temps pour voir Bex débouler dans la pièce, ruisselante de sang. Avec un souffle rauque, la mercenaire lança sa lame droit sur le cœur de la jeune femme.

L'*Antari* tendit la main, ce qui arrêta net le couteau, à quelques pouces d'elle. La volonté de Bex, dont le sang détrempait le sol, était trop faible pour s'opposer à son pouvoir.

— Tu vas mourir, oui ? lâcha Lila en arrachant le poignard qui flottait dans l'air. Je vais t'aider…

D'un geste de la main, elle inversa le sens du vent dans la pièce pour projeter Bex dans les bras noirs de l'ouverture béante qui ne demandaient qu'à l'étreindre. La tueuse planta ses bottes dans le sol afin de résister, mais dès que son bras rencontra la surface de la porte, celle-ci la happa et l'entraîna membre après membre dans les ténèbres.

Lila se retourna vers Tess.

— Où ça mène ?

La bricoleuse lui répondit d'un faible sourire.

— Je n'en ai aucune idée.

Puis une ombre passa sur son visage et son corps fut parcouru d'un spasme. Sa tête heurta le sol. Lila la secoua mais, cette fois, l'adolescente ne se réveilla pas.

— Kell, lança la magicienne. (Il se précipita à ses côtés). Fais-la sortir d'ici.

Le prince prit Tess dans ses bras – elle lui parut trop jeune, trop petite, trop immobile –, mais ne s'éloigna pas. Son regard alla se poser sur la faille.

— On a un problème, dit-il.

Lila le voyait bien. Le trou noir continuait de s'élargir, les vrilles de ses fissures s'évasant et se creusant dans l'air.

— Occupe-toi d'elle, répéta-t-elle. Je me charge de fermer ce portail.

Kell acquiesça et partit, laissant Lila face à l'ouverture béante. Elle se toucha la joue, là où Bex l'avait entaillée. La plaie suintait encore : sa main en revint rougie. Elle plaqua alors ses paumes l'une contre l'autre pour les enduire toutes les deux de son sang. Puis elle s'approcha de la porte donnant sur le vide.

Le vent, qui se renforçait à chaque seconde, opposait une force contre laquelle il devenait difficile de résister. On aurait dit une bouche ouverte, des ténèbres prêtes à vous dévorer. Mais les bouches, tout comme les portes, se referment.

Lila enroula ses doigts autour du cadre en veillant à ne pas toucher le noir qui l'emplissait et prit une grande inspiration.

— *As Staro.*

« Ferme-toi. »

Le vent faiblit. Le cadre de la porte rétrécit sous ses mains tandis que l'ouverture se resserrait. Les deux côtés se rapprochaient, l'espace entre eux s'amenuisait. Malheureusement, le mouvement s'interrompit à mi-chemin. Les contours de la porte tremblèrent, comme s'ils cherchaient à s'écarter de nouveau.

Lila, les sourcils froncés, s'agrippa plus fermement au cadre.

— *As Staro*, répéta-t-elle.

À l'instant où sa volonté percuta la porte, celle-ci réagit par un mouvement inverse qui obligea Lila à écarter les bras. La faille reprenait son expansion. La jeune femme recula en titubant devant les fissures qui se creusaient tandis que retentissait à nouveau ce bruit assourdissant.

Boum !

Lila, horrifiée, contempla la porte menant au néant. Son sortilège n'avait pas fonctionné. Elle était une *Antari*. La magicienne la plus forte au monde. Et elle avait échoué.

Le portail craquait, s'étendait, le vent sifflait aux oreilles de la jeune femme, à court de solutions. Elle n'entendit pas Kell venir se poster à ses côtés. Il posa une main sur son épaule.

— Il faut que tu t'en ailles ! cria-t-elle plus fort que l'air déchaîné. (Il lui fit signe que non.) Je n'arrive pas à l'arrêter !

— Utilise la bague ! lui répondit-il alors que le monde se déchirait.

L'espace d'une seconde, elle crut, désarçonnée, qu'il parlait de l'anneau noir, celui qu'elle était trop fière pour porter à son doigt. Puis elle avisa la lourde chaîne d'or que le prince *Antari* avait dans les mains. La magie qui lui avait arraché son pouvoir pour le donner à Berras. Kell enroulait déjà la chaîne autour de son poignet.

Lila refusa.

— Tu ne peux pas faire appel à ta magie.

— Non, concéda-t-il. Mais toi, oui.

Sans maîtriser complètement cette histoire de chaînes, elle savait cependant que celui qui portait la manchette était lié à celui qui portait l'anneau, le pouvoir du premier se transférant au second. Elle sortit de sa poche la mince breloque d'or souillée du sang de Berras. Elle hésita assez longtemps pour que Kell la lui prenne des mains et la lui enroule autour du doigt. La chaîne qu'il avait au poignet se transforma progressivement en une manchette, tandis que celle de Lila devenait une bague.

Elle s'était déjà retrouvée dans la situation inverse. Elle savait ce que c'était d'être totalement privé de sa magie. À présent que la puissance de Kell se déversait en elle, elle se sentait deux fois plus forte, à tel point que le monde entier lui semblait bourdonner.

De son côté, le prince soupira et ses épaules s'affaissèrent, comme si un poids énorme venait de lui être enlevé. Il ferma les yeux, la main enroulée autour de la manchette comme pour la maintenir en place.

Il n'était plus temps de lui demander s'il était sûr de lui.

Lila se retourna vers la porte béante. Le vent était un torrent qui tirait sur ses vêtements, mais ses os restaient enracinés dans le sol grâce à ses pouvoirs. Elle porta de nouveau une main à sa joue et constata que sa coupure avait cicatrisé. La douleur dans sa poitrine s'était également estompée : en affluant en elle, le pouvoir de Kell avait suffi à guérir ses blessures. Elle dégaina un poignard et s'entailla profondément afin de teindre ses deux mains de rouge, puis elle s'approcha du gouffre.

Il était si large, désormais, qu'elle dut écarter les bras pour en toucher les bords. Ses doigts s'enroulèrent autour, puis elle s'emplit les poumons d'air et guida la magie vers ses mains avant de prononcer le sort en y mettant toutes ses forces.

— *As Staro !*

Le vent hurlait, féroce, et pourtant, ses mots claquèrent comme une déflagration. Ils traversèrent sa chair, traversèrent la pièce, aussi sonores que le carillon d'une cloche, pour s'agripper telles des mains géantes à l'embrasure défoncée. Lila sentit le cadre trembler, puis s'effondrer, les ténèbres rétrécir à mesure que le portail se refermait.

Puis il disparut, ne laissant dans son sillage qu'une cicatrice irrégulière, comme une plaie mal recousue sur fond d'air. Le vent mourut avec lui et plus rien ne bougea dans la pièce.

Lila se détendit, soulagée, et se tourna vers Kell. Elle espérait voir son visage refléter son propre sentiment de victoire. Mais il n'était plus à ses côtés. Il gisait à terre, le corps raide, les muscles tétanisés.

— Kell !

Lila arracha l'anneau de son doigt tout en se laissant tomber à ses côtés. Au même instant, la chaîne d'or se détacha du poignet du prince. Leur lien rompu, l'*Antari* rouge aurait dû revenir à lui. Mais ce ne fut pas le cas.

— Parle-moi, supplia-t-elle.

Il avait les dents serrées, les muscles paralysés, les cheveux trempés de larmes. Si ses yeux étaient ouverts, il ne semblait pas la voir.

— Bon sang, Kell, gémit-elle en prenant le visage du jeune homme entre ses mains.

À l'instant où elle le toucha, quelque chose se détendit enfin dans la mâchoire du prince, car il ouvrit la bouche… et se mit à crier.

X

Londres blanc

« *Plus le pouvoir est grand, plus le prix est élevé.* »
Les mots que Holland avait écrits tournaient dans l'esprit de Kosika, qui se tenait là, sous le cerisier, cet arbre qu'elle avait fait naître par sa seule volonté et quelques gouttes de son sang.

C'était un intrus, plus grand que les autres plantations du verger, et en pleine floraison estivale quand les autres allaient vers l'automne. Toutefois, ce qui la dérangeait, c'étaient les arbres qui le flanquaient : avec leurs feuilles décolorées et recroquevillées, desséchées en quelque sorte, ils paraissaient malades. Comme si, sans s'en rendre compte, elle avait pompé leur sève pour alimenter son stupide sortilège.

« *Qu'ai-je fait ?* »

— *La magie n'est pas infinie.*

Elle sursauta un peu au son de la voix de Holland. Il venait de la rejoindre, et comme dans son rêve, ses cheveux blancs se décollaient de ses joues, soulevés par une brise fantôme. Il suivit son regard. Elle repensa au Bois d'argent, au cœur du monde entre ses mains.

Des pas retentirent sur le sentier. Kosika se retourna pour voir arriver Serak. Le Vir avait toujours été un individu maussade, aux sourcils souvent froncés. Mais elle l'avait croisé dans les couloirs, ce matin-là, et il lui avait semblé de bonne humeur. À présent, il paraissait apporter de mauvaises nouvelles.

— Ma reine, annonça-t-il. On vous réclame.

— Que se passe-t-il ? demanda-t-elle.

Plutôt que de lui répondre, il l'invita à le suivre non pas vers le château, mais vers les portes extérieures.

Kosika poussa un soupir et lui emboîta le pas, non sans jeter un dernier regard au cerisier. Si ses fleurs s'épanouissaient, les branches des arbres qui l'encadraient, elles, se fanaient.

— *Tous les sorts ont un prix*, dit Holland.

De son index, la jeune souveraine frotta son pouce blessé.

— Je croyais l'avoir payé.

— Vous disiez ?

La question venait de Serak, qui se tenait seulement quelques pas devant elle.

Les yeux de Kosika passèrent du Vir au roi, et elle envisagea un instant d'avouer la vérité au premier, à savoir qu'elle parlait au saint lui-même. Mais Holland lui jeta un regard si lourd de sous-entendus qu'elle finit par secouer la tête sans dire un mot.

Serak garda les yeux baissés, sa bouche une fine ligne inquiétante, tandis que le carrosse s'ébranlait dans les rues de la ville. Lorsque Kosika l'interrogea sur leur destination, il se contenta de répondre :

— Mieux vaut que vous le voyiez de vos propres yeux.

Chez tout autre que lui, elle aurait pu soupçonner de la malveillance, se demander s'il préparait un coup d'État. Si les Vir avaient l'intention de conspirer contre elle, voire de provoquer sa mort. (L'un d'entre eux serait-il assez fort pour la tuer ? Non, elle en doutait.) Mais il s'agissait de Serak, le loyal Serak, qui voyait en elle l'incarnation du pouvoir, l'héritière d'un saint.

Durant tout le voyage, elle n'en garda pas moins les mains croisées sous sa cape, effleurant de l'ongle la légère entaille qu'elle s'était infligée pour faire pousser le cerisier.

Le carrosse s'arrêta enfin et Serak sortit le premier pour lui ouvrir la portière. En mettant le pied à terre, Kosika constata qu'ils étaient à l'entrée d'une ruelle, bordée de part et d'autre par les remparts de la ville. Devant eux, l'étroite voie était barrée par une tente blanche.

Drôle d'endroit pour installer un étal de marché ! pensa Kosika, avant de prendre conscience que la toile servait en fait à cacher quelque chose.

Un soldat les attendait. Dès qu'il la vit arriver, dans le sillage de Serak, il souleva le rabat et la fit entrer à l'intérieur.

Holland ne l'avait pas suivie dans la calèche, mais elle le sentait à présent à ses côtés, au moment de pénétrer dans la tente. Elle cligna des paupières pour s'accoutumer à la lumière des douces lanternes qui s'était substituée à celle du soleil. Puis elle balaya le sol du regard, s'attendant à voir un corps, peut-être, ou les restes d'un sortilège, quelque chose qui méritait d'être caché. Mais les pierres sous ses pieds étaient nues, immaculées. Kosika, perplexe, se tourna vers Serak, prête à se plaindre qu'il n'y avait rien à voir… quand elle l'aperçut.

Ce que c'était, elle n'aurait su le dire. Ça restait suspendu en l'air, entre elle et le Vir dont les contours ondulaient légèrement, comme à travers une vitre imparfaite. Dans son dos, Holland prit une brusque inspiration. Elle faillit tourner les yeux vers lui mais, à la place, elle tendit la main, certaine que ses doigts se poseraient sur quelque chose de solide. Ils traversèrent la marque sans rencontrer la moindre résistance, comme s'il n'y avait rien.

Kosika, perplexe, fronça les sourcils.

— Qu'est-ce que c'est ? demanda-t-elle en s'adressant à la fois à Serak et au saint.

— Nous n'en savons rien, répondit le Vir. La femme d'un soldat l'a découvert ce matin. Elle en a parlé à son mari qui est aussitôt venu nous prévenir, ce qui est une chance. Comme l'endroit n'est pas très fréquenté, nous avons pu monter la tente avant que des rumeurs ne commencent à circuler…

— Des rumeurs ? répéta-t-elle.

Serak s'éclaircit la voix.

— Vu la nature de la marque, qui est là sans vraiment l'être, il y a un risque… minime… que ce soit le signe d'un dommage causé…

— *Aux murs.*

Holland avait parlé à voix basse, et pourtant ses mots envahirent la tente tel un nuage de fumée.

— Aux murs, acheva Serak quelques instants plus tard.

Kosika ne comprenait pas. Et puis, soudain, la lumière se fit dans son esprit.

Pas n'importe quels murs. Ceux qui séparaient les mondes. Alors qu'elle scrutait la déformation de l'air, celle-ci changea d'apparence. L'ondulation se transforma en fissure.

— Vous pensez que les murs s'affaiblissent ?

Le silence de Serak en disait long. Une panique subite s'empara de la jeune fille.

— Il doit y avoir un moyen de les renforcer, dit-elle, affolée. De les rendre plus solides.

— Peut-être, concéda le Vir, l'air peu convaincu.

Après tout, il avait fallu des dizaines d'*Antari* pour créer les remparts qui isolaient les mondes les uns des autres, empêchant ainsi la magie du Londres noir de se répandre. Si la digue venait à rompre…

— J'ai des soldats qui parcourent la ville à la recherche d'autres marques comme celle-ci, annonça Serak.

Kosika étudia à nouveau la fissure dans l'air.

— Laissez-moi, ordonna-t-elle. (Elle avait parlé d'un ton sec, tranchant. Aussi se reprit-elle.) J'ai besoin d'être seule un instant. S'il vous plaît.

Serak s'inclina et sortit de la tente. Dès que le rabat retomba, Holland prit la place du Vir, de sorte que son image se déforma légèrement de l'autre côté de la marque. Kosika étudia l'ondulation. Ce n'était peut-être rien, mais plus elle examinait la forme, plus elle lui trouvait de ressemblance avec une porte. Une porte de sortie. Une porte d'entrée.

Elle avait décidé depuis longtemps de ne pas s'attarder sur l'existence de ces autres mondes. Et pourtant, ils étaient bien là, à se presser contre le sien.

— *Il y a eu un temps avant les murs, il y aura un temps après eux*, fit remarquer Holland dont les yeux vairons analysaient la marque. *Si c'est une fissure, c'est la première. Si ça se trouve, les murs tiendront encore cent ans…*

— Et si ce n'est pas le cas ?

L'ancien roi, sourcils froncés, leva une main pour effleurer l'air autour de la marque.

— *Rien de ce qui a été construit de la main de l'homme ne dure éternellement.*

Elle regardait la main de Holland, qui s'appuyait sur la fissure comme si sa paume rencontrait un matériau solide. Kosika s'avança, le bout des doigts taché de sang. *Les fissures se réparent*, se dit-elle. *Les blessures se soignent.*

— *Kosika*, intervint Holland d'une voix lasse.

Mais elle tendait déjà la main vers la marque en prononçant le sortilège :

— *As Hasari.*

L'air frémit. Le sang lui battait aux tempes. Kosika se prépara à la secousse provoquée par le déversement de sa magie dans le monde, à la sensation de vide qu'elle avait ressentie lorsque son pouvoir s'était enfoncé dans le sol. Peu importait le prix à payer, du moment que le mur était restauré, que la sécurité de son monde était rétablie et…

Rien ne se produisit.

Le sang ne trouva aucun point d'attache. Une seule perle rouge glissa vers le creux de sa paume. Ses yeux s'étaient-ils enfin adaptés à la lumière de la tente ? Quoi qu'il en soit, la marque dans l'air lui semblait plus solide…

XI

Londres rouge

Tess se réveilla sous un ciel évanescent. Le crépuscule se déployait au-dessus de sa tête en larges bandes bleues et violettes traversées de fines lignes d'or. Le sol sous ses pieds avait le moelleux du duvet.

Si c'était ça, la mort, pensa-t-elle, ce n'était pas si mal.

Puis elle se souvint qu'elle avait déjà vu ce ciel. Dans la chambre de Kell Maresh. Elle se redressa brusquement. Elle était non seulement vivante, mais également allongée dans le lit du prince…

Vares – son Vares – se trouvait sur la table de chevet. Pour l'avoir elle-même fabriqué, elle savait que son hibou n'était qu'un artefact de magie bien conçu et pourtant, au premier mouvement qu'elle fit, l'oiseau agita ses ailes d'os, comme s'il était heureux de la voir encore en vie. Et réveillée, aussi. Elle ne comprit pas tout de suite pourquoi il était inquiet, mais quand elle caressa le crâne du petit volatile en lui chuchotant : « Moi aussi, je suis contente de te voir », elle remarqua une silhouette qui contemplait le fleuve et la ville, près des portes donnant sur le balcon.

Lila Bard, bras croisés, sans manteau et la tête rejetée en arrière, semblait savourer la caresse du soleil qui se déversait par la vitre. Sauf que les traits de son visage étaient tendus, sa mâchoire serrée.

— Parfait, lâcha-t-elle sans se retourner. Tu es enfin réveillée.

Tess se rendit compte que l'*Antari* pouvait la voir dans le reflet de la porte. Lila se retourna et s'approcha du lit au cadre de bois sculpté pour s'appuyer d'une épaule contre l'un des montants dorés.

— Il s'en est fallu de peu, ajouta-t-elle.

— La porte… commença Tess.

— A été refermée, acheva Lila dont la bouche n'était plus qu'une ligne sinistre. Tu as vraiment mis une sacrée pagaille.

Tess se hérissa.

— J'essayais juste de les arrêter, protesta-t-elle.

Lila la dévisagea.

— Pourquoi ?

Tess s'offusqua, mais l'*Antari* se contenta de hausser les épaules, comme si sa question était légitime.

— Ils t'ont demandé de leur fabriquer un *persalis*. Or tu sais comment faire. Pourquoi ne pas leur avoir donné ce qu'ils voulaient ?

— Parce qu'ils l'auraient utilisé à mauvais escient. Pour tuer.

— Mais tu aurais survécu.

— Ils voulaient que je fabrique une arme.

— Tu l'as sûrement déjà fait.

— Je n'avais pas envie qu'on m'utilise moi comme une arme ! rétorqua Tess, exaspérée. Vous êtes une *Antari*, vous devriez comprendre. Les gens courent après la magie et, à défaut, après ceux qui la possèdent. Si j'avais fabriqué ce *persalis*, leurs exigences ne se seraient pas arrêtées là. Ils auraient trouvé d'autres objets à réparer, à fabriquer. Alors, j'ai refusé.

Lila acquiesça, enfin satisfaite de la réponse.

— Vous avez menti, reprit la jeune fille. (L'*Antari* haussa un sourcil.) Quand vous m'avez soignée, vous avez prétendu que c'était la première et dernière fois que vous saigniez pour moi.

Un petit sourire se dessina sur les lèvres de Lila.

— J'ai changé d'avis, répliqua-t-elle avec désinvolture. Ça arrive.

— Merci, dit Tess.

L'expression de Lila se durcit.

— Je ne l'ai pas fait par pure bonté de cœur. Tu me dois une faveur. Maintenant, lève-toi, ordonna-t-elle. Le moment est venu de me la rendre.

La dernière fois que Tess avait quitté la chambre du prince, elle était sous bonne garde. À présent, les soldats se tenaient contre les murs, et leur regard semblait la traverser comme si elle n'existait pas. Ils avaient pourtant salué Lila qui la conduisait au bout du couloir, vers une double porte luxueusement décorée.

Il y avait là une fillette assise sur un banc rembourré, à côté d'une femme aux cheveux blancs qui tenait un livre pour enfants. La petite, elle, cajolait un lapin au pelage couleur miel. Ses boucles noires lui tombaient sur le visage tandis qu'elle déversait sur l'animal un flot ininterrompu de mots doux, comme Tess le faisait parfois avec son hibou. Elle était jeune – quatre ou cinq ans –, trop jeune pour que sa magie se soit réveillée, et pourtant Tess croyait distinguer une lueur fantomatique dans l'air autour d'elle, bien que le halo soit trop faible pour avoir une couleur.

Assis sous le banc, un chat blanc fixait Lila de ses yeux améthyste, comme si la présence de l'*Antari* l'offensait. Il recula dans l'ombre dès que Lila s'arrêta pour poser la main sur les boucles de l'enfant, dans un geste presque attentionné.

— Bonjour, Ren, dit-elle. Tu montes la garde devant la chambre ?

La petite leva la tête, révélant des pupilles d'or bruni. Elle acquiesça.

— Il ne faut pas faire de bruit, chuchota-t-elle. Le prince dort. (Un éclair de douleur traversa le visage de Lila.) Mais ça va aller. Je lui ai apporté Miros, et Sasha dit que quand il se réveillera, je pourrai lui lire une histoire.

Lila ôta sa main de la chevelure de la fillette.

— C'est une très bonne idée.

Les yeux dorés de l'enfant se posèrent sur Tess. Ou plus exactement sur le squelette d'oiseau qu'elle tenait entre ses mains. Elle fit la moue.

— Il est mort, ton hibou ?

En réponse, Vares agita ses ailes d'os et le visage de la fillette s'illumina de joie. Tess approcha le volatile afin qu'elle le voie de plus près.

— Tu veux bien t'occuper de lui un moment ?

L'enfant prit le hibou avec précaution, comme s'il était fait de verre plutôt que d'os et de magie. Elle le plaça en équilibre sur le dos du lapin – lequel ne sembla pas dérangé – et lui caressa le bec.

— Comment il s'appelle ?

— Vares.

La fillette écarquilla ses yeux dorés.

— Comme moi ! s'exclama-t-elle.

Ravie, elle en avait oublié de chuchoter. Tess sursauta, médusée. Le mot « *vares* » signifiait à la fois « prince » et « princesse ». Autrement dit, cette fillette était Tieren Maresh, l'héritière du trône.

La petite tressaillit en se rendant compte de sa bêtise. Elle jeta un coup d'œil aux portes, puis se rapprocha en faisant signe à Tess de l'imiter.

— C'est toi qui vas le réveiller ? demanda-t-elle.

L'angoisse prit Tess aux tripes. Elle avait deviné, d'une manière ou d'une autre, la nature de la faveur dont parlait Lila. Sans lui laisser le temps de répondre, l'*Antari* plaqua une main contre la porte et lâcha :

— Elle va essayer.

Le motif qui ornait les lourds battants n'était autre que le symbole royal – le calice et le soleil –, avec un M sculpté au centre en imposantes lettres d'or. Malgré tout, Tess fut surprise de voir Lila la conduire jusqu'au roi.

Affaissé sur un fauteuil, Rhy Maresh paraissait deux fois son âge. Des boucles noires tombaient sur ses yeux d'or, sa couronne était posée sur un coussin à proximité et son menton sur ses doigts entrelacés. Si l'on en croyait la rumeur, le souverain d'Arnes était dépourvu de magie. Elle distinguait néanmoins les filaments d'argent qui partaient de son torse et flottaient dans l'air autour de lui.

Au moins n'y avait-il aucune trace de la reine. Quel soulagement ! Mais un autre homme, dont la magie se déployait en trois rubans de couleurs différentes, se tenait aux côtés du roi. Ses cheveux tirés en arrière révélaient des yeux orageux. Tess se crispa au souvenir du *vestra* de la maison. Celui qu'elle avait sous les yeux était toutefois plus mince et ses phalanges ne présentaient pas de cicatrices, même si des lignes délicates couraient le long de ses poignets et de sa gorge. Elle avait déjà vu ces marques auparavant, sur ceux qui avaient survécu au Brouillard noir. Lorsqu'il croisa le regard de Tess, elle remarqua des lignes irrégulières qui s'enroulaient dans ses prunelles comme autant d'éclairs. Elle devina alors qu'il avait, lui aussi, cet étrange don de vision.

Le monarque s'éclaircit la voix.

— Notre sauveuse est arrivée, à ce que je vois.

Il se leva, mais chancela presque aussitôt. Les yeux fermés, il s'appuya au dossier du fauteuil pour se rétablir.

— Mes excuses, dit-il. Nous avons dû le droguer et j'ai bien peur de ressentir moi aussi les effets de la potion.

Tess contourna le canapé et découvrit Kell. Le prince avait été placé sous sédatifs légers : on voyait encore la tension qui contractait ses mains, sa mâchoire, sa gorge.

— Chaque fois qu'il s'est réveillé, expliqua le roi d'une voix rauque, il s'est mis à hurler.

Tess comprit pourquoi. Les filaments autour de Kell Maresh n'étaient pas simplement effilochés : ils étaient sectionnés, déchirés par endroits. Certains n'étaient plus retenus que par un brin ténu et dès que la magie tentait d'y circuler, elle produisait des étincelles.

Tess se rapprocha. Des cheveux cuivrés, auxquels venait se mêler une unique mèche argentée, tombaient sur le visage du prince. Son manteau avait disparu, le col de sa chemise était ouvert, révélant le bord d'une marque noire au niveau du cœur – un sort qu'elle ne reconnaissait pas –, mais des filaments gris s'y enroulaient, pénétrant dans l'organe au lieu d'en émaner. Il s'agissait là d'un écho de la magie qui flottait autour du roi, l'autre moitié de la marque qui s'épanouissait sur le torse de Rhy Maresh. Leurs vies étaient liées, en quelque sorte.

— Peux-tu le guérir ? demanda le souverain.

Lila lui avait posé la même question la veille et Tess sentit les mêmes protestations lui monter aux lèvres. Cette fois, pourtant, elle les ravala. Elle avait construit un *persalis* à partir de rien, avec des mains qui tremblaient sous l'effet d'un poison. À présent, elles étaient fermement collées à ses flancs. Si quiconque dans l'empire était capable de réussir, c'était bien elle.

— En théorie, oui, répondit-elle. Mais vous êtes liés l'un à l'autre, non ?

On prétendait le roi impossible à tuer, ce qui n'était pas le cas. Pas vraiment. Chaque sortilège avait un point faible, et Tess venait d'identifier celui de Rhy Maresh.

— Si Kell meurt, vous mourrez aussi, prévint-elle.

Le roi esquissa un sourire las.

— C'est un risque que je suis prêt à courir.

Il jeta un coup d'œil à l'autre homme, qui grimaça et parut sur le point de parler, mais se ravisa en détournant les yeux.

— Vas-y, lâcha-t-il à mi-voix.

— Vous voulez bien m'aider ? demanda Tess. (Le *vestra* releva vivement la tête.) J'aurais besoin d'une deuxième paire d'yeux.

— Eh bien voilà, conclut le roi avec une gaieté inattendue. Maintenant, si je meurs, tu seras en partie responsable, Alucard. De quoi d'autre as-tu besoin ?

Cette question s'adressait à Tess. L'adolescente s'attacha les cheveux avant de retrousser ses manches.

— D'une tasse de thé aussi fort que possible. Et d'une paire d'orbières. J'en ai vu dans l'atelier de la reine. Ah et, pour finir, conclut-elle en se tournant vers Lila Bard, d'un filament de votre magie. J'ai besoin de quelque chose pour le réparer.

Elle s'attendait à ce que l'*Antari* proteste, mais cette dernière se contenta de tendre la main.

— Sers-toi, dit-elle.

Trois ans plus tôt, Tess avait été tentée de voler un brin de cette magie argentée. Elle s'était imaginée capable d'en prendre une mèche et de s'éclipser. Elle savait à présent qu'elle aurait échoué : l'opération n'avait rien à voir avec le fait d'arracher un cheveu sur la tête du premier venu. Tess tira sur un filament de la spirale qui tournoyait dans l'air autour de l'*Antari*. Celui-ci se libéra, mais Lila se mit à siffler avant de lâcher une bordée de jurons en langue royale. Même si elle n'en comprenait pas les mots, la bricoleuse en saisit le sens général.

Une fois la chose faite, Tess prit une profonde inspiration et étira le filament entre ses mains : c'était un fil argenté, brillant comme un clair de lune.

— Prêt ?

Rhy Maresh se rassit dans son fauteuil. Alucard posa une main sur l'épaule du roi. Lila, elle, se tint au chevet de Kell. Elle s'agenouilla près de son corps endormi et lui murmura quelque chose à l'oreille. Si Tess s'était trouvée plus loin, elle n'aurait rien entendu. Mais elle entendit.

— Où que tu ailles, je te suivrai, chuchota l'*Antari* à son prince.

Puis Lila se leva et leur passa devant pour se réfugier à l'autre extrémité de la pièce. Tess s'approcha. Elle examina Kell Maresh en s'efforçant de le voir non comme un homme, mais comme un réceptacle, un objet apporté dans sa boutique.

Autrefois cassé, bientôt retapé, se dit-elle.

Puis elle se mit au travail.

NW
NE
W
E
SW
SE
S

DOUZIÈME PARTIE

UN FIL À LA FOIS

I

Londres blanc

Partout où se posait son regard, Kosika ne voyait que désolation. Dans un nuage de vapeur, la chute de son château. Dans son thé, la destruction de sa ville.

— Longue vie à la reine ! lança un Vir.

Pourtant la reine n'était pas là. D'accord, Kosika était assise sur un fauteuil doré au centre de la table, entourée de Nasi et Serak, tandis que l'on portait des toasts et que l'on empilait des mets dans son assiette, mais à quoi bon avoir installé son trône ?

Les voix s'élevaient, puis s'éteignaient, sans que la souveraine les entende. Elle ne sentait d'ailleurs pas plus le bois du fauteuil sous son bras, le poids de la couronne sur sa tête ou la nappe d'eau sur la table de pierre, où un verre renversé avait laissé une flaque, alors même qu'elle y promenait les doigts depuis plusieurs minutes.

Non, tandis que les autres convives mangeaient, buvaient et discutaient, Kosika était de retour dans la tente blanche, à fixer la fissure imprégnée dans l'air. Un défaut dans les murs du monde. Son monde à elle. Le seul dont elle se soit jamais souciée. Le seul qui comptait, tant que les murs tenaient. Mais…

— *Un jour, les murs tomberont*, avait prédit Vir Lastos. *Nous ferions mieux de nous renseigner sur nos ennemis.*

— *Chaque jour, notre monde revit un peu plus.*

— *Et si c'est aussi le cas des autres mondes ?*

Cette insolence avait valu à Lastos de se faire abattre le jour même. Sa mise en garde, en revanche, n'avait pas été oubliée.

Kosika s'aperçut qu'elle n'était pas en train de dessiner dans l'eau des motifs au hasard. La pointe de son doigt avait tracé une porte. Et pas n'importe laquelle : si ses côtés étaient droits, son sommet était arqué. La porte qui menait à sa chambre… et à celle de Holland.

Elle repoussa sa chaise, qui racla sur les dalles. Un grincement léger, mais qui résonna comme un coup de fouet en se propageant à travers la salle. Le silence se fit.

— Ma reine, dit Serak qui se leva en même temps qu'elle, êtes-vous souffrante ?

Kosika murmura une excuse d'une voix qu'elle-même jugea distante. Intriguée, Nasi se redressait déjà pour la suivre quand la monarque fit non de la tête. Quoique décontenancée, son amie se laissa retomber sur son siège pendant que Kosika fuyait le dîner et la salle.

Une fois dans l'escalier, elle enfonça son ongle dans l'entaille de son pouce, réveillant une douleur sourde. Elle gravit un étage après l'autre, jusqu'à l'autel et l'alcôve. Elle s'attendait à sentir son roi lui emboîter le pas, mais ce fut seule qu'elle atteignit le sommet. Elle prit une bougie sur la table, se glissa derrière la statue du saint, murmura le mot de passe qui ouvrait la porte et entra. La petite flamme éclaira de sa lueur vacillante la chambre plongée dans le noir.

Elle se dirigea vers le bureau où trônait le coffret de bois. Elle s'attendait à entendre la voix de Holland à l'instant où elle s'en saisirait, mais ne perçut que les battements de son cœur et sa propre voix qui sifflait dans sa tête.

S'était-elle montrée naïve en se désintéressant des autres mondes aussi longtemps ? Elle n'avait aucune envie de s'y aventurer. Mais si les murs s'effondraient et que leurs ennemis entraient ? Et s'ils venaient s'emparer de sa magie ? Comment pourrait-elle combattre ce qu'elle ne connaissait pas ?

La boîte glissée sous son bras, elle se retourna. Son reflet dans le miroir la fit tressaillir. Sa couronne brillait comme un bandeau de métal en fusion dans ses cheveux tressés, aussi intensément que les boutons d'argent qui descendaient le long de son corsage et les pierres précieuses sur son col. Elle se débarrassa de la couronne, puis défit ses tresses. Lâchés, ses cheveux ondulés lui tombaient sur les yeux, si bien que la marque des *Antari* se retrouvait cachée derrière une boucle blond foncé.

La cape grise de Holland était accrochée au mur. Elle s'en enveloppa et frissonna sous ce poids posé sur ses épaules comme une main. Après quoi, elle s'agenouilla sur le sol de pierre et traça un X.

Ce sort lui avait été enseigné par Holland en personne. Il l'y avait initiée un jour d'été où elle cherchait à s'esquiver du château sans se faire remarquer. Au sourire discret esquissé par ses lèvres pendant qu'il lui donnait des explications, elle avait tenté d'imaginer son roi, son saint, sous les traits d'un garçon de son âge, en train de couper à travers la ville comme s'il avait pris une carte, l'avait repliée et s'était servi d'une paire de ciseaux pour tailler dedans.

Apparemment, personne n'avait remarqué le carré d'écorce qu'elle avait arraché à un arbre de la cour, la marque qu'elle avait gravée dans le tronc à la place, ni les lignes légèrement assombries par le sang. Sec depuis longtemps, le X n'était plus qu'une vague croix d'un brun léger, mais il était toujours là. Lorsque Kosika pressa sa paume sur le symbole dessiné par terre et murmura le sortilège – « *As Tascen* » –, la chambre du roi s'évapora, et elle avec.

Elle réapparut bien vite, sauf qu'elle n'était plus agenouillée sur la pierre mais dans l'herbe, la main appuyée au pied de l'arbre. Le château se dressait au loin, avec ses fenêtres qui brillaient tels des yeux laiteux. Le domaine était plongé dans l'obscurité, même si la clarté de la nuit et la lune presque pleine lui permettaient de voir.

Kosika appuya ses doigts ensanglantés sur la boîte et prononça le sort qui l'ouvrait.

À force d'enchaîner les sortilèges, la tête lui tournait. Elle repensa alors au cerisier : elle ne devait pas oublier qu'elle puisait dans une réserve limitée.

Elle souleva le couvercle du coffret. La lumière de la lune révéla les pièces qui dormaient à l'intérieur. Trois reliques vers trois autres mondes. Une d'argent. Une pourpre. Une noire. Kosika attendit et finit, enfin, par sentir sa présence. Comme un rayon de soleil par une froide journée, une vague de chaleur aussi soudaine que bienvenue.

— Où étiez-vous passé ? murmura-t-elle en voyant Holland surgir de l'ombre des arbres, ses cheveux blancs brillant comme un clair de lune.

— *J'étais là. Je suis toujours là.*

— Vous avez disparu depuis que nous avons vu la fissure.

Une fois à ses côtés, la silhouette pâle du saint se pencha sur la jeune reine.

— *Je ne voulais pas t'influencer. Je sais ce que tu te dis, et je ne te forcerai à rien.*

Sourcils froncés, il posa sur le coffret un regard mélancolique mais teinté de résignation, comme s'il avait toujours su qu'ils en arriveraient là.

Kosika contempla la boîte ouverte, les reliques. Elle voulut saisir la pièce pourpre, mais lorsque ses doigts effleurèrent le métal, Holland l'arrêta :

— *Attends.* (Il s'agenouilla et posa une main sur la sienne.) *Je suis sincère, quand je te dis que je suis toujours à tes côtés. Je suis lié à toi, Kosika. Où tu vas, je vais. Et je ne peux pas aller là où tu ne vas pas. Mais après ce qui vient de se passer aujourd'hui, il faut que je vérifie quelque chose.*

Les yeux vairons de Holland – vert et noir – cherchaient à plonger dans les siens.

— *Tu me fais confiance ?*

— Bien sûr, répondit-elle sans réfléchir.

La main de Holland passa de la pièce pourpre au tesson noir.

— *Alors, emmène-moi là-bas.*

Kosika hésita. Elle ne s'était rendue qu'une seule fois dans le Londres noir, l'année précédente, et n'avait jamais eu envie d'y retourner. L'horreur que lui inspirait cet endroit lui collait à la peau comme une toile d'araignée. Mais Holland était son roi, son saint, et elle ne lui refuserait rien. Elle sortit donc la relique du coffret et en soupesa le poids au creux de sa paume avant de refermer les doigts dessus.

— *As Travars.*

Les ténèbres autour d'elle se firent palpables. Le monde se désintégra.

Mais cette fois, elle ne tomba pas.

Il n'y eut ni terreur, ni appel d'air, ni sensation de chuter du haut d'une tour qui n'existait pas. Pourtant, elle eut l'impression d'atterrir, car un panache de cendres s'éleva du sol pour redescendre ensuite, sans le moindre souffle de vent.

Elle se redressa afin de balayer les lieux du regard, soudain paniquée à l'idée que Holland ne l'ait pas suivie, qu'elle se retrouve à nouveau seule dans ce monde maudit. Mais quand les cendres alentour se dissipèrent, elle le vit. À quelques pieds de l'endroit où elle avait atterri, il observait le paysage dévasté, dos à elle. Malgré l'immobilité des lieux, l'étrange brise qui entourait en permanence l'image de Holland soufflait toujours. Sa cape blanche ondulait, ses cheveux blancs voletaient autour de son visage. Curieusement, il ressemblait encore plus à un saint.

Jusqu'à ce qu'il soupire.

Car son souffle était rauque et indéniablement humain. On aurait dit qu'il cherchait à s'armer de courage avant d'affronter ce monde. Kosika se rappela les histoires qu'il lui avait racontées, selon lesquelles il aurait été précipité là, au seuil d'une mort dont l'aurait sauvé un démon : la créature avait promis de ressusciter son monde en échange de son corps, de sa vie.

— Holland.

La voix de la jeune reine retentit comme un cri dans une salle caverneuse.

Il tourna la tête, de sorte qu'elle vit la ligne d'une mâchoire, une joue, son œil noir. Elle brûlait de lui demander ce qu'ils faisaient là, mais Holland porta un doigt à ses lèvres. Son œil noir se referma et il pencha légèrement la tête sur le côté, comme pour écouter.

Kosika se tut elle aussi avant de contempler les alentours. Ils se tenaient sur ce qui avait dû être une place de marché. Les bâtiments qui flanquaient l'esplanade avaient autrefois été hérissés de pointes et de flèches, dont la plupart s'étaient brisées en même temps que les toitures. Les pierres se délitaient sous leurs pieds.

— *Difficile à croire, n'est-ce pas ?* murmura Holland. *Un jour, cet endroit a été la source de tout pouvoir.*

C'était en effet difficile à croire vu le spectacle qu'ils avaient à présent sous les yeux, aussi froid et noir qu'un foyer abandonné.

Mais elle savait que c'était vrai, qu'autrefois la magie de son monde venait de celui-ci. Que le pouvoir s'était ensuite répandu sur les autres mondes telle une vague de chaleur qui se refroidissait à mesure qu'on s'éloignait de sa source. Qu'il avait fini empoisonné, et que ce venin s'était diffusé, lui aussi.

Kosika perçut un mouvement du coin de l'œil et découvrit, en se retournant, que Holland s'éloignait à pas prudents, même si ses pieds ne produisaient aucun bruit et ne soulevaient jamais la cendre, contrairement aux siens.

Arrivé au centre de la place, il posa sa main sur les pierres brisées, les doigts écartés, comme s'il n'était pas un fantôme mais un être de chair et de sang. Au bout d'un moment, ses lèvres remuèrent. Il avait beau à peine murmurer, ses mots parvenaient quand même aux oreilles de la jeune fille.

— *Tu le sens ?*

Elle s'agenouilla et toucha le sol comme elle l'avait vu faire. Kosika s'attendait à ressentir un frisson, de la peur, ou un picotement de magie corrompue. Mais elle ne rencontra que la surface de la pierre. Pas de magie. L'espace d'un instant, elle redevint cette enfant qui s'apprêtait à découvrir le corps de Holland dans le Bois d'argent et se réveillerait le lendemain avec le monde qui frémissait sous sa peau. Du reste, ce rapprochement n'était pas tout à fait exact car avant de posséder ses propres pouvoirs, elle sentait déjà dans le monde cette force contenue mais avide de s'exprimer, hors de sa portée. Cette fois, c'était différent. Cette expérience lui rappelait plutôt le jour où, âgée de neuf ans, elle avait été victime d'un sortilège de protection visant à séparer un corps de sa magie.

C'était l'une des premières fois – certainement pas la dernière – où quelqu'un avait tenté de la tuer, et Nasi avait été là pour trancher d'un coup de couteau la gorge de l'assassin et la tirer du piège dans lequel elle était tombée. Après avoir été faite prisonnière et avant d'avoir été sauvée, cependant, l'étrangeté du sortilège l'avait submergée.

Il ne lui avait causé aucun mal à proprement parler. Il lui avait procuré la même sensation qu'à présent : celle d'être un réceptacle qu'on aurait vidé. Rien d'autre qu'une coquille vide.

Holland, qui s'était redressé, s'avançait vers elle.

— *Tu le sens ?* répéta-t-il.

— Non, je ne sens rien.

Le roi poussa un soupir de soulagement.

— *Exactement*, confirma-t-il. *Quand j'ai vu que le monde était fissuré, je me suis interrogé. Je n'osais pas espérer. Mais maintenant, je sais.*

— Vous savez quoi ?

Il se planta devant elle, les yeux brillants.

— *C'est terminé*, lâcha-t-il d'une voix étranglée par l'émotion. *Le feu d'Osaron s'est enfin éteint.*

Osaron, le roi de l'ombre, un sortilège devenu dieu qui avait tout détruit.

— Il s'est éteint ?

Effectivement, elle ne percevait aucune magie alors que l'empreinte d'Osaron était omniprésente. Elle s'aperçut qu'elle retenait sa respiration pour ne pas inhaler les cendres, de peur qu'elles ne contiennent des traces de magie corrompue.

— *Tu sais ce que ça veut dire ?* demanda-t-il en faisant glisser ses doigts dans l'air. *Que nous pouvons raviver le feu. Rallumer la source.*

Kosika recula, comme sous l'effet d'une gifle.

— La magie de ces lieux est maudite. La raviver, c'est ressusciter le fléau et…

— *Non*, la coupa Holland en secouant la tête. *Rase une forêt et la moisissure s'en va avec. Avant que cette source ne se mette à répandre une magie empoisonnée, elle était à l'origine de tout. Tout le pouvoir des mondes a débuté ici. Pourquoi ne pourrait-il pas ressusciter ?* (Il posa sa main sur l'épaule de Kosika.) *Les murs ont été construits pour protéger les autres mondes. Mais ils faisaient aussi office de barrage. À partir du moment où ils ont été érigés, aucun pouvoir n'a pu circuler entre deux mondes. Dès lors, la magie est devenue limitée. Chaque monde s'est trouvé contraint d'alimenter ses propres réserves. C'était nous qui en avions le plus, au début, parce que nous sommes les plus proches de la source, mais nous en avons fait un mauvais usage. Nous l'avons morcelé en feux de plus en plus petits, puis nous les avons étouffés jusqu'à ce qu'ils commencent à s'éteindre. Ma mort a été un souffle sur les braises d'un monde qui se mourait. Ton règne aussi. Ensemble, nous avons empêché notre flamme de s'éteindre. Mais je crains que nous n'ayons atteint nos limites.*

Le cœur de Kosika se serra quand elle l'entendit formuler ses propres craintes à voix haute.

— *Il n'y a plus assez de pouvoir*, reprit-il.

— Je sais, murmura-t-elle.

Mais Holland ne semblait pas vaincu à cette idée. Au contraire. Il y avait dans ses yeux une lueur inédite. Dans sa voix, une vigueur nouvelle.

— *Ne désespère pas. Si nous ravivons le feu, si nous rallumons cette source, notre monde se remettra à flamboyer avec plus d'éclat que jamais. Tu n'auras plus à choisir quel arbre arroser. Notre peuple n'aura plus besoin de saigner pour éloigner le froid de l'hiver. Toutes mes souffrances, tous mes sacrifices… tout ça en aura valu la peine.*

En cet instant, Kosika vit Holland tel qu'il avait dû être avant que les Dane ne l'asservissent. Elle vit l'enfant qui rêvait de guérir un monde à l'agonie, le roi qui avait tout donné pour que la magie soit restaurée, le saint qui, même mort, ne trouvait pas le repos parce que sa tâche était restée inachevée.

— Et les murs ? demanda-t-elle.

La main de Holland quitta son épaule.

— *Laisse-les s'effondrer. Ou démolis-en un pour le rebâtir en entier. Laissons les autres Londres s'occuper de leurs braises pendant que nous profitons de la chaleur.*

Soudain, l'ancien roi fit quelque chose d'inouï : il s'agenouilla devant Kosika, avec grâce, un genou posé sur les débris de pierre.

— *Ma reine, nous pouvons réussir. Ensemble.*

Elle en avait envie. Et elle avait constaté la force du désir qui émanait de lui. Holland Vosijk avait tant donné. Tout, même, sans que ses sacrifices suffisent pour autant. Mais il y parviendrait, à condition qu'elle l'aide.

Kosika balaya du regard le monde mort qui les entourait.

— Comment ravive-t-on un feu aussi grand ?

— *De la même manière que celui d'une cheminée*, répondit-il. *À l'aide d'une quantité suffisante de petit bois et d'une étincelle au bon endroit.*

Son visage brillait d'une lumière aveuglante : celle de l'espoir. À ce moment précis, s'il lui avait demandé de s'ouvrir les veines et de verser son sang jusqu'à la dernière goutte sur le sol stérile, elle l'aurait peut-être fait.

Mais elle se contenta de hocher la tête et de prononcer les mots qui allaient embraser le monde.

— Montrez-moi.

II

Londres rouge

Kell se souvenait de tout.

Si un jour quelqu'un l'interrogeait, il soutiendrait le contraire, que son dernier souvenir était d'avoir enroulé la chaîne dorée autour de son poignet et d'avoir dit à Lila d'utiliser sa magie pour refermer le portail. Qu'après, il avait sombré dans les ténèbres.

Mais ce serait mentir.

L'espace d'un délicieux instant, après que la chaîne s'était transformée en manchette autour de son poignet, il n'avait plus rien senti du tout. La magie s'était éteinte comme une bougie à court de mèche et il avait éprouvé une sensation de creux, de vacuité, ce qui lui avait procuré une forme de soulagement.

Puis son tourment avait commencé.

Il s'était imaginé que si sa magie était entre les mains de quelqu'un d'autre, elle ne pourrait peut-être pas lui faire de mal. Il se trompait. Quand Lila avait lancé le sortilège, il l'avait ressentie, cette douleur déchirante qui plongeait jusque dans ses os. Chaque fois qu'elle avait déversé son pouvoir et le sien en mots, la douleur avait empiré, encore et encore. Et bien qu'il eût tout donné pour lâcher prise, il en avait été incapable, parce qu'il ne contrôlait rien.

Utiliser sa magie n'était pas sans effets néfastes, mais la souffrance qu'il éprouvait avait toujours été passagère. Cette fois-là, au contraire, elle refusait de partir. Pire encore : elle ne cessait de croître, au point qu'il ne fut bientôt plus à même de respirer ni de parler. Lorsque la porte menant au néant fut enfin refermée, le sort terminé, la menotte ôtée, il demeura malgré tout prisonnier de cette douleur. De sa propre chair. Le monde à l'extérieur de son corps disparut. Lui seul restait là, à crier.

Et puis, enfin, tout s'arrêta. Tout s'arrêta et il sut que la mort était arrivée... Une sensation aussi merveilleuse que les bras de son frère, la voix de Lila ou une virée en mer.

Ensuite, Kell ouvrit les yeux... et vit un lapin.

Miros sautillait au pied du lit. Un petit visage tout en boucles noires et yeux d'or se pencha au-dessus des couvertures, juste derrière la créature.

— Ren, lança Rhy en traversant la pièce. Qu'est-ce que je t'ai déjà dit ? N'embête pas ton oncle.

— Mais il est réveillé !

Rhy se retourna. Dès qu'il posa son regard Kell, différentes émotions se peignirent sur son visage avant qu'il ne prenne la princesse dans ses bras.

— Va chercher Alucard, lui dit-il en l'embrassant sur les cheveux. Dis-lui que tu as droit à trois histoires ce soir.

Dès qu'il l'eut reposée à terre, Ren détala en bondissant. Le lapin sautillait derrière elle.

— Voilà qui devrait nous laisser un peu de temps, dit-il en la regardant s'éloigner.

— Qu'est-ce qui s'est passé ? demanda Kell.

Il avait la voix rauque de ceux qui ont beaucoup crié.

— De quoi te souviens-tu ?

— De rien, éluda le prince.

Au regard que lui jeta son frère, il comprit que celui-ci n'était pas dupe.

— Et comment te sens-tu ?

Kell se redressa dans son lit. Ses muscles étaient raides, mais il n'avait mal nulle part.

— Qu'est-ce que tu as fait ?

— Moi, rien. C'est Tess qui a tout fait.

Kell releva la tête.

— Non.

— On est tous les deux en vie, répliqua Rhy avec un geste d'apaisement. C'est déjà ça.

— Tu n'aurais pas dû prendre un tel risque.

— Ce n'est pas comme si j'avais eu le choix, objecta son frère, lugubre. C'était ça ou te droguer éternellement. Et j'ai beau apprécier la sensation que procure la drogue, j'ai un pays à gouverner, figure-toi.

Kell serra le drap dans ses poings.

— Rhy…

— Tu me remercieras plus tard, le coupa-t-il. On ne sait pas si ça a fonctionné.

Puis il souleva un chandelier de la table et lui tendit la bougie éteinte.

Kell la fixa du regard sans esquisser le moindre geste. L'espace d'un instant épouvantable, il remonta le temps et se retrouva devant le jeu de la maison de glace, à la Foire du crépuscule, terrifié à l'idée de tester son pouvoir et de découvrir qu'il ne lui répondait plus. Il était dans son étroite cabine, à bord du *Barron*, certain que s'il y mettait assez du sien, il parviendrait à surmonter la douleur qui le déchirait en deux. Il se battait aux côtés de Lila, l'épée à la main, déterminé à ne pas puiser dans cette magie endommagée, tâchant de se convaincre qu'elle n'existait pas. À présent, assis dans son lit au château, il redoutait ce qui se passerait si son pouvoir refusait de répondre à son appel. Il redoutait la douleur qu'il éprouverait s'il se manifestait.

Mais Rhy avait risqué sa vie pour donner à son frère une chance de voir sa magie être restaurée. Aussi Kell se devait-il d'essayer.

Une main tendue vers le cierge éteint, il appela donc la chaleur sur la mèche… et la bougie crépita.

Ce n'était pas aussi facile qu'avant. Il rencontra une résistance, comme lorsqu'on déplace son bras dans l'eau plutôt que dans l'air. Mais son pouvoir fonctionnait.

Le feu s'épanouit sous ses doigts, puis tout autour. Toutes les bougies de la chambre s'allumèrent en même temps, baignant la pièce de leur lumière vacillante. Rhy prit une inspiration, mais l'attention de Kell se fixa sur le cierge entre eux, dont la flamme fragile devenait brûlante sous sa paume. Il ne quitta pas des yeux le feu jusqu'à ce que la douleur arrive enfin, non pas sous forme de vague qui déferle, mais comme la simple brûlure de la cire chaude sur sa peau nue.

Kell entendit Rhy siffler. Il retira sa main, puis la secoua pour en apaiser la sensation. Devant sa paume brûlée, sa peau rosie par la chaleur, il esquissa un sourire. Des larmes ruisselaient sur son visage.

C'était la meilleure douleur que Kell ait jamais ressentie.

Au fil des ans, Lila avait exploré la majeure partie du *Soner Rast*, de ses cinq salles de bal jusqu'aux couloirs secrets qui couraient entre les différents appartements royaux, en passant par les bains encastrés, les terrains d'entraînement et la cour. Mais il y avait un endroit qu'elle s'efforçait toujours d'éviter.

Tête baissée sur ses notes, la reine était assise à une table au milieu de son atelier. Elle tournait le dos à Lila, mais lorsque cette dernière se glissa, silencieuse comme une voleuse, entre les plans de travail où s'entassaient papiers et monceaux de sortilèges à moitié constitués, Nadiya Loreni se racla la gorge.

— Delilah Bard, dit-elle sans lever les yeux, quel bon vent vous amène ?

Lila passa la main sur une demi-douzaine de bocaux scellés.

— Comme vous ne cessez de m'inviter, je me suis dit qu'il était temps d'accepter.

Abandonnant sa tâche, la reine se mit debout et fit face à sa visiteuse.

— Vraiment ?

Il y avait dans sa voix un mélange de méfiance et de curiosité.

Lila continua de s'approcher d'un pas nonchalant, tout en glissant une main dans la poche de son manteau.

— J'ai entendu dire que le travail de Tess sur Kell avait été un succès, reprit la reine. J'aurais bien aimé voir le processus de mes propres yeux.

Lila referma les doigts sur les morceaux de métal qui s'accumulaient au fond de sa poche.

— Eh bien, il s'avère qu'elle et moi avons quelque chose en commun, répliqua-t-elle en sortant les deux chaînes d'or.

Nadiya scruta le métal étincelant.

— Quoi donc ?

— Aucune de nous deux ne vous apprécie vraiment, répondit Lila, qui faisait passer les chaînes d'une main à l'autre. Quant à vous faire confiance…

Elle lui tendit les chaînes d'or, mais au moment où Nadiya allait s'en emparer, Lila referma la main dessus. Les maillons brillèrent, puis fondirent et dégoulinèrent entre ses doigts.

— Non ! hurla la reine en se jetant en avant.

Trop tard ! Au lieu de s'écarter de son chemin, Lila s'avança à sa rencontre pour enrouler sa main libre autour de la gorge de Nadiya.

La reine se crispa et tenta de reculer, de se libérer, d'attraper une arme mais Lila, qui ne relâchait pas sa prise sur les os de Nadiya, les força à demeurer immobiles.

— Quel effet ça fait d'être impuissante ? grogna-t-elle. Enchaînée ? À la merci de la volonté d'autrui ?

— Je suis désolée, souffla Nadiya.

— Vous êtes désolée ?

— Alucard m'a raconté, lâcha la reine entre deux râles. Pour Berras. Ce qu'il a fait.

— Il a bien fallu que quelqu'un donne ces chaînes à Berras Emery. C'était vous ?

Les doigts de Lila se resserrèrent sur la gorge de la reine.

Un éclair jaillit dans les yeux de sa victime. Rien à voir avec la culpabilité : c'était de la colère.

— Jamais je ne ferais une chose pareille.

Lila grimaça, sans pour autant lâcher prise. Le visage de Nadiya s'empourpra, son pouls s'emballa sous la main de l'*Antari*. Un cœur était aussi facile à éteindre qu'une bougie.

La reine croisa son regard.

— Vous tenez vraiment à accomplir… le travail de la Main… à sa place ? siffla-t-elle entre deux halètements.

Lila repoussa la souveraine en soupirant. Celle-ci alla s'écraser contre la table, à laquelle elle se rattrapa. Puis elle porta une main tremblante à sa gorge.

— Vous et moi avons peut-être des divergences d'opinions, reprit Nadiya, mais je ne suis pas votre ennemie. Ces chaînes m'ont été volées.

— Par qui ?

— Je l'ignore.

— Foutaises, cracha Lila. Ici, rien ne se passe sans que vous ne soyez au courant.

Nadiya lui jeta un regard noir.

— Quelqu'un a trahi ma confiance et, croyez-moi, je compte bien découvrir qui.

— C'est bien là le problème, Votre Majesté, répliqua Lila. Je ne vous crois pas. Je ne vous fais pas confiance. Ne vous avisez même pas de songer à créer un artefact du même genre que ces chaînes, ou je vous transforme en pierre. Et permettez-moi de vous dire que je serais ravie d'utiliser votre statue comme portemanteau.

Le vent s'était levé autour d'elle, balayant les tables et vidant les étagères. Dès qu'elle eut achevé sa phrase, Lila tourna les talons et quitta l'atelier. Le vent mourut dans son sillage, tandis que les derniers papiers et les sortilèges encore en suspens retombaient tel un nuage de cendre autour de la reine.

Alucard descendit une à une les marches de la prison jusqu'au dernier sous-sol tout en se préparant à ce qui l'attendait.

Sur les quatre cellules qui composaient les geôles royales, trois étaient vides. Dans la dernière, où Tess avait été brièvement détenue, se trouvait Berras. Adossé au mur, il était assis sur le sol de pierre, le visage dans l'ombre. Il portait un épais bandage, étroitement noué autour de la main amputée de ses doigts. Le tissu était rouge là où le sang avait suinté. Une partie du mur était également tachée, comme si le prisonnier avait frappé sans relâche le même endroit pour voir lequel d'entre eux craquerait en premier.

Aucun soldat ne montait la garde. Alucard les avait tous congédiés. Son frère avait assez empoisonné les esprits pour les retourner contre le palais. Il ne lui donnerait pas l'occasion d'en corrompre d'autres.

La première chose qu'Alucard avait fait la veille au soir en quittant le domaine Emery, ça avait été de donner l'ordre de le détruire. Il s'y était rendu ce matin-là pour s'assurer qu'on lui avait bien obéi. Lorsqu'il s'était tenu là, devant l'emplacement vide où s'était un jour trouvée la maison dans laquelle il avait grandi, il s'était senti étrangement en paix. Comme s'il s'était enfin allégé d'un fardeau, délesté d'un poids.

À présent, devant son frère, il n'éprouvait pas de soulagement similaire, mais la même froide détermination. Rajustant son manteau, Alucard se dirigea vers la cellule. Ce jour-là, il avait choisi de s'habiller en rouge et or. Sans le moindre soupçon de bleu Emery. Ses cheveux étaient retenus en arrière par une broche où figuraient un calice et un soleil, ce qui fit ricaner Berras.

— Je savais que ça te plairait de me voir porter ces couleurs plutôt que les tiennes, dit Alucard.

Berras se leva.

— Peu importe ce que tu portes, lâcha-t-il. Tu restes le même, petit frère.

— À savoir ? demanda Alucard avec indifférence.

Son aîné s'approcha des barreaux.

— Une honte.

La réplique fit sourire Alucard.

— Il fut un temps où ces mots m'auraient blessé autant qu'une lame. Maintenant, je les prends pour ce qu'ils sont : les ultimes soubresauts d'un homme qui a perdu son combat. Que dirait Père, s'il te voyait aujourd'hui ? Son fils aîné arrêté pour trahison. Serait-il fier que tu aies cherché à renverser la Couronne ? Ou déçu que tu aies échoué ?

La main valide de Berras s'agrippa aux barreaux, qu'il serra au point de rendre ses phalanges roses, puis blanches.

— À ton avis, que vont devenir tes disciples, maintenant que tu n'es plus là ? dit Alucard. Une fois décapité, un corps se décompose rapidement…

La bouche de Berras se tordit.

— Je ne suis pas une tête, mais une main, répliqua-t-il, le regard noir. Sais-tu pourquoi nous nous appelons ainsi ?

— Parce que vous vous cramponnez au pouvoir des autres ? hasarda Alucard.

Berras se fendit d'un sourire à la fois glacial, haineux et moqueur.

— Parce que même si on perd une main, il nous en reste toujours une autre, répondit-il en lâchant le barreau.

N'était-ce que de la bravade ou la vérité ? En tout cas, ses propos perturbèrent Alucard, même s'il n'en montra rien.

— Tu n'étais donc pas le chef ? demanda-t-il. Juste un pion ? Un outil utilisé par des gens plus intelligents ? Une arme émoussée, dont on se débarrasse après usage ? Si c'est vrai, pourquoi ?

— Je te l'ai déjà dit.

— En effet : pour t'emparer du trône. Pour me montrer ce qu'est un véritable Emery. Le problème, Berras, c'est que je ne te crois pas. La vraie raison, c'est que tu es petit et mesquin, et que tu ne supportes pas l'idée d'un monde où je serais plus fort que toi.

Le sourire de son frère se mua en un rictus féroce, dénué d'humour.

— Viens dans la cellule et affronte-moi. On va voir comment tu t'en sors avec tes poings !

— Tentant, mais non merci.

Sur quoi il se dirigea vers l'escalier.

— Comment oses-tu me tourner le dos, petit frère ?

Alucard s'immobilisa.

— Je vais revenir, promit-il. Ce n'est pas comme si tu risquais d'aller bien loin. Mais je suis attendu ailleurs. Auprès de mon époux. Et de ma fille. (Il marqua une pause pour regarder le plafond. Et même au-delà.) Tu sais quoi ? C'est l'heure du dîner. Je tiens à savoir quel animal Ren va fourrer sous la table. Elle a un véritable faible pour les lapins, en ce moment, mais elle adore tous les êtres vivants sans exception. Comme Anisa. (À l'évocation de leur petite sœur, sa gorge se noua.) Avant d'aller au lit, il faudra lui donner le bain, ce qui est toujours une aventure en soi, puis on lui lira une histoire, Rhy et moi, et la reine allumera une lanterne dans tous les coins de sa chambre pour lui montrer que les ombres ne sont rien d'autre qu'une absence de lumière. Tu comprends pourquoi je dois te laisser ? L'amour, ce n'est pas ce qui manque, là-haut.

Alucard posa une dernière fois les yeux sur son frère.

— Aurais-tu été aussi odieux si on avait grandi au sein d'une famille plus aimante ? Parfois je me pose la question… Enfin, tout ça n'a plus aucune importance, conclut-il en haussant les épaules.

Berras le fusilla du regard entre les barreaux, sa colère déferlant sur lui par vagues. Autrefois, elles l'auraient renversé au passage. Elles l'auraient cloué au sol et noyé. Cette fois, il se contenta de reculer pour échapper au raz-de-marée.

— Alucard… gronda Berras, au moment où il tournait les talons pour partir. Alucard !

La voix de son aîné griffa l'air mais ne l'atteignit pas, lui qui gravissait l'escalier, quittant le donjon et l'obscurité pour monter tout en haut vers la lumière.

III

Quelque part en mer

Le *Barron gris* fendait les flots.

Son capitaine se tenait à la proue, cape noire flottant comme un drapeau de pirate. Ses yeux – l'un marron, l'autre noir – étaient braqués sur l'horizon.

De temps à autre, Lila faisait tourner l'anneau noir à sa main droite, passant distraitement le pouce sur le navire gravé dans le métal. Le propriétaire de l'anneau jumeau était à Londres, mais elle savait que Kell viendrait si elle l'appelait. Et pour la première fois en sept ans, il pourrait franchir la distance qui les séparait, aussi importante soit-elle, au prix d'une seule goutte de sang et d'un sortilège prononcé à mi-voix.

La nuit précédant son départ, ils s'étaient allongés dans leur lit. Lila lui avait passé une main sur le front et les joues, dans l'espoir de lisser jusqu'à la plus petite ride creusée par la douleur, aussi bien dans son cœur que sur sa peau. Il avait fini par lui prendre le poignet et la clouer au lit. La lueur espiègle de Kay avait brillé dans ses yeux au moment de lui montrer que tous les changements n'avaient pas forcément besoin d'être effacés.

À présent, Lila Bard martelait des doigts le bastingage de son navire. Les vagues qui s'écrasaient contre la coque diffusaient une brume fraîche qui semblait s'enrouler autour d'elle tandis qu'elle scrutait la ligne où ciel et mer se rencontraient, impatiente d'y découvrir le *Ferase Stras*.

Après tout, elle avait un colis à remettre.

À la poupe du navire, les bras croisés sur la rambarde de bois, Tess regardait l'eau onduler dans le sillage du *Barron*. Elle avait cousu une poche sur l'extérieur de son manteau, d'où Vares sortait sa petite tête dodelinante tout en lui plaquant ses ailes sur le cœur. Parfois, lorsque la brise se levait, le squelette de hibou becquetait les boutons de son vêtement et battait des ailes comme pour s'envoler.

Londres lui manquait déjà, tout comme son magasin dans le *shal*, les raviolis qu'elle achetait dans la boutique sur Hera Vas et Nero à qui elle n'avait jamais eu l'opportunité de dire au revoir. Deux jours s'étaient écoulés depuis que la lueur pourpre de l'Île avait disparu de l'eau qui portait le bateau, remplacée par des rubans de lumière ordinaire. Et plus d'un jour depuis qu'elle avait vu la terre.

Pas n'importe quelle terre, mais Hanas.

Elle avait bien sûr reconnu le contour des falaises si souvent escaladées dans son enfance, qui se détachaient comme une broderie dentelée sur l'horizon.

Elle avait imaginé son père en train de parader devant les artefacts rares de sa boutique. Elle avait imaginé aussi Serival sur les quais, la tresse agitée par le vent, une main en visière sur les yeux pour mieux scruter les eaux du regard, en quête d'un objet de valeur. De Tessali, par exemple.

« Où es-tu, petit lapin ? »

La bricoleuse avait retenu son souffle jusqu'à ce que les falaises aient disparu de son champ de vision.

Au cours de sa première nuit sur le *Barron*, bercée par la houle, elle avait rêvé d'une autre vie. Une vie où elle aurait demandé à rester sur le bateau d'Elrick et où tous deux auraient quitté Londres le jour même de leur accostage. Une vie où elle aurait passé les trois années précédentes à naviguer de port en port, à réparer toutes les babioles qui lui tombaient sous la main et où rien d'affreux ne se serait jamais produit.

Voilà comment elle avait su, avant même son réveil, qu'il s'agissait d'un rêve.

Le navire commença à ralentir – le vent avait cessé de gonfler les voiles – et Vares se crispa, ses ailes d'os secouées par un petit spasme.

— Ça va aller, dit-elle au squelette de hibou.

Elle s'écarta du bastingage pour se diriger vers la proue du *Barron*. Pendant le peu de temps qu'elle avait passé à bord, elle avait déjà réparé le sortilège de la montre de Stross, ajouté un compartiment caché au coffre de Vasry et modifié la bouilloire de Raya, dans la cambuse, afin que l'eau y soit toujours chaude. Elle s'occupait pour tenter d'oublier qu'elle n'était pas là par choix. Qu'elle était, en fin de compte, la prisonnière de Lila Bard.

D'ailleurs, sa future cellule ne tarda pas à se profiler à l'horizon.

Le *Ferase Stras* surgit du néant. Loin d'offrir l'image d'un bâtiment fait pour naviguer en haute mer, il ressemblait plutôt à un assemblage de morceaux épars, comme si l'on avait brisé plusieurs petits bateaux pour les coller ensemble, étage après étage, en une tapisserie de bois, de toiles et de sortilèges.

Tess avait entendu parler du marché flottant. Certains prétendaient que le *Ferase Stras* était le marché le plus clandestin de tout l'empire, d'autres qu'il ne s'agissait pas d'un marché, mais d'une chambre forte abritant la magie la plus recherchée et la plus interdite au monde. Elle avait entendu dire que, même si l'on était invité à bord du navire, certaines salles demeuraient inaccessibles et certains articles n'étaient pas à vendre quel que fût l'enchérisseur. Au gré des rumeurs, le capitaine, qui avait cent, trois cents, cinq cents ans, ne se faisait pas payer en argent mais en vies. Toujours au gré des rumeurs, le marché flottant était tantôt un mythe, tantôt une réalité impossible à localiser sans la bonne carte.

Elle avait aussi entendu dire que rien ne pouvait jamais y être volé, ce qui était évidemment un mensonge puisque, à en croire Lila Bard, le *persalis* s'y trouvait avant de disparaître.

Pourtant, à mesure qu'ils s'en approchaient et que les lignes de magie se mettaient à miroiter sous les yeux de Tess, elle se prit à s'interroger sur ce qui tenait du mythe ou de la réalité.

Elle allait bientôt le découvrir.

Le *Barron gris* fit halte à proximité du marché, auquel il se serra jusqu'à ce que l'on puisse passer du bastingage de l'un à l'auvent couvert de l'autre en une seule enjambée. Le seuil du *Ferase Stras* consistait en une porte de bois. Lila franchit l'espace d'un bond et fit signe à Tess de la suivre.

Vares claqua du bec. Les battements du cœur de Tess s'accélèrent. Elle luttait contre l'envie de faire demi-tour. On lui avait dit qu'elle ne pouvait pas rester à Londres, qu'elle n'y serait pas en sécurité tant que la Main n'aurait pas définitivement cessé d'exister. C'était trop dangereux, lui avait-on répété, mais Tess avait eu l'impression qu'ils parlaient d'elle. Que c'était elle qui représentait un trop grand danger. Son pouvoir n'était pas seulement un don ou une malédiction, c'était une arme – une arme susceptible de causer des dégâts considérables si elle tombait entre de mauvaises mains.

Le roi avait affirmé qu'elle serait en sécurité sur ce navire. Tess s'efforçait de le croire.

Lila Bard s'éclaircit la voix. Le regard qu'elle lui jeta signifiait que la jeune fille monterait à bord du *Ferase Stras* le jour même, d'une manière ou d'une autre. Ses filaments d'argent s'agitaient dans l'air. Une main invisible poussa Tess dans le dos pour l'inciter à avancer. La gorge nouée, l'adolescente se posta sur le seuil du marché flottant.

Puis l'*Antari* frappa un coup contre le bois. Quelques secondes plus tard, la porte s'ouvrit sur un bel homme, grand, large, à la peau mate et tout de blanc vêtu. Sa magie prenait la forme d'une vrille de lumière ambrée autour de ses épaules.

— Déjà de retour ? s'étonna-t-il en découvrant Lila.

— Que voulez-vous que je vous dise, Katros ? Je suis très douée dans mon domaine.

Il haussa les sourcils.

— Dois-je en conclure que vous avez récupéré le *persalis* ?

— Pas douée à ce point, répondit Lila en agrippant Tess par l'épaule. Mais je ne viens pas les mains vides.

Le regard de l'homme passa de l'*Antari* à Tess, avant de revenir sur la première.

— Voilà qui devrait être intéressant.

Il les conduisit dans une cabine, qui s'avéra être un bureau, en équilibre précaire entre le plein et l'encombré. Tess examina de près la pièce : les armoires étaient remplies d'objets qui auraient pu passer pour des babioles si elle n'avait pas su voir le complexe enchevêtrement des sortilèges qui les habitait. Une imposante table de travail trônait au centre, devant une chaise élimée et une grande sphère noire posée sur un support doré, dont les filaments présentaient une nuance inquiétante. Comme ses doigts lui démangeaient, Tess fit mine de s'avancer pour regarder le globe de plus près mais Lila l'attrapa par le bras.

— Par ici, annonça le dénommé Katros.

Au sortir de la cabine, il les conduisit jusqu'à une volée de marches qu'ils descendirent pour pénétrer dans le labyrinthe du marché flottant. Tess se remémora la boutique de son père, où il y avait toujours une merveille à regarder et la promesse d'en découvrir d'autres au détour d'un rayonnage ou au bout d'un couloir. Fermement agrippée à sa manche, Lila la guida pour franchir les rideaux, échelles et portes qui leur permirent d'atteindre le pont principal. Un autre homme, plus jeune, plus mince, mais visiblement de la famille du premier, se tenait penché sur une table, occupé à encrer une carte à l'aide d'un minuscule pinceau. Par précaution, il avait retroussé ses manches blanches.

Juste à côté, assise au soleil sur une chaise à côté de laquelle gisait un sac, se trouvait Maris Patrol, capitaine du marché flottant. Occupée à lire, elle ne remarqua pas tout de suite leur arrivée.

Sa peau était mate, creusée de rides profondes, ses cheveux d'une éclatante nuance argent, mais ce qui frappa Tess, ce fut le vide de l'air autour d'elle. Pas de filaments, ni brillants ni ternes, pas de lignes de lumière dansantes. Le capitaine de ce *Ferase Stras* débordant de pouvoir ne semblait pas disposer de sa propre magie.

Elle avait l'air vieille, très vieille, mais pas fragile pour autant. D'ailleurs, sa voix avait la puissance d'une cloche.

— Il y a si peu de journées paisibles en mer qu'on apprend à en profiter, dit-elle en refermant son livre.

Maris se leva et dans la foulée, l'amas gris sur le pont remua pour se transformer en un grand chien qui semblait aussi vieux que sa maîtresse. Le capitaine dévisagea Tess, et la bricoleuse eut l'impression que même dénuée de magie, la vieille femme pouvait lire en elle. Ses yeux ne la lâchaient pas, même quand elle s'adressa ensuite à l'*Antari*.

— Ce n'est pas un *persalis*, ça, Delilah. Sauf erreur de ma part, c'est une adolescente.

— En effet, convint Lila. Malheureusement, le *persalis* a été détruit. Mais je pense que vous verrez Tess comme une… amélioration.

— Vraiment ? s'étonna la vieille femme.

Lila se pencha pour lui chuchoter quelques mots à l'oreille. Aussitôt, le regard de Maris se fit plus perçant, comme à chaque fois qu'elle mettait la main sur quelque chose de rare.

— Je vois, lâcha le capitaine. On va lui trouver une place.

— Je ne suis pas un trophée que vous pouvez ranger dans votre chambre forte, s'insurgea Tess.

Maris la jaugea un long moment.

— Et qu'es-tu donc, alors ?

La jeune fille se redressa.

— Je suis une bricoleuse. Je répare les objets, précisa Tess devant la mine perplexe du capitaine du *Ferase Stras*. Je les améliore. Et je suis douée pour ça. Oui, je vois la magie. Oui, je suis capable de la modifier. Oui, je sais que c'est un don étrange et précieux, mais ça ne fait pas de moi un objet. Je ne suis pas un sortilège qu'on délaisse pour le ressortir en cas de besoin. Hors de question que je sois emprisonnée ou cachée dans les entrailles du vaisseau.

La tirade était sortie d'une traite, sans qu'elle reprenne son souffle.

Maris croisa les bras.

— C'est bon ? Tu as fini ?

Tess ravala sa salive et hocha la tête. Maris lui souriait.

— Bien. À mon tour, alors. Il y a beaucoup de sortilèges sur ce navire. Il y en a tellement qu'il m'arrive d'en oublier. Certains artefacts sont à bord depuis plus longtemps que moi... si, si, je t'assure... et pour d'autres, je n'ai jamais pu en deviner la fonction. Apparemment, tu as un talent qui me serait bien utile. Si tu acceptes de rester en tant qu'apprentie, tu seras libre d'utiliser ton don sans qu'on t'utilise, toi. Tu pourrais même apprendre deux ou trois choses au passage. Mais je n'ai jamais forcé qui que ce soit à séjourner contre son gré sur ce navire, et ce n'est pas aujourd'hui que je vais commencer. Alors, si tu ne souhaites pas rester, retourne sur le *Barron* et redeviens le problème de Lila. C'est à toi de voir.

L'*Antari*, renfrognée, parut sur le point d'intervenir, mais Maris lui jeta un coup d'œil menaçant qui, pour une fois, la réduisit au silence. Postée sur le pont, Tess embrassa du regard le marché flottant, la lumière qui filtrait à travers chaque rideau et chaque porte, toutes les promesses de magie dont regorgeait cet endroit.

Et elle prit sa décision.

Tess regarda le *Barron* s'éloigner du *Ferase Stras* puis virer de bord, mettant le cap sur une trajectoire qu'elle ne pourrait plus suivre. Une main aux doigts solides malgré leur âge se posa sur son épaule. La jeune fille se tourna vers Maris.

— On m'a dit que votre vaisseau était censé être inviolable, dit-elle.

— C'est vrai.

— Dans ce cas, comment a-t-on pu vous cambrioler ?

Maris esquissa un sourire.

— J'imagine que mes sorts de protection ont besoin d'être améliorés.

Tess avait déjà les doigts qui lui démangeaient à l'idée de relever ce défi. Ses yeux suivirent les lignes de lumière qui serpentaient à travers le bateau, tandis que son esprit s'empressait de réfléchir à toutes les façons de les réparer.

— Je peux aider.

— Magnifique, commenta Maris. Dis-moi ce dont tu as besoin.

Tess observa le marché flottant avec tous ses niveaux, ses salles, ses secrets.

— Vous n'auriez pas du thé, par hasard ?

IV

Le palais s'élevait au-dessus de l'Île, l'eau pourpre clapotant sur les piliers de pierre qui le soutenaient. Mais de la prison située à sa base, on ne percevait pas le bruit de l'eau, pas plus qu'on ne voyait la lumière teintée du fleuve. Seul l'écho sourd de pas se fit entendre pour la deuxième fois de la journée.

Ils semblaient venir en éclaireurs, pour avertir l'homme dans la cellule que quelqu'un arrivait.

Berras était déjà debout lorsque sa visiteuse apparut. Il embrassa du regard ses yeux bruns, ses longs cheveux noirs et leur implantation en V qui tombaient en rideau sur sa bure d'un blanc immaculé, et pour la première fois depuis des jours, il sourit.

— Ezril…

L'*Aven Essen* se tenait de l'autre côté des barreaux, sa tenue sacerdotale brillant d'un éclat lunaire sur le fond noir de la pierre. Berras avait plutôt l'habitude de la voir porter des vêtements ordinaires et un masque blanc. Mais même lorsque les traits de son visage étaient dissimulés, la prêtresse avait le genre de voix qui laissait transparaître ses émotions. À présent, non seulement son agacement s'entendait, mais il se voyait aussi.

— Berras Emery, commença-t-elle poussant un long soupir, quelle pagaille vous avez causé…

Il se renfrogna.

— On peut y remédier.

Ezril pencha la tête sur le côté.

— Vraiment ? s'interrogea-t-elle de sa voix éthérée. J'en doute. Vous n'avez pas pris le temps de réfléchir. Vous êtes trop pressé. Je vous avais prévenu, vous vous rappelez ? Tout changement peut surprendre lorsqu'il arrive, Berras Emery. Un arbre fendu par un éclair. Une inondation qui engloutit les berges. Mais il est facile d'oublier qu'avant de se fendre, les nuages ont dû se rassembler.

Il se cramponna aux barreaux.

— Faut-il toujours que vous parliez en énigmes, comme une prêtresse ?

Elle replia ses mains dans les manches de sa bure.

— Mais je suis une prêtresse, rappela-t-elle, et n'en faites pas des énigmes sous prétexte que vous ne comprenez pas mes propos. La nature fournit une analogie à chaque problème humain, une réponse à chaque question.

— Je n'ai pas besoin de réponses, marmonna-t-il. J'ai besoin que vous ouvriez la cellule pour que je puisse finir ce que j'ai commencé.

— Ce que vous avez commencé… (Ezril leva les yeux, non pas vers le plafond de la prison, mais vers le palais au-dessus de leurs têtes.) Vous avez travaillé dur pour franchir ces murs, et vous y voilà, reprit-elle. Si loin, et pourtant si proche.

Pour toute réponse, Berras grimaça.

— Le souci, c'est que vous êtes seul. Sans *persalis*, sans magie empruntée, sans contingent de « mains » volontaires. Rien que vous, conclut-elle avec un regard appuyé sur le poing blessé et bandé de l'aîné des Emery.

— Si vous m'aidez…

Elle continua, comme s'il n'avait rien dit.

— Oh, vous auriez le temps de tuer l'un d'eux avant d'être arrêté. Mais on sait tous les deux lequel vous choisiriez d'assassiner. (Il ouvrit la bouche, mais elle lui coupa de nouveau la parole.) Ne mentez pas. Nous avons tous nos raisons, mais lorsque nous nous sommes rencontrés pour la première fois, vous m'avez assuré que ce n'était pas une question de vengeance.

— Ce n'est pas le cas.

Ezril fit claquer sa langue.

— Le problème avec le venin, Berras, c'est que si on n'y prend pas garde, il peut empoisonner celui qui le répand. Non, résuma-t-elle en secouant la tête. Nous vous avons laissé une chance et vous n'avez pas su la saisir.

Elle écarta les bras, tendit la main et agita ses doigts fins sous le nez du prisonnier.

— À l'évidence, cette mission requiert plus de doigté.

Berras s'élança vers elle, mais elle s'était déjà éloignée des barreaux, hors de sa portée. Un petit sourire aux lèvres, elle se moqua de lui, comme s'il ne s'agissait que d'un jeu.

— Très bien, grogna-t-il. Nous le ferons à votre manière. Pendant *Sel Fera Noche*. Maintenant, faites-moi sortir d'ici !

Sauf que la prêtresse ne l'écoutait plus. L'anneau qu'elle portait au doigt, taillé dans un marbre de couleur claire, s'était mis à briller et à se réchauffer agréablement.

— Je dois y aller, annonça-t-elle. Je suis attendue par le roi.

Elle se dirigea vers l'escalier.

— Ezril ! la rappela-t-il. Je parlerai. Si vous me laissez croupir dans cette cellule, je leur dirai tout.

La prêtresse s'arrêta.

— Eh bien, dans ce cas… soupira-t-elle.

Elle retourna à la cellule, une main tendue non pas vers Berras, mais vers le mur de pierre dans son dos. Les gens avaient tendance à oublier que les prêtres possédaient de la magie. Comme ils maintenaient le monde en équilibre, on imaginait que leur pouvoir était limité. On les pensait incapables d'abattre un arbre aussi facilement que d'en faire pousser un.

Pourtant, quand Ezril agita les doigts, le mur de pierre s'entrouvrit et un éclat à l'arête tranchante se détacha. Il vola en sifflant pour ne changer de mélodie qu'au moment où il glissa sur la gorge de Berras Emery, dont la chair se fendit en deux comme un fruit trop mûr. Portant sa main valide à la blessure, il ouvrit la bouche pour parler, mais la lame de pierre avait tranché assez profondément pour le faire taire, et même le tuer.

Berras chancela, puis il tomba à genoux sur le sol de la cellule. Sa vie, qui s'écoulait entre ses doigts, formait une flaque à ses pieds. Ezril était toujours surprise par la quantité de sang que contenait un corps. Le prisonnier bascula sur le côté et ses yeux couleur tempête se voilèrent. De son côté, elle regarda la flaque se déployer comme des ombres dans sa direction, puis elle recula pour éviter que le bas de sa bure blanche ne soit souillé par la tache pourpre.

La tiède chaleur de l'anneau, devenue brûlante à son doigt, lui rappelait qu'on l'avait convoquée. Aussi l'*Aven Essen* tourna-t-elle le dos à l'homme mort dans la cellule et gagna-t-elle l'étage pour payer ses respects au roi.

NW
NE
W
E
SW
S
SE

FIN
DU LIVRE 1

Remerciements

On me demande souvent comment c'était d'écrire ce livre. Eh bien, c'était comme rentrer à la maison.

Dans *Shades of Light*, lorsque Lila conclut un marché avec Maris, cet œil noir en échange d'une faveur, j'y ai vu l'occasion de maintenir ouverte la porte de cet univers pour me permettre d'y revenir. Tout ce que j'avais à faire, c'était de laisser de la place aux histoires que j'avais encore envie de raconter.

Ça n'a pas l'air si difficile, de laisser de la place, mais ça l'est. C'est même plus dur qu'il n'y paraît.

On dit qu'il faut tout un village (certains jours, plutôt une ville). Dans le cas de *Threads of Power*, il ne s'agissait pas simplement de faire passer l'œuvre dans de nombreuses mains ni d'assurer le succès de ce livre lorsqu'il sortirait enfin en librairie.

En réalité, raconter une nouvelle histoire qui s'inscrit dans cet univers implique d'abord de le garder en vie, de l'aider à s'épanouir dans l'intervalle entre les deux trilogies, *Shades of Magic* et *Threads of Power*, de répondre à la demande tout en s'assurant que l'engouement général ne faiblisse pas au cours de cet entre-deux.

Laisser de la place tel que nous l'avons fait, ça demande de la générosité et du dévouement. Voici donc les noms de celles et ceux qui ont préservé l'éclat de *Shades of Magic*, ouvert la voie à *Threads of Power* et rendu possible cette grande aventure qu'est la nôtre :

Mon agente, Holly Root. Mon éditrice, Miriam Weinberg. Mon attachée de presse, Kristin Dwyer. Vous êtes toutes les trois les ficelles qui m'aident à tenir, avec votre confiance inébranlable et votre soutien constant. Je ne pourrais pas demander une meilleure équipe de femmes et amies incroyables.

Mes parents, Kent et Linda Schwab. Vous me supportez, même quand je suis au milieu d'un premier jet de six cents pages et si pleine de doutes et de craintes qu'ils sortent de ma bouche à chaque « comment vas-tu ? ».

Ma grande sœur, Jenna Maurice. Tu es ma famille en tout sauf par le sang, une excellente partenaire de tournée, une grande photographe et une amie encore meilleure. Merci de toujours chercher des moyens de m'aider à mieux prendre soin de moi.

Ma famille de cœur, Cat et Caro Clarke. Vous êtes des meneurs, des collègues, des complices, des rêveurs et de sacrées bonnes personnes. Vous me comblez.

Mes amis Jordan Bartlett, Zoraida Córdova, Dhonielle Clayton, Sarah Maria Griffin, Laura Stevens. Vous veillez à ce que je ne me sente jamais seule dans ce long et sinueux périple.

Mon incroyable équipe chez Tor – Devi Pillai, Eileen Lawrence, Lucille Rettino, Sarah Reidy, Giselle Gonzales, Emily Mlynek, Tessa Villaneuva, Alex Cameron, Michelle Foytek, Rachel Taylor, Peter Lutjen et d'autres encore –, les plus extraordinaires des champions. Vous continuez de publier mes livres et œuvrez sans relâche pour leur garantir les meilleures chances de trouver des lecteurs, tant nouveaux qu'anciens.

Mon concepteur de couverture, Will Staehle. Ce n'est pas un mince exploit de créer un style emblématique pour une série. Tu étais le seul à pouvoir le faire deux fois. Merci de toujours veiller à ce que l'on se démarque.

Eyden's, le café d'Édimbourg que j'appelle mon bureau, mon salon, ma deuxième maison. Adonis, Eyden, Connor et le reste de cette adorable équipe, merci de vous assurer que Riley et moi ayons toujours une théière, un en-cas et un coin où écrire.

Kip et Giada, les éblouissants chefs cuistots de *Via Aemilia*. Vous m'avez approvisionnée en pâtes fraîches semaine après semaine, pour qu'après une longue journée passée à écrire, je puisse manger un délicieux repas fait maison.

Enfin, et surtout, vous, mes lecteurs adorés.

Ne doutez jamais de votre importance ou de votre pouvoir.

C'est votre amour pour cet univers et ses personnages qui m'a permis de rouvrir la porte et de rentrer chez moi.

Achevé d'imprimer en France en août 2023
par Aubin Imprimeur

Le papier de cet ouvrage est composé de fibres naturelles,
renouvelables, recyclables et fabriquées à partir de bois issu de forêts
plantées expressément pour la fabrication de pâte à papier.

ISBN : 978-2-37102-381-9
Dépôt légal : octobre 2023

Numéro d'édition : 0136-072-01-01

Numéro d'impression : 2303.0049

LUMEN